大家学术文库

中国文学史（上）

郑振铎 著

江西教育出版社
JIANGXI EDUCATION PUBLISHING HOUSE

图书在版编目（CIP）数据

中国文学史 / 郑振铎著. -- 南昌 : 江西教育出版社, 2018.3
（大家学术文库）
ISBN 978-7-5705-0021-5

Ⅰ. ①中… Ⅱ. ①郑… Ⅲ. ①中国文学－文学史 Ⅳ. ①I209

中国版本图书馆 CIP 数据核字(2017)第 316007 号

中国文学史（上下卷）
ZHONGGUO WENXUE SHI（SHANGXIAJUAN）
郑振铎 著

江西教育出版社出版
(南昌市抚河北路 291 号　邮编：330008)
各地新华书店经销
三河市三佳印刷装订有限公司印刷
635 毫米×960 毫米　16 开本　49 印张　字数 705.5 千字
2018 年 3 月第 1 版　2018 年 3 月第 1 次印刷
ISBN 978-7-5705-0021-5
定价：114.00 元

赣教版图书如有印装质量问题，请向我社调换　电话：0791-86706047
投稿邮箱：JXJYCBS@163.com　电话：0791-86705643
网址：http://www.jxeph.com

赣版权登字-02-2018-10

“大家学术文库”编者按

中国学术，昉自伏羲画卦，至周公制礼作乐而规模始备。其后，王官失守，孔子删述六经，创为私学，是为诸子百家之始。《庄子》曰：“道术将为天下裂。”孔子殁后，儒分为八；墨子殁后，墨分为三。诸子周游天下，游说诸侯，皆以起衰救弊、发明学术为务，各国亦以奖励学术、招徕人才为务，遂有田齐稷下学宫之设。商鞅变法，诗书燔而法令明；始皇一统，儒士坑而黔首愚，当此之时，学在官府，以吏为师，先王之学，不绝如缕。至汉高以匹夫起自草泽，诛暴秦，解倒悬，中国学术始获一线生机。其后，汉惠废挟书之律，民间藏书重见天日。孝武之世，董子献“罢黜百家，表彰六经”之策，定六经于一尊。其后，虽有今古之分、儒释之争、汉宋之异、道学心学之别、义理考据之殊，而六经独尊之势，未曾移也。

及鸦片战起，国门洞开，欧风美雨，遍于中夏，诚“三千年未有之变局”。当此之时，国人震于列强之船坚炮利，思有以自强；又羡于西人之政教修明，思有以自效。于是有“变法守旧之争”“革命改良之争”“排满保皇之争”，而我国固有之学术传统，亦因之而起变化。清季罢科举而六经独尊之势蹙，蔡孑民废读经而六经独尊之势丧。当此之时，立论有疑古、信古、释古之别，学派有“古史辩”与“学衡”之争，学说有“文学革命”“思想革命”“文字革命”“伦理革命”诸说，师法有“师俄”“师日”“师西”之分，众说纷纭，莫衷一是，百家争鸣，复见于近代。

民国诸家，为阐明道术、解救时弊，著书立说、授课讲学，其学术思想，历久弥新，至今熠熠生辉，予人启迪。然近人著作，汗牛充栋，多如恒河之沙，使人难免望书兴叹，不知从何下手，穷其一生，亦难以卒读。因此之故，我社特精选最具代表性之近人著作62种，分为6辑，依次出版，俾读者略窥学术门墙，得进学之阶。此次选辑出版，虽未能穷尽近人学术之精品，难免有遗珠之憾；然能示人以门径，使人借此以知近人学术规模之宏大、体系之完密，亦不失我社编辑出版“大家学术文库”之初衷。

此次出版，为适应今人阅读习惯，提升丛书品质，我社特对所选书籍做了必要之编辑加工。总体说来，约有如下诸端：

一、改繁体竖排为简体横排；

二、核查各书引文，改讹正误；

三、规范各书之标点符号用法，为一些书加新式标点；

四、校改原稿印刷产生之错字、别字、衍字、脱字；

五、凡遇同一书稿中同一人名有两种及以上不同写法者，一律统改为常用写法。

除以上所举五点之外，其余一仍其旧，力求完整保持各书原貌。

然限于编者之有限学力，书中疏漏之处，在所难免，尚祈广大方家、读者诸君不吝批评斧正。

编者

2017年6月（农历丁酉郁蒸）

目录

中卷　中世文学

下卷：近代文学

绪论

百科全书式的"正史——最早的中国文学史——"文学巨人"的影响——中国文学史的使命——其叙述的范围——新材料的发现——辨伪的工作——官书与个人的著作——中国文学进展的两个动力：民间创作与外来影响

一

所谓"历史"，昔人曾称之为"相斫书"，换一句话，便只是记载着战争大事，与乎政治变迁的。在从前，于上云的战争大事及政治变迁之外，确乎是没有别的东西够得上作为历史的材料的。所以古时的历史只不过是"相斫书"而已。然中国的史家，从司马迁以来，便视"历史"为记载过去的"百科全书"，所以他们所取的材料，范围极广，自政治以至经济，自战争以至学术，无不包括在内。孔子有"世家"，老、庄诸人有"列传"，屈原、枚乘诸人亦有"列传"，天官有"书"，艺文有"志"，乃至滑稽、货殖亦复各有其"传"。其所网罗的范围是极广大的。所谓"文学史"便也常常地被网罗在这个无所不包的"时代的百科全书"，所谓《史记》、《汉书》诸"正史"者之中。

但文学史之成为"历史"的一个专支，究竟还是近代的事。中国"文学史"的编作，尤为最近之事。翟理斯（A.Giles）的英文本《中国文学史》，自称为第一部的中国文学史，其第一版的出版期在公元1901年。中国人自著之中国文学史，最早的一部，似为出版于光绪三十年（1904年）的林传甲所著的一部。

最早的"文学史"都是注重于"文学作家"个人的活动的，换一句话，便是专门记载诗人、小说家、戏剧家等的生平与其作品的。这显然的可知所谓"文学史"者，不过乃是对于作家的与作品的鉴赏的或批判的"文学批评"之联合，而以"时代"的天然次序"整齐划一"之而已。像写作《英国文学史》（公元1864年出版）的法人泰纳（Taine，1828—1893），用时代、环境、民族的三个要素，以研究英国文学史的进展的，已很少见。北欧的大批评家，勃兰兑斯（G.Brandes）也更注意于一支"文学主潮"的生与灭，一个文学运动的长与消。他们都不仅仅赞叹或批判每个作家的作品了；他们不仅仅为每个作家作传记，下评语。他们乃是开始记载整个文学史的进展的。

原来，自十九世纪以来，学者们对于"历史"的概念，早已改变了一个方向。学者们都承认一部历史绝对不是一部"相斫书"，更不是往古的许多英雄豪杰的传记的集合体；而是人民群众所创造的历史。乃是活的，不是死的；乃是记载整个人类的过去或整个民族的过去的生活方式的。所以现在的历史，对于政治上的大人物，已不取崇拜的态度，只是当他作为一个社会活动中间的一员。正如托尔斯泰在他的《战争与和平》之中写拿破仑一样，他在那里，已不是一个好像神话中的显显赫赫的人物，却只是一个平平常常的军官。

随了这个历史的观念的变更，文学史当然也便来了一个变更。也如历史之不再以英雄豪杰为中心一样，文学史早已不是"文学巨人"的传记的集合体了。

但所谓"文学巨人"其成就究竟不同。他们的作品，其本身便是一种永在人间的崇高的创作物。我们乃是直接受其创作品的感兴，乃是直接感受到他们的伟大的成就的。我们可以抹杀一般的政治上的大人物的成就，但我们决不能抹杀文坛上的一个作家，一个诗人的工作。亚历山大过去了，查理曼过去了。但一个诗人，或一个散文作家，或一个戏剧家，却是永在的；他们将永远地生活在我们的面前。只要我们读着他们的永久不朽的创作物，我们便若面聆其谈笑似的亲切地与之同在。古代的希腊与罗马是过去了，但我们如果读着埃斯库罗斯（Aeschylus），索福克勒斯（Sophocles）及欧里庇得斯（Euripedice）的悲剧，维吉尔的《埃涅阿斯纪》（Virgil's Aeneid），荷马的《伊里亚特》与《奥德赛》（Homer's Iliad Odyssey），我们对于古希腊与古罗马的情形，便也亲切有如目睹。

所以文学史却要仔细地论列到文学作家的生活。伟大的文学作品，本是大作家的最崇高的创造，当然是离不了作家的自身。所以文学史虽不全是作家传记的集合体，却也不能不着重于作家的自身生活的记述。

然而"人"究竟是社会的动物；我们不相信有一个人曾是完全的"遗世而独立"的。所谓"隐逸诗人"云云，他究竟还是人世间的活动的一员。他尽管不参加当时任何的政治等的活动，然而他究竟是受了社会一切大事变的影响的。他的情感往往是最为丰富的，其感受性，当然也更为敏锐。所以无论什么作家，都或多或少地受有他所生活着的那个时代的影响。那个时代的广大人民的生活都会不期然而然的印染于他们的作品之上。

为了更深切地了解一个作家，我们便不能不去了解他所处的"时代"，正如我们之欲更深切地了解一部作品，便不能不去研究其作家的生平一样。

文学史的任务，因此，便不仅仅成为一般大作家的传记的集合体，也不仅仅是对于许多"文艺作品"的评判的集合体了。

但他还有一个更伟大的目的在！"时代"的与"种族的特性"的色彩，虽然深深地印染在文学的作品上，然而超出于这一切的因素之外，人类的情思却是很可惊奇的相同；易言之，即不管时代与民族的歧异，人类的最崇高的情思，却竟是能够互相了解的。在文学作品上，是没有"人种"与"时代"的隔膜的。我们能够了解美洲的红印第安人，澳洲的土人，欧洲的斯堪的那维亚人，尽管他们和我们间隔得很远，只要我们读到了他们的神话与传说，他们的文学的作品；我们也能够了解远古的巴比伦人、希腊人，乃至中世纪的匈族与诺曼人，尽管他们的时代离开我们是很远，只要我们读到他们那个时代的创作物。

由此可知文学虽受时代与人种的深切的影响，其内在的精神却是不朽的，一贯的，无古今之分，无中外之别。最原始的民族与最高贵的作家，其情绪的成就是未必相差得太远的。我们要了解一个时代，一个民族，或一个国家，不能不先了解其文学。

所以，文学乃是人类最崇高的最不朽的情思的产品，也便是人类的最可征信，最能被了解的“活的历史”。这个人类最崇高的精神，虽在不同的民族、时代与环境中变异着，在文学技术的进展里演化着，然而却原是一个，而且是永久继续着的。

文学史的主要目的，便在于将这个人类最崇高的创造物文学在某一个环境、时代、人种之下的一切变异与进展表示出来；并表示出：人类的最崇高的精神与情绪的表现，原是无古今中外的隔膜的。其外形虽时时不同，其内在的情思却是永久的不朽的在感动着一切时代与一切地域与一切民族的人类的。

一部世界的文学史，是记载人类各族的文学的成就之总簿；而一部某国的文学史，便是表达这一国的民族的精神上最崇高的成就的总簿。读了某一国的文学史，较之读了某一国的百十部的一般历史书，当更容易于明了他们。

“中国文学史”在这样的情形之下，便是一部使一般人能够了解我们往哲的伟大的精神与崇高的创作成就的重要书册了。一方面，给我们自己以策励与对于先民的生活的充分的明了，一方面也给我们的许多友邦以对于我们的往昔与今日的充分的了解。

二

文学史的目的既明，则其所叙述的范围，当然很明白的便可以知道。盖文学史所叙述的并不是每一部文学的作品，而是每一部最崇高的不朽的名著。但也不能没有例外。有许多文学作品，其本身虽无甚内容，也无甚价值，却是后来许多伟大作品的祖源，我们由流以溯源，便不能不讲到他们；且这类材料，不仅仅论述一个文体的生长与发展所必须叙及，即说到要由文学上明了那个“时代”，也是绝好的资料。又有许多已成为文学史上争论之焦点的东西或史料，或曾在文学史上发生过重大的影响，成为一支很有影响的派别与宗门的，例如“西昆体”诗，“江西派”诗等，却也不能不讲述——即使其内容是较空虚的。那些作品之所以产生与发展而成为一个宗门，一个大支，当然也自有其社会的背景与根据。

但于上述者外，文学史所讲叙的范围，在实际上也许更要广大。原来文学这个名词所包含的意义，本来不是截然的明白晓畅，像科学中之物理学、植物学等一样的。有许多低级趣味的读物，像通俗的小说、剧本之类，表面上虽亦为文学的一体的一部分，实际上却不能列入“作者之林”。但像许多科学上、史学上的名著，有时却又因其具有文学趣味的关系，而也被公认为文学上的名著：例如庄子、荀况的哲学著作，司马迁的《史记》，班固的《汉书》，郦道元的《水经注》等都是。

但一般人对于这种取舍却常觉得很难判断。《史记》、《汉书》可以算是文学，为什么《通鉴纲目》之类又不能算是文学呢？我们有何取舍的标准呢？我们知道文学与非文学的区别，其间虽无深崭的渊阱隔离着，却自有其天然的疆界；在此疆界内者则取之，在此疆界外者，则舍之。

这个疆界的土质是情绪，这个疆界的土色是美。文学是艺术的一种，不美，当然不是文学；文学是产生于人类情绪之中的，无情绪当然更不是文学。

因了历来对于文学观念的混淆不清，中国文学史的范围，似乎更难确定。至今日还有许多文学史的作者，将许多与文学漠不相干的东西写入文学史之中去，同时还将许多文学史上应该讲述的东西反而撇开去不谈。

最早的几部中国文学史简直不能说是“文学史”，只是经、史、子、集的概论而已；而同时，他们又根据了传统的观念——这个观念最显著地表现在《四库全书总目提要》里——将纯文学的范围缩小到只剩下“诗”与“散文”两大类，而于“诗”之中，还撇开了“曲”——他们称之为“词余”，甚至撇开了“词”不谈，以为这是小道；有时，甚至于散文中还撇开了非“正统”的骈文等东西不谈；于是文学史中所讲述的纯文学，便往往只剩下五七言诗、古乐府以及“古文”。

我们第一件事，便要先廓清了许多非文学的著作，而使之离开文学史的范围之内，回到“经学史”、“哲学史”或学术思想史的他们自己的领土中去。同时更重要的却是要把文学史中所应述的纯文学的范围放大，于诗歌中不仅包罗五七言古律诗，更要包罗着中世纪文学的精华——词与散曲；于散文中，不仅包罗着古文与骈文等，也还要包罗着被骂为野狐禅等等的政论文学，策士文学，与新闻文学之类；更重要的是，于诗歌、散文二大文体之外更要包罗着文学中最崇高的三大成就——戏剧、小说与“变文”（即后来之弹词、宝卷）。这几种文体，在中国文坛的遭际，最为不幸。它们被压伏在正统派的作品之下，久不为人所重视；甚至为人所忘记，所蔑视。直到了最近数十年来方才有人在谈着。我们现在是要给他们以历来所未有的重视与详细的讲述了！

但这种新的资料，自小说、戏剧以至宝卷、弹词、民歌等，因为实在被遗忘得太久了的缘故，对于他们有系统地研究与讲述便成了异常困难的工作。我们常常感觉到，如今在编述着中国文学史，不仅仅是在编述，却常常是在发现。我们时时的发现了不少的已被亡失的重要的史料，例如敦煌的变文，《元刊平话五种》，《永乐大典戏文三种》之类。这种发现，其重要实在不下于古代史上的特洛伊（Troy）以及克里底（Crete）诸古址的发掘。有时且需要变更了许多已成的结论。这种发现还正在继续进行着，正如一个伟大的故国遗址，还正在发掘进行中一样。这使我们编述中国文学史感觉到异常困难，因为新材料的不绝发现，便时时要影响到旧结论的变更与修改；但同时却又使我们感觉到异常的兴奋，因为时时可以得到很重要的新的资料，一个新的刺激。有时，我们自己也许还是一个执铲去土的从事发掘工作的人。

三

还有一件事我们不能不注意，那便是史料的辨伪。中国文学史的历程，实在是太长了，即就那最可靠的最早的史料而论，也有了三千年以上的来历。对于远古的在《诗经》与《楚辞》以前的诗歌，其靠不住的性质，是有常识的人都知道的。所传黄帝时代的《弹歌》，以及皇娥、白帝子之歌一类，当然是不可信的；即《尧典》中所载的君臣赓和之作也都是后人的记载。大约在冯惟讷《古诗纪》的古逸一部，诗歌中可信的实在不多。但不仅远古的著作如此，即较为近代的东西也还是有许多的争论。《西游记》小说向来视为元人丘长春之作，直至最近方才论定为明人吴承恩的创作。而相传的李陵、苏武的五言诗其真伪也是纷纭不已。有许多的谬误的观念，便往往因此而构成。且举一个有趣的例。有一部明人的选本，载了一篇向未被发现过的建安七子时代的王粲《月赋》；居然有许多人相信其为一篇真实的佚文的发现，将其补入汉、魏辞赋之林。但经了细心的批评家的研究，原来这一篇赋便是谢庄的著名的《月赋》！《月赋》的开头假托着"陈王初丧应、刘，端忧多暇。绿苔生阁，芳尘凝榭。悄焉疚怀，不怡中夜……于时斜汉左界，北陆南躔，白露暧空，素月流天。沉吟齐章，殷勤陈篇。抽毫进牍，以命仲宣。仲宣跪而称曰……"选者目未睹《文选》，便径定为仲宣之作。类似的可笑的作伪，尚未为我们所觉察者，当更为不少。史料的谨慎的搜辑，在中国文学史的编纂中，因此便成了重要的一个问题。

四

"历史"的论著为宏伟的巨业，每是集体的创作，但也常是个人的工作。以《史记》般的包罗万有的巨著，却也只是出于司马迁一人之手。希腊的历史之父希罗多德（Herodotus）的史书，也是他个人的作品。文学史也是如此，历来都是个人的著作。但个人著作的文学史，却也有个区别：有的只是总述他人已得的成绩与见解而整理排比之的，这可以说是“述”，不是“作”；有一种却是表现着作者特创的批评见解与特殊的史料的，那便是“作”，而不是“述”了。

本书虽是个人的著作，却只是“述而不作”的一部平庸的书，并没有什么特殊的见解与主张。然而在一盘散沙似的史料的堆积中，在时时不断的发现新史料的环境里却有求仅止于“述而不作”而不可能者。新材料实在太多了，有一部分是需要著者第一次来整理，来讲述的。这当然使著者感觉到自己工作的艰巨难任，但同时却也未尝没有些新鲜的感觉与趣味。

“官书”成于众人之手，往往不为人所重视。萧衍的《通史》的不传，此当为其一因；宋、金、元、明诸史之所以不及个人著作的《史》、《汉》、《三国》乃至《新唐》、《五代》诸史，此当亦为其一因。但因了近代的急骤的进步与专门化的倾向，个人专业的历史著作，却又回到“众力合作”的一条路上去。这个倾向是愈趋愈鲜明的。其初是各种百科全书的分工合作化；其次便是大字典的分工合作化（例如《牛津字典》）；最后，这个“通力合作”的趋向，便侵入历史界中来。例如一部十余巨册的《英国文学史》（Cambridge History of English Literature），这种专家合作的史书，其成就实远过于中国往昔的“官书”；但有一点却与“官书”同病。个人的著作，论断有时不免偏激，叙述却是一贯的。合作之书，出于众手，虽不至前后自相悖谬，而文体的驳杂，却不可掩。所以一般“专家合作”的史书，往往也如百科全书一样，只成了书架上的参考之物。而成为学者诵读之资的史书，当然还是个人的著述。

五

有一个重要的原动力，催促我们的文学向前发展不止的，那便是民间文学的发展。原来民间文学这个东西，是切合于民间的生活的。随了时代的进展，他们便也时时刻刻地在进展着。他们的形式，便也是时时刻刻在变动着，永远不能有一个一成不变或永久固定的定型。又民众的生活又是随了地域的不同而不同的，所以这种文学便也随了地域的不同而各有不同的式样与风格。这使我们的“草野文学”成为很繁赜、很丰盛的产品。但这种产品却并不是永久安分的“株守”一隅的。也不是永久自安于“草野”的粗鄙的本色的。他们自身常在发展，常在前进。一方面，他们在空间方面渐渐地扩大了，常由地方性的而变为普遍性的；一方面他们在质的方面，又在精深地向前进步，由“草野”的而渐渐地成为文人学士的。这便是我们的文学不至永远被拘系于“古典”的旧堡中的一个重要原因。

此外，我们的文学也深受外来文学——特别是印度文学——的影响。这毋庸其讳言之。没有了她们的影响，则我们的文学中，恐怕难得产生那么伟大的诸文体，像“变文”等的了。她们使我们有了一次二次……的新的生命；发生了一次二次……的新的活动力。中国文学所接受于她们的恩赐是很深巨的，正如我们所受到的宗教上，艺术上，音乐上的影响一样，也正如俄国文学之深受英、法、德罗曼文学的影响一样。而在现在，我们所受到的外来文学的影响恐怕更要深，更要巨。这是天然的一个重要的诱因，外国文学的输入，往往会成了本国文学的改革与进展。这在每一国的文学史的篇页上都可以见到。虽然从前每一位中国文学史家不曾觉察到这事实，我们却非于此深加注意不可。外来的影响，其重要性盖实过于我们所自知。

原来，我们的诗人们与散文家们大部分都是在“拟古”的风气中讨生活的。然另一方面，却有许多不为人知的先驱者在筚路蓝缕地开辟荆荒，或勇敢地接受了外来文学的影响，或毫不迟疑地采用了民间创作的新式样。虽时时受到迫害，他们却是不馁不悔的。这使我们的文学乃时时地在进展，时时有光荣的新巨作，新文体的产生。先驱者在前走着；于是“古典主义者”便也往往携其所学而跟随着，而形成了一个大时代。作者们的结习虽深，却阻碍不了时代的自然的前进。一部分的文人学士，虽时时高唤着复古，刻意求工地模仿着古人，然时代与民众却即在他们的呼声所不到之处，暗地里产生了不少伟大的作品。到了后来，则时代与民众又压迫着文人学士采取这个新的文学形式。当民众文艺初次与文人学士相接触时，其结果便产生了一个大时代。过了一个时代，这个新的形式，又渐渐成为古董而为时代及民众所舍弃，他们又自去别创一种新的文学形式出来。五代、宋之词，金、元、明之曲，明、清之弹词，近数十年来的皮黄戏，其进展都是沿了这个方式走的。

对于这些重要的进展的消息，乃是著者所深切地感到兴趣的。

上卷　古代文学

第一章

古代文学鸟瞰

古代文学的两个特点——二千年的长久的历程——四个进展的阶段——游猎时代和农业时代的文学——汉民族势力的发展——秦的统一与封建制度的打破——汉帝国的建立——汉赋的创作——自建安到太康的光荣时代——对于少数民族的羁縻政策所生的恶果——古代文学告终于一个大纷乱的时代里

一

所谓古代文学，指的便是中国西晋以前的文学而言。这个时代的文学有两个特点：第一，纯然为未受有外来的影响的本土的文学。我们的中世纪和近代的文学，无论在形式上，内容上都受有若干外来文学的影响，特别是印度的；但在古代文学史上，则这个痕迹尚看不出——虽然在这个时代的最后，印度的思想和宗教已在很猛烈地灌输进来。第二，纯然为诗和散文的时代。像小说和戏曲的重要的文体，在这时代里，尚未一见其萌芽在希腊，在罗马或在印度的文学史上，已是很绚烂的照耀着这两种伟大文体的不可追视的光彩的了。

这个时代，从最早有“记载”的文字留下的时候起，到西晋的末年止，至少是有了二千年左右的历史（公元前 1700—公元 316 年）。在这样长久的时代里，我们先民的文学活动，至少也可分为四个发展阶段：

第一阶段，从殷商到春秋时代；这是一个原始的时代。伟大的著作，只有一部《诗经》。

第二阶段，战国时代；这是散文最发展的时代。散文的应用，在这时最为扩大。作者们都勇敢地向未之前见的文学的荒土上垦殖着。韵文也有了很高的成就，产生出像屈原的《离骚》、《九章》，宋玉的《九辩》以及《招魂》、《大招》之类的杰作。

第三阶段，从秦的统一到东汉的末叶；这是一个辞赋的时代。我们还看见五言诗在这时候开始发生萌芽；我们还看见古代的载籍，在这时候开始被整理，被“章句”，被归纳排比在好几部伟大的历史的名著里去。

第四阶段，从汉建安到西晋之末；这是一个五言诗的伟大时代。抒情诗的创作复活了；同时还复活了哲学的讨论的精神。诗人们，学者们，都不甘低首于类书似的辞赋和古代典籍之前了。虽然在最后，我们见到了一个悲惨的少数民族混乱的时代，却并无碍于这个时代伟大的成就。印度的佛教也在这时输入中国；开始在哲学上发生着影响，但文学上似还也不曾感受到什么。

二

在这四个阶段的文学的进展里，中国的历史的和社会的经济的情况也逐渐在变动着，且在背后支配着文学的进展。

最早的一个时期里我们看见汉民族的殷商一代，已定居于河南的黄河流域。汉族到底是西来的呢，还是定居于本土的原始人种，这有种种专门的辩论，我们姑且不去讨论它。但我们知道当我们的文学史开幕的时候，汉民族已在黄河流域的中部活跃着。他们的文明程度已经是很高的了。他们已知使用铜器。他们已有很繁赜的文字。他们知道怎样卜占吉凶以至行止；他们在兽骨、龟板和铜器上所刻的文辞，是很整饬的。后来周武王伐纣，推翻中枢的政府而自代之。周朝初期的文化未必有胜于殷商。但不久便急骤进步了。就甲骨文辞的记载看来，殷商已入一个农业时代，他们对于卜年卜雨是很注意的一件事。但也颇着重于田渔，这可见他们是未尽脱游猎时代的生活的。周代则完全入到很成熟的农业社会之中。《诗经》里，关于农事的歌咏是极多的；我们读《云汉》一诗，便知当时的人们对于大旱灾是如何的着急。像《七月》，像《硕鼠》等便又活画出当时农民们婉转呻吟于地主贵族压迫之下的呼号。“十亩之间兮，桑者闲闲兮”，连情诗也都是以农村的背景写出的了。

三

第二个阶段，来了一个极大的变动。在第一时期的后期，汉民族的势力还未出黄河流域以外。见于《诗经》的十五国风：二南、王、桧、郑、陈，皆在河南；邶、鄘、卫、曹、齐、魏、唐，皆在河北；豳、秦则在泾、渭之间。其疆域盖不出于河南、山西、陕西、山东四省之外。但在其最后，我们却见到长江流域左右的楚与吴、越皆已登上中国政治与战争的舞台，而为其重要的角色。在这个时代里，政治的局面，更大为不同。中枢政府完全失去了权威，以至于消灭。所谓韩、魏、赵、齐、楚、燕、秦的七国，竞欲争霸于当代，合纵连横，外交的变幻无穷，战争的威胁也无时或已。而对内则暴政酷税，使得民不聊生。平和的农民们连逃亡都不可能。忧民之士，纷出而献匡时之策；舌辩之雄，竞起而效驰驱之任。于是便来了一个散文的黄金时代。在这时，商业是很发达的；尽管争战不已，但商贾的往来，则似颇富于“国际性”。大商人们在政治上似也颇有操纵的能力；阳翟大贾吕不韦的设谋释放秦太子，便是一例。秦居关中，民风最为强悍，又最不受兵祸，首先实行了土地改革，增加生产，且似能充分地得到西方的接济，故于七国中为最强。齐、楚诸国终于逐渐地为秦所吞并。楚地的文学，在这时诗坛上最为活跃；但大诗人屈原等在其他国家里并无重要的影响。

第三个时期的开始，便见秦已并吞了六国，始皇帝厉行新政，“书同文字，车同轨”，废封建为郡县，打破了贵族的地主制度（秦的废封建，似颇受巴比伦诸大帝国的影响，又其自称“始皇帝”，而后以“二世”、“三世”为次，似更是模拟着西方的诸帝的榜样的）。这是极大的一个政治上的革命。自此，真正的封建组织便消灭了。但始皇帝虽为农民去了一层大压力，而秦人的兵马的铁蹄，却代之而更甚地蹂躏着新征服的诸国。因此，不久便招致了“封建余孽”的反叛。大纷乱的结果，得天下者却是从平民阶级出身的刘邦。战国诸世家是永远是沦落下去了。刘邦即皇帝位后，大封同姓诸侯。但文、景之后，封建制度又跟随了七国之乱而第二次被淘汰。在这时候，北方的一个大敌匈奴，逐渐地更强大了（他们为周、赵、秦的边患者本来已久）。惟于大政治家刘彻的领导之下，汉族却给匈奴以一个致命伤。同时，西方诸国也和汉帝国更为接近。西方的文化和特产开始输入不少。王莽出现于西汉之末。他要实现比始皇帝更伟大的一次大革命，经济的革命。可惜时机未成熟，他失败了。东汉没有什么重要的变动。汉帝国的威力，渐渐地堕落了。西方诸小国已不复为汉所羁縻。

这三个世纪，并没有产生什么伟大的名著。但屈原的影响却开始笼罩了一切。两司马（迁和相如）代表了文坛的两个方面。迁建立了历史的基础；相如则以辞赋领导着许多作家。但两汉的辞赋，不是无病而呻的“骚”，便是浮辞满纸，少有真情的“赋”和“七”。他们只知追踪于屈、宋的“形式”之后，而遗弃其内在的真实的诗情。散文坛也没有战国时代的热闹，但较之诗坛的情况，却已远胜。古籍整理的结果，往古的史实渐渐成为常识。便有像王充一类的学者，以直觉的理解，去判断议论过去的一切。五言诗渐代了四言的定式而露出头角来。

四

第四个时期可以说是五言诗的独霸时代。尚有诗人们在写四言，但远没有五言的重要。在这时代，我们看见汉末的天下纷乱；我们看见魏的统一，晋的禅代；我们还看见少数民族的纷纷徙居于内地。魏、晋的这个羁縻政策的结果，造成了后来的五胡十六国之乱。在这时的初期，魏、蜀、吴的三国虽是鼎峙着，而人才则几有完全集中于魏都的概况。蜀、吴究竟是偏安一隅。因形势的便利，又加之以曹氏父子兄弟的好延揽文人学士们，于是从建安到黄初，便成了一个最光荣的五言诗人的时代，一洗两汉诗坛的枯陋。辞赋在这时代也转变了一个新的机运。隽美沉郁的诗思复在《洛神》、《登楼》诸赋里发现了。司马氏继魏而有天下。东南的陆机、陆云也随了孙吴的被灭而入洛。诗人们更为集中。因了两汉儒学的反动，又佛教的开始输入，在士大夫间发生了影响，玄谈之风于以大炽。竹林七贤的风趣是往古所未有的。阮、嵇的诗也较建安诸子为更深厚超逸，引导了后来无数的诗人向同一路线走去。

在西晋的末叶，我们看见了大变乱将临的阴影。诸王互相残杀，文人们也往往受到最残酷的厄运，徒然成了政争的无谓的牺牲。从永兴元年（公元 304 年）刘渊举起了反抗的旗帜，自称大单于的时候起，中原便陷于水深火热的争夺战中。中世纪的文学就在那个大纷乱的时代，代替了古代文学。

第二章

文字的起源

中国语言的系统——南方语言种类的繁赜——文字的统一——文字与语言的联合——文字的类别——中国文字的起源——典雅的古文之产生——口语文学的消沉——甲骨文字的发现——金石刻文——字体的变迁——文字孳乳的日繁——外来词语的输入

一

中国的语言，在世界的语言系统里，是属于“印度支那语系”一支中之中国暹罗语的一部。说中国语的人民，区域极为广大，人数也多到四万万以上。在其间，又可分为南北两部的方言。北部的方言，以流行于北京的所谓“官话”为标准，虽因地域的区别而略有歧异，像天津话、辽宁话、山西话和北京话的差别，但其差别究竟是极为微细的。现在所谓“国语”，也便是以这种语言为基础而谋统一的实现的。南部的方言，则极为复杂；粗分之，可成为浙江、福建、广东的三系。浙江系包括浙江省及其附近地方；福建系包括福建全省及浙江、广东使用福建系方言的一部分；广东系则包括广东、广西二省。而在这三系里又各自有着很不相同的歧系。像浙江方言又可分为上海、宁波、温州三种；福建方言又可分为福州、厦门、汕头三种；广东方言又可分为广州、客家二种。

如果把全国的方言仔细分别起来的话，诚为一种困难的复杂的工作。各地方所刊行的用各种不同的中国语系的方言所写的唱本等，可惊奇地使我们发现其数量的巨大可观。在实际的使用上说来，如果一位不懂得广东方言的人到南部去旅行，不懂得厦门话的人到闽南等地去考察，一定要感觉到万分的困难，正如一句德国或法国话不懂的人，到欧洲去旅行一样，也许更要甚之。而不少的南部的人，到北方来，有的时候，竟也听不懂话，办不了事。这是数见不鲜的事。

二

但中国的语言虽是这样的复杂，文字却是统一的。譬如，我们在广东或香港旅行时，言语不通，遇到困难，以纸笔来作“笔谈”，却是最简单的一种解决的方法。原来，不管语言的如何分歧，我们这个伟大的民族，在很早的时候便已寻找到一种统一的工具了，那便是“文字”的统一。在远东大陆上的这个大帝国，所以会有那么长久的统一的历史者，“文字”的统一，当为其重要的原因之一。

文字和语言同为传达思想和情绪的东西。正同每个野蛮民族之必有其语言一样，最野蛮的民族也必各有其最幼稚的文字的萌芽。语言只是诉之于听觉的，其保存，只是靠着人的记忆，其传达，只是靠着人的口说，未必能传得远，传得久，传得广，或未必能够正确无讹。但文字则不同，她是有语言所未必有之传达的正确性和久远性的。自有文字的发现，于是人类的文化才会一天天地进步；往古的文化得以传述下去，异地的文化，得以输传过来，所取用者益广，益博，于是所成就者也就愈伟大，愈光荣了。

在最早的时候，文字与语言是没有什么联络的关系的。他们虽同为传达思想、情绪的工具，却一则诉之视官，一则诉之听官，其发展并不是同循一辙的。在那时，文字还不过是绘画的或象征的符号，其作用至为简单，只是帮助记忆而已。今日非洲及澳洲的土人们，每遣使人他适传达意志时，则用一种树枝造成的木棒，以种种样式的符号刻画于上，以备遗忘；或对方见了这棒也可以明了其意。秘鲁的土人昔尝用结绳的制度；这正与《易系传》所谓“上古结绳而治，后世圣人易之以书契”的话相应。但较进步的民族，则应用到更复杂的绘画或和绘画相类似的方法，以传达或记载某意或某事。最初的文字，大都和实物是相差不远的。中国古代的象形字，如日、月、山、川、鸟、马等，皆不过是绘画而已。埃及的象形字，像说两匹马，便是实在的绘着两匹马的。但后来，这些绘画的字形，渐渐地简单了，离开图画便一天天地远了。同时，许多抽象的观念，也能以会意的字表之，如上下等字，都是由象征文字而出来的。

但文字如果不能和语言联合的话，便永远只会是一种绘画或象征的符号而已。人类文化愈进步，于是文字不仅是实物的绘画或象征的记录，而也是语言的代表或符号了。文字和语言的合一，一面语言渐渐地得以统一了，一面文字也更趋于复杂，孳生得更多，而同时，离象形字的状态也益远，更有许多象音、会意的字创造出来。在这种人类所特有的符号之下，千万年来，是那样精致地记录下，或传达出人类的伟大的思想与情绪！所谓文学便是用这种特创的符号记录下或传达出的人类的情思的最伟大的、最崇高的和最美丽的成就。

三

文字学者尝将文字分为二种，一为意字（ideograph），一为音字（phonograph）。中国文字有一部分是“意字”，即所谓象形文字者是。“音字”又分单语文字，音节文字，单音文字三种。单语文字，即一字可以代表一语者，中国文字也多有之。但同时并有将意字和音字联合起来了的，像“江”、“河”等“形声字”皆是。在许慎《说文》

里，我们不知可以见到多少的“从某何声”（如“雅”字便是从隹，牙声的）的文字。音节文字，即代表单语中所分之各音节，像日本之平假名，片假名者是。单音文字即代表言语上之单音；语言上所用各种之音，本来不能一一以符号记之，只将单音构成之元素记之，像欧洲各国的字母便是。

文字的目的，既在于代表语言，故当某种文字输入于他处的时候，其组织法便跟了所输入之处的语言的变异，而完全变更了过来。例如，腓尼基的文字传到希腊时，希腊人便将其组织的方法变更了一下而采用之。日本的文字，便也是采用了中国字的偏旁而用来代表其语言的。

中国古代的文字和语言是合一的；至少，在中原的民族是合一的。其他各地，还使用着不同的语言（像在春秋的时候，楚地呼“虎”为“於菟”，便是一例）；至于是否有不同的文字，则不可知。我们观于秦始皇帝的屡次提到“同书文字”（《琅琊台立石》），或“书同文字”（《始皇本纪》），臣下们至以此和“车同轨”、“器械一量”同为歌功颂德之语。或当时各国所用的文字说不定竟未必是相同的（或至少是有着各种不同的书写方法）。惟就殷墟所发现的甲骨文字及殷、周诸代的铜器款识观之，又确知很早的便有一种共同的文字的存在。这种共同的文字，或其初只是占据于中原的民族之所用；后来才因了他们的势力的渐渐扩大，而流传到各地去。总之，在很早的时候，中国的文字大约便已是统一了的。惟语言，则如上文所述，在南方各地就未能统一。又，即在古代，因了语言的时代的变异，而文字则成了一成不变的固体，故中原民族所用的文字，便也渐渐地和语言不能合一。文字很早便成了典雅的古文；而语言的流变和歧异则仍然继续存在。总有两千年以上的时间了，中央政府都在维持着“文字”的统一；至于语言的统一的要求则似是最近的事。

中国的文学，大多数是用典雅的“古文”写成了的；但也有是地方的方言和最大多数人民说着的北方的口语写成的。那些口语的文学，其历史的长久不下于“古文”。惟往往为古文的著作所压倒，而不为学者们所注意。直到最近，他们的真价才为我们所发现，所明白。

四

中国文字，相传是由仓颉创作的。但这说起来甚晚。《易系传》只说“后世圣人易之以书契”。到了战国时代，才有仓颉作书之说。《说文·序》以仓颉为黄帝之史。如果他们的话可信，则中国文字是始创于黄帝时代（约公元前2690年）的了。但我们以为，中国文字的起源或当更早于这个时代。惟真实的有实物可征的最早的文字，则始于殷商的时代。殷商时代的文字，于今可见者有两个来源：一是安阳出土的龟甲文字，一是历代发掘所得的钟鼎彝器。后者像“乙酉父丁彝”、“己酉戌命彝”、“兄癸彝”、“戊辰彝”等都还可信。前者则自光绪二十四五年间河南彰德小屯村出现了有刻文的龟甲兽骨之后，专门学者们致力于斯者不止数十人；近更作大规模的发掘，所得益多。把这些有刻辞的甲骨和鼎彝研究一下，便可知中国今知的最古的文字，是什么一个样子的。虽然有许多文字到现在还未为我们所认识，但就其可知的一部分看来，其字体是和后来的篆文很相同的。但有两点是很应该注意的：第一，文字的形式尚未完全固定，一字而作数形者，颇为不少。试举羊、马、鹿、豕、犬、龙六字的重文为例：

第二，文字已甚为进步，不独是象形字，即会意字、形声字也已很自由地用到。这可见那时的文化程度已是很高的了。在罗振玉的《殷墟书契待问篇》里说，可识者有五百余字。而在商承祚的《殷墟文字类编》里，可识者已增到七百九十字，又《待问篇》更有四百字左右，共在一千字以上。而实际上，龟甲文辞尚在陆续发现，其所用的字，当决不止这些数目而已。

周代所用的文字，就金石刻文中所见者，与“殷墟书契”不甚相远，也有不能完全辨识之处。晋时在古冢中所发现的古文，解者已少。汉时的经师，也以能读古文为专门之业。《汉书·艺文志》有“《史籀篇》，周时史官教学童书也。”是乃今文《千字文》之流的东西。《说文·序》道：“尉律：学童十七已上，始试，讽籀书九千字，乃得为吏。”表明这种字体在汉时尚流行于世。此字体即为大篆。秦时李斯等为小篆，程邈等又为隶书；到汉时，史游又作章草，渐与今

体相合。至于今日流行者，字体种类至多，篆书亦间见用。好奇者甚或用到龟甲钟鼎的古文奇字。唯大都以楷书为正体。

汉时诵九千字者即可为吏。时代愈进化，则文字的孳生益多。自和西域、印度交通后，印度、西域的词语也输入不少。到了清代编纂《康熙字典》时已收入四万余单字。但实际上有许多单字是很少独用的，每须联合若干字成为一词，例如“菩萨”、“菩提树”、“涅槃”“剪拂”等，都只是一个词语。若连这种种“词语”而并计之，则总要在六七万词字以上。清末，西方的文化又大量输入，新字新词的铸造，更见增多。用来抒写任何种的情思，这么多的中国词语是不怕不够应用的。

参考书目

一、《中国文字学》 容庚编，有燕京大学石印本。

二、《殷墟书契考释》 罗振玉编，有上虞罗氏刊本。

三、《殷墟文字类编》 商承祚编，有上虞罗氏刊本。

四、《金文编》容庚编，有上虞罗氏刊本。

五、《说文解字诂林》 丁福保编，上海医学书局出版，研究《说文》之书以此为最完备。

六、《康熙字典》 有原刊本，有道光间刊本，后附校勘记，勘正原版错误处达数千余条。惜日常所用者仍是康熙版，道光版未见流行。

第三章

最古的记载

最古的文书可靠者少——甲骨与钟鼎刻辞的重要——甲骨文字是否全为卜辞的问题——钟鼎刻辞的简短——毛公鼎——石鼓文——诅楚文——最古的誓诰的总集：《尚书》——今文与古文之争——最古文书的三类：誓辞、文诰书札、与记事的断片——《尚书》的时代——《山海经》：古代神话与传说的渊薮

一

最古的记载，可靠者很少。所谓邃古的书："三坟、五典、八索、九丘"之类，当然是"虚无缥渺"的东西；即《尚书》里的文章，像《尧典》、《禹贡》之类，也不会是尧、禹时代的真实的著作。又像《甘誓》之类，就其性质及文体上说来，比较的有成为最早的记载的可能性，惟也颇为后人所怀疑；至少是曾经过后人的若干次的改写与润饰的。今日所能承认为中国文学史的邃古的一章的开始的"文书"，恐怕最可靠的，只有被发掘出的埋藏在地下的甲骨刻辞和钟鼎彝器的

记载了。有刻辞的甲与骨，最早的发现在光绪二十六年。福山王懿荣首先得到。丹徒刘鹗又从王氏购得之；这使他异常地注意，更继续地去收集，共得到五千余片，选千片付诸石印，名曰《铁云藏龟》(公元1903年出版)。立刻引起了学术界的大骚动。有斥之为伪者，但也有知道其真价的。上虞罗振玉于宣统间继刘氏之业，所获益多。民国十七年，中央研究院派人到殷墟进行正式发掘的工作，所得重要的东西不少。商代的文化，自此为我们所知。但这些甲骨刻辞记载的是什么呢？为什么会在同一个地点发现了那么许多的甲骨刻辞呢？其消息和拉耶(Layard)在尼尼微古城发现了整个楔形泥板书的图书馆是可列在同类的吧。龟板都是两面磨斫得很平正的，兽骨也都很整齐。所刻文字，有首尾完全者，但都很简短。究竟一片龟板或一块骨上刻了多少字，是很不规则的。长篇的记载，是否不止以一二片的龟板(或一二块骨)了之，也是很有注意的价值的。中央研究院《安阳发掘报告》第一期董作宾的《新获卜辞写本后记》里，曾说起发现刻有“册六”二字的龟板，且有穿孔。是则把许多龟板穿串为册子，是很有可能的。罗振玉《殷墟书契菁华》里所载的骨上刻辞有长到百字左右的，且还是残文。这可见殷商文辞不仅仅是简短若《竹书纪年》、《春秋》般的。从罗振玉诸人以来，皆以甲骨刻文为卜辞。罗氏分此种卜辞为九类：卜祭、卜告、卜亯、卜出入、卜田猎、卜征伐、卜年、卜风雨及杂卜(《殷墟书契考释》)。董作宾氏则更加上了卜霁、卜瘳、卜旬三类(《商代龟卜的推测》)。但这些甲骨刻辞是否仅为占卜的记载呢？这是很可注意的。那些磨制得很光滑的龟板兽骨，是否仅为占卜及记载卜辞之用呢？最近发现的两个兽头上的刻辞，都记载着某月王田于某地，其中之一，且是记载着获得某物的。这当然不会是卜辞。在龟甲刻辞上，有“获五鹿”、“由于陟，往(缺)获罘一毕兹御获罘一鹿七”等，又多有帝王大臣之名，及地名等，似不是单纯的卜辞。或当是殷商的文库罢，故会有那么多的零片发现。为了殷人好卜，所以卜而后行的事特别多，或便利用了占卜用过的甲骨以记载一切。这似都需要更仔细的讨论，这里且不提。

钟鼎彝器的发现，为时较早；宋代的记载古器物刻辞的书里已有不少三代古器存在着。惟最古者仍当推属于殷商时代之物。周代的东西也不少。钟鼎彝器的刻辞，往往只是记载着某人作此，或子孙永宝用之的一类的铭辞。但也有很长篇的文辞，其典雅古奥的程度是不下于《尚书》中的誓诰的，像毛公鼎上的刻文便是一个好例。毛公鼎的刻辞有四百四十九字之多，当是今见的古代器物上刻辞的最长的一篇。又有石鼓文的，系刻于十个石鼓之上，记载一件田猎之事的；以“遾车既工，遾马既同；遾车既好，遾马既骁”写起，接着写射鹿，获鱼，得雉，以至于猎归。虽然残缺不少，但还可以见到其宏伟的体制来。这篇文字的时代，论者不一；或以为是周宣王时代的东西。但今日已证实其为秦代之物。又有诅楚文三篇，也是那个时代的秦国的文章。无论如何，把他们归到《尚书》时代的文籍里，当是不会很错的。

二

但甲骨、钟鼎刻辞等，以不成篇章者为最多。其较为完美的文籍的最古的记载，几全在《尚书》里。编集《尚书》者相传为孔子。据说全书原有一百篇，今存五十八篇。然此五十八篇却非原本，其中多有伪作。可信为原作者仅由伏生传下的二十八篇而已。其余三十篇，有五篇系由旧本分出，有二十五篇则为伪作。伏生的二十八篇亦称为“今文本”，五十八篇则亦称为“古文本”。今文本由伏生传下，传其学者，在汉有大小夏侯及欧阳。古文本相传系武帝末鲁共王坏孔子宅以广其居时，由壁中得到。《汉书·儒林传》：“孔氏有《古文尚书》，孔安国以今文字读之。因以起其家，逸书得十余篇。盖《尚书》兹多于是矣。”又同书《艺文志》：“孔安国者，孔子后也，悉得其书，以考二十九篇，得多十六篇，安国献之。遭巫蛊事，未列于学官。”又同书《楚元王传》亦言：“得古文于坏壁之中，逸礼有三十九，书十六篇。”由此可见在西汉之时，逸书或《古文尚书》，较之今文仅多出十六篇。此《古文尚书》十六篇，大约在东晋大乱时已失不见。到了东晋元帝时豫章内史梅赜，忽上《古文尚书》，增多二十五篇。这个增多本，初无人疑其为伪者。到了宋时，方才有人觉得可疑。到了清初，阎若璩著《尚书古文疏证》，从种种方面证实，增多的二十五篇，实为梅赜所伪造，不仅“文辞格制，迥然不类”而已。这成了一个定谳。

就伏生本的二十八篇而研究之，《尚书》的内容是很复杂的，但大约可分为下之三类：

第一类　誓辞　这个体裁《尚书》里面很多，自《甘誓》起，至《汤誓》、《牧誓》、《费誓》都是。这是用兵时的鼓励臣民的话。我们在这些古远的誓辞中，很可以看出许多初民时代的信仰与思想。譬如《甘誓》，是夏启与有扈氏战于甘之野时的誓语，他对于六卿所宣布的有扈氏罪状乃是“威侮五行，怠弃三正”八个字（有人据此八字疑其为后人所伪作。但至少当经后人的改写）；于是他便接下去说：“天用剿绝其命，今予惟恭行天之罚。”称天以伐人国，乃是古代民族最常见的事。凡当双方以兵戎相见的时候，无论哪一方，总是说，他是“恭行天之罚”的，他的敌人是如何如何的为天所弃。不仅启如此而已。汤之伐桀，亦曰：“有夏多罪，天命殛之。”又曰：“夏氏有罪，予畏上帝，不敢不正。”武王伐纣亦曰：“今予发惟恭行天之罚。”总之，无论哪一方，总是告诉他的部下说：“我们是上天所保佑的，必须顺了天意，前去征伐。”他们又是奉了庙主或神像前去征伐的，所以“用命”便“赏于祖”，不用命便“戮于社”。这很可看出古代如何的崇奉神道，或利用神道，无论什么事，都是与神道有关系的；与一个民族有生死存亡的休戚的战争，当然更与神道有密切的关联了。如果我们读着《甘誓》（约公元前2196年）《汤誓》（约公元前1777年）及《牧誓》（公元前1122年）三篇便很可以看出其中不同的气氛来。神的气氛是渐渐地少了，人的气氛却渐渐地多了。其为不同时代的东西无疑。不过，像《甘誓》、《牧誓》的写出，可能要比较晚些。

第二类　文诰　书札这一类《尚书》中很不少，自《盘庚》、《大诰》、《洛诰》以至《康诰》、《酒诰》、《梓材》、《秦誓》皆是。它又可分为二类：一类是公告，即对于民众的公布，如《盘庚》；一类是对于个人的往来书札，或劝告，如《大诰》、《康诰》、《讲范》。这一类的古代文书，在历史上都是极有用的材料，更有许多珍言训语，在文学上也是很可宝贵的遗物。譬如《康诰》，便是一篇恳挚的告诫文书，《大诰》、《盘庚》中的文告，便是两篇反复劝谕的又严正，又周至的公告。

第三类　记事的断片　这一类《尚书》中较少，如《尧典》、《禹贡》以至《盘庚》中的一部分，及《金縢》等皆是。《尚书》中的诸文，每有一小段记事（虽然不见每篇中皆有）列于其首，例如《洪范》篇首之“惟十有三祀，王访于箕子”，《旅獒》篇首之“惟克商，遂通道于九夷八蛮。西旅底贡厥獒。大保乃作《旅獒》，用训于王”之类。

综上所言，可知《尚书》的性质与内容是很不一致的。旧说《春秋》是纪事的，《尚书》是纪言的，《尚书》又何尝只是纪言而已。

三

有的人以为《尚书》中的最古文件是《尧典》。但《尧典》却明明不是尧舜时所作；它记的是尧舜时代的事，且篇首即大书曰：“若稽古帝尧”，可见作此文者尚为离尧舜时代很远的人。（旧释：“若，顺；稽，考也。能顺考古道而行之者帝尧。”完全是不通的。）最可信的最古的一篇文字乃是《甘誓》，但就其明白晓畅的一点看来，至少有后人改写的痕迹。《禹贡》亦是后人所追记。《甘誓》若果为夏启时代的作品，则此文之作，盖在公元前 2196 年，即离今约四千年。四千年前，中国之有那样简朴的文字，并不是不可能的事。埃及、巴比伦诸国，在这时期其文字已是很发达的了。再者，就甲骨刻辞和《盘庚》的文辞看来，在夏代而有《甘誓》的产生，似也是不足为异的事。惟甲骨文以前的文字，即夏代的文字，迄未被我们发现，我们只能将这篇文字作为后人的记述而已。

《尚书》中最后的一篇文字《秦誓》，则写于公元前 627 年。

四

尚有《山海经》，也是很古远的书籍，相传为夏禹时代伯益所作。毕沅则以《五藏山经》三十四篇为“禹书”，《海外经》四篇，《海内经》四篇为周秦所述，《大荒经》以下五篇是“刘秀又释而增其文”者。这书的著作时代确是非出一时的，但未必便像毕氏那么犁然可指的某篇为某时所作。他所谓“禹书”，也不可信。但最迟似不会过战国以后的；在汉时或更有所增加。

这部书是古代神话的总集，和《天问》同为古文学中的瑰宝。其中的人物，像夸父、西王母等，后皆成为重要的“神人”；而《镜花缘》乃更以其中禽兽人物出现于近代的故事中。像《山经》里的“其中有鸟焉，名曰䳋，食之宜子”、“有草焉，名曰荀草，服之美人色”（《中山经》）云云，更大似后来的《本草》一类的医药服食的书的说法。在《海外经》里，神话最多，像“刑天与帝至此争神。帝断其首，葬之常羊之山。乃以乳为目，以脐为口，操干戚以舞”（《海外西经》）；“夸父与日逐，走入日，渴欲得饮。饮于河渭。河渭不足，北饮大泽。未至，道渴而死。弃其杖，化为邓林。”（《海外北经》）都是很伟大的神话的核心，可惜后人并不曾把它们发挥光大。

参考书目

一、《铁云藏龟》 刘鹗编，自印本。

二、《殷墟书契前后编》 罗振玉编，自印本。

三、《殷墟书契菁华》 罗振玉编，自印本。

四、《安阳发掘报告》 中央研究院历史语言研究所出版。

五、《历代钟鼎彝器款识》 宋薛尚功编，有明万历红印本，有石印本。

六、《窸斋集古录》 吴大澂编，有涵芬楼石印本。

七、《尚书正义》 唐孔颖达等撰，有《十三经注疏》本。

八、《尚书读本》 宋蔡沈撰，有通行本。

九、《古文尚书考异》 明梅鷟撰，有《平津馆丛书》本。

十、《尚书古文疏证》 清阎若璩撰，同治六年振绮堂刊本，又《皇清经解续编》本。

十一、《尚书后案》 清王鸣盛撰，有乾隆庚子刊本，又颐志堂原刊本，又《皇清经解》本。

十二、《今文尚书经说考》 清陈乔枞撰，有《左海续集》本，又《皇清经解续编》本。

十三、《尚书欧阳夏侯遗说考》 清陈乔枞撰，有《皇清经解续编》本。

十四、马国翰的《玉函山房辑佚书》中，辑有大小夏侯及欧阳生诸人的《尚书》古训注不少。

十五、《山海经》 有明刊本，毕沅注本（局刊本汪绂注本（石印本），郝懿行校本（原刊本）等。《山海经图》也有明刊本。

第四章

诗经与楚辞

最古的诗歌总集 :《诗经》——风、雅、颂之分的不当——《诗经》中的诗人的创作——《诗序》的附会——乱离时代的歌声——《诗经》里的情歌——农歌的重要——贵族的诗歌——《楚辞》时代——屈原和他的《离骚》——《九章》《九歌》等——《大招》《招魂》的影响——宋玉景差等

一

《诗经》是最早的一部诗歌总集。周平王东迁前后的古诗，除见于《诗经》者外，寥寥可数，且大都是断片 ；又有一部分是显然的伪作。论者以为 : 诗三千，孔子选其三百，为《诗经》。此语不甚可靠。不过古诗不止三百篇之数，则为无可疑的事实。

很可笑的伪歌，如《皇娥歌》及《白帝子歌》:“天清地旷浩茫茫”，“清歌流畅乐难极”之类，见于王子年《拾遗记》(《诗纪》首录之)。将这样近代性的七言歌，放在离今四千五百年前的时代，自然

是太浅陋的作伪了。“登彼箕山兮瞻天下”的一首《箕山歌》，“日出而作，日入而息”的《击壤歌》，也都是不必辩解的伪作。“断竹，续竹，飞土逐宍”的《弹歌》，《吴越春秋》只言其为古作，《诗苑》却派定其为黄帝作，当然是太武断。“股肱喜哉，元首起哉，百工熙哉”的虞帝与皋陶诸臣的唱和歌，比较的可靠，然却未必为原作。《尚书·大传》所载的《卿云歌》、《八伯歌》也是不可信的。较可信的是秦汉以前诸书所载的佚诗。这些佚诗，《玉海》曾收集了一部分。后来郝懿行又辑增之，为《诗经拾遗》一书。但存者不及百篇，且多零语，其中尚有一部分，是古代的谚语。所以我们研究古代的诗篇，除了《诗经》这一部仅存的选集之外，竟没有第二部完整可靠的资料。

二

《诗经》的影响，在孔子孟子的时代便已极大了。希腊的诗人及哲学家，每称举荷马之诗，以作论证；基督教徒则举《旧约》《新约》二大圣经，以为一己立身行事的准则；我们古代的政治家及文人哲士，则其所引为辩论讽谏的根据，或宣传讨论的证助者，往往为《诗经》的片言只语。此可见当时的《诗经》已具有莫大的威权。这可见《诗经》中的诗，在当时流传得如何广！

《诗经》在秦汉以后，因其地位的抬高，反而失了她的原来的巨大威权。这乃是时代的自然淘汰所结果，非人力所能勉强的。但就文学史上而论，汉以来的作家，实际上受《诗经》的风格感化的却也不少。韦孟的《讽谏诗》、《在邹诗》，东方朔的《诫子诗》，韦玄成的《自劾诗》、《戒子孙诗》，唐山夫人的《安世房中歌》，傅毅的《迪志诗》，仲长统的《述志诗》，曹植的《元会》、《责躬》，乃至陶潜的《停云》、《时运》、《荣木》，无不显然地受有这个感化。

然而，在同时，《诗经》却遇到了不可避免的厄运：一方面她的地位被抬高了，一方面她的真价与真相却为汉儒的曲解胡说所蒙蔽了。这正如绝妙的《所罗门歌》一样，她因为不幸而被抬举为《圣经》，而她的真价与真相，便不为人所知者好几千年！

《诗经》中所最引人迷误的是风、雅、颂的三个大分别。孔颖达说："风、雅、颂者，诗篇之异体，赋、比、兴者，诗文之异辞。……赋、比、兴是诗之所用，风、雅、颂是诗之成形。"（《毛诗正义》）关于赋比兴，我们在这里不必多说，这乃是修辞学的范围。至于风、雅、颂三者，则历来以全部《诗经》的诗，属于其范围之内。三百篇之中，属于"风"之一体者，有《二南》、《王》、《豳》、《郑》、《卫》等十五国风，计共一百六十篇；属于"雅"者，有《大雅》、《小雅》，计共一百零五篇；属于"颂"者有《周颂》、《鲁颂》、《商颂》，计共四十篇。《诗大叙》说："上以风化下，下以风刺上。主文而谲谏，言之者无罪，闻之者足以戒，故曰风。……是以一国之事，系一人之本，谓之风。言天下之事，形四方之风，谓之雅。雅者正也，言王政所由废兴也。……颂者，美盛德之形容，以其成功告于神明者也。"朱熹说："凡《诗》之所谓风者，多出于里巷歌谣之作，所谓男女相与咏歌，各言其情者也。……若夫雅颂之篇，则皆成周之世，朝廷郊庙乐歌之辞，其语和而庄，其义宽而密，其作者往往圣人之徒，固所以为万世法程而不可易者也。"（《诗经集注序》）《诗大叙》之说，完全是不可通的。汉人说经，往往以若可解若不可解之文句，阐说模糊影响之意思，《诗大叙》这几句话便是一个例。我们勉强地用明白的话替他疏释一下，便是：风是属于个人的，雅是有关王政的，颂是"以其成功告于神明"的。朱熹之意亦不出于此，而较为明白。他只将风、雅、颂分为两类；以风为一类，说他们是"里巷歌谣之作"，以雅、颂为一类，说他们是"朝廷郊庙乐歌之词"。其实这些见解都是不对的。当初的分别风、雅、颂三大部的原意，已不为后人所知；而今本的《诗经》的次列又为后人所窜乱，更不能与原来之意旨相契合。盖以今本的《诗经》而论，则风、雅、颂三者之分，任用如何的巧说，皆不能将其抵牾不合之处，弥缝起来。假定我们依了朱熹之说，将"风"作为里巷歌谣，将"雅"、"颂"作为"朝廷郊庙乐歌"，则《小雅》中的《白华》："白华菅兮，白茅束兮，之子之远，俾我独兮！"与《卫风》中的《伯兮》："伯兮朅兮，邦之桀兮。伯也执殳，为王前驱。自伯之东，首如飞蓬。岂无膏沐，谁适为容？”同是挚切之至的怀人之作，何以后一首便是“里巷歌谣”，前一首便是“庙堂郊祠乐歌”？又“风”“雅”之中，更有许多同类之诗，足以证明“风”与“雅”原非截然相异的二类。至于“颂”，则其性质也不十分明白。《商颂》的五篇，完全是祭祀乐歌；《周颂》的内容便已十分复杂，其中有一大部分，是祭祀乐歌，一小部分却与“雅”中的多数诗篇，未必有多大分别（如《小毖》）。《鲁颂》则只有《閟宫》可算是祭祀乐歌，其他《泮水》诸篇皆非是。又《大雅》中也有祭祀乐歌，如《云汉》之类是。更有后人主张：诗都是可歌的；其所谓“风”、“雅”、“颂”完全是音乐上的分别。郑樵说：“乐以诗为本，诗以声为用，八音六律为之羽翼耳。仲尼编诗，为燕享祀之时用以歌，而非用以说义也。”（《通志乐略》）又说：“仲尼……列十五国风以明风土之音不同，分大小二雅以明朝廷之音有间，陈《周》、《鲁》、《商》三颂所以侑祭也。……”梁任公便依此说，主张《诗经》应分为四体，即南、风、雅、颂。“南”即十五国风中之“二南”，与“雅”皆乐府歌辞，“风”是民谣，“颂”是剧本或跳舞乐。这也是颇为牵强附会的。古代的音乐早已亡失，如何能以后人的模糊影响之追解而为之分解得清楚呢？郑樵之说，仍不外风土之音（即民间歌谣），朝廷之音，及侑祭之乐的三个大分别。至于“四诗：南、风、雅、颂”之说，则尤为牵强。“南”之中有许多明明不是乐歌，如《卷耳》、《行露》、《柏舟》诸作，如何可以说他们是合奏乐呢？我们似不必拘泥于已窜乱了的次第而勉强去加以解释，附会，甚至误解。《诗经》的内容是十分复杂的；风、雅、颂之分，是决不能包括其全体的；何况这些分别又是充满了矛盾呢。我们且放开了旧说，而在现存的三百零五篇古诗的自身，找出他们的真实的性质与本相来！

据我个人的意见，《诗经》的内容，可归纳为三类：一、诗人的创作，像《节南山》、《正月》、《十月之交》、《崧高》、《烝民》等。二、民间歌谣，又可分为：（一）恋歌，像《静女》、《中谷有蓷》、《将仲子》等；（二）结婚歌，像《关雎》、《桃夭》、《鹊巢》等；（三）悼歌及颂贺歌，像《蓼莪》、《麟之趾》、《螽斯》等；（四）农歌，像

《七月》、《甫田》、《大田》、《行苇》、《既醉》等。三、贵族乐歌，又可分为：（一）宗庙乐歌，像《下武》、《文王》等；（二）颂神乐歌或祷歌，像《思文》、《云汉》、《访落》等；（三）宴会歌，像《庭燎》、《鹿鸣》、《伐木》等；（四）田猎歌，像《车攻》、《吉日》等；（五）战事歌，像《常武》等。

三

诗人的创作，在《诗经》是很显然的可以看出的。据《诗序》，"有主名"的创作有：（一）《绿衣》，卫庄姜作（《邶风》）；（二）《燕燕》，卫庄姜作（《邶风》）；（三）《日月》，卫庄姜作（《邶风》）；（四）《终风》，卫庄姜作（《邶风》）；（五）《式微》，黎侯之臣作（《邶风》）；（六）《旄丘》，黎侯之臣作（《邶风》）；（七）《泉水》，卫女作（《邶风》）；（八）《柏舟》，共姜作（《鄘风》）；（九）《载驰》，许穆夫人作（《鄘风》）；（十）《竹竿》，卫女作（《卫风》）；（十一）《河广》，宋襄公母作（《卫风》）；（十二）《渭阳》，秦康公作（《秦风》）；（十三）《七月》，周公作（《豳风》）；（十四）《鸱鸮》，周公作（《豳风》）；（十五）《节南山》，周家父作（《小雅》）；（十六）《何人斯》，苏公作（《小雅》）；（十七）《頍弁》"诸公"作（《小雅》）；（十八）《宾之初筵》，卫武公作（《小雅》）；（十九）《公刘》，召康公作（《大雅》）；（二十）《泂酌》，召康公作（《大雅》）；（二十一）《卷阿》，召康公作（《大雅》）；（二十二）《民劳》，召穆公作（《大雅》）；（二十三）《板》，凡伯作（《大雅》）；（二十四）《荡》，召穆公作（《大雅》）（二十五）《抑》，卫武公作（《大雅》）；（二十六）《桑柔》，芮伯作（《大雅》）；（二十七）《云汉》，仍叔作（《大雅》）；（二十八）《崧高》，尹吉甫作（《大雅》）；（二十九）《烝民》，尹吉甫作（《大雅》）；（三十）《韩奕》，尹吉甫作（《大雅》）；（三十一）《江汉》，尹吉甫作（《大雅》）；（三十二）《常武》，召穆公作（《大雅》）；（三十三）《瞻卬》，凡伯作（《大雅》）；（三十四）《召旻》，凡伯作（《大雅》）；（三十五）《駉》，史克作（《鲁颂》）。此外尚有许多篇，《诗序》以为是“国人”作、“大夫”作、“士大夫”作，“君子”作的。但《诗序》本来是充满了臆度与误解的，极为靠不住。譬如，我们就上面三十几篇而讲，《燕燕》一诗，《诗序》以为是“卫庄姜送归妾也。”那么一首感情深挚的送别诗：“瞻望弗及，涕泣如雨”，“瞻望弗及，伫立以泣”；这岂像是一位君夫人送“归妾”之词？至于其他，《诗序》以为“刺幽王”、“刺忽”、“刺朝”、“刺文公”的无名诗人所作，则更多误会。像《信南山》：“信彼南山，维禹甸之；畇畇原隰，曾孙田之。我疆我理，南东其亩。……祭以清酒，从以骍牡；享于祖考，执其鸾刀，以启其毛，取其血膋。……”不明明是一首村社祭神的乐歌吗？《诗序》却以为是“刺幽王也。不能修成王之业，疆理天下，以奉禹功，故君子思古焉。”这是哪里说起的误会呢？大约《诗序》将民歌附会为诗人创作者十之六，将无名之作附会为某人所作亦十之五六。据《诗序》，周公是《诗经》中的第一个大诗人。周公多才多艺，确是周室初年的一个伟大的作家。《尚书》中的《大诰》、《多士》、《无逸》等篇，皆为他所作。《诗经》中传为周公所作者为《七月》及《鸱鸮》二篇。《史记》：“东土以集，周公归报成王，乃为诗贻王，命之曰《鸱鸮》。”此诗音节迫促，语意挚切而凄苦，似是出于苦思极虑，忧谗畏讥的老成人所作。但这人是否即为周公，却很难说。而《七月》便决不会是周公所作的了；这完全是一首农歌，蕴着极沉挚的情绪，与刻骨铭心的悲怨，“七月流火，九月授衣。……无衣无褐，何以卒岁？……一之日于貉，取彼狐狸，为公子裘。”这样的近于诅咒的农民的呼吁，如何会是周公之作呢？《诗序》传为召康公所作之诗有三篇，皆在《大雅》，一为《公刘》，一为《泂酌》，一为《卷阿》。《公刘》为歌咏周先祖公刘的故事诗，或有召康公所作的可能。《泂酌》为一种公宴时的乐歌，《卷阿》亦为欢迎宾客的宴会乐歌，如何会是“召康公戒成王”呢？

所称为尹吉甫作的诗篇凡四：《崧高》、《烝民》、《韩奕》及《江汉》。尹吉甫为周宣王年代的人（公元前827年—公元前782年）。宣王武功甚盛，吉甫与有力焉。在《诗经》的诗人中，吉甫是最可信的一个。他在《崧高》的末章说："吉甫作诵，……以赠申伯。"在《烝民》上说："吉甫作诵……以慰其心。"这几篇诗都是歌颂大臣的"廊庙之诗"，(《崧高》是赠给申伯的；《烝民》是赠给仲山甫的；《韩奕》是赠给韩侯的；《江汉》是赠给召虎的。富于雍容尔雅之气概，却没有什么深厚的情绪。召穆公与尹吉甫是同时的人。他的诗，据《诗序》有三篇见录于《诗经》:《民劳》、《荡》与《常武》。《诗序》说，《民劳》与《荡》是刺厉王的，《常武》是美宣王的。但《民劳》是从士大夫的忧愤与伤心中写出的文字，《荡》似为歌述文王告殷的一段故事诗，模拟文王的语气是又严正，又恳切。或为史臣所追记，或为史诗作者的一篇歌咏文王的故事诗中的一段，现在已不可知。但决不是："召穆公伤周室大坏也"，则为极明白的事。《常武》叙述宣王征伐徐夷的故事，这是一篇战争叙事诗中的杰作，也是《诗经》叙事诗中的杰作：

> "赫赫业业，有严天子，王舒保作，匪绍匪游。徐方绎骚，震惊徐方，如雷如霆，徐方震惊。王奋厥武，如震如怒，进厥虎臣，阚如虓虎。铺敦淮濆，仍执丑虏。截彼淮浦，王师之所。王旅啴啴，如飞如翰，如江如汉，如山之苞，如川之流，绵绵翼翼，不测不克，濯征徐国。……"

凡伯相传与召穆公及尹吉甫同时，或较他们略前，作《板》；更有一凡伯，相传为幽王时人，作《瞻卬》及《召旻》二诗。前凡伯为厉王（公元前878年—公元前824年）卿士。他是周公之后。后凡伯为幽王时代（公元前781年—公元前771年）的人。《板》与《瞻卬》及《召旻》，所表示的虽同是一个情思，且俱喜用格言，但一则讽谏，一则悲愤。两个凡伯当都是有心的老成人，见世乱，欲匡救之而不能，便皆将其忧乱之心，悲愤之情，一发之于诗。因此与召穆公及尹吉甫的作风便完全不同："天之方虐，无然谑谑。老夫灌灌，小子蹻蹻。匪我言耄，尔用忧谑。多将熇熇，不可救药。"(《板》)活画出一位老成人在举世的嬉笑谑浪之中而忧思虑乱的心境来！《瞻卬》

与《召旻》便不同了;《板》是警告,《瞻卬》与《召旻》则直破口痛骂了:“人有土田,女反有之;人有民人,女覆夺之。此宜无罪,女反收之;彼宜有罪,女覆说之!哲夫成城,哲妇倾城!”(《瞻卬》)正是周室东迁时代,“日蹙国百里”的一种哀音苦语,真切地反映出当时的昏乱来。

卫武公为幽王时人,所作《宾之初筵》,《诗序》以为“卫武公刺时也”。但此诗系咏宴饮之事,决没有刺什么人之意,所以《诗序》所说的“卫武公”作,也许未免要加上一个疑问号。我们在社饮的诗中,找不到一首写得那么有层次,有条理的。作者从鸣钟鼓,竞射,“烝衎烈祖”,“各奏尔能”,以至或醉,或未醉的样子,而以“既醉而出”,及“匪言勿言,匪由勿语”的诤谏作结。其中有几段真是写得生动异常。又有《抑》,为格言诗的一类,教训的气味很重。《诗序》也说是卫武公“刺厉王,亦以自警也”。但《诗序》作者所说的时代却是完全不对的。武公在幽王时,入仕于朝,初本为侯。后幽王被犬戎所杀,武公引兵入卫。及平王立,乃进武公为“公”。所以他决不会去“刺厉王”的。他的心是很苦的,当他写《抑》时。或者《抑》乃是他在幽王时所作,故有:“於乎小子,告尔旧止。听用我谋,庶无大悔。天方艰难,曰丧厥国,取譬不远,昊天不忒。回遹其德,俾民大棘”诸语。像这种的情调,颇为后人所模拟。

芮伯的时代在卫武公之前(据《诗序》),他的《桑柔》,据说是“刺厉王”的。但观《桑柔》中:“忧心殷殷,念我土宇。我生不辰,逢天僤怒。自西徂东,靡所定处。多我觏痻,孔棘我圉”诸语,似为大乱时所作。此诗如果为芮伯所作,也许芮伯便是幽王时人。《桑柔》亦多格言式的文句,但忧乱怨时之意则十分的显露,并无一点的顾忌;若“降此蟊贼,稼穑卒痒”,若“维彼愚人,覆狂以喜”,若“大风有隧,贪人败类”之类,则直至于破口大骂了。

仍叔为宣王时人。据《诗序》,仍叔作《云汉》乃以“美宣王”的。其实《云汉》乃是一篇皇帝或官吏或民众祷告神道,以求止旱的祷文。悲挚恳切,是祷文中的名作,决不会是仍叔“美宣王”的诗:

“旱既大甚，则不可沮。赫赫炎炎，云我无所！大命近止，靡瞻靡顾。群公先正，则不我助。父母先祖，胡宁忍予！旱既大甚，涤涤山川。旱魃为虐，如惔如焚。我心惮暑，忧心如熏。群公先正，则不我闻。昊天上帝，宁俾我遁。……”

这可见出农业社会对于天然灾祸的降临是如何的畏惧，无办法。

家父，幽王时人。据《诗序》，他作了一篇《节南山》，以“刺幽王”。在这首诗的篇末，他也自己说：“家父作诵，以究王讻。式讹尔心，以畜万邦”，而“忧心如酲，谁秉国成，不自为政，辛劳百姓”的云云，讽刺执政者的意思是显明的。

《诗序》谓：《何人斯》为苏公刺暴公的；《頍弁》为“诸公”刺幽王的。其实，以原诗仔细考察之下，《何人斯》实是一首缠绵悱恻的情诗，是一个情人“作此好歌，以极反侧”的。“彼何人斯，其为飘风；胡不自北？胡不自南？胡逝我梁？只搅我心！”写得十分的直截明了。《頍弁》是一首当筵写作之歌，带着明显的“今朝有酒今朝醉”的悲凄的享乐主义：“死丧无日，无几相见。乐酒今夕，君子维宴。”又如何是刺幽王呢！《渭阳》是一首送人的诗，却未必为秦康公所作；《竹竿》是一首很好的恋歌，也不会是卫女思归之作；《河广》，也是一首恋歌，不会是宋襄公母思宋之作；《柏舟》，也未必为共姜之作，“母也天只，不谅人只”是怨其母阻挠其爱情之意，“之死矢靡慝”是表示其坚心从情人以终之意；《载驰》，《诗序》以为许穆夫人作，其实也只是一首怀人之作。

在《邶风》里，有卫庄姜的诗四篇，《绿衣》、《燕燕》、《日月》、《终风》。假定《诗序》的这个叙述是可靠的话，则卫庄姜乃是《诗经》中的一个很重要的女作家了。《燕燕》一诗，非她作，前面已经说过。《日月》是怀人之诗：《绿衣》一诗，是一首男子怀念他的已失的情人的诗；《终风》，也为一首怀人的诗。“谑浪笑敖，中心是悼”，这是如何深切的苦语。这些诗都附会不到卫庄姜上面去。又《式微》、《旄丘》皆显然为怀人之诗，也并不会是“黎侯之臣”们所作。又据《诗序》，史克作颂以颂鲁僖公，即《駉》是。但《駉》本无颂人意。

在本文上看来，明明是一首祷神的乐歌。民间常有祷祝牛马，以求其繁殖者，《駉》当是这一类的乐歌。

在《小雅》中，有一个寺人孟子所作的《巷伯》；他自己在最后说着："寺人孟子，作为此诗。凡百君子，敬而听之。"这首诗是骂"谮人者"的；"取彼谮人，投畀豺虎，豺虎不食，投畀有北，有北不受，投畀有昊"，怨毒至极而至于破口大骂以诅咒之了！

总上所言，可知《诗序》所说的三十几篇有作家主名的诗篇，大多数是靠不住的。其确可信的作家，不过尹吉甫、前凡伯、后凡伯、家父及寺人孟子等寥寥几个人而已。

四

许多无名诗人，我们虽不能知道他们的确切的时代，但显然有两个不同的情调是可以看得出的：第一是一种歌颂赞美的；第二是一种感伤，愤懑，迫急的。前一种大都是歌颂祖德的；后一种则大都是歌咏乱离，讥刺当局，愤叹丧亡之无日的。前者当是西周之作，后者当是周室衰落时代之作。经了幽王的昏暴，犬戎的侵入，中央的威信完全扫地了；各地的诸侯便自由地无顾忌地互相并吞征战。可使诗人愤慨悲愤的时代正是这样的一个时代！这些后期的无名诗人之作，遣词用语，更为奔放自由，在艺术上有了极显著的进步。

前期的无名诗人之作，在《大雅》中有《文王》、《大明》、《绵》、《思齐》、《皇矣》、《灵台》、《生民》、《公刘》诸篇，又《小雅》中亦有《出车》、《六月》、《采芑》等作，皆是叙事诗。细看这些诗，风格颇不相同，叙事亦多重复，似非出于一人之手，亦非成于一个时代。当是各时代的朝廷诗人，追述先王功德，或歌颂当代勋臣的丰功伟绩，用以昭示来裔，或竟是祭庙时所用的颂歌。在其间，惟《绵》及《公刘》最可注意。《绵》叙古公亶父的事。他先是未有家室，后"至于岐下，爰及姜女，聿来胥宇"，乃谋议而决之于龟，龟吉，乃"曰止曰时，筑室于兹"。底下一大段，描写他们耕田分职，筑室造庙，却写得十分生动。《公刘》叙公刘迁移都邑的事。他带领人民，收拾了一切，裹了“糇粮”，便启行了。经山过水，陟于平原，最后乃决意定居于豳。“既溥既长，既景乃冈，相其阴阳，观其流泉。其军三单，度其隰原。彻田为粮，度其夕阳，豳居允荒”，活画出古代民族迁徙的一幕重要的图画来。

后期的无名诗人之作，大都是愤当局之贪墨，叹大乱之无日，或嗟吁他自己或人民所受之痛苦的。其中最好的诗篇，像：《柏舟》（《邶风》）写诗人“耿耿不寐”欲饮酒以忘忧而不可能。“我心匪石，不可转也；我心匪席，不可卷也”诸语，不仅意思很新颖流转，即音调也是很新颖流转的。《兔爰》（《王风》）写时艰世乱，人不聊生。诗人于此乱世，却去追想到未生之前之乐，又去追想到昧昧蒙蒙一事不知的睡眠之乐。他怨生，怨生之多事；他恶醒，恶醒之使他能见“百忧”。因此，唯希望自己之能寐而无觉，一切都在睡梦里经过！《葛藟》（《王风》）也带有这样的悲苦调子。《伐檀》（《魏风》）是一首讽刺意味很深的诗。《诗经》中破口骂人的诗颇有几首，而这一首特具冷隽的讽趣。

> “坎坎伐檀兮，寘之河之干兮，河水清且涟漪。不稼不穑，胡取禾三百廛兮？不狩不猎，胡瞻尔庭有县貆兮？彼君子兮，不素餐兮！”《伐檀》（《魏风》）

不是讽刺却是谩骂。他竟将他无力驱逐去的贪吏或贪王，比之为硕鼠。他既不能起而逐去他们，只好消极地辱骂他们道：“硕鼠，硕鼠！不要再吃我的黍麦了，我的黍麦已经有三年被你夺去吃了。我现在终定要离开你而到别一个‘乐土’去了。你不要再吃我的黍麦了！”不能反抗，却只好迁居以躲避——可怜的弱者！但他能够迁避到哪里去呢？《蟋蟀》（《唐风》）和《山有枢》（《唐风》）都是写出乱世的一种享乐情调。“我躬不阅，遑恤我后”，这个声语是《诗经》所常见的。

在《小雅》的七十四篇中，这类的诗尤多，至少有二十篇以上的无名诗人作品是这样的悲楚的乱世的呼号。最好的，像《采薇》，是写行役之苦的；而“昔我往矣，杨柳依依。今我来思，雨雪霏霏。行道迟迟，载渴载饥。我心伤悲，莫知我哀”的一段，乃是《诗经》中最为人所传诵的隽语。《正月》以下的几篇，像《正月》、《雨无正》，也都是离乱时代文人学士的愤语哀谈；他们有的是火一般的热情，火一般的用世之心。他们是屈原，是贾谊，是陆游，是吴伟业。他们有心于救乱，然而却没有救乱的力量。他们有志于做事，然却没有做事的地位。于是他们只好以在野的身份，将其积愤，将其郁闷之心，将其欲抑而不能自制的悲怒，滔滔不绝地一发之于诗。其辞或未免重叠纷扰，没有什么层次，有类于《离骚》，然而其心是悲苦的，其辞是恳挚的。在《诗经》之中，这些乱世的悲歌，与民间清莹如珠玉的恋歌，乃是最好的最动人的双璧。

五

《诗经》中的民间歌谣，以恋歌为最多。我们很喜爱《子夜歌》，《读曲歌》等；我们也很喜爱《诗经》中的恋歌。在全部《诗经》中，恋歌可说是最晶莹的圆珠圭璧；假定有人将这些恋歌从《诗经》中都删去了，——像一部分宋儒、清儒之所主张者——则《诗经》究竟还成否一部最动人的古代诗歌选集，却是一个问题了。这些恋歌杂于许多的民歌、贵族乐歌以及诗人忧时之作中，譬若客室里挂了一盏亮晶晶的明灯，又若蛛网上缀了许多露珠，为朝阳的金光所射照一样。他们的光辉竟照得全部的《诗经》都金碧辉煌，光彩炫目起来。他们不是忧国者的悲歌，他们不是欢宴者的讴吟，他们更不是歌颂功德者的曼唱。他们乃是民间小儿女的“行歌互答”，他们乃是人间的青春期的结晶物。虽然注释家常常夺去了他们的地位，无端给他们以重厚的面幕，而他们的绝世容光却终究非面幕所能遮掩得住的。

恋歌在十五国风中最多，《小雅》中亦间有之。这些恋歌的情绪都是深挚而恳切的。其文句又都是婉曲深入，娇美可喜的。他们活绘出一幅二千五百余年前的少男少女的生活来。他们将本地的风光，本地的人物，衬托出种种的可入画的美妙画幅来。“山有扶苏，隰有荷华。不见子都，乃见狂且！”（《郑风》）这是如何的一个情景。“十亩之间兮，桑者闲闲兮，行与子还兮。”（《魏风》）这又是如何的一个情景。“鸡既鸣矣，朝既盈矣。匪鸡则鸣，苍蝇之声。”（《齐风》）这又是如何的一个情景！但在这里不能将这些情歌，一一地加以征引，姑说几篇最动人的。卫与郑，是诗人们所公认的“靡靡之音”的生产地。至今“郑卫之音”，尚为正人君子所痛心疾首。然《郑风》中情诗诚多，而《卫风》中则颇少，较之陈、齐似尚有不及。郑、卫并称，未免不当。《郑风》里的情歌，都写得很倩巧，很婉秀，别饶一种媚态，一种美趣。《东门之墠》一诗的“其室则迩，其人甚远”，“岂不尔思，子不我即”，与《青青子衿》一诗的“纵我不往，子宁不嗣音”，“一日不见，如三月兮”，写少女的有所念而羞于自即，反怨男子之不去追求的心怀，写得真是再好没有的了。“子不我思，岂无他人，狂童之狂也且！”（《褰裳》）似是《郑风》中所特殊的一种风调。这种心理，却没有一个诗人敢于将她写出来！其他像《将仲子》、《箨兮》、《野有蔓草》、《出其东门》及《溱洧》都写得很可赞许。

《陈风》里，情诗虽不多，却都是很好的。像《月出》与《东门之杨》，其情调的幽隽可爱，大似在朦胧的黄昏光中，听梵阿林的独奏，又如在月色皎白的夏夜，听长笛的曼奏：

> “月出皎兮，佼人僚兮，舒窈纠兮，劳心悄兮。月出皓兮，佼人懰兮，舒忧受兮，劳心慅兮。月出照兮，佼人燎兮，舒夭绍兮，劳心惨兮。”（《月出》）

《齐风》里的情诗，以《子之还兮》一首为较有情致。《卢令令》一首则音调流转动人。齐邻于海滨，也许因是商业的中心，而遂缺失了一种清逸的气氛。这是商业国的一个特色。又齐多方士，思想多幻缈虚空，故对于人间的情爱，其讴歌，便较不注意。《秦风》中的《蒹葭》，措辞宛曲秀美。“所谓伊人，在水一方。溯洄从之，道阻且长；溯游从之，宛在水中央。”即音调也是十分的宛曲秀美。

民间的祝贺之歌，或结婚、迎亲之曲，在《诗经》里亦颇不少。《关雎》、《桃夭》、《鹊巢》等都是结婚歌。《螽斯》及《麟趾》则皆为颂贺多子多孙的祝词。

民间的农歌，在《诗经》里有许多极好的。他们将当时的农村生活，极活泼生动地表现出来，使我们在二千余年之后，还如目睹着二千余年前的农民在祭祀，在宴会，在牵引他们的牛羊，在割稻之后，快快乐乐地歌唱着；还可以看见他们在日下耕种，他们的妻去送饭；还可以看见一大群的牛羊在草地上静静的低头食草；还可以看见他们怎样地在咒恨土地所有者，怒骂他们夺去了农民辛苦的收获；还可以看见他们互相的谈话，讥嘲，责骂。总之，在那些农歌里，我们竟不意地见到了古代的最生动的一幅耕牧图了。

这些民间的或农人们的祭祀乐歌，皆在《大雅》、《小雅》中。于上举之《七月》等外，像《无羊》便是一首最美妙的牧歌。“尔羊来思，其角濈濈。尔牛来思，其耳湿湿。或降于阿，或饮于池，或寝或讹。尔牧来思，何蓑何笠，或负其糇……”其描写的情境是活跃如见的。又像《甫田》那样的祷歌，更不是平庸的骈四俪六的祭神文、青词、黄表之类可比。“今适南亩，或耘或耔，黍稷薿薿……曾孙来止，以其妇子，馌彼南亩，田畯至喜。攘其左右，尝其旨否。”（《甫田》）其形状农家生活，真是“无以复加矣”。

民间的及贵族的宴会歌曲，尽有不少佳作。有时，竟有极清隽的作品。但这些宴会歌曲，结构与意思颇多相同，当是一种乐府相传的歌曲，因应用的时与地的不同，遂致有所转变。像《郑风》的《风雨》，《小雅》的《菁菁者莪》、《隰桑》、《蓼莪》、《裳裳者华》、《頍弁》，以及《召南》的《草虫》等，句法皆甚相同，很可以看出是由一个来源转变而来的。而像《伐木》（《小雅》），写一次宴会的情况，真是栩栩如活：“既有肥牡，以速诸舅，宁适不来，微我有咎！”乃至“坎坎鼓我，蹲蹲舞我”。都是当前之景，取之不穷，而状之则不易者。贵族或君王的田猎歌，也有几首，像《吉日》、《车攻》，且都不坏。帝王及贵族的颂神乐歌，或祷歌，或宗庙乐歌，则除了歌功颂德之外，大都没有什么佳语隽言。《文王有声》(《大雅》) 在祭神歌中是一个别格。这是祭“列祖”的歌。凡八章。先二章是祭文王的，故末皆曰：“文王烝哉！”末二章则最后皆曰：“武王烝哉！”

《鲁颂》中真正的祭神歌很少。《泮水》是一首很雄伟的战胜颂歌，并不是祷神歌。《閟宫》乃是一首祷神歌，其格调却与《周颂》中的诸篇不同了。

《商颂》五篇，未必便是殷时所作。《诗序》说：“微子至于戴公，其间礼乐废坏。有正考甫者，得《商颂》十二篇于周之大师。”但其风格离《诗经》中的诸篇并不很歧远。似当是周时所作，或至少是改作的。其中亦有很好的文句，如“猗与那与，置我鞉鼓，奏鼓简简，衎我烈祖。汤孙奏假，绥我思成。鞉鼓渊渊，嘒嘒管声。既和且平，依我磬声。”我们不仅如睹其形，亦且如闻其“鞉鼓渊渊”之声矣。

六

继于《诗经》时代之后的便是所谓“楚辞”的一个时代。在名为“楚辞”那一个总集之中，最重要的作家是屈原及宋玉。他是“楚辞”的开山祖，也是“楚辞”里的最伟大的作家。我们可以说，“楚辞”这个名词，指的乃是“屈原及其跟从者”。

“楚辞”的名称，或以为始于刘向。然《史记·屈原列传》已言：“屈原既死之后，楚有宋玉、唐勒、景差之徒者，皆好辞。而以赋见称。”《汉书·朱买臣传》言：“买臣善《楚辞》。”又言：“宣帝时，有九江被公善《楚辞》。”《楚辞》之称，在汉初当已成了一个名词。据相传的见解，谓屈原诸《骚》，皆是楚语，作楚声，纪楚地，名楚物，故谓之《楚辞》。其后虽有许多非楚人作《楚辞》，虽未必皆纪楚地，名楚物，然其作楚声则皆同。

后汉王逸著《楚辞章句》，于卷首题着：“汉护左都水使者光禄大夫臣刘向集，后汉校书郎臣王逸章句。”《楚辞》到刘向之时，始有像现在那个样子的总集，这是可信的事，唯这个王逸章句的《楚辞》，是否即为刘向的原本，却是很可疑的。据王逸的《章句》本，则名为《楚辞》的这个总集，乃包括自屈原至王逸他自己的一个时代为止的许多作品。据朱熹的《集注》本，则《楚辞》的范围更广，其时代则包括自周至宋，其作品则包括自荀况以至吕大临。本书所谓《楚辞》，指的不过是屈原、宋玉几个最初的《楚辞》作家。

《楚辞》，或屈原、宋玉诸人的作品，其影响是至深且久，至巨且广的。《诗经》的影响，至秦汉已微。她的地位虽被高列于圣经之林，她在文学上的影响却已是不很深广了。但《楚辞》一开头便被当时的作者们所注意。汉代是“辞、赋的时代”；而自建安以至六朝，自唐以至清，也几乎没有一代无模拟《楚辞》的作家们。她的影响，不仅在“赋”上，在“骚”上，即在一般诗歌上也是如此。若项羽的“虞兮虞兮奈若何”，刘邦的“大风起兮云飞扬”，以至刘彻的“草木黄落兮雁南归”，“罗袂兮无声，玉墀兮尘生”诸诗，固不必说，显然的是“楚风”了；即论到使韵遣词一方面，《楚辞》对于后来的诗歌，其影响也是极大的。他们变更了健劲而不易流转的四言格式，他们变更了淳朴短促的民间歌谣，他们变更了教训式的格言诗，他们变更了拘谨素质的作风。他们大胆地倾怀地诉说出自己郁抑的情绪；从来没有人曾那么样的婉曲入微，那样地又直挚，又美丽地倾诉过。

屈原是古代第一个有主名的大诗人。在古代的文学上，没有一个人可以与他争那第一把交椅的。《史记》中有他的一篇简传。在他自己的作品里也略略地提起过自己的生平。据《史记》，屈原名平，“原”是他的字。他自己在《离骚》里则说：“皇鉴揆余于初度兮，肇锡余以嘉名。名余曰正则兮，字余曰灵均。”是正则，灵均又是他的名字。后人或以正则、灵均为“平”字“原”字的释义，或以为正则、灵均是他的小名。他是楚的同姓，约生于公元前 340 年（周显王二十九年，楚宣王三十年辛巳）。初为楚怀王左徒，博闻强识，明于治乱，娴于辞令，入则与王图议国事，以出号令，出则接遇宾客，应对诸侯。原是怀王很信任的人。有一个上官大夫，与屈原同列争宠，心害其能。怀王使屈原造为宪令。屈原属藁未定。上官大夫见而欲夺之。屈平不与。上官大夫因在怀王之前谗间他道：“王使屈平为令，众莫不知。每一令出，平伐其功，以为非我莫能为也。”王怒而疏屈平。“屈平疾王听之不聪也，谗谄之蔽明也，邪曲之害公也，方正之不容也。故忧愁幽思而作《离骚》。”屈原既疏，不复在位，使于齐。适怀王为张仪所诈，与秦战大败。秦欲与楚为欢，乃割汉中地与楚以和。怀王恨张仪入骨，说道：“不欲得地，愿得张仪。”张仪竟入楚。厚赂怀王左右，竟得释归。屈平自齐返，谏怀王曰：“何不杀张仪？”怀王悔，追张仪不及。后秦昭王与楚婚，欲怀王会。王欲行。屈原曰：“秦虎狼之国，不可信，不如无行。”怀王稚子子兰劝王：“奈何绝秦欢！”怀王卒行，入武关。秦伏兵绝其后，固留怀王以求割地。怀王怒，不听，竟客死于秦而归葬。长子顷襄王立，以其弟子兰为令尹。子兰怒屈平不已，使上官大夫短之于顷襄王。顷襄王怒而迁之。这是他第二次在政治上的失败。屈原既被疏被放，三年不得复见。竭智尽忠，而蔽障于谗；心烦意乱，不知所从。乃往太卜郑詹尹欲决所疑。他问詹尹道：“宁正言不讳以危身乎？将从俗富贵以偷生乎？……宁昂昂若千里之驹乎？将泛泛若水中之凫，与波上下偷以全吾躯乎？……此孰吉，孰凶？何去，何从？”詹尹却很谦抑地释策说道：“用君之心，行君之意，龟策诚不能知此事！”屈原至于江滨，披发行吟泽畔，颜色憔悴，形容枯槁。乃作《怀沙》之赋。于是怀石自投汨罗以死。死时约为公元前 278 年（即顷襄王二十一年）的五月五日。在这一日，到处皆竞赛龙舟，投角黍于江，以吊我们的大诗人。

近来颇有人怀疑屈原的存在，以为他也许和希腊的荷马，印度的瓦尔米基一样，乃是一个箭垛式的乌有先生。荷马、瓦尔米基之果为乌有先生与否，现在仍未论定——也许永久不能论定——但我们的大诗人屈原，却与他们截然不同。荷马的《伊里亚特》、《奥德赛》，瓦尔米基的《拉罗摩衍那》，乃是民间传说与神话的集合体，或民间传唱已久的小史诗，小歌谣的集合体。所以那些大史诗的本身，应该可以说他们是“零片集合”而成的。荷马、瓦尔米基那样的作家，即使有之，我们也只可以说他们是“零片集合者”。屈原这个人，和屈原的这些作品，则完全与他们不同。他的作品像《离骚》、《九章》之类，完全是抒写他自己的幽愤的，完全是诉说他自己的愁苦的，完全是个人的抒情哀语，而不是什么英雄时代的记载。他们是反映着屈原的明了可靠的生平的，他们是带着极浓厚的屈原个性在内的。他们乃是无可怀疑的一个大诗人的创作。

七

《汉书·艺文志》里有《屈原赋》二十五篇。王逸《章句》本的《楚辞》与朱熹《集注》本的《楚辞》，所录屈原著作皆为七篇。七篇中，《九歌》有十一篇，《九章》有九篇，合计之，正为二十五篇，与《汉志》合。但王逸《章句》本，对于《大招》一篇，却又题着“屈原作，或曰景差作”。则屈原赋共有二十六篇。或以为《九歌》实只十篇，因《礼魂》一篇乃是十篇之总结。故加入《大招》，仍合于二十五篇之数。或则去《大招》而加《招魂》，仍为二十五篇。或则以《九歌》，作九篇，仍加《大招》、《招魂》二篇，合为二十五篇。但无论如何，这二十五篇，决不会全是屈原所作的。其中有一部分是很可怀疑的。《远游》中有“羡韩众之得一”语。韩众是秦始皇时的方士，此已足证明《远游》之决非屈原所作的了。《卜居》、《渔父》二篇，更非屈原的作品。两篇的开始，俱说：“屈原既放”，显然是第三人的记载。王逸也说：“楚人思念屈原，因叙其辞以相传焉。”此外《九歌》、《天问》等篇，也都各有可疑之处。我们所公认屈原的作品，与他的生活有密切的关系者，仅《离骚》一篇及《九章》九篇而已。

《离骚》为古代最重要的诗篇之一；也是屈原所创作的最伟大的作品。“离骚”二字的解释，司马迁以为“犹离忧也”。班固以为“离，犹遭也；骚，忧也”。《离骚》全文，共三百七十二句，二千四百六十一字。作者的技能在那里已是发展到极点。她是秀美婉约的，她是若明若昧的。她是一幅绝美的锦幛，交织着无数绝美的丝缕；自历史上，神话上的人物，自然界的现象，以至草木禽兽，无不被捉入诗中，合组成一篇大创作。

屈原想象力是极为丰富的。《离骚》虽未必有整饬的条理，虽未必有明晰的层次，却是一句一辞，都如大珠小珠落玉盘，各自圆莹可喜，又如春园中的群花，似若散漫而实各在向春光斗妍。自“帝高阳之苗裔兮，朕皇考曰伯庸”起，始而叙述他的身世性格，继而说他自己在“惟党人之偷乐兮，路幽昧以险隘”之时，不得不出来匡正。“岂余身之惮殃兮，恐皇舆之败绩”，不料当事者并不察他的中情，“反信谗而齌怒”。他“固知謇謇之为患兮，忍而不能舍也”。在这时，“众皆竞进以贪婪兮，凭不厌乎求索。”独有他的心却另有一番情怀。他所怕的是“老冉冉其将至兮，恐修名之不立”。他的心境是那样的纯洁：“朝饮木兰之坠露兮，夕餐秋菊之落英。”然“众女嫉余之蛾眉兮，谣诼谓余以善淫。”因而慨然地说道：“鸷鸟之不群兮，自前世而固然。何方圜之能周兮，夫孰异道而相安。屈心而抑志兮，忍尤而攘诟。伏清白以死直兮，固前圣之所厚。”在这时，他已有死志。他颇想退修初服，“制芰荷以为衣兮，集芙蓉以为裳。”然而他又不能决心退隐。女媭又申申地骂他，劝他不必独异于众。“众不可户说兮，孰云察余之中情。”他却告诉她说，“阽余身而危死兮，览余初其犹未悔。不量凿而正枘兮，固前修以菹醢”时既不容他直道以行，便欲骋其想象“上下而求索”。“饮余马于咸池兮，总余辔乎扶桑。折若木以拂日兮，聊逍遥以相羊。前望舒使先驱兮，后飞廉使奔属。鸾皇为余先戒兮，雷师告余以未具。吾令凤鸟飞腾兮，继之以日夜……欲远集而无所止兮，聊浮游以逍遥。”但“闺中既以邃远兮，哲王又不寤。怀朕情而不发兮，余焉能忍与此终古”。他闷闷至极，便命灵氛为他占之。灵氛答曰：“何所独无芳草兮，尔何怀乎故宇？”他欲从灵氛之所占，心里又犹豫而狐疑。“巫咸将夕降兮，怀椒糈而要之。”巫咸又告诉他说道：“勉升降以上下兮，求矩矱之所同……及年岁之未晏兮，时亦犹其未央。”他仍不以此说为然。他说道：“兰芷变而不芳兮，荃蕙化而为茅。何昔日之芳草兮，今直为此萧艾也！岂其有他故兮，莫好修之害也！”实在的，“既干进而务入兮，又何芳之能祗。固时俗之流从兮，又孰能无变化！”他终于犹豫着，狐疑着，不能决定走哪一条路好。最后他便决绝地说道：“灵氛既告余以吉占兮，历吉日乎吾将行。”及其“陟升皇之赫戏兮，忽临睨夫旧乡。”便又留恋瞻顾而不能自已。“仆夫悲余马怀兮，蜷局顾而不行。”他始终在徘徊瞻顾，下不了决心。他始终地犹豫着，狐疑着，不知何所适而后可。到了最后之最后，他只好浩然长远地叹道：“已矣哉！国无人莫我知兮，又何怀乎故都！既莫足与为美政兮，吾将从彭咸之所居。”他始终是一位诗人，不是一位政治家。他是不知权变的，他是狷狷自守的。他也想和光同尘，以求达政治上的目的，然而他又没有那么灵敏的手腕。他的洁白的心性，也不容他有违反本愿的行动。于是他便站立在十字街头：犹豫狐疑，徘徊不安。他的最后而最好的一条路便只有：“从彭咸之所居。”

在《九章》里的九篇里，大意也不外于此。《九章》本为不相连续的九篇东西，不知为什么联合为一篇而总名之曰《九章》。这九篇东西，并非作于一时，作风也颇不相同。王逸说：“屈原既放，思君念国，随事感触，辄形于声。后人辑之，得其九章，合为一卷。非必出于一时之言也。”他以《惜往日》、《悲回风》二篇为其“临绝之音”。其他各篇则不复加以诠次。后人对于他们的著作时日的前后，议论纷纭。《涉江》首句说，“余初好此奇服兮，年既老而不衰”，似也为晚年之作。《惜诵》、《抽思》二篇，其情调与《离骚》全同，当系同时代的作品。《橘颂》则音节舒徐，气韵和平，当是他的最早的未遇困厄时之作。然在其中，已深蕴着诗人的矫昂不群的气态了：“嗟尔幼志，有以异兮，独立不迁，岂不可喜兮！深固难徙……”《思美人》仍是写他自己的低徊犹豫。《哀郢》是他在被流放的别地，思念故乡而作的。他等候着复召，却永不曾有这个好音。他最后只好慨叹地说道：“曼余目以流观兮，冀一反之何时！鸟飞反故乡兮，狐死必首丘。信非吾罪而弃逐兮，何日夜而忘之！”《涉江》也是他在被放于南方时所作。

他既久不得归，于是又作《怀沙》、《悲回风》二赋，以抒其愁愤，且决志要以自杀了结他的贞固的一生。在这时，他已经完全失望，已经完全看不出有什么光明前途了。国事日非，党人盘踞，“变白以为黑兮，倒上以为下，凤皇在笯兮，鸡鹜翔舞；同糅玉石兮，一概而相量。”当然不会有人知他。《怀沙》之作，在于“滔滔孟夏兮，草木莽莽”之时。他在那里，已决死志，反而淡淡地安详说道："民生禀命，各有所错兮，定心广志，余何畏惧兮。……知死不可让，愿勿爱兮。"在《悲回风》里，他极叙自己的悲愁："涕泣交而凄凄兮，思不眠而极曙。终长夜之曼曼兮，掩此哀而不去。"他倒愿意"溘死而流亡兮，不忍此心之常愁。"至于《惜往日》，或以为"此作词旨鄙浅，不似屈子之词，疑后人伪托也"。我们见他一开头便说："惜往日之曾信兮，受命诏以昭时，奉先功以照下兮，明法度之嫌疑"，似为直抄《史记》的《屈原列传》而以韵文改写之的，屈原的作品，决不至如此的浅显。伪作之说，当可信。

《九歌》、《天问》也颇有人说其皆非屈原所出。朱熹说："昔楚南郢之邑，沅、湘之间，其俗信鬼而好祀。其祀必使巫觋作乐，歌舞以娱神。蛮荆陋俗，词既鄙俚，而其阴阳人鬼之间，又或不能无亵慢淫荒之杂。原既被逐，见而感之。故颇为更定其词，去其泰甚。"是则朱熹也说《九歌》本为旧文，屈原不过"更定其词，去其泰甚"而已。这个解释是很对的。我们与其将《九歌》的著作权完全让给屈原或楚地的民众，不如将这个巨作的"改写"权交给屈原。我们看《九歌》中那么许多娟好的词语："桂棹兮兰枻，斲冰兮积雪，采薜荔兮水中，搴芙蓉兮木末。心不同兮媒劳，恩不甚兮轻绝"（《湘君》）。"帝子降兮北渚，目眇眇兮愁予。袅袅兮秋风，洞庭波兮木叶下"（《湘夫人》）。"秋兰兮青青，绿叶兮紫茎。满堂兮美人，忽独与余兮目成"（《少司命》）。"若有人兮山之阿，被薜荔兮带女罗，既含睇兮又宜笑"（《山鬼》）。我们很不能相信民间的祭神歌竟会产生这样的好句。有许多民间的歌曲在没有与文士阶级接触之前，都是十分的粗豪鄙陋的。偶有一部分晶莹的至情语，也被拙笨的辞笔所碍而不能畅达。这乃是文人学士的拟作或改作，给他们以一种新的生命，新的色彩。《九歌》之成为文艺上的巨作，其历程当不外于此。

《九歌》有十一篇。或以《礼魂》为"送神之曲"，为前十篇所适用。或则更以最后的三篇：《山鬼》、《国殇》、《礼魂》，合为一篇以合于"九"之数，然《山鬼》、《国殇》诸篇，决没有合为一篇的可能。但《九歌》实只有九篇。除《礼魂》外，《东皇太一》实为"迎神之曲”，也不该计入篇数之内。

《九歌》的九篇（除了两篇迎神、送神曲之外），相传以为都是礼神之曲。但像“思公子兮未敢言”（《湘夫人》），“悲莫悲兮生别离，乐莫乐兮新相知”（《少司命》），“子交手兮东行，送美人兮南浦”（《河伯》），“既含睇兮又宜笑，子慕予兮善窈窕”（《山鬼》）诸情语，又岂像是对神道说的。或以为《圣经》中的《所罗门歌》，不是对神唱的歌曲，而同时又是绝好恋歌么？不知《所罗门歌》正是当时的恋歌；后人之取来作为圣歌，乃正是他们的附会。朱熹也知《九歌》中多情语，颇不易解得通，所以便说：“其言虽若不能无嫌于燕昵，而君子反有取焉。”我的意见是，《九歌》的内容是极为复杂的，至少可成为两部分：一部分是楚地的民间恋歌，如《湘君》、《湘夫人》、《大司命》、《少司命》、《河伯》、《山鬼》六篇；一部分是民间祭神祭鬼的歌，如《云中君》、《国殇》、《东君》、《东皇太一》及《礼魂》。

《天问》是一篇无条理的问语，在作风上，在遣词用语上，全不像是屈原作的。朱熹说：“屈原放逐，彷徨山泽，见楚有先王之庙及公卿祠堂，图画天地山川神灵，琦玮谲佹，及古贤圣怪物行事，因书其壁，向而问之，以渫愤懑。楚人哀而惜之，因共论述。故其文义不次序云尔。”既是楚人所“论述”，可见未必出于屈原的手笔。且细读《天问》全文，平衍率直，与屈原的《离骚》、《九章》诸作的风格完全不同。我们不能相信的是，以写《离骚》、《九章》的作者，乃更会写出“简狄在台，喾何宜？玄鸟致贻，女何喜？”那么一个样子的句法来。有人以为《天问》是古代用以考问学生的试题。这话颇有人加以非笑，以为在古代时，究竟要考问什么学生而用到这些试题。我们以为以《天问》为试题，或未免过于武断；但《天问》之非一篇有意写成的文艺作品，则是无可怀疑的。她在古时，或者是一种作者所用的历史、神话、传说的备忘录也难说。或者竟是如希腊赫西奥德（Hesiodos）所作的《神谱》，或阿波洛道鲁斯（Apollodorus）的《图书纪》。体裁乃是问答体的，本附有答案在后。后人因为答题过于详细，且他书皆已有详述，故删去之，仅存其问题，以便读者的记诵。这个猜测或有几分可能性吧。

八

《大招》或以为屈原作，或以为景差作。王逸以为："疑不能明。"朱熹则直以为景差作。《招魂》向以为宋玉作，并无异辞。至王夫之、林云铭他们，始指为屈原作。此二篇内容极为相同。假定一篇是屈原"作"的话，则第二篇决不会更是他"作"的。但这两篇原都是民间的作品。朱熹在《招魂》题下，释曰："古者，人死，则使人以其上服，升屋履危，北面而号曰'皋某复'。遂以其衣三招之，乃下，以覆尸。此礼所谓复。而说者以为招魂复魂。又以为尽爱之道，而有祷祠之心者，盖犹冀其复生也。如是而不生，则不生矣。于是乃行死事。此制礼者之意也。而荆楚之俗乃或以是施之生人。"此种见解，较之王逸的"以讽谏怀王，冀其觉悟而还之也"自然高明得多。《大招》之作用，也是同一意思。所以这两篇"招魂"的文章，无论是屈原，是宋玉，是景差所"作"，其与作者的关系都是很不密切的，他们只是居改作或润饰之劳而已。

这两篇作品的影响，在后来颇不小。屈原的作品，如《离骚》，如《九章》，宋玉的作品，如《九辩》，都是浩浩莽莽的直抒胸臆之所欲言。他们只有抒写，并不铺叙。只是抒情，并不夸张。只是一气直下，并不重叠地用意描状。至于有意于夸张的铺叙种种的东西，以张大他们的描状的效力者，在《楚辞》中却只有《大招》、《招魂》这两篇。例如，他们说美人，便道："朱唇皓齿，嫭以姱只；比德好闲，习以都只；丰肉微骨，调以娱只，魂乎归徕，安以舒只；嫮目宜笑，蛾眉曼只；容则秀雅，稚朱颜只；魂乎归徕，静以安只。"(《大招》) 他们说宫室，便道："高堂邃宇，槛层轩些。层台累榭，临高山些。网户朱缀，刻方连些。冬有突厦，夏室寒些。川谷径复，流潺湲些。光风转蕙，泛崇兰些。经堂入奥，朱尘筵些。"(《招魂》) 说饮食，说歌舞，也都是用这种方法。又他们对于招来灵魂，既历举四方上下的可怕不可居住，又盛夸归来的可以享受种种的快乐。这种对称的叙述，重叠的有秩序的描状，后来的赋家差不多没有一篇不是这样的。《三都赋》是如此，《七发》是如此，《箫赋》也是如此。"赋者，铺也"一语，恰恰足以解释这一类的赋。《大招》、《招魂》的重叠铺叙，原是不得不如此的宗教的仪式。却不料反开了后来的那么大的一个流派。

九

在《楚辞》里，可指名的作家，屈原以外，便是宋玉了。《史记》在《屈原列传》之末，提起这样的一句话："屈原既死之后，楚有宋玉、唐勒、景差之徒者，皆好辞而以赋见称。"司马迁并没有说起宋玉的生平。在《汉书·艺文志》里，于"宋玉赋十六篇"之下，也只注着"楚人，与唐勒并时，在屈原后也"。《韩诗外传》(卷七)及《新序》(杂事第一及第五)里，说起：宋玉是屈原以后的一位诗人，事楚襄王(《韩诗外传》作怀王)为小臣，并不得志。他在朝廷的地位，大约是与汉武帝时的司马相如、枚皋、东方朔诸人相类。与他同列者有唐勒、景差诸人，皆能赋。他的一生，大约是这样的很平稳的为文学侍从之臣下去。他的死年，大约在楚亡以前。他与屈原的关系，以上几部书都不曾说起过。只有王逸在他的《楚辞章句》上说："宋玉者，屈原弟子也。"(《九辩·序》)这话没有根据。大约宋玉受屈原的影响则有之，为实际上的师弟则未必然。他在当时颇有一部分的势力，他的锋利的谈片，或为时人所艳称，所以他有许多轶事流传于后。

他的著作，《汉书·艺文志》说有十六篇，今所有者则为十四篇。在其中，惟《九辩》一篇，公认为宋玉所作，并无异议。这一部大作，也实在是足以代表宋玉的文艺上的成功。她是以九篇诗歌组成的。那九篇的情调，也有相同的，也有不相同的，大约决不会是同时之作。《九辩》之名，或为当时作者随手所自题(《九辩》原为古诗名)，或为后人所追题。在《九辩》里的宋玉，其情调与屈原却大有不同。他也伤时，然而他只说道"悼余生之不时兮，逢此世之俇攘"而止；他也怨君之不见察，然而他也只说道"君弃远而不察兮，虽愿忠其焉得；欲寂寞而绝端兮，窃不敢忘初之厚德"而止；他也骂世，然而他只说道"何时俗之工巧兮，灭规矩而改凿。独耿介而不随兮，愿慕先圣之遗教”而止。他是蕴蓄的，他是“温柔敦厚”的。

《九辩》里写秋景的几篇是最著名的：“悲哉秋之为气也。萧瑟兮草木摇落而变衰，憭栗兮若在远行，登山临水兮送将归。泬寥兮天高而气清，寂寥兮收潦而水清。憯凄增欷兮薄寒之中人。怆怳懭悢兮去故而就新。坎廪兮贫士失职而志不平。廓落兮羁旅而无友生，惆怅兮而私自怜。”简直要一口气读到底，舍不得在中途放下。

宋玉的其他诸作，除《招魂》外，自《风赋》以下，便都有些靠不住。一则他们的文体是疏率的，与《九辩》之致密不同。再则，他们的情调是浅露无余的，与《九辩》之含蓄有情致的不同。三则他们的结构是直接的，与《九辩》之缠绵宛曲者又不同。且像那样的记事的对话体的赋，一开头便说：“楚襄王游于兰台之宫，宋玉、景差侍”（《风赋》）；便说：“昔者，楚襄王与宋玉游于云梦之台”（《高唐赋》）；便说：“楚襄王与宋玉游于云梦之浦”（《神女赋》），显然不会是出于宋玉本人之手的。且《高唐赋》中简直的写上了“昔者，楚襄王与宋玉游于云梦之台”，这还不是后人的追记么？《笛赋》中还有“宋意将送荆卿于易水之上，得其雌焉”之语。宋玉会引用到荆卿的故事么？又《登徒子好色赋》与《讽赋》皆叙的是一件事；结构与情调完全是相仿佛的。《高唐赋》、《神女赋》与《高唐对》三篇也叙的是同一的事件。假定他们全是宋玉写的，他又何必写此同样的若干篇呢？而第一次见于《古文苑》的《笛赋》、《大言赋》、《小言赋》、《讽赋》、《钓赋》、《舞赋》，其来历更是不可问的。刘向见闻至广，王逸也博采《楚辞》的作品。假定当时宋玉有这许多作品流传着，他们还不会收入《楚辞》之中么？

此外，楚人之善辞者，尚有唐勒、景差二人。《汉书·艺文志》著录唐勒赋四篇，无景差的作品。《史记》却提到过景差。王逸说：“《大招》，屈原之所作也，或曰景差，疑不能明也。”朱熹则断《大招》为景差之作。但这二人都不甚重要。景是楚之同姓；景差大约与宋玉同时。唐勒也是与他们同时，也事楚襄王为大夫，且尝与宋玉争宠而妒害他。勒的作品，绝不可见。在《全上古三代秦汉三国六朝文》里只有他的《奏土论》的残文数语。

参考书目

一、《毛诗正义》四十卷　汉毛亨传，郑玄笺，唐孔颖达疏，有《十三经注疏》本。

二、《诗集传》八卷　宋朱熹撰，坊刻本极多。

三、《诗经通论》十八卷　清姚际恒撰，有道光丁酉刊本。

四、《读诗偶识》四卷　清崔述撰，有《畿辅丛书》本，有日本刊《东壁遗书》本。

五、《诗经原始》十八卷　清方玉润撰，有《鸿濛室丛书》本，有石印本。

六、《诗三家义集疏》二十八卷　王先谦撰，有乙卯年虚受堂原刊本。

七、《诗经的厄运与幸运》　顾颉刚撰，载于《小说月报》第十四卷第三号至第五号，又有《小说月报丛刊》本。

八、《读毛诗序》　郑振铎撰，载于《小说月报》第十四卷第一号。

九、《关于诗经研究的重要书籍介绍》　郑振铎撰，载于《小说月报》第十四卷第三号。

十、《楚辞》　王逸章句，洪兴祖补注。有汲古阁刊本，有金陵书局刊本。

十一、《楚辞集注》　朱熹撰，有《古逸丛书》本，有坊刊本。

第五章

先秦的散文

先秦散文坛的盛况——哲学家的天下——儒道墨的分道并驰——老子——孔子和墨子的积极的救世的精神——“儒分为八，墨离为三”——孟子与荀子——庄子——韩非与吕不韦——诸历史家——《战国策》——《春秋左氏传》——《穆天子传》

一

上古文学，在诗歌一方面，不过有《诗经》与《楚辞》的两个总集，伟大的作家也只有几个人。但在散文一方面，作家却风起泉涌，极一时之盛。或为哲学家，或为政治家，或为辩士，或为历史家，或为专门的学者。各有所长，各有所见，各有所执持。他们是抒达自己的意见而无讳避的。他们没有什么传统的信仰与意见的束缚，他们各欲为开山祖，也各有他们的信徒。这个时代，论者每以为是中国哲学的黄金时代。

虽然他们并不以文学为业，但他们的文章，却也是光彩焕发，风致遒美，其结构的严整，文句的精粹，都为汉以后散文作家所少见。他们每能以盛水不漏的严密的哲学思想，装载于美丽多趣的文字里，驱遣着丰富的想象，生动的比喻，活泼而有情致的文辞，为他自己所应用。因此，他们的作品，便不惟成了哲学上的名著，也成了文学上的名著。

他们都是生活在从公元前570年（周灵王时）到公元前230年（秦始皇时）之间的一个时代的。这一个时代，即所谓春秋战国的时代。这时，中国的各地，尤其是黄河流域，都继续陷在局部战争的情形之中。争战不休，兵戈时举。一切的传统的道德与思想都已被打得粉碎。政治上社会上的纷纭也已达于极点。于是新创的哲学思想与政治观念便应运而出。有的人表白出消极的厌世的破坏思想。有的人还要努力地维持古代的传统思想，保存古代的一切良好的制度，积极地与社会相争斗。有的人欲以仁爱及实用之学，来挽救这种扰乱与民间的疾苦。有的人则更欲以严明的政治及法律来统辖这种纷扰的局面。这些都是由社会的自然的趋势里，酝酿出他们的哲学来的。重要的派别有三，即所谓儒、道、墨者是。道家抱消极的厌世思想，儒家则主张保守与用世，墨家则以救天下博爱为己任。更有持极端的个人主义，虽拔一毛而利天下也不肯为的杨朱，以严刑峻法统治一国的商鞅、韩非，以诡辩伏人而自喜的公孙龙、邹衍等。但他们的影响究竟没有儒、道、墨三家那么大，他们的跟从者也没有儒、道、墨三家那么多。这三派的哲学家，各有其开山祖，儒家为孔丘，道家为李耳，墨家为墨翟。这一个时代，恰好也是希腊哲学的黄金时代；苏格拉底、柏拉图、亚里士多德、西塞罗诸人相继而起。我们没有埃斯库罗斯，欧里庇得斯似的大悲剧家，然而我们却有许多的哲学家，足以与希腊哲学界东西相辉映。

二

在这些先秦哲学家中，最先出来的是老子。老子姓李，名耳，字聃

（据《史记》），楚国人。关于他的神话甚多，有的说他活了二百余岁，有的说他出关仙去。于是更有《老子化胡经》,《老子七十二变化图》之作。道家也以他为他们的宗教的始祖。于是他便成了与释迦牟尼的三身如来佛相配当的“三清”（即所谓“老子一炁化三清”）。孔子曾与他相见过。因为他做过周守藏室之吏，所以孔子向他问礼。大约他的生活时代与孔子相差不远，其生当在公元前 470 年（周元王时）以前。老子所代表的思想是消极的，厌世的。他的书有《道德经》上下二篇，共八十一章，文字极简直。他因为当时政治的龌龊，言治者纷然出，而天下愈扰，于是主张无为，主张无治，以为“不尚贤，使民不争，不贵难得之货，使民不为盗，不见可欲，使民心不乱。是以圣人之治，常使民无治无欲”。鸡犬之声相闻，而民至老死不相往来，这就是他的理想国的景象。他不主张法治，以为：“民不畏死，奈何以死惧之！”他不喜欢贤能与强力，而以谦下与柔弱为至德。他说：“江海所以能为百谷王者，以善下之，故能为百谷王。”又说：“天下莫柔弱于水，而攻坚强者，莫之能胜，其无以易之。”他的悲观，极为彻透。他说：“天地不仁，以万物为刍狗；圣人不仁，以百姓为刍狗。”这种悲观的消极的思想，在当时极为流行；一部分的人，以生为苦，于是唱着：“知我如此，不如无生”，一部分的人则流于玩世不恭，讥笑一切仆仆道路的以救民救世为己任的人，如《论语》中所载长沮、桀溺诸人都是。老子便是他们的代表。

因为这一派厌世的消极的思想的流行，于是孔子便起来反抗他们，宣传尧、舜、文、武之治，努力维持理想中的传统的政治的与社会的道德，以中庸的积极的态度，始终不懈地从事于改良当时的政治，以复于他所理想的古代清明的政治状况。他在当时的影响极大。跟从他学习的有三千多人，主要的弟子有七十余人。他名丘，字仲尼，鲁国人。生于公元前 551 年（即周灵王二十一年），卒于公元前 479 年（即周敬王四十一年）。他的事迹与言论，许多书上都有记载，但以《论语》所记者为最可靠。他曾做过鲁国的司空及司寇。后来去官周游列国。到了六十八岁时，复回鲁地。专心著述，编订《尚书》、《诗经》、《周易》及《春秋》，还订定了《礼》与《乐》。卒时，年七十三。孔子的思想，是入世的，是积极的。《论语》虽为曾子的门人所记，文字虽极简朴直接，却能把孔子的积极的思想完全表现出来。老子主张无治无为，孔子则主张有为，主张政刑与德礼为治世者所必要。他说："道之以政，齐之以刑，民免而无耻。道之以德，齐之以礼，有耻且格。"孔子是极力欲维持理想中的道德的。所以齐陈恒杀其君，孔子三日斋而请伐齐。季氏舞八佾于庭，孔子说道："是可忍也，孰不可忍也！"当时的人常讥嘲孔子之仆仆道路，而无所成。但孔子则不悲观。"楚狂接舆歌而过孔子曰：凤兮，凤兮！何德之衰！往者不可谏，来者犹可追。已而已而，今之从政者殆而。'孔子下，欲与之言，趋而辟之，不得与之言。长沮、桀溺耦而耕，孔子过之，使子路问津焉。长沮曰：'夫执舆者为谁？'子路曰：'为孔丘。'曰：'是鲁孔丘欤？'曰：'是也。'曰：'是知津矣！'问于桀溺。曰：'子为谁？'曰：'为仲由。'曰：'是鲁孔丘之徒欤？'对曰：'然，曰：'滔滔者天下皆是也，而谁以易之！且而与其从辟人之士也，岂若从辟世之士哉。'耰而不辍。子路行以告。夫子怃然曰：'鸟兽不可与同群。吾非斯人之徒与而谁与！天下有道，丘不与易也！'"（《论语·微子》）这种精神，真足以感动一切时代的人！

较孔子略后，而与孔子具有同样的积极的救世的精神者为墨子墨子主张博爱，非攻。他的势力，在当时也极大。老、孔、墨三派的思想，几乎三分天下。墨子名翟，或以他为宋人，或以他为鲁人。他的生活时代约在公元前500年（周敬王时）到公元前416年（周威烈王时）之间。关于墨子的书，有《墨子》五十三篇。但未必为墨子所自著。一部分是墨者记述墨子的学说与行事的，一部分是后人加入的。墨子有孔子的积极救世的精神，其救助被损害之国的热情，且较儒者尤为强烈。孟子的"墨子兼爱，摩顶放踵利天下，为之"数语，即足表现他的精神。楚国使公输般造云梯欲攻宋。墨子走了十日十夜，赶去见公输般，说服了他，使他中止攻宋。但同时，他与儒家有好几点相反对。儒者主张王者之师，并不反对战争。墨子则彻底地主张非攻。儒者主张爱有等次。墨子则主张博爱。儒者不信鬼而信天命，重礼乐，重视丧葬之事。墨子则主张明鬼而非命，提倡节葬而非乐。

儒、道、墨三派，各有其信徒。然他们的学说传世既久，便又起了分化。韩非子在《显学篇》里，将儒、墨二家的分化，说得非常详细。他说："自孔子之死也，有子张之儒，有子思之儒，有颜氏之儒，有孟子之儒，有漆雕氏之儒，有仲良氏之儒，有孙氏之儒，有乐正氏之儒。自墨子之死也，有相里氏之墨，有相夫氏之墨，有邓陵氏之墨。故孔、墨之后，儒分为八，墨离为三。"《汉书·艺文志》著录道家为三十七家，除伊尹、太公及老子经传经说之外，自文子、蜎子、关尹子、庄子、列子、老成子、长卢子、王狄子，以至公孙牟、申子、老莱子、黔娄子等不下十余家。他们既各自著书立说，则当然又各有他们的见地与主张了。这三大派的分化，一方面使儒道墨的学说互相影响，互相采纳，一方面使儒道墨的学说益为分歧迷乱，不能有截然的分野。分化的结果，遂陷入不可避免的衰落途程中。又他们既"取舍相反不同，而皆自谓真孔墨，孔墨不可复生，将谁使定后世之学乎？"（《韩非子·显学篇》）自己一派的互相争论的结果，又使后来者目迷五色，耳纷八音，有无所适从之苦。这都是迫促他们以就于灭亡的。

墨家之书，存者仅《墨子》一作。儒家之书，于《论语》外，存于今者，在《礼记》中有《大学》、《中庸》二篇，《大学》相传为曾子及其门人所作的。《中庸》相传为孔子之孙子思所作。又有《孝经》，相传系孔子为曾子说的，由后人记载下来。还有其他各书，但都不甚重要。其中最重要的，且最有影响于后来的文学作品，为《孟子》和《荀子》。

孟子名轲，邹人。生于公元前372年（即周烈王四年），卒于公元前289年（即周赧王二十六年），卒时，年八十四。他曾受业于子思的门人，见过齐宣王、梁惠王，所如不合，"退而与万章之徒，序《诗》《书》，述仲尼之意，作《孟子》七篇。"（《史记》）有的人颇疑《孟子》，以为系后人所伪作，有的人则以为《孟子》一书未必为轲所自著，而是弟子所记述的。大约以后说为较可靠。当孟子时，天下竞言功利，以攻伐纵横为贤。孟子乃称述唐虞三代之德，痛言功利之害，宣传仁义之说，努力维持儒家的道德。是以时人都以他为"迂远而阔于事情"。但他一方面却也染了战国辩士之风，颇好辩难，喜以比喻宣达他的意见。因此，《孟子》一书较之《论语》及《孝经》诸书，其文辞更富于文学的趣味；辞意峻利而深切，比喻赡美而有趣。

他和孔子相差不过一世纪多，而作风之不同已如此。

荀子名况，字卿，赵人。初仕齐，三为祭酒。齐人或谗荀卿。卿乃适楚。春申君用他为兰陵令。春申君死，荀卿失官，因家兰陵，著书数万言而卒。卿的生活时代约在公元前 310 年至前 230 年左右。他的书《荀子》，有三十三篇，内有赋五篇，诗二篇。汉魏六朝以至唐，最流行之文体之一，即为赋，而其名实自荀卿始创之。荀卿并不墨守儒家的思想。他批评墨、道及诸子之失时，对于儒家之子思、孟子也不肯放过。他主张人性是恶的，反对孟子性善之说。主张法后王，反对儒家法先王之说。又主人治，反对天治。对于盘踞于中国人的心中的“相”的观念，加以严肃的驳诘。其影响是很大的。

道家的支流，最著者为庄子。他的书，为后来文学者所最喜悦。庄子名周，蒙人。尝为蒙漆园吏。与梁惠王、齐宣王同时。约死于公元前 275 年左右。他甚博学，最喜老子的学说，著书十余万言。其文字雄丽洸洋，自恣以适己。“以天下为沉浊，不可与庄语。以卮言为曼衍，以重言为真，以寓言为广。独与天地精神往来，而不敖倪于万物。不谴是非，以与世俗处。……上与造物者游，而下与外生死无终始者友。”(《天下篇》) 他的书，《庄子》，现在存三十三篇，其中《让王》、《说剑》、《盗跖》、《渔父》诸篇，是后人伪作的。他最喜以美丽而雄辩的文辞自恣其所言。像《秋水》、《胠箧》诸篇都是最漂亮的散文。

道家于庄子之外，尚有关尹子、文子、列子亦皆各有遗文传于世。《关尹子》及《列子》皆伪作。《文子》则柳宗元也以它为驳书：“其浑而类者少，窃取他书以合之者多。凡孟、管辈数家皆见剽窃。”(柳宗元《辩文子》) 故这里俱不详之。

三

持其说以自骋于世者，于儒、道、墨三家外，还有不少。《孟子》里说及的，有许行及杨朱。许行与“其徒数十人，皆衣褐捆屦，织席以为食”。他主张“贤者与民并耕而食，饔飧而治”。他的徒从以为“从许子之道，则市贾不贰，国中无伪，虽使五尺之童适市，莫之或欺。布帛长短同则贾相若，麻缕丝絮轻重同则贾相若，五谷多寡同则贾相若。”（《孟子·滕文公上》）杨朱的学说，也见于《孟子》。孟子说：“杨朱墨翟之言盈天下。天下之言，不归杨则归墨。杨氏为我，是无君也；墨氏兼爱，是无父也。”最后他又慨然地说道：“能言距杨、墨者，圣人之徒也！”（《孟子·滕文公下》）杨朱之学说能引起孟子那么激烈的反抗，当然在那个时候一定流传得很广。“天下之言，不归杨则归墨”，由这句话可知杨朱的势力已与墨翟并驾齐驱的了。《庄子·天下篇》所叙列的“天下之治方术者”有儒家，有以墨翟、禽滑釐为中心的墨家，有宋钘、尹文，有彭蒙、田骈、慎到，有关尹、老聃，有庄周他自己，有惠施。他所评论者凡七家。每一家都有简略的叙述。荀子的《非十二子篇》，则所非者凡六派，十二人。一派是它嚣、魏牟，一派是陈仲、史鳝，一派是慎到、田骈，一派是墨翟、宋钘，一派是惠施、邓析，一派是子思、孟轲。韩非子的《显学篇》则说到儒、墨二家及其所分化的十一支派。司马迁在《史记》的《孟子荀卿列传》中，所叙列的除荀、孟之外，则有：齐之驺忌、驺衍、淳于髡、慎到、环渊、接子、田骈、驺奭；赵之公孙龙、剧子；魏之李悝；楚之尸子、长卢；阿之吁子（即芊子）。“世多有其书”。宋则有墨翟。他父亲司马谈作《论六家要旨》（《史记》卷一百三十，《太史公自序》），所举的六家则为阴阳、儒、墨、名、法、道德，也各给以评判。到了刘向，则总诸子为十家，实则“其可观者九家而已”。十家者，一儒家，二道家，三阴阳家，四法家，五名家，六墨家，七纵横家，八杂家，九农家，十小说家。这可见那时的思想界是如何的热闹。刘向的叙列，可以说是最有系统的。但这些家派的著作，今百不存一。我们要研究他们，实在是异常的困难。但在那些有书遗留下来的“诸子”中，有一部分还是后人搜集重编的（如《尸子》），有一小部分又显然可以看出他是伪托的（如《商子》）。公孙龙、邓析诸人的书也不甚重要。现在都不讲。只讲比较重要的韩非。

韩非子是韩国的公子，喜刑名法术之学。与李斯同事荀卿。他口吃，不能说话，而善于著书。他看见韩国日益削弱，数以书谏韩王，不见用。退作《孤愤》、《五蠹》、《外储说》、《内储说》、《说林》、《说难》十余万言以见志。后韩国使非于秦。非在秦被杀。他死的时候，是公元前233年（即秦始皇十四年）。他的书《韩非子》，有五十五篇，其中一部分是他自己著的，一小部分是后人加入的。他的文辞致密而深切，后来论文家受他的影响者甚多。

《汉书·艺文志》著录纵横家自苏子（秦）、张子（仪）、庞煖以下至蒯子（通）、邹阳、主父偃等凡十二家，其中除汉人以外，先秦作者，如苏张二人，虽已无书传世，然他们的辩辞，却为《战国策》保存得不少。《战国策》为古代最好的散文名作之一。她的精华所在，便是诸辩士的论难的文章与其足以耸动人主听闻的议论。所以张仪、苏秦的绝好的政论，我们却仍能很愉快地享受到。他们的长处，在于能够度察天下的大势而出之以引人入胜的妙喻好句，出之以动人心脾的危词险语。在政论上说来，实在是一种杰作，后人很少能及得到的。贾谊不过悲愤而已，陆贽不过恳切而已，若苏、张之作，才可当得起隽脆清俊，深入无间之称。我们没有对公共讲述的大演说家狄摩桑尼士、西塞罗等人。然我们却有可同样的不朽的政论者苏、张。尚有《管子》一书，托名管仲著，《晏子》一书，托名晏婴著，《孙子》一书，托名孙武著，《吴子》一书，托名吴起著，以及其他如《鬻子》之属，虽亦议论中听，结构绵密，而其中类多为后人所伪作，所以这里也都不讲。

春秋战国时代的灿烂无比的思想界，到了战国之末，渐渐地衰落下来。于是有秦相吕不韦，集许多宾客，使各著所闻，以为八览，六论，十二纪，名之曰《吕氏春秋》。这一部无所不包的杂书，就是中国古代思想界的总结集。到了秦始皇统一各国，焚天下之书，以愚天下人民之耳目，各种的思想便一时被扑灭无遗。汉兴，儒、道二派的余裔又显于时，但俱苟容取媚于世，已完全没有以前的那种救世的、积极的精神了。

四

我们如将先秦的历史家与先秦的哲学家比较一下，我们便知道历史家在散文上所占的地位实在是非常渺小的。先秦的历史书籍，有被称为“断烂朝报”的《春秋》；有依据这个编年体裁而叙述得比较详细的《左传》；有依国别编次，并无叙述的系统的《国语》、《国策》，此外更有唯一的传记：《穆天子传》。像《春秋》、《竹书纪年》等编年体的历史，本来不算是什么有组织的东西。他们不过依了时间的自然顺序以记载历年所发生的史迹而已。他们是编辑方法最原始的史籍。惟《春秋左氏传》较为进步，常有许多着意的描状，足称为一部有文学趣味的历史。《左氏传》为左丘明作。左丘明的生平我们知道得很少。据说，他是一个盲人。孔子的《春秋》起于鲁隐公元年（公元前722年），终于鲁哀公十四年（公元前481年），左丘明的传，则书孔子卒，直至哀公二十七年始告终止。

《国语》记载自公元前990年（周穆王十二年）到公元前453年（周贞定王十六年）的诸国的史迹。相传这部书亦为左丘明所作。左丘明作《春秋传》，意犹未尽，“故复采录前世穆王以来，下讫鲁悼、智伯之诛，邦国成败，嘉言善语，……以为《国语》”，这部书的性质与《春秋传》不同。《春秋传》编年，《国语》则分国叙述。凡二十一卷，分叙周、鲁、齐、晋、郑、楚、吴及越等八国的重要的史事。《战国策》继续《国语》的体例，而叙三家分晋至楚汉未起之前的重要史事。《战国策》在文学上的威权不下于《春秋·左传》及《国语》。而“国策”的时代是一个新的时代，旧的一切，已完全推倒，完全摧毁，所有的言论都是独创的，直接的，包含可爱的机警与雄辩的。所有的行动都是勇敢的，不守旧习惯的，都是审辨直接的，利害极为明了的。因此，《战国策》遂给读者以一个新的特创的内容。她如一部中世纪的欧洲的传奇，如一部记述魏、蜀、吴三国史事的小说《三国演义》，使读者永远地喜欢读她。《战国策》初名《国策》，或名《国事》，或名《短长》，或名《长书》，或名《修书》，卷帙亦错乱无序。汉时刘向始把她整理过，定名为《战国策》，分之为三十三篇。

所叙的诸国，为东周、西周、秦、齐、楚、赵、魏、韩、燕、宋、卫及中山。

《穆天子传》为晋时束皙所见之“汲冢书”之一。其体裁与《春秋》、《国语》、《国策》三书俱异，乃叙周穆王游行之事。《左传》言：“穆王欲肆其心，周行天下，将皆必有车辙马迹焉。”大约穆王的游行天下的事，必为当时所盛传的。所以有人记录他的游踪，作为此传。文字多残缺，其中叙述穆王见西王母及盛姬之死与葬事，极为浑朴动人，是古代最有趣的文字之一。

此外，尚有《越绝书》、《吴越春秋》及晋史《乘》、楚史《祷杌》诸书，大概都是纂辑古书中的记载而为之的。《越绝》记越王勾践前后的事，相传为子贡撰，或子胥所为，俱是依托之言。或断定为汉时袁康、吴平所撰。《吴越春秋》叙吴、越二国之事，自吴太伯起至勾践伐吴为止，亦为汉人所作（《古今逸史》题为汉赵晔撰）。晋史《乘》及楚史《梼杌》二书，则历来书目俱不载，至元时乃忽出现。显然是好事者所伪作的。二书前有元大德十年吾丘衍序，以为此书乃他所发现。实则即他自己辑集《左传》、《国语》、《说苑》、《新序》及诸子书中关于晋、楚的记事而编成的。

参考书目

一、《二十子》　有浙江书局刊本。

二、《六子》　有明世德堂刊本。

三、《十子全书》　有苏州王氏刊本。

四、《百子全书》　有湖北书局刊本。

五、《玉函山房辑佚书》　马国翰辑，有原刊本，湖南刊本。

六、《诸子平议》　俞樾著，有《俞氏丛书》本。

七、清、明各丛书里，收入周、秦古书不少。以清人所校者为可靠。像《平津馆丛书》、《守山阁丛书》中所收诸子，皆很重要。

第六章

秦与汉初文学

秦的统一——学术思想的定于一尊——善颂善祷的文人李斯——汉初的散文家——陆贾、贾谊、枚乘、邹阳、晁错等——汉初的辞赋作家——庄夫子和贾谊的赋——枚乘《七发》的影响——汉初的楚歌作者——韦孟的《讽谏诗》

一

秦在很早的时候，便是一个强悍的国家，她的民族也是一个强悍的民族。在《秦风》里，我们已看出她具有着刚毅不屈的气概，坚恒奋发的情操："岂曰无衣，与子同袍。王于兴师，修我戈矛，与子同仇。"商鞅变法之后，秦国更一天一天的强大了。战国时代，魏、韩、赵、齐、燕、楚诸国互相攻战争夺，无一宁日。秦或加入其中，总是取利而归。她的函谷关却从未被敌人侵入过一次。等到合纵连横说蜂起之时，秦的声势已足以震撼天下而有余了。列国莫不兢兢自保，但已不能阻止住秦人铁蹄的蹂躏。在十数年之间，秦遂亡韩，灭赵，墟魏，下楚，入燕，平齐，“六王咸伏其辜，天下大定”。

秦的统一天下是古代史上一件绝大的事故。从前的统一，不过分封藩王，羁縻各地的少数民族而已。他们仍然保持其封建的制度，不甚受命于中央。到了秦始皇统一之后，方才将根深蒂固的分散的地方王国的制度打得粉碎，改天下为郡县，以其常胜的精兵，驻在各地管辖镇压着，正如罗马兵之留镇于东方，亚历山大兵之镇守于波斯、印度各地一样。当“三世皇帝”孺子婴的时候，战国诸王的遗臣遗民，又蜂起而各举独立之旗。但他们却都不过昙花的一现，不必等到刘邦的统一，而都已死的死，逃的逃了。旧式的地方国家已非当时时势所能允许其存在的了。

秦始皇和他的丞相李斯，眼光都是极为远大的，不仅在政治方面，即在思想方面，学术方面，文字方面，也都力求其能统一。在李斯未执政权之前，吕不韦已致宾客，编辑《吕览》(即《吕氏春秋》)，有八览：《有始览》、《孝行览》、《慎大览》等；六论：《开春论》、《慎行论》等；十二纪：《孟春纪》、《仲春纪》、《季春纪》等。这部书本没有一贯的主张，然而其气魄却是伟大的，无所不包，无所不谈，大有要将天下的学术囊括于一书以内之雄心。及天下统一了之后，始皇、李斯却更进一步地求统一天下的学术思想，以定于一尊。诸子纷争之时，同派的每欲压倒了异派的学者，如孟子之攻杨、墨，荀子之非十二子。不过他们都是没有权力，只不过嘴里嚷嚷打倒而已。到了秦始皇，他却真的以政治的力量来统一或泯灭一切“异端”的思想了。他又使中国的文字统一了，正如他们之使天下的车，同一轨辙。他们不许学者“道古而害今，饰虚言而乱实”。“史官非秦记，皆烧之，非博士官所职，天下敢有藏《诗》、《书》、百家语者，悉诣守尉杂烧之。有敢偶语《诗》、《书》弃市，以古非今者族，吏见知不举者与同罪。”以如此的严刑峻法，对待学者，于是古代的学术精华，一扫而空。直到了汉惠帝之时，挟书还是有禁。欧洲中世纪的基督教徒，对于古典文学的毁害，还没有秦始皇在短促的时间对于中国古典文学的毁损那么重大。这实在是中国学术文艺的一个绝大的厄运。秦始皇在政治上虽给中国民族以很大的贡献，在文化上，他却是一个古今无比的罪人。

在那么深诛痛恶异派思想与“处士横议”的一个时代，在挟书有禁，藏书有罪，偶语诗书弃市的一个时代，文学的不能发达，自无待说。不仅列国的诸王臣民不能有什么痛伤亡国的作品出现，即秦地的文人，歌颂大一统的光荣的作品也绝无仅有。李斯所称的秦记，以及博士官所职的诗书，已付于咸阳一火，绝不可得见。今所以得见者不过几篇公诏奏议以及刻石文而已。没有一个时代遗留的作品像秦代那么少的。秦代没有一个诗人，没有一个散文作家，所有的，只不过一位善祷善颂的李斯！

李斯，楚上蔡人，少年时为郡小吏。后从荀卿学帝王之术。学已成，度楚王不足事，而六国皆弱，无可为建功者，乃西入秦。适秦方逐客，李斯议亦在逐中。他乃上书谏逐客，以为秦之四君，皆以客之功，使秦成帝业。客本无负于秦。“夫物不产于秦，可宝者多，士不产于秦，而愿忠者众。今逐客以资敌国，损民而益仇，内自虚而外树怨于诸侯，求国无危，不可得也。”秦王乃除逐客之令。时李斯已行，秦王使人追至骊邑，始还。卒用其计谋。二十余年，竟并天下，以斯为丞相。始皇卒，斯为赵高所谮，二世乃下之狱。二世二年，斯论腰斩咸阳市。斯出狱，顾谓其中子道：“吾欲与若复牵黄犬，俱出上蔡东门逐狡兔，岂可得乎！”遂父子相哭，而夷三族。斯的散文，明洁而严于结构，短小精悍，而气势殊为伟大。凡秦世的大制作，始皇游历天下，在泰山各处所立的碑碣，其文皆为斯所作。今录《之罘东观刻石》一文为例：

> 维二十九年，皇帝春游，览省远方，逮于海隅。遂登之罘，昭临朝阳，观望广丽。从臣咸念：原道至明，圣法初兴，清理疆内，外诛暴强。武威旁畅，振动四极。禽灭六王，阐并天下。灾害绝息，永偃戎兵。皇帝明德，经理宇内。视听不怠，作立大义。昭设备器，咸有章旗。职臣遵分，各知所行。事无嫌疑，黔首改化。远迩同度，临古绝尤。常职既定，后嗣循业。长承圣治，群臣嘉德。祗诵圣烈，请刻之罘。

二

汉初文学，仍承秦弊，没有什么生气。儒生们但知定朝仪，取媚于人主，对于文艺复兴的工作，一点也不曾着手。秦代所有的挟书律，也至惠帝四年（公元前 191 年）方才废止。文、景继之，始稍有活气。这时，分封同姓诸王于各国，于是诸辩士又乘时而起，各逞其惊世的雄谈，为自己的利益而奔走着。颇有复现战国时代的可惊羡的政谈与横议的趋势。但同姓诸王国既因七国之被削而第二度破灭，这种风气便也一时烟消云灭。一般的才智之士，或者“投笔从戎”，有开辟异域之雄心；或驰骋于文坛，以辞赋博得盛名；或者拘拘于一先生之言，抱遗经而终老。这个情形在汉武帝时代，达到了她的极峰。

刘邦不喜儒。“诸客冠儒冠来者，沛公辄解其冠溺其中。与人言，常大骂。”（《汉书·郦食其传》）跟从于他身边的儒生辩士，如郦食其、娄敬、陆贾、叔孙通等，皆是食客而已，不能与萧何、张良等争席而坐。除陆贾外，他们皆不著书。陆贾，楚人，有口辩。从刘邦定天下，居左右，常使诸侯。以说赵佗功，拜为太中大夫。贾时前说诗书。刘邦乃命他道：“试为我著秦所以失天下，吾所以得之者何，及古成败之国。”贾凡著十二篇。每奏一篇，邦未尝不称善。称其书曰《新语》。《新语》虽今尚存在，但是后人所依托，非贾的原书。他又能辞赋。《汉书·艺文志》有“陆贾赋三篇”，但其文已佚。文帝时有贾谊，亦善于辞赋，而其散文也颇可观。贾谊，洛阳人。年十八，以能诵诗书属文，称于郡中，为河南吴公所知。吴公为廷尉，言谊年少，颇通诸家之书。文帝召以为博士。是时，谊年二十余。文帝以其能，悦之，超迁岁中至太中大夫。当时诸法令所更定及列侯就国，其说皆谊发。但为谗臣所间，竟不得大用，而出他为长沙王太傅。后岁余，文帝复召入，拜他为梁怀王太傅。这时，匈奴强侵边，诸侯僭拟，地过古制。谊数上疏陈政事，多所欲匡建。后梁王坠马死。谊自伤为傅无状。常哭泣。岁余亦死，年三十三。他的散文议论畅达而辞势雄劲，审度天下政治形势也极洞彻明了，但已不复有战国时代狂飙烈火似的伟观壮彩了。本传称其著述凡五十八篇。然今所传有《新书》五十八篇。却非其旧，多取《汉书》谊本传所载之文割裂章段，颠倒次序而加以标题。景帝之时，智谋之士颇多，如晁错，如邹阳，如枚乘，其说辞皆畅达美丽而明于时势，有类于战国诸说士。枚乘字叔，淮阴人，曾两上书谏吴王，当时称其有先知之明。晁错颍川人，为景帝内史，号曰“智囊”，即首谋削诸侯封地者。吴楚反，以诛错为名。错遂被杀。错洞明天下大势，言必有中。在文帝时，初上书言兵事，论防御匈奴，复言守备边塞，劝农力本。此皆尚时之急务。又有邹阳，齐人，初事吴王濞，后从孝王游。贾山，颍川人。尝给事颍阴侯为骑。孝文时，尝言治乱之道，借秦为喻，名曰《至言》。

三

汉初，诗人绝少。陆贾有赋三篇，朱建有赋二篇，赵幽王有赋一篇，皆见于《汉书·艺文志》，今并片语只字无存；所存者惟刘邦的歌诗二篇而已。一为过沛时所作的“大风起兮云飞扬”，一为对戚夫人所唱的“鸿鹄高飞，一举千里”。到了文、景之时，诗人方才辈出。《汉书·艺文志》所载者，有庄夫子赋二十四篇，贾谊赋七篇，枚乘赋九篇。又有唐山夫人的《安世房中乐》等。庄夫子的赋今仅存《哀时命》一篇。他名忌，一作严忌，会稽吴人，字夫子。与枚乘等同为梁孝王客。他的《哀时命》与贾谊的《吊屈原赋》、《鹏鸟赋》相类，皆是模仿屈原的《离骚》、《九章》，以抒写他自己的不得意之感的。我们看：

> “哀时命之不及古人兮，夫何予生之不遘时！往者不可扳援兮，徕者不可与期。志憾恨而不遥兮，抒中情而属诗。夜炯炯而不寐兮，怀隐忧而历兹。心郁郁而无告兮，众孰可与深谋。欿愁悴而委惰兮，老冉冉而逮之。”

还不逼肖《离骚》的调子？

贾谊的境遇有些和屈原相同，便自然的同情于屈原。他为长沙王太傅，渡湘水，为赋以吊屈原道："造托湘流兮敬吊先生，遭世罔极兮乃殒厥身。呜呼哀哉兮逢时不祥！鸾凤伏窜兮鸱枭翱翔，阘茸尊显兮谗谀得志，贤圣逆曳兮方正倒植。……彼寻常之污渎兮，岂能容吞舟之鱼。横江湖之鳣鲸兮，固将制于蝼蚁。"他不唯是哭屈原，也且在自哭了。他在长沙三年，有鹏鸟飞入其舍，止于坐隅。鹏似鸮，不祥鸟。长沙卑湿，谊自伤悼，以为寿不得长，乃为赋以自广。在这个地方，我们颇可想得 Allen Poe 作《乌鸦诗》的一个环境来。然谊终于自己宽慰地说道："其生兮若浮，其死兮若休，澹乎若深泉之静，泛乎若不系之舟。不以生故自宝兮，养空而浮。德人无累，知命不忧，细故蒂芥，何足以疑。"又有《惜誓》，见《楚辞》。王逸以为："不知谁所作也。或曰贾谊，疑不能明也。"今读其首句"惜余年老而日衰兮"，便知决非谊之所作。

在这个汉赋的初期，《离骚》的模拟是很流行的。但到了景帝之时，大诗人枚乘出现，却将汉赋带到了别一条道路上去。乘所作有《七发》诸赋，而以《七发》为最著。《七发》的结构极似《楚辞》中的《招魂》、《大招》，显然受有她们的很深的影响。此种文体的结构，皆至为简单。像《七发》，便分为下之七段：

序曲：楚太子有疾，吴客往问之。他以为太子之病，可以要言妙道，说而去之。

第一段：他初以音乐说太子，琴声是那样的凄美，然而太子却病不能听。

第二段：继以饮食说太子，美味那么多，厨手又是那么高明，然而太子却病不能尝。

第三段：更以骏马名骑说太子，马是那样的神骏，然而太子却病不能乘。

第四段：再以宫苑池观之乐导太子，又有宾客赋诗，美人侍宴，然而太子却病不能游。

第五段：又以游猎之乐说太子，太子之病虽未痊，然而已有起色。

第六段：于是他更以到广陵之曲江观涛之说进。太子还是病不能兴。

第七段：最后，吴客道，将为太子奏方术之士，论天下之精微，理万物之是非。太子便据几而起，涩然汗出，霍然病已。

这种幼稚简单的结构，与其浮夸汗漫的叙写，给后来的汉赋以绝大的影响。

楚歌在汉初，最为流行。于刘邦《大风》、《鸿鹄》二歌外，更有可述者。项羽歌："力拔山兮气盖世，时不利兮骓不逝；骓不逝兮可奈何，虞兮虞兮奈若何！"乃是这绝代英雄最后的哀号。

赵幽王名友，为吕后所囚而死；他在囚时曾作一歌："为王饿死兮谁者怜之？吕氏绝理兮托天报仇！"诚乃是一首最坦白的悲愤诅咒之作。刘章在诸吕用事时，曾作"深耕概种，立苗欲疏，非其种者，锄而去之"一歌，具有很巧妙的双关之意。唐山夫人为刘邦姬，作《安世房中乐歌》十六章。《汉书·礼乐志》说："凡乐乐其所生。礼不忘其本。高祖乐楚声，故房中乐，楚声也。"房中乐并没有诗的情绪，不过是皇室的乐歌，用以歌颂皇德祀神而已。

更有韦孟，鲁国邹人，为楚元王傅，傅子夷王及孙戊王。戊荒淫不遵道，孟作诗讽谏。后徙家于邹，又作一诗。这两篇诗都是模拟《诗经》的四言之作，具有老成人的苦口婆心的教训式的格言。

参考书目

一、《汉魏六朝百三名家集》 明张溥辑，有原刊本，翻刊本。

二、《古诗纪》 明冯惟讷编，有原刊本。

三、《全汉三国晋南北朝诗》 丁福保辑，有医学书局刊本。

四、《全上古三代秦汉三国六朝文》 清严可均辑，有黄冈王氏刊本，有医学书局石印本。

五、《汉魏六朝名家集》 丁福保编，医学书局出版。

六、《文选》 梁萧统编，有胡氏刊本；《四部丛刊》本。

第七章

辞赋时代

诗人皇帝刘彻——他的伟大的时代——汉赋内容的空虚——诗人的落寞——司马相如——东方朔、枚皋、严助等——王褒张子乔——扬雄——后汉的辞赋作家们——班固、崔骃等——张衡——蔡邕

一

从汉武帝以后到建安时代之前，我们称之为辞赋时代。汉武帝是一位雄才大略的人，在文学上，他也是一位雄才大略的人。自文、景以来，汉民族经过了几十年的休养生息，经济的能力已足以使他们向外发展了，政治又已上了轨道。幸运儿的汉武帝恰恰生在此时，便反守为攻，使唤着许多名将向北方进兵。把千年来的强敌匈奴，攻打得痛深创巨，再不敢正眼儿南窥。这是秦始皇所未竟的功，也是汉高、文、景所不敢想望的事业。同样的政治与经济的安定与发达，使文学也跟着繁盛起来。

这个大时代，就文学而言，有两个大倾向。一个倾向是宏丽的体

制，缦诞的叙述，过度的描状，夸张的铺写。这一方面的代表人是司马相如、东方朔、枚皋。别一个倾向是规模伟大的著作，吞括前代一切知识、成绩，而给他们以有系统有组织的叙状。这一方面的代表人是司马迁与刘安。这是必然的一种结果。生活上多了余裕的富力与时间，便自然地会倾向于精细的雕饰的文采一方面去。同时碰上了这样的一个大时代，也自然而然的会有将前代的种种事物告一个总结束的雄心。

二

汉赋是体制宏伟的，是光彩辉煌的，但内容却是相当空虚的。我们远远地看见了一片霞彩，一道金光，却把握不到什么。他们没有什么深挚的性灵，也没有什么真实的诗的隽美；他们只是一具五彩斑斓的中空的画漆的立柜。他们不是什么伟大的创作；他们的作者们也不是什么伟大的诗人们。从贾谊、枚乘以来，汉代辞赋家便紧跟着屈原、宋玉们走去。但获得的不是屈、宋的真实的诗思，却是他们的糟粕。我们可以说，两汉的时代，乃是一个诗思消歇，诗人寥寞的时代。

汉赋作者们，对于屈、宋是亦步亦趋的；故无病的呻吟便成了骚坛的常态。又沿了《大招》、《招魂》和荀卿赋的格局而专以"铺叙"为业。所谓"赋"者，遂成了遍搜奇字，穷稽典实的代名词。这是很有趣味的。几位重要的辞赋作家，同时便往往也是一位字典学者；像司马相如曾作《凡将篇》，扬雄尝著《方言》。

汉赋虽未必是真实伟大的东西，却曾经消耗了这三百年的天才们的智力。他们至少是给予我们以若干宏丽精奇的著作。刘彻（汉武帝）他自己是一位很好的诗人。在这个时代而有了像刘彻这样的一位真实的大诗人，实不仅是"慰情聊胜无"的事。他为当时许多无真实诗才的诗人的东道主，而他自己却是一位有真实的诗才者。他一即位，便以蒲车安轮去征聘枚乘，不幸乘道死。他读了司马相如的赋，自恨生不同时，而不意相如却竟是他的同时代的人。《汉书·艺文志》载其有自造赋二篇。今所传之《李夫人赋》："是邪？非邪？立而望之，偏何姗姗其来迟！”及《秋风辞》：“秋风起兮白云飞，草木黄落兮雁南归。兰有秀兮菊有芳，怀佳人兮不能忘……”《落叶哀蝉曲》：“罗袂兮无声，玉墀兮尘生，虚房冷而寂寞，落叶依于重扃。”以及其他，都是很隽美的。又有《李夫人赋》：“去彼昭昭就冥冥兮，既下新宫，不复故庭兮。”见于《汉书·外戚传》。集合于他左右的赋家有司马相如、东方朔、严助、刘安、吾丘寿王、朱买臣诸赋家。大历史家司马迁也善于作赋（《汉书·艺文志》载司马迁赋八篇）。

司马相如字长卿，蜀郡成都人（公元前179年—公元前117年）。初事景帝为武骑常侍，非其所好。后客游梁，著《子虚赋》。梁孝王死，相如归，贫无以自业。至临邛，富人卓氏女新寡，闻相如鼓琴，悦之，夜亡奔相如。卓氏怒，不分产于文君。于是二人在临邛买一酒舍酤酒。文君当垆，相如则着犊鼻裈涤器于市中。卓氏不得已，遂分与文君僮百人，钱百万。相如因以富。武帝时相如复在朝，著《天子游猎赋》。后为中郎将，略定西夷。不久病卒。所著尚有《大人赋》、《哀秦二世赋》、《长门赋》等。相如之赋，其靡丽较枚乘为尤甚。《子虚赋》几若有韵之地理志，其山川则什么，其土地则什么，其南则什么，所有物产地势，无不毕叙。像《子虚赋》：“云梦者，方九百里。其中有山焉。其山则盘纡岪郁，隆崇嵂崒，岑崟参差，日月蔽亏，交错纠纷，上干青云。罢池陂陀，下属江河。其土则丹青赭垩，雌黄白坿，锡碧金银，众色炫耀，照烂龙鳞。”什么都被拉牵上去了；不问是否合于实际。后来的赋家，像班固、张衡、左思诸人受此种影响为最深。

东方朔，齐人，也善于为赋。他喜为滑稽之行为。作《七谏》、《答客难》等。其与相如诸赋家异者，为在相如诸人的赋中，绝不能见出他们自己的性格，而朔的赋则颇饱含着浓厚的个性。他的《答客难》一作，尤为著名，引起了后人无数的拟作。所谓曼倩的滑稽的风趣，颇可于此见之。他本是谩骂，却写成了冷笑的自解。他“自以为智能海内无双”；而“积数十年，官不过侍郎，位不过执戟”。自己也不知怎么解释，便只好以“彼一时也，此一时也……今天下平均，合为一家，动发举事，犹运之掌，贤与不肖，何以异哉！”为无可奈何的托词。大政治家刘彻对于严安、主父偃等的待遇，和文人的东方朔、枚皋等是不同等级的；其间的作用，颇可测知。

严助为忌的族子。作赋三十五篇，今一篇无存。又刘安作赋八十二篇，吾丘寿王作赋十五篇，朱买臣作赋三篇（皆见《汉书·艺文志》），枚皋作赋百二十篇。传于今者也绝少。刘安为汉宗室，曾封淮南王，所作《招隐士》曾被编入《楚辞》中，但乃是他的门客所为，并非他作。

此后的辞赋作家，有王褒、张子乔诸人。张子乔官至光禄大夫，曾作赋三篇，今也无一篇见存。王褒字子渊，为谏议大夫，作赋十六篇。其《洞箫赋》、《圣主得贤臣颂》、《四子讲德论》、《甘泉宫颂》等皆有名于时。其《九怀》一篇，则被王逸选入《楚辞》中。但那时最重要的赋家却要算是扬雄。雄字子云，蜀郡成都人（公元前53年—公元前18年）。他是典型的一位汉代作家，以模拟为他的专业。既没有独立的思想，更没有浓挚的情绪，他所有的仅只是汉代词人所共具有的遣丽辞用奇句的工夫而已。然韩愈诸人却以他为孔、孟道统中的承前启后的一员，真未免过于重视他了。雄所作，几乎没有一书一文不是以古人为模式的。古人启发了他的文趣，也启发了他的思想。他读了《易》，便作《太玄经》；读了《论语》，便作《法言》；读了《楚辞》，便作《反离骚》、《广骚》、《畔牢愁》；读了东方朔的《答客难》，便作《解嘲》。甚至《论语》十三篇，他的《法言》也是十三篇。而雄的赋如《甘泉》、《羽猎》、《长杨》等，也是以司马相如诸赋为准则，除堆砌美词奇字，行文稳妥绚丽之外，便什么也没有了。

三

后汉的辞赋作家，也完全不脱西京的影响；西京有什么，东京的作家一定是有的。司马相如有《子虚赋》，班固便有《两都赋》；东方朔有《答客难》，班固便有《答宾戏》，张衡便有《应间》；枚乘有《七发》，张衡便有《七辩》。两汉人士模拟之风本盛，而以东京为尤甚，而辞赋作家则尤为甚之甚者。许许多多的辞赋，皆可以一言而蔽之曰：“无病而呻”；而其结构布局，更有习见无奇的。

东京的第一个重要的辞赋作家是班固。固字孟坚（公元 32 年—公元 92 年），扶风安陵人。年九岁，能属文，为兰台令。述作《汉书》，成不朽之业。其所著之赋，以《两都赋》为最著。《两都赋》之结构，绝似《子虚赋》。先言西都宾盛夸西都之文物地产以及宫阙之美于东都主人之前，东都主人则为言东都之事以折之，于是西都宾为其所服。又作《答宾戏》，则为仿东方朔《答客难》者。永元初（公元 89 年），大将军窦宪出征匈奴，以固为中护军。后宪败，固被捕，死于狱中。

同时有崔骃也善为辞赋，所作《达旨》仿扬雄《解嘲》。其他《反都赋》诸作，今已散佚。冯衍字敬通，京兆杜陵人，亦以能作赋名，王莽时不仕，更始立，衍为立汉将军。光武时为曲阳令。所作有《显志赋》及《书铭》等。张衡字平子，南阳西鄂人（78 年—139 年）。所作有《西京赋》、《东京赋》、《南都赋》、《周天大象赋》、《思玄赋》、《冢赋》、《髑髅赋》等；又有《七辩》、《应间》，仿枚乘、东方朔之作。此种著作在现在看来，自不甚足贵，其足以使他永久不朽者，乃在他的《四愁诗》：

> 我所思兮在太山，欲往从之梁父艰，侧身东望兮涕沾翰。美人赠我金错刀，何以报之英琼瑶。路远莫致倚逍遥，何为怀忧心烦劳。

此诗之不朽，在于它的格调是独创的，音节是新鲜的，情感是真挚的。杂于冗长浮夸的无情感的诸赋中，自然是不易得见的杰作。衡并善于天文，为太史令，造浑天仪，候风地动仪，精确异常，乃是中国古代最大的一位天文家。后出为河间相，有政声，征拜尚书，卒。

李尤字伯仁，广汉雒人（55？—137？）。初以赋进，拜兰台令史。与刘珍等撰《汉记》，后为乐安相，卒。有《函谷关赋》、《东观赋》等。其《九曲歌》虽仅余二句：“年岁晚暮时已斜，安得力士翻日车”（下阙），却已显其宏伟的气魄。

马融字季长，扶风茂陵人（79—166）。为汉季之大儒，但亦工于

作赋，善鼓琴，好吹笛，达生任性，不拘儒者之节。常坐高堂，施绛纱帐，前授生徒，后列女乐。所作以《笛赋》为最著

王逸字叔师，南郡宜城人，元初中举上计吏，为校书郎。顺帝时为侍中。其不朽之作为《楚辞章句》一书，他自己之《九思》亦列入其中。此外尚作《机赋》、《荔枝赋》等。

蔡邕字伯喈，陈留圉人（133—192）。为汉末最负盛名之文学者。召为议郎，校正《六经》文字，自书丹于碑，使工镌刻，立于太学门外。观视及摹写者车乘日千余辆，填塞街陌。后免去。董卓专政，强迫邕诣府，甚敬重之，三日之间，周历三台，拜左中郎将。卓被杀，邕竟被株连死狱中。所作文甚多赋以《述行》为最著。有诗名《饮马长城窟行》者，辞意极婉美："青青河畔草，绵绵思远道。远道不可思，夙昔梦见之。梦见在我傍，忽觉在他乡。他乡各异县，展转不可见。"编邕集者多把她列入。《文选》则题为无名氏作。

参考书目

一、《文选》 梁萧统编，有胡克家刊本，《四部丛刊》本。

二、《全上古三代秦汉三国六朝文》 清严可均编。有王氏刊本，医学书局印本。

三、《汉魏六朝百三名家集》 明张溥编，有原刊本，长沙刊本。

四、《汉魏六朝名家集》 丁福保编，医学书局出版。

五、《历代赋汇》 清康熙间敕编，有扬州书局刊本，有石印本。

第八章

五言诗的产生

五言诗的重要——五言诗不会产生于苏李的时代——更不会产生在枚乘的时代——最早的五言诗——民歌与民谣——《古诗十九首》等——两篇伟大的五言叙事诗：《悲愤诗》与《孔雀东南飞》——蔡邕、郦炎、孔融等——乐府古辞——相和歌辞——《汉铙歌》

一

五言诗的产生，是中国诗歌史上的一个大事件，一个大进步。《诗经》中的诗歌，大体是四言的。《楚辞》及楚歌，则为不规则的辞句。楚歌往往陷于粗率。而四言为句，又过于短促，也未能尽韵律的抑扬。又其末流乃成了韦孟《讽谏诗》，傅毅《迪志诗》等等的道德训言。五言诗乘了这个时机，脱颖而出，立刻便征服了一切，代替了四言诗，代替了楚歌，而成为诗坛上的正宗歌体。自屈原、宋玉之后，大诗人久不产生。五言诗体一出现，便造成建安、正始、太康诸大时代。曹操、曹植、陶潜诸大诗人便也陆续地产生了。诗思消歇的

“汉赋时代”遂告终止。

五言诗产生在什么时候呢？钟嵘《诗品》托始于李陵。萧统的《文选》也以“良时不再至，离别在须臾”几篇为李陵之作。徐陵选《玉台新咏》则以“西北有高楼”、“青青河畔草”诸作为枚乘之诗。如果枚乘、李陵之时，五言诗的体格已经是那么完美了，则他们的起源自当更远在其前了。至少五言诗是当与汉初的《楚辞》及楚歌同时并存的。然而，在汉初，我们却只见有“大风起兮云飞扬”、“诸吕用事兮刘氏微”、“力拔山兮气盖世”，却绝不见有五言诗的踪影。即在武帝之时，也只有“陆沉于俗，避世金马门”（东方朔歌），“凤兮凤兮归故乡”（司马相如歌），“秋风起兮白云飞”（武帝《秋风辞》）；却绝不见有五言诗的踪影。那么，枚乘、李陵的“良时不再至”、“西北有高楼”等等的至完至美的五言诗，难道竟是如摩西的《十诫》，穆罕默德的《可兰经》似的从天上落下，由上帝给予的么？像这样的奇迹，是文学史上所不许有的。

我们且看，主持着李陵、枚乘为五言之祖的人，到底有提出什么重要证据来没有。

钟嵘、萧统皆以李陵为五言之祖。然钟嵘他自己已是游移其辞：“古诗眇邈，人世难详，推其文体，固炎汉之制，非衰周之倡也。”《昭明文选》，先录《古诗十九首》，题曰古诗，并不著作者姓氏，其次乃及李陵之作。然钟嵘尝说：“其外‘去者日以疏’四十五首虽多哀怨，颇为总杂。旧疑是建安中曹、王所制。”“去者日以疏”正在《古诗十九首》中。钟氏既疑其为“建安中曹、王所制”，而萧统却反列于李陵之上。可见这两位文艺批评家对于这些古作的时代与作者，也是彼此矛盾，且满肚子抱了疑问的。刘勰说：“成帝品录三百余篇，朝章国采，亦云周备，而辞人遗翰，莫见五言。所以李陵、班婕妤见疑于后代。”此语最可注意。《汉书·艺文志》选录歌诗，最为详尽，自高祖歌诗二篇，以至李夫人及幸贵人歌诗三篇，南郡歌诗五篇等，凡二十八家，三百一十四篇，无不毕录。假如李陵有如许的佳作，《艺文志》的编者是决不会不记录下来的。又《汉书》传记中，所录诗赋散文，至为繁富。李陵传中，亦自有其歌：“径万里兮度沙漠，为君将兮奋匈奴。路穷绝兮矢刃摧，士众灭兮名已隤。老母已死，虽欲报恩将安归！”这是苏武还汉时，李陵置酒贺武，与武诀别之诗。所谓李陵别苏武诗，盖即此诗而已。别无所谓“良时不再至”诸作也。这诗乃是当时流行的楚歌的格式，也恰合李陵当时的情绪与气概。“良时不再至，离别在须臾，屏营衢路侧，执手野踟蹰”，“携手上河梁，游子暮何之？徘徊蹊路侧，悢悢不能辞”，“嘉会难再遇，三载为千秋。临河濯长缨，念子怅悠悠”。这三首“别诗”，诚极缠绵悱恻之至，然岂是李陵别苏武之诗！又岂是“置酒贺武曰：‘异域之人，一别长绝’，因起舞而歌，泣下数行，遂与武决”的李陵所得措手的！《古文苑》及《艺文类聚》中，又有李陵的《录别诗》八首，“有鸟西南飞”、“烁烁三星列”等，则更为不足信了。

苏武亦传有“结发为夫妻”、“黄鹄一远别”诸诗，其不足信，更在李陵诗之上。像：“结发为夫妻，恩爱两不疑。欢娱在今夕，燕婉及良时。征夫怀往路，起视夜何其。参辰皆已没，去去从此辞！”诚是一篇悲婉至极的名作，却奈不能和苏武这一个人名联合在一处何！又有武《答李陵诗》一首，见《古文苑》及《艺文类聚》；《别李陵诗》一首，见《初学记》。则更为显然的伪托。

为什么钟、萧诸人定要将这些绝妙好辞抬高了三个多世纪而与李陵、苏武发生了关系呢？可能的解释是：自“五胡乱华”之后，中原沦没，衣冠之家不东迁则必做了胡族的臣民，苏、李的境况，常是他们所亲历的。所以他们对于苏、李便格外寄予同情。基于这样的同情，六朝人士便于有意无意之中，为苏、李制造了，附加了许多著作。有名的《李陵答苏武书》便是这样动机伪作出来的。将许多无主名的古诗黏上了苏、李的名字，其动机当也是这样的。

至于五言诗始于枚乘之说，则连钟嵘、萧统他们也还不知道。这一说，较之始于苏、李的一说为更无根据，更无理由。第一次披露的，是徐陵编辑的《玉台新咏》。他以《古诗十九首》中的《西北有高楼》、《东城高且长》、《行行重行行》、《青青河畔草》、《庭中有奇树》、《迢迢牵牛星》、《明月何皎皎》、《涉江采芙蓉》八首，定为枚乘作，更加了《兰若生春阳》一首。大约硬派这九首“古诗”于枚乘名下的，当是相沿的流说，未必始于徐陵。刘勰在他的《文心雕龙》中已说起："古诗佳丽，或称枚叔。"徐陵好奇过甚，以此"或称"，径见之著录了。

总之，五言诗发生于景、武之世（公元前156年—公元前87年）的一说，是绝无根据的。在六朝以前没有人以五言诗为始自景、武之世，也没有一首五言诗是可以确证其为景、武之世之所作。虞美人答项羽"力拔山兮气盖世"一歌的："汉兵已略地，四方楚歌声，大王意气尽，贱妾何聊生！"（见《史记正义》）以及卓文君给司马相如与之决绝的《白头吟》："皑如山上雪，皎若云间月，闻君有两意，故来相决绝！"（见《西京杂记》）固与苏、李、枚乘同为不可靠的。即班婕妤的《怨歌行》："新裂齐纨素，皎洁如霜雪。裁成合欢扇，团团似明月。出入君怀袖，动摇微风发。常恐秋节至，凉飙夺炎热，弃捐箧笥中，恩情中道绝。"作于成帝（公元前32年—公元前7年）之时者，刘勰且以为疑，《文选》李善注也以为"古词"。则西汉之时，有否如此完美的五言诗，实是不可知的。颜延之《庭诰》说："李陵众什，总杂不类。元是假托，非尽陵制。至其善篇，有足悲者。"苏东坡答刘沔书说："李陵、苏武赠别长安诗，有'江汉'之语，而萧统不悟。"（《通考》引）洪迈《容斋随笔》说："《文选》李陵、苏武诗，东坡云后人所拟。余观李诗云：'独有盈觞酒。'盈，惠帝讳。汉法触讳有罪，不应陵敢用。东坡之言可信也。"顾炎武《日知录》说："李陵诗，'独有盈觞酒'，枚乘诗，'盈盈一水间'。二人皆在武、昭之世而不避讳，又可知其为后人之拟作，而不出于西京矣。"又《文选旁证》引翁方纲说："今即以此三诗论之，皆与苏李当日情事不切。史载陵与武别，陵起舞作歌'径万里兮，五句，此当日真诗也。何尝有携手河梁之事。所以'河梁'一首言之，其曰：'安知非日月，弦望自有时。'此谓离别之后，或尚可冀其会合耳。不思武既南归，即无再北之理。而陵云：'大丈夫不能再辱！'亦自知决无还汉之期。则此日月弦望为虚辞矣。"翁氏又说："'嘉会难再遇，三载为千秋。'苏李二子之留匈奴，皆在天汉初年。其相别则在始元五年。是二子同居者十八九年之久矣。安得仅云三载嘉会乎？……若准本传岁月证之，皆有所不合。”钱大昕《十驾斋养新录》也说：“七言至汉，而《大风》、《瓠子》，见于帝制；《柏梁》联句，一时称盛。而五言靡闻。其载于班史者，唯‘邪径败良田’，童谣，见于成帝之世耳。……要之，此体之兴，必不在景、武之世。”由此可知以《古诗十九首》等无主名的五言诗为枚乘、苏、李所作，是有了种种的实证，知其为无稽的；固不仅仅以其违背于文学发展的规律而已。

那么五言诗，应该始于何时呢？五言诗的发生，是有了什么样的来历呢？我们所知道的，最早的最可靠的五言诗，是《汉书·五行志》所载的汉成帝时代的童谣：

> 邪径败良田，谗口乱善人。桂树华不实，黄雀巢其颠。昔为人所羡，今为人所怜。

及班固的《咏史诗》：“三王德弥薄，惟后用肉刑。太仓令有罪，就逮长安城。”这些五言诗，都是很幼稚的。可见其离草创的时代还未远。又《汉书》载永始、元延间（公元前 16 年—公元前 9 年）《尹赏歌》：“安所求子死？桓东少年场。生时谅不谨，枯骨后何葬。”《后汉书》载光武时（25 年—55 年）《凉州歌》：“游子常苦贫，力子天所富。宁见乳虎穴，不入冀府寺。”《后汉书》又载童谣歌云：“城中好高髻，四方高一尺；城中好广眉，四方且半额；城中好大袖，四方全匹帛。”《崔氏家传》载崔瑗为汲令，开沟造稻田，蒲卤之地，更为沃壤，民赖其利。长老歌之道：“上天降神明，锡我仁慈父。临民布德泽，恩惠施以序。穿沟广溉灌，决渠作甘雨。”常璩《华阳国志》载太山吴资，孝顺帝永建中（126 年—131 年）为巴郡太守，屡获丰年。人歌之云：“习习晨风动，澍雨润禾苗。我后恤时务，我人以优饶。”其后资迁去，人思之，又歌云：“望远忽不见，惆怅当徘徊。恩泽实难志，悠悠心永怀。”由此，我们可以知道，五言诗的草创时代，当在离公元前 32 年（成帝建始元年）不远的时候。在这个草创时代，五言诗似尚在民间流传着，为民歌，为童谣，虽偶被史家所采取，却未为文人所认识。班固的《咏史》却是最早的一位引进五言诗于文坛的作家。同时的傅毅，虽有人曾以《古诗十九首》中的“冉冉孤生竹”一首，归属于他，而论者也往往以为疑。张衡的《同声歌》：“邂逅承际会，得充君后房。情好新交接，恐栗若探汤。不才勉自竭，贱妾职所当。绸缪主中馈，奉礼助蒸尝。……”也与《咏史》一样，正足以见草创期的古拙僵直的气氛。直至东汉的季叶，蔡邕、秦嘉、孔融出来，五言诗方才开始了他的黄金时代。

二

五言诗之所以会发生于成帝时代的前后，似乎并不是偶然的事。在这个时候（公元前 32 年），中国与西域的沟通，正是络绎频繁之时。随了天马、苜蓿、葡萄等实物，而进到中国的，难保不有新声雅乐，文艺诗歌之类的东西。五言诗的发生，恰当于其时，或者不无关系吧。或至少是应了新声的呼唤而产生的。最初是崛起于民间的摇篮中。所谓无主名的许多“古词”、“古诗”，盖便是那许多时候的民间所产生的最好的诗歌，经由文人学士所润改而流传于世的。因为论者既不能确知其时代，又不能确知其作者，所以总以“古词”、“古诗”的混称概括之。其播之于乐府者则名之为“乐府古辞”。这些“古诗”、“古词”，气魄浑厚，情思真挚，风格直接，韵格朴质，无奥语，无隐文，无曲说，极自然流丽之至，刘彦和所谓：“结体散文，直而不野，婉转附物，怊怅切情。”（《文心雕龙》）在此都足以见其为新出于硎的民间的杰作。

在最早的那些“古诗”、“古词”里，有一部分是抒情诗，又有一部分是叙事诗。而这两方面都具有很好的成绩。抒情诗自当以《古诗十九首》为主。在这十九首之中，作者未必是一人，时代也未必是同时。内容亦不一致。有的是民间的恋歌，有的是游子思归之曲，有的是少年怀人之什，有的是厌世的旷达的歌声。或曾经过文人的不止一次的润饰，或竟有许多是拟作。钟嵘《诗品》，以为“旧疑以为曹、王之作”。或者这些诗，竟是到曹、王之时，才润饰到如此的完备之境的吧。在这十九首中，情歌便占了十首。或出之于自己的口气；或出于他人的代述。类多情意恳挚，措辞真率，不求乎工而自工，不求乎丽而自有其娇媚迷人之姿。我们看《诗经》的陈、郑、卫、齐诸风中的许多情诗，我们看流行于六朝时代的乐府曲子，如《子夜》、《读曲》之属，便知道这些情诗乃正是他们的真实的同类。其中最好的像第一首《行行重行行》："行行重行行，与君生别离。相去万余里，各在天一涯。……相去日已远，衣带日已缓。浮云蔽白日，游子不顾返。思君令人老，岁月忽已晚。"第二首《青青河畔草》："青青河畔草，郁郁园中柳。盈盈楼上女，皎皎当窗牖。娥娥红粉妆，纤纤出素手。昔为倡家女，今为荡子妇。荡子行不归，空床难独守。"第六首《涉江采芙蓉》："涉江采芙蓉，兰泽多芳草。采之欲遗谁？所思在远道。"都是写得很娇婉动人的。而第八首《冉冉孤生竹》："冉冉孤生竹，结根泰山阿。与君为新婚，菟丝附女罗"云云，颇使我们想起了希腊人的葡萄藤依附于橡树的常喻。第十八首《客从远方来》，则弹着另外的一个恋歌的调子：

> 客从远方来，遗我一端绮。相去万余里，故人心尚尔。文采双鸳鸯，裁为合欢被。著以长相思，缘以结不解。以胶投漆中，谁能别离此。

除了这些情歌之外，便是一些很浅近坦率的由厌世而遁入享乐主义的歌声了；但也间有较为积极的愤慨的或自慰自励的作品。这种坦率的厌世的人生观，是民间所常蟠结着的。遇着"世纪末"更容易发生。《十九首》中自第三首《青青陵上柏》，第十一首《回车驾言迈》，第十三首《驱车上东门》以至第十四首《去者日以疏》，第十五首《生年不满百》都是如此的一个厌世调子。"昼短苦夜长，何不秉烛游"，便是其中一部分厌世的享乐主义者的共同的供语。"不如饮美酒，被服纨与素"，坦率的厌世主义者，便往往是只求刹那间的享用的。又第四首《今日良宴会》，第七首《明月皎夜光》都是愤懑不平的调子。

于《十九首》外，更有好些抒情的“古诗”。这些古诗，其性质也甚为复杂，但大都可信其是民间的坦朴的作品。如《藁砧今何在》的：“菟丝从长风，根茎无断绝。无情尚不离，有情安可别”；《高田种小麦》的：“高田种小麦，终久不成穗。男儿在他乡，焉得不憔悴”，都是极为纯朴可爱的。《采葵莫伤根》的两首古诗，更是最流行的格言式的歌谣，意义直接而浅显：“采葵莫伤根，伤根葵不生。结交莫羞贫，羞贫友不成。甘瓜抱苦蒂，美枣生荆棘。利傍有倚刀，贪人还自贼。”像《步出城东门》：“步出城东门，遥望江南路。前日风雪中，故人从此去。”及《橘柚垂华实》、《十五从军征》等等，也都是很深刻、莹隽的诗篇。

民歌常因了易地之故，每有一首转变于各地，成为好几首的，也常袭用常唱常见的语句的。这在许多“古诗”、“古词”里都可以见到。又我们如果仔细地读了那许多“古诗”、“古词”，便知道她们虽或经过了好几次的文人的改作，或竟是文人的拟作，却终于扑灭不了民歌的那种淳朴的特色。民歌的天真自然的好处，往往是最不会丧失了去的；而一到了文人的笔下，也往往会变成更伟大的东西。失去了的乃是野陋，保存了的却都是她们的真实的美，且更加上了文士们的丰裕的辞囊。

三

五言的叙事诗，在这时候，并不发达。叙事诗的构成本比抒情诗为难。抒情诗可以脱口而出；叙事诗则非有本事，有意匠，有经营不可。在乐府古辞之中，原有些叙事诗，但大都不是以五言体写成的；用五言诗写的，只有《陌上桑》等一二篇耳。现在我们所讲的五言体的叙事诗，在实际上只有两篇。而这两篇，却都是很伟大的作品；结构都很宏丽，内容也极动人遣词也很隽妙。民间叙事诗，假定在那时已经发达的话，这两篇却决不是纯然出于民间的，至少也是几个杰出于民间的无名文人的大作，而经过了几个大诗人的润改的。这两篇大作便是：《悲愤诗》（相传为蔡琰作）与《古诗为焦仲卿妻作》。先说《悲愤诗》。

《悲愤诗》共有两篇，一篇是五言体，一篇是楚歌体，更有一篇《胡笳十八拍》，其体裁乃是这时所绝无仅有的类似以音乐为主的“弹词”体。这三篇的内容，完全是一个样子的，叙的都是蔡琰（文姬）的经历。由黄巾起义，她被掳北去起，而说到受诏归来，不忍与她的子女相别，却终于不得不回的苦楚为止。（琰为邕女，博学有才辩，适河东卫仲道。夫亡，无子，归宁于家。兴平中，天下丧乱，姬为胡骑所获，没于南匈奴左贤王。在胡中十二年，生二子。曹操遣使者以金璧赎之，而重嫁陈留董祀。）这三篇的结构也完全是一个样子的，全都是用蔡琰自述的口气写的；叙述的层次也完全相同。难道这三篇全都是蔡琰写作的么？如此情调相同的东西，她为什么要同时写作了三篇呢？以同一样的恋爱的情绪，在千百种的幻形中写出，以同一样的人生观念，在千百个方式中写出，都是可能的；却从来不曾有过，以同一个故事，连布局结构都完全相同，乃用同一种叙事诗的体裁，在同一个作家的笔下，连续表现三篇之多的。《胡笳十八拍》一篇，乃是沿街卖唱的人的叙述，有如白发宫人弹说天宝遗事的样子，有如应伯爵盲了双目，以弹说西门故事为生的情形（应事见《续金瓶梅》）。难道这样的一种叙事诗竟会出于蔡琰她自己的笔下么？这当然是不可能的。所以三篇之中，《胡笳十八拍》不成问题的是后人的著作；且也显然可见其为《悲愤诗》的放大。此外，尚有两篇《悲愤诗》，到底哪一篇是蔡琰写的呢？楚歌体的一篇《嗟薄祐兮遭世患》比较写得简率些，五言体的《汉季失权柄》则比较的写得详尽些。《后汉书》谓：“琰归董祀后，感伤乱离，追怀悲愤，作诗二章。”则此二章，五言体的与楚歌体的，皆是琰作的了。但所谓二章，未必便指的是不同体的二篇。或者原作本是楚歌体的；成后，乃再以当时流行的五言体重写一遍的吧？不过细读二诗，楚歌体的文字最浑朴，最简练，最着意于练句造语；一开头便自叹薄祐遭患，门户孤单，自身被执以北；以后便完全写她自己在北方的事。没有一句空言废话。确是最适合于琰的悲愤的口吻。

琰如果有诗的话，则这一首当然是她写的无疑。琰在学者的家门，古典的习气极重；当然极有采用了这个诗体的可能。至于五言体的一首，在字句上便大增形容的了。先之以董卓的罪过，再之以胡兵的劫略，直至中段，才写到自己。且琰的父邕原在董卓的门下，终以卓党之故被杀。琰为了父故，似未便那么痛斥卓吧！诗中叙述胡兵掳略人民的事："马边悬男头，马后载妇女"，大似韦庄的《秦妇吟》。像这样的诗，虽用第一身的口气写之，实颇难信其为作者自身的经历。最有可能的，是时人见到了琰的《悲愤诗》，深感其遭遇，便以五言体重述了出来。后人分别不清，便也以此作当为琰之作的了。五言诗体到了这时，正到运用纯熟之境，作者们每想以这一种新成熟的新诗式，来试试新的文体，而五言体的《悲愤诗》及《古诗为焦仲卿妻作》两大名作，便是他们的伟大的试作的结果吧。

关于《古诗为焦仲卿妻作》一诗，颇有许多意见与问题。但其为中国古代诗史上的一篇最宏伟的叙事诗，却没有一个人否认。此诗共一千七百四十五字，沈归愚以为是"古今第一首长诗"。叙的是一个家庭中的悲剧。其著作的时代似较晚，当是五言诗的黄金期中的作品。序文云："时人伤之，为诗云尔。"假如序言完全可靠的话，此诗也是"汉末建安（公元196—220）中"的"时人"所著的了。然论者对此，异议尚多。梁启超说，像《孔雀东南飞》和《木兰诗》一类的作品，都起于六朝，前此却无有（《印度与中国文化之亲属关系》）。为什么这一类的叙事诗会起于六朝呢？他主张，他们是受了佛本行赞一类的翻译的佛教文学的影响。但有人则反对他的主张，以为《孔雀东南飞》之作，是在佛教盛行于中国以前。中国的叙事诗，并不是突然而起的。在汉人乐府中，已有了好些叙事诗，如《陌上桑》、《妇病行》、《孤儿行》、《雁门太守行》等皆是。蔡琰的《悲愤诗》也在汉末出现。又魏黄初（约225年）间，左延年有《秦女休行》。在这个时代（196年—225年）的时候，写作叙事诗的风气确是很盛的。所以《孔雀东南飞》之出现于此时，并无足怪。五言诗在此时实已臻于抒情叙事，无施不可的黄金期了。

四

有主名的五言诗的早期作家，有蔡邕、秦嘉、郦炎诸人。蔡邕的《饮马长城窟行》为五言诗中的最隽妙者之一，然或以为系古词，非他所作。他的《翠鸟》一作，其情思便远没有《饮马长城窟行》那么隽美了："庭陬有若榴，绿叶含丹荣。翠鸟时来集，振翼修形容。"

秦嘉字士会，陇西人。桓帝时仕郡上计，入洛，除黄门郎。病卒于津乡亭。当他为郡上计时，其妻徐淑寝疾，还家不获面别。他赠诗有云："人生譬朝露，居世多屯蹇。忧艰常早至，欢会常苦晚"，"顾看空室中，仿佛想姿形。一别怀万恨，起坐为不宁。"深情缱绻，颇足感人。然已离开民间歌谣的风格颇远。

郦炎的《见志诗》二首，其一："大道夷且长，窘路狭且促。修翼无卑栖，远趾不步局……"赵壹的《疾邪诗》二首："河清不可俟，人命不可延。顺风激靡草，富贵者称贤。文籍虽满腹，不如一囊钱。伊优北堂上，肮脏倚门边"，及"执家多所宜，咳唾自成珠。被褐怀金玉，兰蕙化为刍。贤者虽独悟，所困在群愚。且各守尔分，勿复空驰驱，哀哉复哀哉，此是命矣夫。"以及孔融的《杂诗》："岩岩钟山首，赫赫炎天路……吕望尚不希，夷齐何足慕"；《临终诗》："言多令事败，器漏苦不密。"都是以五言的新体来抒写他们的悲愤的。五言诗在此时，已占夺了四言诗及楚歌的地位，而成为文士阶级所常用的诗体了。五言诗到了这个时代，渐渐地离开民间而成为文人学士的所有物了。自成帝（公元前 32 年）至这时（219 年）凡二百五十年，五言诗已由草创时代而到了她的黄金时代；已由民间而登上了文坛的重地了。

五

当五言诗在暗地里生长着的时候，其接近于音乐的诗篇，则发展而成为乐府。惟乐府不尽为五言的。《汉书》卷二十二说，（武帝）乃立乐府，采诗夜诵，有赵、代、秦、楚之讴。以李延年为协律都尉。"同书卷九十二又说：“李延年，中山人，身及父母兄弟皆取倡也。延年坐法腐刑，给事狗监中。女弟得幸于上，号李夫人……延年善歌，为新变声。是时上方兴天地诸祠，欲造乐，令司马相如等作诗颂。延年辄承意弦歌所造诗，为之新声曲。”又同书卷九十七上，说李夫人死，武帝思念不已，令方士齐人少翁招魂。武帝仿佛若有所遇，乃作诗道：“是耶非耶？立而望之。偏何姗姗其来迟？”因“令乐府诸音家弦歌之”。在这些记载中已可见所谓乐府，不外两端，第一是“采诗夜诵，有赵、代、秦、楚之讴”，其次，是自作新声，为新词作新谱。然自制之作，本未足与民间已有之乐曲争衡，而庙堂祭祀的诗颂虽谱以新声，却更不足以流传于当时。世俗所盛行者，总不过是所谓“郑、卫之声”而已。《汉书》卷二十二又说：“是时（成帝时），郑声尤甚。黄门名倡丙彊、景武之属富显于世。贵戚五侯、定陵、富平外戚之家，淫侈过度，至与人主争女乐。哀帝自为定陶王时，疾之，又性不好音，及即位，下诏曰：‘……郑、卫之声兴，则淫辟之化流，而欲黎庶敦朴家给，犹浊其源而求其清流，岂不难哉？……其罢乐府官。郊祭乐及古兵法武乐在经，非郑、卫之乐者条奏，别属他官。’”然皇帝的一封诏书又怎能感化了多年的积习呢？所以“乐府官”尽管罢去，而“百姓渐渍日久，又不制雅乐有以相变，豪富吏民湛沔自若”。

“雅乐”不要说“不制”，即制作了，也是万万抵抗不了俗曲的。已死的古乐怎敌得过生龙活虎的活人的歌曲。一时的提倡，更改革不了代代相传，社会爱好的民间乐府。所以《晋书·乐志》说：“凡乐府古辞，今之存者，并汉世街陌谣讴。《江南可采莲》、《乌生十五子》、《白头吟》之属是也。”晋世荀勖采旧辞施用于世，谓之清商三调。然而被于新声的调句与古辞已很有异同。有一部分，我们现在只能知其新词而忘其古辞，这是很可惜的。但有一部分，则古辞幸得保存。《唐书·乐志》说：“平调、清调、瑟调，皆周房中曲之遗声，汉世谓之三调。又有楚调、侧调，楚调者，汉房中乐也。……侧调者生于楚调，与前三调，总谓之相和调。”张永《元嘉技录》说：“有吟叹四曲亦列于相和歌。又有大曲十五篇，分于诸调。唯《满歌行》一曲，诸调不载，故附见于大曲之下云。”他们的话是不大可靠的，特别是以平、清、瑟三调为“周房中曲之遗声”的一说。《晋书·乐志》的“并汉世街陌谣讴”一语最得其真相。我们一看那些古辞，便可知其实出于“街陌”，而非古代遗声。

大抵汉代的乐府古辞，可分为相和歌辞、舞曲歌辞，及杂曲歌辞的三类。所谓杂曲歌辞，连《孔雀东南飞》亦在内，所包括的只是一个“杂”字而已。舞曲歌辞则大都为舞蹈之歌曲，文辞绝不可解者居大多数，我们现在所最要注意者惟相和歌辞及杂曲歌辞。

“相和歌辞”凡六类，又附一曲《满歌行》，据张永说是无可归类的。第一类“相和曲”，我颇疑心她们真是相和而唱的。《公无渡河》、《江南可采莲》以及《薤露歌》、《蒿里曲》都有相和相接而唱着的可能。《鸡鸣高树颠》、《乌生八九子》、《平陵东》也可和唱。惟《陌上桑》为第三人叙述的口气，不像相和之曲。然《陌上桑》全文都为纯美的五言诗体写成，与其他相和曲完全不同。或是误行混入的吧。第二类“吟叹曲”，今只有《王子乔》一曲，且还是魏、晋乐所奏，非是本辞。全文似为祝颂之辞，如“令我圣朝应太平”之类。第三类“平调曲”，今存者有《长歌行》三首，《君子行》一首，《猛虎行》一首，这几首都是五言的。《君子行》一首亦载《曹子建集》中。第四类“清调曲”，今存者有《豫章行》、《董逃行》、《相逢行》及《长安有狭斜行》四首。《相逢行》及《长安有狭斜行》文字较为简洁，似当为本辞。第五类“瑟调曲”，今存者有《善哉行》、《陇西行》、《步出夏门行》、《折杨柳行》、《西门行》、《东门行》、《妇病行》、《孤儿行》、《雁门太守行》、《双白鹄》、《艳歌行》二首及《艳歌》、《上留田行》等。在这个曲调中，颇多叙事的作品，这是很可注意的。像《东门行》、《孤儿行》及《妇病行》都是很好的叙事诗；在当时，大约是当作短篇的史诗或故事诗般的唱着的吧。第六类“楚调歌”，今所传仅有三首。《皑如山上雪》，共二首，一为本词，一为晋乐所奏。《皑如山上雪》即相传为卓文君作的《白头吟》。“大曲”中，只有一篇《满歌行》，但有二首，一为本词，一为晋乐所奏。其情调与《怨歌行》及“人生不满百”等皆甚相同。

在“杂曲歌辞”里颇多好诗。《伤歌行》的“昭昭素明月”诸语，大似李白的“床前明月光”。《悲歌》虽只是寥寥的几句，却写得异常的沉痛：“悲歌可以当泣，远望可以当归。”《枯鱼过河泣》似只是一首很有趣的儿歌枯鱼过河泣，何时悔复及。作书与鲂鲊、相教慎出入。”

更有“郊庙乐章”，为朝廷所用的“雅乐”，其辞大都是出于词臣之手。深晦古奥，甚不易解，大似舞曲歌辞。但也有极佳之作。此种郊庙乐章也可分为二类：郊庙歌辞（《汉郊祀歌》十九首）及鼓吹曲歌辞（《汉铙歌》十八曲）。《汉郊祀歌》者，盖即《汉书·礼乐志》所谓：“武帝定郊祀之礼，祠太一于甘泉……祭后土于汾阴……乃立乐府，采诗夜诵……以李延年为协律都尉。多举司马相如等数十人，造为诗赋，略论律吕以合八音之调，作十九章之歌。”词臣应制所作的东西自易流于古奥。

《汉铙歌》十八曲，中多不可解者。崔豹《古今注》曰：“短箫铙歌，军乐也。……汉乐有黄门鼓吹，天子所以宴乐群臣也。短箫铙歌，鼓吹之一章尔，亦以赐有功诸侯。”《古今乐录》曰：“《汉鼓吹铙歌》十八曲，字多讹误。”沈约谓：“乐人以音声相传，训诂不可复解。凡古乐录，皆大字是辞，细字是声。声辞合写。故致然耳。”沈约之说最为近理。但也未必尽然。当亦有窜乱，或古语本来难知者。其中最好者像《战城南》：“战城南，死郭北。野死不葬乌可食。为我谓乌：且为客豪。野死谅不葬，腐肉安能去子逃！”而《有所思》与《上邪》二首，也皆为绝好的民间情歌。所可怪的是，在“郊庙乐章”的鼓吹曲辞中，为什么竟有这些绝不类“庙堂”之作的民歌在？这可能有两种解释：第一是民歌侵入《铙歌》的范围中去；第二是《铙歌》的曲调普及于民间，民间乃取之以制新词。

参考书目

一、《全汉三国晋南北六朝诗》 丁福保编，有医学书局印本。

二、《古诗源》 沈德潜编，有原刊本及商务印书馆铅印本。

三、《文选》 有汲古阁刊本，有胡氏仿宋刊本，有《四部丛刊》影宋本。

四、《玉台新咏》 有坊刊本。

五、《汉诗研究》 古层冰著，启智书局出版。

六、《古诗十九首解》 金圣叹著，有唱经堂刊本。

七、《汉铙歌释文笺正》 王先谦著，有长沙王氏刊本。

第九章

汉代的历史家与哲学家

司马迁和他的《史记》——一部宏伟的百科全书体的史书——《史记》在文学上的影响——《淮南子》——董仲舒公孙弘——徐乐严安等——刘向刘歆父子——他们的整理工作的重要——班固与荀悦——理性的复活时代——王充的《论衡》——王符仲长统等

一

这个时代，两司马并称，然司马迁的重要，实远过于司马相如。司马相如以虚夸无实之词，写荒诞不真的内容，他以乌有先生、亡是公为其所创作的人物，其作品的内容，也不过是“乌有”、“亡是”之流而已。司马迁的著作却是另一个方面的，他的成就也是另一个方面的。他不夸耀他绝代的才华，他低首在那里工作。他排比，他整理古代的一切杂乱无章的史料，而使之就范于他的一个囊括一切前代知识及文化的一个创作的定型中。而他又能运之以舒卷自如，丰泽精刻的文笔。他的空前的大著《太史公书》(即《史记》)不仅仅是一部整理古代文化的学术的要籍，历史的巨作，而且成了文学的名著。中国古代的史书都是未成形的原始的作品，《太史公书》才是第一部正式的史书，且竟是这样惊人的伟作。司马迁于史著上的雄心大略，真是不亚于刘彻之在政治上。迁字子长，左冯翊夏阳人，生于公元前 145 年（景帝中五年丙申），其卒年不可考，大约在公元前 86 年（即汉昭帝始元元年乙未）以前。父谈为太史令。迁"年十岁则诵古文，二十而南游江、淮，上会稽，探禹穴，窥九疑，浮于沅、湘，北涉汶、泗，讲业齐、鲁之都，观孔子之遗风，乡射邹、峄，厄困鄱、薛、彭城，过梁、楚以归"。初为郎中，后继谈为太史令。紬史记石室金匮之书。后五年（太初元年）始着手作其大著作《史记》。后李陵降匈奴，迁为之辩护，受腐刑。后又为中书令，尊宠任职。迁之作《史记》(《史记》有通行《二十四史》本），实殚其毕生之精力。自迁以前，史籍之体裁，简朴而散漫，像《国语》、《国策》、《春秋》、《世本》之类，都是未经剪裁的史料。于是迁乃采经摭传，纂述诸家之作，合而为一书。其取材有根据于古书者，有记叙他自己的见闻，他友人的告语，以及旅游中所得者。其叙述始于黄帝（公元前 2697 年）迄于汉武帝。"凡百三十篇，五十二万六千五百字。"(《自序》) 分本纪十二，年表十，书八，世家三十，列传七十。本纪为全书的骨干。年表、书、世家、列传，则分叙各时代的世序，诸国诸人的事迹，以及礼仪学术的沿革。将古代繁杂无序的书料，编组成这样完美的第一部大史书，其工作至艰，其能力也至可惊异。自此书出，所谓中国的"正史"的体裁以立。作史者受其影响者至二千年。此书不仅为政治史，且包含学术史、文学史，以及人物传的性质。其八书——《礼书》、《乐书》、《律书》、《历书》、《天官书》、《封禅书》、《河渠书》、《平准书》——自天文学以至地理学、法律、经济学无不包括在内。其列传则不唯包罗政治家，且包罗及于哲学家、文学家、商人、日者，以至于民间的游侠。在文字一方面亦无一处不显其特创的精神。他串集了无数的不同时代，不同著者的史书，陶融冶铸之为一，正如合诸种杂铁于一炉而烧冶成了一段极纯正的钢铁一样，使我们毫不能见其凑集的缝迹。此亦为一大可惊异之事。且迁之采用诸书，并不拘拘于采用原文。有古文不可通于今者，则改之。在后来文学史上，《史记》之影响也极大。古文家往往喜拟仿他的叙写的方法。实际上，《史记》的叙写，虽简朴而却能活跃动人，能以很少的文句，活跃跃地写出其人物的性格，且笔端常带有情感。像下面《刺客列传》（卷八十六）的一段，便是好例：

> 荆轲者，卫人也……日与狗屠及高渐离饮于燕市，酒酣以往，高渐离击筑，荆轲和而歌于市中，相乐也。已而相泣，旁若无人者。……乃装为遣荆卿……太子及宾客知其事者，皆白衣冠以送之，至易水之上。既祖取道，高渐离击筑，荆轲和而歌，为变徵之声，士皆垂泪涕泣，又前而歌曰："风萧萧兮易水寒，壮士一去兮不复还。"复为羽声慷慨，士皆瞋目，发尽上指冠。于是荆轲上车而去，终已不顾。遂至秦。……轲既取图奏之。秦王发图，图穷而匕首见。因左手把秦王之袖而右手持匕首揕之。未至身，秦王惊，自引而起，袖绝拔剑，剑长，操其室。时惶急，剑坚故不得立拔。荆轲逐秦王，秦王环柱而走。群臣皆愕，卒起不意，尽失其度。……惶急不知所为。左右乃曰："王负剑。"负剑，遂拔以击荆轲，断其左股。荆轲废，乃引其匕首以擿秦王，不中，中铜柱。秦王复击轲，轲被八创。轲自知事不就，倚柱而笑，箕倨以骂曰："事所以不成者，以欲生劫之，必得约契以报太子也。"

《史记》一百三十篇，曾缺十篇，褚少孙补之。其他文字间，亦常有后人补写之迹。但这并无害于《史记》全体的完整与美丽。

二

《太史公书》以外的散文著作，以《淮南子》为最著。《淮南子》为刘安集合门下宾客们所著的书。安为汉之宗室，封淮南王，好学喜士，为当时文学者的东道主之一。后以谋反为武帝所杀。他曾招致天下诸儒方士，讲论道德，总说仁义，著书二十一篇，号曰《鸿烈》，即《淮南子》。尚有外篇，今不传。此书亦囊括古代及当时的一切哲学思想以及许多形而上的见解，颇有许多重要的材料在内。文辞亦奇奥丰腴，有战国诸子之风。

同时的儒学的作家，如董仲舒、公孙弘等皆有所作。董仲舒作《春秋繁露》。但他们的文字大都庸凡无奇，在散文上是无可述的。仲舒又有《士不遇赋》，也不过是忧穷愁苦的许多咏“士不遇”的作品的一篇而已。

几个策士，如徐乐、严安、主父偃、吾丘寿王他们，其文辞都是很犀利的，内容也是很动人的审情度势的切实议论。战国说士之风似一时复活起来了，但伟大的汉武时代一过去，他们便也都销声匿迹了。

此后无甚伟大的散文著作。刘向、刘歆父子在西汉末叶的出现，又把散文带到另一方面去。

自汉兴百数十年到刘向的时候，操于儒生之手的文艺复兴，直不曾有过什么成绩，除了争立博士，招收弟子之外。他们不过做实了“抱残守缺”四字而已。为了利禄之故，死守着一先生之言，不敢修正，更不必望其整理或编纂什么了。所以这百数十年来的文艺复兴的时间，我们与其说是“复兴”，不如说是在“典守”（司马迁说：“百年之间，天下遗文古事靡不毕集太史公。”班固说：“于是建藏书之策，置写书之官。下及诸子传说，皆充秘府。至成帝时，以书颇散亡，使谒者陈农，求遗书于天下。”刘歆《七略》说：“外有太常、太史、博士之藏，内有延阁、广内秘室之府。”此皆汉代收藏古籍之情形。）而有了这百数十年来的搜集保守，便给予一个伟大的整理者刘向，以一个绝好的整理编纂的机会。

刘向字子政，为汉之宗室。他曾时时上书论世事，为当时的大政治家之一。又善于辞赋，作《九叹》，见于《楚辞》中。而他的一生精力则全用于他的整理与编纂古典文籍上面。向与其子歆所撰的《七录》，今已亡佚，然班固的《汉书·艺文志》却是完全抄袭他的。所以《七录》虽亡而实未亡。《汉书·艺文志》将古典文籍分为七大部分，即所谓“七略”者是。“七略”者，一《辑略》，叙述诸书之总要；二《六艺略》，记录《六经》的注释；三《诸子略》，登记九流十家之书；四《诗赋略》，登记纯文艺的著作；五《兵书略》，登记行兵布阵以及军法军纪之书；六《数术略》，登记关于阴阳五行，星卜占卦诸数术的书；七《方技略》，登记医术神仙之书。“大凡书六略——辑略在外——三十八种，五百九十六家，万三千二百六十九卷。”这个浩瀚的大文库，其中每一部书都是经过向及其合作者（任宏、尹咸及李柱国）的校阅的。“每一书已，向辄条其篇目，撮其指意，录而奏之。”像这样伟大的一个工作，这样清晰的一副头脑，即以《太史公书》之牢笼百家较之，似也有所不及。经生们不配去整理古籍，他们也不能去整理。只有像向、歆那样清晰前代思想制度、文学技术的变迁，而又有了博大“容忍”的心胸的，方才有整理的资格与能力。

向除了整理古典文籍之外，又加之以编纂。但他只是编纂，并不著述。他所编纂的书，今存者尚有：（一）《战国策》，（二）《列女传》，（三）《说苑》，（四）《新序》。此外如《新国语》等皆已亡佚。《战国策》在向之前，是传本不同，异名极多的一部书，经了他的重加编纂之后，方才成了一部完整的书。《说苑》、《新序》、《列女传》则皆搜集故说旧闻，由他加以排比归类的。和汉文帝时燕人韩婴所作的《韩诗外传》体例略同。《列女传》专叙古代妇女的言行，以许多的故事，归之于《母仪》、《贤明》、《仁智》、《贞顺》、《节义》、《辩通》、《孽嬖》等几个总目之下，每传并附以颂一首。此书有一部分为后人所补入者。后来的人以附有颂者定为刘向原文，无颂者定为后人所补。在此三书中，有许多故事是很可感人的。又有《孝子传》，相传亦为向撰。

刘向子歆亦为当时一个极重要的学者。他继续了他父亲的遗志，完成了绝代的大著作《七略》他又极力与当时以利禄为目的，门户之见极重的经生们奋斗，欲争立《古文尚书》、《左传》、《毛诗》于学官。他的《让太常博士书》，暴露了当时经生们的偏私与无聊。他对于古学的热忱直是充分地表白出来！他又极力表彰了一部绝代的理想政治的模式的《周礼》。后人每以《左传》、《周礼》为他的伪作。但那实是不近情理的一个偏见。

三

后汉的散文，也以历史及论文为主。历史名著之重要者有二，皆为模拟古代名著之作。一为《汉书》，班固著，系模拟司马迁的《史记》的；一为《汉纪》，荀悦著，系模拟左丘明的《左传》的。

《汉书》的体例几乎完全仿之于《史记》。《汉书》凡一百篇，计帝纪十二，表八，志十，列传七十。这些帝纪、表、志、列传，皆为《史记》所已有的体例。其与《史记》不同之点：一、《汉书》是断代的，其叙述起于汉之兴起，止于王莽之时代，而《史记》则为古今通史；二、《史记》有"世家"，而《汉书》则无之；三、《史记》的"书"，《汉书》则改名为"志"。《汉书》的文字，武帝以前事，大抵直抄《史记》文字，很少更动；武帝以后，则根据其父彪所续前史之文而加以补述增润。固写此作，很费匠心，自永平中始受诏作史，潜精积思二十余年，至建初中乃成。当世甚重其书，学者莫不讽诵。然当他死时，其中《八表》及《天文志》尚未告成，乃由其妹昭补成之。《汉书》原为断代之史，仅记西汉二百二十九年间之事，然间有体例混淆者，如《古今人表》上及古代人物，《艺文志》也网罗古今著作。刘知几的《史通》曾致不满于班氏之书；郑樵对于《汉书》尤力加诋毁，责备得他体无完肤。但这部历史虽不是什么创作，却也颇有些很活跃的叙述，使我们不得埋没了她。班固还著有《白虎通》，也是很重要的一部学术著作。桓宽的《盐铁论》乃是汉代有关经济史的极有权威的辩论集。

荀悦字仲豫，颍川颍阴人（148年—209年）。好著述。初在曹操府中，后迁黄门侍郎。当时献帝好典籍，常以班固《汉书》文繁难省，乃令悦依《左氏传》体，以为《汉纪》三十篇。在没有发展到"纪事本末"的一个体裁之前，其由"百科全书"体的历史而重复回到比较简朴，比较原始的编年体裁的《左传》式，乃是必然的一个趋势。论者谓其书"辞约事详"颇为可观。《左传》式的史书，其较《史》、《汉》容易使人醒目处，也便在于他的"辞约事详"。荀悦又作《申鉴》五篇，凡《政体》、《时事》、《俗嫌》各一篇，《杂言》二篇，也颇有些切中时弊的箴诫。然当时的形势，已到了非汉室“瓦解”另换了一个新的局面不能急转直下的倾向，所以悦的这些空论，全是无补于实际的政治的。

但在后汉的时候，学者思想已不复囿于儒家的专制之下。因了刘向父子的努力，古籍渐为学者所易见。于是加以研究，加以探讨，加以比较之后，便到处发现其中的夸诞与矛盾之处，或有许多是不顺适于后代文明社会的见解与观点的。于是一二个勇敢的学者便捉住了这些所在，加以直觉的理性的评判。每一次继于古籍的整理之后，必有这样的一次理性运动发生。而在刘向父子之后，也便来了一位大怀疑者王充（王充见《后汉书》卷七十九）。他开辟了后来的刘知几、崔述等人的先路。他字仲任，会稽上虞人。曾师事班彪，仕郡为功曹，以数谏争不合去。充卒于公元 90 年间（汉和帝永元中）。他常闭门潜思，绝庆吊之礼，户牖墙壁各置刀笔，遂成《论衡》八十五篇。《论衡》实为汉代最有独创之见的哲学著作。当时儒教已为思想的统治者，而充则毅然能与之问难。他在《问孔篇》上说：“世儒学者，好信师而是古，以为贤圣所言皆无非，专精讲习，不知难问。夫圣贤下笔造文，用意详审，尚未可谓尽得实，况仓卒吐言，安能皆是。不能皆是，时人不知难；或是而意沉难见，时人不知问。案圣贤之言，上下多相违，其文前后多相伐者，世之学者不能知也。”又在《物势篇》上说：“儒者论曰：天地故生人。此言妄也。夫天地合气，人偶自生也。犹夫妇合气，子则自生也。夫妇合气，非当时欲得生子；情欲动而合，合而生子矣。且夫妇不故生子，以知天地不故生人也。”这些话都说得很勇敢。但充的文辞，殊觉笨重，不能畅达其意，这是很可惜的。略后于充者有王符。符字节信，安帝时人。志意蕴愤，隐居著书，以讥当时之得失，不欲彰显其名，故曰《潜夫论》凡三十六篇，但其言论却无甚新意。

此后，至献帝时，又有两个论文家出现。一为仲长统。统字公理，山阳高平人（179 年—219 年）。性倜傥，不矜小节，默语无常，时人或谓之狂生。曾参曹操军事。每论说古今及时俗行事，恒发愤叹息，因著论名曰《昌言》，凡三十四篇。一为徐干（171 年—218 年）。

干字伟长，北海人，著《中论》二十余篇。曹操曾屡辟之，俱不应。此数人的思想俱不脱儒家的范围，远没有王充的大胆与成就。

参考书目

一、《全上古秦汉三国六朝文》 七百四十六卷　清严可均编，黄冈王氏刊本，版存广雅书局，又医学书局石印本。

二、《汉魏六朝百三名家集》 明张溥编，有原刊本，长沙刊本。

三、《文选》 梁萧统编，有胡克家刊本，《四部丛刊》本。

四、《古文苑》 有《平津馆丛书》本，有坊刊本。

五、《百子全书》 有湖北书局刊本。

六、《汉魏丛书》 有明程荣刻本（三十八种）；何允中刻本（七十六种清王谟刻本（八十六种，后又增到九十四种）。

第十章

建安时代

五言诗的成熟时代——以曹氏父子兄弟为中心的诗坛——曹操与曹丕——曹植的两个时期的诗篇——建安七子：孔融、王粲、徐干等——应璩的《百一诗》——繁钦、缪袭等

一

建安时代是五言诗的成熟时期。作家的驰骛，作品的美富，有如秋天田野中金黄色的禾稻，垂头迎风，谷实丰满；又如果园中的嘉树，枝头累累皆为晶莹多浆的甜果。五言诗虽已有几百年的历史，却只是无名诗人的东西，民间的东西，还不曾上过文坛的最高角。偶然有几位文人试手去写五言诗，也不过是试试而已，并不见得有多大的成绩。五言诗到了建安时代，刚是蹈过了文人学士润改的时代，而到了成为文人学士的主要的诗体的一个时期。

这个时期的作者们，以曹氏父子兄弟为中心。吴、蜀虽亦分据一隅，然文坛的主座却要让给曹家。曹氏左右，诗人纷纭，争求自献，

其热闹的情形是空前的。

曹氏父子兄弟，不仅地位足以领导群英，即其诗才也足以为当时诸诗人的中心而无愧。曹操及子丕、植都是很伟大的诗人。尤以曹植为最有高才。屈原之后，诗思消歇者几五六百年，到了这时，诗人们才由长久的熟睡中苏醒过来。不仅五言，连四言诗也都照射出夕阳似的血红的恬美的光亮出来。

曹操字孟德，小字阿瞒，谯人。本姓夏侯氏，其父嵩，为曹氏的养子，故遂姓曹。操少机警有权数。年二十，举孝廉为郎。除洛阳北部尉。光和末黄巾大起。拜骑都尉，讨颍川起义军。迁济南相。董卓废立时，操散家财，合义兵讨卓。初平中，袁绍表荐他为东郡太守。建安中，操到洛阳，便总揽了政治大权。他迎帝都许。自为大将军。破袁绍、袁术，斩吕布等，次第削平各地。献帝以他为丞相，加九锡，爵魏王。他部下每劝他正位。他说道："若天命有归，孤其为周文王乎？"操子丕，果应其言，废献帝自立。追尊操为武帝。操颇受后人的唾骂。其实也未见得比刘裕、萧道成、萧衍、李渊、赵匡胤他们更卑鄙。然而他却独受恶名！他是一位霸气纵横的人，即在诗坛里也是如此。他的诗是沉郁的，雄健的，有如他的为人。当这个时候，古乐府的拟作风气是很流行的，所以操诗多五言的乐府辞、如《蒿里行》、《苦寒行》等；又四言诗也显着复盛之况，所以操诗也多四言者，如《短歌行》等。《薤露》、《蒿里》，本是挽歌曲子。操则袭用之，成为短的叙事诗；一以叙述何进召董卓事（《薤露》），一以叙述袁绍、袁术兄弟相争，连年兵甲不解事（《蒿里行》）。这两诗多愤激之语，当是他早期之作。《苦寒行》是一首绝好的征夫诗。"我心何怫郁，思欲一东归"，这时操还是在不得意的时代吧。"行行日已远，人马同时饥。担囊行取薪，斧冰持作糜"几句写得更为生动新颖，非取之于当前之情景必写不出来。《却东西门行》也是咏征夫的。"冉冉老将至，何时返故乡？"又"狐死归首丘，故乡安可忘！"操暮年，或已厌于言兵了吧？操的四言诗写的似乎较他的五言诗更为俊健可喜，如《短歌行》，如《龟虽寿》，都是当时不易见到的佳作。"月明星稀，乌鹊南飞，绕树三匝，何枝可依？"（《短歌行》）诸语实为难得的写景描情。“老骥伏枥，志在千里。烈士暮年，壮心不已。”(《龟虽寿》)操的雄志是跃跃于纸背的。又《观沧海》写“东临碣石，以观沧海”时所见的海景也是很隽好的。操之诗，往往若无意于为文辞，而文辞却往往是错落有致，精彩自生的。《土不同》一首也是如此。诗人无不善感多愁，操的诗也是善感多愁，然于“心常叹怨，戚戚多悲”(《土不同》)里却透露着一股英俊之气，虽悲戚，却并不颓废。虽“忧从中来，不可断绝”，却终于没有忘记了“山不厌高，海不厌深，周公吐哺，天下归心”的壮志。此便是操之所以终与疏懒颓放的诗人不同的所在。

曹丕为操之长子，字子桓。操卒，丕嗣为丞相，魏王。建安末，废献帝为山阳公，篡汉，自即皇帝位。都洛阳，国号魏，改元黄初。在位六年卒，谥曰文帝。丕性好文学，虽居要位，并不废业。博闻强识，以著作为务。所著有《典论》及诗赋百余篇。像《典论》那样的著作，是同时的诗人们所不敢轻易问鼎的。特别关于论文得失，臧否人物的一方面。他的诗，与操诗风格大不相同。操的诗始终是政治家的诗，丕的诗则完全是诗人的诗，情思婉约悱恻，能移人意，却缺乏着刚劲猛健的局调。五言诗到了他的时代，方才开始脱离乐府的束缚。子桓的《杂诗》诸作，都是用五言体写的。《杂诗》二首，其情韵尤为独胜：“漫漫秋夜长，烈烈北风凉。展转不能寐，披衣起彷徨。彷徨忽已久，白露沾我裳。俯视清水波，仰看明月光。天汉回西流，三五正纵横。草虫鸣何悲，孤雁独南翔。”但我们如仔细一读，便可见这些杂诗完全是模拟着《古诗十九首》的；不唯风格相类，即情调亦极相似。陆机等的此类的诗，直题之曰《拟古》，子桓则仅称“杂诗”，其实也是“拟诗”之流。子桓的四言调，其情调也很婉曲，像《短歌行》，孟德的同名的一篇，如风驰云奔，一气到底，子桓之作则宛转哀鸣，孺慕正深，极力地写着：“其物如故，其人不存”的悲感。孟德雄莽，杂言无端，仅以壮气贯串之而已，子桓则结构精审，一意到底；这确是大为进步之作品。又他的《善哉行》，只是感到“人生如寄”，便想起不必自苦，还是及时行乐，“策我良马，被我轻裘。载驰载驱，聊以忘忧”，和孟德“周公吐哺”云云的情调已大异了。子桓更有数诗，与当时流行的诗体不大相类；如《燕歌行》则为七言，《寡妇》则为楚歌体。但其风调则始终是娟娟媚媚的。像《燕歌行》："秋风萧瑟天气凉，草木摇落露为霜。……贱妾茕茕守空房，忧来思君不敢忘。……明月皎皎照我床。星汉西流夜未央，牵牛织女遥相望。尔独何辜限河梁。"在无数的思妇曲中，这一首是很可以占一个地位的。《寡妇》的背景也在秋冬之交，"木叶落兮凄凄"之时。这时是最足以引起悲情的。《寡妇》之作原为伤其友人阮瑀之妻。当时风尚，每一诗题，往往有多人同时并作。故后来潘岳作《寡妇赋》，其序便假托地说道："阮瑀既没，魏文悼之，并命知旧作寡妇之赋。"

二

曹植（192 年—232 年）字子建，丕弟。少即工文。黄初三年，进侯为鄄城王，徙封东阿，又封陈。明帝太和六年卒，年四十一。谥曰思。有《陈思王集》。植才大思丽，世称绣虎。谢灵运以为天下才共一石，陈王独得八斗。论者也以为"其作五色相宜，八音朗畅"，为世所宗。植当建安、黄初之间，境况至苦。曹丕本来很猜忌他，到了丕一即位，便先剪除植的余党。植当然是很不自安的。自此以后，便终生在忧谗畏讥的生活中度过。他不得不懔懔小心，以求无过，以免危害。他本是一个诗人，情感很丰烈的，遭了这样一个生活，当然要异常地怨抑不平的了。而皆一发之于诗。故他的诗虽无操之壮烈自喜，却较操更为苍劲；无丕之妩媚可喜，却较丕更为婉曲深入。孟德、子桓于文学只是副业，为之固工，却不专。仲宣、公干诸人，为之固专，而才有所限，造诣未能深远。植则专过父兄，才高七子。此便是他能够独步当时，无与抗手的原因。

他的诗可划成前后二期。前期是他做公子哥儿，无忧无虑的时代的所作；其情调是从容不迫的，其题材是宴会，是赠答；别无什么深意，只是为做诗而做诗罢了。像《箜篌引》："置酒高殿上，亲友从我游。中厨办丰膳，烹羊宰肥牛。秦筝何慷慨，齐瑟和且柔。"像《名都篇》:“名都多妖女，京洛出少年。宝剑直千金，被服丽且鲜。”像《公宴》:“公子敬爱客，终宴不知疲。清夜游西园，飞盖相追随。”像《侍太子坐》:“白日曜青春，时雨静飞尘。寒冰辟炎景，凉风飘我身。”都只是从容尔雅的陈述，无繁弦，无急响。又像 :“欢怨非贞则，中和诚可经”;“狐白足御寒，为念无衣客”;“君子通大道，无愿为世儒”的云云，也都是公子哥儿所说的话。

到了后期，植已饱尝了煮豆燃萁之痛，受尽了忧谗畏讥之苦，他的情调便深入了，峭幽了，无复欢愉之音，唯见哀愁之叹。他的文笔也更精练，更苍劲了，不再是表面上的浮艳，而是骨子里的充实。他的精光，愈是内敛，他的文采，愈见迫人。一个诗人是什么也藏不住的；心中有了什么，便非说出来不可；便非用了千百种的方式，说了出来不可。李后主高唱着 :“无限江山，别时容易见时难。”子建便也高唱着 :“本是同根生，相煎何太急! ”这一类的诗,《子建集》中很不少，像“吁嗟此转蓬，居世何独然。长去本根逝，夙夜无休闲。……飘摇周八泽，连翩历五山。流转无恒处，谁知我苦艰。愿为中林草，秋随野火燔，糜灭岂不痛，愿与根荄连。”(《吁嗟篇》) 将他的“转蓬”似的身世写得异常的沉痛。然而“根荄”相连的“同生”之感，始终是离弃不了的。而《赠白马王彪》一篇更简直痛痛快快的破口了 :“意毒恨之，……愤而成篇”。“玄黄犹能进，我思郁以纡。郁纡将何念，亲爱在离居。本图相与偕，中更不克俱。鸱枭鸣衡轭，豺狼当路衢。苍绳间白黑，谗巧反亲疏。欲还绝无蹊，揽辔止踟蹰。踟蹰亦何留! 相思无终极。”这些，已尽可见子建悲愤的心怀了；持以较煮豆燃萁之作 :“煮豆持作羹，漉豉以为汁。萁在釜下燃，豆在釜中泣。本是同根生，相煎何太急! ”则“同根生”之语，似犹未免过于浅薄显露，不似子建的口吻 (按此诗本集不载，仅见《世说新语》，或不是子建所作)。

建安之世，拟《古诗十九首》等作的风气甚盛，类皆题着“杂诗”之名。植亦有这样的《杂诗》数首，“去去莫复道，沉忧令人老”诸语，当系脱胎于“弃捐勿复道”诸诗的。植写乐府，也有一部分是利用着或袭用着古代的题材与作风的，例如《美女篇》，便显然是脱胎于《罗敷行》的。“头上金爵钗”诸语，形容美女的装饰，与“头上倭堕髻”诸语之形容罗敷是无所异的，“行徒用息驾，休者以忘餐”与“行者见罗敷，下担捋髭须，……耕者忘其犁，锄者忘其锄”，也没有什么不同。惟后半篇主意略异耳。《七哀诗》作者不少，植亦作有一篇。“明月照高楼，流光正徘徊”，一开头便是一篇绝妙好辞。全篇情调则大似拟古的《杂诗》中的一篇。“愿为西南风，长逝入君怀”，与《四坐且莫喧》的“从风入君怀”是显然的同调。

三

建安时代之才士，集合于曹氏父子兄弟的左右者，有所谓“七子”的。七子者：鲁国孔融文举，广陵陈琳孔璋，山阳王粲仲宣，北海徐干伟长，陈留阮瑀元瑜，汝南应玚德琏，东平刘桢公干。这七人以外，更有：应璩、杨修、吴质、繁钦、路粹、丁仪、丁廙等，也俱是时之才人。曹氏父子既好士能文，又善于评骘高下。故人才号称最多。吴、蜀之地，本为古代文人之乡者，这时却反寂寂无闻，仅能仰望光芒万丈的邺都而兴“才难”之叹耳。七子之称，始于曹丕。丕在《典论》上说道：“斯七子者，于学无所遗，于辞无所假。咸以自骋骥𫘧于千里，仰齐足而并驰。以此相服，亦良难矣。盖君子审己以度人，故能免于斯累，而作论文。王粲长于辞赋，徐干时有齐气，然粲之匹也。如粲之《初征》、《登楼》、《槐赋》、《征思》，干之《玄猿》、《漏卮》、《圆扇》、《橘赋》，虽张、蔡不过也。然于他文未能称是。琳、瑀之章表书记，今之隽也。应玚和而不壮，刘桢壮而不密。孔融体气高妙，有过人者。然不能持论，理不胜辞，至于杂以嘲戏，及其所善，扬、班俦也。”他的批评，颇称得当。在七子之中，粲、干皆以赋见长；琳、瑀则以章表书记见多。孔融为孔子之后，少有重名，举高第，为侍御史。尝与曹操争议，为操所杀。融所作颇多，有集十卷。今所存的五言诗，像“远送新行客，岁暮乃来归。入门望爱子，妻妾向人悲。……孤坟在西北，常念君来迟。褰裳上墟丘，但见蒿与薇。白骨归黄泉，肌体乘尘飞。生时不识父，死后知我谁。”（《杂诗》）其悲感发于真情，不能自已，故格外的深挚动人。

王粲，山阳高平人。有异才。汉献帝西迁，粲亦徙居长安。后之荆州依刘表。表卒，曹操辟为丞相掾。赐爵关内侯，拜侍中。建安二十二年卒。有集。粲长于辞赋，《登楼赋》尤为人所称。然四五言诗则不甚好，其歌功颂德的乐府不必说，即《赠蔡子笃诗》，《赠士孙文始》，以及《思亲诗》、《公宴诗》诸作，也皆伤于平铺直叙，缺乏情致。惟《七哀诗》三首，为未遇时所作，颇多伤感的气氛，大似他的《登楼赋》。“荆蛮非吾乡，何为久滞淫”，他久已有赴中原之志了。天下丧乱，人不能顾其家。仲宣为了避难求遇之故，乃弃乡南去。不料仍是不遇，且又遇乱，所以益生悲叹。“诗穷而后工”。仲宣这时方穷，故其诗也不复见浅率。陈琳，广陵人，避难冀州。袁绍使典文章，曾为绍作讨曹操檄，天下传诵。及袁氏败，琳又投于操。操却善待之，使他与阮瑀并为司空军谋祭酒，管记室。军国书檄多琳、瑀所作。徙门下督。有集十卷。琳不以善诗名，然所作却很不弱，惜他的诗传于今者太少耳。徐干，北海人，为司空军谋祭酒掾属，五官中郎将文学。干的诗，善作情语；即《答刘公干诗》也有：“所经未一旬，……其愁如三春。虽路在咫尺，难涉如九关”之语。他的《情诗》：“君行殊不返，我饰为谁荣？炉薰阖不用，镜匣上尘生。绮罗失常色，金翠暗无精。嘉肴既忘御，旨酒亦常停。顾瞻空寂寂，惟闻燕雀声。忧思相连属，中心如宿酲。”写得殊真率尽致。《室思》六首，也都是同样的恋歌的调子；第三首：“自君之出矣，明镜暗不治”诸句，后人拟作者极多，成了一个很流行的体制。刘桢，东平人，曹操辟为丞相掾属。曹丕尝宴诸文学。酒酣，命夫人甄氏出拜。坐中咸伏，桢独平视。操闻之，不悦，乃收治罪。减死，输作署吏。建安二十二年卒，有集四卷。曹丕道：“公干有逸气，但未遒耳。至五言诗之善者，妙绝时伦。”然桢诗今存者不多。“岂不罹凝寒，松柏有本性”，平视的气概，跃然如见！阮瑀字元瑜，陈留人。少受学于蔡邕。曹操辟为司空军谋祭酒，管记室。后为仓曹掾属。建安十七年卒，有集五卷。瑀诗也是很质实的，并无浮辞艳语。其《驾出北郭门外行》，甚似古乐府中的《孤儿行》及《妇病行》。应玚，汝南人，汉泰山太守劭之从子。曹操辟为丞相掾属，转平原侯庶子。后为五官中郎将文学。建安二十二年卒，有集二卷。玚诗存者不多，俱伤平凡。

应璩为玚弟，不在七子之列。他博学好属文，明帝时，历官散骑常侍。曾为诗以讽曹爽。后为侍中，典著作。嘉平四年卒，有集十卷。璩所作以《百一诗》为最著。所谓“百一”者，义颇晦，解者因之而多。《丹阳集》说：“璩为爽长史，切谏其失如此，所谓百一者，庶几百分有一补于爽也。”（此解亦见《文选·五臣注》引《文章志》）《乐府广题》则以为：“百者数之终，一者数之始。士有百行，终始如一者，以一士行而言也。”《七志》云：“以百言为一篇者，以字数而言也。”此数说俱未允。百字之说更非。因《百一诗》今存五篇，每篇只有四十字，并无至百字以上者。据今存者而论，如“下流不可处，君子慎厥初”，诸首都并不高明。钟嵘《诗品》以陶潜诗出于应璩，颇引起世人的骇怪。然璩诗本多，《唐书·艺文志》载璩《百一诗》，有八卷之多。李充《翰林论》说璩作五言诗百数十篇，孙盛也说璩作诗百三十篇。或者璩诗果有与渊明诗情调相似处，可惜已不可得见。繁钦字休伯，机辨有文才，少便得名于汝、颍间，为丞相主簿。建安二十三年卒。钦诗不甚为人所称，然其造诣却在粲、干以上。如《定情诗》之类，实可登曹氏之堂：“我既媚君姿，君亦悦我颜。何以致拳拳？绾臂双金环。何以致殷勤？约指一双银。何以致区区？耳中双明珠。何以致叩叩？香囊系肘后。何以致契阔？绕腕双条脱。何以结恩情？佩玉缀罗缨。何以结中心？素缕连双针。何以结相于？金薄画幧头。何以慰别离？耳后玳瑁钗。何以答欢忻？纨素三条裙。何以结愁悲？白绢双中衣。与我期何所？乃期东山隅。日旰兮不来，谷风吹我襦。远望无所见，涕泣起峙嶍。……日暮兮不来，凄风吹我襟。望君不能坐，悲苦愁我心。爱身以何为，惜我华色时。”正是张衡的《四愁》的同类。应缓有集十卷，今不传。五言诗仅有一首，题《杂诗》，见于《初学记》，颇近民间的歌谣：“贫子语穷儿，无钱可把撮。”缪袭字熙伯，东海兰陵人。有才学，多所叙述。辟御史大夫府。历事魏四世。官至侍中尚书光禄勋。正始六年卒。袭诗有

《魏鼓吹曲》十二首，皆叙述魏曹诸帝的功德者。此种宫廷诗人所作的颂诗，当然不会有什么可观的。

参考书目

一、《汉魏六朝百三名家集》 明张溥编，有明刊本，长沙刊本。
二、《古诗纪》 明冯惟讷编，有明刊本。
三、《全汉三国晋南北朝诗》 丁福保编，医学书局出版。
四、《文选》 梁萧统编，有胡氏刻本，《四部丛刊》本。
五、《古诗源》 清沈德潜编，有原刊本；有商务印书馆铅印本。

第十一章

魏与西晋的诗人

黄初时代的诗人们——何晏与左延年——嵇康与阮籍——诸葛亮——太康时代诗人们的蜂起——三张两傅——潘岳与陆机、陆云——大诗人左思——其妹左芬——同时代的诸小诗人们：荀勖、成公绥、程晓、石崇等——苏伯玉妻的《盘中诗》

一

继建安之后的是一个更热闹的诗人的时代。建安七子中像孔、陈、阮诸人，他们并不以作诗为业；但到了黄初以后，专业的诗人们便渐渐地多起来了。因了曹氏父子兄弟的提倡与感化，久已消歇的诗思，至此乃蓬蓬勃勃，呈现着如火如荼之观；历数百年而未中衰。他们的作风虽各不同，然阮、嵇诸作，信笔皆有隽气，左延年的乐府，何晏的诸诗也都很可注意。他们一面承袭了初期的高迈，一面开启了西晋的清隽；一面结束了七子的复杂的风格，一面辟殖了陆、张、潘、左的功力深厚的诗业。

何晏字平叔，南阳宛人。娶魏帝女。然曹丕不甚信任之。黄初之际，未见有所事任。正始中，曹爽乃用他为中书，主选举。宿旧者多得济拔。为司马氏所杀。有《论语集解》十卷，《老子道德论》二卷，集十一卷。五言诗今存二首。在这二首中，颇可见出晏的真实的情绪来。《名士传》载："是时曹爽辅政，识者虑有危机。晏有重名，与魏姻戚，内虽怀忧而无复退也。著五言诗以言志。"拟古与"失题"的一首，所写的完全是这种忧惧的心理。"常恐入网罗，忧祸一旦并。岂若集五湖，顺流唼浮萍"，然而他虽欲如此，已是不可能的了。

左延年未知其里名。《晋书·乐志》仅载其在黄初中以新声被宠。他的《从军行》虽为不全的残作，却已可见出是未必较杜甫、白居易诸同类的作品低劣的。"苦哉边地人，一岁三从军。三子到敦煌，二子诣陇西。五子远门去，五妇皆怀身。"（下阙）其《秦女休行》一篇，尤为叙事诗中的伟作；平平淡淡的写来，朴朴质质的写来，不必需要什么繁辞华语，而好处自见："步出上西门，遥望秦氏庐。秦氏有好女，自名为女休。休年十四五，为宗行报仇。左执白杨刃，右据宛鲁矛。仇家便东南，仆僵秦女休。"

嵇康字叔夜，谯郡铚人。好言老、庄而尚奇任侠。寓居山阳。家贫，锻以自给。与魏宗室婚，拜中散大夫。山涛为吏部，举康自代。康答书颇诋诃之。当时司马氏的权势日甚，略略有远见的人，皆已见祸至之无日，特别是与曹魏有关系的人。嵇康虽极力的颓唐自废，终于不能自免。景元三年，康被司马昭以细故杀之。有集十五卷。康在狱中时，曾作《幽愤诗》以见志。孙登对嵇康道："子才多识寡，难乎免于今之世也。"康临刑时，索琴弹之曰："《广陵散》自此绝矣！"康的诗，以四言为最多，且最好。陶潜的四言诗便颇似他的。他的《赠秀才入军诗》十九首，很有几首是极为隽妙的。四言诗的生命，已中绝了很久，想不到在建安、正始之时乃走上了中兴之运，且有了很伟大的作家，如曹氏父子与嵇康。康的四言像"春木载荣，布叶垂阴。习习谷风，吹我素琴"；"目送归鸿，手挥五弦。俯仰自得，游心太玄"，如珠的好句，都是未之前见的。此种韶秀清玄的风格，也是未之前见的。在嵇康之后，在思想上固另辟了一条老庄的玄超的大路，一脱汉儒的阴阳五行，凡近实践的浅陋；在诗歌上也别有了一条高超清隽的要道，一洗汉诗乃至建安诗中浅近的厌世享乐的思想。在这一方面，康的《杂诗》与《游仙诗》是很可以表现出这个新倾向来的。"遥望山上松，隆谷郁青葱。自遇一何高，独立迥无双。

愿想游其下，蹊路绝不通。王乔弃我去，乘云驾六龙。飘摇戏玄圃，黄老路相逢。授我自然道，旷若发童蒙。”（《游仙诗》）

阮籍字嗣宗，陈留尉氏人，瑀之子。容貌瑰杰，志气宏放。初辟太尉掾，进散骑常侍。司马昭欲为其子炎求婚于籍。籍大醉六十日，不得言而止。后引为从事中郎。籍闻步兵厨多美酒，遂求为步兵校尉。纵酒昏酣，遗落世事。又对人能为青白眼。由是礼法之士深所仇疾。却赖司马昭常保持之。有集十三卷。嵇康与籍同为时人所疾，然康死而籍却全，此中消息当然是有关于政治的内幕的。籍的五言诗，有《咏怀》八十二首，其成就极为伟大。姑举数首：

> 夜中不能寐，起坐弹鸣琴。薄帷鉴明月，清风吹我襟。孤鸿号外野，翔鸟鸣北林。徘徊将何见？忧思独伤心。
>
> 嘉树下成蹊，东园桃与李。秋风吹飞藿，零落从此始。繁华有憔悴，堂上生荆杞。驱马舍之去，去上西山趾。一身不自保，何况恋妻子。凝霜被野草，岁暮亦云已。
>
> 灼灼西隤日，余光照我衣。回风吹四壁，寒鸟相因依。周周尚衔羽，蛩蛩亦念饥。如何当路子，磬折忘所归？岂为夸誉名，憔悴使心悲。宁与燕雀翔，不随黄鹄飞。黄鹄游四海，中路将安归。

这八十二首的《咏怀诗》，作非一时，咏非一意，故我们只能将她们作八十二首诗看。其中有很高妙的诗篇，却也有些质实无情趣的东西。“登高眺所思，举袂当朝阳”，“挥袂抚长剑，仰观浮云征”。在无数的悲愤诗，“士不遇赋”以及“人生几何”的篇什里，我们第一次见到那么高迈可喜的名句；这实足以使我们心目为之一清新，为之一震撼的。在过于朴实的无玄想的，囿于现实的境地里的作品中，忽然遇见了像籍的“天地解兮六合开，星辰陨兮日月颓。我腾而上将何怀！”（《大人先生歌》）当然会很清警地游心于别一个天地之中的。籍与嵇康、刘伶等七人常作竹林之游，世目之为“竹林七贤”。努力于打破礼法的运动；以疏狂自放于物外。这种疏狂的行动，超于物外的主张，打破礼法的运动，不仅仅是如向来的见解，所谓为了避世免祸之故的吧。这其间是具有更深厚的意义的。恰当于汉末“孝廉”扫地之时，曹操本身是个“孝廉”出身的，且愤然地要举异才高能之士，不孝不义，为乡党所弃者与之同事；孔融也高唱着“非孝”之说。虽然许多儒家学说的拥护，还在竭力地攻击这些非毁礼教，放荡不羁的人物，然礼教的本身以及儒道的琐碎禁忌的规律，已完全被时代所破坏了。一方面是佛教的输入，给老、庄以一个新的同感，一方面政治的纷扰，需要的不是孝廉清谨之人士。于是疏于礼法的，便更要以此自己标榜着了。自王（弼）、何（晏）以至竹林七贤，几乎都是这一派的人物。阮籍、刘伶便是其中最著名的代表人。

这时的诗人，尚有郭遐周、郭遐叔兄弟及阮侃，皆与嵇康相赠答。二郭未知其里居。遐周赠康之作凡三首，皆伤于平衍质实，无足称道。阮侃，字德如，尉氏人。有俊才而饬以名理，风仪雅致，与嵇康为友。仕至河内太守。他有《答嵇康诗》二首。

在此，还应一叙吴、蜀的作家们。韦昭作《吴鼓吹曲》十二曲，叙孙氏的祖德，只是庙堂之乐，在文学上无甚可称。昭字弘嗣，吴郡云阳人。少好学，能属文。仕孙吴，官至中书仆射。为孙皓所杀。有《国语注》二十二卷，今存。

诸葛亮字孔明，琅琊阳都人。仕蜀，封武乡侯，领益州牧。死谥忠武侯。有集二十五卷，《论前汉事》一卷，《集诫》二卷，《女戒》一卷。《论前汉事》等作皆不传。史称亮未遇时，躬耕陇亩，好为《梁甫吟》。《梁甫吟》今传一首。“步出齐城门，遥望荡阴里。里中有三坟，累累正相似。问是谁家墓？田疆古冶子。”只是一首很平常的咏史诗。

秦宓有《远游》一诗：“远游何所见？所见邈难纪。岩穴非我邻，林麓无知己。虎则豹之兄，鹰则鹞之弟，困兽走环冈，飞鸟惊巢起。”颇具稚气，难称名篇。宓字子敕，广汉绵竹人。刘备平蜀，以为从事祭酒。后为大司农。

二

黄初、正始之后，便来了太康时代。司马氏诸帝，虽非文人，且也非文人的卫护者，然而五言诗的成就，已臻于最高点，虽政局时时变动，文人多被杀害，终无损其发展。在秦汉久已蛰伏不扬的诗思，经过了建安诸曹的唤醒，便一发而不可复收了。三张，二傅，两潘，一左，相望而出，诗坛上现着极灿烂的光明。即在建安、正始时代寂无声息的东吴，这时也出现了陆氏兄弟。钟嵘说道太康中，三张二陆两潘一左，勃尔复兴，……亦文章之中兴也。”五言诗体到了这时，已成为文坛的中心，诗体的正宗，正如《诗经》时代之四言，《楚辞》时代之骚赋。故陆张潘左诸诗人，皆可直谥之曰：五言诗人。

三张者：张华，张载，张协；二傅者：傅玄，傅咸；两潘者：潘尼，潘岳；二陆者：陆机，陆云；一左者，左思。张华字茂先，范阳人。晋武帝受禅，以他为黄门侍郎。以力赞伐吴功，封广武侯，迁尚书。后进为侍郎中中书监。尽忠匡辅，加封为公。元康六年拜司空。以与赵王司马伦及孙秀有隙，被他们所害。有《博物志》十卷，集十卷。华博学强记，当世无伦；历居要位，自身又是一位诗人，故对于文人们极为维卫。太康文学之盛，他是很有功绩的。关于他，颇有些不根的神话，像丰城剑气之类的传说。华的诗，钟嵘颇贬之，以为“置之中品疑弱，处之下科恨少，在季孟之间矣。”其实，《诗品》的三品之分，本极可笑。华虽未必及陈王，至少可追仲宣。仲宣则列上品，茂先则并中品而不逮，何故？嵘又说，其体华艳，兴托不奇。巧用文字，务为妍冶。虽名高曩代，而疏亮之士，犹恨其儿女情多，风云气少。谢康乐云：‘张公虽复千篇，犹一体耳。然华诗实能以平淡不饰之笔，写真挚不隐之情。像他的《门有车马客行》：“门有车马客，问君何乡士？捷步往相讯，果是旧邻里。语昔有故悲，论今无新喜。”明白畅达，意近情深，这一类的诗，决不是谢灵运他们所能赏识的。他的《情诗》：“居欢惜夜促，在戚怨宵长。拊枕独啸叹，感慨心内伤”；“巢居知风寒，穴处识阴雨。不曾远别离，安知慕俦侣”等也都是很佳妙可喜的。他所作，意未必曲折，辞未必绝工，语未必极新颖，句未必极秾丽，而其情思却终是很恳切坦白，使人感动的。

张载字孟阳，安平人。博学有文章。起家佐著作郎。累迁弘农太守。长沙王乂请为记室督。拜中书侍郎。复领著作。称疾归卒。有集七卷。载诗在三张之中，最为驽下，他没有深挚的诗情，也没有秾丽的诗语。如他所拟的《四愁诗》四首，较之张衡的原作来，真要形秽。

张协字景阳，载弟，齐名于时。辟公府掾，转秘书郎。累迁中书侍郎，转河间内史。时当诸王相攻，天下丧乱。协遂屏诸草泽，以属咏自娱，不复出仕。终于家。有集四卷。他富于诗才，不唯高出于兄，且也过于茂先。钟嵘《诗品》列之于上品，并论他道："文体华净，少病累。又巧构形似之言。雄于潘岳，靡于太冲。风流调达，实旷代之高手。调彩葱菁，音韵铿锵，使人味之，亹亹不倦。"所作存者，仅《杂诗》十一首，《咏史》一首，《游仙诗》半首而已。兹录其《杂诗》一首于下：

秋夜凉风起，清气荡暄浊。蜻蛚吟阶下，飞蛾拂明烛。君子从远役，佳人守茕独。离居几何时，钻燧忽改木。房栊无行迹，庭草萋以绿。青苔依空墙，蜘蛛网四屋。感物多所怀，沉忧结心曲。

傅玄字休奕，北地泥阳人。博学善属文，举秀才。晋王未受禅时，为常侍；及即位，晋爵为子，并为谏官；后迁侍中，转司隶校尉。免官卒于家。谥曰刚。有《傅子》百二十卷，集五十卷。玄诗，钟嵘列之下品，与张载同称，且还以为不及载。（嵘曰：孟阳乃远惭厥弟，而近超两傅）实为未允。玄诗传于今者，佳篇至多，至少是可以和陆机、张协、左思、潘岳诸大诗人分一席地的，何至连张载也赶不上呢！他的诗有绝为清俊，绝为秀丽可爱者，如《杂言》及《车遥遥篇》等：

雷隐隐，感妾心。倾耳清听非车音。

——《杂言》

车遥遥兮马洋洋，追思君兮不可忘。君安游兮西入秦，愿为影兮随君身。君在阴兮影不见，君依光兮妾所愿。

——《车遥遥篇》

玄子咸，字长虞。刚简有大节，风格峻整，识性明悟，好属文论。虽绮丽不足，而言成规鉴。颍川庾纯尝叹曰："长虞之文，近乎诗人之作矣。"袭父爵。官至司隶校尉。有集三十卷。咸《七经诗》今传者凡六经，都不过是格言或集句而已。《与尚书同僚诗》诸作，也大半是韦孟《在邹》之遗风，离开真正的诗人之作，实在过于辽远。但像《愁霖诗》："举足没泥泞，市道无行车。兰桂贱朽腐，柴粟贵明珠。"其朴质无文的作风，却不同于时流。

陆机、陆云并称二陆。机字士衡，吴郡人，大司马陆抗之子。少有奇才，领父兵为牙门将。吴亡，入洛。张华深赏其才华。赵王伦辅政，引为参军。大安初，成都王颖等起兵讨长沙王乂，假机后将军、河北大都督。因战败为颖所杀。有集四十七卷。张华说他："人之为文常恨才少，而子更患其多。"钟嵘《诗品》，置他于上品，称他说："才高词赡，举体华美。气少于公干，文劣于仲宣。尚规矩，不贵绮错，有伤直致之奇。然其咀嚼英华，厌饫膏泽，文章之渊泉也。"然就机现在所遗存的诗篇上看来，他未必便是"高才绝代"的一个诗人。他的诗只是圆稳华赡而已，并无如何的俊逸高朗之致，缠绵深情之感。《拟古诗》十余首，如拟《明月何皎皎》等，情态虽毕肖，而藻饰已趋工丽。《猛虎行》诸作，宜可刚劲猋发，而亦乃靡弱工整，亦足见其才之所限。又如《为顾彦先赠妇》诗，宜可深婉悱恻，若不胜情，乃亦多泛泛之言。唯他《赠顾彦先》一作，虽仅存四语，却颇可注意："清夜不能寐，悲风入我轩。立影对孤躯，哀声应苦言。"所创造的诗境乃是同时代的作品中所少见的。

陆云，字士龙，少与兄机齐名。吴平，偕机同入洛。后成都王司马颖表他为清河内史。机为颖所杀，云亦遭害。有《陆子新书》十卷。云在文藻方面，不能如机之缤纷，他的诗篇，更多冗长庸腐之作，如《大将军宴会被命作诗》等四言。惟《谷风》一作，殊为清隽，颇像陶渊明的篇什。

论者评潘岳、潘尼每以岳为高出于尼远甚。实则岳惟哀悼之诗最为杰出耳。岳字安仁，荥阳中牟人。美姿仪。少时每出，妇人掷果满车。善属文，清绮绝世。举秀才为郎。后迁给事黄门侍郎。素与孙秀有隙。及赵王司马伦辅政，秀遂诬岳与石崇为乱，杀之。有集十卷。钟嵘《诗品》谓："《翰林》叹其翩翩然如翔禽之有羽毛，衣服之有绡縠，犹浅于陆机。谢琨云：潘诗烂若舒锦，无处不佳。陆文如披沙简金，往往见宝。嵘谓：益寿轻华，故以潘为胜。《翰林》笃论，故叹陆为深。余常言：陆才如海，潘才如江。"岳时有深情之作，故辞不求工而自工，不像陆机之情浮意浅，独赖绮辞以掩其浮浅。像岳的《悼亡诗》，陆机集中是不会有的。《哀诗》虽若旷达，实则悲绪更为深挚。"堂虚闻鸟声，室暗如日夕"(《哀诗》)，这类的诗句取之于当前而不是出之以锻炼的。潘尼，字正叔，举秀才，为太常博士。后齐王冏起义兵，引尼为参军。事平，封安昌公，历中书令。永嘉中迁太常卿。有集十卷。尼诗，今存者多为应制及赠答，无多大的作用。

左思字太冲，齐国临淄人。征为秘书郎。齐王司马冏命他为记室。辞疾不就。因得以疾终于家。当时诸王争权，日寻兵戈，陆、潘诸贤，皆不得免，惟思见机，得以善终。有集(《左太冲集》有《汉魏六朝百三名家集初刻》本)五卷。钟嵘《诗品》列思于上品。他说："文典以怨，颇为精切，得讽谕之致。虽野于陆机，而深于潘岳。谢康乐尝言：左太冲诗，潘安仁诗，古今难比。"沈德潜颇不以他此言为然，以为"钟嵘评左诗，谓野于陆机而深于潘岳，此不知太冲者也。太冲胸次高旷，而笔力又复雄迈。陶冶汉、魏，自制伟词，故是一代作手。岂潘、陆辈所能比埒。"德潜之推尊太冲，并非无故。太康之诗，大都辞有余而意不足，文深而情浅，乏劲苍之力，而多藻饰之功。即陆机、潘岳也都不免此讥。独思之作，辞意并茂，肉骨皆隽，情固高旷不群，力亦健俊莫追。太康之际，实罕其俦。"一代作手"之称，诚当舍潘、陆、张、傅而推思。思之所作存者不多，却没有一首不是很隽好的。他的《悼离赠妹诗》凡二首，虽运以四言，而深情转邕："以兰之芳，以膏之明，永去骨肉，内充紫庭。至情至念，惟父惟兄。悲其生离，泣下交颈。”“将离将别，置酒中堂。衔杯不饮，涕洟纵横。会日何短，隔日何长！仰瞻曜灵，爱此寸光。”（第二）太冲与妹素友爱，妹亦有文采，乃被诏入宫，生离亦同死别。“此其悼离”之情，所以更与寻常之别不同。他更具豪迈不群之气概，高旷难及的意绪。我们一读他的《咏史》、《杂诗》、《招隐》诸作，未有不为其傲倔之风格所动的。此种风格，在五言诗里，曹操以外，惟太冲具之耳。

> 弱冠弄柔翰，卓荦观群书。著论准《过秦》，作赋拟《子虚》。边城苦鸣镝，羽檄飞京都。虽非甲胄士，畴昔览穰苴。长啸激清风，志若无东吴。铅刀贵一割，梦想骋良图。左眄澄江湘，右盼定羌胡。功成不受爵，长揖归田庐。
>
> ——《咏史》
>
> 皓天舒白日，灵景耀神州。列宅紫宫里，飞宇若云浮。峨峨高门内，蔼蔼皆王侯。自非攀龙客，何为欻来游。被褐出阊阖，高步追许由。振衣千仞冈，濯足万里流。
>
> ——《咏史》

他的《咏史诗》并非专咏一人一事者，只是借历史上的人物以抒己怀而已。“振衣千仞冈，濯足万里流”，其雄气是足吞数十百辈小诗人于胸中，曾不芥蒂的。

思妹名芬，即被征入宫者。少好学，善缀文。武帝闻而纳之。泰始八年，拜修仪，后为贵嫔。姿陋无宠，唯以才德见礼。她的诗存者仅二首，其中一首《感离诗》，即答思《悼离赠妹》之作者。虽文藻非甚丽，却也是至情流露之作。

三

太康诗人，还不只三张、两傅、二陆、一左、两潘十人而已。荀勖字公曾，颍川人。初辟曹爽掾，晋武帝受禅，领著作秘书监，封济北郡公。太康中迁尚书令。成公绥字子安，东郡白马人。少有俊才，辞赋甚丽。张华雅重绥，荐为太常博士，迁中书郎，泰始九年卒。嵇喜，字公穆，谯国铚人，嵇康之兄。入晋拜扬州刺史，迁太仆宗正。嵇康子绍，字延祖，亦能诗，甫十岁而康死，事母孝谨。仕至散骑常侍。晋惠帝败于荡阴，百官左右皆奔，惟绍不去，以身卫帝，遂以见害。嵇含字君首，绍从子。以家于巩县亳丘，自号亳丘子。举秀才，除郎中。惠帝时，官至平越中郎将，广州刺史。程晓，字季明，为昱之孙。嘉平中为黄门侍郎，迁汝南太守，有集二卷。晓常与傅玄赠答，其《嘲热客》一作，却多俚语俗言，与时流之竞为典雅艰深之语者有殊。可算是古代诙谐之作中很重要的一个篇什。

> 平生三伏时，道路无行车。闭门避暑卧，出入不相过。今世褦襶子，触热到人家。主人闻客来，颦感奈此何！谓当起行去，安坐正咨嗟。所说无一急，喈唅一何多！疲倦向之久，甫问君极那。摇扇髀中疾，流汗正滂沱。莫谓为小事，亦是一大瑕。传戒诸高明，热行宜见呵。

枣据字道彦，颍川长社人，善文辞。贾充伐吴，请为从事中郎。军还，徙黄门侍郎，太子中庶子，卒。挚虞字仲治，京兆长安人。才学通博。举贤良。官至光禄勋太常卿。世乱年荒，虞竟以馁卒。虞所著述甚富，有《三辅决录注》七卷,《文章流别志论》二卷集十卷。束晳字广微，阳平元城人，博学多闻。性沉退，不慕荣利。张华诸人辟之，为尚书郎。赵王伦欲请为记室，晳辞疾罢归。晳以著《补亡诗》六首有名。司马彪字绍统，晋之宗室。少薄行，为父所责，不得嗣爵。由是专精学习，博览群籍。泰始中为秘书郎。后拜散骑侍郎。惠帝末卒。何劭字敬祖，陈国阳夏人，曾子。晋武帝践阼，以他为散骑常侍；赵王伦篡位，以他为太宰。永宁元年卒。谥曰康。张翰字季鹰，吴郡人。有清才，纵任不拘。时人称为江东步兵。齐王冏辟为东曹掾。在洛，见秋风起，思吴中菰饭、莼羹、鲈鱼鲙，叹曰："人生贵得适意尔，何能羁官数千里，以要名爵！"因作《思吴江歌》，命驾而返。夏侯湛，字孝若，谯国人。幼有盛才，文章宏富。泰始中举贤良，拜郎中。惠帝即位，湛为散骑常侍，元康初卒。王赞，字正长，义阳人。博学有俊才。辟司空掾，历散骑侍郎卒。孙楚字子荆，太原中都人。少负才气，多所陵傲。初为石苞骠骑参军，以不和去。后扶风王骏起为征西参军。惠帝初拜冯翊太守卒。石崇字季伦，渤海人。年二十余，为城阳太守。伐吴有功，封安阳乡侯。累迁侍中。出为南中郎将，荆州刺史，领南蛮校尉。致富不赀。颇因此为人所侧目。有爱妓绿珠，孙秀使人求之，不得。绿珠坠楼而死。崇亦因之被杀，且族其家。崇在当时，以豪富雄长于侪辈，俨然为一时文士的中心，其家金谷园每为诗人集合之所。崇自己也善于诗，其《王明君辞》尤有声于世。又有《思归引》、《思归叹》诸作，屡兴“思归引，归河阳；假余翼，鸿鹤高飞翔”、“感彼岁暮兮怅自愍，廓羁旅兮滞野都，愿御北风兮忽归徂”之思，然而他的地位却已使他欲归不得，终于及祸。曹摅，字颜远，谯国人。笃志好学，参南国中郎将，迁高密王左司马。流人王道等侵掠城邑。遇战，军败死之。更有郭泰机，河南人，与傅咸为友；郑丰，字曼季；孙拯，字显世，吴郡富春人；又夏靖诸人，皆与陆机、陆云兄弟相赠答。其赠答诸诗，今并存于残本《文馆词林》中。

最后，更应一提苏伯玉妻的《盘中诗》。伯玉被使在蜀，久而不归。其妻居长安，思念之，因作此诗。关于此诗时代，论者颇滋纷纭。冯惟讷的《古诗纪》，径题为汉人作，固已有人纷纷驳之。《玉台新咏》次此诗于傅休奕诗后，则她当是太康之际的人物。此诗情意至为新隽：

> “当从中央周四角”一类的体裁，固邻于游戏，然殊无害于此诗的完美。“山树高，鸟鸣悲。泉水深，鲤鱼肥。空仓雀，常苦饥。吏人妇，会夫稀。出门望见白衣，谓当是而更非。还入门，中心悲。北上堂，西入阶。急机绞，杼声催。长叹息，当语谁。君有行，妾念之。出有日，还无期。结巾带，长相思。君忘妾，天知之。妾忘君，罪当治。”

汉、魏之际，智人颇喜弄滑稽，作隐语，若蔡邕之题《曹娥碑》后，曹操之叹“鸡肋”，成了一时的风气，至晋未衰。由文字的离合游戏，进一步而到了“当从中央周四角”一类的文字部位的游戏，乃是极自然的趋势。更进一步而到了苏若兰《回文诗》的繁复的读法，也是极自然的趋势。

参考书目

一、《古诗纪》 明冯惟讷编，有明刊本。

二、《全汉三国晋南北朝诗》 丁福保编，有医学书局铅印本。

三、《汉魏六朝百三名家集》 明张溥编。有明刊本，清长沙翻刊本。

四、《文选》 梁萧统编。坊刊本极多。有胡克家仿宋刻本，《四部丛刊》本。

五、《玉台新咏》 陈徐陵编，有通行本，《四部丛刊》本。

六、《古诗源》 清沈德潜编，有原刊本，商务印书馆铅印本。

七、《乐府诗集》 郭茂倩编，有汲古阁刊本，湖北书局刊本，《四部丛刊》本。

八、《古乐苑》 明梅鼎祚编，有明刊本。

九、《诗品》 梁钟嵘著，有《历代诗话》本。近人陈延杰有《诗品注》（开明书店），又古直也有《诗品注》。

十、《文馆词林》（残本）有《古逸丛书》本，《佚存丛书》本，杨守敬校刊本；三本各有多寡。张钧衡曾并合三本，除其重复，刊为一册。又武进董氏亦有印本。

第十二章

玄谈与其反响

玄谈之风所以流行的原因——魏晋时代诸名士讲谈名理的情况——反响的发生——裴颜的《崇有论》——玄谈诸家在文坛上的地位——王弼与何晏——"竹林七贤"——"八达"与"四友"——阮修主张无鬼论——江统《徙戎论》

一

王充开始了对于古书的怀疑、问难之风。这把前汉若干年来的守一经、专一师的儒生们的迂狭可笑的观念打得粉碎。自此以后，争立某经或某师之说于学官的习惯便销声匿影。这持以较刘歆用尽大力以求立《左氏传》于学官的事实，诚然是进步得很多了！以后，马融、郑玄们的解经，其心胸便阔大得多了。这样的迂狭观念的打破，乃是王、何、嵇、阮诸子的玄谈的风气之开创的远因。

汉的时代，是以清议登庸学士文人的。"孝廉"之类，便是文人们出身的路阶。最为世俗所艳称的许武，不惜自污以求其二弟出仕的事，还算是较好的结果。其他以卑鄙作伪的手段而浪得浮名者更不知道有许多。所以遂生了“处士纯盗虚声”之叹。曹操他自己也是一个“孝廉”出身。然到了他主政的时候，却不惜再三再四地下令去求“得无有盗嫂受金而未遇，无知”的，“或负污辱之名，见笑之行，或不仁不孝而有治国用兵之术”的贤士们。这种反动，是当然要有的。然几百年来养成的臧否人物的“清议”，决不是一两个人的命令所可得而挽回或消灭之的。而魏武所提倡的坦率不羁之风，遂反成为“清议”所羡称的对象了。王、何诸子便在这样的空气里以主持“清议”自居了。

再者，经典与章句之儒的拘束，几百年来也够使人讨厌的了，遂有反抗的运动产生，专以谈名理，讲老、庄为业。恰好佛教哲学也输入了。玄谈之风，遂愈煽而愈烈。

二

我们悬想，那些名士们各执着麈尾，玄谈无端，终日未已，或宣扬名理，或臧否人物，相率为无涯岸之言，惊俗高世之行。彼此品鉴，互相标榜。少年们则发狂似的紧追在他们之后，以得一言为无上光荣。《世说新语》（卷一）里尝有一则故事，最足以见出他们那些人的风度来：

> 诸名士共至洛水戏。还，乐令问王夷甫曰：“今日戏，乐乎？”王曰：“裴仆射善谈名理，混混有雅致。张茂先论《史》《汉》，靡靡可听。我与王安丰说延陵、子房，亦超超玄箸。王武子、孙子荆各言其土地人物之美。王云：其地坦而平，其水淡而清，其人廉且贞。孙云：其山嶵巍以嵯峨，其水泙渫而扬波，其人磊砢而英多。”

《世说新语》又说：“裴郎作《语林》，始出，大为远近所传，时流年少，无不传写，各有一通。”这可见他们是如何成为流俗人仰慕向往的中心。其结果，遂到了空谈无聊，废时失业。其热衷玄谈的情形，竟至有如痴如狂之概：

> 孙安国往殷中军许共语。……左右进食，冷而复暖者数四。彼我夺掷麈尾，毛悉堕落满饤中。宾主遂至暮忘飧。
>
> ——《郭子》(《玉函山房辑佚书》本）

每个人略有才情的，便想做名士；一做名士，便旷弃世务，唯以狂行狂言为高。或腐心于片谈，或视一言为九鼎，或故为坦率之行动，以自示不同于流俗。这样的风气一开，举世便皆若狂人。当时守法拘礼的人们，当然要视他们为寇雠了。王孝伯尝道："名士不须奇才，但使常得无事，痛饮酒，读《离骚》，便可称名士也。"（见《郭子》）这是多么刻骨的讽刺！便是本身善谈名理的人物，像裴颜，便也引起反动了。颜字逸民，河东闻喜人，时人谓为"言谈之林薮"。他深患时俗放荡。"何晏、阮籍素有高名于世。口谈浮虚，不遵礼法，尸禄耽宠，仕不事事。至王衍之徒，声誉太盛，位高势重，不以物务自婴，遂相仿效，风教陵迟。"（《晋书》卷三十五）乃著《崇有论》以释其蔽。这篇大文章，关系很大，足以给当世崇尚老、庄虚无论者们以一个当心拳。他主张，"躬其力，任劳而后飨"。如"贱有，则必外形；外形，则必遗制；遗制，则必忽防；忽防，则必忘礼。礼制弗存，则无以为政矣。"然当时诸人则"立言藉于虚无，谓之玄妙；处官不亲所司，谓之雅远；奉身散其廉操，谓之旷达。故砥砺之风。弥以陵迟。……其甚者至裸裎，言笑忘宜。"更极力攻击着老子的虚无论。"由此而观，济有者皆有也。虚无奚益于已有之群生哉！"颜的这些话足以代表了当时一大部分远识中正之士的意见。然玄谈之风已成，终于不能平息下去。过江之后，此风犹炽。或以王、何之罪，上同桀、纣。晋之南渡，全为彼辈所造成。这话当然过于酷刻。然也足以见名士辈的翩翩自喜的风度是如何地足以引起反动。

三

在政治上，王、何辈的玄谈之风，或有一部分恶影响。然以社会、国家崩坏之罪孽全归之他们，却也未为持平之论。在散文坛上，则继于步步拘束的无生气的儒生的朽腐作风之后，而有了那么坦率自然，放荡不羁的许多东西出现，实是足令我们为之心目一爽的。这正如建安诗坛之代替了汉人的板涩无聊的辞赋一样，玄谈的风气也扭转了汉人酸腐的作风，而回复到恣笔自放，不受羁勒的自由境地上去。这时代的散文的成就，故是两汉所未可同步的。

玄谈始于王、何，而所谓“竹林七贤”者，更极推波助澜之至。王弼、何晏皆生于汉、魏之际。晏字平叔，南阳宛人。文帝时拜驸马都尉。后为吏部尚书，封关内侯，为司马氏所杀。有《老子道德论》及《论语集解》等。他尝祖述老、庄，为无为、无名之论。他说道：“天地万物皆以无为为本。无也者，开物成务，无往不成者也。阴阳恃以化生，万物恃以成形，贤者恃以成德，不肖恃以免身。”是所谓“无”者大有符咒似的作用在其中了。弼字辅嗣，山阳人。正始中为尚书郎，有《周易注》及《老子注》。他所论，存者皆为断片；然像《戏答荀融书》：“夫明足以寻极幽微，而不能去自然之性”；《难何晏圣人无喜怒哀乐论》：“然则圣人之情，应物而无累于物者也。今以其无累，便谓不复应物，失之多矣。”这些话都是较何晏之仅以“无”字为论旨者远为近情近理。他似只是主张着：纯任天真，复归自然的。

“竹林七贤”者，为山涛、阮籍、嵇康、向秀、刘伶、阮咸、王戎的七人。其中以嵇康、阮籍为最有文名。他们尝为竹林之游，世便称之为“竹林七贤”。阮籍任性不羁。或闭户视书，累月不出，或登临山水，经日忘归。尤好《庄》、《老》。嗜酒能啸。他闻步兵厨营人善酿，有贮酒三百斛，乃求为步兵校尉。又能为青白眼。礼法之士，疾之若仇。他的《达庄论》、《乐论》都是很雄辩的。《大人先生传》，则为其自传，其哲思几全在于传里：“若先生者，以天地为卵耳。如小物细人，欲论其长短，议其是非，岂不哀也哉！”他是那样傲世慢俗！刘伶尝为《酒德颂》，其意也同此。伶字伯伦，沛国人。放情肆志，常以细宇宙，齐万物为心。与阮籍、嵇康相遇，欣然神解，携手入林。

嵇康有《与山巨源绝交书》，自叙生平性情甚详。所作《养生论》，辞旨至为犀利。他说道："善养生者……清虚静泰，少私寡欲。知名位之伤德，故忽而不营，非欲而强禁也；识厚味之害性，故弃而弗顾，非贪而后抑也。外物以累心不存，神气以醇白独著。旷然无忧患，寂然无思虑。"这便是他的自赞，他的宣言！向秀尝与之论难，康再答之，益畅所欲言。又叠与吕子论难"明胆"、和张辽叔论难"自然好学"及"宅无吉凶摄生论"。又尝畅论"声无哀乐"的问题。他的谈锋颇犀利得可怕。惟往往止于中庸，不故为偏激之言。像他论宅无吉凶，乃结之以"吾怯于专断，进不敢定祸福于卜相，退不敢谓家无吉凶也。"首鼠两端，似不是大论文家的态度。阮籍便较他大胆、偏激得多了。

《晋书》叙嵇康、刘伶诸人，并及谢鲲、胡毋辅之、毕卓、王尼、羊曼、光逸诸人，皆好为夸诞惊俗之行。光逸尝避难渡江，往依辅之。辅之与谢鲲、毕卓、阮放、羊曼、桓彝、阮孚散发裸裎，闭室酣饮，已累日。逸将排户入。守者不听。逸便于户外脱衣露头，于狗窦中窥之而大叫。辅之惊道："他人决不能尔，必我孟祖（逸字）也。"遽呼入。遂与饮，不舍昼夜。时人谓之八达。

同时王衍（字夷甫）、乐广尤以一时重望，为任达者们的领袖。王澄、王敦、庾敳及胡毋辅之，俱为衍所昵，号曰四友。然他们却都没有什么重要的制作。

晋代的论文家，善于持论者，尚有阮修，字宣子，也好《易》、《老》，善清言，与王衍交。主张无鬼论，以为"今见鬼者云，着生时衣服。若人死有鬼，衣服有鬼邪？"又有江统者，字应元，陈留圉人，元康中为华阴令。后迁黄门侍郎，散骑常侍，领国子博士。他的《徙戎论》是极有关系的政论。他追述诸夷人徙入内地的历史及其在当日的情形，指陈形势，至为明切。他说道："今百姓失职，犹或亡叛，犬马肥充，则有噬啮，况于夷狄，能不为变！"最后便主张着："可申谕发遣，还其本域。慰彼羁旅怀土之思，释我华夏纤介之忧。惠此中国，以绥四方；德施永世，于计为长也。”这未始不是一策。然可惜已经太晚了。不久，五胡便如火山爆裂似的大举变乱了！晋帝被杀，王家世族，皆仓皇渡江避难。整个政治的局面全换了样子。而古代文学的历程也闭幕于此大混乱的时代。当中世纪的最初的文坛开幕时，又是别一样的面目了。

参考书目

一、《汉魏六朝百三名家集》 明张溥编，有原刊本，长沙翻刊本。

二、《全上古秦汉三国六朝文》 清严可均编，有黄冈王氏刊本，医学书局石印本。

三、《文选》 梁萧统编，有胡克家刊本，《四部丛刊》本。

四、《世说新语》 宋刘义庆编，坊刊本甚多。

五、《玉函山房辑佚书》 清马国翰编，有原刊本，长沙刊本。

中卷　中世文学

第十三章

中世纪文学鸟瞰

中世纪文学的历程——三个时期——印度文学的影响——诸种新文体的出现——中印通婚的结果——辉煌无比的一个大时代——政治上的黑暗——少数民族的不断侵入——朱元璋的起来——中世纪终于正德的时代

一

中世纪文学开始于晋的南渡，而终止于明正德的时代，其时间凡一千二百余年（公元317年—1521年）。在中国文学史上，这一段的文学的过程是最为伟大，最为繁赜的。古代文学是单纯的本土文学，于辞赋、四五言诗、散文以外，便别无所有了。这个时代，却是印度文学和中国文学结婚的时代。在这一千二百余年间，几乎没有一个时代曾和印度的一切完全绝缘过。因为受了印度文学的影响，我们乃于单纯的诗歌和散文之外，产生出许多伟大的新文体，像变文，像诸宫调等。在思想方面，在题材方面，我们也受到了不少从印度来的恩惠。我们可以说，如果没有中印的结婚，如果佛教文学不输入中国，我们的中世纪文学可能会是完全不相同的一种发展情况的。我们真想不到，在古代期最后的时候所输入的佛教，在我们中世纪的文学史上会有了那么宏巨的作用！经过了那个宏丽绝伦的结婚礼之后，更想不到他们所产生的许多宁馨儿竟个个都是那么伟大的“巨人”！

凡在近代继续生长着的文体，在这个时代差不多都已产生出来了。

民间文学所给予我们许多大作家的影响，在这个大时代里也可以很明白地可以看出。

欧洲文学史上的中世纪，是一个黑暗的时代。但我们的中世纪，却是那样的辉煌绚烂的一个大时代，几乎没有一纪一年不是天朗气清的“佳日”。她不曾有过兼旬的霖雨，也不曾有过长久的阴晦无月的夜景。是那样伟大的一个中世纪！说起来便不禁得要令人神往！——虽然在政治上常常是那样的黑暗。

二

在这一千二百年间的中世纪的文学，其历程可分为下列的三个时代：

第一时代，从晋的南渡到唐开元以前。这仍是一个诗和散文的时代。但在诗和散文上，其思想题材，乃至词语，已深印上佛教的影响在上面了。小说的前影在这时已可见到，但只是短篇的故事。《游仙窟》的出现，才真实地开始了中国小说的历史。在这时代之末，七言诗已成为最流行的诗体。

第二时代从唐开元、天宝到北宋之末叶。印度文学的影响，在这个时候，不仅仅自安于思想、题材或若干词语的供给了；她们已是直接地闯入我们文坛的中心了。印度所特有的以韵文和散文合组而成的文体，已在这时代成为“变文”，而占领了一个重要的地位，产生出很多伟大的作品。同时，许多新体的诗歌所谓“词”者，也崭然露出头角来。“词”的音乐，有一部分是受了印度及中央亚细亚诸国的乐歌的感应的；有一部分则为各地民间的产物。在散文坛上，这时也发生了一种革命的运动，即所谓古文运动的，起来打倒了既不便于抒情，更不便于论议、叙事的僵化了的骈偶文。其最高的成就乃见之于许多隽妙“传奇文”上。

第三个时代，从南宋初年到明正德之末。这时，诗坛上是，于词之外，更有了一种新体的可唱的诗，所谓“散曲”者出现。许多儒士，已是无条件地采纳了许多印度的哲理到中国哲学里去。说书的风气，在第二时代仅流行于寺庙里，仅为和尚们所主讲者，这时代却大见流行，有了种种不同的分化。短篇的以白话写成的小说，所谓“词话”的，以至长篇的历史小说，所谓“讲史”的，因此遂产生出来。“变文”的势力更大，一方面在“宝卷”的别名之下延长其生命下去，一方面更产出了另一个重要的文体，所谓“诸宫调”者出来。戏剧这一个重要的文体，也在此时出现了。她最初是在中国的东南部温州流行着，后乃成为普遍性的。在北方，受了戏文及影戏等的影响，并由诸宫调蜕化出一种别体的戏曲，所谓“杂剧”的出来。中世纪的文学乃告终止于诸种新的伟大的文体在发展得成熟的时候。许多伟大的名著，如暮春三月的落花如雨的新瓣，如秋日的霖雨的绵绵不绝的雨丝似的继续不断地出现。

三

这一千二百年间的政治和社会，常常陷于黑暗无比的深井里，恰似和光芒万丈的文坛成一个黑白极显明的反映。中国民族所遭受的痛苦和不幸，乃是古代期里诸作家所不曾梦想得到的。至少总有八百年以上，中国中南部是在不断地遭受着北部诸少数民族的侵入。其中至少有四百年以上，北方的全部陷入少数民族的掌握之中。其中更有一世纪，乃至连南方的全部也都被一个游牧民族的铁蹄所蹂躏，所征服。所谓契丹（辽），所谓女真（金），所谓蒙古（元），他们此兴彼灭的不断的在中国政治舞台上活动着。而开其端者则为五胡乱华。

从五胡乱华的时候起，汉族开始养成能够在少数民族的极大的压迫之下生存着的耐力和勇气。公元 316 年，刘曜陷长安。第二年刘聪杀愍帝。司马睿便在江南自立为皇帝。是谓东晋的开始。世家大族纷纷由中原逃到江南来。有志之士们时时怀着恢复中原的雄心，但都只是若昙花的一现。中原及北部是陷入那样的不可救药的大混乱之中。五胡十六国，如万蛇在坑中似的翻腾不已。到了公元 440 年，北魏太武帝拓跋统一了北地，人民方才略略有些安息的日子过。其后北魏又分裂为东魏、西魏，再变而为北齐和北周。南朝也由宋而齐而梁而陈的数易其主。公元 581 年，杨坚代北周而有天下；过了九年，又平陈。南北二地始复见统一的局面。公元 618 年，李渊复代隋而建立唐帝国。一个更强有力的中枢政府，遂以形成。

因了这四百年间是那样的一个不太平的黑暗时代，于是佛教的势力便乘机大为发展；上自皇帝，下到平民，殆无不受这个欲解脱人生痛苦的伟大宗教的洗礼。佛经的翻译成了最重大的事业。无数的文士们专心致志地从事于此。梵音的使用，佛家故事的改译，遂成了这时代很重要的，且是对于后来很有影响的工作。

四

第二个时代开始于唐帝国的全盛时代。继于李世民的开创之后，李隆基的雄才大略，使得汉族和西方诸国有了更密切的关系。印度和西域的事物，急骤地输入中国来。特别是音乐，碰到了好歌善舞的李隆基，立刻便有了很大的成就。我们开始见到新体诗“词”萌芽。但唐帝国对于外来民族仍是抱着羁縻的政策，且进一步而组织着正式的藩军。这政策的不幸的结果，乃爆发于公元 755 年安禄山的举叛旗。自此，天下又有了好几年的纷乱。但这个纷乱，却打破了大帝国的酣舞清歌的迷梦。在诗坛上产生了像杜甫、白居易般的大诗人。在散文坛上也开始发生了古文运动。惟中枢政府的统御力，自此便一蹶不振。军阀专横，民生困苦万状，乃至产生了许多空想的剑侠的故事。契丹开始表现其势力于中国的北部及中原。公元 907 年，朱温篡唐而自立。五代不过五十年，而已五易其姓。石敬瑭等且皆借契丹之力以入主中原。于是这个辽（契丹）民族的野心乃更大。赵匡胤虽统一了天下，而于辽却是不敢“加遗一矢”的。公元1125年，宋与金同盟举兵灭辽。第三年，这个勃兴的金民族便又灭北宋而占有了北方的天下。宋高宗仅倚长江的天险而自保。又成了南北对峙的局面。

五

第三个时代开始于宋、金两朝的南北对峙。金虽是勃兴的少数民族，但入主北地以后，其文化也突然地达到很高的地位。当中原的艺术家们正纷纷地逃过江南来时，一部分没有迁徙得动的诗人们、小说家们，便在中原为金人而歌唱着，讲说着故事。其结果遂产生了像董解元的《西厢记》和无名氏的《刘知远诸宫调》那么伟大的名著出来。稍后，便又由着大诗人关汉卿的大力，而创作了杂剧的一个新体的戏曲出来。同时，在南宋，说话人们正在创作他们的“词话”，永嘉的剧作家们也正在编写他们的戏文。

正在这时，北方忽如流星经天似的出现了一个更强盛的以游牧为生的蒙古民族。他们在几个大政治家、大军事家指挥之下，铁骑所到，无不残破，遂建立了一个旷古未有的蒙古大帝国，竟包括了一部分的欧洲乃至印度在内。公元1234年，蒙古灭金。过了四十五年，他们又一举而灭了南宋。在这个强悍的民族的统治底下，汉族人民的痛苦之深是无待说的。但文坛却并不见得怎样暗淡。那时的农村经济似是很充裕的。观于杜善夫的《庄家不识勾栏》，一个农夫乃肯不经意的费了“二百文”去见识见识勾栏里演剧的情形，其盛况是颇可由此明白的。大都和临安是两个文化的中心。杂剧和戏文在这个时期极为发达。长篇的历史小说也产生得不少。但这个蒙古大帝国却崩坏得很快。公元1368年，朱元璋的兵逐走了元顺帝，恢复了汉民族的天下。在朱明统治之下的中国却也并不怎样快乐。朱姓诸皇帝是那样的专制和无理性！洪武、永乐，都是残忍成性的人物。文坛似乎反而较元代无生气。成化、弘治、正德诸代，比较的有复兴的气象。伟大的杰作也时时产生出来。然一切文体经历了这许多年之后，都有些疲乏了；亟待需要一个新的转变。近代期的文学便在那样的一个时候开始。

第十四章

南渡及宋的诗人们

晋的南渡——刘琨与郭璞——杨方、湛方生、庾阐等——谢道韫与苏若兰——佛教的哲理第一次被引入中国诗里——和尚诗人们惠远等——陶渊明——谢灵运、颜延之等——鲍照、鲍令晖与汤惠休

一

晋的南渡是中国历史上最大的变动之一，也是文学史上最大的变动之一。自南渡之后，中世纪的文学，便开始了。本土的文学，自此便逐渐地熏染上外来的影响。诗歌本是最着根于本土的东西，但在这时，于情调上，于韵律上也逐渐地有些变动了。从南渡到宋末，便是这个变动的前期。我们已可以看得出，南渡以来诗人们的作风，和古代诗人们是有些不同了。这个不同，一部分的原因是由于五胡的纷扰、变乱所引起；另一方面却已有些外来影响的踪影可见。

五胡的变乱，直把整个中原的地方，由万丈光芒的文化的放射区，一扫而成为黑暗的中心，回复到原始的状态里去。在南渡的前

后，中原是一无文学可谈的（自北魏的起来，方才有所谓北地文坛的建立）。跟随了士大夫、王族们的南渡，文学的中心也南渡了。南渡后的许多年，南朝虽然曾数易其主，但并没有多大的扰乱。刘氏倒了，萧氏起来，萧氏倒了，陈氏起来等的事实，对于江南的全部似不甚有影响。故六朝的文学，其中心可以说常是在南方。

这个南渡时期的文士，自当以刘琨及郭璞为领袖。稍后，则有陶渊明诞生出来，若孤松之植于悬岩，为这时代最大的光荣。谢氏诸彦，鲍照和颜延年，其文采也并有可观。

二

刘琨的诗，存者虽不甚多，然风格遒劲，寄托遥远，实足为当代诸诗人冠。《晋书》说："琨诗托意非常，摅畅幽愤，远想张、陈，感鸿门、白登之事，用以激谌。谌素无奇略，以常词酬和，殊乖琨心。"我们读了卢谌、刘琨的酬与答，立刻也便觉得琨诗是热情勃勃的，谌诗不过随声应和而已。琨《重赠卢谌》道："苟能隆二伯，安问党与仇！中夜抚枕叹，相与数子游。……功业未及建，夕阳忽西流。时哉不我与，去乎若云浮。朱实陨劲风，繁英落素秋。狭路倾华盖，骇驷摧双辀。何意百炼刚，化为绕指柔！"而谌之答诗，却只是"璧由识者显，龙因庆云翔"云云的情调。琨又有《扶风歌》："左手弯繁弱，右手挥龙渊，顾瞻望宫阙，俯仰御飞轩。据鞍长叹息，泪下如流泉"云云也是具着极悲壮雄健之姿态的。琨字越石，中山人。永嘉初，为并州刺史。建兴四年，投奔段匹磾。元帝渡江，加琨太尉，封广武侯。后为匹磾所杀。谥曰愍。有集。

郭璞的作风却和刘琨不同。琨是壮烈的，积极的，愤激的，是决不忘情于世事的。璞却是闲澹的，清逸的，托词寓意的，高飞远举的。璞的《游仙诗》十四首，其情调甚类阮籍的《咏怀》。但籍犹能为青白眼，有骂世不恭之言，璞则是一位真率的诗人，只是说着："朱门何足荣，未若托蓬莱"的话。他慕神仙；他羡长生。他歌咏着：

“青谿千余仞，中有一道士。云生梁栋间，风出窗户里”，“中有冥寂士，静啸抚清弦。放情凌霄外，嚼蕊挹飞泉。赤松临上游，驾鸿乘紫烟。左挹浮丘袖，右拍洪崖肩”；他神往于“神仙排云出，但见金银台。陵阳挹丹溜，容成挥玉杯，姮娥扬妙音，洪崖颔其颐；升降随长烟，飘颻戏九垓”的境地，他想望着要“寻我青云友，永与时人绝”。然他明白，这些话都不过是遐思，是幻想，是一场空虚的好梦，决不会见之于实现的。他只是“寓言十九”而已。所以即在《游仙诗》里，他已是再三的慨叹道：“虽欲腾丹谿，云螭非我驾，愧无鲁阳德，回日向三舍。临川哀年迈，抚心独悲吒！”他的一首“失题”：

君如秋日云，妾似突中烟。高下理自殊，一乖雨绝天。

却是绝好的一篇情诗。他字景纯，河东闻喜人。精于卜筮之术。王导引为参军，补著作佐郎，迁尚书郎。后以阻王敦谋叛，被杀。追赠弘农太守。有集。

三

刘、郭同时的诗人们，可称者殊少。惟杨方的《合欢诗》五首，较可注意。方字公回，少好学。司徒王导辟为掾。转东安太守。后又补高梁太守。以年老弃郡归，终于家。像《合欢诗》的“居愿接膝坐，行愿携手趋。子静我不动，子游我不留。齐彼同心鸟，譬此比目鱼，情至断金石，胶漆未为牢。但愿长无别，合形作一躯。生为并身物，死为同棺灰”，“子笑我必哂，子戚我无欢。来与子共迹，去与子同尘”云云，都是最大胆的恋爱的宣言，和《子夜》、《读曲》诸情歌唱同调的。其第三首：“独坐空室中，愁有数千端。悲响答愁叹，哀涕应苦言”；那样的苦闷着，却为的只是“白日入西山，不睹佳人来！”在恋爱中的诗人，其心是如何的烈火般的焦热！

孙绰，字兴公，《有情人碧玉歌》二首，也是很动人的，其第二首，尤为娇艳可爱：

碧玉破瓜时，相为情颠倒。感郎不羞郎，回身就郎抱。

湛方生尝为卫军咨议参军，所作《天晴诗》：“青天莹如镜，凝津平如研。落帆修江渚，悠悠极长眄”，又《还都帆》“白沙穷年洁，林松冬夏青”云云，在当时的诗坛里乃是一个别调。

庾阐（字仲初，颍川人，征拜给事中）的《采药诗》，又《游仙诗》十首，明是拟仿郭璞的，却不是璞的同类。璞的《游仙诗》，寄托深远，对于人生的究竟，有恺切的陈述；阐的所述，则只是以浮辞歌咏神仙之乐而已，我们在那里看不出一点诗人的性灵来。

顾恺之，字长康，晋陵无锡人。桓温引为大司马参军，后为殷仲堪参军，是当时有大名的画家。他的诗，虽只有下列的一首《神情诗》的摘句（也见《陶渊明集》），却可见出其中是充溢着清挺的画意的：

春水满四泽，夏云多奇峰，秋月扬明辉，冬岭秀寒松。

这时的女流诗人也有几个。谢道韫为谢奕女，王凝之妻。曾有和谢安等咏雪的联句：“未若柳絮因风起”盛为人所传。然她别的诗却不能相称。苏若兰为苻秦时秦州刺史窦滔妻，名蕙，尝作《璇玑图》寄滔，计八百余言，题诗二百余首，纵横反覆皆为文章。这是最繁赜的一篇文字游戏的东西。——远较苏伯玉妻《盘中诗》为繁赜！二苏之间或者有些关系吧。到唐武则天时方盛传于世。我意这当是许多年代以来才智之士的集合之作，未必皆出于苏氏一人之手。正如《七巧图》一类的东西一样，年代愈久，内容便愈繁赜、愈完备。唯像这种游戏的东西究竟是不会成为很伟大的诗篇的。

四

这时佛教的哲理已被许多和尚诗人们招引到诗篇里去了。像“菩萨彩灵和，眇然因化生。四王应期来，矫掌承玉形”（支遁《四月八日赞佛诗》);“一喻以喻空，空必待此喻。借言以会意，意尽无会处。既得出长罗，住此无所住。若能映斯照，万象无来去”(鸠摩罗什《十喻诗》);“本端竟何从，起灭有无际。一微涉动境，成此颓山势”(惠远《报罗什偈》)，都是我们本土文学里未之前见的意境。所谓“菩萨”，“由延”，“四王”，“八音”，“六净”，“七住”，“三益”等外来的词语，也便充分的被利用着。这是很重要的一件事实，我们应该大书特书地记载着的。印度的影响第一次在中国文学里所印染下来的痕迹，原来是这样的！这或正和“伯理玺天德”、“巴律门”诸词语之在谭嗣同、黄遵宪诸诗人的诗里第一次被引用着的情形不大殊异吧。

支遁在诸和尚诗人里是最伟大的一位。他字道林，本姓关，陈留人，或云河东林虑人。幼隐居余杭山。年二十五出家。后入剡。晋哀帝时在都中东安寺讲道。留三载，遂乞归剡山。太和元年终。有集。道林的“文采风流”，为时人追随仰慕之标的。他的诗是沉浸于佛家的哲理中的，便题目也往往是佛家的。像《四月八日赞佛诗》、《咏八日诗》、《五月长斋诗》、《八关斋诗》等。他的《咏怀诗》在阮籍《咏怀》、太冲《咏史》、郭璞《游仙》之外，别具一种风趣。像“咏发清风集，触思皆恬愉。俯欣质文蔚，仰悲二匠徂。……无矣复何伤，万殊归一涂。道会贵冥想，罔象掇玄珠。怅快浊水际，几忘映清渠。反鉴归澄漠，容与含道符。心与理理密，形与物物疏”。那样的哲理诗是我们所未之前见的。

鸠摩罗什，天竺人，汉义“童寿”。苻坚命将吕光伐龟兹，致之于中国。坚死，他留吕光所。光死，复依姚兴，兴待以国师之礼。晋义熙五年死于长安。他是传播佛教于中土的大师之一，其全力几皆耗于译经上面(这将于下文详之)。其诗不过寥寥二首。像《赠沙门法和》“心山育明德，流薰万由延”云云，也是引梵语于汉诗里的先驱者。

又有惠远，雁门楼烦人，本姓贾氏。年二十一，遇释道安以为师。年六十后，便结宇匡庐，不复出山。至八十三而终。他的《庐山东林杂诗》:“希声奏群籁，响出山溜滴。有客独冥游，径然忘所适。挥手抚云门，灵关安足辟。流心叩玄扃，感至理弗隔。……妙同趣自均，一悟超三益”，也是很好的一篇哲理诗。相传惠远居庐山东林寺，送客不过溪。一日和陶渊明及道士陆静修共话，不觉逾之。虎辄骤鸣。三人大笑而别。至今此遗迹尚在。

帛道猷本姓冯，山阴人，有《陵峰采药触兴为诗》一篇：“茅茨隐不见，鸡鸣知有人。闲步践其径，处处见遗薪”，已具有渊明、摩诘的清趣。

竺僧度本姓王，名晞，字玄宗，东莞人，其出家时答其未婚妻苕华的诗：“今世虽云乐，当奈后生何！罪福良由己，宁云己恤他”，已能很熟练的运用佛家之说的了。

五

陶渊明生于晋末，是六朝最伟大的诗人。六朝的诗，自建安、太康以后，便有了两个趋势，第一是文采涂饰得太浓艳，第二是多写闺情离思的东西。固不待到了齐、梁的时代才是“连篇累牍，不出月露之形；积案盈箱，唯是风云之状”的。只有豪侠之士方能自拔于时代的风气之外。陶渊明便是这样的一位“出于污泥而不染”的大诗人。他并不是不写情诗，像《闲情赋》，写得只有更为深情绮腻。他并不是不工于铸辞，像他的诸诗，没有一篇不是最隽美的完作。但他却是天真的，自然的，不故意涂朱抹粉的。他是像苏轼所言“外枯而中膏，似淡而实腴”的。黄庭坚也说：“谢康乐、庾义城之诗，炉锤之功，不遗余力，然未能窥彭泽数仞之墙者。”在这个时代而有了渊明那样真实的伟大的天才，正如孤鹤之展翮于晴空，朗月之静挂于夜天。大诗人终于是不会被幽囚于狭小的传统的文坛之中的（唐、宋时代而有王摩诘的诞生，其情形恰与此同）！

渊明名潜，一云名渊明，字元亮。浔阳柴桑人。少有高趣。“尝著文章自娱，颇示已志，忘怀得失。”曾出就吏职，一度为彭泽令。以不乐为五斗米折腰，赋《归去来辞》而自解归。遂不复出仕（365 年—427 年）。但他虽孤高，却并不是一位寂寞无闻的诗人。他死时，颜延年为诔，并谥之曰靖节征士。梁时，昭明太子为其集作序，盛称之，道："其文章不群，辞采精拔，跌宕昭彰，独超众类。抑扬爽朗，莫之与京。横素波而傍流，干青云而直上。语时事则指而可想，论怀抱则旷而且真。加以贞志不休，安道苦节，不以躬耕为耻，不以无财为病。自非大贤笃志，与道污隆，孰能如此乎？"自唐韦应物以至宋苏轼诸诗人皆尝慕而拟之。他的作风虽不可及，却是那样为后人所喜悦！

渊明诗虽若随意舒卷，只是萧萧疏疏的几笔，其意境却常是深远无涯。郭璞《游仙》、阮籍《咏怀》似都未必有他那么"叔度汪汪"的清思。我们如果喜欢中国的清远绝伦的山水画，便也会永远忘不了渊明的小诗，像"暧暧远人村，依依墟里烟。狗吠深巷中，鸡鸣桑树巅。户庭无尘杂，虚室有余闲。久在樊笼里，复得返自然"；"山涧清且浅，可以濯吾足。拨我新熟酒，只鸡招近属。日入室中暗，荆薪代明烛。欢来苦夕短，已复至天旭"（《归园田居》）；"结庐在人境，而无车马喧。问君何能尔，心远地自偏。采菊东篱下，悠然见南山。山气日夕佳，飞鸟相与还。此中有真意，欲辨已忘言"（《饮酒》）；"孟夏草木长，绕屋树扶疏。众鸟欣有托，吾亦爱吾庐，既耕亦已种，时还读我书"（《读山海经》）；这些诗都是五言诗里最晶莹圆润的珠玉。他们有一种魔力，一捉住了你，是再也不会放走了你的。他们是那样的深入于读者的内心，不是以词语，而是直接的以最天真最浓挚的情绪和你相见的。不仅五言，即他运用了久已"褪色"的四言诗，也是同样的可爱，像《停云》、《时运》、《荣木》等，都是四言里最高的成就，而使这个已经没落了的诗体再来一次灿烂的"回光返照"。

> 迈迈时运，穆穆良朝；袭我春服，薄言东郊。山涤余霭，宇暧微霄。有风自南，翼彼新苗。洋洋平泽，乃漱乃濯。邈邈遐景，载欣载瞩。称心而言，人亦易足。挥兹一觞，陶然自乐。……清琴横床，浊酒半壶。黄唐莫逮，慨独在余。
>
> ——《时运》

他尝著《五柳先生传》以自况："闲静少言，不慕荣利。好读书，不求甚解！每有会意，便欣然忘食。性嗜酒。……期在必醉。既醉而退，曾不吝情去留。环堵萧然，不蔽风日。短褐穿结，箪瓢屡空，晏如也。”这样的一位心胸阔大的诗人自然不会说什么无聊的闲话的！

六

陶、谢并称，然渊明远矣！灵运竞于外物，徒知刻画形状。渊明则是“呕出心肝来”的真挚的诗人。不过在五言的进展上，灵运的地位也是不可蔑视的钟嵘《诗品》道：“元嘉中，有谢灵运，才高词盛，富艳难踪。固已含跨刘、郭，陵轹潘、左。故知……谢客为元嘉之雄，颜延年为辅。斯皆五言之冠冕，文词之命世也。”颜延之尝问鲍照，己与灵运优劣。照道：“谢五言如初发芙蓉，自然可爱。君诗若铺锦列绣，亦雕缋满眼。”这些话未免于灵运稍涉奢夸。然谢诗像“步出西城门，遥望城西岑。连障叠巘崿，青翠杳深沉。晓霜枫叶丹，夕曛岚气阴”（《晚出西射堂》）；“初景革绪风，新阳改故阴。池塘生春草，园柳变鸣禽”（《登池上楼》）；“时竟夕澄霁，云归日西驰。密林含余清，远峰隐半规。久瘵昏垫苦，旅馆眺郊歧。泽兰渐被径，芙蓉始发池”（《游南亭》），也并不是什么轻率的篇什。而像“林壑敛暝色，云霞收夕霏。芰荷迭映蔚，蒲稗相因依”（《石壁精舍还湖中作》）；“连岩觉路塞，密竹使径迷。来人忘新道，去子惑故蹊。活活夕流驶，嗷嗷夜猿啼。沉冥岂别理，守道自不携”（《登石门最高顶》）；“殷忧不能寐，苦此夜难颓。明月照积雪，朔风劲且哀”（《岁暮》），尤富有自然之趣，不以雕斲为工。他为陈郡阳夏人，后移籍会稽。晋孝武帝时袭封康乐公。刘裕代晋，降爵为侯，起为散骑常侍。少帝时，出为永嘉太守。文帝征为秘书监。撰《晋书》，未就，称疾归。他好为山泽之游。尝与宾客自始宁南山，伐木开径，直到临海，从者数百人。人惊疑其为山贼。后被杀于广州，年四十九（385 年—433 年）。刘勰谓：“宋初文咏，……庄、老告退，而山水方滋。俪采百字之偶，争价一句之奇。情必极貌以写物，辞必穷力而追新，此近世之所竞也。”

在这一方面，灵运诚是功不蔽过的。

灵运族弟瞻及惠连也并能诗。瞻字宣远，宋时为豫章太守，卒。所作存者不多，罕见才情。而像“夕霁风气凉，闲房有余清。开轩灭华烛，月露皓已盈”（《答灵运》）却也未逊于灵运所作。惠连十岁能属文。元嘉元年为彭城王法曹参军，年三十七卒。有集。灵运尝云，每有篇章，对惠连辄得佳句。在永嘉西堂思诗，竟日不就，忽梦惠连，即得“池塘生春草”句，大以为工。但在惠连的集中，像“池塘生春草”那样自然的词语也是很少见的。他的成就，像“涟漪繁波漾，参差层峰峙。萧疏野趣生，逶迤白云起”（《泛南湖至石帆》），已算是很高的了。

同时又有谢庄的，字希逸。孝武帝时为吏部都官尚书、左卫将军，又领参军将军。明帝时，加金紫光禄大夫，卒。有集。萧子显谓：谢庄之诔，起安仁之尘。其诗却无甚可观的。

颜延之与谢灵运齐名，时称颜、谢。而延之所作，雕镂之工更甚于灵运。延之字延年，琅琊临沂人。性疏淡，不护细行。刘裕即帝位，补太子舍人。元嘉三年，出为永嘉太守。因不得志，作《五君咏》以见意。孝武帝时为金紫光禄大夫，卒。赠特进，谥曰宪。他较好的篇章，像《夏夜呈从兄散骑车长沙》：“侧听风薄木，遥睇月开云。夜蝉当夏急，阴虫先秋闻”，也是很拘促于绮语浮辞之间的。有集。

与颜、谢鼎立于当时者有鲍照。然名位不显，“故取湮当代”。但照却是一位真实的有天才的作家，其对于后来的恩赐是远过于颜、谢的。齐梁之间，照名尤著。然其险狭之处，挺逸之趣，则继轨者无闻焉。照（421？—465？）字明远，东海人。初见知于临川王义庆，为秣陵令。文帝时，选为中书舍人。帝方以文章自高。照惧，乃以鄙言累句自污。时谓才尽。后佐临海王子顼为前军参军。子顼败，照也被害。有集。钟嵘评他的诗，以为“贵尚巧似，不避危仄。颇伤清雅之调”。杜甫则称之曰：“俊逸鲍参军。”他所作诚足当“俊逸”之评而无愧。在颜、谢作风笼罩一切之下，照的“俊逸”却正是“对症之药”。他喜为拟古之作，像“伤禽恶弦惊，倦客恶离声。离声断客情，宾御皆涕零”（《代东门行》）；“蓼虫避葵堇，习苦不言非。小人自龌龊，安知旷士怀”（《代放歌行》）；“薄暮塞云起，飞沙被远松。……去来今何道，卑贱生所钟”（《代陈思王白马篇》），这些，都不仅仅是“拟古”而已，和左思的《咏史》，是同样的具有更深刻的意义的。而《松柏篇》，拟傅玄者，尤为罕见的杰构：“事业有余结，刊述未及成。资储无担石，儿女皆孩婴。一朝放舍去，万恨缠我情……墓前人迹灭，冢上草日丰，空林响鸣蜩，高松结悲风。长寐无觉期，谁知逝者穷。”借古人之酒杯，浇自己的块垒，尤极沉痛。《拟行路难》十八首，几乎没有一首不是美好的：“泻水置平地，各自东西南北流，人生亦有命，安能行叹复坐愁”；“君不见河边草，冬时枯死春满道；君不见城上日，今暝没山去，明朝复更出。今我何时当得然，一去永灭入黄泉”，“中庭五株桃，一株先作花。阳春妖冶二三月，从风簸荡落西家。西家思妇见悲惋，零泪沾衣抚心叹”；“剉蘗染黄丝，黄丝历乱不可治。昔我与君始相值，尔时自谓可君意”；“君不见枯箨走阶庭，何时复青著故茎；君不见亡灵蒙享祀，何时倾杯竭壶罂。君当见此起忧思，宁及得与时人争！”这些，也都是爽脆之至，清畅之至的东西，又何尝是什么“危仄”！他的五言诸作也风格遒上，陈言俱去，像《赠故人马子乔》：

> 寒灰灭更燃，夕华晨更鲜。春冰虽暂解，冬水复还坚。佳人舍我去，赏爱长绝缘。欢至不留日，感物辄伤年。

又像“严风乱山起，白日欲还次”（《冬日》），“寐中长路近，觉后大江违。……此土非我土，慷慨当诉谁！”（《梦归乡》）之类，又何尝是什么“危仄”！

同时，更有袁淑（字阳源，阳夏人，元嘉末，被杀），王微（字景玄，琅琊人），王僧达（琅琊临沂人，孝武时为中书令，被杀），吴迈远（他每作诗，得称意语，辄掷地呼道：曹子建何足数哉！）诸人，皆有诗名，而篇章存者不多，未足以见其风格。又有汤惠休者，字茂远，初入沙门，名惠休。孝武令还俗。位至扬州刺史。《诗品》

道："惠休淫靡，情过其才，世遂匹之鲍照。"颜延之却薄惠休诗，以为"惠休制作，委巷中歌谣耳"。惟其邻于委巷中歌谣，故尚富天真之趣。他的诗多为艳曲，且多为七言者，是很可注意的。七言诗在这时，当已在"委巷歌谣"里发展着的了！姑录他《白纻歌》一首，以见这种七言诗的一斑：

> 少年窕窈舞君前，容华艳艳将欲然。为君娇凝复迁延，流目送笑不敢言。长袖拂面心自煎，愿君流光及盛年。

女作家鲍令晖为鲍照妹。《诗品》称其诗："往往崭绝清巧，拟古犹胜，唯百愿淫矣。"她所作都为恋歌，像《寄行人》："桂吐两三枝，兰开四五叶，是时君不归，春风徒笑妾"，也甚近于"委巷歌谣"。

参考书目

一、《汉魏六朝百三名家集》　明张溥编，有原刊本，长沙翻刊本。

二、《古诗纪》　明冯惟讷编，有原刊本。

三、《全汉三国晋南北朝诗》　丁福保编，有医学书局铅印本。

四、《诗品》　梁钟嵘编，有《历代诗话》本；《诗品注》有陈延杰编（开明书局）及古直编的数种。

五、《文选》　梁萧统编，有胡克家仿宋刊本，《四部丛刊》本。

第十五章

佛教文学的输入

中世纪文学史上的一件大事：佛教文学的输入——佛教经典的翻译事业——《四十二章经》——安世高、严佛调等——支谦与聂承远父子——南北朝佛教大盛的原因——这二百七十年间的翻译家——鸠摩罗什——昙无忏与《佛所行赞经》——佛陀跋陀罗——法显及其《佛国记》——拘那罗陀及所译《唯识论》等——佛典翻译的困难

一

中世纪文学史里的一件大事，便是佛教文学的输入。从佛教文学输入以后，我们的中世纪文学所经历的路线，便和从前大不相同了。我们于有了许多伟大的翻译作品以外，在音韵上，在故事的题材上，在典故成语上，多多少少地都受有佛教文学的影响。最后，且更拟仿着印度文学的"文体"而产生出好几种宏伟无比的新的文体出来。假如没有中、印的这个文学上的结婚，我们中世纪文学当决不会是现在所见的那个样子的。关于佛教文学的影响，本章暂时不讲。我们在下

文里将详述之。本章所讲的只是在六朝的时候，佛教文学输入中国的一段历史。

佛教文学的翻译事业，总有一千年以上的历史。最早的翻译事业的开始，究竟在于何时，我们已不能知道。相传有汉明帝求法之说。明帝永平八年（公元65年）答楚王英诏里，已用了“浮屠”、“伊蒲塞”、“桑门”三个外来的名词，可见当时佛教的典籍已有人知道的了。相传最早翻译的书是摄摩腾所译的《四十二章经》，同来的竺法兰也译有几种经。但《四十二章经》只是编集佛教的精语以成之的，并不是翻译的书；其句法全学《老子》。这可见较早的介绍，只是一种提要式的译述；其文体也总是牺牲外来文学的特色以迁就本土的习惯的。

可考的最早的译者为汉末桓、灵时代（147年以后）的安世高、支曜、安玄、康巨、严佛调等。安世高为安息人，支曜为月支人，康巨为康居人，他们皆于此时来到洛阳，宣传佛教，所译皆小品。严佛调则为最早的汉人（临淮人）译者，和安玄合作，译有《维摩诘经》等。到了三国的时候，主要的译者若支谦、康曾会、维袛难、竺将炎等仍皆是外国人。维袛难是天竺人，黄初三年（公元222年）到武昌，与竺将炎合译《昙钵经》（今名《法句经》），用四言、五言的诗体，来装载新输入的辞藻，像“假令尽寿命，勤事天下神，象马以祠天，不如行一慈”（《慈仁品》）；“夫士之生，斧在口中。所以斩身，由其恶言”（《明哲品》），都给我们诗坛以清新的一种哲理诗的空气。支谦译经甚多，影响很大，在其中，以《阿弥陀经》、《维摩诘经》为最重要。谦本月支人而生于中国，故所译殊鲜“格格不入”之弊。西晋的时候，竺法护是最重要的译者。他本月支人，世居敦煌。尝赴西域，带来许多梵经，译为汉文。《高僧传》说“所获《贤劫》、《正法华》、《光赞》等一百六十五部，孜孜所务，惟以弘通为业，终身写译，劳不告倦。”和他合作的有聂承远、道真父子二人。“此君父子比辞雅便，无累于古。”竺法护译文弘达欣畅，雍容清雅，未始非聂氏父子润饰之力。

二

但翻译的最伟大时代还在公元317年以后。这时候是五胡乱华，南北分朝，民生凋敝到极点的时候。然佛教徒却以更勇猛的愿力，在这个动乱的时代活动着。据《洛阳伽蓝记》所载，洛阳佛寺，在元魏的时候，大小不啻千数。虽也曾遇到几次的大屠杀和迫害，然无害于佛教的发展。南朝的萧衍，身为皇帝，也尝舍身于同泰寺。其他著名的文士，若谢灵运、沈约等无不是佛弟子。著名的文学批评家刘勰且成了和尚。我们如读着《弘明集》及《广弘明集》便知这时候的佛教势力是如何的巨大。范缜的《神灭论》刚一发表，攻击者便纷纷而至。慧琳的《白黑论》方才宣布，宗炳、何尚之便极力地压迫他，至诋之为“假服僧次，而毁其法”。他们是持着如何的蔑视异端的狂热的宗教徒的态度！为什么佛教在这时会大行于世呢？一则是许多年来的暗地里的培植，这时恰大收其果；二则乱华的诸胡，其本为佛教的信仰者甚多；三则丧乱的时代，无告的人民最容易受宗教的熏染，而遁入未来生活的信仰之中；四则中国本土的宗教，实在是原始，无组织，故受佛教的影响，而无能抵抗。然许多佛教徒持着“殉教”的精神，在宣传，在讲道，在翻译，却也是最重要的一因。

从晋的南渡（公元318年）起，到隋的灭陈（公元589年）止，只有二百七十多年，然据《开元释教录》所记载，南北二朝译经者凡有九十六人，所译经共凡一千零八十七部，三千四百三十七卷。如果非宗教的热忱在迫驱着他们，怎么会有那么宏伟的成绩可见呢。在这九十几个翻译家里，最重要者为鸠摩罗什、佛陀跋陀罗、法显、昙无忏、拘那罗陀诸人。

鸠摩罗什是六朝翻译界里最重要的一位大师。其父天竺人，母龟兹王之妹。释道安闻其名，劝苻坚迎之。坚遣吕光灭龟兹，挟什归。未到而坚已亡。鸠摩罗什遂依吕光于凉州，凡十八年。故通晓中国语言文字。至姚兴灭后凉，始迎他入关，于弘始三年十二月（公元402年）到长安。在姚秦弘始十一年（公元409年）卒。他在长安凡八年，所译的经凡三百余卷，其中有《大品般若》、《小品金刚般若》、

《十住》、《法华》、《维摩诘》、《首楞严》、《持世》等经，又有诸种律、论等。鸠摩罗什通汉文，门下又多高明之士（有僧肇、僧睿、道生、道融，时号四圣，皆参译事），故所译遂畅达宏丽，于中国文学极有影响。《金刚》、《维摩诘》、《法华》诸经，于六朝及唐文学上尤为输入印度文学的风趣的最重要的媒介。《维摩诘经》是一部绝妙的小说，叙述居士维摩诘有病，佛遣诸弟子去问病，自舍利弗、大目犍连以下，皆诉说维摩诘的本领，不敢前去。后来只有文殊师利肯去。这部经，在中国文学上影响极大。在唐代尝被演成伟大的《维摩诘经变文》。底下引罗什译文一段：

> 佛告阿难："汝行诣维摩诘问疾。"阿难白佛言："世尊，我不堪任诣彼问疾。所以者何？忆念昔时，世尊身有小疾，当用牛乳。我即持钵诣大婆罗门家门下立。时维摩诘来谓我言：'唯，阿难，何为晨朝持钵住此？'我言：'居士，世尊身有小疾，当用牛乳，故来至此。'维摩诘言：'止，止，阿难，莫作是语。如来身者，金刚之体，诸恶已断，众善普会，当有何疾？当有何恼？默住，阿难，勿谤如来。莫使异人闻此粗言，无命大威德诸天及他方净土诸来菩萨得闻斯语。阿难，转轮圣王以少福故，尚得无病，岂况如来无量福会，普胜者哉？行矣，阿难，勿使我等受斯耻也。外道梵志若闻此语，当作是念：何名为师，自疾不能救，而能救诸疾人？可密速去。勿使人闻。当知，阿难。诸如来身，即是法身，非思欲身。佛为世尊，过于三界。佛身无漏，诸漏已尽。佛身无为，不坠诸数。如此之身，当有何疾？'时我，世尊，实怀惭愧，得无近佛而谬听耶？即闻空中声曰：'阿难，如居士言，但为佛出五浊恶世，现行斯法，度脱众生。行矣。阿难，取乳勿惭！'世尊，维摩诘智慧辨才为若此也，是故不任诣彼问疾。"

罗什所译《法华经》，影响也极大。此经于散文外，并附有韵文的"偈"。这乃是把印度所特有的韵、散文杂为一体的一种"文体"灌输到中国来的一个重要的事件。后来"变文"、"宝卷"、"弹词"乃至"小说"，皆是受这种影响而产生的。

昙无忏，中天竺人，北凉沮渠蒙逊时，到姑臧。初于玄始中译

《大般涅槃经》，次译《大集》、《大云》、《悲华》、《地持》、《金光明》等经，复六十余万言。而《佛所行赞经》五卷的移植，尤为佛教文学极重要的事实。《佛所行赞经》（Buddha Carita）为佛教大诗人马鸣（Asvaghosha）所著，以韵文述佛一生的故事。昙无忏，以五言无韵诗体译之，约九千三百余句，凡四万六千多字，可以说是中国文学里一首极长的诗。

北部的译者极多，最重要者唯斯二人。至南朝重要的翻译家，则有：佛陀跋陀罗（中名觉贤），迦毗罗卫人。初至长安，甚为罗什所敬礼。后乃南下。宋武帝礼供之。他在南方所译的，凡经论十五部，百十有七卷。其中以《大方广佛华严经》六十卷为最有影响。又有法显，俗姓龚，平阳武阳人，以晋隆安二年（公元 399 年）游印度求经典。义熙八年（412 年）返国。凡在印度十五年，所历三十余国。著有《佛国记》，是今日研究中、印交通及印度历史最重要的著作之一。他自陆去，从海归，故把当时水陆二途的交通，写得很详尽。他带回经典不少，自己也动手译《方等泥洹经》等。同时又有求那跋罗陀、智严、室云（译《佛本行经》）诸译者。到了梁、陈间则有拘那罗陀（中名真谛），本西天竺优禅尼国人，以梁中大同六年（546 年）由海道到中国。所译有《摄大乘论》、《唯识论》、《俱舍论》、《大乘起信论》等凡六十余部，二百七十余卷。他所给予中国哲学的影响是很大的。

当这二百七十余年间，南北二朝政治上虽成对立之势，宗教却是同一的。佛教徒们常交通往来于二大之间。慧远尝向鸠摩罗什问学，觉贤不容于北，便赴南朝。在宗教上，南北可以说是统一的。

但佛教文学是一个陌生的闯入者，其不能融洽于中国本土文学是自然的现象。但传教者们总是要求本土的人们的了解与赞许的。所以初期的译者、述者们不是编述《四十二章经》，便是译《昙钵经》，或其他小品，宁愿以迁就本土的趣味为主。鸠摩罗什诸人所译，也多所删节、移动。所以他自己尝不满意地说："改梵为秦，失其藻蔚。虽得大意，殊隔文体。有似嚼饭与人，非徒失味，乃令呕哕也。"然即此"失味"的翻译，在中国文学上已是产生了十分重大的影响了。

参考书目

一、《大藏经》 有明版的《南藏》、《北藏》，清版的《乾隆藏》等；但以日本版的《大正大藏经》为最便于检阅。

二、《宏明集》（释僧佑编）及《广弘明集》（释道宣编）均有《大藏经》本，《四部丛刊》本及金陵新刻本。

三、《高僧传》（慧皎编）及《续高僧传》（道宣编）有《大藏经》本，亦有单刻本。

四、梁启超《饮冰室合集》（中华书局），可读其第四集的一、二、三卷论佛典翻译的诸作。

第十六章

新乐府辞

六朝文学的光荣：新乐府辞——少年男女的恋歌——清新而健全的作风——与汉魏乐府的不同——民歌升格运动的程序——“吴声歌曲”与“西曲歌”——《子夜歌》——《华山畿》与《读曲歌》——《三洲歌》等——新乐府辞影响——“梁鼓角横吹曲”

一

六朝文学有两个伟大的成就，一是佛教文学的输入，二是新乐府辞的产生。但在六朝，佛教文学还没有很巨大的影响。翻译作品是如潮水似的推涌进来了。其作用，却除了给予“故事”以俊语新辞之外，并不曾有多少的开展。翻译作品的本身，有若干固是很宏丽很煌亮，有若彗星的经天，足以撼动人的心肝；有若烟火的升空，足以使人目眩神移。但一过去了，便为人所忽视。像把泰山似的大岩，掷到东海里去，起了一阵的大浪花。但沉到底了，其影响也便没有了。我们可以说，在唐以前，佛教文学在中国文学里所引起的发酵性的作用，实是微之又微的。直到连印度文学的体制也大量输入了时，方才是火候纯青，醴酒澄香的时期，而“变文”一类的伟大的体制便也开始产生出来。

所以，实际上六朝文学最大的光荣者乃是“新乐府辞”。有人说，六朝文学是“儿女情多，风云气少”。新乐府辞确便是“儿女情多”里的产物。有人说，六朝文学是“连篇累牍，不出月露之形”。新乐府辞确便是“风花雪月”的结晶。这正是六朝文学之所以为“六朝文学”的最大的特色。这正是六朝文学之最足以傲视建安、正始，踢倒两汉文章，且也有殊于盛唐诸诗人的所在。人类情思的寄托不一端，而少年儿女们口里所发出的恋歌，却永远是最深挚的情绪的表现。若游丝，随风飘黏，莫知其端，也莫知其所终栖。若百灵鸟们的歌啭，晴天无涯，唯闻清唱，像在前，又像在后。若夜溪的奔流，在深林红墙里闻之，仿佛是万马嘶鸣，又仿佛是松风在响，时似喧扰，而一引耳静听，便清音转远。他们轻喟，轻得像金铃子的幽吟，但不是听不见。他们深叹，深重得像饿狮的夜吼，但并不足怖厉。他们欢笑，笑得像在黎明女神刚穿了桃红色的长袍飞现于东方时，齐张开千百个大口对着她打招号的牵牛花般的嬉乐。他们陶醉，陶醉得像一个少女在天阴雪飞的下午，围着炭盆，喝了几口甜蜜蜜的红葡萄酒，脸色绯红得欲燃，心腔跳跃得如打鼓似的半沉迷，半清醒的状态之中。他们放肆，放肆得像一个“半马人”追逐在一个林中仙女的后边，无所忌惮地求恋着。他们狂歌，狂歌得像阮籍立在绝高的山顶在清啸，山风百鸟似皆和之而同吟。总之，他们的歌声乃是永久的人类的珠玉。人类一天不消灭，他们的歌声便一天不会停止。“捣麝成尘香不灭，拗莲作寸丝难绝。”他们是那样的顽健的永生着！六朝的新乐府便是表现着少年男女们这样的清新顽健的歌声的，便是坦率大胆地表现着少年男女们这样的最内在、最深挚的情思的。在中国文学史上，可以说，没有一个时期有六朝那么自由奔放，且又那么清新健全地表现过这样的少年男女们的情绪的。在《诗经》时代与《楚辞》时代，他们是那样清隽地歌唱出他们的恋歌：“月出皎兮，佼人僚兮，舒窈纠兮，劳心悄兮”；“满堂兮美人，忽独与余兮目成。”然而他们究竟是辽远了，太辽远了，使我们听之未免有些模糊影响。《古诗十九首》时代，比较得近，却只是千篇一律的“迢迢牵牛星，皎皎河汉女，纤纤濯素手，札札弄机杼”，并未能使我们有十分广赜与深刻的印象。温、李诸人的歌诗，却又是罩上了一层轻纱的。明、清的许多民间情歌，又往往粗犷坦率得使我们觉得有些听不惯。六朝的新乐府辞却是表现得恰到好处的。他们真率，但不犷陋；他们温柔敦厚，但不隐晦。他们是明白如话的。他们是清新宛曲的。他们的情绪是那样的繁赜，但又是那样的深刻！像他们那样的：“欢欲见莲时，移湖安屋里。芙蓉绕床生，眠卧抱莲子”（《杨叛儿》），“不能久长离，中夜忆欢时，抱被空中啼”（《华山畿》），以及：

> 打杀长鸣鸡，弹去乌臼鸟；愿得连冥不复曙，一年都一晓。
>
> ——《读曲歌》

都是那么大胆、显豁，却又是那样的温柔敦厚的。

二

所谓新乐府辞，和汉、魏的乐府是很不相同的。汉、魏乐府的题材是很广赜的，从思妇之叹、孤儿之泣、挽悼之歌，以至战歌、祭神曲，无所不包括。但新乐府辞便不同了。她只有一个调子，这调子便是少年男女的相爱。她只有一个情绪，那便是青春期的热恋的情绪。然而在这个独弦琴上，却弹出千百种复杂的琴歌来，在这个简单的歌声里，却翻腾出无数清隽的新腔出来。差不多要像人类自己的歌声，在一个口腔里，反反复复，任什么都可以表现得出。新乐府辞的起来，和《楚辞》及五言诗的起来一样，是由于民间歌谣的升格，郭茂倩《乐府诗集》及冯惟讷《古诗纪》皆别立一类，不和旧乐府辞相杂。他们称之为“清商曲辞”。这有种种的解释。“清商乐一曰清乐”。这话颇可注意。所谓“清乐”，便是“徒歌”之意吧（《大子夜歌》：

"丝竹发歌响，假器扬清音。不知歌谣妙，声势出口心"，可为一证）。故不和伴音乐而奏唱的旧乐府辞同列。盖凡民歌，差不多都是"徒歌"的。在"清商曲"里，有江南吴歌及荆楚西声，而以吴歌为最重要（至今吴歌与楚歌还是那么婉曼可爱）。冯惟讷谓"清商曲古辞杂出各代"，而始于晋。这见解不差。在晋南渡以前，这种新歌是我们所未及知的。到了南渡之后，文人学士们方才注意到这种民歌，正如唐刘禹锡、白居易之注意到《柳枝词》等民歌一样。其初是好事者的润改与拟作。后乃见之弦歌而成为宫廷的乐调。这途径也是民歌升格运动的必然的程序。

"吴声歌曲"当是吴地的民歌。其中最重要的为《子夜歌》。《唐书·乐志》："晋有女子名子夜，造此声，声过哀苦。"这话未必可信。"后人更为四时行乐之词，谓之《子夜四时歌》，又有《大子夜歌》、《子夜警歌》、《子夜变歌》，皆曲之变也。"（《乐府解题》）今存这些"子夜歌"凡一百二十四首，几乎没有一首不是"绝妙好辞"。像"揽枕北窗卧，郎来就侬嬉。小喜多唐突，相怜能几时？""夜长不得眠，明月何灼灼。想闻散唤声，虚应空中诺。"（《子夜歌》）"春林花多媚，春鸟意多哀。春风复多情，吹我罗裳开"；"初寒八九月，独缠自络丝。寒衣尚未了，郎唤侬底为？"（《子夜四时歌》）那么漂亮的短诗，确是我们文库里最圆莹的明珠。"歌谣数百种，《子夜》最可怜"（《大子夜歌》），这可想见那歌声的如何宛曼动人。

此外又有《上声歌》、《欢闻歌》、《欢闻变歌》、《前溪歌》、《阿子歌》、《团扇郎》、《七日夜女郎歌》、《黄鹄曲》、《懊侬歌》、《碧玉歌》、《华山畿》、《读曲歌》等，皆是以五言的四句（或三句）组织成之的。其间以《懊侬歌》、《华山畿》及《读曲歌》为最重要。像"懊恼奈何许！夜闻家中论，不得侬与汝"（《懊侬歌》）；"歔欷暗中啼，斜日照帐里。无油何所苦，但使天明尔"（《读曲歌》），都可算是很清隽的情歌。《华山畿》及《读曲歌》多有以一句的三言及二句的五言组织之者，像"松上萝，愿君如行云，时时见经过"（《华山畿》）；"百花鲜，谁能怀春日，独入罗帐眠"（《读曲歌》），其歌唱的调子也许是不大相同的。

“西曲歌”为“荆楚西声”，其情调与组织大都和“吴声歌曲”相同。其中重要的歌调，有《三洲歌》、《采桑度》、《青阳度》、《孟珠》、《石城乐》、《莫愁乐》、《乌夜啼》、《襄阳乐》等。像“望欢四五年，实情将懊恼。愿得无人处，回身与郎抱”(《孟珠》)，“布帆百余幅，环环在江津。执手双泪落，何时见欢还？”(《石城乐》)，“莫愁在何处？莫愁石城西。艇子打两桨，催送莫愁来”(《莫愁乐》)；和《子夜》、《读曲》的情调是没有什么殊别的。所不同者，“西曲歌”为长江一带的情歌，故特多水乡、别离的风趣耳。

这些民歌的风调，很早便侵入于文人学士的歌诗里去。所谓“宫体”，所谓“春江花月夜”等的新调，殆无不是受了“新乐府辞”的感应的。最早的时候，相传为王献之与其妾桃叶相酬答的短歌，便是受这个影响的。释宝月的《估客乐》，沈约《六忆》之类，也是从《子夜》、《读曲》中出的，萧衍尝拟《子夜》、《欢闻》、《碧玉》诸歌，像“含桃落花日，黄鸟营飞时，君住马已疲，妾去蚕欲饥”(《子夜四时歌》)，宛然是晋、宋的遗音。其他如萧纲、萧绎、张率、王筠诸人的所作，无不具有很浓厚的这种民间情歌的成分在内。陈叔宝所作，尤为淫靡；不独拟作《估客乐》、《三洲歌》而已，且还造作“《黄骊留》及《玉树后庭花》、《金钗两鬓垂》等曲，与幸臣等制其歌词。绮艳相高，极于轻荡。男女唱和，其音甚哀。”(《隋书·乐志》)惜今存者独有《玉树后庭花》：“映户凝娇乍不进，出帷含态笑相迎。妖姬脸似花含露，玉树流光照后庭。”聊可见其新声的作风的一斑。

三

在梁代(502年—557年)，又有一种新声突然起来：那便是《梁鼓角横吹曲》。《晋书·乐志》：“横吹有鼓角，又有胡角，即胡乐也。”其来源可追溯到汉武帝时代。然有歌辞可见者唯在梁代。我的意见，这些胡曲的输入时代，与其说是汉，不如说是五胡乱华的时候为更适宜些。汉乐已渺茫莫考，而这些胡曲则当是随了诸少数民族而入汉的新声。在这些歌曲里，也有恋歌，像："腹中愁不乐，愿作郎马鞭。出入擐郎臂，蹀座郎膝边"，然其风趣却和《子夜》、《三洲》大殊了。恋歌以外，更多他调，像"放马大泽中，草好马著膘"(《企喻歌》)："陇头流水，流离西下，念吾一身飘旷野"(《陇头流水歌》)；"兄为俘虏受困辱，骨露力疲食不足"(《隔谷歌》)等，都是沉浸着北方的一种凄壮劲直之气魄的。又，《古诗纪》等并附《木兰诗》于此。但那是一篇很好的叙事诗，其时代至为可疑；中有"对镜贴花黄"语，花黄为唐时之女饰，以归之唐，似不会很错。

参考书目

一、《乐府诗集》一百卷　宋郭茂倩编，有汲古阁刊本，湖北书局刊本，《四部丛刊》本。

二、《古诗纪》（明冯惟讷编）及《全汉三国晋南北朝诗》（近人丁福保编）亦应参考。

三、《乐府古题要解》二卷　题唐吴兢著，有《津逮秘书》，《学津讨源》及《历代诗话续编》本。

第十七章

齐梁诗人

齐梁诗的影响——诗的韵律的定式之发现——“竟陵八友”——谢朓、沈约、范云等——任昉、刘绘、孔稚珪等——萧衍、萧纲诸皇帝诗人——梁文学的极盛——江淹、丘迟、张率、王筠等——何逊与吴均——萧子显与刘孝绰——陈叔宝及其时代——徐陵、阴铿、江总等

一

齐、梁诗体为世人所诟病者已久。但齐、梁体的诗果是如论者所攻击的徒工涂饰，一无情思么？唐宋文人惯于自夸地说什么“文起八代之衰”，或什么“自从建安来，绮丽不足珍”。但唐、宋的许多大诗人，其作品或多或少地受有齐、梁诗人们的影响是无可讳言的。李白诗的飘逸的作风，决不是六朝诗体所可范围者。然他却佩服谢朓。登华山落雁峰云：“恨不携谢朓惊人诗来！”杜甫也尝不客气地说他道：“李侯有佳句，往往似阴铿。”杜甫他自己是那样的目无往古，却也尝

赞叹地说道："清新庾开府。"而他们所称的谢朓、阴铿、庾信却都是彻头彻尾的齐、梁派的诗人们！这可见齐、梁时代的制作是并未被后来的大诗人们所鄙视、唾弃之的。凡是大诗人们便都知道欣赏齐、梁诗里的真正的珠玉。齐、梁作风，固尝偏于一隅，然执以较之"花间集"的一个时代，和"北宋词"的一个时代，他们又何尝都不是以一种的作风成为一个时代的风气呢。齐、梁诗里应酬颂扬之作过多，这是一病。更尽有许多真实的伟大的作品在着。上文所说的许多的新乐府辞，当然是他们最光荣的产品。而此外，也未尝无物。我们如果没有什么偏见，实在该驻足于此，对齐、梁诸大诗人的作品一沉吟，一咏赏的。

齐、梁诗人们有一个极大的贡献，那便是对于诗的音韵的规律的定式之发现。在沈约以前，作诗的人都是仅凭天籁，习焉不察的。约所谓"自灵均以来，此秘未睹。或暗与理合，匪由思至"并不是夸大的话。到了齐永明的时候（483年—493年）沈约受了印度拼音文字输入的影响，方才有四声的发现，八病的披露。这使得诗律确立了下来，也使得音调更为谐和，对偶更为工整。这时候虽没有"律诗"之名，而"律诗"的基础，已在这时候打定的了。

二

从萧道成移了宋祚之后，文章益盛。老诗人们逝去不少，而新诗人们的崛起，则更有如春草自绿，池萍自茂般的繁多。永明之际，诗坛之盛，足以追踪建安、正始。当时文士们皆集合于竟陵王萧子良的左右。子良为武帝第二子，知艺好客。他自己也是一个诗人。萧衍、王融、谢朓、任昉、沈约、陆倕、范云、萧琛等八人，尤为子良所敬畏，号曰竟陵八友。在这八人里，谢朓最长于诗，任昉、陆倕则工散文，沈约则诗文并美。《南齐书·陆厥传》道："永明末，盛为文章。吴兴沈约，陈郡谢朓，琅琊王融，以气类相推毂。汝南周颙善识声韵。约等文皆用宫商，以平上去入为四声，以此制韵，不可增减。世呼为永明体。”又有张融、刘绘、孔稚珪等，在齐代也甚有文名。然其领袖，则允当推谢朓、王融、沈约、范云等人。

所谓“永明体”，实开创了齐、梁诗的风格。在永明以前，六朝诗的作风并不曾统一过。有颜、谢的致密，也有渊明的疏荡自然。有郭璞的俊逸，也有鲍照的奇健清新。所谓六朝的作风，实在只是在永明的时候方才有了一个共同的趋势的。对仗更工整了，题材更狭小了，情绪更纤柔了，音律更精细了。不是在文辞上做工夫，便是在歌咏着靡靡醉人的清音新调。这时产生出不少的“诗律工细”的诗人们。有时其风格也是很高超的。但像景纯的《游仙》，明远的“拟古”，渊明的《饮酒》般的东西，却永远不见于诗坛上了。这时有的只是“夕殿下珠帘，流萤飞复息”，“余霞散成绮，澄江静如练”，“垂杨低复举，新萍合且离”（谢朓）；只是“况复飞萤夜，木叶乱纷纷”，“丝中传意绪，花里寄春情”（王融）；只是“梦中不识路，何以慰相思”，“杨柳乱如丝，绮罗不自持”，“调与金石谐，思逐风云上”（沈约）。他们的情调是清新的，他们的意境是隽美的，他们的音律是和谐的。所可讥者，乃在格局、才情偏于纤巧的一边。他们带领了一大批的没有天才的文人们，走入一条很窄的死路上去了。然而在这一百一十年（从齐到陈）间，在这种所谓齐、梁风尚里，大诗人们却仍是不断地产生出来，成为一个诗人的大时代。而谢朓在其间，尤有影响。

谢朓字玄晖，陈郡阳夏人。初为豫章王太尉行参军。宣城王鸾辅政，以他为骠骑咨议，掌中书诏诰。出补宣城太守。后迁至吏部郎兼卫尉。永元初，下狱死（464 年—499 年）。有集。朓诗精丽工巧，奇章秀句，往往错出，而风格也警遒劲挺，不流于弱。沈约称之道：“吏部信才杰，文锋振奇响。调与金石谐，思逐风云上。”又尝云：“二百年来无此诗也。”而后人之“一生低首谢宣城”者，固也不止李白一人。他的五言颇多游山宴集之作。康乐以善写山水著称，然时多生涩之语，远不若朓诗的自然多趣。像“触赏聊自观，即趣咸已展”（《游山》），“鱼戏新荷动，鸟散余花落。不对芳春酒，还望青山郭”（《游东田》），“窗中列远岫，庭际俯乔林”（《答吕法曹》）那样的句子，都是颜、谢所不能措手的。

王融字元长，琅琊人。少警慧，博涉多通。仕齐为中书郎。竟陵王子良拔为宁朔将军。武帝将死时，他谋立子良为帝，未成。及郁林王即位，捕他下狱，杀之（468年—494年）。有集。融有《净行诗》十首，都是赞颂佛教的，像“三受犹绝雨，八苦若浮云。……朝游净国侣，暮集灵山群”，“但念目前好，安知身后悲”，“净花庄思序，慧沼盥身倪”，其情调和辞采固已都是印度的了。

沈约字休文，吴兴武康人。幼孤贫，笃志好学，昼夜不倦。母恐其以劳生疾，常遣减油灭火。齐时官至吏部尚书。入梁，为尚书仆射，封建昌县侯。卒谥曰隐（441年一513年）。约好聚书，至二万卷。所著撰甚多。文集至有二百卷。钟嵘评其诗，谓“词密于范（云），意浅于江（淹）”。未为知言。在齐、梁诗人里，约实是最“长于清怨”的。他的恋歌都是娇媚若不胜情的。像《夜夜曲》：“星汉空如此，宁知心有忆。孤灯暖不明，寒机晓犹织”；像《六忆诗》：“忆来时，灼灼上阶墀，勤勤叙别离，慊慊道相思。相看常不足，相见乃忘饥”，“忆眠时，人眠强未眠。解罗不待劝，就枕更须牵。复恐旁人见，娇羞在烛前”。他的《八咏诗》最为生平杰作，凡八首，每一首都是用了大力来写作的。即事即景，用以摅怀，乃是抒情诗里很宏丽的制作。

范云诗亦殊清隽。《诗品》称云作“清便宛转，如流风回雪”。像“江干远树浮，天末孤烟起。江天自如合，烟树还相似”（《之零陵郡次新亭》），“春草醉春烟，深闺人独眠。积恨颜将老，相思心欲然。几回明月夜，飞梦到郎边”（《闺思》）等，诚足以当此好评。云字彦龙，南乡舞阴人。齐时为广州刺史，免官。梁时为散骑常侍，吏部尚书，卒谥曰文。有集。

任昉不以诗名，然所作凝重质实，在齐、梁体中，实为别调。像“近岸无暇目，远峰更兴想”（《济浙江》），“勿以耕蚕贵，空笑易农士”（《答何征君》）等，一望便知非沈、范的同流。

刘绘字士章，彭城人。在集于萧子良左右的诸文士里，他是比较晚辈。官至大司马从事中郎，卒。所作像“别离安可再，而我更重之。佳人不相见，明月空在帷。共衔满堂酌，独敛向隅眉。中心乱如雪，宁知有所思？”（《有所思》）写得是那样的清俊。可惜他所作存者已少。

孔稚珪，字德璋，会稽山阴人。齐时为太子詹事，散骑常侍，卒。张融，字思光，吴郡人，齐时为司徒，兼右长史，是稚珪的外兄。二人情趣相得，并好文咏。然所作零落已甚，并不足观。

三

梁武帝（萧衍）的时代，又是一个花团锦簇的诗人的大时代，也许较永明时代更为热闹。萧衍他自己是竟陵八友之一，天生的一位文人的东道主，他自己又是那么的工于为诗。故集合他左右的诗人们，是较之前一个时代更为众多，也更为活动。继于衍之后者，若纲，若绎，也都是有天才的作家，当然很知道怎样的看重诗人们。萧氏的这些"诗人皇帝"们，实在都是很可爱的。其文采风流，照耀一时，不徒其地位足为当时诗人们的领袖，即其天才，也都足成为他们的主人翁。不幸他们恰生当一个丧乱的时代，父子兄弟无一人得以善终。"诗人皇帝"们的结果，竟乃如此的可哀！

萧衍字叔达，小字练儿。于公元 502 年即皇帝位。太清三年（公元 549 年）侯景攻陷台城。衍被幽死（464 年—549 年）。衍在齐时已有文名，以与齐为同姓，大见亲任。后乃代齐而有天下。居帝位四十八年，于文学宴集之外，便讲经论道。南朝的佛教，在他的时代最为炽盛。所编著之文籍极多。今有文集存。他的诗，以新乐府辞为最娇艳可爱（已引见上文）。其他像《述三教》："少时学周、孔，弱冠穷六经。……中复观道书，有名与无名。……晚年开释卷，犹日映众星"，是叙述他自己的宗教阅历的，像《十喻》："蜃蛤生异气，闼婆郁中天。青城接丹霄，金楼带紫烟。皆从望见起，非是物理然"，则是将佛教哲学捉入诗中的。

衍子统（昭明太子），以所编《文选》，得大名于世。他字德施，生而聪睿。为太子时，宽和容众，接引才俊。先衍卒，年三十一（501—531）。有集。他的诗以咏宴游听讲者为多；像"法苑称嘉柰，慈园羡修竹。灵觉相招影，神仙共栖宿。慧义比琼瑶，薰染犹兰菊"

（《讲席将毕赋》）便也是以佛理为题材的。

萧纲（简文帝）为衍第三子，字世缵，也早慧。天生的一个早熟的诗人，辞藻艳发，宛曲娇丽，故或讥其伤于轻靡。时号其诗为“宫体”。昭明死，立为皇太子。即位期年，为侯景所杀（503年—551年）。他的作风是最适宜于写新乐府辞的，故所作不少。即宴游酬和之作，清什也很多。像“渍花枝觉重，湿鸟羽飞迟，倘令斜日照，并欲似游丝”（《赋得入阶雨》），“窗阴随影度，水色带风移”（《饯别》），“草化飞为火，蚊声合似雷”（《晚景纳凉》），都可看出他如何聪明地在铸景遣词。其第七弟绎（元帝，508年—555年）字世诚，初封湘东王。后为荆州刺史。遣王僧辩讨侯景，杀之，遂即帝位于江陵。西魏伐梁，绎兵败出降，被杀。他著述甚富，《金楼子》尤为学者所称。其诗的风格，不离“宫体”，故所作往往和萧纲的相混杂。像“澄江涵皓月，水影若浮天。风来如可泛，流急不成圆”（《望江中月影》），“风细雨声迟，夜短更筹急”（《夜宿柏斋》），都是状物极为工切的。而咏物的短诗，尤为雕镂得玲珑可爱。像“风轻不动叶，雨细未沾衣。入楼如雾上，拂马似尘飞”（《细雨》），“著人疑不热，集草讶无烟。到来灯下暗，翻往雨中然”（《咏萤火》）。其《幽逼诗》四首，作于被幽的时候者，尤具着无涯的悲愤，与平日的纤巧的作风不类。

集于梁代诸帝左右的文士们是计之不尽的。老诗人沈约、范云们为萧衍的老友，最见亲信。其他像江淹、丘迟、王僧孺、柳恽、吴均、庾肩吾、何逊、张率、王筠以及萧子显、刘孝绰兄弟等也并见爱护。王褒、庾信二人在这时代亦为大家，梁亡时方入仕北朝。他们在北去以前的作品，其风格也无殊沈、范诸人，经丧乱后，始变而为遒劲（王、庾见第二十二章）。

江淹（444年—505年）字文通，济阳考城人，宋时为建平王镇军参军。入齐，为御史中丞，又出为宣城太守。梁时为散骑常侍，迁金紫光禄大夫，卒谥曰宪。有集（《江文通集》，有明胡人骥注本，梁宾校刊本，张溥辑本）。淹诗初极精工，晚节才思减退，世以为“江郎才尽”。像“凉草散萤色，衰树敛蝉声”（《卧疾怨别刘长史》），“白露滋金瑟，清风荡玉琴”（《清思诗》）之类，对仗精切，而颇少生趣。

像《效阮公诗》（十五首）及《悼室人》（十首）之类，才是他的杰作。“昔余登大梁，西南望洪河。时寒原野旷，风急霜露多……落叶纵横起，飞鸟时相过”（《效阮公诗》），其情思的健旷，确似左思《咏史》和阮籍《咏怀》。丘迟字希范，乌程人。梁时为司空从事中郎。王僧孺，东海郯人，仕梁为兰陵太守。其所作是很得新乐府辞神髓的。张率字士简，吴郡人。梁时为秘书丞。出为新安太守，卒。柳恽字文畅，河东解人，梁时为广州刺史，征为秘书监。后又出为吴兴太守。庾肩吾字子慎，新野人；是庾信之父。梁时为太子中庶子。后出为江州刺史，领义阳太守，卒。王筠字元礼，一字德柔，琅琊人。梁时为太子洗马，中书舍人，雅为昭明太子所礼重。他们这几个人，作风的靡荡，大体相类。惟庾肩吾乱后所作，像“泣血悲东走，横戈念北奔。方凭七庙略，誓雪五陵冤”（《乱后行经吴邮亭》）云云，较见别调。

但在这个大时代里，真实的有天才的诗人们却要算是吴均和何逊二人。沈约最爱赏何逊的诗，尝谓之道：“读卿诗一日三复，犹不能已。”逊字仲言，东海郯人。八岁能赋诗。尝和范云结忘年交，云也深嗟赏之。尝道：“顷观文人，质则过儒，丽则伤俗，其能含清浊，中今古，见之何生矣！”元帝也道：“诗多而能者沈约，少而能者谢朓、何逊。”他是那样的为时人所推重！他在梁时，尝为建安王水曹参军。后为庐陵王记室，卒。有集我们看他的所作：“夕鸟已西度，残霞亦半消。风声动密竹，水影漾长桥。旅人多忧思，寒江复寂寥”（《夕望江桥》）；“星稀初可见，月出未成光。澄江照远火，夕霞隐连樯”（《敬酬王明府》）；“客心已百念，孤游重千里。江暗雨欲来，浪白风初起”（《相送》）；哪一句不是清新之气逼人的。诚无愧为第一流的大诗人。

吴均（469 年—512 年）的影响，在当时也极大。或效其作风，号曰吴均体。他字叔庠，吴兴故鄣人。家至贫贱。沈约见其文而好之。柳恽为吴兴刺史，召补主簿。后为建安王伟记室。有集。他的诗体也是很清拔的。像“松生数寸时，遂为草所没；未见笼云心，谁知负霜骨”（《赠王桂阳》）；“怅然不自怡，端忧坐漠漠。风急雁毛断，冰坚马蹄落”(《奉使庐陵》);“山际见来烟，竹中窥落日。鸟向檐上飞，云从窗里出”(《山中杂诗》)等，都不是涂朱抹粉的靡靡之作。

萧子显和兄子范（字景则），弟子云（字景乔），子晖（字景光）皆善诗。他们是萧道成的后裔，却皆仕梁。在其间，子显尤为白眉。子显字景畅。梁时为吏部尚书，又出为吴兴太守。所著述甚多，诗尤纤靡可喜，像《春别》:“衔悲揽涕别心知，桃花李花任风吹。本知人心不似树，何意人别似花离。”同时，刘氏兄弟们也多才情。孝绰、孝仪、孝胜、孝威、孝先等并皆驰骋骚坛，竞为雄长。孝绰得名尤甚。他本名冉，彭城人。天监初，为著作佐郎。后坐事左迁临贺王长史，卒。他负才陵忽，前后五免。然辞藻为后进所宗其诗似最长于写水上的景色：像“反景照移塘，纤罗殊未动。骇水忽如汤，乍出连山合”(《上虞乡亭观涛津渚》);“日入江风静，安波似未流。岸回知舳转，解缆觉船浮。暮烟生远渚，夕鸟赴前洲”(《夕逗繁昌浦》);“月光随浪动，山影逐波流”(《月半夜泊鹊尾》)云云，都是绝妙的景色，第一次被捉入诗里的。孝威，天监末为太子中庶子，通事舍人。所作像“联村倏忽尽，循汀俄顷回。疑是傍洲退，似觉前山来”(《帆渡吉阳洲》)，状船行至为入神。孝先，元帝时为侍中。所作像“叶动花中露，湍鸣暗里泉，竹风声若雨，山虫听似蝉”(《草堂寺寻无名法师》)，也写得极工。孝绰又有三妹，并富才学，其称刘三娘（名令娴）者，嫁徐悱，文尤清拔。同时又有到溉、到洽兄弟，彭城武原人，也并善于诗，知名当世。

尚有陶弘景者，字通明，丹阳秣陵人。齐时，隐于句曲山，自号华阳隐居。萧衍屡加礼聘，不出。卒谥曰贞白先生。他的诗(《陶隐居集》，有张溥辑本)，晓畅而峻切，虽不多，却都为珠玉。像《诏问山中何所有赋诗以答》:“山中何所有？岭上多白云。只可自怡悦，不堪持寄君。”这种风趣，渊明后便久已不见的了。

四

陈霸先代萧氏，收拾天下于残破之余，文人之四逸以避难者，一时复集。陈氏并向北国求还被羁之士，以是人才遂盛。到了后主时代，便又来了一个很伟大的诗人的时代。后主陈叔宝（553 年—604 年），他自己也是一位有天才的诗人。他所作半为艳娇的乐府新辞（见前）。其他诗，像“苔色随水溜，树影带风沉”（《泛舟玄圃》），“枝多含树影，烟上带珮生”（《咏遥山灯》），都是出之以苦吟的。他字元秀，以公元 573 年，即皇帝位。隋师伐陈，他出降（公元 589 年）。仁寿四年，终于洛阳。有集。他最喜歌诗，尝以宫人有文学者袁大舍等为女学士，每使她们和狎客共赋新诗，互相赠答，采其尤艳丽者，以为曲词，被以新声。这时的老诗人们，有徐陵、阴铿等；又沈炯、张正见、江总等也皆以诗鸣。而总尤见宠礼。

徐陵字孝穆，东海郯人，摛之子（摛在梁，亦以能诗名）。在梁，为散骑常侍，入陈，历侍中、光禄大夫、太子少傅、建昌县开国侯（507 年—583 年）。所编《玉台新咏》和《文选》并为仅存之六朝的“文学选本”。有集（《徐孝穆集》有张溥辑本；吴注有原刊本，有阮氏困学书屋重刻本）。其诗像“风光今旦动，雪色故年残”（《春情》），“嫩竹犹含粉，初荷未聚尘”（《侍宴》）等，也见刻意经营之迹。

阴铿的才情是很大的。杜甫、李白皆推尊之。杜诗道：“颇学阴、何苦用心。”像他的“山云遥似带，庭叶近成舟”（《闲居对雨》）；“从风还共落，照日不俱销”（《雪里梅花》）；“夜江雾里阔，新月迥中明”（《五洲夜发》）；确都是“苦用心”之作。他字子坚，武威人，早慧。陈时为晋陵太守，散骑常侍，卒。有集（《阴常侍集》，有《二酉堂丛书》本）。

沈炯不甚以诗名，然其乱后所作，却是那样的凄楚沉痛：“犹疑屯虏骑，尚畏值胡兵。空村余拱木，废邑有颓城。旧识既已尽，新知皆异名”（《长安还至方山怆然自伤》）。这种情调，和庾信、王褒所作，却只有更悲切。他字礼明，一作初明，吴兴武康人，约之后。妻子皆为侯景所杀。西魏克荆州时，炯又被虏。后得放归。陈武帝以为御史中丞。难怪他是那样的悲歌痛哭着。

张正见诗，“律法已严于四杰”（王世贞语）。像“高峰落回照，逝水没惊波”（《伤韦侍读》），“风前飞未断，日处影疑重”（《赋得题新云》）等可证。他字见颐，清河东武城人，仕陈为通直散骑侍郎。其五言诗尤善。大行于世。

江总（519年—594年）字总持，济阳考城人。梁时已有重名。入陈，官尚书令。陈亡，随后主入隋，拜上开府，卒。他不持政务，但日与后主游宴后庭，共陈暄、孔范等十余人，号为狎客。故颇为后人所讥。但他的诗虽也被讥为浮艳，却实颇有风骨。像“见桐犹识井，看柳尚知门”（《南还寻草市宅》）；“轻飞入定影，落照有疏阴”（《经始兴广果寺》）；“心逐南云逝，形随北雁来。故乡篱下菊，今日几花开”（《于长安归还扬州》）；“屏风有意障明月，灯火无情照独眠”（《闺怨篇》）等，都不纯是一味柔靡之作。

参考书目

一、《汉魏六朝百三名家集》 明张溥辑，有明刊本，有长沙翻刻本。

二、《古诗纪》 明冯惟讷编，有明刊本。

三、《全汉三国晋南北朝诗》 近人丁福保编，有医学书局铅印本。

四、《文选》 有《四部丛刊》本，有胡克家刻本。

五、《玉台新咏》 有明赵氏仿宋刻本，有近代徐氏刻本。

六、《古诗源》 清沈德潜编，这是比较通俗的选本；有原刊本，商务印书馆印本。

第十八章

批评文学的发端

孔子的文学观——汉代诸作家的文学观——曹丕《典论·论文》——文学批评的产生——陆机的《文赋》——挚虞的《文章流别志论》——齐梁的伟大的时代——反切法的输入——四声八病说——其反动——钟嵘《诗品》——刘勰《文心雕龙》——为艺术的艺术论之绝叫——其反对者

一

在建安以前，我们可以说，没有文学批评。孔子对于文学，一方面只是抱着欣赏的态度，像“师挚之始，《关雎》之乱，洋洋乎盈耳哉！”(《论语·泰伯》)一方面却抱的是功利主义的文学观，故屡屡地说道：“不学《诗》，无以言”(《论语·季氏》)，“《诗》，可以兴，可以观，可以群，可以怨；迩之事父，远之事君，多识于鸟兽草木之名”(《论语·阳货》)。这可以说是，最彻底的诗的应用论了。却也还够不上说是“人生的艺术观”。他又有“思无邪”之说，但其意义却是不甚明了的。总之，孔子的诗论，只是侧重在应用的一方面的。这也难怪，我们看，那个时代的外交上的辞令，几乎都是称“诗”以为证的，便可知“诗”的应用，在实际上已是很广大的了。

汉代是诗思消歇的时代，文学批评也不发达。专门的辞赋家，像司马相如，只是说，赋是天才的产品，其奥妙是不可知的。扬雄则倡读千赋则能为赋之说。那都不过是随意的漫谈。《汉书·艺文志·诗赋略》的序是比较的很有系统的批评，其见解却也不脱教训主义的色彩。后汉时代最有怀疑精神的王充，在《论衡》里曾有很重要的发现，那便是“艺增”一类的倡论；但与其说是属于批评的，还不如说是属于修辞的。

真实的批评的自觉期，当开始于建安时代。当时曹丕、曹植兄弟，恣其直觉的意见，大胆无忌地评骘着当代的诸家。像曹丕《典论》里的《论文》，及《与吴质书》里，都把文章的价值抬得很高。他也许是最早的一个人，感得“文章”具有独立生命与不朽的。他道：“年寿有时而尽，荣乐止乎其身，二者必至之常期，未若文章之无穷。”(《典论》) 他一方面又批评孔融、王粲、徐干等七人的得失；这有些近于作家的批评了。同时还要探讨文体的分类与特质。“夫文，本同而末异；盖奏议宜雅，书论宜理，铭诔尚实，诗赋欲丽。此四科不同，故能之者偏也。”(《典论》) 这里把“文”分为奏议、书论、铭诔、诗赋四类。大约是最早的一种文体论的尝试了。他又说：“文以气为主。”这乃开创了后人论文的一条大路。曹植在《与杨德祖书》里也评论着王粲、陈琳、徐干诸人。唯他却薄辞赋为小道，而欲以“建永世之业，流金石之功”为急。假如不是有激而云然，则其批评见解是远不若他哥哥的高超了。

陆机在晋初写了一篇《文赋》，那是以赋体来论文的一篇伟大的东西。对于著作的甘苦，他是颇能阐发之的。在文体论一方面，他虽分为诗、赋、碑、诔、铭、箴、颂、论、奏、说等类，比曹丕多出若干，其大体却仍是就曹氏之论而放大了的。关于文章作法的一边，那是他自己的特色。但也偏重于修辞、谋篇的部分。他主张，言辞与理意是应该并重的，而其本却还为理意。“谢朝华于已披，启夕秀于未振”，他是那样地具有开拓一个宗派的雄心。

与陆机同时的有挚虞，他编集了号为第一部总集（该说除《诗经》、《楚辞》外）的《文章流别集》（本传说，三十卷，《隋志》云，四十一卷），专选诗赋。又有《文章流别志论》，有遗文见存。其主张也是说：以情义为本，以辞藻为佐，和陆机差不了多少。东晋时，有李充作《翰林论》，宋时，有王微作《鸿宝》，颜延之作《论文》，他们的遗文都已不见只字，故这里不能说及（颜氏《庭诰》中有论文语，当非即所谓《论文》也）。

范晔的《狱中与诸甥侄书》，也是一篇论文章得失的大作，其主张仍是：“尝谓情志所托，故当以意为主，以文传意。以意为主，则其旨必见，以文传意，则其词不流。”

二

齐、梁在文学批评史上是一个大时代。出现了好几部伟大的批评著作，产生了许多不同的批评见解。我们的批评史，从没有那样的热闹过。第一是沈约、陆厥们的关于音韵的辩论。这是一场极大的文学论战。一方主张着韵律定格的必要，一方则主张着自然的韵律论。易言之，也便是受了印度文学洗礼过的文人和本土的守旧的文人间的争斗。原来，随了译经而同来的，便是梵文的拼音字母的输入。这把中国古来的“声音”、“读若某”的不大确切的“谐”音法，根本打倒了。代之而起的，是拟仿着拼音文字而得的反切法（始于魏之、孙炎）。后沈约更取之，而倡为四声八病之论。同时谢朓、王融、周颙等皆相与应和。陆厥虽极力地反对，其声音却若落在旷野中去了。第二是钟嵘《诗品》的创作。也许是受有《汉书·古今人表》的若干影响吧，故他把五言诗人们分别为上中下三品而讨论之。虽有人对于他的三品之分，表示不满意。但像他那样地统括着五言诗诸大家于一书而恣意批评之的气魄，却是空前的。他在序里阐发着，诗以性情为主，及“但令清浊通流，口吻调利，斯为足矣”的主张，是很足注意的。为了反对过度的格律的定式，故他对于“平上去入”、“蜂腰鹤膝”之说也表示不满。第三是刘勰《文心雕龙》的出现。勰字彦和，东莞莒人，梁时，为步兵校尉兼舍人。后来出家，改名慧地。他的《文心雕龙》也是空前的伟作，共有五十篇（其中《隐秀》一篇是伪作），可分为三个部分。《原道》、《征圣》、《宗经》、《正纬》及《序志》是文学通论。《辩骚》、《明诗》、《乐府》，以至《诸子》、《奏启》、《书记》等二十一篇是文体论。《神思》、《体性》、《风骨》，以至《知音》、《程器》等二十四篇是修辞的原理和方法论。其主干的见解是“因文而明道”，和陆机所论相同；而其大体，也不出《文赋》的范围以外。然而，从《文赋》到《文心》，是如何的一种进步呢！第四是“为艺术的艺术观”的绝叫。文艺久成了功利主义的俘虏，但这时，则被解脱了。萧统的《文选》，首先排斥经书、史籍及诸子于文学的领土之外。徐陵的《玉台新咏》更严“纯文学”的门阀。萧子显的自序道：“风动春朝，月明秋夜，早雁初莺，开花落叶，有来斯应，每不能已也。”萧绎也道：“文者，惟须绮縠纷披，宫徵靡曼，唇吻遒会，情灵摇荡。”（《金楼子》）这是古所未有的大胆的主张。虽裴子野尝作《雕虫论》以纠之，北朝也屡有反抗的运动；然运会所趋，终莫能挽。能给纯文学以最高的估值与赏识者，在我们文学史上，恐怕也只有这一个时代了。

参考书目

一、《全上古三代秦汉三国六朝文》 清严可均辑，有黄冈王氏刊本，有医学书局石印本。

二、《文心雕龙》、《诗品》、《文选》、《玉台新咏》诸书，传本皆甚易得。

三、《中国古代文艺论史》 日本铃木虎雄著，孙俍工译，北新书局出版。

第十九章

故事集与笑谈集

汉以前小说的亡佚——《神异经》与《十洲记》——邯郸淳的《笑林》——《小说》与《启颜录》——《列异传》与《博物志》——《搜神记》《异苑》《续齐谐记》等——宗教的故事集——《语林》与《世说》等——《汉武帝故事》《飞燕外传》等

一

在唐以前，我们可以说是没有小说。汉以前的所谓“小说”，几乎全部都已亡佚，遗文极少，看不出其性质何若。汉以后的所谓“小说”，却只是宇宙间异物奇事的断片的记载和短篇的浑朴少趣的故事的传录而已。前者是《山海经》一流的《神异经》、《十洲记》。他们根本上不能列入小说之林。像《神异经》所记：“昆仑之山，有铜柱焉，其高入天，所谓天柱也。……上有大鸟，名曰希有，南向，张左翼覆东王公，右翼覆西王母；……西王母岁登翼上，会东王公也。”(《中荒经》)那一类怪诞无稽的片段的神话，便是这种书的好例。《神异经》和《十洲记》相传俱说是东方朔所撰，但不可信。后者较有小说的格局，但却都是朴朴质质的片段的叙述和记载，一点描状的风趣都没有；所以只是“故事”，不是“小说”。这种“故事”往往成为一集。他们又有两种的区别：一种是“滑稽谈”或所谓“笑谈集”的，专是拾掇人间的小小的错误，以为谈笑之资，这一种故事是最近于小说的；一种是记载宇宙间的奇事异闻的，其中尽多各地方的民间传说，也有很隽美的故事，却都不过是未成形的小说。

关于“滑稽谈”或“笑谈集”，最早者为《笑林》。《隋书·经籍志》题为后汉给事中邯郸淳撰。淳一名竺，字子礼，颍川人。少有隽才。元嘉元年（公元151年），上虞长度尚为曹娥立碑，淳便于席间作碑文，操笔而成，无所点定，遂以知名。黄初初，为魏博士给事中。《笑林》今有马国翰辑本。这部书所载的“笑谈”有到现在还流传于民间的。像：“某甲，夜暴疾，命门人钻火。其夜阴暝，不得火。催之急。门人忿然曰：‘君责人亦大无理。今暗如漆，何以不把火照我？我当得觅钻火具，然后易得耳。，孔文举闻之曰：‘责人当以其方也。’”“楚人居贫，读《淮南方》：‘得螳螂伺蝉自鄣叶，可以隐形。’遂于树下仰取叶。螳螂执叶伺蝉，以摘之。叶落树下。树下先有落叶，不能复分别。扫取数斗归。一一以叶自鄣，问其妻曰：‘汝见我不？’妻始时恒答言见；经日，乃厌倦不堪，绐云不见。嘿然大喜。赍叶入市，对面取人物。吏遂缚诣县。县官受辞，自说本末。官大笑，放而不治。”都是很隽永的。梁时又有殷芸（471年—529年）撰《小说》，皆抄集群书而成，中也多可笑的故事。隋侯白作《启颜录》，也是这一流的东西。

二

记载奇闻逸事的故事集，其写作也始于魏。有《列异传》者，《隋志》以为曹丕撰（《唐志》则云张华撰），今已佚，惟于《太平广记》等书中犹可见残文若干：“武昌新县北山上有望夫石，状若人立者。相传云，昔有贞妇，其夫从役，远赴国难。妇携幼子，饯送此山，立望而形化为石。”像这样的很哀艳的传说，而只是以数行的枯燥无趣的记述了之，颇可见出一般“故事集”作者描写力的不够。又有《博物志》，也传为张华作。王嘉《拾遗记》说，华尝“捃采天下遗逸，自书契之始，考验神怪，及世间闾里所说，造《博物志》四百卷，奏于武帝”。帝令芟截浮疑，分为十卷。这书今存，系分类记载异境、奇物以及古代琐闻杂事的。几乎什么都被包罗在内，有点像《太平广记》的前驱。东晋有干宝者，作《搜神记》二十卷，体例始略纯，不甚杂琐谈，而多载故事。其中很有不少重要的民间传说，且有至今尚流传于内地的。像所载豫章新喻学男子娶鸟女为妻事，便是世界上流行最广的“鹅女郎”的故事的一个。印度的影响，已开始出现于这部书里，像所载天竺巫人“有数术，能断舌复续，吐火”事便是。宝字令升，新蔡人。东晋时为著作郎。后为始安太守，迁散骑常侍。又有《搜神后记》者，凡十卷，系续干宝之书的，题陶潜撰。但不甚可信。或以其中曾收入潜的《桃花源记》（见卷一）而致误欤？但这书所载的神话和传说，重要者甚多，像谢端娶“螺妇”之类的故事，可信其当为直接从民间口传的故事里来的。又关于佛教和僧侣们的故事也不少。这也是很可珍异的资料。晋时又有荀氏作《灵鬼志》，陆氏作《异林》，戴祚作《甄异传》，祖冲之作《述异记》，祖台之作《志怪》，王浮作《神异记》等，原书并佚，仅有遗文见于《太平广记》诸类书里。晋、宋间，有刘敬叔，彭城人，尝为宋给事黄门郎，曾著《异苑》，却幸得存于今。其记述的伎俩，也不殊于干宝。宋时有临川王刘义庆作《幽明录》，散骑常侍东阳无疑作《齐谐记》，也俱佚不存。梁吴均尝续无疑之书（名《续齐谐记》）。其中尝记“鹅笼书生”的故事，殊为奇诡可喜。然其来历却是印度的。最早的输入印度故事者，尚指出那是外来的。但到了均此时，却已把外来的故事，改穿上中国的衣服，当作我们自己的东西了。又传为王嘉作的《拾遗记》，传为任昉作的《述异记》，其中也很有些重要的古代的神话与传说。

同时，佛教盛行的结果，因果报应之说便因之而深入民间，代替了本土的定命论的人生观。地狱受罪，天堂享乐之故事，也纷纷而起。我们相信，这些故事中定有许多是从印度故事改头换面而来的。这种宗教的故事集，有宋刘义庆《宣验记》，齐王琰《冥祥记》，隋颜之推《集灵记》、《冤魂志》，侯白《旌异记》。所记不外是，念佛、拜经或造像者的受福，而谤佛不信者却有人曾在地狱里见其受罪。在六朝的神怪故事集里，他们却弹出别一种的调子来。

又有别一类专门记载人间的琐事隽谈的集子，开始出现于晋代。这是王、何辈玄谈的结果。以一言一动，臧否人物，标榜风韵；亦时有隽语，却往往不成其为有系统的“故事”。裴启的《语林》，郭澄之的《郭子》，刘义庆的《世说》，沈约的《俗说》，皆其著者；今惟《世说》盛行于世。

相传为汉时的小说，像《汉武帝故事》（称班固撰），《汉武帝内传》（亦称班固撰），《汉武洞冥记》（称郭宪撰），《飞燕外传》（称伶玄撰）等，殆无一为真汉人之作。然其状事写情，却已颇有小说的趣味。除《杂事秘辛》等显为明人所伪作外，余殆皆出于六朝人的所作，其成就反要较故事集等为崇高。

参考书目

一、《太平广记》 宋李昉等编，有明谈氏刊本，明活字本，明许自昌刊本，清黄氏袖珍本，《笔记小说大观》本，扫叶山房石印本。

二、《玉函山房辑佚书》 清马国翰编，有原刊本，有长沙翻刊本。

三、《百子全书》 湖北书局刊行。

四、《说郛》 元陶宗仪编，有汲古阁刊本，有商务印书馆铅印本。

五、《中国小说史略》 鲁迅著，北新书局出版。

六、《古小说钩沉》 鲁迅著，有铅印本。

第二十章

六朝的辞赋

辞赋的再生——曹植、祢衡与王粲——向秀、陆机、潘岳——陶渊明的《闲情赋》——鲍照、谢庄等——江淹的《恨赋》《别赋》——萧衍的《净业赋》——沈炯、江总等

一

复兴了辞赋的“诗趣”的，乃是六朝的诸作家。这个复兴运动，也当开始于建安时代。随了诗思的复活，“辞赋”也便重见生机。祢衡的《鹦鹉赋》，引物以譬人，写得那样的可怜。曹植的《洛神赋》，是那么的有风趣，已不是徒以奇字丽句堆砌成文的了。王粲的《登楼赋》，其情调远规灵均，近同平子（张衡有《归田赋》），虽未尽宛曲之趣，实是披肝露胆之作。其后向秀作《思旧赋》以吊嵇康、吕安：“于时日薄虞渊，寒冰凄然，邻人有吹笛者，发声嘹亮。追思曩昔游宴之好，感音而叹。”陆机作《叹逝赋》以哀故友：“人何世而弗新，世何人之能故。野每春其必华，草无朝而遗露。”罔不是真情流露，

诗意充溢的。其《文赋》也具陈文心，备言甘苦，不是敷衍之作。而潘岳尤长于哀诔怀人之什。追逝思故，若不胜情。像他的《西征》、《秋兴》、《闲居》、《怀旧》、《寡妇》诸赋，殆没有一篇不是清隽之气逼人的。《秋兴》固足以上比宋玉，而《怀旧》之写“坟垒垒而接垄，柏森森以攒植；何逝没之相寻，曾旧草之未异！”《寡妇赋》之写“愿假梦以通灵兮，目炯炯而不寝。夜漫漫以悠悠兮，寒凄凄以凛凛。气愤薄而乘胸兮，涕交横而流枕。”尤皆流连于生死故旧之情，凄迷于存亡窈念之际，决不是那些以涂饰夸诞自喜者之比。左思的《三都赋》，追踪班固、张衡，虽不是抒情之作，却也甚见工力。

东晋南渡以后，辞赋作家暂见消歇。郭璞的《江赋》和木华的《海赋》，并为写前人所未涉及的景色的，但究竟不大高明。到了晋末宋初，大诗人陶渊明、鲍照相继而出，立刻把赋也抬高到未之前有的妙地仙境里去。陶渊明的《闲情赋》，虽萧统不大满意，斥之为“白璧微瑕”(《陶集序》)，然实是极清新真切的长篇抒情诗。像“愿在衣而为领，承华首之余芳，悲罗襟之宵离，怨秋夜之未央。愿在裳而为带，束窈窕之纤身，嗟温凉之异气，或脱故而服新。……愿在丝而为履，附素足以周旋，悲行止之有节，空委弃于床前。愿在昼而为影，常依形而西东，悲高树之多荫，慨有时而不同。愿在夜而为烛，照玉容于两楹，悲扶桑之舒光，奄灭景而藏明。……考所愿而必违，徒契契以苦心。拥劳情而罔诉，步容与于南林。”情诗写到这样宛转敦厚的地步，还有谁可及呢？见此，真觉得像“君依光兮妾所愿”诸作，还未免嫌单调。

鲍照的《芜城赋》，我们只读其歌：“边风急兮城上寒，井径灭兮丘陇残。千龄兮万代，共尽兮何言！”便已嗅出其凄凉的气氛来。别人都写辉辉煌煌的《两都》、《三京》(张衡作《东京》、《西京》及《南都赋》)，照独凭吊“芜城”；废井颓垣，榛路荒基的写照，或较离宫禁苑的铺张扬厉的描状，尤能打动人的情感吧。《连昌宫词》(唐元稹作)，《哀江南曲》(见孔尚任《桃花扇》)并此而三，难能有四！

谢惠连的《雪赋》只是一篇咏物的名作，然其《祭古冢文》却是真实的一篇隽妙的抒情诗。谢庄的《月赋》确能将渺茫朦胧的月夜的气氛写出："美人迈兮音尘阙，隔千里兮共明月。临风叹兮将焉歇，川路长兮不可越。……月既没兮露欲晞，岁方晏兮无与归。佳期可以还，微露沾人衣。"他竟是充溢着惆怅的情怀的。

梁时，江淹作《恨赋》、《别赋》，那又是充满着怅惘凄楚的空气的。"试望平原，蔓草萦骨，拱木敛魂"；"黯然销魂者唯别而已矣"，他选的是那样一种的伤感的题目！"春草碧色，春水绿波；送君南浦，伤如之何！"这已够令人凄然了；"春草暮兮秋风惊，秋风罢兮春草生；绮罗毕兮池馆尽，琴瑟灭兮丘垄平。自古皆有死，莫不饮恨而吞声！"更是直弹到人生最深邃的中心了。汉人每喜夸诞的漫谈，其失也浅薄。六朝人却反了过来，专爱在伤感的情绪上着力，遂多"哀感顽艳"、"情不自禁"之作。六朝赋与汉赋之别便在于此。

萧衍尝作《净业赋》，以佛人思想渗透到辞赋里去，恐怕要以此篇为唯一之作。其子纲，尝作《悔赋》，显然是模仿文通的《恨》、《别》二赋的。萧绎所作《玄览赋》，浩浩莽莽，几复回到司马、扬、班的时代。然其《荡妇秋思赋》："况乃倡楼荡妇，对此伤情。于时露萎庭蕙，霜封对阶砌。坐视带长，转看腰细。重以秋水文波，秋云似罗。日黯黯而将暮，风骚骚而渡河"，却是具有很幽渺的抒情的成分的。

沈约有《郊居赋》，极写郊外园林之乐，而用"惟以天地之恩不报，书事之官靡述"云云为结，未免迂腐。同时有陆倕，字佐公，吴郡吴人，为国子博士，守太常卿。他的《感知己赋赠任昉》（昉也有一赋答之）却是"真性情"流露之作。刘峻的《广绝交论》，虽名为论，实似一赋，也是出于不自已的愤激之心意的。张缵，字伯绪，为梁驸马都尉。后授雍州刺史，为萧詧所杀，他的《南征赋》乃是安仁《西征》的同流。沈炯的《归魂赋》，写梁末丧乱，身为北朝所羁留；"每日夕而靡依，常一步而三叹。……言语之所不通，嗜欲之所不同。……岂论生平与意气，止望首丘于南风"，痛定思痛，情意至为凄惶。江总也有《修心赋》，其情调与《归魂》颇同；他们都是庾子山的《哀江南赋》的同道。

参考书目

一、《全上古三代秦汉三国六朝文》 清严可均辑，有黄冈王氏刊本，医学书局石印本。

二、《汉魏六朝百三名家集》 明张溥编，有原刊本，有清长沙翻刻本。

三、《历代赋汇》 清陈元龙编，有殿刊本。

第二十一章

六朝的散文

六朝文笔之分——六朝散文的重要——抒情小品的流行——刘琨郭璞等——王羲之、献之父子的杂帖——陶渊明的《五柳先生传》与《自祭文》等——谢灵运、颜延之与鲍照——王融与孔稚珪——梁代诸帝与萧统——沈约、任昉、江淹等——何逊、吴均等——刘峻的《广绝交论》——丘迟的《与陈伯之书》——徐陵、沈炯、陈叔宝、江总等——六朝宗教家的活跃——本土思想对于佛家思想的反攻——慧琳的《白黑论》——顾欢的《夷夏论》——范缜的《神灭论》——《抱朴子》与《金楼子》——六朝的史书作者

一

六朝文章有“文”“笔”之分。文即“美文”，笔则所谓应用文者是。刘勰《文心雕龙·总术篇》谓：“今之常言，有文有笔，以为无韵者笔也，有韵者文也。”梁元帝《金楼子·立言篇》亦谓：“至如不便为诗如阎纂，善为章奏如伯松，若此之流，泛谓之笔。吟咏风谣，

流连哀思者谓之文。”又谓：“至如文者，惟须绮縠纷披，宫徵靡曼，唇吻遒会，情灵摇荡。”是则，所谓“文”者并不是以有韵者为限，只要是以“绮縠纷披”之文，来抒写个人情思者皆是。当然“文”是包括了诗赋在内的。但如制诰章奏之流，便是所谓“笔”了。故除了“应用文”之外，凡“文章”皆可谓之文。《南史·颜延之传》：“宋文帝尝问以诸子才能。延之曰：‘竣得臣笔，测得臣文。《梁书·刘赞传》：“幼孤，兄弟相励勤学。并工属文。孝绰常曰：‘三笔六诗’。三即孝仪，六孝威也。”这里所谓“诗”，便是延之之所谓“文”。直到中唐，还有此别。赵璘《因话录》云：“韩文公与孟东野友善。韩文公文至高，孟长于五言，时号孟诗韩笔。”实则，六朝之“文笔”，相差也至微。即所谓朝廷大制作，也往往是“绮縠纷披，宫徵靡曼”的。我们可以说，除了诗赋不论外，其他六朝散文，不论是美文，或是应用文，差不多，莫不是如隋初李谔所攻击的“连篇累牍，不出月露之形，积案盈箱，唯是风云之状”的云云。在这种状态之下的散文，便是“古文家”所集矢的。后人的所谓“文起八代之衰”，便是断定了六朝文是要归在“衰”之列的。但六朝的散文果是在所谓“衰”的一行列中么？其文坛的情况果是如后人之所轻蔑的吗？这倒该为她一雪不平。

把什么公牍、记载之类的应用文，都骈四俪六地做起来，故意使得大众看不懂，这当然是一个魔道。但如个人的抒情的散文，写得“绮縠纷披，宫徵靡曼。唇吻遒会，情灵摇荡”，难道便也是一个罪状吗？在我们的文学史里，最苦的是，抒情的散文太少。六朝却是最富于此类抒情小品的时代。这，我们可以说，是六朝的最特异的最光荣的一点，足以和她的翻译文学、新乐府辞，并称为鼎立的三大奇迹的。在我们的文学史里，抒情小品文之发达，除了明、清之交的一个时代之外，六朝便是其最重要的发展期了。明、清之交的散文的奇葩，不过如“昙花一现”而已。六朝散文则维持至于近三百年之久，其重要性，尤应为我们所认识。其他论难的文字，描状的史传，也尽有许多高明的述作，不单是所谓“月露之形”，“风云之状”而已。

二

抒情的散文，建安之末，已见萌芽。子桓兄弟的书札，往往忆宴游的愉乐，悼友朋的长逝，悱恻缠绵，若不胜情，已开了六朝文的先路。正始之际，崇尚清谈，士大夫以寥廓之言，坦荡之行相高，更增进了文辞的隽永。五胡之乱，士族避地江南者多，“暮春三月，江南草长，杂花生树，群莺乱飞”，在这样山川秀丽的新环境里，又浚启了他们不少的诗意文情。于是便在应用、酬答的散文之间，也往往“流连哀思”，充满了微茫的情绪。

东晋之初，刘琨、郭璞并为重要之政治家。琨勇于任事，有澄清中原之志。所作章奏，辞意慷慨，风格遒上，像《上愍帝请北伐表》、《劝进元帝表》等，痛陈世势，指数方略。“厄运之极，古今未有。在食土之毛，含茹之类，莫不叩心绝气，行号巷哭。”当此之时，唯有“以社稷为务，不以小行为先；以黔首为忧，不以克让为事。”（《劝进元帝表》）其言都是出之以蓬勃的热情的。然时势已不可为，军士乏食，一筹莫展。“衣服褴缕，木弓一张，荆矢十发；编草盛粮，不盈二日；夏则桑葚，冬则营蔻豆。视此哀叹，使人气索！”（《与丞相笺》）终于在这种情形之下为悍将段匹磾所杀！

同时有卢谌的，字子谅，范阳涿人，尚武帝女荥阳公主。刘琨以为司空主簿。其与琨赠答的简牍，颇为世人所称。又琨被杀后，谌上《理刘司空表》，痛切的申琨之志，理琨之冤，颇能揭发当时姑息之政的内幕。

郭璞著书极多，大都为注释古书者。如《尔雅注》、《方言注》、《三苍注》、《穆天子传注》、《水经注》、《楚辞注》等。璞以阻王敦谋乱被杀。看他的许多表奏，对于天天在崩坏的时局，他是很能注意到，而要加以匡扶的。

为中兴重臣的王导，字茂弘，琅琊临沂人，成帝时，进太傅，拜丞相，咸和五年卒，年六十四。所作书札，类皆指挥、计划当时的政治与时事的。而措辞冲淡，中多至情披露之语，其抒写也颇有情趣。

同时又有殷仲堪、陶侃、温峤、庾亮诸人，皆为主持朝政，或独当一面者。其互相赠答的文札，或指陈政局，或相与激励，在疏理陈辞之间，亦复楚楚有情致。仲堪，陈郡长平人，为都督荆、益、宁三州诸军事、荆州刺史、假节镇江陵。安帝时为桓玄所败，自杀。侃字大行，鄱阳人，拜侍中太尉，加都督交、广、宁七州军事，又加都督江州，领刺史。咸和七年卒，年七十六。峤字太真，太原祁人，拜骠骑将军、开府仪同三司，加散骑常侍。亮则为晋国戚，久居政府。他字元规，颍川鄢陵人。尝镇武昌，号征西将军，开府仪同三司；为当时文士的东道主之一。

世家子弟的王羲之，字逸少，琅琊临沂人，为右军将军、会稽内史（321年—379年）。以善书得盛名。所作简牍杂帖，随意挥写，而自然有致。所论皆家人细故，戚友交往，乃至赠赉杂物，慰劳答问。虽往往寥寥不数行，而澹远摇荡，其情意若干幅纸所不能尽，这是六朝简牍的最高成就。一半也为了他的字为后人所慕，故此种杂帖，遂保留于今独多。姑举二三例：

> 甲夜，羲之顿首：向遂大醉，乃不忆与足下别时。至家乃解。寻忆乖离，其为叹恨，言何能喻。聚散人理之常，亦复何云。唯愿足下保爱为上，以俟后期。故旨遣此信，期取足下过江问。临纸情塞。王羲之顿首。
>
> 期小女四岁，暴疾不救，哀愍痛心，奈何奈何！吾衰老，情之所寄，唯在此等。奄失此女，痛之缠心，不能已已，可复如何？临纸情酸！
>
> 奉橘三百枚。霜未降。未可多得。
>
> 雨寒，卿各佳不？诸患无赖，力书。不一一。羲之问。

他的《三月三日兰亭诗序》为古今宴游诗序中最为人知的一篇。“此地有崇山峻岭，茂林修竹，又有清流激湍，映带左右，引以为流觞曲水，列坐其次。”虽没有什么丝竹管弦之盛，“一觞一咏，亦足以畅叙幽情”。又从宴乐感到人生的无常。虽不是什么极隽妙的“好辞”，却自有羲之的清澹的风格在着。大约这《兰亭序》之所以盛传，又半是为了他的书法之故吧。后人翻刻之石，至有五百帖以上。

羲之子献之（344年—388年），亦以善书知名。他字子敬，尚新安公主。除建威将军，吴兴太守，征拜中书令卒。所作杂帖，传者也多：

> 镜湖澄澈，清流泻注。山川之美，使人应接不暇。

像二王的种种杂帖，假如不是为了书法美妙之故（集中是不会全收的），恐怕是不会流传到后世来的。六朝的一部分社会情态，文士生涯，往往赖斯为我们所知。故在别一方面看来，也是颇可注意的。从其间，所谓“六朝风度”者，往往可于无意中领略到。

孙绰字兴公，太原中都人，尝为殷浩建威长史。浩败，王羲之引为右军长史。转永嘉太守，拜卫尉卿。有《至人高士传赞》二卷，《列仙传赞》三卷，《孙子》十二卷，今不尽传，传者惟诗文若干篇。（《全晋文》中有《孙子》及《至人高士传赞》及《列仙传赞》残文。）兴公长于哀诔碑版之文。政府要人死后，其碑文出于他的笔下者不少。

东晋之末，有诗人陶渊明，他的散文和他的诗一样，全然是独立于时代的风尚以外的。貌若澹泊，而中实丰腴，和当时一般的作品，惯以彩艳来掩饰其浅陋者，恰恰立于相反的地位。他的《五柳先生传》是自叙传，是个人的自适生活的写真。其《桃花源记》，却欲以这个个人生活推而广之，使之成为一个理想的社会了。原因是，见了当代的丧乱，故不得不有托而逃。“不知有汉，无论魏、晋”，更何有于晋、宋的纷纷攘夺呢！但桃花源究竟是不会有的。在整个龙争虎斗的社会里，怎么会有什么避世的桃花源呢？故遂以“迷不复得路”结之。但渊明究竟不是一个自了汉。他不完全提倡一个消极的躲避的办法。故桃花源也遂成为积极的理想，社会的模范，像“乌托邦”（Utopia）、“共和国”（Republic）、新大西洋”（New Atlantic）那样的一个“避”秦之地。避秦之地终于是一个寓言的世界，于是五柳先生遂不得不逃于酒，在醉乡里，也就是在理想国里，躲了过去。渊明全部理想几全可以此释之。所以他不仅是一位田园诗人，彻头彻尾的诗人，而且是伟大的政治理想家。但他的所作，其重要性还不完全在此。却在于他特殊的澹泊的风格，在于他的若对家人儿女谈家常琐事似的恳切的态度。他不用一个浓艳的雕斫的辞句，他不使一点做作的虚矫的心情；他只是随随便便地称心称意地说出他的整个情思来。纯然以他的真朴无饰的诗人的天才，来战胜了一般的惯好浮夸与做作的作家们。这便是他的真实的伟大的所在。无论在诗，在散文方面，都是如此。故他的散文，如《五柳先生传》和《桃花源记》等之外，《与子俨等疏》、《祭程氏妹文》、《祭从弟敬远文》及《自祭文》等，也是真实的杰作。

又渊明除了风格的澹远以外，其他是纯然的一位承袭了魏、晋以来的风度的人物，一位纯然的《世说新语》里的文士。他和他的《晋故征西大将军长史孟府君传》里所述的龙山落帽，“好酣饮，逾多不乱，至于任怀得意，融然远寄，旁若无人”的孟嘉，乃是真实的同志。他自己是“开卷有得，便欣然忘食；见树木交荫，时鸟变声，亦复欣然有喜。常言五六月中，北窗下卧，遇凉风暂至，自谓是羲皇上人。”（《与子俨等疏》）“性嗜酒，家贫不能恒得。亲旧知其如此，或置酒而招之，造饮辄尽，期在必醉，既醉而退，曾不吝情去留。”（《五柳先生传》）像这样一位坦率任性的人物，诚是“竹林七贤”一类的人物！

三

渊明虽生在晋末宋初，而元嘉以下文士们的风格，却一点也不曾受到他的影响——虽然他们并不是不知敬重他，爱好他。（六朝人士常是最好的文艺欣赏者。）如颜延之为《陶征士诔》，萧统也为之作传。在实际上，像他那样的纯任天真，不加浮饰的风格，非仅仅模拟之所能及的。且他的风格，也半由于他的田园生活所造成。当然像六朝文士们那样的整日扰扰于侍宴游乐之间者是决不会企冀得到的。

然风格虽殊，而“六朝风度”的灌溉，却是同然一体的。故渊明的澹远虽不可及，而宋、齐、梁、陈之际，“唇吻遒会，情灵摇荡”的散文，也所在都有。

与渊明同代的，有谢灵运、颜延之及鲍照等。他们都是诗人，但于散文也都有相当的成就。灵运喜游山水，乃竟因游山之故，被诬为谋反，见杀。被杀前，他上《诣阙自理表》，情辞甚为悲恻，然竟无救于他的死。他的《游名山志》，今仅存残文，故无可观。他的族弟惠连，有《祭古冢文》，其中充满了诗意的悲绪。又他的从子谢庄，也长于书奏哀诔，所作颇多。

颜延之的《庭诰》，是渊明的《与子俨等疏》的一流，然文繁意密，不复有澹荡之姿。其中也充满了由经验与学问给他的许多儒家的教训。像“言高一世，处之逾嘿；器重一时，体之兹冲。不以所能干众，不以所长议物”云云，已不复是坦率任意的魏、晋风度了。

鲍照的散文，所作虽不若他的诗赋的重要，然如《登大雷岸与妹书》，状石写水，也颇尽物趣，仍具着严谨的风格。同时又有雷次宗的，字仲伦，豫章南昌人。元嘉中，征至京师，开馆于鸡笼山，聚徒教授。除给事中，不就，加散骑常侍。他是当时的一位儒者。尝有《与子侄书》，以言所守，其情趣甚同于陶渊明的《与子俨等疏》。

以作《后汉书》著称的范晔，也有一篇《狱中与诸甥侄书以自序》。在将就戮之前，作着这么一篇“自序”，当然是很富于感情的。然其中序生平事迹者少，而论文事、音乐的利钝者多。或者《宋书·范晔传》登录此书时，只是节取的吧。

四

齐代的文学，以文学者的东道主的萧子良为中心。子良为武帝的第二子，封竟陵郡王。郁林王即位，进太傅，督南徐州。子良邸中所聚，贤豪最多，其后鹰扬于梁代的人物，自萧衍以下，几全集于他的左右。他自己所作，以散文为多，尤以书疏为宛曲动人

王俭及其子融皆以文名。融为郁林王所杀。所作书序，皆甚可

观。其《曲水诗序》，以巧丽称，一时有胜于颜延年之誉。刘绘、陆澄所作，传者甚少。孔稚珪（447年—501年）字德璋，会稽山阴人，宋泰始中为州主簿，东昏王时为散骑常侍，永元三年卒。他尝和子良论难宗教问题。又作《北山移文》以嘲周颙，有“丛条嗔胆，叠颖怒魄，或飞柯以折轮，乍低枝而扫迹。请回俗士驾，为君谢逋客”语。草木云石，皆有感觉，斯为罕见的名作。又同时有谢朓，以诗鸣于世，而其笺启也很可喜。

五

梁代的散文，其盛况几同于建安。萧氏父子兄弟们以皇帝亲王之尊，而躬亲著作，不仅作文士们的东道主，且并是文士团体里的健将，其情形也有同于曹氏父子兄弟们。萧纲（简文帝）《与萧临川书》、《与湘东王书》；萧绎（元帝）诸短启书札；萧统《与晋安王纲令》、《答湘东王求文集及诗苑英华书》等，皆所谓“流连哀思”之文，绝类陈思兄弟的书启。诚足以领袖群伦，主持风雅。萧衍所作，亦多雅思。他沉浸于佛法之中，所下诏谕，往往有“煦煦为仁”之意，与一般帝王诏令之雷厉风行，词严旨酷者很不相同。

追随于萧氏父子兄弟们左右的文士是计之不尽的。与萧衍同辈的则有沈约、任昉、范云、江淹、陆倕、陶弘景诸人。稍后则有何逊、吴均、刘孝绰兄弟们，刘峻、王僧孺、王筠、丘迟、庾肩吾诸人。

沈约所著甚多，而诗名最著，散文的书、论，传者也不少。约笃信佛法，书牍来往，以言宏法卫教者为多，亦有流连光景，商榷辞章之作。其《修竹弹甘蔗文》，为很有趣味的“游戏文章”，或有些别的微意在其中吧。

任昉，字彦升，小名阿堆，乐安博昌人，为竟陵王记室。入梁，拜黄门侍郎，出为义兴太守。天监七年卒。所作杂传地志等至五百卷之多。昉为文壮丽。沈约称其心为学府，辞同锦肆。时人云：任笔，沈诗。他闻之，甚以为病。晚节用意为之，欲以倾沈，然终不能及。

他的散文，以“大手笔”为多，但也有很好的书启之作。

江淹所作散文，也以笺、启为最好。其《报袁叔明书》，乃是很隽永的抒情文。

> 方今仲秋风飞，平原彫色，水鸟立于孤洲，苍葭变于河曲，寂然渊视，忧心辞矣。独念贤明蚤世，英华殂落，仆亦何人，以堪久长。一旦松柏被地，坟垄刺天，何时复能衔杯酒者乎？忽忽若狂，愿足下自爱也。

范云、陆倕所作，罕有精思。倕字佐公，吴郡吴人。入齐为竟陵王议曹从事参军。入梁，终于国子博士、守太常卿。普通七年卒。倕文章与任昉并称。萧纲道：“谢朓、沈约之诗，任昉、陆倕之笔，实文章之冠冕，述作之楷模也。”（《与湘东王书》）然就今所传者观之，倕实不如昉远甚。范云之作，传者绝少，也并不足与昉并论。

陶弘景所作碑文，颇多浮艳之辞。其《寻山志》，始以“倦世情之易挠，乃杖策而寻山”，实乃一赋。但像《答谢中书书》：

> 山川之美，古来共谈。高峰入云，清流见底。两岸石壁，五色交晖。青林翠竹，四时俱备。晓雾将歇，猿鸟乱鸣。夕日欲穨，沉鳞竞跃。实是欲界之仙都。自康乐以来，未复有能与其奇者。

却是六朝散文中最高的成就之一。

何逊散文，见传者仅寥寥数篇耳，而皆工丽可喜。为《衡山侯与妇书》：“心如膏火，独夜自煎，思等流波，终朝不息”诸语，也见巧思。吴均的《与施从事书》、《与朱元思书》、《与顾章书》等，皆为绝妙好辞，能以纤巧之语，状清隽之景。像：

> 风烟俱净，天山共色。从流飘荡，任意东西。自富阳至桐庐一百许里，奇山异水，天下独绝。水皆漂碧，千丈见底，游鱼细石，直视无碍。……横河上蔽，在昼犹昏。疏条交映，有时见日。
>
> ——《与朱元思书》

状风光至此，直似不吃人间烟火者。这乃是："其秀在骨"，决不会拂拭得去的。谁说六朝人只会造浮艳的文章呢？

刘氏兄弟姊妹们，几无不能文者。刘孝绰，彭城安上里人，本名冉，小字阿士，绘子，为秘书监；所作笺、启甚工。刘潜字孝仪，以字行，孝绰第三弟，太清初，为明威将军、豫章内史；在大同中，有《弹贾执傅湛文》，颇传人口。又刘令娴为孝绰第三妹，适仆射徐勉子晋安太守悱；今传《祭夫文》："雹碎春红，霜雕夏绿。躬奉正衾，亲观启足。一见无期，百身何赎。呜呼哀哉！生死虽殊，情亲犹一！敢遵先好，手调姜橘。素俎空干，奠觞徒溢！"甚为恻恻动人。

刘峻（462年—521年）字孝标，初名法武，平原人。梁时为荆州户曹参军，以疾去职，居东阳之紫岩山。普通二年卒，门人谥曰玄靖先生。有《世说注》十卷最为有名。《世说注》随事见人，随人隶事，所引之古书，今已亡逸者至多，故极为世人所重。孝标所作散文，并皆隽妙。《辩命论》才情愤溢，一切归之天命，似为有激而言。《广绝交论》则明为任昉诸孤而作，更多悲切之音。其他书启，亦甚动人。像《送橘启》：

> 南中橙甘，青鸟所食。始霜之旦采之，风味照座，劈之香雾噀人。皮薄而味珍，脉不黏肤，食不留滓。甘逾萍实，冷亚冰壶。可以熏神，可以芼鲜，可以渍蜜。毡乡之果，宁有此耶？

我们读此，似也觉得"香雾噀人"。

王僧孺东海郯人，王肃八世孙。仕齐为唐令。梁时，尝因事入狱。后为南康王咨议参军，入直西省。普通三年卒。僧孺才辩犀利，而名位不达，故所作每多愤激之语。当他免官，久之不调，友人卢江何炯，犹为王府记室，乃致书于炯道："寒虫夕叫，合轻重而同悲；秋叶晚伤，离黄紫而俱坠。蜘蛛络幕，熠耀争飞。故无车辙马声，何闻鸣鸡吠犬。俛眉事妻子，举手谢宾游。方与飞走为邻，永用蓬蒿自没。"辞意虽甚酸楚，而亦不无几分的恳望在着，故结之以："唯吴冯之遇夏馥，范彧之值孔嵩，愍其留赁，怜此行乞耳”云云。有文集。

丘迟（464 年—508 年）字希范，吴兴乌程人，梁时尝为永嘉太守，迁司徒从事中郎。天监七年卒。他的《与陈伯之书》，劝伯之来归江南者，最为传诵人口。“霜露所均，不育异类。姬汉旧邦，无取杂种。此虏僭盗中原，多历年所，恶积祸盈，理至燋烂……而将军鱼游于沸鼎之中，燕巢于飞幕之上，不亦惑乎！”六朝人所伪托的《李陵答苏武书》，或正足为这封名札作一个答案吧。

王筠字元礼，一字德柔，小字养楫子。梁简文帝时为太子詹事。庾肩吾字子慎，新野人，简文时为度支尚书。二人并有笺启碑铭，为世所传。肩吾又著《书品》，极论书法，颇有意绪。

又后梁有王琳者（《酉阳杂俎》作韦琳），明帝时为中书舍人，尝作《䱉表》(《酉阳杂俎》作《䱉表》)，颇富滑稽之趣。

六

陈承萧梁之后，遗老的散文作家们有徐陵、沈炯、周弘让等，稍后又有陈叔宝（后主）、江总诸人。

徐陵为陈代文萃的宝鼎，有如梁之沈约、任昉。不仅他的诗为时人所宗式，即其散文，也并为当代的楷模。陵的才情甚大，自朝廷大制作，以至友朋间短札交往，无不舒卷自如，随心点染。他初与庾信齐名，合称徐庾。后信被留拘北庭，不得归来，陵遂独为文章老宿。信因环境艰苦，情绪遂以深邃，故所造有过于陵者。然陵也尝于梁太清中，为魏人所拘系，久乃得还。陵在那个时期所作《与齐尚书仆射杨遵彦书》、《在北齐与宗室书》、《与王僧辩书》、《与王吴郡僧智书》等，莫不凄楚怀归，情意缠恻。“游魂已谢，非复全生，余息空留，非为全死。”(《与王僧辩书》) 而《与杨遵彦书》慷慨陈词，恺切备至：“山梁饮啄，非有意于笼樊；江海飞浮，本无情于钟鼓。况吾等营魄已谢，余息空留。悲默为生，何能支久！……岁月如流，人生何几！晨看旅雁，心赴江淮。昏望牵牛，情驰扬越。朝千悲而下泣，夕万绪以回肠。不自知其为生，不自知其为死也！……若一理存焉，犹希矜眷。何故期令我等必死齐都，足赵、魏之黄尘，加幽、并之片骨。遂使东平拱树，长怀向汉之悲；西洛孤坟，恒表思乡之梦！”那样的沉痛的呼号，似不逊于《哀江南赋》。

沈炯于江陵陷时，也尝被俘入西魏，迫仕为仪同三司。绍泰中始归国。为王僧辩所作劝进诸表，慷慨类越石诸作。而他的《经汉武通天台为表奏陈思归意》：“陵云故基，共原田而朊朊；别风余址，带陵阜而茫茫。羁旅缧臣，岂不落泪！”竟乞哀于故鬼，尤可悲痛！清初吴伟业尝谱此事为《通天台杂剧》，借古人之酒杯，浇自己之块垒，并是血泪成书，不徒抒愤写意而已。

陈后主叔宝，诗才甚高，书札也复不凡。他的《与江总书悼陆瑜》，追忆游宴论文之乐，惜其“遽从短运。遗迹余文，触目增泫”，大类子桓兄弟给吴质各书。

江总的散文，今传者不多，有《自序》，时人谓之实录，惜仅存其大略。其他诸文，大都和释氏有关。他自以为，弱岁便归心释教，“深悟苦空，更复练戒，运善于心，行慈于物。”齐、梁以来的作家，殆无不是如此的。

七

六朝散文，论者皆以为惟长于抒情，而于说理则短。这话是不大公允的。六朝不仅是诗人云起的时代，且也是宗教家和卫道者最活跃的时候。在六朝的散文里，至少宗教的辩难是要占领一个很重要的地位的。那时，自汉以来的佛教势力，渐渐的根深蒂固了。自皇帝以至平民，自诗人以至学士，无不受其熏染，为之护法。南朝的梁武帝至合身于同泰寺。北朝的魏都洛阳，城内外寺观之数，多至一千余（见《洛阳伽蓝记》）。但以外来的佛教，占有那么伟大的力量，当然本土的反动是必要发生的了。汉、魏是吸收期，六朝却因吸收已达饱和期而招致反动了。故六朝便恰正是本土的思想与佛教的思想，本土的信仰与佛教的信仰作殊死战的时候。这场决战的结果，原是无损于佛教的毫末，却在中国思想史上、文学史上留下一道光明灿烂的遗迹。我们看，佛法的拥护者是有着一贯的主张，具着宗教家的热忱的，其作战是有条不紊的。然而本土的攻击者，却有些手忙足乱，东敲西击，且总是零星散乱，不能站在一条战线上作战的。时而以纯粹的儒家见解来攻打。时而以新生的道教信仰当作攻打的武器。时而站在国家主义的立场上，就夷教排斥论来鼓动一般人的敌忾之心。时而又发表什么“白黑论”以宣传道释并善之说。总之，攻击的阵线是散乱的，佛家的防御却是统一的。以一贯之旨来敌散乱之兵，当然是应付有余的了。但在决战的时候，双方的搏击却是出之以必死之心的。其由冲突而生的火光，是如黑夜间的掣电似的，特别明亮地出现于乌漆如黑的天空，显着异样的绚丽。自此以后，向佛家进攻的，如持着儒家正统论的韩愈、欧阳修等，其立论之脆弱，更是不足当佛徒之一击的了。

这种论难最早的开始，当在于宋元嘉十二年（公元 435 年）的公布《白黑论》的时候。何尚之有《列叙元嘉赞扬佛教事》，把这次辩难的经过，说得很详细：

> 是时，有沙门慧琳，假服僧次，而毁其法，著《白黑论》。衡阳太守何承天与琳比狎，雅相击扬，著《达性论》。并拘滞一方，诋呵释教。永嘉太守颜延之，太子中舍人宗炳，信法者也。检驳二论，各万余言。琳等始亦往还，未抵迹乃止。炳因著《明佛论》以广其宗。

今《白黑论》等并存于世，旨颇可知。慧琳本姓刘，秦郡秦县人。出家住冶城寺。元嘉中，在朝廷颇有势力。他的《白黑论》（即《均善论》），设为白学先生和黑学道士的论辩，以“白”主中国圣人之教，“黑”主谈幽冥之途，来生之化的释教。其结论是：“夫道之以仁义者，服理以从化，帅之以劝戒者，循利而迁善。故甘辞兴于有欲而灭于悟理，淡说行于大解而息于贪伪……但知六度与五教并行，信顺与慈悲齐立耳。”是明持着儒释折中论的。以沙门而发这种议论，当时护佛者自然要大哗起来了。何尚之径称他为“假服僧次，而毁其法”。何承天（370年—447年）似是当时唯一表同情于他的人，他将《白黑论》分送朝士，力为宣传。他是东海郯人，宋时为尚书祠部郎，领国子博士，迁御史中丞。元嘉二十四年，坐事免官。卒年七十八。他原是当代儒学的宗师，本来对于佛教是一肚子的不满。看见有一个释子做出了那样的“毁法”的文章来，自然是十二分的高兴，代尽分送的义务。因此，起了很重要的反响。护法的文士，无不参加论战。宗炳原是承天的论敌，便首起举难。炳字少文，南阳涅阳人。义熙中，为刘裕主簿。后入宋，屡征皆不就。他见了《白黑论》，便写几封长信给何承天，讨论此事。后又著作《明佛论》，大为佛家张目。承天初送《白黑论》给他，只是请他批评。及炳长篇大论地攻击起来，承天也便亲自出马，与之驳难。又著《达性论》及《报应问》。《报应问》直攻佛家的中心信仰，举例证明“杀生者无恶报，为福者无善应”。又和颜延之往复辩难。延之也是信从佛教者。连作三论，专攻承天的《达性论》。

同时又有范泰、王弘、郑鲜之诸人，讨论“道人踞食”事。但那是佛教本身的仪式问题，没有多大的重要性。却也可以看出一般人对于沙门等之行动，像踞坐与以手取食等，颇为诧怪不满。

《白黑论》的论战过去了，却又起了另一个新的论难。那便是以顾欢的《夷夏论》为中心的一场论难。顾欢字景怡，一字玄平，吴郡盐官人。宋末，征为扬州主簿，永明初，征为太学博士，并不就。《夷夏论》的攻击，较《白黑论》更为明白痛快，也更为狠恶深刻。先引道经，说明老子入天竺维卫国，因国王夫人净妙昼寝，遂乘日精入其口中，后生为释迦，佛道兴焉。“道则佛也，佛则道也。”然因所在地不同，故仪式有异。“今以中夏之性，效西戎之法，既不全同，又不全异。下弃妻孥，上废宗祀……且理之可贵者道也。事之可贱者俗也。舍华效夷，义将安取。若以道邪，道固符合矣。若以俗邪，俗则大乖矣。”这场攻击，颇为可怕，说他基本之道，原是中国的，而仪式则大不同。以此鼓动人民爱国之心，而去排斥佛教，方法是很巧妙的。故当时此论一出，驳者便纷纷而起。若袁粲，若朱昭之，若朱广之，若明僧绍，皆痛陈其误，加以详辩。和尚一方面，也有慧通、僧愍二人做文来反攻。僧愍作了《戎华论折顾道士夷夏论》。以《戎华论》来骂欢的《夷夏论》，恰好是针锋相对。僧愍也引经来说明老子为大士迦叶的化身，“化缘既尽，回归天竺，故有背关西引之邈。华人因之作《化胡经》也。”正是以矛攻盾之法。又引经说，佛据天地之中，而清导十方，“故知天竺之土是中国也”。针对欢之责以中夏之性，效西戎之法。“子出自井坂之渊，未见江湖之望矣”，以更阔大的一个世界，来驳欢的褊狭的夷夏之别。末更丑道而扬佛，欲其革己以从佛理。确是一篇很雄辩的东西。

欲以浅薄剽窃的道教的理论，来攻击佛教，当然是不会成功的。奉佛甚虔的沈约尝著《均圣论》，阐扬佛家素食之说，以杀生为戒，并证之以中国往古圣人“闻其声不忍食其肉”等事，决定“内圣外圣，义均理一”。这不是什么很重要的文章，但因此招致了道士陶弘景的热烈的责难。约又作了一篇《答陶隐居难均圣论》，便辞旨弘畅得多了。弘景之难，颇似顾欢之论，仍以“夫子自以华礼兴教，何宜乃说夷法”为责难的中心。约则偏是规避此点不谈。

但当时，最重要的辩难，还不是什么就爱国主义而立论的《夷夏论》，也不是什么折中儒佛的《白黑论》，真正的决死战，却在于以范缜的《神灭论》为中心的一场大争斗。范缜字子真，南乡舞阴人。齐初为宁蛮主簿。建武中，出为宜都太守。天监四年，征为尚书左丞。坐事徙广州。还为中书郎，国子博士。缜的《神灭论》，未知作于何时。然齐的郑鲜之已有《神不灭论》：“多以形神同灭，照识俱尽，夫所以然，其可言乎？”鲜之卒于元嘉四年（公元427年）。难道缜的此论竟作于元嘉四年以前吗？但缜的所作，在梁武帝时候（公元502年—549年），才有人纷纷地加以驳难，甚至连梁武帝他自己也亲自出马，可见此作决不会是八十几年前产生的。郑氏的《神不灭论》和缜的此论，当是题材的偶同，而不会有什么因果关系的。

佛家所持以劝人者，像因果报应、幽冥祸福等，类皆以灵魂不灭论为其骨干。若人死，灵魂果即消失，则佛家所说的一切，胥皆失所附丽。从前的《夷夏》、《白黑》诸论，皆只攻其皮毛。到了范缜的

《神灭论》，才以科学的态度，直攻其核心的观念，欲一举而使其土崩瓦解。当缜著论之时，正是南朝佛家最为专霸的时代，自天子以至亲王、大臣、将军们，几无不为佛氏的信徒。而缜则居然冒大不韪而向之进攻，诚不能不谓之豪杰之士。惟萧衍及其臣下们究竟还是持着宽容异端的主义的，他虽作《敕答臣下神灭论》，骂了缜一顿："妄作异端，运其隔心，鼓其腾口，虚画疮痏，空致诋诃"，而实际上也不曾加他以重罪。缜所论的，要旨如下：

> 或问予云：神灭，何以知其灭也？答曰：神即形也，形即神也。是以形存则神存，形谢则神灭也。……神之于质，犹利之于刀；形之于用，犹刀之于利。利之名，非刀也；刀之名，非利也。然而舍利无刀，舍刀无利。未闻刀没而利存，岂容形亡而神在！……浮屠害政，桑门蠹俗，风惊雾起，驰荡不休。吾哀其弊，思拯其溺。……又惑以茫昧之言，惧以阿鼻之苦，诱以虚诞之辞，欣以兜率之乐。故舍逢掖，袭横衣，废俎豆，列瓶钵，家家弃其亲爱，人人绝其嗣续。致使兵挫于行间，吏空于官府，粟罄于堕游，货殚于泥木。所以奸宄弗胜，颂声尚拥，惟此之故。其流莫已，其病无限！

这论，太重要了，不仅对于佛家挑战，实在也对一切宗教挑战。对于当时兴高采烈的佛教徒们，这正是一个当心拳。故他们见了，莫不一时失色，纷纷地出死力以驳之。只沈约一人，便作了《形神论》、《神不灭论》、《难范缜神灭论》等好几篇文章。居皇帝之尊的萧衍，也亲自出马来训斥了范缜一顿。缜又有《答曹思文难神灭论》，更伸前旨。这场论辩，实在是太有趣，太重要了。

当时，又有《三破论》出现，专攻佛而崇道。全文已不存，幸刘勰的《灭惑论》所引不少，尚可见其大要。《三破》所论，与《夷夏论》鲜殊，彦和所驳，也不过佛家常谈，故无甚重要。

与顾欢约同时的，有张融，以作《门律致书周颙等诸游生》，力言佛家攻道之非。"吾见道士与道人战儒墨，道人与道士狱是非。昔有鸿飞天道，积远难亮。越人以为凫，楚人以为燕。人自楚、越耳，鸿常一鸿乎！"他持着佛、道调和论，以为其本则一，其源则通。这已是道家的防御战，而非攻击战了。但他的论敌周颙则穷追不已，力拥佛而攻道。他以为非道则佛，不宜持两端。“道佛两殊，非凫则燕，唯足下所宗之本，一物为鸿耳。”此言殊足以破佛道调和论之坚垒。（颙有《答张融书难门律》及《重答张融书难门律》。）

如此纷纭的论战，大约到梁代的后半叶方才告了灭熄。其所以灭熄之故，半因佛家势力一天天的膨胀，半也因皇家的热心护法，足以缄止攻击者之口。

八

于关于佛家的论难以外，六朝也不是没有其他的名著。像葛洪的《抱朴子》，萧绎的《金楼子》，都是很重要的巨作。

葛洪字稚川，丹阳句容人。晋惠帝时，吴兴太守顾秘檄为将兵都尉，迁伏波将军。元帝时，以功封关内侯，后选为散骑常侍，领大著作。固辞，求为句漏令。卒年八十一。他是一位很奇怪的人物，既是儒生，又是道士式的官僚，颇以神仙服食为务。其求为句漏令，盖即以其地多出丹砂。他的《抱朴子》，有内篇，有外篇。内篇言黄白之事，外篇则为“驳难通释”之文。今内外二篇存者颇多。外篇诸文，尤为后人所传诵。如《勖学》、《崇教》、《君道》、《臣节》、《贵贤》、《任能》、《钦士》、《用刑》、《擢才》以至《酒诫》、《疾缪》、《刺骄》、《安贫》、《文行》、《弹祢》等皆是儒家之言，并异方士之术。而《诘鲍》一文，专攻鲍敬言老、庄式的议论，其立场也是站在纯粹的儒学之上的。由此看来，他似是有两重人格的。著《抱朴子》内篇的是一位葛洪，作外篇的，又是另一位葛洪。前一位是道人，是术士，后一位却似可列入文、武、周公、孔子的道统表里的纯粹的儒者。

萧绎（梁元帝）的《金楼子》，自《兴王》至《自序》凡十四篇，其中以有关文章者为多，如《聚书》、《立言》、《著书》等皆是。惟往往多及往古之事，如《兴王》便叙古帝王事，《志怪》便叙天地间怪异之事，大似张华的《博物志》，聚琐屑的杂事而为之整理归类。并不是有一贯的主张，有坚固的壁垒，像《抱朴子》等的。但其中保存古代神话传说不少，颇可供我们的研究。

九

最后，还要一叙那时代的关于历史的著作。六朝人士们，著作史书的勇气与兴致都甚高。故《晋书》之作，前后共有十八家之多。像王隐、虞预、朱凤、何法盛、谢灵运、臧荣绪、沈约诸人皆有一家的著作。沈约又著《宋书》，至今尚传于世。又有范晔者，著《后汉书》，也成为最后的一个定本。裴松之则为陈寿的《三国志》作注，赅博渊深，至今犹为寻辑古代佚书的宝库之一。

萧衍尝集儒士们著作《通史》，规模极为伟大，当是合力的史书的最早之一部，可惜今已不传了。

参考书目

一、《全上古六朝文》　清严可均辑，有黄冈王氏刊本，有医学书局石印本。

二、《汉魏六朝百三名家集》　明张溥辑，有明刊本，有清长沙翻刊本，有石印本。

三、《弘明集》　唐释僧佑编，有《大藏经》本，有《四部丛刊》本，有金陵新刻本。

四、《广弘明集》　唐释道宣编，有《大藏经》本，有《四部丛刊》本，有金陵新刻本。

五、《百子全书》　有湖北书局刻本，有扫叶山房石印本。

第二十二章

北朝的文学

北朝文学的开始——北地汉人地位的低下——北朝文学深受南朝的影响——北魏的文士们：温子昇、邢邵及魏收——北齐的才人们：颜之推、阳休之等——《颜氏家训》——阳俊之的《阳五伴侣》——保持着异国情调的文士们：拓拔勰、高昂——无名氏的《敕勒歌》与《杨白花》——由南朝入周的文士们：王褒、庾信——《哀江南赋》——为北地光荣的两部不朽名著：《洛阳伽蓝记》与《水经注》

一

所谓北朝文学，是指相当于南方的东晋、宋、齐、梁、陈诸朝的北地的文学而言。李延寿《北史》，始于魏道武帝登国元年（公元386年，即南朝晋孝武帝太元十一年），终于隋恭帝义宁二年（公元618年）。但我们所谓“北朝”，却要开始于南北朝对峙的第一年，即晋愍帝被刘聪所杀的第二年，也即晋元帝即皇帝位于金陵的那一年（东晋大兴元年，公元318年）。其终止，则在隋文帝开皇九年（公元589

年）灭南朝的陈而统一南北的时候。这其间，共二百七十二年。在这二百七十余年的时代，南方是正迈开大步，向纯文学的一条路走去。北地的文坛是怎样的呢？除上文所述的为北国之光的佛教翻译文学及佛教故事集以外，还有的是什么呢？这便是本章所要述的。

从晋惠帝的时候，所谓五胡乱华的时代起，北方的天下，便没有一天安宁过。长安陷落了，晋愍帝被刘聪杀了，司马睿和许多世族都逃到南方来，倚长江的天堑以为固。北地的江山，千年来的帝王之都，便弃掷给许多少数民族的武士们，任他们在那里彼此吞并，互相残杀。中间南朝也曾有过数次的恢复故都运动，像桓温、谢安、刘裕之所为，然不久也仍然不得不放弃不顾。北方的大残杀，到了各个不同民族的新国尽为北魏所破灭（公元 440 年）的时候，方才宣告停止。在这一年（即宋文帝元嘉十七年），方才是真正的成为南北二朝的对立。到了梁武帝大同元年（公元 535 年），北魏又分为东、西二朝。后东魏被禅代而成为北齐，西魏也被禅代而称为后周。到了陈宣帝太建九年（公元 577 年）北齐为后周所灭，北朝方复统一。在这样的两个世纪半的时间里，北地是那样的多难！在这样多难的一个时代里，纯文学当然是不易产生。所以北朝的文学，远不及比较安静的南朝那样的蓬勃有活气。

再者，还有一个重要的原因，使她不能产生什么伟大作品来，那便是：无论是秦（苻氏），是凉，是魏（拓跋氏），是周（宇文氏），是齐（高氏），却没有一个不是不大通汉文的少数民族，不是以马上的征战为生涯的。他们不大懂得汉字，更不会写什么雅丽的文学的著作。至于本土的汉人呢，终年地被蹂躏在少数民族的铁蹄之下，又谁有闲情逸致来写作什么！颜之推的《颜氏家训》里，有一段极沉痛的话：

> 齐朝有一士大夫，尝谓吾曰："我有一儿，年已十七，颇晓书疏。教其鲜卑语及弹琵琶，稍欲通解。以此伏事公卿，无不宠爱，亦要事也。"吾时俯而不答。
>
> ——《教子篇》

那时汉人的地位是如何的可怜！又崔浩以修魏史，触怒魏人，至被夷三族。汉人哪里还有丝毫的什么自由呢！以此，在北朝的初期，差不多是没有什么文学可谈的，除了宗教的译作以外。

到了稍后的时候，那些少数民族沉浸于汉人的文化中，渐渐地长久了，犷厉的性质，便也渐渐地变更过来，知道重文好士，文网也较宽。于是南方的文学潮流，便排闼登堂地输入北国去了。就实际上说来，除了极少数的例外，北地的文学和南朝的是没有多大区别的。后王褒、庾信，又相继地入仕于周，更煽动了北人的欣艳之心。所以远在南北朝的政治上的统一以前，他们的文学是早已统一的了。

二

《北史·文苑传》所述文士，始于许谦、崔宏、崔浩、高允、高闾、游雅及袁翻、常景等，后则有袁跃、裴敬宪、卢观、邢藏、裴伯茂、孙彦举、温子昇诸人。视子昇较后者，则有邢邵、魏收二人。诸人所作，类拟南朝，鲜见自立。例如，邢邵雅慕沈约，魏收则窃任昉。

温子昇字鹏举，自云太原人，晋温峤之后。尝作《侯山祠堂碑文》，为常景所赏。梁使张皋，写子昇文笔，传于江外。梁武称之曰："曹植、陆机，复生于北土。"王晖业也说："我子昇足以陵颜轹谢，含任吐沈。"他的诗，像"光风动春树，丹霞起暮阴"（《春日临池》），"素蝶向林飞，红花逐风散；花蝶俱不息，红素还相乱"（《咏花蝶》），都是南歌，看不出一点的北国的气息出来。

邢邵字子才，河间郑人。十岁便能属文。雅有才思，聪明强记。年未二十，名动衣冠。既参朝列，属掌文诰。与温子昇同称"温邢"。子昇死，又并魏收，称为"邢魏"。高氏禅代后，邢邵即仕齐。他的乐府，像《思公子》：

绮罗日减带，桃李无颜色。思君君未归，归来岂相识？

宛然是齐、梁风度。

魏收字伯起，小字佛助，钜鹿下曲阳人。与邢子才并以文章显，世称“大邢小魏”。收于子才为后辈，然时与之争名。议论更相訾毁，各有朋党。收每陋邵文。邵却说：“江南任昉，文体本疏。魏收非直模拟，亦大偷窃。”收闻之，乃道：“伊常于沈约集中作贼，何意道我偷任！”斯可见二人的所好。收尝奉诏为《魏书》，是非颇失实，众口哗然，号为秽史。入齐后，为光禄大夫尚书右仆射特进。收颇无行，在京洛轻薄尤甚，人号为“惊蛱蝶”。齐武平三年卒。

北齐受魏禅，文章之士，于先代的邢、魏外，复有祖鸿勋、李广、刘逖、颜之推诸人，而之推为尤著。又有阳休之，诗名也甚著。

颜之推字介，琅琊临沂人，博览群书，无不该洽。自梁入齐。河清末，被举为赵州功曹参军，后除司徒录事参军。累迁中书舍人。齐亡，入周。隋开皇中，太子召为学士，甚见礼重。寻以疾终。之推有《观我生赋》，文致清远。而其不朽，则在《家训》一书。《家训》凡二十篇，自《序致》、《教子》、《文章》、《养生》以至《杂艺》无所不谈。以澹朴的文辞，或述其感想，或叙状前代或当时的故事，或评骘人物及文章，其亲切恳挚，有若面谈，亦往往因此而多通俗的见解，平庸的议论。像《文章篇》中的一段云：

> 江南文制，欲人弹射。知有病累，随即改之。陈王得之于丁廙也。山东风俗，不通击难。吾初入邺，遂尝以此忤人，至今为悔。汝曹必先轻议也。

充分地可以看出一位谨慎小心，多经验，怕得罪人的老官僚的口气来。

阳休之，字子烈，北平无终人。初仕魏，为给事黄门侍郎。入齐，迁吏部尚书左仆射。周平齐，休之又被任为和州刺史。至隋开皇间始罢任，终于洛阳。休之有诗名，颇得齐、梁风趣，像《秋》诗：

> 月照前窗竹，露湿后园薇。夜萤扶砌响，轻蛾绕烛飞。

休之弟俊之，当文襄时，多作六言。“歌辞淫荡而拙。”世俗流传，名为《阳五伴侣》，写而卖之，在市不绝。俊之尝过市取而改之，言其字误。卖书的人道：“阳五，古之贤人，作此《伴侣》；君何所知，敢轻议论！”俊之大喜。后待诏文林馆。自言有文集十卷，“家兄亦不知吾是才士也”。可惜俊之的六言，今已不传一字，不知其风格究竟如何。惟既已成为通俗文体，而流行于市井间，则其作风，必与当时文士有所不同。史称其“歌辞淫荡而拙”，或是用当时流行的北方民歌体而写的吧。《子夜》、《读曲》，独传南国，而北地的《阳五伴侣》则绝迹不见，殊是憾事！

三

惟在齐、梁风尚弥漫着的北地文学里，保持着北人刚健的风格者，也未尝没有其人。像拓跋勰的《应制赋铜鞮山松》：

问松林：松林经几冬？山川何如昔？风云与古同？

这是南朝诗里所未尝有的一种豪迈悲壮的风度。虽只是寥寥的十余字，却胜似一篇缠绵悱恻的长赋。勰为魏献文帝第六子，宣武帝时为高肇谗构所杀。后其子孝庄帝嗣统，追尊他为文穆皇帝。又像高昂的《征行诗》：

垄种千口牛，泉连百壶酒。朝朝围山猎，夜夜迎新妇。

还不是游牧民族的一幅行乐图么？正如无名氏的《敕勒歌》：

敕勒川，阴山下，天似穹庐，笼盖四野。天苍苍，野茫茫，风吹草低见牛羊。

同样的为占据中原的少数民族所遗留给我们的最好的诗歌。其中是充满了“异国”的风趣的。昂字敖曹，北海蓨人。齐神武起，昂倾意附之。除侍中司徒，兼西南道都督。他虽是武士，却酷好为诗，雅有情致，为时人所称。

拓跋勰的儿子子攸（孝庄帝），被尔朱荣立为帝，改元永安。后为尔朱兆所杀，年二十四。他的《临终诗》：“权去生道促，忧来死路长。怀恨出国门，含悲入鬼乡”云云，是殊为凄恻动人的。

还有无名氏的一篇《杨白花》，相传为魏胡太后思杨华之作。华投梁后，太后追思他不能已，作此歌，使宫人连臂踏足歌之，声甚凄婉：

> 阳春二三月，杨柳齐作花。春风一夜入闺闼，杨花飘荡落南家。含情出户脚无力，拾得杨花泪沾臆。秋去春还双燕子，愿衔杨花入窠里。

这歌，和《子夜》、《读曲》的调子是显然有异的。虽因了南北之隔，华夷之别，而北人之作与南国不同者，仅此寥寥数曲而已。

四

当梁元帝时（公元552年—554年），庾信、王褒相继为北人所羁，所掳，遂留于北方不归。在北地，他们二人发生过不少的影响。庾信初尝聘东魏，文章辞令，盛为邺下所称。还为东宫学士。侯景之乱，信奔江陵。元帝时，奉使于周。遂被羁留长安，不得归。屡膺显秩，拜洛州刺史。陈、周通好，南北流寓之士，各许还其旧国。陈氏乃请王褒及信等十数人。周人唯放回王克、殷不害等。信及褒并留而不遣。遂终于北方。

王褒之入北方，事在梁元帝承圣三年（公元554年），较庾信为略后。是年，周师征江陵，元帝授褒都督城西诸军事。军败，从元帝出降。同时北去者还有王克、刘瑴、宗懔、殷不害等数十人。他们到长安时，周太祖喜道："昔平吴之利，二陆而已。今定楚之功，群贤毕至，可谓过之！"后为宣州刺史。

这二人所作，原是齐、梁的正体，然到了北地之后，作风却俱大变了。由浮艳变到沉郁，由虚夸变到深刻，由泛泛的骈语，变到言必有物的美文。因此，庾、王在公元554年后之作，遂在齐、梁体中，达到了一个未之前有的最高的成就。像那样又深挚又美艳的作风，是六朝所绝罕见的。我们看子山的《拟咏怀》：

> 楚材称晋用，秦臣即赵冠。离宫延子产，羁旅接陈完。寓卫非所寓，安齐独未安。雪泣悲去鲁，凄然忆相韩。惟彼穷途恸，知余行路难。
>
> 怀抱独惛惛，平生何所论。由来千种意，并是桃花源。榖皮两书帙，壶卢一酒樽。自知费天下，也复何足言！

以及"涸鲋常思水，惊飞每失林"，"倡家遭强娉，质子值仍留"，"不特贫谢富，安知死羡生"，"楚歌饶恨曲，南风多死声"，"其面虽可热，其心长自寒"（以上并《拟咏怀》中句），"胡尘几日应尽，汉月何时更圆"（《怨歌行》），"值热花无气，逢风水不平"（《慨然成咏》）等，并是很露骨的悲怨所积的愤辞！处在这样的一个逆境之下，当然所作会和酒酣耳热，流连光景的时候的愉辞大为不同的。他的《哀江南赋》，尤为一代绝作。家国之思，身世之感，胥奔凑于腕下，故遂滔滔不能自已。和仅仅吊古或咏怀之作，其胸襟之大小是颇为不相牟的。《序》云："燕歌远别，悲不自胜。楚老相逢，泣将何及。畏南山之雨，忽践秦庭。让东海之滨，遂餐周粟。下亭漂泊，皋桥羁旅。燕歌非取乐之方，鲁酒无忘忧之用。追为此赋，聊以记言。不无危苦之词，唯以悲哀为主。日暮途穷，人间何世！"被羁而见亡国之痛，充耳唯闻异国之音，能不"凄怆伤心"么？环境迫得子山不得不觍颜事敌。这使他竟有"安知死羡生"之叹。然这种悲愤的歌声，却使他的后半生的所作，较之一般齐、梁之什，都更为伟大了！生丁百凶，仅得造成一大诗人，亦可哀矣！

王褒入周后所作，与子山有同调。这缘环境相同，心声遂亦无歧。像褒的《渡河北》(《苑诗类选》作范云诗，非)。

秋风吹木叶，还似洞庭波。常山临代郡，亭障绕黄河。心悲异方乐，肠断《陇头歌》。薄暮临征马，失道北山阿。

以及“寂寞灰心尽，摧残生意余”(《和殷廷尉岁暮》)，“犹持汉使节，尚服楚臣冠；飞蓬去不已，客思渐无端”(《赠周处士》)等，还不是和子山“其心长自寒”之语相类么？当汝南周弘正自陈聘周时，周帝许褒等通亲知音问。褒赠弘正弟弘让诗，并致书道：“嗣宗穷途，杨朱歧路。征蓬长逝，流水不归。舒惨殊方，炎凉异节。……还念生涯，繁忧总集。视阴惕日，犹赵孟之徂年；负杖行吟，同刘琨之积惨。河阳北临，空思巩县，霸陵南望，还见长安。所冀书生之魂，来依旧壤，射声之鬼，无恨他乡。白云在天，长离别矣！”像这样的情调，是六朝的不幸的人士们所常执持着的。为什么在六朝会造作出许多李陵、苏武的故事，以及把许多古诗都归在苏、李名下，还要伪作什么《李陵答苏武书》之类，大约都不是没有意义的吧！那些心抱难言之痛的士大夫们，以今比古，便不得不有“李陵从此去”(庾信诗)的寄托的文章。被陷在同样环境之下的士大夫们，从五胡之乱以后起，盖不仅庾信、王褒等区区可指数的若干人而已！

五

为北朝文学之光荣者，在散文一方面，还有两部不朽的名著，即《洛阳伽蓝记》与《水经注》者是。

《洛阳伽蓝记》为后魏杨衒之作。衒之，一姓羊，北平人。魏末为抚军府司马，历秘书监，出为期城太守。齐天保中(公元 550 年—559 年)卒于官。这是一部伟大的史书。虽说是记载洛阳城中的庙宇，而魏代的兴亡，于此亦可见之。其中，包含着无数的悲剧，无数的可泣可歌的资料。少数民族的人物在此古老的都城里所干的残杀、祈祷等的玩意儿，无不被捉入这书中；而又用了轻纤可喜的文字来描写，来叙状，益使这书成了一部文学的史籍。这书共五卷。在第五卷里，所节录的宋云西行求法的记载，乃是佛教史中重要的史料之一，且又和西陲及印度的历史有大关系。衒之著作此书，大约在武定之末（公元547—549年），他自序道："武定五年，岁在丁卯（公元547年），余因行役，重览洛阳，城郭崩毁，宫室倾覆，寺观灰烬，庙塔丘墟。墙被蒿艾，巷罗荆棘。野兽穴于荒阶，山鸟巢于庭树。游儿牧竖，踯躅于九逵，农夫耕稼，蓺黍于双阙。麦秀之感，非独殷墟；黍离之悲，信哉周室！京城表里凡有一千余寺。今日寥廓，钟声罕闻，恐后世无传，故撰斯记。"然其涉笔所及，又不独在记述庙观而已。

《水经注》为后魏郦道元作。道元字善长，范阳人，官御史中尉。所注《水经》，凡四十卷，繁征博引，逸趣横生，一洗汉、魏人注书的积习。其实他这书已是超出"注"的范围以外。凡于一水经流之地，必考其故实，述其逸闻。古代之神话与传说，往往赖以保存。正如希腊朴桑尼（Pausanias）氏之《希腊游记》（Description of Greece），其所保存的各地的传说，竟成为今代研究民俗学、神话学之宝库。然郦氏之作，更有较朴桑尼氏之作为尤伟大处。《希腊游记》只是干燥的旅行记载，而郦氏的《水经注》则为肌体丰腴的绝妙之文学作品。凡所状写，无不精妙。而于写景描声，尤为擅长。在一切文学史中，以注"古书"而其注的自身成为绝好之不朽名著者，此书而外，似无第二部。像他注《水经》的"清水出河内修武县之北黑山"一句云：

> 黑山在县北白鹿山东，清水所出也。上承诸陂散泉，积以成川，南流，东南屈。瀑布乘岩，悬河注壑，二十余丈，雷赴之声，震动山谷。左右石壁层深，兽迹不交，隍中散水雾合，视不见底。南峰北岭，多结禅栖之士，东岩西谷，又是刹灵之图。竹柏之怀，与神心妙远，仁智之性，共山水效深，更为胜处也。其水历涧飞流，清

冷洞观，谓之清水矣。……

即柳宗元最佳之记游小品，即不过是。注中似此之处，更是应接不暇，且又绝少雷同之文。作者之笔力诚可称是：舒卷自如，重过千钧。

参考书目

一、《北史》 唐李延寿撰，有《二十四史》本。

二、《魏书》 北齐魏收撰，有《二十四史》本。

三、《北齐书》 唐李百药撰，有《二十四史》本。

四、《周书》 唐令狐德棻撰，有《二十四史》本。

五、《古诗纪》 明冯惟讷编，有明刊本。

六、《全汉三国晋南北朝诗》 丁福保编，有医学书局铅印本。

七、《汉魏六朝百三名家集》 明张溥编，有明刊本，有清长沙复刊本。

八、《全上古三代秦汉三国六朝文》 清严可均辑，有黄冈王氏刊本，有医学书局石印本。

第二十三章

隋及唐初文学

隋及唐初文学皆受梁陈的影响——南朝文士北上者之多——隋的诗坛诗人杨广——北方诗人：薛道衡、卢思道及李德林——杨素与孙万寿——南朝的降臣们：王胄及许善心等——唐初的诗坛——陈隋的遗老们：许敬宗等——长孙无忌、李义府与上官仪——魏征——王绩——初唐四杰：王杨卢骆——白话诗人王梵志——隋及唐初的散文——玄奘的翻译工作——《大唐西域记》

一

从庾信、王褒入周以后，北朝的文学起了一个很大的变动。几乎是自居于六朝风尚"化外"的北周与北齐的文坛，登时发生了一个大改革，把他们自己掷身到时代的潮流之中，而成为六朝文学运动中的北方的支流。到了隋文帝开皇九年（公元589年），南朝的陈，为隋兵所灭，自后主陈叔宝以下诸文臣学士，皆北徙。于是跟随了南北朝的统一，而文坛也便统一了。在隋代的三四十年间（581年—618

年）差不多没有什么新的树立。从炀帝杨广以下，全都是无条件地承袭了梁、陈的文风。李渊禅代（公元 618 年）之后，情形还是不变。唐初的文士们，不仅大多数是由隋入唐的，且也半是从前由陈北徙的；像傅奕、欧阳询、褚亮、萧德言、姚思廉、虞世南、李百药、陈叔达、孔颖达、温彦博、颜师古诸人，莫不皆然。当然，那时文坛的风气是不会有什么丕变的。及王、杨、卢、骆四杰出现，唐代的文学，始现出从自身放射出的光芒来。但王、杨、卢、骆诸人，与其说是改变了六朝的风尚，还不如说是更进展地把六朝的风尚更深刻化，更精密化、更普及化了。他们不是六朝文学的改革者，而是变本加厉地把六朝文学的势力与影响更加扩大了。他们承袭了六朝文学的一切，咀嚼了之后，更精练地吐了出来。他们引导了、开始了“律诗”的时代。在他们的时候，倩妍的短曲，像《子夜》、《读曲》之流是不见了；梁、陈的别一新体，像“沙飞朝似幕，云起夜疑城”（梁简文帝），“白云浮海际，明月落河滨”（吴均），“终南云影落，渭北雨声多”（江总）之流，却更具体地成为流行的诗格。这便启示着“律诗时代”的到来。在这一方面，所谓“四杰”的努力是不能忘记的。

二

先讲诗坛的情形。隋代的诗坛，全受梁、陈的余光所照，既如上文所述。陈叔达、许善心，王胄以及虞世基、世南兄弟，皆为由陈入隋者。北土的诗人们，像卢思道、薛道衡等也全都受梁、陈的影响。当时的文学的东道主，像帝王的杨广，大臣的杨素，也都善于为文。杨广的天才尤高，所作艳曲，上可追梁代三帝，下亦能比肩陈家后主。

杨广为文帝杨坚第二子。弘农郡华阴人。开皇元年（公元 581 年），立为晋王。后坚废太子勇，立广为太子。又五年，杀坚自立。在位十二年。为政好大喜功，且溺于淫乐，天下大乱遂起。广幸扬州，为宇文化及所杀。广虽不是一个很高明的政治家，却是一位绝好的诗人，正和陈、李二后主，宋的徽宗一样，而其运命也颇相同。他虽是北人，所作却可雄视南士。薛、卢之流，自然更不易与他追踪逐北。像他的《悲秋》：

故年秋始去，今年秋复来。露浓山气冷，风急蝉声哀。鸟击初移树，鱼寒欲隐苔。断雾时通日，残云尚作雷。

又像他的《春江花月夜》：

暮江平不动，春花满正开。流波将月去，潮水共星来。

都是置之梁祖、简文诸集中而不能辨的。又有"寒鸦飞数点，流水绕孤村"的数语，曾为秦观取入词中，成为"绝妙好辞"。惜全篇已不能有。

有了这样的一位文学的东道主在那里，隋代文学，当然是很不枯窘的了。相传广妒心甚重，颇不欲人出其上。薛道衡初作《昔昔盐》，有"暗牖悬蛛网，空梁落燕泥"语，及广杀之，乃说道："还能作'空梁落燕泥'语否？"此事未必可信。"空梁落燕泥"一语，并不见如何高妙，《昔昔盐》全篇，更为不称。广又何至忮刻至此呢。

薛道衡（540年—609年）字玄卿，河东汾阴人。少孤，专精好学，甚著才名。为齐尚书左外兵郎。齐亡，又历仕周、隋。杨广颇不悦之。不久，便以论时政见杀。有集三十卷。江东向来看不起北人所作，然道衡所作，南人往往吟诵。像他的《人日思归》：

入春才七日，离家已二年。人归落雁后，思发在花前。

颇不愧为短诗的上驷。

与道衡同时有声并历诸朝者，为卢思道及李德林。德林字公辅，博陵安平人。初仕齐，后又历仕周、隋。后出为湖州刺史。有集。德林诗传者甚少。思道，字子行，范阳人，聪爽有才辩。也历仕齐、周、隋三朝。开皇间为散骑侍郎。有集。思道所作，情思颇为寥落。

此二人俱并道衡而不及。

在北人里，较有才情者还要算是一位不甚以诗人著称的杨素。素字处道，弘农华阴人。仕周，以平齐功，封成安县公。杨坚受禅，加上柱国，进封越国公。大业初，拜太师，改封楚公。有集。他的诗，像："日出远岫明，鸟散空林寂"（《山斋独坐》）诸语，还不脱齐、梁风格。至于《赠薛播州十四首》，中如：

> 北风吹故林，秋声不可听。雁飞穷海寒，鹤唳霜皋净。含毫心未传，闻音路犹敻。唯有孤城月，徘徊犹临映。吊影余自怜，安知我疲病。

便非齐、梁所得范围的了。殆足以上继嗣宗，下开子昂。《北史》谓："素尝以五言诗七百字赠播州刺史薛道衡。词气颖拔，风韵秀上，为一时盛作。未几而卒。道衡曰：'人之将死，其言也善，若是乎！'"

又有孙万寿字仙期，信都武强人。在齐为奉朝请。杨坚为帝时，滕穆王引为文学。坐衣冠不整，配防江南。宇文述召典军事，郁郁不得志。为五言诗寄京邑知友，有："如何载笔士，翻作负戈人！飘摇如木偶，弃置同刍狗。失路乃西浮，非狂亦东走"语，盛为当世吟诵。天下好事者，多书壁而玩之。后归乡里，为齐王文学。终于大理司直。他所作亦多北人劲秀之气，直吐愤郁，不屑做儿女之态，像《东归在路率尔成咏》：

> 学宦两无成，归心自不平。故乡尚千里，山秋猿夜鸣。人愁惨云色，客意惯风声。羁恨虽多绪，俱是一伤情。

又孔绍安，大业末为监察御史，与万寿齐名。后入唐为秘书监。他的《落叶》："早秋惊落叶，飘零似客心。翻飞未肯下，犹言惜故林"，颇具有深远之意。

开皇九年（公元589年），是隋文学上很可纪念的一年。政治上成就了南北的统一，结束了二百七十余年（317年—589年）的南北对峙的局面，而文坛上为了南朝的降王降臣的来临，更增加了活气不少。

陈后主叔宝到了北朝以后，是否仍然继续从前的努力，我们无从知道。即使还未放弃创作的生活，其风格当也仍是不曾变动过。我们在他的集里，看不出一点过着降王的生活后的影子。他死于仁寿四年（公元 604 年），离开他的被俘，已是十六年之久了。相传他和杨广交甚厚。或者不至于过着"以眼泪洗面"的生活吧。叔宝的弟叔达也是因了这个政治上的统一而由南北上者。叔达字子聪，陈宣帝第十六子。年十余岁，援笔便成诗，徐陵甚奇之。入隋为绛郡通守。后又降李渊。贞观中拜礼部尚书。他的诗是彻头彻尾的梁、陈派，与他哥哥一样，惟天才较差。

同在这一年北上的，有王胄、虞世基、世南兄弟。王胄字承基，琅琊临沂人，仕陈为东阳王文学。入隋为学士。以与杨玄感交游，坐诛。虞世基字茂世，会稽余姚人。仕陈为尚书左丞。入隋，杨广深爱厚之。宇文化及杀广时，世基也遇害。其弟世南字伯施，与兄同入隋，时人以方二陆。大业中官秘书郎。后入唐，累官秘书监。

许善心，虽不是一位被俘的降人，却也是一位庾、王似的南人留北者。他字务本，高阳北新城人。陈祯明二年，以通直散骑常侍，聘于隋。为隋所留，絷宾馆。及陈亡，衰服号哭。后乃拜官。杨广被杀时，善心也同时遇害。

这几个人的诗，风格都不甚相殊，可以王胄的《枣下何纂纂》为代表：

御柳长条翠，宫槐细叶开。还得闻春曲，便逐鸟声来。

三

所谓初唐的诗坛，相当于李渊及其后的三主的时代，即自武德元年到弘道元年的六十余年（618 年—683 年）间。开始于陈、隋遗老的遗响，终止于王、杨、卢、骆四杰的鹰扬。这其间颇有些可述的。当武德初，李世民与其兄建成、弟元吉争位相倾。各延揽儒士，以张势力。世民于秦邸开文学馆，召杜如晦、房玄龄、于志宁、苏世长、薛收、褚亮，姚思廉、陆德明、孔颖达、李道玄、李守素、虞世南、蔡允恭、颜相时、许敬宗、薛元敬、盖文达、苏勖等十八人为学士，时号十八学士。及他杀建成、元吉后，太子及齐王二邸中的豪彦，也并集于朝。世民他自己也好作“艳诗”。当时的风尚，全无殊于隋代。诗人之著者，像陈叔达、虞世南、欧阳询、李百药、杜之松、许敬宗、褚亮、蔡允恭、杨师道诸人皆是由隋入唐的。此外还有长孙无忌、李义府、上官仪、魏征、王绩诸人，一时并作，诗坛的情形是颇为热闹的。王绩尤为特立不群的雄豪。

欧阳询字信平，潭州临湘人，仕隋为太常博士。入唐，撰《艺文类聚》，甚有名。官至太子率更令。李百药字重规，德林子，七岁能属文，时号奇童。隋时为太子通事舍人。入唐，拜中书舍人。曾著《齐史》。百药藻思沉郁，尤长五言，虽樵童牧子亦皆吟讽。像《咏蝉》：

清心自饮露，哀响乍吟风。未上华冠侧，先惊翳叶中。

已宛然是沈、宋体的绝句了。杜之松，博陵曲阿人，隋起居舍人。贞观中为河中刺史。与王绩交好。许敬宗字延族，杭州新城人，善心子。入唐为著作郎，高宗时为相。有集。褚亮字希明，杭州钱塘人。隋为太常博士。贞观中为散骑常侍，封阳翟县侯。蔡允恭，荆州江陵人，隋为起居舍人。贞观中，除太子洗马。杨师道，隋宗室，字景猷。入唐尚桂阳公主，封安德郡公。贞观中为中书令。为诗如宿构，无所窜定。

李义府，瀛州饶阳人。对策擢第。累迁太子舍人，与来济俱以文翰见知，时称“来李”。高宗时为中书令，后长流巂州。他的《堂堂词》：

懒整鸳鸯被，羞褰玳瑁床。春风别有意，密处也寻香。

甚有名，是具着充分的梁、陈的气息的。同时，长孙无忌（字机辅，河南洛阳人，为唐外戚。（文德后兄）封齐国公。高宗时，贬死黔州。其《新曲》：“玉佩金钿随步远，云罗雾縠逐风轻。转目机心悬自许，何须更待听琴声”云云，也是所谓“艳诗”的一流，甚传于时。

上官仪（616 年？—664 年）也是义府与无忌的同道。其诗绮错婉媚，人多效之，谓为“上官体”。他的《早春桂林殿应诏》：“晓树流莺满，春堤芳草积。风光翻露文，雪华上空碧”云云，无愧于梁、陈之作。他字游韶，陕州陕人。贞观初擢进士第。高宗时为西台侍郎，同东西台三品。后以事下狱死。

魏征《述怀》却不是梁、陈作风所能拘束的了。像“纵横计不就，慷慨志犹存。……人生感意气，功名谁复论”云云，其气概豪健，盖不是所谓“宫体”、“艳诗”所能同群者。“人生感意气”云云，活画出一位直心肠的男子来。以阮嗣宗与陈子昂较之，恐怕还要有些差别。独惜征所作不多耳。征字玄成，魏州曲城人。少孤，落魄有大志。初从李建成，为太子洗马。世民杀建成，乃拜他为谏议大夫，封郑国公。

王绩（599 年—644 年）与魏征又有所不同，他却是以澹远来纠正浓艳的。绩字无功，绛州龙门人。隋大业中为扬州六合丞，以非所好，弃去不顾。结庐河渚，以琴酒自乐。武德初，以前官待诏门下省。或问：“待诏何乐？”他道：“良酝可恋耳。”照例日给酒三升，陈叔达特给他一斗。时太乐署史焦革家善酿。绩求为丞。革死，又弃官归。尝躬耕于东皋，故时人号东皋子。或经过酒肆，动留数日。往往题壁作诗，多为好事者讽咏。死时，预自为墓志。其行事甚类陶渊明，而其作风也与渊明相近。像《田家》：（一作王勃诗，但风格大不类。）

> 阮籍生涯懒，嵇康意气疏。相逢一醉饱，独坐数行书。小池聊养鹤，闲田且牧猪。草生元亮径，花暗子云居。倚床看妇织，登垅课儿锄。回头寻仙事，并是一空虚。

还不类渊明么？更有趣的是，像《田家》的第二首：

家住箕山下，门枕颍川滨。不知今有汉，唯言昔避秦。琴伴前庭月，酒劝后园春。自得中林士，何忝上皇人。

以及第三首的“恒闻饮不足，何见有残壶”云云，连其意境也便是直袭之渊明的了。他的最好的诗篇，像《野望》：

东皋薄暮望，徙倚欲何依？树树皆秋色，山山唯落晖。牧人驱犊返，猎马带禽归。相顾无相识，长歌怀《采薇》。

像《过酒家》：

对酒但知饮，逢人莫强牵。倚垆便得睡，横瓮足堪眠。

也浑是上继嗣宗、渊明，下起王维、李白的。在梁、陈风格紧紧握住了诗坛的咽喉的时候，会产生了这样的一位风趣澹远的诗人出来，是颇为可怪的。或正如颜、谢的时候而会有渊明的同样的情形罢。一面自然是这酒徒的本身性格，一面也是环境的关系。他不曾做过什么“文学侍从之臣”，故也不必写作什么“侍宴”、“颂圣”的东西，以损及他的风格，或舍己以从人。

四

“四杰”的起来，在初唐诗坛上是一个极重要的消息。“四杰”也是承袭了梁、陈的风格的。惟意境较为阔大深沉，格律且更为精工严密耳。他们是上承梁、陈而下起沈、宋（沈佺期、宋之问）的。王世贞说：

卢、骆、王、杨，号称四杰。词旨华靡，固沿陈、隋之遗；翩翩意象，老境超然胜之。五言遂为律家正始。内子安稍近乐府，杨、卢尚宗汉、魏。宾王长歌，虽极浮靡，亦有微瑕，而缀锦贯珠，滔滔洪远，故是千秋绝艺。

在许多持王、杨、卢、骆优劣论者当中，世贞此话，尚较为持平。

王勃（647 年—675 年）字子安，绛州龙门人。很早的便会写诗。相传他六岁善文辞，九岁得颜师古注《汉书》读之，作《指瑕》以擿其失。麟德初（公元 664 年），刘祥道表于朝，对策高第。年未及冠，授朝散郎。沛王闻其名，召署府修撰。因作《檄英王鸡文》，被出为虢州参军。后又因事除名。上元二年（公元 675 年—675），往交趾省父，渡海溺水，悸而卒，年二十九。有集（《王子安集》，有通行本，《四部丛书》本）。初，他道出钟陵，九月九日，都督大宴滕王阁，宿命其婿作序以夸客。因此纸笔遍请，客莫敢当。至子安抗然不辞。都督怒起更衣。遣吏伺其文辄报。至“落霞与孤鹜齐飞，秋水共长天一色”语，乃矍然道：“天才也！”请遂成文，极欢罢。那便是有名的《滕王阁序》。又相传子安属文初不精思，先磨墨数升，引被覆面而卧。忽起书之，不易一字。时人谓之腹稿。他所作以五言为最多，且均是很成熟的律体。像《郊兴》：

空园歌独酌，春日赋闲居。泽兰侵小径，河柳覆长渠。雨去花光湿，风归叶影疏。山人不惜醉，唯畏绿尊虚。

还不是律诗时代的格调么？又像：

抱琴开野室，携酒对情人。林塘花月下，别似一家春。

——《山扉夜坐》

山泉两处晚，花柳一园春。还持千日醉，共作百年人。

——《春园》

还不宛然是最正格的五绝么？又像《寒夜怀友杂体》：

北山烟雾始茫茫，南津霜月正苍苍，秋深客思纷无已，复值征鸿中夜起。

虽说是“杂体”，其实还不是“七绝”之流么？沈、宋时代的到来，盖在“四杰”的所作里，已先看到其先行队伍的踪迹了。正如太阳神万千缕的光芒还未走在东方之前，东方是先已布满了黎明女神的玫瑰色的曙光了。

杨炯（650年—695年？），华阴人，幼即博学好为文。年十一，举神童，授校书郎。为崇文馆学士，迁詹事司直。恃才简倨，人不容之。武后时，迁婺州盈川令，卒于官。他闻时人以四杰称，便自言道：“吾愧在卢前，耻居王后。”（当时的品第是王、杨、卢、骆，他故云然。）张说道：“杨盈川文思如悬河注水，酌之不竭；既优于卢，亦不减王也。”有《盈川集》。他的诗像“帝畿平若水，官路直如弦”（《骢马》），“三秋方一日，少别比千年”（《有所思》），“离亭隐乔树，沟水浸平沙。左尉才何屈，东关望渐赊”（《送丰城王少尉》）等，都是足称律诗的前驱的。

“四杰”身世皆不亨达，而卢照邻为尤。他为了不可治的疾病，艰苦备尝，以至于投水自杀。在我们的文学史里同样的人物是很少的。照邻（650年？—689年？）字昇之，幽州范阳人。年十余岁，从曹宪、王义方授《苍雅》及经史。博学善属文。初授邓王府典签。王有书二十车，照邻披览，略能记忆。王甚爱重之。对人道：“此即寡人相如也。”后拜新都尉，因染风疾去官。居太白山中。以服饵为事。而疾益笃。客东龙门山，友人时供其衣药。疾甚，足挛，一手又废，乃徙阳翟之具茨山下，买园数十亩，疏颍水周舍。复预为墓，偃卧其中。作《五悲》及《释疾文》，读者莫不悲之。然疾终不愈。病既久，不堪其苦，乃与亲友执别，自投颍水而死。时年四十。有集（《照邻集》有《四部丛刊》本）。照邻少年所作，不殊子安、盈川。及疾后，境愈苦，诗也愈峻。像《释疾文》：

> 岁将暮兮欢不再，时已晚兮忧来多。东郊绝此麒麟笔，西山秘此凤凰柯。死去死去今如此，生兮生兮奈汝何！

盖已具有死志了。像《羁卧山中》的“卧壑迷时代，行歌任死生。红颜意气尽，白璧故交轻。涧户无人迹，山窗听鸟声。春色缘岩上，寒光入溜平。雪尽松帷暗，云开石路明”云云，盖还是虽疾而未至绝望的时候所作，故尚有“紫书常日阅，丹药几年成”云云。

骆宾王（？年—684年？）善于长篇的歌行，像《从军中行路难》、《夏日游德州赠高四》、《帝京篇》、《畴昔篇》等，都可显出他的纵横任意，不可羁束的才情来。《畴昔篇》自叙身世，长至一千二百余字，从“少年重英侠。弱岁贱衣冠”说起，直说到“邹衍衔悲系燕狱，李斯抱怨拘秦桎。不应白发顿成丝，直为黄河暗如漆。”大约是狱中之作吧。这无疑是这时代中最伟大的一篇巨作，足和庾子山的《哀江南赋》列在同一型类中的。所谓在狱中，当然未必是指称敬业失败后的事，或当指武后时（公元684年）因坐赃“入狱”（？）的一段事。故篇中并未叙及兵事，而有“只为须求负郭田，使我再干州县禄”语。这样以五七言杂组成文的东西，诚是空前之作。当时的人，尝以他的《帝京篇》为绝唱；而不知《畴昔篇》之更远为宏伟。宾王，婺州义乌人。与子安等同是早慧者，七岁即能赋诗。但少年时落魄无行，好与博徒为伍。初为道王府属。尝使自言所能。宾王不答。后为武功主簿。裴行俭做洮州总管，表他掌书奏，他不应。高宗末，调长安主簿。武后时，坐赃左迁临海丞，怏怏不得志，弃官而去。时徐敬业在扬州起兵讨武后，署宾王为府属。军中檄都是他所作。武后读檄文到“一抔之土未干，六尺之孤安在！”语，大惊，问为何人所作，或以宾王对。后道：“宰相安得失此人！”敬业败死，宾王也不知所终。有集（《骆宾王集》，有《四部丛刊》本）。

五

在这个时代，忽有几个怪诗人出现，完全独立于时代的风气之外；不管文坛的风尚如何，庙堂的倡导如何，他们只是说出他们的心，称意抒怀，一点也不顾到别的作家们在那里做什么。在这些怪诗人里，王梵志是最重要的一个。王梵志诗，埋没了千余年，近来因敦煌写本的发现，中有他的诗，才复为我们所知。相传他是生于树瘿之中的（见《太平广记》卷八十二）。其生年约当隋、唐之间（约590到660年）。他的诗教训或说理的气味太重，但也颇有好的篇什，像：

吾有十亩田，种在南山坡。青松四五树，绿豆两三窠。热即池中浴，凉便岸上歌。遨游自取足，谁能奈我何！

城外土馒头，馅草在城里。一人吃一个，莫嫌没滋味。

这样直接的由厌世而逃到享乐的意念，我们的诗里，虽也时时有之，但从没有梵志这么大胆而痛快的表现！

梵志的影响很大，较他略后的和尚寒山、拾得、丰干，都是受他的感化的。寒山、拾得、丰干的时代，不能确知，相传是贞观中人。但最迟不会在大历以后。寒山诗，像“有人笑我诗，我诗合典雅！不烦郑氏笺，岂用毛公解。……忽遇明眼人，即自流天下”；“欲得安身处，寒山可长保，微风吹幽松，近听声逾好”云云，和拾得诗，像“世间亿万人，面孔不相似。……但自修己身，不要言他己”云云，都是梵志的嫡裔。顾况和杜荀鹤、罗隐诸人，也都是从他们那里一条线脉联下去的。

六

隋与唐初的散文，也和其诗坛的情形一样，同是受梁、陈风气的支配。杨坚即位时，有李谔者，尝上书论文体轻薄，欲图纠正，他以为：“江左齐、梁，其弊弥甚。贵贱贤愚，唯务吟咏。遂复遗理存异，寻虚逐微，竞一韵之奇，争一字之巧。连篇累牍，不出月露之形，积案盈箱，唯是风云之状。世俗以此相高，朝廷据兹擢士。禄利之路既开，爱尚之情愈笃。”于是他便主张应该：“屏黜浮词，遏止华伪。自非怀经抱质，志道依仁，不得引预缙绅，参厕缨冕。”还要对于那一类伪华的人，闻风劾奏，普加搜访，“有如此者，具状送台”。但那一篇煌煌巨文，却如投小石于巨川，一点影响也不曾发生过。文坛的风尚还是照常的推进，没有一点丕变。李德林、卢思道、薛道衡诸人所作散文，也并皆拟仿南朝，以骈偶相尚。至于由南朝入隋的文人们，像许善心、王胄、江总、虞世基等更是无论了。

唐初散文，无足称述。四杰所作，也不殊于当时的风尚。六朝之际，尚有所谓“文、笔”之分；美文多用骈俪；公牍书记，尚存质朴之意。至唐则差不多公文奏牍，也都出以骈四俪六之体，且浸淫而以“四六文”为公文的程式，为实际上应用的定型的文体了。

这时期可述者惟为若干部重要史籍的编纂。岑文本与崔仁师作《周史》。李百药作《齐史》。姚思廉次《梁》、《陈》二史。魏征编《隋史》。思廉、百药之作，皆为一家言。又有李延寿者，世居相州，贞观中为御史台主簿，兼修国史。本其父志，更著《北史》、《南史》二书。同时，又有《晋书》百三十卷的编撰，则出于群臣的合力，开后世“修史”的另外一条大路。自此以后，为一代的百科全书的所谓“正史”者，便永成为“合力”的撰述，而不复是个人的著作了。

七

佛经的翻译，在这时代仍成为重要的事业。但从鸠摩罗什大举翻译后，能继其轨辙者，唯唐初的玄奘法师。玄奘姓陈氏（596年—664年），曾往印度求法，遍历西方诸小国及印度各地而归，赍回经典极多。他离国十七年，艰苦无所不尝。曾以其所身历者，著为《大唐西域记》一书。（书题辩机译；当是玄奘口述由辩机写下者。辩机为当时最有天才的和尚，玄奘最有力的帮手。相传他因和太宗女高阳公主通，事发被杀。这是一个极大的损失。玄奘的译书，如永远得他的帮忙，成绩当不至限于今日之所见者。）此书的价值绝为宏伟，是一部最好的散文的旅行记述。前者宋云、法显游印时，并有所记，然持以较玄奘之作，则若小巫之见大巫。这部《西域记》大类希腊人朴桑尼（Pausanias）所著的《希腊游记》（The Description of Greece）。朴桑尼之作，在今日，其价值益见巨大。《西域记》亦然。今日论述印度中世史者，殆无不以此书为主要的资料。而其中所载之迷信、故迹、民间传说等，尤为我们的无价之宝。更有甚者，经由了这部伟著，无意中有许多印度传说乃都转变而成为中土的典实；像著名之《杜子春传》，便是明显的系由《西域记》中的一个故事改写而成的。这将在下文里再详说。

玄奘自贞观十九年归京师后起，直到龙朔三年圆寂的时候为止，这十九年的工夫全都耗费在翻译工作上面。他所译的共有七十三部，一千三百三十卷。传称："师自永徽改元后，专务翻译，无弃寸阴。每日自立程课。若昼日有事不充，必兼夜以读。遇乙之后，方乃停笔。摄经已，复礼佛行道。三更暂眠，五更复起，读诵梵本，朱点次第，拟明旦所翻。"像这样的一位专心一志的翻译家，只有宗教的热忱才能如此地驱迫着他吧。在他所译经中，尤以《瑜伽师地论》一百卷，《阿毗达摩大毗婆沙论》二百卷，《大般若波罗蜜多经》六百卷为最重要。其灌溉于后人的思想中者最为深厚。他还译《老子》为梵文，又将《大乘起信论》回译为梵文，以遗彼土欲睹此已失之名著者。他在沟通中、印文化上是尽了说不尽的力量的！在玄奘以前，译经者不是过于直译，为华土读者所不解，便是过于意译，往往失去原意。玄奘之译，却能祛去这两个积弊，力求与梵文相近。《玄奘传》云前代以来，所译经教，初从梵语倒写本文，次乃回之，顺同此俗。然后笔人观理文句，中间增损，多坠全言。今所翻传，都由奘旨。意思独断，出语成章，词人随写，即可披玩。"以他那样精通梵文的人来译经典，自然要较一般的译者们为更高明的了。再者，也以他处在鸠摩罗什诸大家之后，深知其病之所在，故也易为之治疗耳。

玄奘西行的经历，其自身不久便成了传说。他自己也被视作佛教圣人的一个。自唐末以来，便有种种的《西游记》，以记述这个传说。像这样的一位重要的人物，一位伟大的宗教家，其成为传说的中心，当是无足讶怪的事吧。

参考书目

一、《隋书》 唐魏征等撰，有《二十四史》本。

二、《旧唐书》 晋刘昫撰，有《二十四史》本。

三、《新唐书》 宋欧阳修，宋祁撰，有《二十四史》本。

四、《全汉三国晋南北朝诗》 丁福保辑，医学书局铅印本。

五、《全唐诗》 扬州诗局原刊本，上海同文书局石印本。

六、《唐百名家诗》 席氏刻本。

七、《艺苑卮言》 明王世贞撰，有《历代诗话续编》本。

八、梁启超：《饮冰室文集》（中华书局）卷六十《佛典之翻译》，又卷六十一《翻译文学与佛典》，又卷六十二《支那内学院精校本玄奘传书后》。

九、《敦煌掇琐》 刘复辑，中央研究院出版。

十、《全上古三代秦汉三国六朝文》 严可均辑，有黄冈王氏刊本，有医学书局石印本。

十一、《全唐文》 有扬州诗局原刊本，有广东复刻本。

第二十四章

律诗的起来

由古诗到律诗的途径——六朝风尚的总结账时期——律诗的成立——绝句与排律的同时产生——沈宋时代——沈宋律诗的成功与其影响——沈宋的绝句——沈宋的排律——沈宋的身世——同时代的诸诗人：苏味道、李峤——杜审言、崔融——崔湜、崔液——上官婉儿——乔知之、刘希夷——陈子昂

一

由不规则的古体诗，变为须遵守一定程式的律诗，其演进是很自然的。自建安以后，诗与散文一样，天天都在向骈偶的路上走去。散文到了“四六文”，是走到“骈俪文”的最高的顶点了。辞赋到了“律赋”，也已是走到“骈俪赋”的最高的顶点了。诗也是同样的，发展到“律诗”的创作的时候，也便是无可再发展的了。在这个无可再发展的时代，便起了几种转变。“绝诗”因之起来，词也因之起来。同时，便也有人回顾到古体诗的一方面，欲再度使之复活。

在这个进展的途中，也颇有些“豪杰之士”奋起而思有所改革。

然究竟像以孤柱敌狂澜，无损于水势的东趋。由建安（公元 196 年）到嗣圣（公元 684 年），快五百年了，这个趋势还是不变。变动时代的到来，是要在安史之乱（开始于公元 755 年）以后。那时，水势是平衍了，是疲乏了，尽有分流与别导到沟渠里去的可能。

许多人都以为初唐时代是改革六朝风尚的开始，却不知道六朝风尚，到了初唐却更变本而加厉。在唐代的初期的近一百五十年间（公元 618 年—755 年），无论在诗与散文上都是这样。尽管有人在喊着“复古”，在做着“尚书”体的《大诰》，但他们的声音，自行消失于无反响的空气中了。文风还是照常的进展。特别是诗体一方面，这百余年间的进展更为显著，对于后来的文坛也最有影响。

在嗣圣（公元 684 年）之前，是初唐四杰的时代。他们禀承了齐、梁的遗风，更加以扩大与发展。在五言诗方面，引进了更趋近于“律体”的格调，在七言诗方面也给她以极可能的发展的希望。这在上文已经说到过了。在嗣圣到安史之乱（公元 755 年）的七十几年间，便是“律诗”成立的时代了。五言的律诗是最先成立的。接着，七言的律诗也成为当时最重要的文体之一了。接着，别一种新诗体，即所谓“五绝”、“七绝”者，也产生了。接着，联合了若干韵的律诗而成为一篇长诗，即所谓“排律”者的风气，也开始出现了。在这短短的七十余年间，诚是诗坛上放射出最灿烂的异彩的时代，诚是空前的变异最多而且最速的时代。

这七十余年的时代，又可以分为两期。第一期是“律诗”的成立时代，也可以名之为沈、宋时代。第二期是“绝诗”与“排律”盛行的时代，也可以称之为开元、天宝时代。现在本章先讲第一期。

二

第一期从嗣圣元年到先天元年（公元 712 年），为时不到三十年，却奠定了“律诗”的基础。这时代的两个代表人便是沈佺期与宋之问。《唐书 · 文艺传》说：

> 魏建安后迄江左，诗律屡变。至沈约、庾信，以音韵相婉附，属对精密。及之问、沈佺期，又加靡丽。回忌声病，约句准篇，如锦绣成文。学者宗之，号为沈、宋。语曰："苏、李居前，沈、宋比肩。"谓苏武、李陵也。

这一段话颇足以表示出"律诗"的由来。又胡应麟云："五言律体，兆自梁、陈。唐初四子，靡缛相矜。时或拗涩，未堪正始。神龙以还，卓然成调。沈、宋、苏、李，合轨于前，王、孟、高、岑，并驰于后。新制迭出，古体攸分。实词章改革之大机，气运推迁之一会也。"这些话也可略见出律诗的历史。盖自沈约以四声八病相号召，已开始了律诗的先驱。嗣圣时代，沈佺期、宋之问出现，便很容易地收结了五百年来的总账，"回忌声病，约句准篇"，而创出"律诗"的一个新体来。大势所趋，自易号召，自易成功。所谓"声病"云云的讨论，自此竟不成为一个问题了。

"律诗"中的"五言律诗"，"四杰"时代已是流行。例如骆宾王的《在狱咏蝉》：

> 西陆蝉声唱，南冠客思侵。那堪玄鬓影，来对白头吟！露重飞难进，风多响易沉！无人信高洁，谁为表予心？

已是"律诗"最完备的体格了。唯大畅其流者，则为沈、宋。如沈佺期的《送乔随州侃》：

> 结交三十载，同游一万里。情为契阔生，心由别离死。拜恩前后人，从宦差池起。今尔归汉东，明珠报知己。

宋之问的《途中寒食题黄梅临江驿寄崔融》：

> 马上逢寒食，愁中属暮春。可怜江浦望，不见洛阳人！北极怀明主，南溟作逐臣。故园肠断处，日夜柳条新。

都是示后进以准之作。但沈、宋对于律体的应用，不限于五言，且更侵入当时流行的七言诗体范围之内。七言诗开始流行于唐初，至沈、宋而更有所谓“七言律”。“七言律”的建立，对于后来的影响是极大的。沈、宋的最伟大的成功，便在于此。沈佺期的《古意呈补阙乔知之》：

卢家少妇郁金堂，海燕双栖玳瑁梁。九月寒砧催木叶，十年征戍忆辽阳。白狼河北音书断，丹凤城南秋夜长。谁谓含愁独不见，更教明月照流黄。

颇为有声。宋之问所作的七律，今传者甚少，姑引《三阳宫侍宴应制得幽字》一首：

离宫秘苑胜瀛洲，别有仙人洞壑幽。岩边树色含风冷，石上泉声带雨秋。鸟向歌筵来度曲，云依帐殿结为楼。微臣昔忝方明御，今日还陪八骏游。

在这一方面的成功，沈、宋二人似都应居于提倡者的地位。他们的倡始号召之功，似较他们的创作为更重要。《旧唐书·文苑传》云：“中宗增置修文馆学士，择朝中文学之士，之问与薛稷、杜审言等首膺其选。当时荣之。及典举，引拔后进，多知名者。”《唐书·之问传》亦叙其陪奉武后游洛南龙门：“诏从后赋诗。左史东方虬诗先成，后赐锦袍。之问俄顷献。后览之嗟赏，更夺袍以赐。”宋尤袤《全唐诗话》云：“中宗正月晦日，幸昆明池赋诗。群臣应制百余篇。帐殿前结彩楼，命昭容选一篇为新翻御制曲。从臣悉集其下。须臾，纸落如飞。各认其名而怀之，既退，惟沈、宋二诗不下。移时，一纸飞坠。竞取而观之，乃沈诗也。及闻其评曰"二诗工力悉敌。沈诗落句云，微臣雕朽质，羞睹豫章才，盖词气已竭。宋诗云，不愁明月尽，自有夜珠来，犹陡健豪举。’沈乃伏，不敢复争。”像这样的从容游宴，所赋诗篇，传遍天下，又加以典贡举，天下士自然地从风而靡的了。何况“滚石下山，不达底不止”，这风气又是五百年来自然的进展的结果呢。同时，“绝诗”的一体，也跟了“律诗”的发达而大盛。绝诗的起来，与律诗的产生有不可分离的关系。汉魏古诗六朝乐府中，五言的短诗为最多，类皆像王台卿所作的《陌上桑》：

令月开和景，处处动春心，挂筐须叶满，息倦重枝阴。

般的以四句的五言成篇。“律诗”“约句准篇”，每篇句类有定，不适于写作这一类短诗之用。于是律诗作者们同时便别创所谓“绝诗”的一体。这维持了短诗的运命，且成为我们诗体中常是最有精彩的一部分的杰作。宋洪迈至集唐人绝句至万首之多，编为专书。可见此体爱好者之多且笃了。胡应麟谓：“五七言绝句，盖五言短古，七言短歌之变也。五言短古，杂见汉、魏诗中，不可胜数。唐人绝体，实所从来。七言短歌，始于垓下。梁、陈以降，作者坌然。第四句之中，二韵互叶，转换既迫，音调未舒。至唐诸子，一变而律吕铿锵，句格稳顺，语半于近体，而意味深长过之，节促于歌行，而咏叹悠永倍之，遂为百代不易之体。”胡氏的话，对于“绝句”，已尽赞颂之极致。但他又颇以“截近体首尾或中二联”以成绝句之说为非。此则，缘昧于诗体的自然演进的定律，故有异论耳。沈、宋之前，固有类乎“绝句”之物。惟“绝句”之成为一个新体之物，且有定格，则为创始于沈、宋时代。未可以偶然的“古已有之”的几个篇章，便推翻了发展的定律。

沈、宋的五七言绝句，佳作甚多。宋之问贬后所作，尤富于真挚的情绪，凄楚的声调。像《渡汉江》：

岭外音书断，经冬复历春。近乡情更怯，不敢问来人。

即应制之作，也还不坏。像《苑中遇雪应制》：

紫禁仙舆诘旦来，青旗遥倚望春台。不知庭霰今朝落，疑是林花昨夜开。

沈佺期的五言绝句，今传者甚鲜。其七言绝句像《邙山》：

> 北邙山上列坟茔，万古千秋对洛城。城中日夕歌钟起，山上惟闻松柏声。

是颇具着渺渺的余思的。若仅以“典丽精工”视沈、宋，似乎是太把他们估价得低了。

三

为唐代文坛重镇的一个新诗体，所谓“排律”的，也起于沈、宋之时。胡应麟谓：“排律，沈、宋二氏，藻赡精工。”排律为较长的诗体，非运之以宏伟的才情，出之以精工的笔力不可。沈、宋创造了“律诗”，同时并打开了排律的一个新的局面。王世贞谓：“二君正是敌手。排律用韵稳妥，事不旁引，情无牵合，当为最胜。”沈、宋的排律，五言最多，也最好。如佺期的《钓竿》篇：

> 朝日敛红烟，垂竿向绿川。人疑天上坐，鱼似镜中悬。避楫时惊透，猜钩每误牵。湍危不理辖，潭静欲留船。钓玉君徒尚，征金我未贤。为看芳饵下，贪得会无筌。

之问的《初至崖口》：

> 崖口众山断，嵚崟耸天壁。气冲落日红，影入春潭碧。锦缋织苔藓，丹青画松石。水禽泛容与，岩花飞的皪。微路从此深，我来限于役。怅惘情未已，群峰暗将夕。

状物陈形，已臻佳境。在排律中，气度虽未若杜甫的阔大，波澜虽未若杜甫的澎湃，然已是不易得的东西了。

四

沈、宋并称，而沈、宋的诗也往往相混杂，可见其风格的相近。沈佺期（？年—713年？）字云卿，相州内黄人。及上元二年（公元675年）进士第。由协律郎累除给事中考功。与张易之等忝昵宠甚。易之败，遂长流驩州。后得召见，拜起居郎兼修文馆直学士。寻历中书舍人，太子少詹事。开元初卒。

宋之问（660年?—710年）字延清，一名少连，汾州人。之问伟仪貌，雄于辩。甫冠，武后召与杨炯分直习艺馆。累转尚方监丞，左奉宸内供奉。与佺期、阎朝隐等，倾心媚附易之。易之所赋诗篇，尽之问、朝隐所为。及败，贬陇州。之问逃归洛阳，匿张仲之家。武三思复用事，仲之欲杀之。之问上变。由是擢鸿胪主簿。天下丑其行。中宗时，下迁越州长史，穷历剡溪山，置酒赋诗，流布京师，人人传讽。睿宗立，流之问钦州，复赐之死。

宋、沈以附张易之，声名颇为狼藉，然其才名则不可掩。佺期尝以诗赠张说。说道："沈三兄诗清丽，须让居第一也。"徐坚论之问以为其文如良金美玉，无不可。之问友人武平一为纂集其诗，成十卷。佺期亦有集传于世。沈、宋之诗，至流徙后而尤工。佺期在驩州诸作，像《三日独坐驩州思忆游》、《从驩州廨宅移住山间水亭》、《赦到不得归题江上石》、《答魑魅代书寄家人》诸篇，皆出之以五言排律，而于沉痛郁结之中，不失其流丽疏放之体。《答魑魅》一篇，长至十二韵以上，尤为当时罕有之作。"死生离骨肉，荣辱间朋游。弃置一身在，平生万事休"（《移住山间水亭》），其情诚可哀矜！

之问两经流放，终至被杀，身世尤苦于佺期，故所作更多悲戚的声韵。惟长篇较少，五律为多。像《度大庾岭》：

> 度岭方辞国，停轺一望家。魂随南翥鸟，泪尽北枝花。山雨初含霁，江云欲变霞。但令归有日，不敢恨长沙。

又像"故园长在目，魂去不须招"（《早发韶州》），"谁言望乡国，流涕失芳菲”(《早入清远峡》),“乡心新岁切，天畔独潸然。老至居人下，春归在客先”(《新年作》)诸语，莫不表示出迟暮投荒，徘徊欲泣的情绪来。沈、宋的诗，自当以这种迁谪后所作的最工。应制诸作，非不精妙，却不尽是从肺腑中流出的，故有灵魂、有真情感者甚少。

五

沈、宋同时的诗人极多。“初，中宗景龙二年(公元708年),始于修文馆置大学士四员，学士八员，直学士十二员，象四时八节十二月。于是李峤、宗楚客、赵彦昭、韦嗣立为大学士；李适、刘宪、崔湜、郑愔、卢藏用、李乂、岑羲、刘子元为学士；薛稷、马怀素、宋之问、武平一、杜审言、沈佺期、阎朝隐等为直学士。又召徐坚、韦元旦、徐彦伯、刘允济等满员。”这里殆已把沈、宋派诗人一网打尽了。但在其中的及未预其列的诗人们，若苏味道、李峤、杜审言、崔融、乔知之、崔湜、崔液、陈子昂、刘希夷诸人尤称大家。更有女作家上官婉儿在当时主持风雅，提倡文艺甚力，也当一叙及。

苏、李是和沈、宋并称的。苏味道(？年一707年),赵州栾城人。弱冠擢进士。证圣元年，出为集州刺史。圣历初，迁凤阁侍郎，同凤阁鸾台三品。居相位数载。神龙时坐张易之党，贬眉州刺史。还为益州长史，卒。李峤字巨山，与味道同里。弱冠擢进士第。武后时，官凤阁舍人。每有大手笔，皆特命峤为之。累迁鸾台侍郎，知政事，封赵国公。睿宗立，出刺怀州。玄宗时贬为滁州别驾，改庐州。峤初与王、杨接踵，中与崔、苏齐名，晚诸人没，独为文章宿老。但峤与味道所作，今存者类多应制之诗，未能窥其真性情。姑举峤的《酬杜五弟晴朝独坐见赠》为例：

> 平明坐虚馆，旷望几悠哉。宿雾分空尽，朝光度隙来。影低藤架密，香动药栏开。未展山阳会，空留池上杯。

这已是他们的很高的成就了。风格同于沈、宋，而才情却显然有些差别。相传明皇将幸蜀，登花萼楼，使楼前善水调者奏歌。歌曰："山川满目泪沾衣，富贵荣华能几时！不见只今汾水上，惟有年年秋雁飞。"帝惨怆移时，顾侍者曰："谁为此？"对曰："故宰相李峤之词也。"帝曰："真才子！"不待终曲而去。

杜审言字必简，京兆人。咸亨元年（公元670年）进士。为隰城尉。恃高才傲世，见疾。苏味道为天官侍郎，审言集判出，谓人道："味道必死！"人惊问何故。道："彼见吾判且羞死。"又道："我文章当得屈、宋作衙官，吾笔当得王羲之北面。"其矜诞类此。坐事贬吉州司户。武后时召还，授著作郎，为修文馆直学士，卒。他病时，宋之问、武平一去看他。他道甚为造化小儿相苦。尚何言！然吾在，久压公等。今且死，固大慰，但恨不见替人也。"审言少与李峤、崔融、苏味道为文章四友。在这几个人中，审言自是以天才独傲的。举其二诗为例：

> 北地春光晚，边城气候寒。往来花不发，新旧雪仍残。水作琴中听，山疑画里看。自惊牵远役，艰险促征鞍。
>
> ——《经行岚州》
>
> 迟日园林悲昔游，今春花鸟作边愁。独怜京国人南窜，不似湘江水北流。
>
> ——《渡湘江》

崔融（？年—707年）字安成，齐州全节人。长安中授著作佐郎，进凤阁舍人。坐附张易之兄弟，贬袁州刺史。寻召拜国子司业。他的诗咏从军者为多。像《西征军行遇风》：

> 北风卷尘沙，左右不相识。飒飒吹万里，昏昏同一色。马烦莫敢进，人急未遑食。草木春更悲，天景昼相匿。（下略）

颇具有异域的风趣，置在这个时代里，总算是别调。

女作家上官婉儿，是这时主持风雅的一位很重要的人物。律诗时代的成立，她是很有力于其间的。婉儿为仪之孙，武后时配入掖庭。善于文章。年十四，即为武后内掌诏命。中宗即位，大被宠爱，进拜昭容。当时文坛因她的努力而大为热闹。临淄王兵起，她被杀。她的诗，今所存者仅二十余篇，大都是应制之作，未能见出她的真实的情绪。像“密叶因裁吐，新花逐翦舒……春至由来发，秋还未肯疏。借问桃将李，相乱欲何如？”（《侍宴内殿出翦花彩应制》）正是律诗时代的“最格律矜严”之作。

六

崔湜、崔液兄弟所作，并皆可观。而液诗似更在其兄上。湜（668 年—713 年）字登澜，定州人。擢进士第。预修《三教珠英》。曾数度为相。明皇立，流岭外，复追及荆州，赐死。液字润甫，湜之弟。工五言诗，擢进士第一人。湜常呼他的小字道：“海子，我家龟龙也。”官至殿中侍御史。液所作，今传者以闺情为多。像《上元夜》：

> 星移汉转月将微，露洒烟飘灯渐稀。犹惜路旁歌舞处，踌躇相顾不能归。

又像《拟古神女宛转歌》（一作郎大家作）：

> 日已暮，长檐鸟应度。此时望君君不来，此时思君君不顾。歌宛转，宛转那能异栖宿！愿为形与影，出入恒相逐。

是很有《子夜》、《读曲》的风趣的。

刘希夷与乔知之所作，皆以歌行为多。知之，同州冯翊人。则天时，为右补阙。迁左司郎中。为武承嗣所害。相传知之有婢窈娘，为承嗣所夺。他作《绿珠篇》密送与窃娘。她结诗衣带，投井而死。承嗣以是讽酷吏罗织杀之。知之有《拟古赠陈子昂》一诗："别离三河间，征战二庭深。胡天夜雨霜，胡雁晨南翔"云云，是颇似子昂的《感遇》的。

希夷（651年—680年？）一名庭芝颍川人。上元二年（公元675年）进士，时年二十五。工篇咏，特善闺帷之作。词情哀怨，多依古调体势，与当时的风尚不合，遂不为所重。他美姿容，好谈笑，善弹琵琶，饮酒至数斗不醉。落魄不拘常检。尝作《白头吟》，有"今年花落颜色改，明年花开复谁在"语，自以为不祥。又吟一联："年年岁岁花相似，岁岁年年人不同。"遂叹道："生死有命，岂由此虚言乎？"遂并存之。诗成未周岁，果为奸人所杀。或谓：其舅宋之问，苦爱后一联，知其未传于人，恳求之。许而竟不与。之问怒其诳己，使奴以土囊压杀于别舍，时年未及三十。这话未必可信。之问为一代宗匠，又何至夺甥之作！后孙翌撰《正声集》，以希夷诗为集中之最。由是大为人所称。《白头吟》（一作《代悲白头翁》）自是杰作，但像《春日行歌》：

> 山树落梅花，飞落野人家。野人何所有？满瓮阳春酒。携酒上春台，行歌伴落梅。醉罢卧明月，乘梦游天台。

其拓落疏豪的态度，已是李白的一个先驱了。

七

但在这一群诗人里，还不得不推陈子昂为一个异军突起者。子昂和刘希夷、乔知之皆非沈、宋所能牢笼，所能范围者。而子昂尤为杰出。齐、梁风尚的转变，在子昂的诗里，已充分地透露出消息来。子昂（661年—702年）字伯玉，梓州射洪人。开耀二年（公元682年）进士。初，年十八，未知书，以富家子，任侠尚气，好弋博。后入乡校，感悔。即于州东南金华山观读书，痛自修饰，精穷坟典。武后时，拜麟台正字，累迁拾遗。圣历初，解官归。为县令段简所诬诈，捕下狱，死。年四十一。相传子昂初入京不为人知。有卖胡琴者，价百万，豪贵传视，无辨者。子昂突出，顾左右以千缗市之，众惊问，答道："余善此乐。"皆道："可得闻乎？"子昂道："明日可集宣阳里。"如期偕往，则酒肴毕具。置胡琴于前。食毕，捧琴语道："蜀人陈子昂，有文百轴，驰走京毂，碌碌尘土，不为人知。此乐，贱工之役，岂宜留心！"举而碎之，以其文轴遍赠会者。一日之内，声华溢都子昂初为《感遇诗》，王适见而惊道："此子必为海内文宗。"柳公权评其诗道："能极著述，克备比兴，唐兴以来，子昂而已。"有集十卷。子昂《感遇诗》，今见三十八章，其风格大似阮籍《咏怀》、左思《咏史》，当是受他们的启示而写的。这三十八章的诗篇，内容甚杂，或咏史，或抒怀，或超脱，或悲悯，但综其格律，放在沈、宋的一群里，却是不类不同的。像：

林居病时久，水木澹孤清。闲卧观物化，悠悠念无生。青春始萌达，朱火已满盈。徂落方自此，感叹何时平。

索居犹几日，炎夏忽然衰。阳彩皆阴翳，亲友尽睽违。登山望不见，涕泣久涟洏。宿梦感颜色，若与白云期。马上骄豪子，驱逐正蚩蚩。蜀山与楚水，携手在何时?

朔风吹海树，萧条边已秋。亭上谁家子，哀哀明月楼。自言幽燕客，结发事远游。赤丸杀公吏，白刃报私仇。避仇至海上，被役此边州。故乡三千里，辽水复悠悠。每愤胡兵入，常为汉国羞。何知七十战，白首未封侯!

比了一般的颂圣酬宴的所作，自然是高出万倍的了。他痛快地抒其所怀抱的情思，一点也不顾忌，一点也不宛曲回避，直活现出一位"性褊躁"，易于招祸的诗人来。又像《登幽州台歌》：

前不见古人，后不见来者。念天地之悠悠，独怆然而涕下。

那样的豪迈，那样的潇洒，自不会向“破家县令”屈膝，自要为其所陷害的了。

参考书目

一、《旧唐书》 卷一百九十《文苑传》。

二、《新唐书》 卷二百一至三《文艺传》。

三、辛文房《唐才子传》(有《佚存丛书》本；涵芬楼有石印本《佚存丛书》)。

四、《唐诗纪事》 宋计有功撰，有清刊本，有石印本。

五、《全唐诗话》 宋尤袤撰，有何文焕刻《历代诗话》本。(《历代诗话》有原刊本，有医学书局石印本。)

六、《全唐诗》 有扬州诗局原刊本，有同文书局石印本。

七、《少室山房笔丛》 明胡应麟撰，有明刊本，有清嘉庆间刊本。

八、《全唐诗说》 明王世贞撰，有《学海类编》本。

九、《唐诗癸签》 明胡震亨撰，有明刊本。又震亨的《唐诗谈丛》，有《学海类编》本。

十、《唐百名家诗》 清席氏编刊。

第二十五章

开元天宝时代

唐诗的黄金时代——张九龄与吴中四杰——新诗人的纷起——王维与裴迪——孟浩然——王孟作风的不同——谪仙人李白——老诗人高适——富于异国情调的作家岑参——王昌龄、常建、崔颢等——崔国辅、王翰、贾至等

一

开元、天宝时代，乃是所谓“唐诗”的黄金时代；虽只有短短的四十三年（公元713年—755年），却展布了种种的诗坛的波涛壮阔的伟观，呈献了种种不同的独特的风格。这不单纯的变幻百出的风格，便代表了开、天这个诗的黄金的时代。在这里，有着飘逸若仙的诗篇，有着风致澹远的韵文，又有着壮健悲凉的作风。有着醉人的谵语，有着壮士的浩歌，有着隐逸者的闲咏，也有着寒士的苦吟。有着田园的闲逸，有着异国的情调，有着浓艳的闺情，也有着豪放的意绪。总之，这时代是囊括尽了种种的诗的变幻的。也没有一个时代，更曾同时诞生那么多

的伟大的诗人！然而，她只是短短的四十三年！希腊的悲剧时代，英国的莎士比亚时代，还不只是短短的数十年么？

五七言的古、律诗体，到了这个时代，格律已是全备。其中，七言的律、绝，方才刚刚萌芽，还不曾有人用全力去灌溉之；正是诗人最好的一试驰骋的好身手的时候。故开、天的诗人们，于此独擅胜场，正如建安时代的五言诗，沈、宋时代的五言的律、绝。把握着新发于硎的牛刀，而以其勃勃的诗思为其试手的对象，那些天才的“庖丁”们，当然个个都会“得手应心”的了。

二

开、天间的诗人们，一时是计之不尽的。殷璠的《河岳英灵集》，录当时诗人至二十四人之多。元结的《箧中集》，所载则有七人。此外不在其中者，更还有不少。杜甫也初次出现于这个时代的诗坛上。但他的重要的诗篇，几皆是开、天以后所作。这个黄金时代，包纳不了杜甫，而杜甫在这个时代，也未尽挥展出他的惊人的天才。故另于下章详之。

开、天时代的老诗人们：有张九龄、贺知章、姚崇、宋璟、包融、张旭、张若虚、张说、苏颋、李乂等。

张九龄字子寿，韶州曲江人。七岁知属文。擢进士。迁左拾遗。后以张说荐，为集贤院学士。俄拜中书侍郎同平章事。为李林甫所排挤，贬荆州长史，卒。有集。九龄的诗，回旋于沈、宋的时代，而别有所自得。他的《感遇》十二首，和陈子昂的所作又自不同，其托意的直率，颇有影响于后来的诗坛。像《感遇》中的一首：

> 江南有丹橘，经冬犹绿林。岂伊地气暖，自有岁寒心。可以荐嘉客，奈何阻重深。运命唯所遇，循环不可寻。徒言树桃李，此木岂无阴！

这全是以“丹橘”自况的；和后来的“妆罢低声问夫婿，画眉深浅入时无？”是在同一个调子里的东西，但似更为露骨些。九龄诗往往如此，故颇伤于直率，少含蓄的余味。

与张九龄同为开元、天宝时代的名相的姚崇、宋璟，也并能诗。崇初名元崇，又名元之，陕州人。贞观中，应下笔成章举，授濮州司仓。后数居台辅，负时重望。荐宋璟自代。其诗像：“舟轻不觉动，缆急始知牵”，语甚有致。宋璟，邢州南和人，继崇为相，耿介有大节。他的《送苏尚书赴益州》：“园林若有送，杨柳最依依”，意境也很新。

贺知章字季真，会稽永兴人，少以文辞知名。累迁秘书监。他性放旷，晚尤纵诞，自号四明狂客。天宝初，请为道士还乡里。诏赐镜湖剡川一曲。年八十六卒。其七言绝句，像《咏柳》的“不知细叶谁裁出，二月春风似剪刀”和《回乡偶书》的二首：“少小离乡老大回”，“唯有门前镜湖水，春风不改旧时波”，都是盛传人口的。

他和包融、张旭、张若虚并号“吴中四杰”。融，湖州人，为大理司直。旭，苏州吴人。嗜酒善草书，每醉后号呼狂走，才下笔，或以头濡墨而书。既醒，自视以为神。世呼为张颠，或传称为“草圣”。若虚，扬州人，为兖州兵曹。所作《春江花月夜》：“春江潮水连海平，海上明月共潮生。滟滟随波千万里，何处春江无月明”的一首七言的长篇，乃是令人讽吟不能去口的隽什。

张说和苏颋也并为开元名相，也皆能诗。说字道济，一字说之，洛阳人。武后时为凤阁舍人，以忤旨，配流钦州。开元初，进中书令，封燕国公。亦数经迁谪，至左丞相卒。他喜延纳后进。朝廷大述作多出其手，与苏颋号“燕、许大手笔”。谪后的诗，益凄婉动人，人谓得江山之助。像《南中别蒋五岑向青州》：

> 老亲依北海，贱子奔南荒。有泪皆成血，无声不断肠。此中逢故友，彼地送还乡。愿作枫林叶，随君度洛阳。

诚是深以迁谪为念的。但像：“丝管清且哀，一曲倾一杯。气将然诺重，心向友朋开”（《宴别王熊》），却颇有些豪迈的意气。

苏颋字廷硕，瓌子。幼敏悟。明皇爱其文，进紫薇侍郎，知政事。与李乂对掌书命。帝道："前世李峤、苏味道，文擅当时，号苏、李。今朕得颋及乂，又何愧前人。"他的小诗，也时有佳趣，像《将赴益州题小园壁》：

岁穷惟益老，春至却辞家。可惜东园树，无人也作花。

李乂字尚真，赵州房子人，幼工属文。开元初，为紫薇侍郎，除刑部尚书，卒，年六十八。与兄尚一、尚贞并有文名。有《李氏花萼集》。

三

但开元、天宝的时代，虎踞于诗坛上者，并不是这些老作家们。新兴的诗人们是像雨天的层云般，推推拥拥地向无垠的天空上跑去。在那些无数的新诗人们里，无疑地要选出王维、孟浩然、李白、高适、岑参五人，作为最重要的代表。那五位诗人们的作风，都是很不相同的；差不多也可以代表了当时五方面的不同的倾向。先说王维。

王维（699年—759年）的作风，是直接承继了东晋陶渊明的。渊明的诗，澹泊而有深远之致，维诗亦然。像那样的田园诗，若浅实深，若凡庸实峻厚，若平淡实丰腴的，千百年间仅得数人而已。维字摩诘，河东人，工书画，与弟缙，俱有俊才。开元九年进士擢第。天宝末为给事中。安禄山陷两都，维被囚于菩提寺。肃宗时，为尚书右丞。维笃于奉佛，晚年长斋禅诵。一日忽索笔作书别亲故，舍笔而卒。开、天间，维诗名最盛，王侯豪贵之门，无不拂席迎之。尝得宋之问辋川别墅，山水绝胜，与裴迪泛舟往来，啸咏终日。殷璠谓："维诗，词秀调雅，意新理惬，在泉成珠，著壁成绘。"苏轼亦云："维诗中有画，画中有诗。"《集异记》(《全唐诗话》引）载维未冠时，文章得名，妙能琵琶。春之一日，岐王引至公主第，使为伶人进主前。维进新曲，号《郁轮袍》，并出所作。主大奇之。此事或未可信。明人王衡尝作《郁轮袍》杂剧，为维辨诬。惟唐人进身之阶，往往要借大力，像维一类的事，盖当时并不以为可怪。安史乱后，音乐家的李龟年，奔放江潭，尝于湘中采访使筵上，唱“红豆生南国，春来发几枝”，又“秋风明月苦相思，荡子从戎十载余”诸作，皆维诗也。可见当时维诗流行的盛况。维的诗，最有画意者，像《渭川田家》：

斜阳照墟落，穷巷牛羊归。野老念牧童，倚杖候荆扉。雉雊麦苗秀，蚕眠桑叶稀。田夫荷锄至，相见语依依。即此羡闲逸，怅然吟《式微》。

像《山居秋暝》：

空山新雨后，天气晚来秋。明月松间照，清泉石上流。竹喧归浣女，莲动下渔舟。随意春芳歇，王孙自可留。

和“草际成棋局，林端举桔槔”（《春园即事》），“牧童望村去，猎犬随人还”（《淇上即事田园》），“春风动百草，兰蕙生我篱”（《赠裴十迪》），“山下孤烟绕村，天边独树高原”，“花落家僮未扫，莺啼山客犹眠”（《田园乐》，一作皇甫曾诗），“空山不见人，但闻人语响。返景入深林，复照青苔上”（《鹿柴》）等，都是富于田园风趣的。但他偶写城市，也是同样的可爱。像《早朝》：“皎洁明星高，苍茫远天曙。槐雾暗不开，城鸦鸣稍去。始闻高阁声，莫辨更衣处。银烛已成行，金门俨驺驭。”和隋代无名氏的《鸡鸣歌》：“东方欲明星烂烂……千门万户递渔钥”恰是同类的隽作。若《琵琶记》的《辞朝》，从黄门官口中说出那么一大片的官话来，却徒见其辞费耳。维的七言绝句，像《少年行》：“相逢意气为君饮”，“纵死犹闻侠骨香”，像《九月九日忆山东兄弟》：“遍插茱萸少一人”，像《渭城曲》：“渭城朝雨浥轻尘”，像《戏题辋川别业》：“藤花欲暗藏猱子”，像《私成口号诵示裴迪》：“万户伤心生野烟”，都是很俊雅的。而《渭城曲》，论者（如胡应麟）尤推之，以为盛唐绝句之冠。

集合于王维左右的诗人们，有维的弟缙（字夏卿，广德、大历中为门下侍郎，同平章事），及其友裴迪（关中人，尝为尚书省郎，蜀州刺史）、崔兴宗（尝为右补阙）、苑咸（成都人，中书舍人）、丘为（苏州嘉兴人，太子右庶子）等。裴迪、崔兴宗尝与维同居终南山。苑咸能书梵字，兼达梵音，曲尽其妙。后维与裴迪又同住辋川，交往尤密。故迪的作风，甚同于维，于辋川诸咏尤可见之，像："秋来山雨多，落叶无人扫"（《宫槐陌》），"泛泛鸥凫渡，时时欲近人"（《栾家濑》）等。

四

孟浩然（689年—740年）襄阳人，少好节义，工五言。隐鹿门山，不仕。四十游京师，与诸诗人交往甚欢。尝集秘省联句，浩然道："微云淡河汉，疏雨滴梧桐。"众皆莫及。其诗的作风，也正可以此十字状之。张九龄、王维都极称道他。维待诏金銮，一旦私邀浩然入。俄报玄宗临幸。浩然错愕伏匿床下。维不敢隐，因奏闻。帝喜曰："朕素闻其人而未见也。"浩然遂出。命吟近作，至"不才明主弃，多病故人疏"之句，帝慨然道："卿不求仕，朕何尝弃卿，奈何诬我！"因命放还南山。开元末，王昌龄游襄阳。时浩然新病起，相见甚欢，浪情宴谑，食鲜疾动而终。有集（《孟浩然集》四卷，明刊本，李梦阳刊本二卷，闵齐伋刊本，《四部丛刊》本）。

浩然为诗，伫兴而作，造意极苦。篇什既成，洗削凡近，超然独妙；虽气象清远，而采秀内映，藻思所不及。像《宿业师山房期丁大不至》：

> 夕阳度西岭，群壑倏已暝。松月生夜凉，风泉满清听。樵人归欲尽，磴鸟栖初定。之子期未来，孤宿候萝径。

又像"相望始登高，心飞逐鸟灭。愁因薄暮起，兴是清秋发"（《秋登兰山寄张五》），"春眠不觉晓，处处闻啼鸟。夜来风雨声，花落知多少"（《春晓》），"烛至萤火灭，荷枯雨滴闻"（《初出关旅亭夜坐怀王大校书》）"莫愁归路暝，招月伴人还"（《游凤林寺西岭》），"阴崖常抱雪，枯涧为生泉"（《访聪上人禅居》）等。都足以见出他的风格来。

他和王维的作风，看来好像很相近，其实却有根本的不同之点在着。维的最好的田园诗，是恬静得像夕光朦胧中的小湖，镜面似的躺着，连一丝的波纹儿都不动荡；人与自然，合而为一，诗人他自己是融合在他所写的景色中了。但浩然的诗，虽然也写山，也写水，也写大自然的美丽表现，但他所写的大自然，却是活跃不停的，却是和我们的人似的刻刻在动作着的。像“却听泉声恋翠微”（《过融上人兰若》）的恋字，便充分地可以代表他的独特的作风。细读他的诗什，差不多都是惯以有情的动作，系属到无情的自然物上去的。又王维的诗，写自然者，往往是纯客观的，差不多看不见诗人他自己的影子，或连诗人他自己也都成了静物之一，而被写入画幅之中去了；他从不把自然界来拉到自己身上，作为自己动作或情绪的烘托。浩然则不然，他的诗都是很主观的，处处都有个我在，更喜用“岁月青松老，风霜苦竹余”（《寻白鹤岩张子容隐居》）一类的句子。所以王维是个客观的田园诗人，浩然则是个性很强的抒情诗人。王维的诗境是恬静的，浩然的诗意却常是活泼跳动的。

五

现在该说第三个不同型的诗人李白了。白的诗，纵横驰骋，若天马行空，无迹可寻；若燕子追逐于水面之上，倏忽西东，不能羁系。有时极无理，像“白发三千丈”，有时又似极幼稚可笑，像“愿餐金光草，寿与天齐倾”（《古风》），但那都无害于他的诗的纯美。他的诗如游丝，如落花，轻隽至极，却不是言之无物；如飞鸟，如流星，自由至极，却不是没有轨辙；如侠少的狂歌，农工的高唱，豪放至极，却不是没有腔调。他是蓄储着过多的天才的。随笔挥写下来，便是晶光莹然的珠玉。在音调的铿锵上，他似尤有特长。他的诗篇几乎没有一首不是“掷地作金石声”的。尤其是他的长歌。几乎个个字都如“大珠小珠落玉盘”，吟之使人口齿爽畅，若不可中止。

但他并不是远于人间的。他仿佛是一个不省事的诗人，其实却十分关心世事。他也写出塞诗，他也作闺怨词，但那些似都不是他的长处所在。他早年是一位“长安”的游侠少年，中年是一位行止不检的酒的诗人，晚年是一位落魄不羁的真实的“醉翁”。相传他是死于醉后落水的。他从中年起便把少年的意气都和酒精一同地蒸发于空中去了。他好神仙，他爱说长生上天等的疯话。那也大约都是有意识的醉后的狂吟吧。他的少年的意气，便这样的好像不结实于地上，而驰骋于天府之上。

他的诗是在飘逸于上的。有人说他的诗是“仙”的诗。但仙人，似决不会有他那么狂放。我们勉强地可以说，他的诗的风格是豪迈联合了清逸的。他是高适、岑参又加上了王维、孟浩然的。他恰好代表了这一个音乐的诗的奔放的黄金时代。在我们的文学史上，没有第二个像开、天的万流辐辏，不名一轨的时代；也没有第二个像李白似的那么同样的作风的。他是不可模拟的！

白字太白，陇西成纪人，或曰山东人，或曰蜀人。他少有逸才，志气宏放。初隐岷山，益州刺史苏颋见而异之，道：“是子天才英特，可比相如。”天宝初，到长安，见贺知章。知章见其文，叹道：“子谪仙人也。”乃解金龟换酒，终日相乐。言于明皇。召见金銮殿，奏颂一篇。帝赐食，亲为调羹。有诏供奉翰林。白犹与酒徒饮于市。帝坐沉香亭子，意有所感，欲得白为乐章。召入，而白已醉。左右以水颒面，稍解。援笔成文，婉丽精切。白尝侍帝，醉，使高力士脱靴。力士耻之，乃谗于杨贵妃。白自知不为亲近所容，恳求还山。帝赐金放还。乃浪迹江湖，终日沉饮。后永王李璘辟白为僚佐。璘以谋乱败，白坐长流夜郎。会赦得还。依族人阳冰于当涂，卒（701年—762年）。相传他是于渡牛渚矶时，醉后入水中捉月而被溺死的。元人王伯成作《李太白流夜郎》杂剧，乃有白入水中，为龙王所迎去之说。明冯梦龙所辑的《警世通言》里，也有《李谪仙醉草吓蛮书》的平话一篇。白的生平，是久已成为传说的一个中心的。白有《与韩荆州书》，自叙早年的生平甚详。他喜纵横击剑，为任侠，轻财好施。尝客任城，与孔巢父、韩准、裴政、张叔明、陶沔，居徂徕山中，日沉饮，号“竹溪六逸”。在长安时，又与贺知章、李适之、王琎、崔宗之、苏晋、张旭、焦遂为饮酒八仙人。他中年与杜甫交尤善。然二人的作风却是很不相同的。他的作风最能于长歌中表现出来。像《行路难》：

> 金樽清酒斗十千，玉盘珍馐直万钱。停杯投箸不能食，拔剑四顾心茫然。欲渡黄河冰塞川，将登太行雪满山。闲来垂钓碧溪上，忽复乘舟梦日边。行路难，行路难，多歧路，今安在！长风破浪会有时，直挂云帆济沧海。
>
> 大道如青天，我独不得去。羞逐长安社中儿，赤鸡白狗赌梨栗。弹剑作歌奏苦声，曳裾王门不称情。淮阴市井笑韩信，汉朝公卿忌贾生。君不见，昔时燕家重郭隗，拥彗折节无嫌猜。剧辛乐毅感恩分，输肝剖胆效英才。昭王白骨萦烂草，谁人更扫黄金台！行路难，归去来！

像《北风行》：“唯有北风号怒天上来。燕山雪花大如席，片片吹落轩辕台。”《少年行》：“看取富贵眼前者，何用悠悠身后名。”《经乱离后天恩流夜郎忆旧游书怀赠江夏韦太守良宰》：“学剑翻自哂，为文竟何成。剑非万人敌，文窃四海声。儿戏不足道，《五噫》出西京！”《庐山谣》：“我本楚狂人，凤歌笑孔丘。”《梦游天姥吟留别》：“天台四万八千丈，对此欲倒东南倾。我欲因之梦吴越，一夜飞渡镜湖月。”《蜀道难》：“连峰去天不盈尺，枯松倒挂倚绝壁。飞湍瀑流争喧豗，砯崖转石万壑雷。”《将进酒》：“君不见，黄河之水天上来，奔流到海不复回。君不见，高堂明镜悲白发，朝如青丝暮成雪。人生得意须尽欢，莫使金樽空对月！”等等，都是气吞斗牛，目无齐、梁的。他骋其想象的飞驰，尽其大胆的遣词，一点也不受什么拘束，一点也不顾忌什么成法，所以能够狂言若奔川赴海，滔滔不已。虽时若“言大而夸”，却并不是什么虚矫的夸大。有他的这样的天才，这样的目无古作，才可以说是：“自从建安来，绮丽不足珍。”（《古风》）他诚是独往独来于古今的歌坛上的。

他的短诗，隽妙的也极多，几乎没有一首不是爽口悦耳的，却又俱具着浑重之致，一点也不流于浮滑。又，在其间，关于酒的歌咏是特多。像《前有樽酒行》：

> 春风东来忽相过，金樽渌酒生微波。落花纷纷稍觉多，美人欲醉朱颜酡。青轩桃李能几何，流光欺人忽蹉跎。君起舞，日西夕。当年意气不肯倾，白发如丝叹何益！

像《月下独酌》："花间一壶酒，独酌无相亲。举杯邀明月，对影成三人"，像《山中与幽人对酌》："我醉欲眠卿且去"，像《自遣》："对酒不觉暝，落花盈我衣。醉起步溪月，鸟还人亦稀"等等都是。其他像《越中览古》："宫女如花满春殿，如今惟有鹧鸪飞"，《早发白帝城》："两岸猿声啼不尽，轻舟已过万重山"等，也都是七言绝句里的最高的成就。又如《乌夜啼》、《乌栖曲》等，也都是冷隽之气森森逼人。

六

高适年过五十，始学为诗，即工。以气质自高，多胸臆间语。他虽没有王维、孟浩然的澹远，李白的清丽奔放，却自有一种壮激致密的风度，为王、孟他们所没有的。适（700年—765年）字达夫，一字仲武，沧州人。少性拓落，不拘小节，耻预常科，隐迹博徒，才名便远。后举有道，授封丘尉。未几，哥舒翰表掌书记。后擢谏议大夫，负气敢言，权近侧目。李辅国忌其才。蜀乱，出为蜀、彭二州刺史。迁西川节度使，还为左散骑常侍。永泰初卒。有集（《高常诗集》十卷，有明刊本，《回部从书》本八卷）。他尚气节，语王霸，衮衮不厌。遭时多难，以功名自许。尝过汴州，与李白、杜甫会。酒酣登吹台，慷慨悲歌，临风怀古。中间唱和颇多。他的诗也到处都显露出以功名自许的气概。他不谈穷说苦，不使酒骂坐，不故为隐遁自放之言，不说什么上天下地，不落边际的话。他是一位"人世间"的诗人，是一位显达的作家。开、天以来，凡诗人皆穷，显达者惟适一人而已。为的是一位慷慨自喜的人，又是一位屡次独当方面的大员，所以他的作风，于舒畅中又透着壮烈之致，于积极中更露着企勉之意。像“穷达自有时，夫子莫下泪”（《效古赠崔二》），“知君不得意，他日会鹏抟”（《东平留赠狄司马》），“男儿争富贵，劝尔莫迟回”（《宋中遇刘书记有别》）等，自非若“不才明主弃”一类的失意人语。他的诗，每一篇已，好事者辄传播吟玩。他的最高的成就，像七言绝句中的：

危冠广袖楚宫妆，独步闲庭逐夜凉。自把玉钗敲砌竹，清歌一曲月如霜。

——《听张立本女吟》

千里黄云白日曛，北风吹雁雪纷纷。莫愁前路无知己，天下谁人不识君！

——《别董大》

又像五言的《登百丈峰》：“汉垒青冥间，胡天白雪扫，忆昔霍将军，连年此征讨”，《塞上》：“总戎扫大漠，一战擒单于。常怀感激心，愿效纵横谟”，《自淇涉黄河途中作》北风吹万里，南雁不知数。归意方浩然，云沙更回互”等，都颇足以窥见他的慷慨壮烈的风格来。

七

岑参是开、天时代最富于异国情调的诗人。王维的友人苑咸善于梵语，可惜其诗传者不多，未见其曾引梵诗的风趣到汉诗中来。岑参却是以秀挺的笔调，介绍整个的西陲、热海给我们的。唐诗人咏边塞诗颇多，类皆捕风捉影。他却自句句从体验中来，从阅历里出。因此，他一边具有高适的慷慨壮烈的风格，一边却较之更为深刻隽削，富于奇趣新情。参南阳人，文本之后。天宝三年进士及第。后出为嘉州刺史。杜鸿渐表置安西幕府。以职方郎兼侍御史领幕职。流寓不还，遂终于蜀。他累佐戎幕，往来鞍马烽尘间十余载，极征行离别之情。城障塞堡，无不经行。他的诗便在这样的环境中写出。论者谓参诗“辞意清切，回拔孤秀，多出佳境。每一篇出，人竞传写，比之吴均、何逊”。或又谓他“放情山水，故常怀逸念，奇造幽致，所得往往超拔孤秀，度越常情，与高适风骨颇同，读之令人慷慨怀感”。其实，他的所得，似尤出于吴均、何逊及高适。清拔孤秀的风格虽同，而他的题材，却不是他们所能有的。这特殊的异国的情调，给他的诗以另一般的风趣与光彩。像《天山雪歌》：“北风夜卷赤亭口，一夜天山雪更厚。……将军狐裘卧不暖，都护宝刀冻欲断”，《火山云歌》：“火云满山凝未开，飞鸟千里不敢来。……缭绕斜吞铁关树，氛氲半掩交河戍”，《银山碛山馆》：“银山碛口风似箭，铁门关西月如练”，《赠酒泉韩太守》：“酒泉西望玉关道，千山万碛皆石草”，《优钵罗花歌》：“叶六瓣，花九房，夜掩朝开多异香”，《宿铁关西馆》：“马汗踏成泥，朝驰几万蹄。雪中行地角，火处宿天倪”，《经火山》：“赤焰烧虏云，炎氛蒸塞空”，《热海行》：“侧闻阴山胡儿语，西头热海水如煮”等，是风，是沙，是雪，是火云，是热海，这些，都是第一次方连续地捉入我们的诗里的吧。在“终日风与雪，连天沙复山”（《寄宇文判官》），“秋来唯有雁，夏尽不闻蝉。雨拂毡墙湿，风摇毳幕膻”（《首秋轮台》）的境地里，自然是会有另一种情趣的。他的七言绝句，像《赵将军歌》：

> 九月天山风似刀，城南猎马缩寒毛。将军纵博场场胜，赌得单于貂鼠袍。

写边塞将士们的生活是极为活跃的。又像《碛中作》：

> 走马西来欲到天，辞家见月两回圆。今夜不知何处宿，平沙万里绝人烟。

大约是他第一次“走马西来”的所作吧。其他像《山房春事》二首：

风恬日暖荡春光，戏蝶游蜂乱入房。数枝门柳低衣桁，一片山花落笔床。

梁园日暮乱飞鸦，极目萧条三两家。庭树不知人去尽，春来还发旧时花。

情调与他作甚异，但这表白了我们的诗人，也不是不会写作那么清隽可喜之篇什的。

八

这五位诗人之外，还有王昌龄、储光羲、常建、王湾、崔颢、王之涣、祖咏、李颀等若干人。他们都不是依花附草的小诗人。他们也都是各具特殊的作风，驰骋于当世而不稍为他人屈的。

王昌龄字少伯，京兆人，与高适、王之涣齐名，而昌龄独有“诗天子”的称号。他登开元十五年进士第。为江宁丞。后因不护细行，贬龙标尉，卒。他的诗，绪密思精，多哀怨清溢之作。“秦时明月汉时关”（《出塞》）传诵最盛，实非其至者。像《采莲曲》：“乱入池中看不见，闻歌始觉有人来”，《长信秋词》：“玉颜不及寒鸦色，犹带昭阳日影来”，《闺怨》：“闺中少妇不知愁，春日凝妆上翠楼”，《芙蓉楼送辛渐》：“洛阳亲友如相问，一片冰心在玉壶”等，才足以代表他的作风罢。他作七言绝句甚多，也是最成功者的一个。

王之涣，并州人，与兄之咸、之贲皆有文名。天宝间与王昌龄、崔国辅、郑明联唱迭和，名动一时。《集异记》载：一日天寒微雪，之涣和高适、王昌龄三诗人，共诣旗亭贳酒小饮，听梨园伶官唱诗。三诗人所作，皆为所唱及。独妓中之最佳者，乃唱之涣的“黄河远上白云间，一片孤城万仞山”（《凉州词》）一诗。明、清戏曲家演此事之剧本以《旗亭记》为名的，不止一二本而已。

储光羲兖州人，登开元中进士第，历监察御史。禄山乱后，坐陷贼贬官。光羲诗传者颇多，殊有玉石杂混之感。像《洛阳道》：

洛水春冰开，洛城春水绿。朝看大道上，落花乱马足。

等小诗，似是他较好的成就。

常建在殷璠的《河岳英灵集》中，为所录二十四诗人之冠。建，开元中进士第，大历中为盱眙尉。论者谓他的诗“似初发通庄，却寻野径。百里之外，方归大道。其旨远，其兴僻。佳句辄来，唯论意表。”像他的“松际露微月，清光犹为君”（《宿王昌龄隐居》），“战余落日黄，军败鼓声死”（《吊王将军墓》），“曲径通幽处，禅房花木深。山光悦鸟性，潭影空人心”（《题破山寺后禅院》），都是足当“其旨远，其兴僻”之誉的。

崔颢，汴州人，开元十一年登进士第。官司勋员外郎。天宝十三年卒。他少年为诗，多浮艳语，晚乃风骨凛然，奇造往往并驱江、鲍。后游武昌，登黄鹤楼，感慨赋诗道：“黄鹤一去不复返，白云千载空悠悠。”及李白来，道：“眼前有景道不得，崔颢题诗在上头。”无作而去。颢好蒲博，嗜酒。娶妻择美者，稍不惬，即弃之，凡易三四。他苦吟咏，当病起清虚，友人戏之道：“非子病如此，乃苦吟诗瘦耳。”遂为口实。今传颢诗，仍以艳体为多。像《长干曲》：

君家住何处？妾住在横塘。停船暂相问，或恐是同乡。

神情大类《子夜》、《读曲》。他的歌行，像《赠王威古》：“春风吹浅草，猎骑何翩翩”，《行路难》：“万万长条拂地垂，二月三月花如霰”，《渭城少年行》：“长安道上春可怜，摇风荡日曲江边”等，都是很畅丽的。

王湾，洛阳人，登先天进士第。终洛阳尉。他文名早著，其“海日生残夜，江春入旧年”（《江南意》）之句，当时称最；张说至手题于政事堂。

李颀，东川人，家于颍阳，擢开元十三年进士第，官新乡尉。王世贞谓：“盛唐七言律，老杜外，王维、李颀、岑参耳。”但他的七绝，像《野老曝背》：

百岁老翁不种田，惟知曝背乐残年。有时扪虱独搔首，目送归鸿篱下眠。

也有独特的风趣。

祖咏，洛阳人，登开元十二年进士第，与王维友善。有司尝试以《终南望余雪》。咏赋道："终南荫岭秀，积雪浮云端。林表明霁色，城中增暮寒。"仅此四句，就交了卷。或诘之，他道："意尽！"

又有孙逖，河南人，开元中进士，终太子詹事。崔国辅，吴郡人，为礼部员外郎，后坐事贬晋陵郡司马。卢象，字纬卿，汶水人，以受禄山伪署，贬永州司户。王翰，字子羽，晋阳人，登进士第，为仙州别驾。日与才士豪侠饮乐游畋，坐贬道州司马卒。綦毋潜，字孝通，荆南人，终著作郎。崔曙，宋州人，少孤贫，不应荐辟，苦志高吟。薛据，荆南人，终水部郎中。沈千运，吴兴人，数应举不第。孟云卿，关西人，仕终校书郎。贾至字幼邻，洛阳人，开元中为起居舍人，大历初为京兆尹，右散骑常侍。刘昚虚，江东人，天宝时官夏县令。皆以能诗名。而王翰的《凉州词》："葡萄美酒夜光杯"，尤盛传人口。

参考书目

一、《全唐诗》 有扬州诗局原刊本，有同文书局石印本。

二、《唐百名家诗》 清席氏刊本。

三、《唐四家集》 明仿宋刊本。同文书局石印本。

四、《五十唐人小集》 仁和江氏仿宋刊本。

五、《唐才子传》 辛文房著，日本《佚存丛书》本。

六、《唐诗纪事》 宋计有功撰，有清刊本，石印本。

七、《全唐诗话》 宋尤袤著，有历代诗话本。

八、《唐音癸签》 明胡震亨著，有明刊本。

第二十六章

杜甫

杜甫的时代——安史大乱与诗人的觉醒——杜甫的生平——他的诗的三个时代——“李邕愿识面”的时代——安史乱中的所作——诗人的苦难与时代的苦难——真实的伟大的精神——晚年的恬静的生活——具着赤子之心的诗人——大历诗人们——韦应物与刘长卿——诙谐诗人顾况——李嘉祐、皎然等——大历十才子——戎昱、戴叔伦及二包等

一

杜甫既归不到上面开元、天宝的时代，也归不到下面的大历十子的时代里去。杜甫是在天宝的末叶，到大历的初期，最显出他的好身手来的，这时代有十六年（公元755—770年）。我们可以名此时代为杜甫时代。这时代的大枢纽，便是天宝十四年（公元755年）十一月的安禄山的变乱。这个大变乱，把杜甫锤炼成了一个伟大的诗人，这个大变乱也把一切开元、天宝的气象都改换了一个样子。

开、天有四十年的升平，所谓“兵气销为日月光”者差可拟之。

然升平既久，人不知兵。霹雳一声，忽然有一个大变乱无端而起。安禄山举兵于渔阳，统蕃、汉兵马四十余万，浩浩荡荡，杀奔长安而来。破潼关，陷东京，如入无人之境。第二年的正月，他便称帝。六月，明皇便仓皇奔蜀。等到勤王的兵集合时，主客之势，差不多是倒换了过来。又一年，安禄山被杀，然兵事还不曾全定。自此天下元气大伤，整个政治的局面，完全改了另一种式样。中央政府渐渐失去了控御的能力，骄兵悍将，人人得以割据一方，自我为政。所谓藩镇之祸，便自此始。杜甫便在这个兵连祸结，天下鼎沸的时代，将自己所身受的，所观察到的，一一捉入他的苦吟的诗篇里去。这使他的诗，被称为伟大的“诗史”。差不多整个痛苦的时代，都表现在他的诗里了。

这两个时代，太不相同了。前者是“晓日荔枝红”，“霓裳羽衣舞”，沉酣于音乐、舞蹈、醇酒、妇人之中，流连于山光水色之际，园苑花林之内，不仅万人之上的皇帝如此，即个个平民们也无不如此。金龟换酒，旗亭画壁，诗人们更是无思无虑的称心称意的在宛转的歌唱着。虽有愁叹，那却是轻喟，那却是没名的感慨，并不是什么深忧剧痛。虽有悲歌，那却是出之于无聊的人生的苦闷里的，却是叹息于个人功名利达的不遂意的。但在后者的一个时代里，却完全不对了！渔阳鼙鼓，惊醒了四十年来的繁华梦。开、天的黄金时代的诗人们个个都饱受了刺激。他们不得不把迷糊的醉眼，回顾到人世间来。他们不得不放弃了个人的富贵利达的观念，而去挂念到另一个痛苦的广大的社会。他们不得不把无聊的歌唱停止了下来，而执笔去写另一种更远为伟大的诗篇。他们不得不把吟风弄月，游山玩水的清兴遏制住了，而去西奔东跑，以求自己的安全与衣食。于是全般的诗坛的作风，也都变更了过来。由天际的空想，变到人间的写实。由只有个人的观念，变到知道顾及社会的苦难。由写山水的清音，变到人民的流离痛苦的描状。这岂止是一个小小的改革而已。杜甫便是全般代表了这个伟大的改革运动的。他是这个运动的先锋，也是这个运动的主将。

二

杜甫（712 年—770 年）字子美，京兆人。是唐初狂诗人审言的孙子。家贫，少不自振，客于吴、越、齐、赵间。李邕奇其才，尝先往访问他。举进士不第，困长安，天宝三年，献《三大礼赋》于明皇。帝奇之，使待诏集贤院。命宰相试文章。擢河西尉。不拜。改右卫率府胄曹参军。数上赋颂，高自称道。他这时似极想做“鸣朝廷之盛”的一位宫廷诗人。但禄山之乱跟着起来了。他的太平诗人的梦被惊醒了。跟了大批朝臣，避难于三川。肃宗立，自鄜州羸服欲奔行在。为贼所得。至德二年，亡走凤翔，上谒，拜左拾遗。尝因救护房琯之故，几至得罪。时天下大乱，所在寇夺。甫家寓鄜，弥年艰窭，孺弱至饿死。因许甫自往省视。从还京师。出为花州司功参军。关辅饥，辄弃官去。客秦州，负薪，拾橡栗自给。流落剑南，营草堂成都西郭浣花溪。召补京兆功曹参军，不至。会严武节度剑南、西川，因往依之。武再帅剑南，表为参谋、检校工部员外郎。武以世旧，待甫甚厚。相传甫对武颇无礼。一日，醉登武床，瞪视道：“严挺之乃有此儿！”武心衔之，欲杀之。赖其母力救得免。但此说不大可靠。严、杜交谊殊厚，甫集中赠武诗至三十余篇之多。皆有知己之感。而武死，甫为诗哭之尤恸，当决不至有此事的。武死后，甫往来梓、夔间。大历中，出瞿塘，溯沅、湘，以登衡山。因客耒阳，游岳祠。大水暴至，涉旬不得食。县令具舟迎之，乃得还。为设牛炙白酒。大醉。一夕卒。年五十九。

他的生平，可以分为三个时代，他的诗也因之而有三个不同的作风。第一期是安禄山乱前（公元 755 年前）。这时，他正是壮年，颇有功名之思，很想做一个“致君尧舜上”的重臣，不独要成一个不朽的诗人而已。他又往往熏染了时人的夸诞之习，为诗好高自称道，像：“读书破万卷，下笔如有神。赋料扬雄敌，诗看子建亲。李邕求识面，王翰愿卜邻。自谓颇挺出，立登要路津。致君尧舜上，再使风俗淳。”（《奉赠韦左丞丈》）这不能怪他。凡唐人差不多莫不如此。在这时，他的诗，已是充分地显露出他的天才。但像《乐游园歌》：“此身饮罢无归处，独立苍茫自咏诗！”像《官定后戏赠》：“耽酒须微禄，狂歌托圣朝”，其情调与当时一般的诗人，若李白、孟浩然等，是无殊的。

到了第二期，即从安、史乱后到他入蜀以前（公元755—759年），他的作风却大变了。在这短短的五年间，他身历百苦，流离迁徙，刻不宁息，极人生的不幸，而一般社会所受到的苦难，更较他为尤甚。他的情绪因此整个的转变了。他便收拾起个人利禄的打算，换上了一副悲天悯人的心肠。他离开了李白、孟浩然他们的同伴，而独肩起苦难时代的写实的大责任来。虽只短短的五年，而他是另一个人了，他的诗是另一种诗了。在他之前，那么伟大的悲天悯人之作从不曾出世过。在他之后，才会有白居易他们产生出来。他的影响是极大的！在这五年里，他留下了一百四十几首诗，差不多一半是歌咏这次大变乱的。我们不曾看见过别一个变乱的时代曾在哪一位那么伟大的诗人的篇什里留下更深刻、更伟大的痕迹过！

他在这时代所写的歌咏乱离的诗，仍以写自身所感受的为最多。好容易乱中脱贼而赴凤翔，《喜达行在所》：“眼穿当落日，死心著寒灰。所亲惊老瘦，辛苦贼中来。”然而家信还渺然呢！他的忆家之作，是写以血泪的。后来，回家了。他回到家中时的情形，是很可痛的。《北征》：“经年至茅屋，妻子衣百结。恸哭松声回，悲泉共幽咽。平生所娇儿，颜色白胜雪。见耶背面啼，垢腻脚不袜。床前两小女，补绽才过膝。海图拆波涛，旧绣移曲折。天吴及紫凤，颠倒在裋褐。”后来和家人同在迁徙流离着了，然而又苦饥寒。《百忧集行》：“入门依旧四壁空，老妻睹我颜色同。痴儿未知父子礼，叫怒索饭啼门东。”《乾元中寓居同谷县作歌七首》是总写他的穷困的生活和家庭的生死流离的。他自己是：“岁拾橡栗随狙公，天寒日暮山谷里。中原无主归不得，手脚冻皴皮肉死。”是手把着的白木柄的长镵，掘黄精以为食。然雪盛，黄精无苗，只得空手与长镵同归，“男呻女吟四壁静”。有弟在远方，“三人各瘦何人强。生别展转不相见，胡尘暗天道路长！”有妹在钟离，婿殁遗诸孤，已是十年不相见了。在这样的境地里，恰好又是“四山多风溪水急，寒雨飒飒枯树湿。黄蒿古城云不开，玄狐跳梁黄狐立”，能不兴“我生何为在穷谷，中夜起坐万感集”之叹么？

但他究竟是一位心胸广大的热情的诗人，不仅对于自己的骨肉，牵肠挂腹地忆念着，且也还推己以及人，对于一般苦难的人民，无告的弱者，表现出充分的同情来。《茅屋为秋风所破歌》最足以见出这个伟大的精神："布衾多年冷似铁，娇儿恶卧踏里裂。床头屋漏无干处，雨脚如麻未断绝。自经丧乱少睡眠。长夜沾湿何由彻？"因了自己的苦难，忽然的发出一个豪念："安得广厦千万间，大庇天下寒士俱欢颜，风雨不动安如山。呜呼，何时眼前突兀见此屋，吾庐独破受冻死亦足！"天下寒士们如果都有所庇了，自己便"吾庐独破受冻死亦足！"这是甚等的精神呢！释迦、仲尼、耶稣还不是从这等伟大的精神出发的么？

他所写当时一般社会的苦难的情形，可于《新安吏》、《潼关吏》、《石壕吏》、《新婚别》、《垂老别》、《无家别》等作中见之。《新安吏》、《石壕吏》、《新婚别》、《垂老别》所叙的都是征兵征役的扰苦。"客行新安道，喧呼闻点兵。……肥男有母送，瘦男独伶俜。白水暮东流，青山闻哭声。莫自使眼枯，收汝泪纵横。眼枯即见骨，天地终无情！"这是集丁应征的情形。但农民们是往往躲藏了以避征发的，于是如"石壕吏"者便不得不于夜中捉人。"老翁逾墙走"了，力衰的老妪只好"请从吏夜归，急应河阳役"。在这些被征发的丁男里，有的是新婚即别的，于"沉痛迫中肠"里，新妇还不得不安慰她的夫婿道："勿为新婚念，努力事戎行。"连老翁也不得不去。"子孙阵亡尽，焉用身独完！"于是他遂"投杖出门去，……长揖别上官"，也顾不得"老妻卧路啼"了。他在天宝十年所作的《兵车行》，也是写这种生离死别的情形的。"生女犹得嫁比邻，生男埋没随百草"，是沉痛之至的诅咒！但较之《新安吏》等篇，似尤未臻其深刻。人类的互相残杀，是否逼不得已的呢？驱和平的农民们、市人们，教他们执刀去杀人，是否发狂的举动？1914年的欧洲大战，产生了不少的非战文学出来。安、史之乱，也产生了杜甫的这些伟大的诗篇。不过甫只是替被征发的平民们说话，对于战争的本身，他还没有勇气去直接的加以攻击，加以诅咒。他的《潼关吏》是叙述士卒筑潼关城的情形的；颇寓劝诫意："请嘱防关将，慎勿学哥舒。"这样的风格，后来便为白居易的

“新乐府”所常常袭用。《无家别》是叙述乱后人民归家时的情形的，“寂寞天宝后，园庐但蒿藜。我里百余家，世乱各东西。存者无消息，死者为尘泥！”这场大乱，真的把整个社会的基础都震撼得倒塌了。

第三期是从他于乾元二年的冬天到成都起，直到他死为止（公元 759 年—770 年）。中间虽也曾由蜀播迁出来，但生活究竟要比第二期安定，舒服。所以他这十一年中的诗，往往都是很恬静的，工致的，苍劲的，与中年时代的血脉喷张，痛苦呼号者不同。虽也有痛定思痛之作，但不甚多。为了生活的比较安定，所以这时代的诗写得最多，几要占全集的十分之七八以上。在这时，他似又恢复了从容游宴之乐。他的浣花里的居宅似颇适意。可望见江流，又种竹植树，以增其趣。他纵酒啸咏，与田夫野老相狎荡，无拘检。《秋兴》八首，为这时期的代表作。兹录其一：

> 闻道长安似弈棋，百年世事不胜悲。王侯第宅皆新主，文武衣冠异昔时。直北关山金鼓振，征西车马羽书驰。鱼龙寂寞秋江冷，故国平居有所思。

他仍未忘怀于国家的大事。

三

他是一位真实的伟大的诗人。不唯心胸的阔大，想象的深邃异乎常人，即在诗的艺术一方面，也是最为精工周密，无瑕可击的。“文章千古事，得失寸心知。”他是执持着那么慎重的态度来写作的，而他的写作，又是那样的专心一意，“语不惊人死不休”，故所作都是经由千锤百炼而出，而且是屡经改削的。（他自己有“新诗改罢自长吟”语。）他还常和友人们讨论。（《春日忆李白》：“何时一樽酒，重与细论文。”）然而他还未必自满。我们于“晚节渐于诗律细”一语，也可见其细针密缝的态度来吧。他最长于写律诗，他的七言律，王世贞至以为“圣”。他的五言律及七言歌行以至排律，几无不精妙。在短诗一方面，虽论者忽视之，但也有很隽妙的篇什，像《漫成一首》：

江月去人只数尺，风灯照夜欲三更。沙头宿鹭联拳静，船尾跳鱼泼剌鸣。

置之王、孟集中还不是最好的东西么？所以后人于杜，差不多成了宗仰的中心，当他是一位“集大成”的诗人。离他不到五十年的元稹，已极口地恭维着他：“至于子美，盖所谓上薄风骚，下该沈、宋，言夺苏、李，气吞曹、刘。掩颜、谢之孤高，杂徐、庾之流丽，尽得古今之体势，而兼人人之所独专矣。使仲尼考锻其旨要，尚不知贵其多乎哉。苟以为能所不能，无可无不可，则诗人以来，未有如子美者！”韩愈也说：“李杜文章在，光焰万丈长！”

凡大诗人没有一个不是具有赤子之心的，于杜甫尤信。他最笃于兄弟之情，而于友朋之际，尤为纯厚。他和李白是最好的朋友，集中寄白及梦白的诗不止二三见而已。李邕识他于未成名之时，故他感之最深，严武助他于避难之顷，故他哭之尤恸。（他有《八哀诗》历叙生平已逝的友人。）

也为了他是满具着赤子之心的，故时时做着很有风趣的事，说着很有风趣的话。相传有一天，他对郑虔自夸其诗。虔猥道：“汝诗可已疾。”会虔妻痁作，语虔道：“读吾‘子璋髑髅血模糊，手提掷还崔大夫’立瘥矣。如不瘥，读句某；未间，更读句某。如又不瘥，虽和、扁不能为也。”他又有《戏简郑广文》一篇：

广文到官舍，系马堂阶下。醉即骑马归，颇遭官长骂。才名四十年，坐客寒无毡。赖有苏司业，时时与酒钱。

也是和郑虔开玩笑的。郑虔是当时一位名士，有“郑虔三绝”之称，必定也是一位很有风趣的人物。惜他的诗，仅传一首，未能使我们看出其作风来。

四

杜甫死于大历五年（公元 770 年）。他的影响要到了元和、长庆之间才大起来。大历、贞元间的诗人们，对于他似都无甚关系。他乱后僻居西川，死于耒阳。虽是时时得到京城里的消息，知道“同学少年皆不贱”，却始终不曾动过东游之念。

现在，为了方便计，姑将十几位大历的诗人们述于本章之后。

五七言诗的发展是很奇怪的，经了千百年的发展，只有一步步的向前推进，却从不曾有过衰落的时期。变体是一天天的多了；诗律是一天天的细了；风格是一天天的更变幻了；诗绪是一天天的更深邃了。到了开元、天宝之时，体式与诗律是进展到无可再进展了，却又变了一个方向。作家们都在不同的风格底下，各自有长足的进展。王、孟、李、岑、高，风格各自不同，杜甫更与他们相异，其他无数的开、天诗人们也都各自有其作风。照老规矩是，一种文体，极盛之后，便难为继。但五七言诗体却出于这个常例之外。经过了开、天的黄金时代，她依然是在发展，在更深邃、更广漠地扩充她的风格的领土。继于其后的是大历时代。大历时代的诗人们很不在少数，其盛况未亚于开、天。其中，最著者为韦应物、刘长卿、顾况、释皎然、李嘉祐诸人，更有所谓大历十才子者，也在这个时代的诗坛上活动着。

韦应物，京兆长安人，少以三卫郎事明皇。晚更折节读书。建中三年，拜比部员外郎，出为滁州刺史。久之，改左司郎中，又出为苏州刺史。应物性高洁，所在焚香扫地而坐，唯顾况、刘长卿、丘丹、秦系、皎然之俦，得厕宾客，与之酬唱评者谓：“其诗闲澹简远，人比之陶潜，称陶、韦云。”白乐天谓：“韦苏州五言，高雅闲淡，自成一家之体。”苏东坡也说：“乐天长短三千首，却逊韦郎五字诗。”应物风格虽闲远，但与其说他近渊明，不如说他较近于孟浩然。真实的渊明的继人，应是王维而非应物。他和浩然相同，往往喜用自然景物来牵合拢来烘托自己的情绪。像：“流水赴大壑，孤云还暮山，无情尚有归，子行何独难”（《拟古诗》），“携酒花林下，前有千载坟……聊舒远世踪，坐望还山云”（《与友生野饮效陶体》），“天边宿鸟生归思，关外晴山满夕岚。立马欲从何处别？都门杨柳正毵毵”（《送章八元秀才》）等都是。但像《上皇三台》：

不寐倦长更，披衣出户行。月寒秋竹冷，风切夜窗声。

之类，却别有一种幽峭之趣。

刘长卿字文房，官至随州刺史。皇甫湜尝道诗未有刘长卿一句，已呼宋玉为老兵矣。”其为人所重如此。每题诗不言其姓，但言长卿而已。因人谓：“前有沈、宋、王、杜，后有钱、郎、刘、李。”乃道：“李嘉祐，郎士元焉得与予齐称耶！”长卿诗，意境幽隽者甚多。像“柴门闻犬吠，风雪夜归人”（《逢雪宿芙蓉山主人》），“荒村带返照，落叶乱纷纷。……野桥经雨断，涧水向田分”（《喜皇甫侍御相访》），“细雨湿衣看不见，闲花落地听无声”（《别严士元》），“春草雨中行径没，暮山江上卷帘愁”（《汉阳献李相公》）等，何减于渊明、右丞。惟往往贪多务得，未免时多雷同的想象，用此为累耳。

顾况字逋翁，苏州人。至德进士。性诙谐。与之交者，虽王公贵人，必戏侮之。竟坐此贬饶州司户参军。后隐茅山卒。皇甫湜序其集道偏于逸歌长句，骏发踔厉，往往若穿天心，出月胁，意外惊人语，非常人所能为，甚快意也！”这话并不是瞎恭维。就创作的勇气上说来，他是远在应物、长卿以上的。他什么字都敢用，他什么话都敢说。他不怕俗，不怕人笑。他不愿意把很好的想象，很好的意思，葬送在“古雅”的坟墓之中。他有什么便写什么，他并不是故意要求“语不惊人死不休”，他实在是落想便奇。有人单挑杜甫的几首略带诙谐意味的诗来恭维，但像顾况才是真实的诙谐诗人。在这一方面，他是比之开、天诸大诗人都更有成就的。人家都是苦吟的雅语，他却是嘻嘻哈哈地在笑，对于一切都要调谑，像《长安道》：

长安道，人无衣，马无草，何不归来山中老！

像《行路难》：“君不见担雪塞井空用力，炊砂作饭岂堪食”，“君不见古人烧水银，变作北邙山上尘。藕丝挂在虚空中，欲落不落愁杀人。”又像《范山人画山水歌》：

> 山峥嵘，水泓澄，漫漫汗汗一笔耕，一草一木栖神明，忽如空中有物，物中有声，复如远道望乡客，梦绕山川身不行。

又像《杜秀才画立走水牛歌》：“江村小儿好夸骋，脚踏牛头上牛领，浅草平田擦过时，大虫著钝几落井。”又像《李供奉弹箜篌歌》：“指剥葱，腕削玉，饶盐饶酱五味足。弄调人间不识名，弹尽天下崛奇曲。胡曲汉曲声皆好，弹着曲髓曲肝脑。往往从空入户来，瞥瞥随风落春草。草头只觉风吹入，风来草即随风立。草亦不知风到来，风亦不知声缓急。爇玉烛，点银灯，光照手，实可憎：只照箜篌弦上手，不照箜篌声里能。”又像《古仙坛》：

> 远山谁放烧？疑是坛旁醮。仙人错下山，拍手坛边笑。

这些话有谁曾说过呢？典雅的诗人们恐怕连想都不敢想到吧。他的田园诗也和一般田园诗人的诗不同：

> 带水摘禾穗，夜捣具晨炊；县帖取社长，嗔怪见官迟。
>
> ——《田家》
>
> 板桥人渡泉声，茆檐日午鸡鸣。莫嗔焙茶烟暗，却喜晒谷天晴。
>
> ——《过山农家》

这样的即情即景的话，为什么别人便说不出来呢？更可怪的是。《上古之什补亡训传十三章》里的《囝一章》：

> 囝，哀闽也。（原注：囝音蹇；闽俗呼子为囝，父为郎罢。）
>
> 囝生闽方。闽吏得之，乃绝其阳。为臧为获，致金满屋；为髡为钳，如视草木。天道无知，我罹其毒。神道无知，彼受其福。郎罢别囝，吾悔生汝。及汝既生，人劝不举。不从人言，果获是苦。

囝别郎罢，心摧血下，隔地绝天，及至黄泉，不得在郎罢前。

这是最悲惨的一幅图画，却出之以闽人的方言。到了现在，闽人还呼子为“囝”，呼父为“郎罢”，千年还不曾变。在方言文学里，这真要算是最早的最重要的一页。在那时，闽人还是被视为化外的吧，故可以任“吏得之，乃绝其阳”，当作奴隶。他的哀歌，更是真情流露，像《伤子》：

老夫哭爱子，日暮千行血。声逐断猿悲，迹随飞鸟灭。老夫已七十，不作多时别。

白居易的诗，人以为明白如话，妇孺皆知；像顾况的诗才是真实的说话呢。他敢于应用俗语方言入诗，居易却还不敢。

释皎然名昼，姓谢氏，长城人，灵运十世孙。居杼山。文章隽丽《因话录》载：皎然尝谒韦应物，恐诗体不合，乃于舟中抒思，作古体十余篇为贽。韦公全不称赏。昼极失望。明日写其旧制献之。韦公吟讽，大加叹咏。因语昼云：“师几失声名！何不但以所工见投，而猥希老夫之意。人各有所得，非卒能致。”昼大服其鉴别之精。这是很有趣的一件故事。

李嘉祐字从一，赵州人，大历中为兖州刺史。与刘长卿、冷朝阳、严维等为友。高仲武说他“往往涉于齐、梁。绮美婉丽，盖吴均、何逊之敌也。”像《咏萤》：“映水光难定，陵虚体自轻。夜风吹不灭，秋露洗还明”；像《杂兴》：“花间昔日黄鹂转，妾向青楼已生怨。花落黄鹂不复来，妾老君心亦应变”，都很有齐、梁风趣。

秦系字公绪，会稽人，天宝末避乱剡溪。建中初住泉州南安，其后东渡秣陵，年八十余卒。南安人思之，号其山为高士峰。权德舆道长卿自以为五言长城，系用偏师攻之，虽老益壮。”系所作，瘦瘠而高隽，确是隐逸者之诗。像“游鱼率荇没，戏鸟踏花摧”（《春日闲居》），“鸟来翻药碗，猿饮怕鱼竿（《题石室山王宁所居》），似都是苦吟而出之的。

严维字正文，越州山阴人，终秘书省校书郎。冷朝阳，金陵人，登大历进士第，为薛嵩从事。

五

所谓“大历十才子”，《唐书·文艺传》指的是卢纶、吉中孚、韩翃、钱起、司空曙、苗发、崔峒、耿沣、夏侯审及李端。江邻几所志，则多郎士元、李嘉祐、李益、皇甫曾，而无夏侯审、崔峒及韩翃，凡十一人。严羽《沧浪诗话》所载，则又有冷朝阳。但在这十几个诗人当中，值得称述的也只有钱起、郎士元、卢纶、韩翃、二李及皇甫曾耳。

钱起，吴兴人，天宝中举进士，与郎士元齐名，时人称之道：“前有沈、宋，后有钱、郎。”终考功郎中。高仲武称其“诗格清奇，理致淡远。”他少年时和王维、裴迪为友，故甚受他们的影响。像：“山色不厌远，我行随处深”（《游辋川》）；“返照乱流明，寒空千嶂净”（《题准上人兰若》）等，皆是。惟像“鸟道挂疏雨，人家残夕阳”，“长乐钟声花外尽，龙池柳色雨中深”（高仲武所特举者）等语，未免雕鄹的斧痕太显露。

郎士元，字君胄，中山人，天宝中擢进士第。历右拾遗，出为郢州刺史。他的诗，流畅多趣，似当在钱起之上；像《送张南史》：

> 雨余深巷静，独酌送残春。车马虽嫌僻，莺花不弃贫。虫丝粘户网，鼠迹印床尘。借问山阳会：如今有几人？

卢纶，字允言，河中蒲人。建中初为昭应令。贞元中卒。

韩翃，字君平，南阳人，侯希逸表佐淄青幕府，终中书舍人。《本事诗》有“章台柳”的一段故事，即为关于翃者。明人曾以此故事，编作为杂剧及传奇。他长于绝句，像《寒食》：“春城无处不飞花，寒食东风御柳斜”等诗，皆颇传诵人口。

李益为卢纶的妹婿。他字君虞，姑臧人，大历四年进士。长于歌诗每一篇成，乐工争以赂求取之，被声歌供奉天子。又有写《征人歌》、《早行诗》为图画者。但益有心病，不见用。沦落久之，后乃为礼部尚书，致仕卒。唐人蒋防有《霍小玉传》。即叙益少年事。明汤显祖也为作《紫箫》、《紫钗》二记。王世贞道："绝句李益为胜，韩翃次之。"

李端，字正己，赵郡人，大历中进士。官杭州司马卒。他短诗佳者甚多。明畅如话，时有奇趣，像《芜城怀古》：

风吹城上树，草没边城路。城里月明时，精灵自来去。

皇甫曾，字孝常，丹阳人，天宝中登进士第。其兄冉，字茂政，大历初官至右补阙。二人并有诗名，时人比之张氏景阳、孟阳。冉诗，高仲武最所称赏，谓其："可以雄视潘、张，平揖沈、谢。"

吉中孚，鄱阳人，官户部侍郎。司空曙字文初，广平人，从韦皋于剑南，终虞部郎中。苗发终都官员外郎。崔峒终右补阙。耿沣终右拾遗。夏侯审终侍御史。

六

"十才子"外，更有戴叔伦、戎昱、张继及包何、包佶等，也诞生于大历之际，负一时诗人之望。

戴叔伦，字幼公，润州金坛人，为抚州刺史，迁容管经略使，绥徕蛮落，威名远闻。

戎昱，荆南人，建中中为辰、虔二州刺史。他的《哭哉行》（共五首），叙写唐人利用蕃兵攻战，结果是妻孥被掳，民间扰苦无已：

彼鼠侵我厨，纵狸授粱肉。鼠虽为君却，狸食自须足。冀雪大国耻，翻是大国辱。膻腥逼绮罗，砖瓦杂珠玉。登楼非骋望，目笑是心哭。何意天乐中，至今奏胡曲！

这是杜甫所不及知，所不曾写的；别的诗人们却又是不敢放笔去写。唐中叶利用蕃军的成绩，于他的此等诗中已沉痛地写出。这是最好的史料，别的地方所不能得见的。

张继，字懿孙，襄州人，登天宝进士第，大历末，检祠部员外郎。高仲武谓其“秀发当时，诗体清迥，有道者风”。像《归山》：

心事数茎白发，生涯一片青山。空林有雪相待，古道无人独还。

似颇可以证实仲武的评骘之的当。

包何及其弟佶，为融子，皆能诗，世称二包。何登天宝进士第，大历中为起居舍人。他的诗像“雨痕连地绿，日色出林斑”(《秋苔》)是状物工致的。佶字幼正，也登天宝进士第。后为诸道盐铁轻货钱物使，改秘书监，封丹阳郡公，为大历诸诗人中最显达者。其诗像《对酒赠故人》：

扶起离披菊，霜轻喜重开。醉中惊老去，笑里觉愁来。月送人无尽，风吹浪不回。感时将有寄，诗思涩难裁。

转折周旋，新意层叠，是大历诗中罕遇的佳作。

参考书目

一、《全唐诗》 有原刊本，石印本。

二、《全唐诗话》 宋尤袤著，有清《历代诗话》本。

三、《唐诗纪事》 宋计有功撰，有清刊本，石印本。

四、《唐才子传》 元辛文房著，有日本《佚存丛书》本。

五、《唐百名家诗》 席氏刊本。

六、《五十唐人小集》 仁和江氏仿宋刊本。

第二十七章

韩愈与白居易

五七言诗风格的两个极端的转变——艰险与平易——韩愈与白居易——韩愈的诗——奇崛的创作——韩愈的同道者：卢仝、孟郊、贾岛等——流畅如秋水泛滥的白居易体——白氏的“新乐府”——伟大的叙事诗与抒情诗——元稹与李绅——刘禹锡柳宗元与姚合——第三派的崛起：王建、张籍、李贺等——女作家薛涛

一

上面已经说过，五七言诗的格律，到了大历间，是已发展到无可再发展的了，其体式也已进步到无可再进步的了，诗人们只有在不同作风底下，求他们自己的深造与变幻。但大历的诸诗人，除了顾况一人外，其他“十才子”之流，皆没有表现出什么重要的独特的风格出来；他们仿佛都只在旧的诗城里兜着圈子走。最大的原因是，没有伟大的诗人出来，其才情够得上独辟一个天地了。但过了不久，伟大的诗人们终于是产生了。其中最重要者便是韩愈与白居易。他们各

自开辟了一个崭新的诗的园地，各自率领了一批新的诗人们向前走去。他们完全变更过了齐、梁，沈、宋，乃至王、孟、李、杜以来的风格。他们尝试了几个古人们所从不曾尝试过的诗境，他们辟出了几个古人所从不曾窥见的诗的园地。但他们却是两条路走着的；他们是两个极端。韩愈把沈、宋、王、孟以来的滥调，用艰险的作风一手拗弯过来。白居易则用他的平易近人，明白流畅的诗体，去纠正他们的庸俗。韩愈是向深处险处走去的。白居易是向平处浅处走去的。这使五七言诗的园苑里更增多了两朵奇葩；这使一般的诗的城国里，更出现了两种重要的崭新的作风。

二

韩愈是一位古文运动的大将，他的诗似不大为人所重。当时孟郊的诗名，实较他为重，故有“孟诗韩笔”之称。又宋人往往以为柳子厚的诗，工于退之。那大概是他的文名太大了，故把他的诗名也掩蔽住了。在他的同时，艰深险瘦的作风，把捉到者固不止他一人；像孟郊、贾岛、卢仝之流，莫不皆然。但他的才情实远在他们以上。如同在散文上一样，他在诗坛上也是一位天然的领袖人物。

愈（768 年—824 年）字退之，南阳人。生三岁而孤，由嫂郑夫人抚育。少好学。贞元二年（公元 786 年）始到京师。到贞元八年（公元 792 年）才登进士第。他颇锐意于功名，数投书于时相，皆不报，因离京到东都。后宁武节度使张建封聘他为府推官。贞元十七年（公元 801 年）调四门博士，迁监察御史。十九年以事贬阳山令。宪宗即位（公元 806 年），为国子博士，改都官员外郎。后裴度宣慰淮西，奏以愈为行军司马。吴元济平，入为刑部侍郎。元和十四年（公元 819 年），宪宗遣使到凤翔迎佛骨入宫。愈上表切谏。帝大怒，贬他为潮州刺史。穆宗立（公元 821 年），召他为国子祭酒。后又为京兆尹，转吏部侍郎。长庆四年卒。年五十七。有集四十卷。

他的诗，和他的散文的作风很不相同。他在散文方面的主张，是由艰深的骈俪回复到平易的“古文”的，他打的旗帜是“复归自然”的一类。但他的诗的作风却不相同了，虽然同样的持着反对浓艳与对偶的态度，却有意的要求险，求深，求不平凡。而他的才情的弘灏，又足以肆应不穷。其结果，便树立了诗坛上的一个旗帜，一个独创出来的旗帜。故他的散文是扬雄、班固、《左传》、《史记》等的模拟，他的诗却是一个创作，一个崭新的创作。他在诗一方面的成就，是要比他的散文为高明的。《唐书》谓他“为诗豪放，不避粗险，格之变，亦自愈始焉”。《岁寒堂诗话》说：“柳柳州诗，字字如珠玉，精则精矣，然不若退之变态百出也。使退之收敛而为子厚则易，使子厚开拓而为退之则难矣。意味可学，而才气则不可及也。”这评语颇为公允。他为了才气的纵横，故于长诗最为擅长，像《南山诗》是最著名的。他在其中连用五十几个“或”字，以形容崖石的奇态，其想象的奔驰，是远较汉赋的仅以堆字为工者不同的：

> 或连若相从，或蹙若相斗，或妥若弭伏，或竦若惊雊，或散若瓦解，或赴若辐凑，或翩若船游，或决若马骤，或背若相恶，或向若相佑，或乱若抽笋，或嵲若注灸，或错若绘画，或缭若篆籀，或罗若星离，或蓊若云逗，或浮若波涛，或碎若锄耨。或如贲育伦，赌胜勇前购，先强势已出，后钝嗔逗譳。或如帝王尊，丛集朝贱幼，虽亲不亵狎，虽远不悖谬。或如临食案，肴核纷饤饾，又如游九原，坟墓包椁柩。或累若盆罂、或揭若甑豆，或覆若曝鳖，或颓若寝兽。……

差不多把一切有生无生之物，捕捉进来当作形容的工具的了。又像《嗟哉董生行》：“寿州属县有安丰，唐贞元时县人董生召南，隐居行义于其中……嗟哉，董生朝出耕，夜归读古人书，尽日不得息，或山而樵，或水而渔”，其句法是那样的特异与不平常！难怪沈括要说，“韩退之诗乃押韵之文耳”了。在短诗方面，比较不容易施展这种非常的手段，但他也喜用奇字，发奇论，像《答孟郊》：“名声暂膻腥，肠肚镇煎熝。古心虽自鞭，世路终难拗。弱拒喜张臂，猛拿闲缩爪。见倒谁肯扶？从嗔我须咬。”又像《晚寄张十八助教周郎博士》：

“日薄风景旷，出归偃前檐。晴云如擘絮，新月似磨镰。”但他所刻意求工者，究竟还在长诗方面。他的许多长诗，差不多个个字都现出斧凿锤打的痕迹来，一句句也都是有刺有角的。令人读之，如临万丈削壁，如走危岩险径，毛发森然，汗津津然出，不敢一刻放松，不敢一步走错，却自有一个特殊的刺激与趣味。这是他的成功！

三

和他同道的，有卢仝、孟郊、贾岛、刘叉、刘言史诸人。他们也都是刻意求工，要从险削，从寒瘦处立定足根的。卢仝，范阳人，隐居少室山，自号玉川子。韩愈为河南令，爱其诗，与之酬唱。后因宿王涯第，涯被杀，仝竟也罹祸。他的长诗，像《月蚀诗》，也是险峻异常的，但功力的深厚，较韩愈却差得多了；且设想也幼稚得可笑。短诗却尽有很可爱的，像《示添丁》：“泥人啼哭声呀呀，忽来案上翻墨汁，涂抹诗书如老鸦。父怜母惜掴不得，却生痴笑令人嗟。”又像《喜逢郑三游山》：

> 相逢之处花茸茸，石壁攒峰千万重。他日期君何处好，寒流石上一株松。

孟郊（751年—814年）字东野，湖州武康人，少隐嵩山。性介，少谐合。韩愈一见备为忘形交。年将五十，始得登进士第。调溧阳尉。郑余庆镇兴元，奏为参谋，卒。张籍私谥之曰贞曜先生。郊最长于五言。李观说他：“郊之五言诗，其高处在古无上，其平处下顾二谢。”他没有写过什么很长的诗，但个个字都是出之以苦思的。他喜写穷愁之状，喜绘寒饥之态。像：《寒地百姓吟》：“无火炙地眠，半夜皆立号。冷箭何处来，棘针风骚骚。霜吹破四壁，苦痛不可逃”；《饥雪吟》：“饥乌夜相啄，疮声互悲鸣。冰肠一直刀，天杀无曲情”；《出东门》：“饿马骨亦耸，独驱出东门。少年一日程，衰叟十日奔”;《寒溪》:“晓饮一杯酒，踏雪过清溪，……独立欲何语？默念心酸嘶”;《秋怀》:“秋至老更贫，破屋无门扉。一片月落床，四壁风入衣”;《答友人赠炭》:“驱却座上千重寒……暖得曲身成直身”等。岂便是所谓“郊寒”的罢？贾岛（777年—841年）字浪仙，范阳人。初为僧，名无本。韩愈很赏识他，劝他去浮屠，举进士。后为普州司仓参军。会昌初，卒，年六十五。岛与孟郊齐名，时称他们的诗为“郊寒岛瘦”。像“鬓边虽有丝，不堪织寒衣”(《客喜》),“坐闻西床琴，冻折两三弦’(《朝饥》) 等《孟东野集》十卷，有汲古阁奉，席氏刊本，闵刻朱墨本,《四部丛刊》本。等，也颇有寒酸气。相传他初赴举在京时，虽行坐寝食，苦吟不辍。尝跨蹇，张盖横截天衢。时秋风正厉，黄叶可扫，遂吟道:“落叶满长安”，方思属联，杳不可得，忽想到“秋风吹渭水”五字，喜不自胜。至唐突某官，被系一夕始释。又一日在驴上得句云:“鸟宿池边树，僧敲月下门”，思易“敲”为“推”，引手作推敲之势，至犯韩愈的车骑，他还不觉。这真是一位深思遗世，神游象外的诗人了。他尝自道:“两句三年得，一吟双泪流”，可见其吟咏之苦。每至除夕，必取一岁所作，置几上，焚香再拜，酹酒祝曰:“此吾终年心血也。”痛饮长谣而罢。

刘叉少任侠，因酒杀人亡命。会赦出，更折节读书。闻韩愈接天下士，步归之。作《冰柱》、《雪车》二诗。后以争语不能下宾客，因持愈金数斤去，道:“此谀墓中人得耳，不若与刘君为寿!”遂行。归齐、鲁，不知所终。他的《雪车》，是很大胆的谩骂:“士夫困征讨，买花载酒谁为适？天子端然少旁求，股肱耳目皆奸慝。……相群相党，上下为蟊贼。庙堂失禄不自惭，我为斯民叹息还叹息!”

刘言史，邯郸人，他的诗美丽恢赡。和孟郊友善。初被荐为枣强令，辞疾不受。后客汉南，李夷简署司空掾。寻卒。他的诗颇近郊、岛，像:“老性容茶少，羸肌与簟疏。旧醅难重漉，新果未胜钼。”(《立秋日》)

四

要是说韩愈一派的诗，像景物萧索，水落石出的冬天，那么，白居易一派的诗，便要说他是像秋水的泛滥，畅流东驰，顾盼自雄的了。韩愈派的诗是有刺的；白居易派的诗却是圆滚得如小皮球似的，周转溜走，无不如意。韩愈派的诗是刺目涩口的；白居易派的诗，却是爽心悦耳的，连孩子们念来，也会朗朗上口。

白居易（772 年—846 年）字乐天，下邽人。幼慧，五六岁时，已懂得做诗。以家贫，更苦学不已。登进士第后，授秘书省校书郎。元和三年（公元 808 年）拜左拾遗，元和九年（公元 814 年）授太子左赞善大夫。未几，以事贬江州司马，移忠州刺史。元和十五年升主客郎中，知制诰。长庆二年（公元 822 年）除杭州刺史。文宗开成元年（公元 836 年）为太子少傅，进封冯翊县开国侯。后以刑部尚书致仕。卒年七十五。有《白氏长庆集》。

他是最勤于作诗的人；他尝序刘梦得的诗道彭城刘梦得，诗豪者也。其锋森然，少敢当者。予不量力，往往犯之。……一二年来，日寻笔砚，同和赠答，不觉滋多。太和三年春以前，纸墨所存者凡一百三十八首。其余乘兴仗醉，率然口号者不在此数。”仅仅一二年间，已有了那么多的成绩！在他的长久的诗人生涯里，所得自然更多。他尝自分其诗为四类：一、讽喻，包括题为“新乐府”者，这是他自己最看得重的一部分；二、闲适，是他“知足保和，吟玩情性者”；三、感伤，是他“事物牵于外，情理动于内，随感遇而形于叹咏者”；四、杂律，是他的“五言七言，长短绝句，自一百韵至两韵者”；但他的诗，最重要者自是他的“新乐府”辞。他《与元九书》说：“文章合为时而著，歌诗合为事而作。”他是彻头彻尾抱着人生的艺术之主张的。故他的诗“非求宫律高，不务文字奇；惟歌生民病，愿得天子知。”（《寄唐生》）而许多题为“新乐府”者，便都是在这样的主张底下写成的。杜甫的许多歌咏民间疾苦的诗，是写实，是从写实里弹出讥诫之意来的；他并没有明白的说他是诫谏。但居易却是老老实实地把他的诗拿来做劝诫的工具了。他的“新乐府”，作于元和四年（公元809年），恰好是他做左拾遗的时候。全部“凡九千二百五十二言，断为五十篇”。其自序道：“其辞质而径，欲见之者易喻也；其言直而切，欲闻之者深诫也；其事核而实，使采之者传信也；其体顺而肆，可以播于乐章歌曲也。总而言之，为君，为臣，为民，为物，为事而作，不为文而作也。”已把他的主旨说得很明白。这样彻底的人生艺术观，是我们唐以前的文学史上所极罕见的。在这五十篇中，有议论，像《海漫漫》，《华原磬》等；有叙事，像《新丰折臂翁》、《卖炭翁》等；但即叙事者，也往往以劝诫的议论结。《新丰折臂翁》最有名，是写一个折了臂的老人的故事。其所以折臂者，盖全为了逃避兵役之故。“此臂折来六十年，一肢虽废一身全。”这和杜甫的《兵车行》等是同样表曝了唐代征兵制度的罪恶的。除了“新乐府”外，像《秦中吟》十首，也同是此意。惟“新乐府”多婉曲的劝谕，《秦中吟》则是不客气的讽刺与责骂：“日中为乐饮，夜半不能休。岂知阌乡狱，中有冻死囚”（《歌舞》）；“有一田舍翁，偶来买花处；低头独长叹，此叹无人喻：一丛深色花，十户中人赋”（《买花》）。大约“新乐府”为了是居谏臣之位时所作，“愿得天子知”的，故措辞不得不平和婉曲些吧。但此类的“新乐府”，实在未见得成功；天子知与不知，且不说，就文学而论，则五十篇中，真实的可算做好诗的，还不到十篇。无疑的，《新丰折臂翁》与《卖炭翁》乃是其中最好的两篇。居易的好诗，实不在此而在彼。他自己所不大看得重的“闲适”和“感伤”的二类的诗，其中尽有许多真实的伟大的作品在着。《长恨歌》是很成功的一篇叙事诗；《琵琶引》也是很伟大的一篇抒情诗。我们读了：“大弦嘈嘈如急雨，小弦切切如私语。嘈嘈切切错杂弹，大珠小珠落玉盘。间关莺语花底滑，幽咽泉流水下滩。水泉冷涩弦凝绝。……银瓶乍破水浆迸，铁骑突出刀枪鸣。曲终收拨当心画，四弦一声如裂帛。东舟西舫悄无言，惟见江心秋月白。”（但这似有些受顾况《李供奉弹箜篌歌》的暗示吧。）实在觉得韩愈的《南山》，卢仝的《月蚀》有些吃力不讨好。其他长歌短什，好的也很不少。相传他未冠时谒顾况，况恃才少所推可，见其文自失道：“吾谓斯文遂绝，今复得子矣！”居易作风，有一部分确近顾况，惟顾况较他更为逼近口语耳。居易他自己也很想做到妇孺皆能懂的地位。《墨客挥犀》曾记着："白乐天每作诗，令一老妪解之，问曰：解否？曰解；则录之。不解；则又复易之。"他既这样的要求通俗，所以当时他的诗流传得也最盛。《丰年录》："开成中，物价至贱。村路卖鱼肉者，俗人买以胡绢半尺，士大夫买以乐天诗。"（《唐音癸签》引）《酉阳杂俎》也记着：当时有刺乐天诗意于身，诧白舍人行诗图者的事。又，鸡林行贾，售居易诗于其国相，率篇易一金。流行之盛，可谓自诗人以来所未曾有。

五

和白居易同时的诗人们，有元稹、李绅和刘禹锡诸人。他们都是居易的好友，虽然作风未必十分相同。居易和元稹先有元、白之称。稹卒，又和刘禹锡齐名，号刘、白。居易叙禹锡诗道："予顷与元微之唱和颇多，或在人口。尝戏微之云：仆与足下二十年来为文友诗敌，幸也，亦不幸也。吟咏情性，播扬名声，其适遗形，其乐老者，幸也。然江南士女，语才子者多云元、白。以子之故，使仆不得独步于吴、越间，此亦不幸也。今垂老复遇梦得，梦得非重不幸耶？"把他们的关系，说得很明白。

元稹（779 年—831 年）字微之，河南人。诗名与白居易相埒，天下传讽，号"元和体"。往往播乐，妃嫔近习皆诵之。宫中呼元才子。尝为工部侍郎同平章事。后官武昌军节度使。有《元氏长庆集》百卷。稹虽和居易相酬唱，但居易流畅平易的作风，他却未能得到。不过他的诗虽不能奔放，却甚整练，像："荆榛栉比塞池塘，狐兔骄痴缘树木。舞榭攲倾基尚在，文窗窈窕纱犹绿。尘埋粉壁旧花钿，乌啄风筝碎珠玉。……蛇出燕巢盘斗拱，菌生香案正当衙"（《连昌宫辞》），写残破的芜宫是很尽了力量的。他的《和李校书新题乐府十二首》，显然是受了白居易"新乐府"的影响的。他尝谓："近人唯诗人杜甫《悲陈陶》、《哀江头》、《兵车》、《丽人》等，凡所歌行，率皆即事名篇，无复倚傍。余少时与友人乐天、李公垂辈，谓是为当，遂不复拟赋古题。"（《乐府古题序》）这是"新乐府"的一篇简史。他还写了《代曲江老人百韵》、《茅舍》、《赛神》、《青云驿》、《阳城驿》以及《连昌宫辞》等，皆有讽劝之意。他还作了一篇传奇《会真记》，成了后来的一个最有名的传说的祖本。

李绅字公垂，润州无锡人，与元、白为友，就是元稹《和李校书新题乐府十二首》里所说的李校书。今绅所作的《新题乐府》（凡二十首）已不传，而他诗传者却甚多。他于武宗时为中书侍郎、同门下平章事。他的《莺莺歌》，失传已久，近乃于金董解元《西厢记诸宫调》中辑得之，可见出其叙事歌曲的作风的一斑。

刘禹锡（772年—843年）字梦得，彭城人，贞元间登进士第，为监察御史。以附王叔文，贬为朗州司马。落魄不自聊，吐词多讽托幽远。蛮俗好巫，尝倚其声，作《竹枝词》十余篇，武陵溪洞间悉歌之。后入为主客郎中，又出刺苏州。迁太子宾客分司。会昌时，加检校礼部尚书，卒。年七十二。有集（有《刘梦得文集》四十卷，有武进董氏刊本，《四部丛刊》本）。他虽和乐天、微之相酬唱，但他却不是他们的一群。他很少写什么讽劝的"愿得天子知"的东西，他有他自己很特异的作风。他久在蛮方，其短歌，是很受少数民族情歌的影响的，故甚富于南国的情调。像《竹枝词》：

杨柳青青江水平，闻郎江上唱歌声。
东边日出西边雨，道是无晴却有晴。
山桃红花满上头，蜀江春水拍天流。
花红易衰似郎意，水流无限似侬愁。
山上层层桃李花，云间烟火是人家。
银钏金钗来负水，长刀短笠去烧畬。

这些情歌的风趣，是我们的诗歌里所不曾有过的。禹锡的模拟，可说是成功的。

六

和刘禹锡最友好的柳宗元（773年—819年），与韩愈同以古文鸣。但他的诗却和他的散文同为我们所看重。他并不像韩愈那样的善于鼓吹，宣传，且又久窜蛮方，无召集一班跟从者的凭借。所以他在当时，虽然文名甚著，却是很寂寞的。除了老朋友们，像韩愈、刘禹锡等，时时还提到他外，别的人几乎是都不曾想到过有那么一位诗人！他字子厚，河东人，登进士第。调蓝田尉。王叔文用事时，待宗元甚厚，擢尚书礼部员外郎。叔文败，与刘禹锡等并遭贬斥。他贬永州司马。自此蹭蹬不振，以是益自刻苦为文章，养成了隽郁而清幽的作风。元和十年移柳州刺史；后四年卒。年四十七。有集他的诗，像《柳州二月榕叶落尽偶题》：

> 宦情羁思共凄凄，春半如秋意转迷。山城过雨百花尽，榕叶满庭莺乱啼。

以及“烟销日出不见人，欸乃一声山水绿”（《渔翁》）；“泉回浅石依高柳，径转垂藤间绿筠”（《过卢少尹郊居》）；“孤舟蓑笠翁，独钓寒江雪”（《江雪》）；“蒹葭淅沥含秋雾，橘柚玲珑透夕阳”（《得卢衡州书因以诗寄》）等，都是精莹如珠玉似的，与韩愈诗之大气包举，万象森列者大不相同。

和柳宗元风格略同而影响更大者有姚合，陕州峡石人，登元和进士第，授武功主簿。后出为杭州刺史。终秘书监。他和张籍、王建诸人游，诗名重于时，人称“姚武功”。曾成了后一期诗人们的一个中心。他的诗，颇具幽峭之趣，刻意苦吟，务求古人体貌所未到。像“童子病来烟火绝，清泉漱口过斋时”（《寄灵一禅师》）；“幽处寻书坐，朝朝闭竹扉。山僧封茗寄，野客乞诗归”（《寄张徯》）；“秋灯照树色，寒雨落池声。好是吟诗夜，披衣坐到明”（《武功县中作》）等，皆是足供清吟的。宋代的“永嘉四灵”便是奉他为宗主的。他曾选《极玄集》，录王维至戴叔伦二十一人诗一百首，颇可见其意旨所在。有集（《姚少监集》

十卷，有明刊本，汲古阁本，席氏刊本，《四部丛刊》本）。

七

元和、会昌之间（公元806—846年）的诗人们里，曾别有一群，诞生出来，为韩、白二派所不能包纳；那便是张籍和李贺、王建等。他们是复兴了宫体的艳诗，而更加上了窈渺之情思的。他们开辟了别一条大道，给李商隐、温庭筠他们走。这一派的诗，关系既大，影响也极巨伟。唐、五代以来的“词”的一个新诗体，其作风差不多都是由此而演绎下去的。他们是繁弦细管的音乐，是富丽噢暖的宫室，是夏日昼光所反映的海水，是酒后模糊的谵语；若可解若不可解，若明又若昧，那便是他们的作风。

王建，字仲初，颍川人，大历十年进士。初为渭南尉。太和中，出为陕州司马，从军塞上。后归咸阳，卜居原上。他工乐府，与张籍齐名。《宫词》百首，尤传诵人口。像：

> 水面细风生，菱歌慢慢声。客亭临小市，灯火夜妆明。
>
> ——《江馆》
>
> 合暗报来门锁了，夜深应别唤笙歌。房房下著珠帘睡，月过金阶白露多。
>
> ——《宫词》

都是很艳丽，且很富于含蓄之情的。已是开了张籍与温、李的先路。他初作《宫词》时，因与枢密使王守澄有宗人之分，故多知禁掖事。后因过燕饮，以相讥谑。守澄深衔之。忽曰：“吾弟所作《宫词》，内庭深邃，何由知之？明当奏上。”建作诗以谢，末句云：“不是姓同亲说向，九重争作外人知？”守澄恐累己，事遂寝。

张籍字文昌，苏州吴人。或曰和州乌江人。贞元十五年登进士第。韩愈深重之，荐为国子博士。仕终国子司业。他的诗，其作风甚类王建，往往要想留些“有余不尽”之意，又往往喜写怨女春情之事。像：“曲江亭上频频见，为爱鸬鹚雨里飞”（《赠项斯》）；“梧桐叶下黄金井，横架辘轳牵素绠。美人初起天未明，手拂银瓶秋水冷”（《楚妃怨》）；“江南人家多橘树，吴姬舟上织白苎。……清莎覆城竹为屋，无井家家饮潮水”（《江南曲》）等皆是。相传朱庆余受知于籍，籍为选定其诗。庆余因之登第，尚为谦退，作《闺意》以献籍道：“洞房昨夜停红烛，待晓堂前拜舅姑；妆罢低声问夫婿，画眉深浅入时无？”籍和之道：“越女新妆出镜心，自知明艳更沉吟。齐纨未足人间贵，一曲菱歌抵万金。”全以“闺情”为象征，这便是他们所最擅长之处。有集。

李贺字长吉，系出郑王后。七岁能辞章。韩愈、皇甫湜始闻未信。过其家，使贺赋诗，辄就，乃大惊。自是有名。贺每日旦出，骑弱马，从小奚奴，背古锦囊。遇所得，书投囊中。及暮归，足成之。母道：“是儿呕出心肝乃已耶？”然不能禁也。所作乐府，乐工皆合之管弦。仕为协律郎。卒年二十七。有集。他的诗句尚奇诡，绝去畦径，但其大体，则近于王建、张籍。惟较为生硬耳。《蝴蝶飞》一诗，最足以见出其作风：

> 杨花扑帐春云热，龟甲屏风醉眼缬，东家蝴蝶西家飞，白骑少年今日归。

又像他的长篇《昌谷诗》：“遥峦相压叠，颓绿愁堕地。光洁无秋思，凉旷吹浮媚。……嘹嘹湿蛄声，咽源惊溅起。”盖并有退之之奇与建、籍之艳者。

八

这时有一个女作家薛涛。其诗很可称道。涛字洪度，随父宦，流落蜀中为妓女。辨慧工诗，甚为时人所爱。元稹尝喜之。韦皋镇蜀，也时召令侍酒赋诗，称为女校书。暮年屏居浣花溪，著女冠服。好制松花小笺，时号薛涛笺。其诗轻纤而艳丽，时有佳句，像《题竹郎庙》：

竹郎庙前多古木，夕阳沉沉山更绿。何处江村有笛声？声声尽是迎郎曲。

参考书目

一、《全唐诗》 有原刊本，石印本。

二、《全唐诗话》 宋尤袤撰，有《历代诗话》本。

三、《唐才子传》 元辛文房撰，有《佚存丛书》本。

四、《唐诗纪事》 宋计有功撰，有原刊本，有石印本。

五、《唐百名家集》 清席氏刊本。

六、《五十唐人小集》 仁和江氏仿宋刊本。

第二十八章

古文运动

古文运动的意义——其成功的原因——北朝古文运动的昙花一现——萧颖士与李华等——大宣传家韩愈——韩愈成功的秘诀——柳宗元——古文运动的成就并不怎样伟大——韩门的诸子——附陆贽

一

古文运动是对于魏、晋、六朝以来的骈俪文的一种反动。严格地说起来，乃是一种复归自然的运动，是欲以魏、晋、六朝以前的比较自然的散文的格调，来代替了六朝以来的日趋骈俪对偶的作风的。原来自六朝以来，到了唐代，骈俪文的势力，深中于朝野的人心，连民间小说也受到了这种的影响，连朝廷上应用的公文也都是非用这种格调不可。驯至成了所谓“四六文”的一个专门的名词。即上一句是“四言”，下一句必须是“六言”的；其相对的第三句第四句，也都应是四言与六言的；总之，必须以“四”与“六”的句法交错成文到底。这样，与律诗的情形恰是一样，成了一种最严格的文章公式，一点也不能变动。《旧唐书》叙李商隐从令狐楚那里，得到了作“今体章奏”的方法，遂成为名家的一段话，是很可以使我们注意的。在正式的“公文程式”上，这种文体，自唐以后还延长寿命很久。但在文学的散文上，骈俪文的运命，却自唐以来，便受了古文作家们最大的攻击，以至于销声匿迹，不再成为一种重要的文体。古文运动为什么会成功呢？最大原因便在于骈俪文的矫揉做作，徒工涂饰，把正当的意思与情绪，反放到第二层去。而且这种骈四俪六的文体，也实在不能尽量地发挥文学的美与散文的好处。这样，骈俪本身的崩坏，便给古文运动者以最大的可攻击的机会。这和清末以来在崩坏途中的古文，一受白话文运动者的声讨，便立即塌倒了的情形，正是一毫也不殊。在大众正苦于骈俪文的陈腐与其无谓的桎梏的时候，韩愈们登高一呼，万山皆响，古文运动便立刻宣告成功了。

二

但古文运动也并不是一时的凸显，其伏流与奔泉也由来已久。在六朝的中叶，北方沦陷于少数民族之后，少数民族的人根本不甚明白汉文，更难于懂得当时流行之骈俪文体，所以当时在北方颇有反骈俪文的倾向。宇文泰在魏帝祭庙的时候，曾命苏绰为《大诰》奏行之。后北周立国，凡绰所作文告，皆依此体。然《大诰》实为模拟《尚书》之作，其古奥难懂的程度，似更在齐、梁骈体以上。故此体在当时不过昙花一现，终不能行。后隋文帝时，李谔又上书论正文体。他大骂了齐、梁文体一顿：“江左齐、梁，其弊弥甚，贵贱贤愚，唯务吟咏。遂复遗理存异，寻虚逐微；竞一韵之奇，争一字之巧。连篇累牍，不出月露之形，积案盈箱，唯是风云之状。世俗以此相高，朝廷据兹擢士。”这话是不错的，确曾把齐、梁文体的根本弱点指出来了。他又说明，开皇四年，曾“普诏天下公私文翰，并宜实录”。其年九月，泗州刺史司马幼之为了文表华艳之故，还付所司推罪呢。然“闻外州远县，仍踵弊风”，故他更要文帝：“请勒有司普加搜访，有如此者，具状送台。”但这一场以官力来主持的文学改革运动，终于不久便消灭了。平陈以后，南朝文士们的纷纷北上，大量增加北朝文风的齐、梁化。自此至唐，风尚不改。武后时，陈子昂曾有改革齐、梁风气的豪志。他的《与东方左史虬修竹篇》的序言道：“文章道弊五百年矣。汉、魏风骨，晋、宋莫传，然而文献有可征者。仆尝暇时观齐、梁间诗，彩丽竞繁，而兴寄都绝，每以永叹。窃思古人，常恐逶迤颓靡，风雅不作，以耿耿也。”但他的所指，还在诗歌。至于散文方面，他是不大注意的。然其书疏，气息也甚近古。同时有卢藏用、富嘉谟、吴少微者，也皆弃去徐、庾，以经典为宗。时人号嘉谟、少微之文为富、吴体。萧颖士也盛推卢、富。然他们的影响却都不很大。

三

到了开元、天宝之际，萧颖士、李华出来，以其绝代的才华，力弃俳绮，复归自然，才第一次使我们看见有所谓非骈俪的“文学的散文”。萧颖士字茂挺，四岁属文。十岁补太学生。开元二十三年（公元735年）举进士，对策第一。天宝初，补秘书正字。后免官客濮阳。执弟子礼者甚众，号萧夫子。官至扬州功曹参军，客投汝南，卒年五十二。门人共谥曰文元先生。子存，字伯诚，亦能文辞。与梁肃、沈既济等善。李华与颖士齐名，世号萧、李。又并与贾至、颜真卿等同游。华字遐叔，赵州赞皇人。天宝中尝为监察御史。晚去官，客隐山阳，安于穷槁。然天下士大夫家传墓版文及州县碑颂，仍时时赍金帛往请。大历初，卒。华作《吊古战场文》，极思研榷；已成，污为故书，杂置梵书之庋。他日，与颖士读之。称工。华问：“今谁可及？”颖士道：“君加精思，便能至矣。”华愕然而服。华的宗子翰及从子观，皆有名。

贾至字幼邻，长乐人，尝从玄宗幸蜀，知制诰。与萧、李善。又有独孤及者，出李华之门。及字至之，河南人，官至常州刺史。梁肃又出于及之门。肃字敬之，一字宽中，陆泽人，官至右补阙。又有元结者，字次山，河南人，天宝十二载登进士第，官至道州刺史。他们皆衍萧、李之绪，于乾元、大历间，以古文鸣于时。

四

但萧、李诸人虽努力于古文，且也有不少的跟从者，却还不曾大张旗鼓地宣传着。他们似都不是很好的宣传家；或只是独善其身，自传其家学的没有鼓动时代潮流的勇气的文士们。所以他们的影响并不大。到了贞元、元和的时候，大影响便来到了。一方面当然是若干年的伏流，奔泻而出地面，遂收水到渠成之功；但另一方面，也是因了当时有一两位天生的伟大宣传家，像韩愈，出来主持这个运动，故益促其速成。所谓古文运动便在这个时代正式宣告成立。古文自此便成了文学的散文，而骈俪文却反只成了应用的公文程式的东西了。这和六朝的情形，恰恰是一个很有趣味的对照。那时，也有文笔之分，"笔"指的是应用文。不料这时的应用文，却反是那时的所谓"文"，而那时的所谓"笔"者，这时却成为"文"了。

韩愈是一位天生的煽动家、宣传家，古文运动之得成功于他的主持之下，并不是偶然的事。他最善于鼓吹自己，宣传自己。他惯能以有热力有刺激的散文，来说动别人。想来他的本身也便是一团的火力，天然的有吸引人的本领。所以当时的怪人们，像李贺、孟郊、贾岛、刘叉等莫不集于他的左右。我们看他劝贾岛放弃了和尚生涯的一段事，便可知他的影响是如何的大。他在少年未得志的时代，便惯于呼号鼓吹，惯于自己标榜；像他的几篇《上时相书》、《送穷文》、《进学解》等，哪一篇不是"言大而夸"，哪一篇不是替自己标榜。为了这，——兼之，他是那样的故意自己大声疾呼地谈穷诉苦！——所以天然的便容易得到一般人的同情，一般人的迷信。他尝说道：

> 性本好文章，因困厄悲愁，无所告语，遂得究穷于经传史传百家之说。沉潜乎训义，反复乎句读，砻磨乎事业，而奋发乎文章。

又说道：

> 学之二十余年矣！始者非三代两汉之书不敢观，非圣人之志不敢存；处若忘，行若遗，俨乎其若思，茫乎其若迷。当其取于心，注于手也，惟陈言之务去！戛乎其难哉！

又自信不惑地说道：

> 用力深者，其致名也远。若皆与世沉浮，不自树立，虽不为当时所怪，亦必无后世之传也。

这些，都是用最巧妙的宣传的口气出之的。难怪会吸引了多数的人跟随着他走。他在贞元十八年为四门博士，元和初为国子博士，元和十五年为国子祭酒，元庆间为吏部侍郎，都是处在领导天下士人们的地位，所以他的影响更容易传播出去。他还不仅仅要做一个文学运动的领袖，他还要做一个卫道者，一个在“道统”中的教主之一。他作《原道》以攻佛，又上表力谏宪宗的迎佛骨。他的所谓“道统”，乃是“尧以是传之舜，舜以是传之禹，禹以是传之汤，汤以是传之文、武、周公，文、武、周公传之孔子，孔子传之孟轲，轲之死不得其传焉。荀与扬也，择焉而不精，语焉而不详。”而他自己却俨然有直继孟轲之后，而取得这个“道统”上的“传统者”的地位的豪气！他的《原道》并不是什么了不得的大著作，只是以浅近的常识论来攻击佛教的组织而已。（也许和劝贾岛弃僧服的事有关系。）然其影响则极大。“文以载道”的一句话，几与古文运动划分不开，其引端便是从他起的。个个古文家都以肩负“道统”自任——到了今日还有妄人们在闭目念着道统表呢——其作俑也便是从他开始的。

韩愈的古文运动，他自己虽讳言其所从来，但实与开、天时代的萧、李未尝没有渊源的关系。愈少时为萧颖士子存所知。又和李华的从子观同举进士，相友善；而华之宗子翰，能为古文，愈每称之。

《旧唐书》也称愈尝从独孤及梁肃之徒游。晁公武《读书志》引《唐实录》，谓韩愈学独孤及之文。这其间的影响是灼然可知的。

同时与愈并举进士者，于李观外，尚有闽人欧阳詹字行周，也会写作古文。但观与詹俱早卒，故名不得与愈同称。其与愈并称为古文运动中的两大柱石者，惟柳宗元一人耳。

柳宗元是比较韩愈为孤介的。他并不怎样宣传他自己，他的境遇又没有韩愈好。自王叔文败后，他便被窜斥于荒疠之地，郁郁不得志以死。然他的古文，实在是整炼隽洁，自有一段不得掩饰的精光在着，故后学的人们也往往归之。他尝自叙其为文的渊源：

> 每为文章，本之《书》、《诗》、《礼》、《春秋》、《易》，参之《谷梁》以厉其气，参之《孟》、《荀》以畅其支，参之《老》、《庄》以肆其端，参之《国语》以博其趣，参之《离骚》以致其幽，参之《太史》以著其洁。

这和退之的“非三代两汉之书不敢观”的话对照起来，足知古文家的复归自然的程度是怎样的。这当然要比苏绰的拟仿《尚书》而写作《大诰》的可笑举动，是高明到万倍的，故遂得以大畅其流。然究竟还是“托古改制”，还未忘有诸经典及《庄》、《骚》、《史记》的模范在着。故虽是一个文学改革运动，却究竟还不是什么真正的文学革命运动。为的是，他们去了一个圈套——六朝文——却又加上了另一个圈套——秦、汉文。他们是兜圈子走的，并不是特创的，且不曾创造出什么新的东西来。故其成功究竟有限。只是把散文从六朝的骈俪体中解放出来而已。

宗元的文字往往仿《离骚》，这是他境遇使然。他又喜作山水游记，在永、柳诸州所作者，尤为精绝，往往有诗意画趣，是古文中真正的珠玉，足和郦道元的《水经注》并悬不朽。

五

子厚、退之齐名于世，而退之的影响独大。有李翱、李汉、张籍、皇甫湜、沈亚之等，皆为退之之徒。樊宗师为文奇僻，也和退之相友善。子厚所交厚者，如刘禹锡、吕温等也善为古文。

李翱字习之，韩愈的侄婿，元和初为国子博士。后官至山南东道节度使。韩愈的影响由他的传播而益大张。皇甫湜字持正，睦州新安人，为陆浑尉，仕至工部郎中。沈亚之字下贤，苏州人。元和十年进士，仕不出藩府，长庆中为栎阳尉，太和中谪掾郢州。

后又有孙樵、刘蜕等也学退之为文。樵《与王霖秀才书》道：“樵尝得为文真诀于来无择，来无择得之于皇甫持正，皇甫持正得之于韩吏部退之。”历叙渊源。大类退之的叙述“道统”。这也是古文家的常态。(来无择名择。)大诗人李商隐也善为古文。大约从韩、柳以后，古文的一体，便正式地成为文学的散文了。凡欲为文士，欲得文名传于后世，便非学做古文不可。而骈俪文在文坛上的运命遂告了一个结束。

六

但在这个古文运动的时代，却有一位奇特的人物陆贽出现。他并不提倡古文。他还是写着当时应用的对偶文字。但他的成就却很可惊。他并不想成就一位文人。他只是一位大政治家。但他的关于政治的文章，却使他在文坛上得了一个不朽的地位，使我们不能不记住。他的文章，虽出之以对偶，却一点也不碍到他的说理陈情。他的滔滔动人的议论，他的指陈形势，策划大计，都以清莹如山泉，澎湃如海涛的文笔写出之。这乃是骈俪文中最高的成功，也是应用文中最好的文章。他的影响很大。宋代的许多才人们，例如苏轼，其章奏大都是以他的所作为范式的。

参考书目

一、《旧唐书》 卷一百六十韩愈等人传。

二、《新唐书》 卷一百七十六韩愈等人传。

三、《全唐文》 一千卷有扬州诗局刊本，广雅书局本。

四、《唐文粹》 一百卷宋姚铉编，有明刊本，顾广圻校刊本，苏州局刊本，《四部丛刊》本。

五、《唐宋八大家文钞》 明茅坤编，通行本。

六、《唐宋十大家文集》 清储欣编，于八家外加李翱、孙樵，苏州局刊本。

第二十九章

传奇文的兴起

传奇文为古文运动的附庸——附庸的蔚为大国——最美丽的故事的渊薮——最早的传奇文:《古镜记》《白猿传》——张文成的《游仙窟》——《游仙窟》的影响——大历、元和间的黄金时代——沈既济沈亚之、李公佐等——小小的人间的恋爱的故事——《莺莺传》《霍小玉传》《李娃传》等——剑侠故事的起源——《酉阳杂俎》与传奇诸书里的剑侠故事——传奇文所受古作的和外来的影响——《杜子春》

一

自萧、李、韩、柳所提倡的古文运动告了成功之后，古文的一个体制，便成为文学的散文，这在上文已经阐明过了。古文运动的主旨，原是论道与记事，其主要的著作为碑、传、论、札之类。但那些作品，真有伟大的价值者却很少。其真实的珠玉反为柳宗元的小品文，像他的山水游记之类。若古文运动的成就，仅止于此，当然未免过于寒俭。但附庸于这个运动之后者，却还有一个远较小品文更为伟大的成就在着；——这是从事于古文运动者所不及料的一个成功，也是他们所从不曾注意到的一件工作，那便是所谓“传奇文”的成就。唐代“传奇文”是古文运动的一支附庸；却由附庸而蔚成大国。其在我们文学史上的地位，反远较萧、李、韩、柳的散文为更重要。他们是我们的许多最美丽的故事的渊薮，他们是后来的许多小说戏曲所从汲取原料的宝库。其重要有若希腊神话之对于欧洲文学的作用。而他们的自身又是那样晶莹可爱，如碧玉似的隽洁，如水晶似的透明，如海珠似的圆润。有一部分简直已是具备了近代的最完美的短篇小说的条件。若将六朝的许多故事集置之于他们之前，诚然要如爝火之见朝日似的黯然无颜色。他们是中国文学史上有意识地写作小说的开始。他们是中国短篇小说上的最高的成就之一部分。他们把散文的作用挥施于另一个最有希望的一方面去。总之，他们乃是古文运动中最有成就的东西——虽然后来的古文运动者们未必便引他们为同道。

二

“传奇文”的开始，当推原于隋、唐之际，但其生命的长成则允当在大历、元和之时无疑。在隋、唐之际的“传奇文”，只是萌芽而已；大历、元和之间，才是开花结果的时代。而促成其生长者，则古文运动“与有大力焉”。盖古文运动开始打倒不便于叙事状物的骈俪文，同时，更使朴质无华的“古文”，增加了一种文学的姿态，俾得尽量地向“美”的标的走去。“传奇文”便这样产生于古文运动的鼎盛时代。其间的消息当然很明白的可知的。“传奇文”的著名作者沈既济乃是受萧颖士的影响的。又沈亚之也是韩愈的门徒，韩愈他自己也写着游戏文章《毛颖传》之类。其他元稹、陈鸿、白行简、李公佐诸人，皆是与古文运动有直接间接的关系。故“传奇文”的运动，我们自当视为古文运动的一个别支。当时的文士们也往往有将传奇文作为投谒时的行卷之用者。可见时人也并不鄙视此体。（但清人所辑的《全唐文》则屏斥传奇文不收。）

宋洪迈尝说道："唐人小说不可不熟。小小情事，凄惋欲绝，洵有神遇而不自知者。与诗律可称一代之奇。"这话不错。从零星断片的宗教故事、神异故事及《世说新语》，到唐人的传奇文，其间的进步是不可以道里计的。唐人传奇文不仅是第一次有意地来写小说的尝试，且也是第一次用古文来细腻有致地抒写人间的物态人情以至琐屑情事。这种新鲜的尝试，立刻便得到了成功。

三

在没有说到大历、元和及其后的传奇文以前，先须略略提起隋、唐之际的几篇东西。那几篇东西恰是介乎六朝故事集与唐人传奇文之间的著作，也正是由故事集到传奇文的必然要走的一个阶段。他们乃是故事集的结束，而传奇文的先驱者。

有一篇很有趣味的东西，在隋、唐之际出现，那便是：见于《太平广记》卷二百三十的一篇《王度》，实即王度所自作的《古镜记》。王度，太原祁人，文中子王通之弟，诗人王绩之兄。大业中为御史，后出为芮城令，武德中卒。他在这篇《古镜记》里，先自述他的神镜的由来，后详叙神镜的降魅驱妖之功。最后，叙其弟绩（原作勣）远游，借古镜以自卫，也历在各地杀除怪物不少。归后，还镜于度。一夕，闻镜在匣中悲唱，良久乃定。"开匣视之，即失镜矣。"其中所叙古镜的功绩为：（一）使程雄家婢鹦鹉现出老狸原形而死；（二）这镜"合于阴阳光景之妙"，与薛侠的宝剑较之，镜上吐光，明照一室，剑则无复光彩；（三）度为芮城令时，令悬镜于厅前妖树上。夜中有风雨电光缠绕此树。至明，有一大蛇死于树下；（四）治张龙驹家人的疫疾；（五）王绩远游时，遇山公、毛生，以镜照之，一化为龟，一化为猿，皆死；（六）除灵湫中妖鱼；（七）杀大雄鸡妖，治愈张珂家女子的病；（八）遇风涛大作，出镜悬之，波不进，屹如云立，然后面则涛波洪涌，高数十丈；（九）治愈李敬慎家三女的魅病，杀死一鼠狼，一老鼠，一守宫。这些故事原都是六朝故事集里所常见的东西，今则以一古镜的线索，把他们连贯起来成为一篇了。这是《古镜记》的尝试的成功之一点。

又有《补江总白猿传》，不知什么人写的，（见《太平广记》卷四百四十四，题曰《欧阳纥》）也作于这个时代。叙梁将欧阳纥的妻，为白猿所夺。及救归，已孕，生一子貌类猿。即后来有盛名的欧阳询。因纥死时，询为江总所收养，故以“补江总”《白猿传》为名。这篇东西，与《古镜记》不同，乃是单一的故事，颇具描写的姿态，与后来的传奇文很相同。唯此作有大可注意之处：纥妻被夺事，大类印度最流行的《罗摩衍那》（Ramayana）的传说，而若飞的神猿又是这个传说中之所有的。或者，中土的讲谈者，把魔王的拉瓦那（Ravana）和救人的神猿竟缠合而为一了吧。这故事在后来的影响极大。宋、元间的《陈巡检梅岭失妻》的话本、戏文等，皆系由此而衍出者。

四

但在唐武后时，又有绝代的奇作《游仙窟》出现。这是张鷟所作的，鷟字文成，调露初（公元679年）登进士第，调长安尉。开元初，贬岭南，后终司门员外郎（660年—690年）。他所作有《朝野佥载》、《龙筋凤髓判》，今皆传于世。独《游仙窟》本土久佚，唯日本有之。此作在日本所引起的影响很大。《唐书》谓：“新罗日本使至，必出金宝购其文。”当是那时流传出去的。相传他作此文，隐约地说着他自己和武后的恋爱故事。一说已成，一说是幻想的描写。总之这是我们文学史上的第一部有趣的恋爱小说无疑。他自叙奉使河源，道中夜投一宅，遇十娘、五嫂二妇人，恣为笑谑宴乐，止宿而去。文近骈俪，又多杂诗歌，更夹入不少通俗的双关语，拆字诗等；当是那时代通俗流行的一种文体。这种文体，其运命很长。敦煌发现的小说，体裁也甚近此作。明人瞿佑、李昌祺、雷燮诸人所作，又明版的《国色天香》、《绣谷春容》、《燕居笔记》诸书中所录的诸通俗的传奇文，若《娇红记》等，殆无不是《游仙窟》的亲裔。而唐代的诸传奇文，若《周秦行纪》、《秦梦记》等，其情境和《游仙窟》几全同。又其中每杂歌诗，也大似有张鷟的影响在着。故《游仙窟》的躯体，在中国虽已埋没了一千余年，而其精灵却是永在的。《游仙窟》中的诗，曾被辑录入《全唐诗佚》中（有《知不足斋丛书》本），已先本文而被重传到中土来。

五

开元、天宝的全盛时代，只是一个歌诗的全盛时代而已。传奇文反而感到寂寞。直到大历（公元766年—779年）的时候，方才有沈既济（750年—800年）起来，第一个努力于传奇文的写作。既济为苏州吴人，曾和萧颖士子存相友善。以杨炎荐，召拜左拾遗、史馆修撰。贞元时，炎得罪，既济也贬为苏州司户参军。后官至礼部员外郎卒。既济所作有《枕中记》(《太平广记》卷八十二题作《吕翁》）及《任氏传》，皆大传于世。《枕中记》叙卢生于一顿黄粱还未熟的梦境中，遍历了人间的富贵荣华，亦尝遇厄境；因此，醒后，便怃然若失，功名之念顿灰。元马致远的《黄粱梦》剧，明汤显祖的《邯郸记传奇》，皆衍此事。但既济已有所本。干宝《搜神记》中有杨林入梦事，与此悉同。卢生便是杨林的化身吧。《任氏传》(《广记》卷四百五十二）叙妖狐化为美女，嫁郑生。不为强暴所屈。后出行，遇猎犬，现原形而被杀死。郑生购其尸葬之。宋、金间诸宫调有“郑子遇妖狐”，即衍其事。

大历间又有陈玄佑者，作《离魂记》。叙张镒女倩娘与王宙相恋。但镒别以女许嫁他人。宙郁郁别去。倩娘追之同行，后生二子，归省镒；大骇。盖室中别有一倩娘在着，病卧已久；闻她至，自起相迎，两身合为一。离去者原来是倩娘的魂。玄佑生平未知，而此记则流行甚广。元郑德辉有《倩女离魂》剧。

略后，元和间有沈亚之者，为韩愈之门徒，字下贤，吴兴人，元和十年进士第。后为南康尉，终郢州掾。集今存集中有《湘中怨》，记郑生遇龙女事；《异梦录》，记邢凤梦见美人及王炎梦侍吴王，作西施挽歌二事；《秦梦记》则自叙梦入秦为官，尚秦穆公公主弄玉，后弄玉死，秦穆公乃遣之归事。亚之文名甚盛，李贺有《送沈亚之歌》，中有“吴兴才人怨春风”云云，李商隐也有《拟沈下贤》诗。但他这几篇传奇文，都无甚情致；《秦梦》固远在《南柯》下，而《湘中怨》也大不及《柳毅传》。

《南柯记》为李公佐作。公佐亦元和间人，字颛蒙，陇西人。尝举进士，元和中为江淮从事。大中时犹在。《南柯》叙淳于棼梦入古槐穴中，为大槐国王驸马，拜南柯太守，生五男二女。后与檀萝国战败，公主又死，王遂送之归。既醒，则“斜日未隐于西垣，余樽尚湛于东牖，梦中倏忽，若度一世矣”。和《枕中记》是此类传奇文中的两大杰作。而《枕中记》于情意的惝悦动人处似犹欠他一着。明人汤显祖作《南柯记传奇》，即衍其事。公佐还作《谢小娥传》，叙小娥变男子服，刺杀其仇人事；《卢江冯媪》，叙媪见女鬼事；《李汤》，叙水神无支祁事。皆无甚趣味，其情致都逊《南柯》。

《柳毅传》为李朝威作。朝威，陇西人，生平不知。当也是这时代的人物。《柳毅传》叙柳毅下第，为龙女传书，后乃结为姻眷事。元人戏曲叙此事者不少。尚仲贤有《柳毅传书》剧，李好古有《张生煮海》，也叙龙女事，并与此有关。所谓“龙女”，在中国古代并无此物。可能是由印度所给予我们的许多故事里传达进来的。

相传为牛僧孺所作的《周秦行纪》，也当写于此时。李德裕尝作《周秦行纪论》，欲因此文致僧孺罪。盖此文本为德裕客韦瓘作，正要用以倾陷僧孺者。但这个文字狱竟没有罗织成功，徒成为牛、李交恶案中的一个谈资而已。《周秦行纪》托僧孺自叙，谓他于某夜旅中，梦见古帝王的后妃与之宴乐，并以昭君荐寝。其情境无殊于《游仙窟》、《秦梦记》诸作，似更为浅露无聊。僧孺自有《玄怪录》，今佚；《太平广记》尚载若干则。其琐屑无当，大类六朝故事集，置之唐传奇文里，其貌颇为不扬。

六

以上的那些传奇文，都是欲于梦幻中实现其恣意所欲地享用与恋爱的；表面上似是淡漠的觉悟，其实是蕴着更深刻的悲哀。观于作者们大多为落拓失意之士，便知其所以欲于梦境中求快意之故。大约他们多少都有些受《游仙窟》的影响吧。（惟《倩女离魂》事别是一型；《任氏传》也显然是讽刺着世俗的妖姬荡妇的。其作者或于爱情上受有某种刺激吧。）

但最好的传奇文，却存在别一个形式之中。梦里的姻缘，空中的恋爱，毕竟是与人世间隔一尘宇的。真实的人世间的小小的恋爱悲剧的记载，却更足以动人心肺，往往会给人以“凄惋欲绝”之无端的游丝似的感慨。本来人世间的琐琐细故，已是尽够作家们的取用的。

在这一型的传奇文中，首屈一指者自当为元稹的《莺莺传》（一作《会真记》）。此传流传最广，影响最大，有衍之为诗歌者（《莺莺歌》，李公垂作，今存《董西厢》中）；为鼓子词者（赵令畤《商调蝶恋花》）；为诸宫调者（《董西厢》）；为杂剧者（王实甫《西厢记》）；为传奇者（李日华、陆采诸人的《南西厢记》）；更有《翻西厢》、《续西厢》、《竟西厢》诸作，出现于明、清之交的，也不下十余种。可谓为我们最熟悉的一个故事。惟《莺莺传》里，叙张生无端与莺莺绝，却是很可怪的事，尤不近人情。董解元把后半结果改作团圆，虽落熟套，却未为无识。

但写得最隽美者还要算蒋防的《霍小玉传》。防字子征，义兴人。为李绅所知。历官翰林学士，中书舍人。长庆中贬汀州刺史。此传写诗人李益事，当不会是凭空造出的。霍小玉为都中名妓，与李益交厚。但益竟负心绝之，从母命别婚卢氏。小玉因卧疾不能起。一日，益出游，竟为黄衫豪士强邀至小玉家。小玉数说了他一顿，乃大恸而绝。其情绪的凄楚，令读者莫不酸心。明人的平话《杜十娘怒沉百宝箱》，其所创出的情境，与此传也略相同，而大不如此传的婉微可喜，汤显祖曾为此传衍作传奇两部——《紫箫记》与《紫钗记》。

白行简的《李娃传》，恰可与《霍小玉传》成一对照。《霍小玉传》为一不可挽回的悲剧，《李娃传》却是一个情节很复杂的喜剧。行简字知退，诗人居易弟，与李公佐为友。元和十五年授左拾遗，累迁司门员外郎，主客郎中。宝历二年卒。此传作于贞元十一年，是其早年之笔。叙李娃的多情，郑子的能悔过，颇能谐合俗情；故剧场上至今犹演唱此故事不绝。（元石君宝有《曲江池》剧，明薛近兖有《绣襦记》传奇，也衍此事。）行简此作，文甚高洁，描叙也甚宛曲动人，与《小玉传》同是唐人传奇文里最高的成就。他又有《三梦记》，叙次也很有趣，且是近代心理学上的很好的资料。

陈鸿的《长恨歌传》，系为白居易的《长恨歌》而作。鸿字大亮，贞元主客郎中，与白居易为友。《长恨歌传》叙述明皇、杨妃事。从她入宫起，到马嵬之变及道人之索魂天上止，全包罗后来一切“天宝遗事”的纲目。以此传为出发点而衍为诸宫调、杂剧、传奇者不少。最著者为元王伯成《天宝遗事诸宫调》，白仁甫《唐明皇秋夜梧桐雨》剧及清洪昇《长生殿传奇》。明人之《彩毫》、《惊鸿》诸记，亦并及太真事。唐人传奇文之最为人知者，元氏《莺莺传》外，便要算是此作了。

在此时前后，尚有许尧佐作《柳氏传》，叙韩翃及柳氏事；薛调作《无双传》，叙王仙客及无双事；皇甫枚作《飞烟传》，叙赵象及飞烟事；房千里作《杨娼传》，叙杨娼及某帅事；皆是以人间的真实的恋爱故事为题材者。在其中，尤以韩翃、柳氏及王仙客、无双二事最为人所知。明陆采有《明珠记》，即衍仙客、无双事。

七

但到了唐的末叶，时势日非，军人也益横暴，个个割据了一个地方，不听中央政府的命令。他们自己更各自争战，并吞，连横，合纵，天下骚然，民间受苦益甚。于是，在无可奈何之中，有一班富于幻想的文人们，便造作出种种剑侠的故事，聊以自慰。剑侠是自己站在千妥万稳的立场上，而以其横绝无敌的精技，来除暴安良，或为人报仇雪恨的。为了直接抵抗的不可能，民间便自然地要造作出这些超人的剑侠们的故事，欲借重他们，以扫荡自己之所恶的。这正和义和团及红枪会之产生于清末及我们的时代中的情形颇为相同。更有一点，也足以促进剑侠思想的传播，那便是这时的佛教故事的大量宣扬。在佛教故事里，超自然的故事是太多了，腾空而去，霎时而返，乃是他们的常谈；“上穷碧落下黄泉”，更是他们习用的故事结构。又，道士们也在此时大显神通，恣话着不可能的情境。这些都更足以助长剑侠故事的气焰。明人刊有段成式的《剑侠传》一书，便是集合这些剑侠故事的大成的。但这《剑侠传》实是伪书，托段氏之名以传者。在成式的《酉阳杂俎》里，自有《盗侠》（卷九）一类；所叙自魏明帝时登缘凌云台的异人起，凡九则。在其间，有叙述韦行规、黎干、韦生及唐山人事的四则，最为奇诡可观。这四则，都已被录入剑侠传中。韦行规的一则，写韦行规自负勇武，乃遇京西店中老人，以剑术折其锐气，段氏写来，颇虎虎有生气，自是《酉阳杂俎》里最好的文字之一。成式字柯古，临淄人，为宰相文昌子，以荫为校书郎，终太常少卿他的《酉阳杂俎》包罗的事物甚广，似仍未尽脱张华《博物志》的窠臼。

在裴铏的《传奇》里，叙述这一类剑侠的故事也颇不少。最有名的是《昆仑奴》、《聂隐娘》二则。铏为高骈从事。骈好神仙，所为多妄诞。故铏之所叙，较其他同类之作，更多些诡奇之趣。像《聂隐娘》里的黑白卫，用之则为活卫，收之则为纸剪的驴。又所谓妙手空空儿等的故事和人物，皆已超出于剑侠故事的范围以外，而入于神仙故事的范围之中了。《昆仑奴》一作，也甚可注意。所谓“昆仑奴”，据我们的推测，或当是非洲的尼格罗人，以其来自极西，故以“昆仑奴”名之。唐代叙“昆仑奴”之事的，于裴氏外，他文里尚有之，皆可证其实为非洲黑种人。这可见唐帝国内，所含纳的人种是极为复杂的，又其与世界各地的交通，也是甚为通畅广大的。在文学上说来，铏的这两则故事，对于后来作家们，皆甚有影响。明梅鼎祚有《昆仑奴杂剧》，清尤侗有《黑白卫杂剧》，所叙的事皆以此二故事为蓝本。

袁郊的《甘泽谣》里，有《红线》一则，也极为流行。郊为唐末人，官刑部郎中。《甘泽谣》作于咸通戊子（公元868年），正是剑侠故事流传极盛之时。故郊所写的红线，乃是典型的女侠之一。但也甚有些仙气："广再拜而行，倏忽不见"，而"忽闻晓角吟风，一叶坠露，红线回矣"。这种飞来飞去的行踪，乃正是聂隐娘的同道。明梁辰鱼尝以此事写为杂剧。约同时，又有有名的《虬髯客传》。此作相传为张说所写。但《太平广记》（卷一百九十三）所载，仅注明"出《虬髯传》"，而不著其作者。明顾元庆《顾氏文房小说》乃著其为杜光庭作。其以为张说作者，盖明末人的妄题。光庭字宾至，处州缙云人，为唐末道士。入蜀，依王建。所作有《广成集》（《四部丛刊》本）及《录异记》。《虬髯传》所言，颇多方士的气息。他所写的海外为王的事，后来陈忱的《后水浒传》所叙的李俊称王事，似即本于此。此传流传殊盛。梁辰鱼有《红拂剧》（今佚），张凤翼有《红拂记》，凌濛初有《虬髯翁》，又有《双红记》等，其故事皆本此传。

无名氏《原化记》当也作于此时。其中像《嘉兴绳技》、《车中女子》等故事，也并见收于《剑侠传》。在词人孙光宪的《北梦琐言》里，也有好几则同类的记载，像《荆十三娘》等。这一类的故事，不仅由唐末而蔓延到五代，即到了宋初，也还有吴淑的一部《江淮异人传》的出现。《江淮异人传》全叙剑侠事，已把这一类幻想的复仇的故事当作一种专门的写作的目标了。

八

这一类唐人的传奇文，也和六朝的故事集相同，往往有陈陈相因的，同一个传说，往往被好几个作家们捉来写下。像《太平广记》卷四百九十所载的无名氏《东阳夜怪录》，叙述成自虚于夜间遇见诸精怪吟诗事，和牛僧孺《玄怪录》的《元无有》（《太平广记》卷三百六十九），其情趣与结构几全相同。而所谓成自虚、元无有也便是同为"乌有先生"的一流，固不仅是巧合而已。而更有甚者，作者们竞写此种大半空想的故事的结果，往往想象枯窘，不得不于古作或外来的传说里乞求些新的资料。《南柯》诸记之远同《游仙窟》固不必说。最有趣的是下面一事：段成式《酉阳杂俎续集》卷四《贬误》一门里，尝引相传的中岳道士顾玄绩命一人看守丹灶，嘱其慎勿与人言。不料历诸幻境之后，其人乃突然失声。因此，豁然梦觉，鼎破丹飞。这一则故事，成式以为此事系出于释玄奘《西域记》。“盖传此之误，遂为中岳道士。”这已是够可笑的了。而不料李复言《玄怪续录》所载的《杜子春》(《太平广记》卷十六引)，却又是明目张胆地抄袭这个印度的故事，而改穿上中国的衣装。在《古今说海》里又有《韦自东传》(亦见《太平广记》卷三百五十六，原出裴铏《传奇》)，其所记载的故事，又和此完全相同。这竟是不厌一而再、再而三地辗转传述的了。想不到这个流传于印度一个地方的传说，偶然被保存于《大唐西域记》里，乃竟会在中国引起了那么大的一场波澜。这很同于我们读了著名的《魔鬼的二十五故事》(Vikram and the Vampire)，看着那位徒劳无功的国王，屡次的因了失声发言，而把前功尽弃的情形，而觉得发笑，颇同有些异国的情趣之感。像这样的外来的资料，如果肯仔细地抓寻起来，在唐人传奇文里恐怕还有不少。

参考书目

一、《太平广记》　五百卷宋太平兴国三年(公元978年)李昉等编，保存古代逸书极多，唐代传奇文的寻求，可以此书为渊薮。明人们所纷纷刊刻者，都不过拾其唾余而已。像其中第四百八十四卷到第四百九十二卷的九卷《杂传记》，即保存了最著名的传奇文不少。又像其中第一百九十三卷到第一百九十六卷的四卷《豪侠》类里，也便保存了本文所叙述的剑侠的故事最多。有明活字印本，谈氏刊本，许自昌刊本，清乾隆间黄氏刊袖珍本，《笔记小说大观》本，扫叶山房石印本。

二、《唐宋传奇集》　鲁迅编，北新书局铅印本。

三、《中国短篇小说集》　第一册郑振铎编，商务印书馆铅印本。

四、通行本的《龙威秘书》、《唐代丛书》(《唐人说荟》)里也有唐传奇文不少，但均不可靠。

五、《中国小说史略》　鲁迅著，可看其中第八篇到第十篇。

六、《古今说海》　明刊本，清嘉庆间刊本，铅印本。

第三十章

李商隐与温庭筠

五七言诗作风的别辟一奇境——诗人的两大派别——白居易与温、李——温、李的作风为五代宋词的先驱——温、李与张籍——李商隐的生平——他的《无题》诗——温庭筠风格的绮靡燠暖——他的生平——温、李的跟从者：韩偓、吴融、李群玉等——同时代的诸诗人：杜牧、张祜等——张籍的一派：司空图、朱庆余等——贾岛的一派：李洞、唐求及喻凫——姚合的一派：李频、周贺等——李咸用、方干、陈陶等——“芳林十哲”：郑谷等——通俗诗人们：三罗、杜荀鹤、胡曾等

一

从韩、白时代以后，便来到了温、李的时代。温、李时代当开起于唐文宗开成元年（公元 836 年）而终止于唐代的灭亡（公元 907 年）；也即相当于论者所谓“晚唐”一个时期。

这个时代的诗人们，其风起云涌的气势，大似开元、天宝的全盛

时代。但其作风却大不相同。这时代的代表作家们，无疑是李商隐与温庭筠二人。其余诸作家，除杜牧等若干人外，殆皆依附于他们二人的左右者。温、李的作风，甚为相类，是于前代诸家之外独辟一个奇境者。五七言诗到了温、李，差不多可辟的境界也已略尽了。故其后遂也只有模拟而鲜特创的作风。但温、李虽是最后的创始一种作风的一群，其影响与地位却是特别的重要。原来，在诗的园地里，作风虽多，总括之，却不过数种。像陶渊明、王摩诘一类的田园诗，其作风不算不闲逸，却不是人人所可得而学得者。韩愈、卢仝一类的奇险怪诞的诗，其作风，不能不谓之特辟一境，却因过于崄窄，走的人多了，也便走不通，会失掉其特性。李白一类的游仙的与酒人的诗，其作风虽较为阔大可喜，却也不是一般诗人们所得而追逐于其后者。他们都只是小支与别派，不能说是诗坛的正体，与大"宗"。真实地说起来，只有两派地作风，是永远地在对峙着，也是永远的给诗人们走不厌的两条大路：一派是白居易领导着的明白易晓，妇孺皆懂的作风；一派便是温、李所提倡着的暧昧朦胧，精微繁缛的作风了。白居易的一派唯恐人不懂他们的东西；温、李派的诗作，则唯恐人家一读就懂。白居易派的诗，是可读唱给老妪听的；温、李派的诗，则就是好学深思的人读之也要费些功夫。总之，白要明易，温、李要晦昧；白要通俗，温、李则但求"可为知者道耳"。白是主张着为人生的艺术的。温、李则是主张着为艺术而艺术的。白派的诗，如太阳光满晒着的白昼似的，物无遁形，情皆毕露；温、李派的，则有如微云来去不已的月夜，万象皆朦朦胧胧，看不清楚。白派是托尔斯泰的一流。温、李派则和近代的法国象征派、高蹈派的诗人们，像麦拉尔梅（Mallarmé）、戈底叶（Gautier）诸人为同类。诗歌到底是要明白如太阳似的呢，还是要朦胧如月夜似的呢，这恐怕是要成为长久的争端，不能在一朝一夕，以一言数语决之的。有人喜爱前者，也有人喜欢后者。正如在宇宙的恒久的现象里，虽有人喜欢白天的金黄色的太阳光，但也有人会喜欢夜间的银灰色的月光。这，我们不能在这里仔细讨论。但温、李派的出现，其为我们文坛上最重要的一件大事，则是无可置疑的。当然，也有时对温、李派集矢，正如托尔斯泰派之集矢于鲍特莱尔(Baudelaire)诸人们一样，但那并无害于温、李的重要。我们的诸种文学，往往为了过于求明白，很少最崇高的成就，也就减少想象力的驰骋的绝好机会。温、李派的终于产生，不能不说是一个十分重要的发展的事态。五七言诗的作风，进展到温、李，也便“至矣，尽矣，蔑以复加矣”了。以后，温、李的跟从者几乎无代无之。而其更高的成就，则结果在五代与宋的绝妙好“词”上。我们的抒情诗的一体，所谓“词”者，其在五代与宋之间的造就，无疑的乃是我们的诗史里的伟大的一个成就。而温、李却是他们的“开天辟地”的盘古、女娲!

在温、李之前，王建、张籍他们已有走上这条大路的倾向，这在上文已经说到过。但王建、张籍究竟只是打先锋的陈胜、吴广，不能成大事，立大业。温、李才是真正的得天下的刘邦。假如我们说，温、李派的诗的作风，像深藏在重帘深幕之后的绝代美人，那么，张籍诸人的风趣，却只是像脸上蒙了一块避风纱的近代北方的女郎们而已。张籍他们还是夕阳西下未黄昏的气候，温、李则已是“月上柳梢头”的夜晚的光景了。王建、张籍等只是齐、梁的风格的复活，再上了些朦胧的略具暗示的余味。温、李才是真正的“高蹈派”的开始。建、籍不过说的是闺怨、春愁，用的是含蓄的语气，究竟还不难懂。温、李则连题材和风格都是不大好了解的，有时简直以《无题》二字了之，而其用字，也并是若明若昧，“不求甚解”的。所以温、李不仅是建、籍的门楣的扩大，而建、籍终于不过是温、李的胜、广而已。

二

李商(813年—858年)隐字义山，怀州河内人。令狐楚奇其文，召入幕中。开成二年，擢进士第。调弘农尉。王茂元镇河阳，爱其才，表掌书记，以女妻之，得侍御史。茂元死，来游京师，久不调。更依桂管观察使郑亚府为判官。亚谪循州，他从之，凡三年乃归。后柳仲郢节度剑南、东川，辟判官，检校工部员外郎。府罢，客荥阳卒。商隐初自号玉溪生，有玉溪生诗三卷。评者谓其诗“如百宝流苏，千丝铁网，绮密瑰妍，要非适用之具。”这当然是由文学功利论者的眼光里所看出来的。其实，商隐诗大体还不至如温庭筠那么暧昧难明呢。像《乐游原》：

向晚意不适，驱车登古原。夕阳无限好，只是近黄昏。

还有点像澹远一流的作品，不过意象却已大为不同耳。在“夕阳无限好”之下，澹远一流的作家，恐怕是不会加上那么一句：“只是近黄昏”的。他的诗题，暧昧难知者颇多。像《锦瑟》、《为有》、《一片》、《日射》、《摇落》、《如有》等，都与诗意毫不相干，只是随意采用了诗中的头二字为题而已。有的时候，简直连这种题目也不用，只是干脆地写上“无题”二字。“无题”诗在玉溪生诗中，见不一见，最足以代表他的作风。姑举几首于下：

飒飒东风细雨来，芙蓉塘外有轻雷。
金蟾啮锁烧香入，玉虎牵丝汲井回。
贾氏窥帘韩掾少，宓妃留枕魏王才。
春心莫共花争发，一寸相思一寸灰。
相见时难别亦难，东风无力百花残。
春蚕到死丝方尽，蜡炬成灰泪始干。
晓镜但愁云鬓改，夜吟应觉月光寒。
蓬山此去无多路，青鸟殷勤为探看。

大约所谓“无题”，便是给某某女郎的情诗的代名词吧。（后来的人便皆以“无题”来做“情诗”的代名词。）他还喜欢咏落花，咏垂柳，咏月，咏蜂，咏蝶等，而咏蝶者更不止一二见。他的作风还不和五色斑斓、粉光辉耀的轻蝴蝶似的么？像“远恐芳尘断，轻忧艳雪融”；“为问翠钗钗上凤，不知香颈为谁回”；“相兼惟柳絮，所得是花心”；“叶叶复翻翻，斜桥对侧门”（皆《咏蝶》）；“色染妖韶柳，光含窈窕萝”（《西溪》）；“花鬓柳眼各无赖，紫蝶黄蜂俱有情”（《二月二日》)；“蜡照半笼金翡翠，麝熏微度绣芙蓉”(《无题》)；“南塘渐暖蒲堪结，两两鸳鸯护水纹”(《促漏》)；又像：

三更三点万家眠，露欲为霜月堕烟。斗鼠上堂蝙蝠出，玉琴时动倚窗弦。

——《夜半》

拟杯当晓起，呵镜可微寒。隔箔山樱熟，褰帷桂烛残。
书长为报晚，梦好更寻难。影响输双蝶，偏过旧畹兰。

——《晓起》

还不都是“五色令人目迷，五音令人耳乱”的繁缛之至，灿烂之至的篇什么？ 我们要指义山诗的好处与特点，便当在这种粉蝶翩飞似的境地里去寻找。

三

假如我们说李商隐的诗似粉光斑斓的蝴蝶，那么，温庭筠的诗便要算是绮丽腻滑的锦绣或彩缎了。温诗是气魄更大，色调更为鲜明，文采更为绮靡的东西。他的所述，更不容易令我们明白。他爱用《织锦词》、《夜宴谣》、《晓仙谣》、《舞衣曲》、《水仙谣》、《照影曲》、《晚归曲》等的题目，而他的诗材便也似题目般的那么繁缛而闪烁我们且看他所抒写的：“晴碧烟滋重叠山，罗屏半掩桃花月”(《郭处士击瓯歌》)；“江风吹巧剪霞绡，花上千枝杜鹃血”(《锦城曲》)；“金梭淅沥透空薄，剪落鲛绡吹断云”(《舞衣曲》)‘绣颈金须荡倒光，团团皱绿鸡头叶”(《兰塘词》)；“格格水禽飞带波，孤光斜起夕阳多……水极晴摇泛滟红，草平春染烟绵绿。玉鞭骑马杨叛儿，刻金作凤光参差”(《晚归曲》)；“捣麝成尘香不灭，拗莲作寸丝难绝”(《达摩支曲》)；“红珠斗帐樱桃熟，金尾屏风孔雀闲。云髻几迷芳草蝶，额黄无限夕阳山”(《偶游》)；“红丝穿露珠帘冷，百尺哑哑下纤绠，……凉簪坠发春眠重，玉兔煴香柳如梦”（《春愁曲》）；“日影明灭金色鲤，杏花唼喋青头鸡”（《经西坞偶题》）；“虫歇纱窗静，鸦散碧梧寒。……乱珠凝烛泪，微红上露盘”（《咏晓》）等，还不都是不平常的想象与铸辞么？还不都是如春梦似的迷惘，如蝉影似的倩空么？就是他偶写社会的苦难的光景，却也仍是出之以这种的不平常的锦绣斑斓的文采的，像《烧歌》：

> 起来望南山，山火烧山田。微红夕如灭，短焰复相连。差差向岩石，冉冉凌青壁。低随回风尽，远照檐茅赤。邻翁能楚言，倚插欲潸然。自言楚越俗，烧畬为早田。豆苗虫促促，篱上花当屋。废栈豕归栏，广场鸡啄粟……谁知苍翠容，尽作官家税。

这里写山上田家的光景是极为逼真可喜的。虽是诅咒“官家”，其气象究竟和杜甫与白居易之作有别。他还喜用旧曲名，像《春江花月夜》、《敕勒歌》、《公无渡河》之类，然其所述则仍是温馥绮艳，特具一体。

庭筠本名岐，字飞卿，太原人。少敏悟，才思艳丽，工为词章小赋，与李商隐皆有名，称温、李。每入试，押官韵作赋，凡八叉手而八韵成，时号温八叉。多为邻铺假手，日救数人。然行为轻薄，颇为缙绅所不齿。宣宗爱唱《菩萨蛮词》，丞相令狐绹假其修撰，密进之。戒令勿泄，而遽言于人。由是疏之。他也有言道：“中书堂内坐将军”，以讥相国的无学。宣宗好微行，尝遇庭筠于逆旅；他不之识，傲然而诘之道：“公非长史司马之流？”帝道：“非也。”又道：“得非六参簿尉之类？”帝道：“非也。”谪为方城尉，再迁隋县尉卒。

四

温、李的作风，开辟了五七言诗的另一条大路给后人们走。而当时受其影响者便已不少。其中最有名者为韩偓、吴融、唐彦谦等。

韩偓字致光，一云字致尧，小字冬郎，京兆万年人。好为缛绮之诗，李义山甚称许之。龙纪元年（公元 889 年）擢进士第。佐河中幕府。历翰林学士，中书舍人，兵部侍郎。以不附朱全忠，贬濮州司马。天佑二年复原官偓不赴，依王审知而卒。有《翰林集》一卷，《香奁集》三卷。他的作风，于义山为近，像《幽窗》："刺绣非无暇，幽窗自鲜欢。手香江橘嫩，齿软越梅酸"；《绕廊》："浓烟隔帘香漏泄，斜灯映竹光参差"；《懒起》："枕痕霞黯澹，泪粉玉阑珊。笼绣香烟歇，屏山烛焰残。"又像《已凉》：

> 碧阑干外绣帘垂，猩血屏风画柘枝。八尺龙须方锦褥，已凉天气未寒时。

也都是像"楼阁朦胧烟雨中"（《夜深》）的光景的。他的《无题》数首，显然也是受义山的影响的。

吴融字子华，越州山阴人。龙纪初（约公元 889 年）及进士第。后为翰林承旨卒。有《唐英集》三卷。他的作风虽说是学温、李，却没有他们的燠暖缛丽，反时露凄楚之音；这是温、李派中所罕见的。"不必繁弦不必歌，静中相对更情多"（《红白牡丹》），这二语便足以形容他的风格吧。像《野庙》：

> 古原荒庙掩莓苔，何处喧喧鼓笛来。日暮鸟归人散尽，野风吹起纸钱灰。

凄凉欲泣，更哪里有一丝一毫的温、李的温馥之感呢？他也作《无题》："万态千端一瞬中，心园芜没伫秋风。鸡鹊夜警池塘冷，蝙蝠昼飞楼阁空。"但已浑不是义山的《无题》："凤尾香罗薄几重，碧文圆顶夜深缝。扇裁月魄羞难掩，车走雷声语未通"一类的无思虑的繁缛升平的气象了。大约融随了昭宗播迁受苦，担惊受怕，无时不在骄兵悍将的刀光剑影之下讨生活，已深感到了社稷残破的悲悼吧。

唐彦谦字茂业，并州人。咸通中（公元 860 年以后）举进士，十余年不第。乾符末（约公元 879 年），携家避地汉南。杨守亮镇兴元，署为判官。累官至副使，阆、壁、绛三州刺史。他博学多艺能，书画音乐，无不出于流辈，号鹿门先生。他少时师温庭筠，故风格类之。而宋人杨大年又说他："为诗慕玉溪，得其清峭感怆。"他也有《无题》十首（录其一）：

> 夜合庭前花正开，轻罗小扇为谁裁？多情惊起双蝴蝶，飞入巫山梦里来。

似较近于义山。

此时又有皮日休、陆龟蒙诸诗人出，作风不同于温、李，而自有所树立。皮日休（？年—880年）字袭美，一字逸少，襄阳人。性傲诞，隐居鹿门，自号间气布衣。咸通八年（公元867年）登进士第。授太常博士。黄巢入长安，日休为其所杀。他颇受白居易的影响，曾作《正乐府》十篇，盖即居易的《新乐府》的同流；但他后来和陆龟蒙唱酬最多，未免也受了他的很深的影响，而写着："为说松江堪老处，满船烟月湿莎裳"（《行次野梅》）；"孔雀钿寒窥沼见，石榴红重堕阶闻。牢愁有度应如月，春梦无心只似云"（《病后春思》）；"溪光冷射触鸊鹈，柳带冻脆攒栏杆。竹根乍烧玉节快，酒面新泼金膏寒"（《奉和鲁望早春雪中作吴体见寄》）一类的话。

陆龟蒙字鲁望，苏州人。举进士不第。辟苏、湖二郡从事。退隐松江甫里，多所论撰，自号天随子。他和皮日休唱酬最多。日休序其集道："近代称温飞卿、李义山为之最，以陆生参之，乌知其孰为先后也！"龟蒙诗确于温、李为近，像："行歇每依鸦舅影，挑频时见鼠姑心"（《偶掇野蔬寄袭美有作》）"鬓乱羞云卷，眉空羡月生"（《寄远》）；"黄蜂一过慵，夜夜栖香蕊"（《春晓》）。

李群玉字文山，沣州人。裴休荐为弘文馆校书郎。未几，乞假归。其风格似温、李而略为明畅，于《感春》一诗可知之：

> 春情不可状，艳艳令人醉。暮水绿杨愁，深窗落花思。吴官新暖日，海燕双飞至。愁思逐烟光，空濛满天地。

刘沧字蕴灵，鲁人，大中八年（公元854年）进士第。调华原尉，迁龙门令。所作稍类温、李，而较多萧爽的秋气。像："启户清风枕簟幽，虫丝吹落挂帘钩"（《秋日山斋书怀》）；"半夜秋风江色动，满山寒叶雨声来"（《秋夕山斋即事》）；"微微一点寒灯在，乡梦不成闻曙鸦"（《晚春宿僧院》）；"云鬟高动水宫影，珠翠乍摇沙露光。心寄碧沉空婉恋，梦残春色自悠扬"（《洛神怨》）；"羸马客程秋草合，晚蝉关树古槐深"（《入关留别主人》）等，都具凄清之意，若寒潭的水，冷碧之色，直扑人眉宇间。

马戴字虞臣，会昌四年（公元844年）进士第。为龙阳尉。咸通末佐大同军幕，终太常博士。他和贾岛是朋友，常相往来，故其作风，于窈渺中也并具清瘦之态，像"寒雁过原急，渚边秋色深。烟霞向海岛，风雨宿园林"（《宿贾岛原居》）；"微阳下乔木，远色隐秋山"（《落日怅望》）；"乱钟嘶马急，残臼半帆红"（《客行》）；"初日照杨柳，玉楼含翠阴……幽怨贮瑶瑟，韶光凝碧林"（《春思》），"斜日挂边树，萧萧独望间"（《陇上独望》）；"落叶他乡树，寒灯独夜人"（《灞上秋居》），都是其较好之作。

许浑字用晦，润州人。大中三年（公元849年）任监察御史。终睦、郢二州刺史。所作于温馥中也多怆楚之感，像："松楸远近千官冢，禾黍高低六代宫。石燕拂云晴亦雨，江豚吹浪夜还风（《金陵怀古》）；"芳草渡头微雨时，万株杨柳拂波垂。蒲根水暖雁初下，梅径香寒蜂未知"（《初春雨中》）。

女作家鱼玄机也在这个时代出现，写着颇为大胆的情诗，和温飞卿相酬答。玄机的生平很怪。她字幼微（一字蕙兰），为长安里家女。喜读书，有才思。初为李亿妾。后出为女道士，主持咸宜观，和诸名士往返。以笞杀女童绿翘，被京兆温璋所戮。有集（《鱼玄机诗》，有清仿宋印本，有中华书局《四部备要》本）。她的应酬诗，无甚可观，但像《情诗寄李子安》："书信茫茫何处问，持竿尽日碧江空"；《闺怨》："春来秋去相思在，秋去春来信息稀"；《冬夜寄温飞卿》："满庭木叶愁风起，透幌纱窗惜月沉"；《暮春有感寄友人》："莺语惊残梦，轻妆改泪容”云云，都很有浓情深意在着。她虽进不了温、李的堂室，但在女流作家里却是很杰出的。她是那么坦白地披露出她的胸臆，那是她们所少有的。

五

超然于温、李派影响之外者，有杜牧。牧字牧之，京兆万年人，太和二年（公元 828 年）擢进士第。为牛僧孺淮南节度府掌书记，擢监察御史，移疾分司东都。拜殿中侍御史，内供奉。历黄、池、睦三州刺史，又为湖州刺史。逾年，拜考功郎中，知制诰，迁中书舍人卒。牧刚直有奇节，敢论列大事。他的诗也情致豪迈，与时流之竞为枯瘠清瘦或繁缛温馥之作者不同。人号为小杜，以别杜甫。有《樊川集》。他的作风，大类元、白。像《感怀诗》、《冬至日寄小侄阿宜诗》、《华清宫三十韵》、《昔事文皇帝三十二韵》，都是逼肖元、白之作。他很想用世：“处士有常言，残虏为犬豕，常恨两手空，不得一马箠”（《送沈处士》）。但有时却又颇颓唐自放：“但为适性情，岂是藏鳞羽。一世一万朝，朝朝醉中去”（《雨中作》）。这两种的矛盾心理的表现，在白居易的诗里也是常常见之的。牧之还喜爱李、杜、韩、柳之作：“高摘屈宋艳，浓薰班马香。李杜泛浩浩，韩柳摩苍苍。近者四君子，与古争强梁”（《冬至日寄小侄阿宜诗》）。而尤推崇韩、杜：“杜诗韩集愁来读，似倩麻姑痒处抓”（《读韩杜集》），故他于韩的奇，杜的整练也颇得之。他的短诗，隽永的也不少，像《独酌》：

> 窗外正风雪，拥炉开酒缸。何如钓船雨，蓬底睡秋江。

同时又有张祜、赵嘏二人，甚为牧之所称许。牧之《赠张祜》道：“粉毫唯画月，琼尺只裁云”；又《残春独来南亭因寄张祜》道：“仲蔚欲知何处在？苦吟林下拂诗尘。”又有《雪晴访赵嘏街西所居》：“命代风骚将，谁登李杜坛？……今日访君还有意，三条冰雪独来看。”

张祜，字承吉，清河人，以宫词得名。辟诸侯府，多不合，自劾去。尝客淮南，爱丹阳曲阿地，筑室卜隐。他的《宫词》："故国三千里，深宫二十年，一声《何满子》，双泪落君前"，曾流入宫禁。武宗疾笃，孟才人唱此词，歌"一声《何满子》"，气亟立殒。上令医候之，道："脉尚温而肠已绝。"祜因之为《孟才人叹》，叙此事。赵嘏，字承祐，终于渭南尉。他尝家于浙西，有美姬，惑之。为浙帅所夺。后嘏中第，浙帅遣此姬归之。嘏方出关，逢于横水驿。姬抱嘏恸哭而卒。葬于横水之阳。嘏的诗，像《长安秋望》："残星几点雁横塞，长笛一声人倚楼。紫艳半开篱菊静，红衣落尽渚莲愁"，是甚有张籍诸人的风趣的。

六

在这时，张籍的影响甚大。司空图、项斯、朱庆余、任蕃、陈标、章孝标等无不受其陶冶。然籍的作风，乃是温、李的先驱，这可见这时风尚之所归向。司空图（837年—908年）字表圣，河中人。咸通十年（公元869年）进士第。王凝为宣、歙观察使，辟置幕府。后拜礼部员外郎。黄巢起义时，僖宗次凤翔，以图为知制诰，中书舍人。昭宗召为兵部侍郎，以足疾自乞还。图家本中条山王官谷，有先人田庐，遂隐不出。自号知非子，耐辱居士。后闻哀帝被杀，不食扼腕，呕血数升而卒。年七十二。有《一鸣集》。他尝著《诗品》，以隽永之语，标举古今诗的风格，是批评文里空前的清俊之什。他也写"伏溜侵阶润，繁花隔竹香"（《春中》）；"恰值小娥初学舞，拟偷金缕押春衫"（《杨柳枝》）。然最多的却是叹乱伤时之什，像《狂题》十八首，像《寓居有感》三首，像《偶题》三首，像《即事》九首等，都是如杜鹃啼血似的哀吟。最可痛者，像《河湟有感》："一自萧关起战尘，河湟隔断异乡春；汉儿尽作胡儿语，却向城头骂汉儿。"整个不良社会，都已被映写出来了。为了环境的不同，他已不是张籍派所可包罗的了。章孝标，桐庐人，元和十四年（公元819年）进士第。太和中试大理评事。他是张籍的好友，这时代的老诗人。又有任蕃、陈标、项斯、朱庆余诸人，皆为依附张籍而成名者。他们所作，风格皆不大相殊，上文所举朱庆余的“待晓堂前拜舅姑”一诗便可作为代表。相传项斯始未为闻人，因以卷谒杨敬之，杨苦爱之，赠诗道：“平生不解藏人善，到处逢人说项斯。”明年斯遂擢上第。这恰和朱庆余与张籍的遇合之际有些相似。

七

追逐于贾岛的左右而力拟其作风者有李洞、唐求及喻凫。李洞字才江，京兆人。唐宗室。慕贾岛为诗，至铸其像，事之如神。昭宗时不第，游蜀卒。他因模拟贾岛过度，故有僻涩之诮。独吴融甚称之。他的诗，像：“醉眼青天小，吟情太华低”（《赠唐山人》）；“卧语身粘藓，行禅顶佛松”（《宿凤翔天桂寺》）；“冷筇和雪倚，朽栎带云烧”（《维摩畅林居》）等，都是斫句甚苦的。唐求居蜀之味江山。王建帅蜀，召为参谋，不就。放旷疏逸，邦人谓之唐隐居。为诗捻稿为丸，纳之大瓢。后卧病，投瓢于江，道：“斯文苟不沉没。得者方知吾苦心尔。”流至新渠，有识者道：“唐山人瓢也。”接之。十才二三。他的诗都是从苦吟与体验中得到的，像：“为雨疑天晚，因山觅路遥”（《涂次偶作》）；“竹和庭上春烟动，花带溪头晓露开”（《题李少府别业》）。喻凫，毗陵人，登开成五年（公元840年）进士第，终乌程尉。他和贾岛是朋友，作风也甚清瘦，像“钟沉残月坞，鸟去夕阳村。搜此成闲句，期逢作者论”（《龙翔寺言怀》），却没有贾岛那样的精练与拗强了。

八

与姚合为一群而深受其影响者，有殷尧蕃、李频、周贺诸人。李频是姚合的女婿。他字德新，睦州寿昌人。时合为给事中，有诗名，士多归重。频走千里，丐其品。合大称赏，遂以女妻之。大中八年（公元 854 年）擢进士第，终于建州刺史。他所作诗，功力甚深，像“沙渚渔归多湿网，桑林蚕后尽空条”（《鄂州头陀寺上方》）；“架书抽读乱，庭果摘尝稀”（《过嵩阴隐者》）等。

周贺字南卿，东洛人。初为浮屠，名清塞。姚合为杭州太守时，爱其诗，加以冠巾，改名贺。所作像：“出定闻残角，休兵见坏锋”（《送省己上人》）；“乱云迷远寺，入路认青松。鸟道缘巢影，僧鞋印雪踪”（《入静隐寺途中作》）；“蠹根停雪水，曲角积茶烟”（《玉芝观王道士》）等，都是出之以清吟与深思的。

殷尧蕃，苏州嘉兴人。元和中登进士第。辟李翱长沙幕府，加监察御史，又尝为永乐令。他和姚合、雍陶、马戴、许浑等相酬和，所作多清婉可喜，像：“踏碎羊山黄叶堆，天飞细雨隐轻雷”（《游山南寺》）；及《经靖安里》：

> 巷底萧萧绝市尘，供愁疏雨打黄昏。悠然一曲泉明调，浅立闲愁轻闭门。

九

咸通左右，又有李咸用、来鹏、陈陶、曹邺、方干诸人，虽诗名重于一时，却皆命薄如云，流落以终（惟曹邺较显达）。李咸用与来鹏同时，工诗不第，尝应辟为推官，有《披沙集》。咸用的诗显然可见是受多方面的影响而不名一家的，——许多晚唐诗人大概都是这样的——像：“须知代不乏骚人，贯休之后，惟修睦而已矣”（《读修睦道上人歌篇》），宛然是韩愈的口气。“淅淅梦初惊，幽窗枕簟清”（《闻泉》），又有些像姚合了。来鹏（一作鹄），豫章人，咸通中举进士不第。他诗思清丽，像：“冷酒一杯相劝频，异乡相遇转相亲。落花风里数声笛，芳草烟中无限人”（《鄂渚清明日》）；“新历才将半纸开，小庭犹聚爆竿灰”（《早春》）等，皆颇能状日常情况入诗。

方干（？年—888年？）字雄飞，新定人。尝谒杭州太守姚合。合视其貌陋，甚卑之。坐定览卷，乃骇目变容，馆之数日。咸通中，一举不得志，遂遁会稽，渔于鉴湖。他的诗名，满于江之南，后进私谥曰玄英先生（？—888？）。像“未明先见海底日，良久远鸡方报晨。古树含风长带雨，寒岩四月始知春”（《题龙泉寺绝顶》）；“坐牵蕉叶题诗句，醉触藤花落酒杯”（《题越州园袁秀才林亭》）等等，也颇情致疏荡。曹邺字业之，桂州人，登大中（公元847—859年）进士第，终扬州刺史。他的诗颇能表现出唐末丧乱频仍的时代的内幕来，像《筑城》、《战城南》、《甲第》、《官仓鼠》、《蓟北门行》、《秦后作》等，都有些与白居易的《新乐府》相类。但居易还以劝诫为名，他则直抒哀怨了。他也有清隽异常之作，像《早起》：

> 月堕沧浪西，门开树无影。此时归梦阑，独立梧桐井。

陈陶，字嵩伯，岭南人（一作鄱阳人，又作剑浦人）。大中时游学长安。南唐升元中，隐洪州西山，后不知所终。他的诗也多凄楚之音，虽间作超世语，却多用世意。像：“可怜无定河边骨”（《陇西行》）是最为人所传诵者。又像：“近来诗思清于水，老去风情薄似云”（《答莲花妓》）等也殊可喜。

同时又有曹唐的，曾作《游仙诗》百首，却都胶执无聊，一点也没有灵隽飞动之意绪，可说是这一类诗中的最下者。他字尧宾，桂州人，初为道士，后举进士不第。

同时又有所谓“芳林十哲”者，唱答往还，自成一派。这“十哲”是：郑谷、许棠、任涛、张蠙、李栖远、张乔、喻坦之、周繇、温宪（庭筠子）及李昌符。而郑谷、许棠、张乔、张蠙尤有名。郑谷字守愚，袁州宜春人。幼颖悟绝伦，七岁能诗。光启三年（公元887年）第进士。乾宁四年为都官郎中，诗家称郑都官。又尝赋鹧鸪，警绝，复称郑鹧鸪。未几告归，卒于北岩别墅。他的诗清婉明白，不俚而切。齐己携诗卷来表谒谷，《早梅》云：“前村深雪里，昨夜数枝开。”谷道：“数枝非早也，未若一枝佳。”己不觉设拜道：“我一字师也！”谷诗颇多警策之什，像："雨昏青草湖边过，花落黄陵庙里啼"(《鹧鸪》)，而也时有诉老谈穷之作，像："流年俱老大，失意又东归"(《送进士卢棨东归》)。许棠，字文化，宣州泾县人。咸通十二年（公元 871 年）登进士第。授泾县尉，又尝为江宁丞。也多谈穷诉苦之作，像："连春不得意，所业已疑非"(《留别友人》)；"欲吟先落泪，多是怨途穷"(《客行》)；"飞尘长满眼，衰发暗添头"(《遣怀》)之类。张乔，池州人，咸通中（公元 866 年左右）进士。黄巢起义时，罢归，隐九华。他的诗像"秋山清若水，吟客静于僧"(《题郑侍御蓝田别业》)："凭槛见天涯，非秋亦可悲。山水分乡县，干戈足别离"(《江楼作》)等，皆于澹远之中，见出丧乱之感的。张蠙，字象文，清河人，初与许棠、张乔齐名，登乾宁二年（公元 895 年）进士第，为犀浦令。入蜀，终金堂令。相传王衍与徐后游大慈寺，见壁间题云："墙头细雨垂纤草，水面回风聚落花"，深喜之。问寺僧，知为蠙作，欲大用之。而谗者以蠙轻忽傲物为言，遂止。

十

但在这个温、李、杜、韩的影响弥漫着唐末的诗坛上的时候，却有另外一群的诗人们起来，打着通俗的旗帜，作着自以为是的诗歌，闯进典雅秀致的书室里，把一切的陈设都撕下了，摔坏了，任意放歌，任意舞踏，颇富粗豪谐俗的意兴。但他们却并不是突然的从天掉落下来的。他们的渊源是很古远的。从王梵志到顾况，到他们，那是一条直线的路径。不过中间常受典雅的沙石所压迫，故他们遂常成为地中的伏流，偶一遇土质松动处才得喷流出来，成为清泉，或成为小溪。唐末是丧乱频仍的时代，科第已失了羁縻人心的效力，个个才士都要自谋出路，自求发展。这一层压力一去，于是那一股伏流便滚滚滔滔地涌出地面上来了。在这一股伏流里，三罗、杜荀鹤、李山甫及胡曾是其代表。他们惯是以俗意浅言，来作民间能懂的诗的。他们的诗，真的是常在民间的口头上说着，至于今千年未绝。且也成了民间生活常识的一部分，分离不开，影响极大。白居易诗每以妇孺皆懂为目的，然究竟还是过于典雅，未必真的能够深入民间；像罗隐、杜荀鹤、胡曾等人，才是真正的民间诗人呢。

三罗，为罗邺、罗隐及罗虬，而罗隐之名最大。罗隐字昭谏，余杭人。光启中，依浙江钱镠。镠辟他为节度判官副使。朱温召之，不行。年八十余卒。隐是民间自己的真实的诗人，至今浙人尚流传着他的许多聪明的故事；且有“罗隐皇帝口”云云的俗谚，说他是“言无不中”。《咏斋闲览》道：“唐人诗句中用俗语者，惟杜荀鹤、罗隐为多。罗隐诗，如曰：‘西施若解亡人国，越国亡来又是谁’；曰：‘今宵有酒今宵醉，明日愁来明日愁’；曰：‘能消造化几多力，不复阳和一点尘’；曰：‘只知事逐眼前去，不觉老从头上来’；曰：‘时来天地皆同力，运去英雄不自由’；曰：‘采得百花成蜜后，不知辛苦为谁甜’；曰：“明年更有新条在，绕乱春风卒未休。’今人多引此语，往往不知谁作。”盖这些诗句也已深入民间而成为他们自己的日常的成语的了。他所作有《罗昭谏集》。

罗邺也是余杭人。杨慎推他为三罗之首，大约因为他的诗在三罗中是最典雅的之故吧。但像：“不愁世上无人识，唯怕村中没酒沽”（《自遣》）；“万里山河星拱北，百年人事水归东”（《春晚渡河有怀》）等，也还是很谐俗的。罗虬台州人，依鄜州李孝恭为从事。他狂宕无检束。尝在孝恭坐，杀了一个妓女，名杜红儿。后悔之，乃作《比红儿诗》百首，当时盛传。像《比红儿诗》中的“不似红儿些子貌，当时争得少年狂”，“若同人世长相对，争作夫妻得到头”云云，也是近于俗语方言的。

杜荀鹤（848 年—907 年）字彦之，池州人，有诗名，自号九华山人。景福二年（公元 893 年）进士第。或以他为杜牧出妾之子。朱温受禅，拜他为翰林学士，数日而卒 。他自序其诗为《唐风集》。他的诗也以类乎格言的成语，为最得民间欢迎，像：“举世尽从愁里老，谁人肯向死前休世间多少能言客，谁是无愁行睡人”；“逢人不说人间事，便是人间无事人”；“易落好花三个月，难留浮世百年身”等等。

李山甫，咸通中数举进士被黜，依魏博幕府为从事。他有不羁才，能为青白眼。往往不得众情，以陵傲之，因此无所遇。时人怜之，后不知所终。山甫诗也喜用浅语，不避俗谈，像：“有时三点两点雨，到处十枝五枝花”（《寒食》）；“南朝天子爱风流，尽守江山不到头”（《上元怀古》）；“老逐少来终不放，辱随荣后直须匀。劝君不用夸头角，梦里输赢总未真”（《寓怀》）等，在古典的批评家眼中，都是很粗卑的。

胡曾有《咏史诗》百篇，盛传于世。凡通俗小说，像《三国志演义》、《隋唐志传》等，殆无不引入曾的《咏史诗》。辛文房谓：“《咏史诗》皆题古君臣争战废兴尘迹，经览形胜，关山亭障，江海深阻，一一可赏；人事虽非，风景犹昨。每感辄赋，俱能使人奋飞。至今庸夫孺子，亦知传诵。”他，长沙人，咸通中举进士，不第。尝为汉南节度使从事。他的《咏史诗》能以浅近之辞，表达历史上的可泣可歌之事，像《夹谷》：

> 夹谷莺啼三月天，野花芳草整相鲜。来时不见侏儒死，空笑齐人失措年。

为的是颇能谐合一般民众的口味，故得以传诵不休。

参考书目

一、《五十唐人小集》 有仁和江氏仿宋刊本。
二、《全唐诗》 有原刊本，石印本。
三、《唐百名家诗》 有席氏刊本。
四、《唐才子传》 有《佚存丛书》本，诸诗人传皆在其中。
五、《唐诗纪事》 宋计有功撰，有清刊本，石印本。
六、《全唐诗话》 宋尤袤著，有《历代诗话》本。

第三十一章

词的起来

词与诗的区别——词非“诗余”——词的来历——胡夷之曲与里巷之曲——新曲的创作——《回波乐》——李隆基——李白——元结——张志和——《调笑令》与《三台》——刘禹锡与白居易——《闲中好》——温庭筠——李晔、韩偓等

一

五七言诗在唐代，时见之歌坛，但并不是每一首诗都可歌。诗人们每以其诗得入管弦为荣。开元中王昌龄、高适、王之涣旗亭画壁的故事，即是其一例。唐代可歌的曲调，有词传于世者绝少。崔令钦的《教坊记》，共录曲名三百二十五，为词人所袭用者不过十一而已。在这三百二十五曲中，究竟有多少是用五七言诗体来歌唱的，今已不可得而知。所可知者，即唐代的歌坛上，所用的歌曲是极为繁多的，在其间，五七言诗体，也往往“合之管弦”。到了后来，便专名这种可以入乐或“合之管弦”的歌曲为“词”。故后来“词”中，也有《南柯

子》、《三台令》、《小秦王》、《瑞鹧鸪》、《竹枝》、《柳枝》、《阿那》等曲，原是七言的律绝体。所以，我们可以说，“词”乃是可歌的乐曲的总称，而五七言诗则未必全是可歌者，必须要“合之管弦”，方能被之声歌。

论者每以“词”为“诗余”。沈括在《梦溪笔谈》里说：“诗之外又和声，则所谓曲也。唐人乃以词填入曲中，不复用和声。”朱熹也说：“古乐府只是诗，中间却添许多泛声。后来人怕失了那泛声，逐一添个实字，遂成长短句，今曲子便是。”（《朱子语类》百四十）他们是主张词由诗变的。其实不然。词和诗并不是子母的关系。词是唐代可歌的新声的总称。这新声中，也有可以五七言诗体来歌唱的。但五七言的固定的句法，万难控御一切的新声。故崭新的长短句便不得不应运而生。长短句的产生是自然的进展，是追逐于新声之后的必然的现象。清人成肇麐说：“其始也，皆非有一成之律以为范也。抑扬抗队之音，短修之节，运转于不自已，以蕲适歌者之吻。而终乃上跻于雅颂，下衍为文章之流别。诗余名词，盖非其朔也。唐人之诗，未能胥被管弦，而词无不可歌者。”（《七家词选序》）这话最有见地。

二

词的来历，颇为多端。但最为重要者则为“里巷之音”和“胡夷之曲”。一种新文体的产生，往往有其很悠久的历史。若蝴蝶然，当其成虫之前，必当经过了毛虫和蛹的阶段。词虽大行于唐末、五代，然其酝酿的时期，则已久了。中国音乐受外来的影响最深。汉代乐歌已杂西域之声。及六朝而更盛行“胡夷之曲”。《隋书·音乐志》叙此种情形甚详。《唐书·音乐志》也说：“自周、隋以来，管弦杂曲将数百曲，多用西凉乐；歌舞曲多用龟兹乐。其曲度皆时俗所知也。”这可见“胡夷之曲”的如何流行于世。词调中，受这种影响最深。我们或可以说，唐、五代、宋词的一部分，便是周、隋以来“胡夷之曲”的被保存下来的歌词。可惜唐以前，那些胡曲的歌词皆已不传，或竟往往是有曲而无词的。故我们于唐末、五代词外，便绝罕得见以前的乐“词”。

因为受了新的“胡夷之曲”的排斥，“古曲”在唐代几乎尽失。《唐书·音乐志》谓：“自长安以后，朝廷不重古曲，工伎转缺。能合于管弦者唯《明君》、《杨伴》……等八曲。”

“里巷之曲”亦是“词”的来历之一。如《竹枝词》、《杨柳枝》、《浪淘沙》、《调笑》、《欸乃曲》等皆为南方的民歌。刘禹锡说：“里中儿联歌《竹枝》，吹短笛，击鼓以赴节。歌者扬袂睢舞，以曲多为贤。”（《刘宾客集竹枝词序》）又如张志和有名的《渔歌子》，也当是拟仿当时的渔歌而作者。

初期的“词”，大约只是胡夷、里巷之曲的拟仿。但到了后来，便有自制的新声出现。欧阳炯说道：“《杨柳》、《大堤》之句，乐府相传；《芙蓉》、《曲渚》之篇，豪家自制。”（《花间集序》）所谓“豪家自制”，便指的是音乐家们的创作了。这些创作的新声，在词调里也有不少。宋人尝写“自度曲”。直到清代，也还有所谓“自度曲”者出现。

三

最早的“词”，或追溯到六朝时代的“长短句”。但“长短句”，即在《诗经》里也有之。这里所谓“词”，则是专指唐以后所产生的可歌的新声而言，故不必远溯到唐以前。武后的时代，是重新声而“不重古曲”的时代。李景伯、沈佺期和裴谈所作的《回波乐》，恰好是“词”的前驱。稍后，有张说的《舞马词》六首，崔液的《蹋歌词》二首。唐明皇（李隆基）最好新声，他自己且是一位大音乐家，其所作《好时光》：“彼此当年少，莫负好时光”，正足以表现出那个花团锦簇的开、天时代的背景来。

这时代的大诗人李白，相传也作词。《尊前集》收他的词十二首，《全唐诗》则收十四首。在这十几首词里，误收者当然不少，像《清平乐令》等显然是不会出于他的手笔之下的。至于《菩萨蛮》：“平林漠漠烟如织”,《忆秦娥》:“西风残照,汉家陵阙”的二首,则辩难者尤多。但这二首“绝妙好辞”虽未必是白所作,其为初期词中的杰作,则是无可置疑的。

元结有《欸乃曲》五首,张志和也有《渔歌子》五首,当都是拟仿里巷之歌的。志和,字子同,婺州金华人。唐肃宗时待诏翰林。后被贬,遂不复出仕,自号烟波钓徒。著有《玄真子》。像《渔歌子》里的:

> 西塞山前白鹭飞,桃花流水鳜鱼肥。青箬笠,绿蓑衣,斜风细雨不须归。

一首,是最为吟诵在人口头的。其兄张松龄见其浪游不归,也尝和其韵以招之。

诗人韦应物、王建、戴叔伦、刘禹锡及白居易皆尝作词。应物作《三台》二首,《调笑令》二首。建写《三台》六首,《调笑令》四首。叔伦作《调笑令》一首。叔伦的“山南山北雪晴,千里万里月明”,是词中罕见的咏吟边情的名作。

刘、白二人拟作民间的《竹枝词》、《杨柳枝》、《忆江南》诸词不少。像禹锡的一首《竹枝词》:

> 山桃江花满上头,蜀江春水拍山流。花红易衰似郎意,水流无限似侬愁。

连其意境也全是袭之于民间情歌的了。居易的《浪淘沙》:

> 借问江潮与海水,何似君心与妾心?相恨不如潮有信,相思始觉海非深。也似是由浑朴真挚的民歌改写而成的。

河南司隶崔怀宝曾作《忆江南》一首,“平生愿,愿作乐中筝”云云,也甚富于六朝的《子夜》、《读曲》的情趣。

唐末,郑符、段成式与张希复三人酬答的《闲中好》三首,清隽可喜。像:“闲中好,尘务不萦心。坐对当窗木,看移三面阴”(成式作）云云，后来的词里便很难见到这样浑朴的东西了。

四

唐末大诗人温庭筠是初期词坛上的第一位大作家。他的词，和他的诗一样，也是若明若昧，若轻纱的笼罩，若薄暮初明时候的朦胧的。他打开了词的一大支派，一意以绮靡侧艳为主格，以“有余不尽”，“若可知若不可知”为作风。集所谓“花间”派，实以他为宗教主。故《花间集》录他的词至六十六首之多；可见其中的消息了。庭筠原是一位大音乐家。《唐书》谓他“能逐弦吹之音，为侧艳之词。”所著有《握兰》、《金荃》二集。惜今《握兰》已佚，《金荃》也全非本来面目。欲见温氏之全，已不可能。这是很大的损失！但即就《花间》、《金荃》诸集所录者观之，也已略可见出他的风格的一斑了。

词中的“侧艳”一派，先已见之于杜牧之的《八六子》：“听夜雨冷滴芭蕉，惊断红窗好梦”一词。然庭筠则是第一个以全力赴于此的词人。他所写的是离情，是别绪，是无可奈何的轻喟，是无名的愁闷。刘禹锡、白居易诸人的拟民歌，全是浑厚朴质之作。到了庭筠，才是词人的词。全易旧观，斥去浅易，而进入深邃难测之佳境。庭筠词的作风，可于下列诸词里见之：

> 水精帘里颇黎枕，暖香惹梦鸳鸯锦。江上柳如烟，雁飞残月天。藕丝秋色浅，人胜参差剪。双鬓隔香红，玉钗头上风。
>
> ——《菩萨蛮》
>
> 柳丝长，春雨细，花外漏声迢递。惊塞雁，起城乌，画屏金鹧鸪。香雾薄，透帘幕，惆怅谢家池阁。红烛背，绣帘垂，梦长君不知。
>
> ——《更漏子》
>
> 手里金鹦鹉，胸前绣凤凰，偷眼暗形相。不如从嫁与，作鸳鸯。
>
> ——《南歌子》

他所述的是烟，是月，是春雨，是香雾，是水精帘、玻璃枕，是鸳鸯，是凤凰，是金鹧鸪，金鹦鹉，他连选取的对象，也是那么样的绮靡绚煌，金碧眩人！

五

唐昭宗（李晔，867年—904年）时代，是一个动乱的时代，中原全陷于可惨怖的悍将们的攻掠的铁掌之中。这位诗人皇帝是一筹莫展的。他是唐懿宗的第七子，以公元889年即皇帝位。在朱全忠的旗影刀光之下，偷生苟活了几年，终于在公元904年，为全忠所害。其生活是很可惨的。但正因了这种惨怖的生活，数度的播迁，他的词境便更是深邃动人。惜今所传的篇什极少。像《菩萨蛮》："登楼遥望秦宫殿，茫茫只见双飞燕"，其凄凉悲壮，似有过于著名的传为李白所作的《忆秦娥》："咸阳古道音尘绝"的一首。

韩偓为昭宗的翰林学士承旨，相得极欢，终见恶于朱全忠，贬濮州司马。后复被召，竟不敢应命，避地于闽以卒。他的词，和他的诗相同，也深受温庭筠的影响，像《生查子》：

> 侍女动妆奁，故故惊人睡。那知本未眠，背面偷垂泪。懒卸凤皇钗，羞入鸳鸯被。时复见残灯，和烟坠金穗。

同时有皇甫松者，字九奇，为湜之子，牛僧孺之婿。《花间集》录其词十一首。独具朗爽之致，不入侧艳一流，像《浪淘沙》：

> 滩头细草接疏林，浪恶罾舡半欲沉。宿鹭眠鸥飞旧浦，去年沙觜是江心。

此后，便入五代了。词成了五代文学的中心，显出极绚烂的光彩来。唐诗到了温、李已是登峰造极。后乃降到三罗及胡曾、杜荀鹤辈的通俗的体格。物穷则变，大诗人们便皆掉转头来，在另一种的新体的诗，即所谓“词”的当中讨生活。因了采取了崭新的诗体之故，诗坛上便一时更现出异彩新光来，不因五代的丧乱而暗淡下去。这将在下文详提到。

参考书目

一、《隋书·音乐志》 见《隋书》卷十三至卷十五。

二、《唐书·音乐志》 见《唐书》卷二十八至卷三十一。

三、《教坊记》 崔令钦著，有《古今逸史》本，《古今说海》本，《唐代丛书》本。

四、《乐府杂录》 段安节著，有《古今逸史》本，《古今说海》本。

五、《花间集》 有汲古阁刊《词苑英华》本，有徐氏刊本，有双照楼《景宋金元本词》本，有《四印斋所刊词》本，有《四部丛刊》本。

六、《尊前集》 有汲古阁刊《词苑英华》本，有《彊村丛书》本，有《景宋金元本词》本。

七、《全唐诗》 有原刊本，有同文书局石印本，其第十二函第十册，为唐五代词。

八、《唐五代词选》 成肇麐辑。有原刊本，有商务印书馆铅印本。

九、《全唐五代词》 有商务印书馆铅印本。

十、《中国文学史》 中世卷第三篇上册第一章郑振铎著，商务印书馆出版。

第三十二章

五代文学

文艺中心的移动——温庭筠的影响——所谓“花间派”——蜀中词人：韦庄——王衍——牛峤、毛文锡等——欧阳炯等——波斯人李珣——孟昶——荆南词人：孙光宪——中原词人们：和凝、李存勖——南唐词人：李璟与李煜——冯延巳等敦煌发现的《云谣集杂曲子》——五代诗人们——五代的散文作家们

一

所谓五代文学指的是：从朱温的即皇帝位（公元 907 年）到南唐的被宋所灭（公元 974 年）的六十余年间的文学。在这短短的六十余年间，中原不曾有一天太平过。我们看见了五次的改姓换代的事。国祚之长者，如梁，如后唐，皆不过十余年。国祚之短者，如后汉，前后二主，仅只享国四年。又加之以外寇的强梁，石晋至称子称孙于契丹。倒是中原以外的几个偏远的地方，如蜀，如江南，如闽，如越，还可以略略地保持着太平的局面。因之，一部分的文人学士便往往避

地于彼间。渐渐的，那些偏远之地，也成了文艺的中心。在其间，尤以西蜀及江南为最重要。

二

五代的文坛，以新体的诗，所谓“词”者为主体。词人们雄踞着当代的各个文艺中心的骚坛上，气焰不可一世。然毕竟逃脱不了温庭筠的影响。温氏的作风几如太阳似的在当代的词坛上无所不照射到。即高才的词人们，像南唐二主，也多少总受有温氏的煦暖。而所谓“花间派”的，则其影响尤为显著。《花间集》以温氏为首，未始没有微旨。总之，以直率浅显为戒，以深邃曲折，迷离惝恍为宗，则是五代词人们所同具的作风。这一流派的势力，长久而且伟大，几乎成了“词”的一体的特色。明白晓畅的“词”，反而成了别调。《花间》一集在中国文学史上乃是一个可怪的诗的热力的中心。

《花间集》为蜀人赵崇祚所编，有欧阳炯的序。序末署着：“时大蜀广政三年（即公元940年）夏四月日。”《花间》之编成，当即在其时。这时，已在五代的后半叶了。所录于温庭筠、皇甫松外，几全为蜀人，仅一孙光宪是荆南的作家，和凝是中原的词人耳（又有张泌，但与南唐的张泌，似是二人）。崇祚字弘基，仕后蜀为卫尉少卿。五代词之传于世，端赖有此《花间》一集。全书所录“诗客曲子调五百首，分为十卷。”（欧阳炯序）所选凡十八人：

温庭筠六十六首	皇甫松十一首	韦　庄四十七首
薛昭蕴十九首	牛　峤三十三首	张　泌二十七首
毛文锡三十一首	牛希济十一首	欧阳炯十七首
和　凝二十首	顾　敻五十五首	孙光宪六十一首
魏承班十五首	鹿虔扆六首	阎　选八首
尹　鹗六首	毛熙震三十首	李　珣三十七首

这十八个词人构成了所谓“花间派”；打开了中国诗中的一条大路，灌溉了后来的无数的诗人的心田，创始了一个最有影响，且根柢最为深固的作风。五代词固不止是“花间派”的作家们，在江南，尚有中、后二主与冯延巳的三位“大手笔”的词人们在着。然南唐二主词与《阳春集》，风格过高，仿之者往往画虎不成，影响究竟不若“花间派”的伟大。他们是大诗人，但并不是影响最大的作家们。故论五代词，究当以《花间》诸作家们为主体。

三

“花间派”词人们的作风，并不纯然如一。也有很浅陋的，像毛文锡、阎选诸人。但追踪于温庭筠之后者究为多数。兹先述蜀中诸词人，然后再及非蜀地的作家们。

蜀中词当始于韦庄。韦庄是一位伟大的诗人，他在五七言诗的领域里，所建树的也很重要。《秦妇吟》为咏吟这个变动时代的长诗；时有“《秦妇吟》秀才”之称。他的词也充分地表现出他的清茜温馥，隽逸可喜的作风。 在他之前，蜀中文学，无闻于世。蜀士皆往往出游于外。李、杜与蜀皆有关系，但并没有给蜀中文学以若何的影响。到了韦庄的入蜀，于是蜀中乃俨然成为一个文学的重镇了。从前后二位后主起，到欧阳炯等诸人止，殆无不受有庄的影响。《花间》的一派，可以说虽由温庭筠始创，而实由韦庄而门庭始大的。庄字端己，杜陵人，唐乾宁元年（公元 894 年）进士。天复元年（公元 901 年）赴蜀，为王建书记。建自立为帝，以庄为丞相。他的词集，名《浣花词》，原本已佚，今人尝辑为一卷。庄的词以写婉娈的离情者为最多。相传他的姬为王建所夺，庄曾作《荷叶杯》一词。姬见此词，不食而死。然此语殊无根。《荷叶杯》的全词如下：

> 记得那年花下，深夜。初识谢娘时：水堂西面画帘垂，携手暗相期。　惆怅晓莺残月，相别。从此隔音尘。如今俱是异乡人，相见更无因。

观其“如今俱是异乡人”语，似非指被夺之姬；且建似也不至夺庄之姬。庄之所忆，或别有在吧。像《女冠子》：

昨夜夜半，枕上分明梦见，语多时；依旧桃花面，频低柳叶眉。半羞还半喜，欲去又依依。觉来知是梦，不胜悲！

之类，其情调大都是一贯的。又像庄的《菩萨蛮》：“洛阳城里春光好，洛阳才子他乡老”云云，也是甚有家国之思的。他虽避难于蜀，为建僚属，其不忘“洛阳”故乡的情绪，自然地会流露出来。庄的词可以说是都在这种思乡与忆所恋的情调之下写成了的。

与韦庄同样的由他处入仕于蜀者有牛峤。峤字松卿，一字延峰，陇西人，唐乾符五年（公元 878 年）登进士第。入蜀为王建判官。建即帝位，峤为给事中。有集三十卷。其词传于今者仅《花间集》中所录的三十余首而已。其风格颇浅迫，非温、韦的同群，像《更漏子》：“闺草碧，望归客，还是不知消息；孤负我，悔怜君，告天天不闻。”乃是民间情歌的同道。

但峤之兄子希济，其词虽存者不过十余首，却可看出其为一大诗人。希济仕蜀为御史中丞。降于后唐，明宗拜他为雍州节度副使。其《生查子》数首：“语已多，情未了，回首又重道。记得绿罗裙，处处怜芳草”，“红豆不堪看，满眼相思泪”，皆甚蕴藉有情致。

前蜀后主王衍（不在《花间集》中）也喜作词，今存者虽不多，却可充分地看出他的富于享乐的情调，正如他的《宫词》所道：“月华如水浸宫殿，有酒不醉真痴人。”著名的《醉妆词》：“者边走，那边走，只是寻花柳。”便是在这种情调之下写出的。

薛昭蕴字里均无考。仕蜀为侍郎。《花间集》列他于韦庄之下，牛峤之上，当为前蜀的词人。他所作，其情调也皆为绮靡的闺情词，像《谒金门》：“斜掩金铺一扇，满地落花千片。早是相思肠欲断，忍教频梦见”，和温、韦诸人的风趣是很相同的。

张泌字里也无考。《花间集》称之为“张舍人”。南唐亦有诗人张泌（佖），字子澄，淮南人。初官句容尉。仕李煜为中书舍人，改内史舍人。煜降宋，泌亦随到中原，仍入史馆。然此张泌当非《花间集》中之张泌。《花间》不及录南唐人所作。中主、后主固不会有只字入选；即冯延巳也未及为赵崇祚所注意，何况张泌？南唐的张泌，当后主时代（公元963年—975年）始为中书舍人、内史舍人。而《花间集》则编于蜀广政三年（公元940年），前后至少相差二十余年，如何《花间集》会预先称他为“舍人”呢？惟初期的蜀中词人：类多为外来的迁客，泌或未必是蜀人。泌的词，作风也同温、韦，像“含情无语倚楼西”，“早晨出门长带月。可堪分袂又经秋！晚风斜月不胜愁”，“天上人间何处去？旧欢新梦觉来时，黄昏微雨画帘垂”（均《浣溪沙》）；“满地落花无消息，月明肠断空忆”（《思越人》），都是温柔敦厚，与温氏的《菩萨蛮》诸作可以站在一条线上的。而《南歌子》：

柳色遮楼暗，桐花落砌香，画堂开处远风凉；高卷水精帘额衬斜阳。

一首，尤为《花间》中最高隽的成就之一。

毛文锡是《花间》词人们里最浅率的一位。但他结束了前蜀的词坛，又开始了后蜀的文风。在他以前，蜀中文学是“移民的文学”，在他之后，方才是本土的文学。他的地位也甚重要。他字平珪，南阳人，仕蜀为翰林学士，进文思殿大学士，拜司徒。贬茂州司马。后随王衍降于后唐。孟氏建国，他复与欧阳炯等并以词章供奉内廷。叶梦得评文锡词，谓“以质直为情致，殊不知流于率露”。像“相思岂有梦相寻，意难任”（《虞美人》），“昨日西溪游赏，芳树奇花千样”（《西溪子》），“尧年舜日，乐圣永无忧”（《甘州遍》）云云，诚有浅率之讥。梦得又谓：“诸人评庸陋词，必曰此仿毛文锡之《赞成功》而不及者。”然《赞成功》：

海棠未拆，万点深红，香包缄结一重重。似含羞态，邀勒春风。蜂来蝶去，任绕芳丛。昨夜微雨，飘洒庭中，忽闻声滴井边桐。美人惊起，坐听晨钟；快教折取，戴玉珑璁。

虽无一般花间派的蕴藉之致，却也殊有别趣。在这一方面，文锡的影响确是很不少的。词中“别调”，文锡已导其先路了。

魏承班（一作斑，误）大约是最早的蜀地词人之一吧。他的父亲弘父，为王建养子，封齐王。承班为驸马都尉，官至太尉。他的词也明白晓畅，而较毛文锡为尖丽。《柳塘诗话》谓：“承班词较南唐诸公更淡而近，更宽而尽，人人喜效为之。”然像“王孙何处不归来？应在倡楼酩酊。……梦中几度见儿夫，不忍骂伊薄幸。”（《满宫花》）云云，真情坦率，也正不易效为之。同时尹鹗、李珣诸人所作，也都是同样的明浅简净。尹鹗，成都人，事王衍为翰林校书，累官参卿。李珣字德润，先世本波斯人。他妹妹李舜弦为王衍昭仪。他自已为蜀秀才，大约不曾出仕过。有《琼瑶集》一卷，今已亡佚。然《花间》、《尊前》二集，录他的词多至五十四首，也自可成为一集。他虽以波斯人为我们所注意，然在其词里却看不出有什么异国的情调来。像《浣溪沙》：

入夏偏宜澹薄妆，越罗衣褪郁金黄，翠钿檀注助容光。相见无言还有恨，几回判却又思量，月窗香径梦悠飏。

彻头彻尾仍是《花间》的情调。

顾敻、鹿虔扆、阎选、欧阳炯诸人，也皆为由前蜀入后蜀者。炯和虔扆、选、文锡及韩琮，时号“五鬼”，颇不为时人所崇戴。然就词而论，炯实为《花间》里堪继温、韦之后的一个大作家。他益州人，初事王衍。前蜀亡后，又事孟氏，进侍郎，同门下平章事。后孟昶降宋，炯也随之入宋，授左散骑常侍。他的词，色彩殊为鲜妍，刻画小儿女的情态也甚为动人。像下二阕的《南乡子》：

嫩草如烟，石榴花发海南天。日暮江亭春影绿，鸳鸯浴。水远山长看不足。

> 岸远沙平，日斜归路晚霞明。孔雀自怜金翠尾，临水，认得行人惊不起。

其风调是在温庭筠的门庭之内的，似较韦庄尤为近于庭筠。

顾敻，字里未详；前蜀时官刺史，后事孟知祥，官至太尉。《蓉城集》(《历代词话》引）谓："顾太尉《诉衷情》云：'换我心为你心，始知相忆深。'虽为透骨情语，已开柳七一派。"这话不错，像"换我心为你心"那样的露骨的深情语，《花间》里是极罕见的。又像"记得那时相见，胆颤，鬓乱四肢柔，泥人无语不抬头"(《荷叶杯》)；"隔年书，千点泪，恨难任！"(《酒泉子》) 其恣狂的放荡，也不是温、韦的"蕴藉微茫"之所能包容得下的。

鹿虔扆字里未详。事孟昶为永泰军节度使，进检校太尉，加太保。《乐府纪闻》谓他"国亡不仕，多感慨之音。"像《临江仙》：

> 金锁重门荒苑静，绮窗愁对秋空，翠华一去寂无踪。玉楼歌吹，声断已随风。烟月不知人事改，夜阑还照深宫。藕花相向野塘中，暗伤亡国，清露泣香红。

诚有无限感慨淋漓处，置之《花间》的锦绣堆里，真有点像倚红偎翠，纸醉金迷的时候，忽群客中有一人凄然长叹，大为不称！此作当为前蜀亡时之作。评者或牵涉到孟昶事，却忘记了时代的决不相及。此词被选入公元940年所编辑的《花间集》里，而孟蜀之亡则在公元965年。虔扆当然不会是预先作此亡国之吟的。

阎选字里也未详。《花间集》称之为"阎处士"。当广政时代，他或未及仕途。然其后则和欧阳炯等同秉朝政，有"五鬼"之目。选词直率无深趣，与毛文锡等。

又有毛熙震者，蜀人，官秘书监。他间亦作"暗伤亡国"之语，想也是悼伤前蜀的。像"自从陵谷追游歇，画梁尘黦。伤心一片如珪月，闲锁宫阙"(《后庭花》)，足和鹿虔扆的《临江仙》，同为《花间》里的奇葩异卉。熙震所作也甚高隽，像"四肢无力上秋千。群花谢，愁对艳阳天”（《小重山》），“天含残碧融春色，五陵薄幸无消息。……寂寞对屏山，相思醉梦间”（《菩萨蛮》）云云。显然也是温、韦的同流。

后蜀主孟昶，是一位天才很高的词人皇帝。他是当时许多重要文人的东道主；但他的词却来不及被选入《花间》，在别的选本里也极罕见。这是极大的一个损失！他的一阕《玉楼春》，苏轼仅记住两句，已为之惊赏不已。尝为足成《洞仙歌》，也不能胜之。《玉楼春》云：

> 冰肌玉骨清无汗，水殿风来暗香满。绣帘一点月窥人，欹枕钗横云鬓乱。　　起来琼户启无声，时见疏星渡河汉。屈指西风几时来，只恐流年暗中换。

写夏景是绝鲜有匹的。

四

荆南词人孙光宪，其所作曾被选入《花间集》中。光宪字孟文，贵平人。唐时为陵州判官。天成初避地江陵。高季兴据荆南，署为从事。累官荆南节度副使，检校秘书，兼御史中丞。后降宋为黄州刺史。他自号葆光子。著《北梦琐言》及《荆台》、《笔佣》诸集。在“花间派”词人们里，他是足以和温、韦在一条水平线上的。像“早是销魂残烛影，更愁闻着品弦声，杳无消息若为情”。“揽镜无言泪欲流，凝情半日懒梳头，一庭疏雨湿春愁”（《浣溪沙》）；“小庭花落无人扫，疏香满地东风老。春晚信沉沉，天涯何处寻？”（《菩萨蛮》）；“泛流萤，明又灭，夜凉水冷东湾阔。风浩浩，笛寥寥，万顷金波澄澈”（《渔歌子》）云云，都是温、韦所不能屈之于下座的窈渺清隽之什。

和凝（898 年—955 年）是中原词人里唯一的被选入《花间集》里的一位。中原文学，五代时极不足重。韦庄、韩偓、陈陶诸人皆去而之他。真实的伟大作家，不过寥寥可数的几个而已。在其中，和凝无疑的是高出于众人的。凝字成绩，郓州须昌人。他似是一位和冯道同科的谨慎小心的老官僚，故皇帝们的姓氏虽屡次改易，而他始终不失为元老。他在后唐天成中为翰林学士，知贡举。《花间集》的编成，约在此后不久（约后十一二年），故称他为“学七”。石晋时为中书侍郎同门下平章事。刘汉及周初皆为太子太傅。世宗显德二年卒 。他所作诗文甚富，有集百卷。尝自篆于版，模印数百帙分赠于人。少好为曲子，布于汴、洛。及入相，契丹号他为“曲子相公”。他的词，较为直率，像“却爱蓝罗裙子，羡他长束纤腰”（《河满子》），“不是昔年攀桂树，岂能月里索姮娥”（《柳枝》）之类，但《薄命女》一阕：

> 天欲晓，宫漏穿花声缭绕，窗里星光少。冷霞寒侵帐额，残月光沉树杪，梦断锦帏空悄悄，强起愁眉小。

却是《花间》里最好的篇什之一。

未为《花间集》编者所注意的中原词人，还有一位更重要的李存勖（后唐庄宗）。存勖（885 年—926 年）为李克用长子，其先本西突厥人。同光元年，灭梁即皇帝位。他酷好音乐，自己能为曲子，与伶人昵游。在位四年，为伶人高从谦所杀。伶人们将他的尸首杂着乐器，一同焚化。《五代史》谓他“既好俳优，又知音能度曲。至今汾、晋之俗，往往能歌其声，谓之御制者，皆是也。”（卷三十七）惜当时无人为之搜集，故传者寥寥可数。然即就这些寥寥可数的篇什里，也可看出其为一个大词人无疑。像“长记别伊时，和泪出门相送。如梦，如梦，残月落花烟重”（《如梦令》）；像：

> 一叶落，搴朱箔，此时景物正萧索。画楼月影寒，西风吹罗幕。吹罗幕，往事思量着。
>
> ——《一叶落》

都是可归在五代的最好的篇什之列的。他和西蜀的李珣同为华化的外国人，但二人同样的华化已深，故在他们的作品里一点都看不出异国的情调来。

五

五代文学的中心，西蜀外便要数到江南。然江南的词人，《花间集》里是来不及注意到的。（《花间》结集时，南唐建国方才四年。）江南又没有一个赵崇祚来做这种结集的工作，故词人之传者不过三数人而已。二主外，冯延巳、成彦雄并称作家。其他便无闻焉。（《花间》中之张泌，非南唐人，见前。）然南唐文学，“自成片段”，非《花间》所得包括。除成彦雄外，二主，正中无不是真实的大词人，各有其千秋不磨的巨作在着。仅这寥寥三数词人，已足使南唐成为五代文坛最重要的一个中心了。

李璟（916 年—961 年）（中主）在公元 943 年继他父亲李昇为皇帝。周世宗时，去帝号，称唐国主。宋太祖建隆二年卒。年四十六。璟尝戏问冯延巳道：“‘吹皱一池春水’干卿甚事？”延巳对道：“未若陛下‘小楼吹彻玉笙寒也。”可见江南君臣之注意于词，乃至以此为戏。惜璟所作，传者不多。其《摊破浣溪沙》二首：“青鸟不传云外信，丁香空结雨中愁”，“细雨梦回鸡塞远，小楼吹彻玉笙寒”最负盛名。

李煜（936 年—978 年）（后主）字重光，为璟第六子。建隆二年嗣位。开宝八年，曹彬克金陵，煜降于宋。终日以眼泪洗面。太平兴国三年卒，相传系宋太宗以毒药杀之。年四十二。他天才极高，善属文，工书画，尤长于音律。尝著《杂说》百篇，时人以为曹丕《典论》之流。又有集十卷。今皆不传。今所传者，仅零星诗词五十余首而已。他的词人生活，可以天然地划分为两个时期：第一期是少年皇帝的生活，“酒恶时拈花蕊嗅，别殿遥闻箫鼓吹”（《浣溪沙》）；“广归时休放烛光红，待踏马蹄清夜月”（《玉楼春》），可谓极人间的富贵豪华。其间且又有些恋爱的小喜剧，“一向偎人颤”、“相看无限情”（《菩萨蛮》）。恰有如恬静的绿湖，偶有粼粼的微波，更增其动人之趣。这时代的词，无不清丽可喜。但第二期的词却于清丽之外，更加以沉郁；他的风格遂大变了。第二期是降王的囚居的生活。刻刻要提防，时时遭猜忌。恣情的欢乐时代是远了，不再来了。他的词便也另现了一个境界。鹿虔扆诸人所作是"暗伤亡国"，韦庄所作是故乡的忆念，到了李后主，却是号啕痛哭了。他家国之思，更深更邃，遭际之苦，更切更惨；这个多感的诗人，怎能平息愤气以偷生苟活呢？"故国不堪回首月明中"（《虞美人》）；"烛残漏滴频欹枕，起坐不能平"（《乌夜啼》）；"故国梦重归，觉来双泪垂"（《子夜歌》）；"多少泪，断脸复横颐。心事莫将和泪说，凤笙休向泪时吹，肠断更无疑"（《望江南》）；"金剑已沉埋，壮气蒿莱。晚凉天净月华开；想得玉楼瑶殿影，空照秦淮"（《浪淘沙》）！这样的不讳饰的不平的呼号，都是足以招致猜忌，使他难保令终的。又像《乌夜啼》一阕：

> 无言独上西楼，月如钩，寂寞梧桐深院锁清秋。剪不断，理还乱，是离愁！别是一般滋味在心头。

其沉郁凄凉的情调，都是《花间集》里所找不到的。

冯延巳一名延嗣，字正中，广陵人。与弟延鲁皆极得南唐主的信任。延巳初为翰林学士，后进中书侍郎同平章事。有《阳春集》一卷。延巳似未及事后主，故其卒年当在公元961年之前。延巳词，蕴藉浑厚，并不一味以绮丽为归，是词中的高境。温、韦、后主之外，五代中殆无第四人足和他并肩而立的。像"庭际高梧凝宿雾，卷帘双鹊惊飞去"（《鹊踏枝》）"谁道闲情抛弃久，每到春来，惆怅还依旧"（《蝶恋花》）；"疏星时作银河渡，华景卧秋千，更长人不眠"（《菩萨蛮》）；"路遥人去马嘶沉；青帘斜挂里，新柳万枝金"（《临江仙》）；又像：

> 风乍起，吹皱一池春水。闲引鸳鸯芳径里，手挼红杏蕊。斗鸭阑干独倚，碧玉搔头斜坠。终日望君君不至，举头闻鹊喜。
>
> ——《谒金门》

都是惯以浅近之语，写深厚之情，难状之境的。较之五色斑斓，徒工涂饰而少真趣者，当然要高明得多了。

成彦雄，字文干，与延巳同时，也仕于南唐。延巳和中主以“吹皱一池春水”句相戏的事，或以为系彦雄事。他别有《杨柳枝》词十首，见于《尊前集》，其中像“马骄如练缨如火，瑟瑟阴中步步嘶”，其意境也是很高妙的。

六

在敦煌石室所发现的汉文卷子里，有《云谣集杂曲子》一种，凡录《凤归云》、《天仙子》、《竹枝子》、《洞仙歌》、《破阵子》、《柳青娘》、《渔歌子》、《长相思》、《雀踏枝》等曲子数十余首，当是晚唐、五代之作。惜皆无作者姓氏。这数十余首曲子的发现，并不是小事。我们所见的初期的词，皆是有名的文人学士之作，大都皆以典雅为归，浅鄙近俗者极少。这数十余首曲子却使我们明白初期的流行于民间的词调是甚等样子的。其中也有很典雅的词语，但民间的土朴之气终流露于不自觉。这是真正的民间的词，我们不能不特别加以注意的。像“往把金钗卜，卦卦皆虚。魂梦天涯无暂歇，枕上长嘘，待卿回，故日容颜憔悴，彼此何如”（《凤归云》）；“不施红粉镜台前，只是焚香祷祝天”（《竹枝子》）；“尘土满面上，终日被人欺”（《长相思》）等，其设想铸辞，都未脱田间的泥土的气息。除了拜倒在“典雅词”之前的人们外，对于这种浑朴的东西，也决不会唾弃之的。其中，最好的篇什，像《雀踏枝》：

> 叵耐灵鹊多满语，送喜何曾有凭据！几度飞来活捉取，锁上金笼休共语。　　比拟好心来送喜，谁知锁我在金笼里？欲他征夫早归来，腾身却放我向青云里。

少妇和灵鹊的对语，是如何的俏皮可喜！这种风趣，文人学士们的词里，似还不曾拟仿到过呢。

与《云谣集杂曲子》同时在敦煌被发现者，尚有《叹五更》、《孟姜女》、《十二时》等民间杂曲。这些杂曲，如《叹五更》、《孟姜女》等，今尚流行于世，想不到其渊源是如此的古远！像“一更初，自恨长养枉生躯。耶娘小来不教授，如今争识文与书”（《叹五更》），“鸡明丑，摘木看窗牖。明来暗自知，佛性心中有”（《禅门十二时》）之类，似通非通，是其特色。《云谣集杂曲子》尚为“斗方名士”之作，此则诚出于初识之无的和尚或平民之手下的了。

七

这时代的五七言诗坛也并不落寞。晚唐的诸派竞鸣的盛况，此时代仍然继续下去。不过诗人们因中原丧乱之故，已多散之四方。老诗人韩偓则避地于闽，司空图则隐于中条山，罗隐则迁于浙，韦庄、贯休诸人则西走于蜀。若说起这时代诗坛的情形来，也很值得费一点篇幅。先从诗人最多的蜀中说起。韦庄自然是领袖人物。他的《秦妇吟》是在未入蜀以前所作的。他站在封建统治者的立场上，刻画出“乱离”的景象来。“东邻有女眉新画，倾城倾国不知价。长戈拥得上戎车，回首香闺泪盈把。旋抽金线学缝旗，才上雕鞍教走马。有时马上见良人，不敢回眸空泪下！”而“乱”后，则“大道俱成棘子林，行人夜宿长安月。明朝晓至三山路，百万人家无一户。”如此比较真实的描状，是统治阶级所嫌忌的，固不仅“内库烧为锦绣灰，天街踏尽公卿骨”云云，为时人所骇怪也，《秦妇吟》之不传，殆因此故。今始随敦煌诸汉文书籍的发现而复出现。他的《浣花集》里的诗，也都很可诵。

和尚诗人贯休字德隐，俗姓姜氏，兰溪人。七岁出家。初客吴、越，与钱王相忤。于天复中西走益州。王建父子礼遇甚隆。署号禅月大师，终于蜀。年八十一。有《禅月集》。他的诗多清苦之趣。

词人欧阳炯曾做着几首精心结构的长诗，像《贯休应梦罗汉画歌》、《题景焕画应天寺壁天王歌》，皆是空前罕见的伟宏精工之篇什，足为五代的诗坛生光彩。

女作家花蕊夫人以《宫词》著称。她青城人，姓徐氏（一作费氏），幼能文。孟昶深爱之，赐号花蕊夫人。后昶降宋，夫人也随去。相传她在宋，甚为赵匡胤所爱幸，一旦被匡义引箭射杀之。作《宫词》者，自唐王建外，代有其人，然大都出外臣之手，往往记载失实。花蕊夫人之作，却是以宫中人写宫中事，故很可注意。

南唐诗人也甚多。后主及冯延巳、成彦雄皆能作五七言体。此外又有韩熙载、李建勋、张泌、伍乔、沈彬、孟贯诸人。熙载字叔言，北海人，仕南唐为虞部员外。建勋字致尧，陇西人，仕南唐为中书侍郎同平章事。他们皆是北人仕南者。熙载有《奉使中原署馆壁》一诗："仆本江北人，今作江南客。再去江北游，举目无相识"云云，是很足为这时代许多离乡背井的诗人们写出胸臆中事来的。

张泌（一作佖），淮南人，其诗很鲜妍。沈彬是一个老诗人。曾仕吴为秘书郎。伍乔，庐江人，南唐时举进士第，仕至考功员外郎。孟贯字一元，建安人，后入仕于周。

又有徐铉、徐锴兄弟，也善诗。铉字鼎臣，与韩熙载齐名江东，谓之韩、徐。仕南唐为吏部尚书，降宋，为散骑常侍。有《骑省集》。锴字楚金，仕唐为集贤殿学士。他尝作《说文系传》四十卷，至今犹为文字学上的经典。

中原的诗人们，初期有老作家杜荀鹤、曹唐、胡曾、方干等，后又有和凝、王仁裕、冯道、李涛诸人。他们都是老官僚，意境自不会高隽。冯道的"但知行好事，莫要问前程"（《天道》）云云，正可作为代表作。其中惟和凝、李涛二人所作较为清丽。

此外，闽地诗人，有颜仁郁（字文杰，泉州人），王延彬（审知弟之子）等；长沙诗人，有徐仲雅（一作东野，其先秦中人，事马氏为天洲府学士）；荆南诗人有僧齐己。齐己和贯休齐名，是五代的两个大诗僧。他名得生，姓胡，潭州益阳人。尝欲入蜀，经江陵，为高从晦所留，居龙兴寺。自号衡岳沙门。有《白莲集》十卷。他的诗殊多清韵。像"幽院才容个小庭。疏篁低短不堪情。春来犹赖邻僧树，时引流莺送好声。"（《幽斋偶作》）颇不似僧人之作。

八

五代的散文殊无足述。江南的徐铉，曾作《稽神录》六卷。谈神说鬼，殊无情趣。史虚白作《钓矶立谈》，记南唐琐事，也没有什么重要。谭峭的《化书》，较有名，是当时散文坛上的罕见之作。石晋时，刘昫奉诏撰《唐书》二百卷，也可算是混乱的五代里最伟大的一部史籍。

参考书目

一、《花间集》　蜀赵崇祚编；有双照楼、四印斋、徐氏及《四部丛刊》等诸通行本。

二、《尊前集》　无编者姓氏；有《词苑英华》本，《彊村丛书》本。

三、《全唐诗》　其中第十二函第十册，所载皆唐五代词。

四、《唐五代二十家词》　王国维编；有《王忠悫公遗书》四集本。

五、《唐五代词选》　成肇麟编；有光绪间江宁刊本，有商务印书馆本。

六、《全唐诗》　第十一函第四册到第六册所载皆五代诗。

七、《旧五代史》　薛居正著；有通行《二十四史》本。

八、《新五代史》　欧阳修著；有通行《二十四史》本。

九、《十国春秋》　吴任臣撰；有顾氏小石山房刊本。

十、《唐才子传》　辛文房著；有日本《佚存丛书》本。(《佚存丛书》有商务印书馆影印本。)

第三十三章

变文的出现

敦煌写本发现的经过——敦煌写本的时代——民间叙事诗:《太子赞》与《季布歌》等——"变文"的发现——伟大的体制——印度文体的影响——"变文"产生的时代——"变文"的进展——《维摩诘经变文》——《降魔变文》——《目连救母变文》——《佛本行集经变文》等——非佛教故事的变文:《伍子胥变文》、《明妃变文》、《舜子至孝蛮文》。

一

在二十几年前(1907年5月),有一位为英国政府工作的匈牙利人斯坦因(Marc Aurel Stein)到了中国的西陲,从事于发掘和探险。他带了一位中国的通事蒋某,进入甘肃敦煌。他风闻敦煌千佛洞石室里有古代各种文字的写本的发现,便偕蒋某同到千佛洞,千方百计,诱骗守洞的王道士出卖其宝库。当他归去时,便带去了二十四箱的古代写本与五箱的图画绣品及他物。这事与中世纪的艺术、文化及历史关系极大。其中图画和绣品都是无价之宝，而各种文字的写本尤为重要。就汉文的写本而言，已是近代的最大的发现。 在古典文学，在历史，在俗文学等上面，无在不发现这种敦煌写本的无比的重要。这消息传到了法国，法国人也派了伯希和（Paul Pelliot）到千佛洞去搜求。同样的，他也满载而归。他带了不多的样本到北京，中国官厅方才注意到此事。行文到甘肃提取这种写本。所得已不多。大多数皆为写本的佛经，其他略略重要些的东西，已尽在英、法二国的博物院、图书馆里了。又经各级官厅的私自扣留，精华益少（今存北京图书馆）。但斯坦因第二次到千佛洞时，王道士还将私藏的写本，再扫数卖给了他。这个宝库遂空无所有，敦煌的发现，至此告了一个结束。千佛洞的藏书室，封闭得很早。今所见的写本，所署年月，无在公元第十世纪（北宋初年）之后者。可见这库藏是在那时闭上了的。室中所藏卷子及杂物，从地上高堆到十英尺左右。其容积约五百立方英尺。除他种文字的写本外，汉文的写本，在伦敦者有六千卷，在巴黎者有一千五百卷，在北京者有八千五百卷。散在私家者尚有不少，但无从统计。这万卷的写本，尚未全部整理就绪，在伦敦的最重要的一部分，也尚未有目录刊出。其中究竟有多少藏宝，我们尚没有法子知道。但就今所已知者而论，其重要已是无匹。研究中国任何学问的人们，殆无不要向敦煌宝库里做一番窥探的工夫，特别是关于文学一方面。

二

上文已说到敦煌所发现的民间俗曲及词调。此外尚有更重要的民间叙事歌曲及“变文”。民间歌曲今所见者有《孝子董永》、《季布歌》、《太子赞》等，都是气魄很宏伟的大作；虽然文辞很有些粗率的地方，但无害其想象的奔驰，描状的活泼。《太子赞》叙述释迦牟尼出家修道事，以五七言相间成文，组织另具一体，像：“车匿报耶殊，太子雪山居。路远人稀烟火无，修道甚清虚”云云，当是以五七言体去凑合了梵音而歌唱着的，故不得不别创此新体。《孝子董永》叙董永行孝事。民间熟知的二十四孝，便有董永的一“孝”在着。此故事最早的记载，见于传为刘向作的《孝子传》。(《太平御览》卷四百十一引，又见《汉学堂丛书》) 干宝的《搜神记》也有之。董永父母死，无钱葬埋他们，乃卖身于一富翁家。中途遇天女降下，嫁他为妻。生一子后，又腾空而去。这大约是一个很古远的民间传说，和流行于世界最广的“鹅女郎”型的故事是很相同的。但《孝子董永》后半所说董仲寻母事，却是他处所未有的。后来的民间传说，乃以董仲为汉初的董仲舒，更是可笑。《孝子董永》全篇皆用七言，白字连篇，间有不成语处。但无害其为很伟大的叙事诗。《季布歌》也是如此，全篇也都是七言的。叙的是：季布助项羽以敌刘邦。邦得天下后，到处搜季布。布卒得以智自脱。尚有一种《季布骂阵词》，当是本文的前半段。

三

但敦煌写本里的最伟大的珍宝，还不是这些叙事歌曲以及民间杂曲等等。它的真实的宝藏乃是所谓“变文”者是。“变文”的发现，在我们的文学史上乃是最大的消息之一。我们在宋、元间所产生的诸宫调、戏文、话本、杂剧等都是以韵文与散文交杂组成起来的。我们更有一种宏伟的“叙事诗”，自宋、元以来，也已流传于民间，即所谓“宝卷”、“弹词”之类的体制者是。他们也是以韵、散交组成篇的。究竟我们以韵、散合组成文来叙述、讲唱，或演奏一件故事的风气是如何产生出来的呢？向来只当是一个不可解的谜。但一种新的文体，绝不会是天上凭空落下来的；若不是本土才人的创作，便当是外来影响的输入。在唐以前，我们所见的文体，俱是以纯粹的韵文，或纯粹的散文组织起来的。(《韩诗外传》一类书之引《诗》,《列女传》一类书之有“赞”，那是引用“韵文”作为说明或结束的，并非韵散合组的新体的起源。) 并没有以韵文和散文合组起来的文体。这种新文体究竟是如何产生的呢？在什么时候产生的呢？最可能的解释，是这种新文体是随了佛教文学的翻译而输入的。重要的佛教经典，往往是以韵文散文联合起来组织成功的；像“南典”里的《本生经》（Jataka），著名的圣勇（Aryasura）的《本生鬘论》（Jataka—mala）都是用韵、散二体合组成的。其他各经，用此体者也极多。佛教经典的翻译日多，此新体便为我们的文人学士们所耳濡目染，不期然而然的也会拟仿起来了。但佛教文学的翻译，也和近来的欧洲文学的翻译一样，其进行的阶段，是先意译而后直译的。初译佛经时，只是利用中国旧文体，以便于览者。其后，才开始把佛经的文体也一并拟仿了起来。所以佛经的翻译，虽远在后汉、三国，而佛经中的文体的拟仿，则到了唐代方才开始。这种拟仿的创端，自然先由和佛典最接近的文人们或和尚们起头，故最早的以韵、散合组的新文体来叙述的故事，也只限于经典里的故事。而“变文”之为此种新文体的最早的表现，则也是无可疑的事实。从诸宫调、宝卷、平话以下，差不多都是由“变文”蜕化或受其影响而来的。

“变文”是什么东西呢？这是一种新发现的很重要的文体。虽已有了千年以上的寿命，却被掩埋在西陲的斗室里，已久为世人所忘记。虽然其精灵是蜕化在诸宫调、宝卷、弹词等里，并不曾一日灭亡过。原来“变文”的意义，和“演义”是差不多的。就是说，把古典的故事，重新再演说一番，变化一番，使人们容易明白。正和流行于同时的“变相”一样；那也是以“相”或“图画”来表现出经典的故事以感动群众的。“变文”和“变相”在唐代都极为流行；没有一个庙宇的巨壁上，不绘饰品以“地狱变相”等壁画的。（参看张彦远的《历代名画记》）同样的，大约没有一个庙宇不曾讲唱过“变文”的吧。

起初，变文只是专门讲唱佛经里的故事。但很快地便为文人们所采取，用来讲唱民间传说的故事，像伍子胥、王昭君的故事之类。最早的变文，我们不知其发生于何时；但总在开元、天宝以前吧。我所藏的一卷《佛本生经变文》，据其字体，显然是中唐以前的写本。又《降魔变文》序文上有：“伏惟我大唐汉朝圣主，开元、天宝圣文神武应道皇帝陛下，化越千古，声超百王；文该五典之精微，武析九夷之肝胆”云云的颂圣语，其为作于玄宗的时代无疑。王定保的《唐摭言》记张祜对白乐天说道："明公亦有《目连变》,《长恨词》云:'上穷碧落下黄泉，两处茫茫皆不见。'岂非'目连访母'耶?"是"《目连变》"之类的东西，在贞元、元和时代，在士大夫阶级里也已成为口谈之资。巴黎国家图书馆藏的《维摩诘经变文》第二十卷之末，有"于州中寇明寺开讲，极是温热"云云的题记。当是在寇明寺讲唱此变文，大得听众的欢迎后所写的罢。《卢氏杂记》(《太平广记》卷二百四引)载"文宗善吹小管。时法师文溆为入内大德。一日，得罪流之。弟子入内收拾院中籍入家具籍，犹作法师讲声。上采其声为曲子，号《文溆子》。"《乐府杂录》也载:"长庆中，俗讲僧文叙，善吟经，其声宛畅，感动里人。"文叙竟有"俗讲僧"之称，可见中晚唐时代，僧徒之为俗讲是很流行的事。这些都可见供讲唱的变文，在中晚唐时代的流行是并非模糊影响之事。至于变文到了什么时候才在社会上消失了势力了呢?宋真宗(988年—1022年)曾禁止除了道、释二教之外的一切异教，而僧侣们的讲唱变文，也被明令申禁。我们可以说，在公元第十世纪之末，随了敦煌石室的封闭，"变文"也一同遭埋入了。然宋代有说经、说参请的风气，和说小说、讲史书者同列为"说话人"的专业，则"变文"之名虽不存，其流衍且益为广大的了。所谓宋代说话人的四家，殆皆是由"变文"的讲唱里流变出来的吧。

四

"变文"的名称，到了最近，因了几种重要的首尾完备的"变文"写本的发现，方才确定。在前几年，对于"变文"一类的东西，是往往由编目者或叙述者任意给他以一个名目的。或称之为"俗文"，或称之为"唱文"，或称之为"佛曲"，或称之为"演义"，其实都不是原名。又或加"《明妃变文》"以"《明妃传》"之名，"《伍子胥变文》"为"《伍子胥》"，或"《列国传》"，也皆是出于悬度，无当原义。我在商务版的《中国文学史》中世卷第三篇第三章《敦煌的俗文学》里，也以为这种韵、散合体的叙述文字，可分为"俗文"和"变文"。现在才觉察出其错误来。原来在“变文”外，这种新文体，实在并无其他名称，正如“变相”之没有第二种名称一样。

这种新文体的“变文”，其组织和一部分以韵、散二体合组起来的翻译的佛经完全相同；不过在韵文一部分变化较多而已。翻译的佛经，其“偈言”（即韵文的部分）都是五言的；而变文的歌唱的一部分，则采用了唐代的流行的歌体或和尚们流行的唱文，而有了五言、六言、三三言、七言，或三七言合成的十言等的不同。在一种变文里，也往往使用好几种不同体的韵文。像《维摩诘经变文》第二十卷：

我见世尊宣敕命，令问维摩居士病。
初闻道着我名时，心里不妨怀喜庆。
金口言，堪可敬，无漏梵音本清净，
依言便合入毗耶，不合推辞阻大圣。
愿世尊，慈悲故，听我今朝恳词诉。

这是以七言为主，而夹入“三三言”的。像《大目乾连冥间救母变文》：

或有劈腹开心，或有面皮生剥。
目连虽是圣人，急得魂惊胆落。
目连啼哭念慈亲，神通急速若风云。

这是以七言、六言相夹杂的。但大体总是以七言为主体。这种可唱的韵文，后来便成了“定体”。在宝卷和弹词一方面，其唱文差不多都是如此布置着的。鼓词的唱文，也不过略加变化而已。

说到“变文”的散文一部分，则更有极可注意之点在着。我在上文说到唐代传奇文及古文运动时，皆曾提起过，唐代的通俗文乃是骈俪文，而古文却是他们的“文学的散文”。这话似乎颇骇俗。但事实是如此。以骈俪体的散文来写通俗小说，武后时代的张鷟在《游仙窟》里已尝试过。今日所见的敦煌的变文，其散文的一部分，几没有不是以骈俪文插入应用的。更可证明了这一句话的真实性。自六朝以至唐末好几百年的风尚，已使民间熟习了骈偶的文体。故一使用到散文，便无不以对仗为宗。尽管不通，不对，但还是要一排一排地对下去。这是时代的风气，无可避免的。只有豪杰之士，才开始知道用“古文”。古文之由“文学的散文”解放而成为民间的通用的文字，那是很后来的事呢。像中晚唐时代，所用的散文，殆无不是如下列一样的：

> 阿修罗，执日月以引前；紧郙罗，握刀枪而从后。于时，风师使风，雨师下雨，湿却嚣尘，平治道路。神王把棒，金刚执杵。简择骁雄，排比队伍。然后吹法螺，击法鼓，弄刀枪，振威怒。动似雷奔，行如云布。
>
> ——《降魔变文》

五

“变文”之存于今者，就已发现者而言，已有四十余种。现尚陆续在出现。她不仅是敦煌写本里最重要的东西，也将是敦煌写本里除佛经外，最常见的东西了。今将讲唱佛经故事的变文与讲唱非佛经故事的变文，分为两部分，择其重要者略叙于下。

讲唱佛经故事的变文，最重要者是《维摩诘经变文》。《维摩诘经》原是释经里最富于文学趣味者之一，复被讲唱者将这故事作为“变文”，放大了许多倍，更成为一部宏伟无比的杰作；可以说我们文学史里未之前见的一部大“史诗”。今所知者，已有二十卷之多，但其间残缺了不少。经文的一百余字，这位伟大的讲唱者总至少要把她演成三四千字，写得又生动，又工致，又隽妙。可惜我们至今仅获读其数卷，尚不能将所残存者抄录得全耳。《文殊问疾》第一卷，藏上虞罗氏，叙述佛使文殊到维摩诘处问疾事。佛先在会上，问五百圣贤，八千菩萨，皆曰不任，无人敢去，结果是文殊应命而去。巴黎所藏的，有第二十卷，叙的是，佛使弥勒菩萨、光严童子等去问疾，而彼等皆不欲去，并追述往事，声诉所以不能去之故。卷末有“广政十年八月九日在西川静直禅院写此第廿卷”云云。当是抄写者的所记。

北京图书馆藏有《持世菩萨》第二卷，叙述持世菩萨坚苦修行，魔王波旬欲破坏其道行，便幻为帝释之状，从二千天女，鼓乐弦歌，来诣持世修行之所，但持世不为所惑事。其描状极绚丽隽好之致：

> 波旬自乃前行，魔女一时从后。击乐器者，喧喧奏曲，响聒青霄；爇香火者，澹澹烟飞，氤氲碧落。竞作奢衣美貌，各申窈窕仪容。擎鲜花者，共花色无殊；捧珠珍者，共珠珍不异。琵琶弦上，韵合春莺；箫笛管中，声吟鸣凤。杖敲羯鼓，如抛碎玉于盘中，手弄秦筝，似排雁行于弦上。轻轻丝竹，太常之美韵莫偕。浩浩喝歌，胡部之岂能比对。妖容转盛，艳质更丰。一群群若四色花敷，一队队似五云秀丽。盘旋碧落，宛转清霄。远看时意散心惊，近睹者魂飞目断。从天降下，若天花乱雨于乾坤；初出魔宫，似仙娥芬霏于宇宙。天女咸生喜跃，魔王自己欣欢。 此时计较得成，持世修行必退。容貌恰如帝释，威仪一似梵王。圣人必定无疑，持世多应不怪。天女各施于六律，人人调弄五音。唱歌者诈作道心，供养者假为虔敬。莫遣圣人省悟，莫交菩萨觉知。发言时直要停藤，税调处直如稳审。各请擎鲜花于掌内，为吾烧沉麝于炉中。呈殊颜而剩逞妖容，展玉貌而更添艳丽。浩浩箫韶前引，喧喧乐韵齐声。一时皆下于云中，尽入修禅之室内。（吟）魔王队仗利天宫，欲恼圣人来下界。广设香花申供养，更将音乐及弦歌。清冷空界韵嘈嘈，影乱云中声响亮。胡乱莫能相比并，龟慈不易对量他。遥遥乐引出魔宫，隐隐排于霄汉内。香爇烟飞和瑞气，花擎寮乱动祥云。琵琶弦上弄春莺，箫笛管中鸣锦凤。

又有《降魔变文》，本于《贤愚经》，叙舍利弗和六师斗法事。六师凡五次输败，遂服佛家的威力，不复与佛为梗。前在《敦煌零拾》里，仅见到一小部分，已惊其宏伟奇丽，不可迫视。今得读全文，更为快心！其描述佛家与六师的斗法，以《西游记》的孙行者、二郎神的斗法对读之，《西游记》只有“甘拜下风”耳。姑举一段：

> 六师闻语，忽然化出宝山，高数由旬。钦岑碧玉，崔嵬白银，顶侵天汉，藂竹芳薪，东西日月，南北参辰。亦有松树参天，藤萝万段。顶上隐士安居，更有诸仙游观，驾鹤乘龙，仙歌聊乱。四众

谁不惊嗟，见者咸皆称叹。舍利弗虽见此山，心里都无畏难。须臾之顷，忽然化出金刚。其金刚乃作何形状？其金刚乃头圆像天，天圆只堪为盖，足方万里，大地才足为钻。眉郁翠如青山之两崇，口暇犹江海之广阔。手执宝杵，杵上火焰冲天。一拟邪山，登时粉碎。山花萎悴飘零，竹木莫知所在。百僚齐叹希奇，四众一时唱快。故云，金刚智杵破邪山处。若为：

六师忿怒情难止，化出宝山难可比，
崭岩可有数由旬，紫葛金藤而覆地。
山花郁翠锦文成，金石崔嵬碧云起。
上有王乔丁令威，香水浮流宝山里。
飞仙往往散名华，大王遥见生欢喜！
舍利弗见山来入会，安详不动居三昧。
应时化出大金刚，眉高额阔身躯碹。
手持金杵火冲天，一拟邪山便粉碎。
于时帝王惊愕，四众忻忻。此度既不如他，未知更何神变？

但在许多讲唱佛教故事的变文里，最为流行者还是《目连救母变文》，这变文有种种不同的本子。伦敦有《大目乾连冥间救母变文》一卷，巴黎有《目连缘起》，北京有《目连救母变文》数卷；事实皆大同小异，文句也多相同的。可见这故事在当时流传的普遍，固不仅张祜之戏白居易以“《目连变》”云云也。在这些异本里，以伦敦的一本为最完备。首有序，叙七月十五日“天堂启户，地狱门开”，盂兰会的缘起。末有“贞明七年辛巳岁四月十六日净土寺学郎薛安俊写”云云。这故事成为后来宝卷、戏文的张本，至今在民间尚有很大的势力。这变文叙述佛的弟子目连，出家为僧，以善因得证阿罗汉果。借了佛力，他上了天堂，见到父亲，但母亲却不知何在。佛说：“她在地狱中呢。”目连便遍历地狱，历睹惨状，最后到了阿鼻地狱，才见到他母亲青提夫人。她借佛力，出了这地狱，但不能出饿鬼道，见食即化为火。目连悲戚，无法可施。佛乃教他于七月十五日建兰盂大会，可以使她一饱。但她饱后，忽又不见。乃已转生人世，变为黑狗之身。最后，目连又借佛力，使她脱离了狗身，到天上去受快乐。这部变文，虽没有《维摩诘》、《降魔》的伟宏奇丽，但关系极大。在中国的一切著作里，这可以说是最早的详尽的叙述周历地狱的情况的；其重要有若《奥特赛》(Odyssey)、《阿尼特》(Aeneid)及《神曲》诸史诗。

此外，尚有《佛本行集经变文》、《八相成道经变文》、《有相夫人升天变文》、《佛本生经变文》、《地狱变文》等，皆较为简短，且俱首尾残阙，不知其原名为何。在其间，《佛本生经变文》，叙述释迦牟尼以身饫饿虎的事，其结构也殊宏丽，且就其字体看来，实是中唐的写本，今所见的变文的写本，时代无在其前者。

六

讲唱非佛教故事的变文，今所知者有：《列国志变文》，叙述伍子胥的故事(巴黎也藏有一卷《伍子胥》)《明妃变文》，叙述王昭君和番事；《舜子至孝变文》，叙述舜的故事。《舜子至孝变文》恐怕是最早的把舜的故事，传说化了的；写那瞽叟历次的受了后妻的鼓弄，要想设计陷害舜。而舜也每次都得脱逃出来。颇富于"神仙故事"的趣味。大约其中是附加上了不少民间故事的成分进去了吧。最奇特的结构，是每次后母要陷害舜时，总是说着：

> 自从夫去辽阳，遣妾勾当家事，前家男女不孝。

瞽叟听完了后妻的陷害之计后，也总是说道：

> 娘子虽是女人，设计大能精细。

这是任何变文里所不曾见过的格调。《列国志变文》，也极有堪以注意处。其间叙伍子胥逃难时，见到他的妻子，但不敢相认。他妻子乃举药名以暗示他："妾是仵茄之妇，细辛早仕于梁。就礼未及当归，使妾闲居独活”云云，这大约也是民间所最喜爱的“文章游戏”的一端吧。《明妃变文》已缺首段，其结束，则叙明妃在胡，抑抑不乐而死。死后，汉使祭她的青冢。这大约便是后来的明妃投黑水而死的传说的前驱。《明妃变文》分上下二卷，在上卷之末，有云：

上卷立铺毕，此入下卷。

这是一个很重要的消息，使我们可以明白后来的许多“欲知后事如何，且听下回分解”的云云，在中国的最早的根源是在什么地方。宋人“话本”之由“变文”演变而来，这当也是例证之一吧。

参考书目

一、《沙州文录》二卷　蒋斧编，罗福苌补；有上虞罗氏铅印本。

二、《敦煌零拾》七卷　罗振玉编；有上虞罗氏铅印本。

三、《敦煌遗书第一集》 法国伯希和、日本羽田吉合编，有上海东亚考古会印本。凡大小二册，为一部。

四、《敦煌劫余录》 陈垣编，有新出铅印本。

五、《敦煌掇琐》 刘复编，第一辑已出版；有中央研究院印本。

六、《佛曲叙录》 郑振铎著，见于《小说月报》号外《中国文学研究》。

七、《中国文学史》 中世卷第三篇上册郑振铎著，商务印书馆出版。

第三十四章

西昆体及其反动

宋初诗坛的寂寥——“西昆派”的起来——李商隐的影响——杨亿、刘筠、钱惟演等——《宣曲》的风波——“西昆体”的反动：石介的《怪说》等——杨、刘前后的诗人们：九僧、寇准、林逋、潘阆等。——欧阳修、梅尧臣、苏舜钦——王安石、邵雍等——苏轼与苏门诸子。

一

宋初文学，全袭五代余荫，其重要的作家，殆皆是西蜀、江南诸地的降王降臣。到了太平兴国以后，方才有新的作家起来。最早的重要的文人们，有所谓“西昆体”诸家者，以追踪于李商隐、唐彦谦诸诗人之后为极则。其领袖为杨亿、刘筠、钱惟演等，从而和之者甚众。以新诗更相属和。后合为一集行世，即有名之《西昆酬唱集》是。在《西昆酬唱集》里，于杨、刘、钱三人外，尚有李宗谔、陈越、李维、刘骘、刁衎、任随、张咏、钱惟济、丁谓、舒雅、晁迥、崔遵度、薛暎、刘秉等，共十七人。而其间惟亿、筠及惟演三人为大家。《西昆集》所选这三人的诗也独多。余人不过附庸而已。杨亿序《西昆集》谓："余景德中忝佐修书之任，得授群公之游。"则其结集当在景德（公元 1004 年—1007 年）以后不久。我们如以 1014 年左右为"西昆"结集之时。或不会相差得很远吧。

杨亿字大年，建州浦城人。七岁善属文。雍熙初，年十一，召试诗赋，授秘书省正字。淳化中命试翰林，赐进士第。真宗朝历官知制诰。天禧中拜工部侍郎，翰林学士兼史馆修撰。卒谥曰文。刘筠字子仪，大名人，咸平元年（公元 998 年）进士。累迁御史中丞，知制诰，翰林承旨，兼龙图阁直学士卒。钱惟演字希圣，吴越王钱俶之子。少补牙门将。归宋，累迁翰林学士，枢密使。后为保大军节度使，知河阳。入朝，加同中书门下平章事。坐事落职，为崇信军节度使卒，谥曰思。当《西昆》结集的时候，他们三个人正在馆职，文名甚著。又其他属和之者，也大都皆在朝之士，并有声望。故《西昆》一集，对于当时的文坛影响甚大。亿的序说："今紫微钱君希圣，秘阁刘君子仪，并负懿文，尤精雅道，调章丽句，脍炙人口"云云，正是他们的自赞之语。为了他们的在朝的地位，又是那样的一吹一唱，互相酬答，故"昆体"的作风遂广被于天下，成为宋初最有力的文派。在《西昆酬唱集》里，我们很可以看得出，李商隐所给予他们的影响是很大的。除了咏《禁中庭树》、《馆中新蝉》、《始皇》、《汉武》一类的题目之外，便是《代意》、《无题》、《宣曲》、《泪》、《七夕》、《夕阳》、《前槛》等很迷离闪艳的题材了。像杨亿的《无题》："曲池波暖蕙风轻，头白鸳鸯占绿萍。才断歌云成梦雨，斗迴笑电作嗔雷"；钱惟演的《无题》："误语成疑意已伤，春山低敛翠眉长；鄂君绣被朝犹掩，荀令薰炉冷自香"；刘筠的《无题》："帘声竹影浪多疑，仙谷何能为解迷！藻井风高蛛坏网，杏梁春晚燕争泥"云云，都可使我们约略地知道其作风的趋向来。他们惯以靡艳之意，著为靡艳之辞，老是追逐在浓妆淡抹的藻饰之后。他们是叹离惜别，伤春悲秋，无事而忙的王孙公子，除了作诗以外不知有别的事。有时曾产生很俊逸的句子，有时也颇为繁词缛意所累。他们曾各作着名为《宣曲》的一诗，诗意也如其题似的迷离惝怳，不可深究。杨亿《宣曲》的起联："宣曲更衣宠，高堂荐忱荣"云云，当即为《宣曲》命名之所在。温、李的诗也常是以首数语名题的。他们所作隐约里似皆咏宫廷中事，而刘筠的《宣曲》里更有"取酒临邛远，吞声息国亡"云云，恰好当时被宠幸的二妃皆蜀人。祥符中（公元1008年—1016年）遂下诏禁文体浮艳。或谓诏意盖指这几篇盛传都下的《宣曲》而言。因刘、杨方幸，故得不兴文字狱。

二

杨、刘诸人的提倡"昆体"，其来源是很深远的。自唐末温、李以来，此体便颇为流行于世，尤给极大的影响于新体诗的"词"。杨、刘诸人不过扩大这种趋势而已。在词一方面，这种影响还是继续下去。但在诗的一方面，立刻便碰到反抗了。杨、刘诸人，天才都不甚高，徒知以粉泽华饰号召于人，自然会特别地引起许多人的反感。当时有陈从易的，好古，深嫉杨亿之作，曾进策说时文之弊道："或下里如会粹，或丛脞如《急就》。"也正深中其病。《古今诗话》谓"后进效之，多窃取义山语。尝御赐百官宴。优人有装为义山者，衣服败裂，告人曰：为诸馆职挦扯至此！闻者大噱。"后石介作《怪说》，尤力诋杨亿，不遗余力：

> 昔杨翰林欲以文章为宗于天下，忧天下未尽信己之道，于是盲天下人目，聋天下人耳。使天下人目盲，不见有周公、孔子、孟轲、扬雄、文中子、吏部之道。使天下人耳聋，不闻有周公、孔子、孟轲、扬雄、文中子、吏部之道……今天下有杨亿之道四十年矣……今杨亿穷妍极态，缀风月，弄花草，淫巧侈丽，浮华纂组，刓锼圣人之经，破碎圣人之言，离析圣人之意，蠹伤圣人之道。使天下不为《书》之《典》、《谟》、《禹贡》、《洪范》，《诗》之《雅》、《颂》，《春秋》之经，《易》之繇、爻、十翼，而为杨亿之穷妍极态，缀风月，

弄花草，淫巧侈丽，浮华纂组，其为怪大矣！

介的话，不偏重在攻击“西昆派”的散文。但“西昆派”流行天下四十年，也已是盛极而衰了。就没有介的攻击，也不会再盛行下去的了。这时候，有真实的天才的大诗人们也已接踵而出，竟毫不费力地承继了“西昆派”的诗的宝座。

三

在“西昆体”流行的前后，未入杨、刘们之网罗的诗人们很不在少数，不过其声势都没有刘、杨诸人的浩大耳。较早的时候，有九僧。九僧者，剑南希昼、金华保暹、南越文兆、天台行肇、汝州简长、青城惟凤、江东宇昭、峨眉怀古、淮南惠崇。其中惟惠崇为最著。欧阳修尝称之。他们尝相酬和，别具一体。归心禅门之人，其所写的诗篇，总要带些寒峻之色。像“落日悬秋树，寒芜上废城”（简长：《晚次金陵》）；“河分冈势断，春入烧痕青”（惠崇：《访杨云卿》）云云，都是精思锤炼以出之的。

又有寇准、王禹偁、林逋、魏野、潘阆、陈尧佐、赵湘、钱易诸人，皆以诗名，而俱清真平淡，不为靡艳之音。准字平仲，华州下邽人。太平兴国中进士。淳化五年参知政事。真宗朝，封莱国公。乾兴初，贬雷州司户，徙衡州司马卒。谥忠愍。有《巴东集》。《苕溪渔隐丛话》谓：“忠愍公诗，含思凄惋，盖富于情者也。”他的诗，像：“日落汀州一望时，柔情不断春如水”（《江南春》）；“山深微有径，树老半无枝”（《题巴东寺》）之类，都是貌若清淡而中实膏腴的。王禹偁字元之，钜野人。太平兴国中进士。拜左司谏。因事贬商州团练副使。真宗时，召知制诰。出知黄州卒。有《小畜集》。所作像《泛吴松江》：“苇篷疏薄漏斜阳，半日孤吟未过江。惟有鹭鸶知我意，时时翘足对船窗”，已开后来宋诗的风趣。林逋字君复，隐西湖之孤山。真宗闻其名，诏长吏岁时劳问。卒，赐谥和靖先生。欧阳修甚称其《山园小梅诗》：“疏影横斜水清浅，暗香浮动月黄昏。”其实像“衡茅林麓下，春气已微茫”（《山村冬暮》）；“广秋山不可尽，秋思亦无垠。碧涧流红叶，青林点白云”（《宿洞霄宫》），也不能谓不工。而咏《西湖》的“春水净于僧眼碧，晚山浓似佛头青”云云，尤为即景而得的奇句。魏野字仲先，号草堂居士，蜀人，后居陕州东郊。真宗闻其名，遣中使召之。野闭户逾垣而遁。天禧三年（公元1019年）卒。他虽是隐居不仕，但常与达官贵人相往返，故诗名重于一时。他的诗质实平常，不事虚语，像“惊回一觉游仙梦，村巷传呼宰相来”（《谢寇莱公见访》）云云，读之，颇可为他的隐士生活发一笑。潘阆字逍遥，大名人。太宗时赐进士第。尝因事被追捕，不得。咸平初，来京，为吏所收。真宗释其罪，以为滁州参军。《皇朝类苑》谓：“好事者以阆遨游浙江，咏潮著名，以轻绡写其形容，谓之《潘阆咏潮图》。”他的诗，平朴而有风味。为的是，皆从经历与肺腑中出，故不至蹈袭前人片语。像“好是雨余江上望，白云堆里发浓蓝”（《九华山》）；“绕寺千千万万峰，满天风雪打杉松”（《宿灵隐寺》）云云，皆未经人道过。他又有过《华山诗》云：“帚头吟望倒骑驴，旁人大笑从他笑”云云，长安许道宁乃为画《潘阆倒骑驴图》（见《图画见闻录》）。后来八仙传说里，有张果老倒骑驴之说（唐人《张果传》无倒骑驴的事），或系由此转变而出。陈尧佐字希元，端拱二年进士。历官同中书门下平章事，卒谥文惠。所作如“雨网蛛丝断，风枝鸟梦摇”云云，甚为司马光所称（见《续诗话》）。赵湘字叔灵，衢州西安人，淳化三年进士。所作殊有清韵。钱易字希白，归宋，中咸平二年进士。仕为翰林学士卒。他尝作拟唐诗百篇，备诸家之体。但像《西游曲》：“花销秋老白日短，败红荒绿迷空馆，拟将清血洒昭陵，幽谷蛇啼半山晚”云云，已深具宋诗的清险的风趣。

四

但自欧阳修、梅尧臣诸人起，“西昆体”方才不扫而自空。真实的伟大的诗才，正如红日的东升似的，爝火之光自不足以当其一照。

与欧、梅同时者，更有苏舜钦、石延年、邵雍、王安石诸人。稍后，则苏轼挺生于西蜀，尤为承前启后的一个大师。

欧阳修（1007 年—1072 年）字永叔，庐陵人，天圣中进士。累擢知制诰，翰林学士，参知政事。神宗时，以太子少师致仕卒。谥文忠。修晚号六一居士。为宋代古文运动的中心人物。他尝在钱惟演幕中，但并未受“西昆派”的影响。《石林诗话》云：“欧公矫昆体，专以气格为主。”他盖以大力洗尽脂粉绮靡之气，而以平易近人的眉目，与读者相见的。不事雕饰，自然清高。昆体的没落，未必由石介诸人的攻击，而实由于欧阳、梅、苏的别创一调，带领作者们向另一条更宽畅的大路上走去之故。修有《庐山高》一诗：“庐山高哉，几千仞兮！幽花野草不知其名兮，风吹露湿香涧谷”云云，最为梅尧臣们所称叹。而平淡之什，若“无哗战士衔枚勇，下笔春蚕食叶声”（《阅进士试》）；“夜凉吹笛千山月，路暗迷人百种花”（《梦中作》）云云，也很有隽趣。

梅尧臣（1002 年—1060 年）字圣俞，宣城人，以荫补斋郎，嘉祐初，召试，赐进士。历尚书都官员外郎卒。有《宛陵集》。欧阳修极称其诗，以为“圣俞覃思精微，以深远闲淡为意。”张芸叟评之云：“如深山道人，草衣捆屦，王公大人，见之屈膝。”（《韵语阳秋》引）相传他日课一诗，寒暑未尝易。盖他的诗，风格同永叔，而功力过之。像“月出断岸口，影照别舸背。且独与妇饮，颇胜俗客对”（《舟中与家人饮》）；“朔风三日暗吹沙，蛟龙卷沫喷成花。花飞万里夺晓月，白日烂堆愁女娲”（《春云》）；“五更千里梦，残月一声鸡”（《梦后寄永叔》）云云，我们皆可于闲淡之中，见出他的努力来。

苏舜钦的诗，风格较尧臣为雄放。欧阳修说他“笔力豪俊，以超迈横绝为奇”（见《六一诗话》）。舜钦（1008 年—1048 年）字子美，梓州桐山人。景祐中进士。累迁集贤校理，坐事除名。居苏州，作沧浪亭以自适。终湖州长史。其所作像“绿杨白鹭俱自得，近水远山皆有情”（《过苏州》）；“时时携酒只独往，醉倒惟有春风知”（《独步沧浪亭》）；“曙光东向欲胧明，渔艇纵横映远灯。涛面白烟昏落月，岭头残烧混疏星”（《长桥观鱼》）云云，其气魄都是很阔大的。

五

王安石（1021年—1086年）字介甫，临川人，庆历二年进士。神宗朝累除知制诰，翰林学士，拜同中书门下平章事。封荆国公，卒谥曰文。有《临川集》。他是一位大政治家。历行新法，颇为守旧者所嫉视。他的诗才殊高，所作皆以险绝为功，多未经人道语。他有《题金陵此君亭诗》云："谁怜直节生来瘦，自许高才老更刚"，正是他的自赞。黄庭坚深喜安石晚年的诗，正以其格律有相合处。像"空山淳千秋，不出呜咽声。山风吹更寒，山月相与清"（《寒穴泉》）；"荒埭暗鸡催月晓，空场老雉挟春骄"（《自金陵至丹阳道中有感》）；"晴日暖风生麦气，绿阴幽草胜花时"（《初夏即事》）云云，都是很清瘦，而且是出之以艰辛的。

石延年字曼卿，一字安仁，其先幽州人。家宋城。真宗朝，中进士。历太子中允。《隐居诗话》说延年"长韵律，诗善叙事，其他无好处"。但像《后村诗话》所引"行人晚更急，归鸟夕无行"；"天寒河影淡，山冻瀑声微"诸句，也殊不易及。

邵雍的诗，在北宋诸作里，显出特殊的风味，与时流格格不能相入。他于"西昆"固攀附不上，于欧、梅也去之甚远。欧、梅虽力矫靡艳而趋于闲淡，但并没有淡到像白开水似的无韵无味。雍的诗却独往独来地做到这一层了。有时如格言，有时如说理，像"我若寿命七十岁，眼前见汝二十五。我欲愿汝成大贤，未知天意肯从否？"（《生男吟》）诚是王梵志以来最大胆的诗人。如此明白如话的诗语，就是顾况、杜荀鹤诸人也还不敢下呢。而像"频频到口微成醉，拍拍满怀都是春"；"卷舒千古兴亡事，出入几重云水山"；"恍惚阴阳初变化，氤氲天地乍回旋。中间些子好光景，安得工夫入语言"云云，也都不是一般诗人们所可同群的。其苍茫独立的风度，颇有些宗教主的气味。

六

苏轼（1037 年—1101 年）是欧阳、梅、苏后最有天才的诗人。他是一位多方面的作家，诗、词、古文，无不精好，随手拈来，皆成妙谛。而他的诗的情绪与风格，也是多方面的，有的清新，有的瘦削，有的丰腴，有的险峻。他上追梅、欧，下启山谷、后山。他的笔锋是那样的无施不可，他的才调是那样的无所不能。像“雨过浮萍合，蛙声满四邻”（《雨晴后》）之类，是颇似梅、欧闲澹之什的。但像“君来叩门如有求，颀然病鹤清而修”（《送晁美叔》）云云，便大似黄、陈一派的音调了。故苏轼在宋诗的坛坫上，乃是一位承前启后的大家，其地位和杜甫的在唐是没有二致的。其才情的浩莽，也恰是异代相对的双璧。轼字子瞻，眉州眉山人，洵子；与弟辙，并称“三苏”。嘉祐二年进士。历端明殿学士，礼部尚书。绍圣初，坐讪谤，安置惠州。徽宗立，赦还，提举玉局观。建中靖国元年，卒于常州。

同时又有“三孔”、“三沈”也皆以诗名。“三孔”者，武仲、平仲、文仲兄弟。三沈者，沈遘、沈辽、沈逊兄弟。三孔为临江新喻人，三沈为钱塘人。沈辽兄弟们常和王安石唱和。又有文同字与可，梓州人；米芾字元章，太原人（徙居襄阳）；皆善画，也能诗，俱和苏轼相唱和。

受苏轼影响最大者，有所谓苏门四学士的。盖指黄庭坚、秦观、张耒、晁补之四人。或更加上了陈师道和李廌，称为“苏门六君子”。在其间，黄庭坚和陈师道是另辟了一个门户的，当于下文详之。 而秦观、张耒、晁补之、李廌诸人也各有所树立，各有其特殊的风格。秦观（1049 年—1100 年）字少游，高邮人，最工于长短句，而于诗也很有成就。王安石以为他“清新婉丽，有似鲍、谢。”张耒字文潜，楚州淮阴人。有《宛丘集》其散文最有名。晁补之字无咎，钜野人，有《鸡肋集》。李廌字方叔，济南人。他们二人也皆工于古文。

参考书目

一、《西昆酬唱集》 有《四部丛刊》本。
二、《宋诗钞》 吴之振等编，有原刊本，有商务印书馆影印本。
三、《宋诗纪事》 厉鹗编，有原刊本。
四、《历代诗话》 何文焕编，有原刊本，有医学书局影印本。
五、《宋人集》 李之鼎编，有近刊本。
六、《石仓诗选》 明曹学佺选，有明刊本。
七、《宋元诗会》 有原刊本。
八、《唐宋诗醇》 有原刊本。

第三十五章

北宋词人

词的黄金时代——北宋词的三期——三期的特色——第一期的作家们：晏殊、欧阳修、范仲淹、张先等——欧阳修词的伪作者刘辉——晏几道、宋祁、王安石——第二期的作家们：柳永、苏轼、秦观、黄庭坚等——黄庭坚的白话词——贺铸、程垓等——赵令畤、王诜——女作家魏夫人——第三期的作家们：周邦彦、吕渭老、向镐、朱敦儒等——皇帝词人赵佶与女作家李清照

一

敦煌俗文学的影响，在北宋的文坛上还未十分显著。我们猜想，这些俗文学、叙事诗、民间歌曲与变文等，必已在民间十分地流行着，然而文人学士却完全不加以注意。大多数的文人学士却还在那里长歌曼吟着流传于他们的一个阶级及与他们的一个阶级接触最繁的歌妓舞女阶级之间的词，提倡着载道的古文与古来相传的五七言古律诗。词在唐末与五代，已成了文人学士的所有物，民间虽仍在流行着，然已染上了不少

的“文”气，加上了不少的雅词丽句，离俗文学的本色日远，换一句话，即离民间的爱好亦日远。他们几乎为文人学士的阶级所独占。他们的不能诉之于诗古文的情绪，他们的不能抛却了的幽怀愁绪，他们的不欲流露而又压抑不住的恋感情丝，总之，即他们的一切心情，凡不能写在诗古文辞之上者无不一泄之于词。所以词在当时，是文人学士所最喜爱的一种文体。他们在闲居时唱着，在登临山水时吟着，他们在絮语密话时微讴着，在偎香倚玉时细诵着，他们在欢宴迎宾时歌着，在临歧告别时也唱着。他们可以用词来发“思古之幽情”，他们可以用词来抒写难于在别的文体中写出的恋情，他们可以用词来庆寿迎宾，他们可以用词来自娱娱人。总之，词在这时已达到了她的黄金时代了。作家一做好了词，他便可以授之歌妓，当筵歌唱。“十七八女孩儿按执红牙拍，歌‘杨柳岸晓风残月’。”这个情境岂不是每个文人学士都所羡喜的。所以，凡能作词的，无论文士武夫，小官大臣，都无不喜做词。像秦七，像柳三变，像周清真诸人，且以词为其专业。柳三变更沉醉于妓寮歌院之中，以作词给她们歌唱为喜乐。所以我们可以说一句，在词的黄金时代中，词乃是文人学士的最喜用之文体。词乃是与文人学士相依傍的歌妓舞女的最喜唱的歌曲。换言之，词在这个黄金时代中，乃是盛传于文人学士的一个阶级及与文人学士的一个阶级最接近的歌女阶级中的一个文体。到了最后，词之体益尊且贵，且已有了定型，词的生命便日益邻于“没落”了。我们猜想，当时民间或仍流行着唱词的风气，非文人学士的阶级，或仍保存了或模拟着文人学士的唱词的习惯。然而文的词语已日渐的高雅了，词的格调已日渐的艰隐了，词的情绪已日渐的晦暗隐约了。听者固未必深明其义，即唱者也只能依腔照唱而已。所以这一个时代的民间的听词者，或已到了“耳熟其音而心昧其义”之时了。当时的人，往往讥嘲柳三变的词太俗，然而哪一位词人的词，有柳氏的词那样的流行呢？柳氏的词所以能够“有井水饮处，即能歌”之者，正以其词之浅近，能够通俗。其实柳氏已太高雅，其音调虽甚谐俗，其词语恐已未必为当时民间所能懂得。

综言之，词的黄金时代恰可当于“北宋”的这一个时期。到了北宋以后，词的风韵与气魄便渐渐地近于“日落黄昏”之境了。

二

北宋的词坛，约可分为三个时期。第一个时期是柳永以前。这是晏殊、范仲淹、欧阳修的时代。在这个时代里，《花间》派与二主、冯延巳的影响，尚未能尽脱。真挚清隽是其特色，奔放的豪情却是他们所缺少的。他们只会作《花间》式的短词，却不会作缠绵宛曲的慢调。他们会写："寸寸柔肠，盈盈粉泪，楼高莫近危栏倚，平芜尽处是春山，行人更在春山外"（欧阳修《踏莎行》）；他们会写："绿酒初尝人易醉，一枕小窗浓睡"，（晏殊《清平乐》）；他们会写："山映斜阳天接水，芳草无情，更在斜阳外"（范仲淹《苏幕遮》）。他们却不会写："都门帐饮无绪，方留恋处，兰舟催发，执手相看泪眼，竟无语凝噎，念去去千里烟波，暮霭沉沉楚天阔"（柳永《雨霖铃》）。他们更不会写："便携将佳丽，乘兴深入芳菲里，拨胡琴语，轻拢慢捻总伶俐，看紧约罗裙，急趣檀板，霓裳入破惊鸿起。正颦月临眉，醉霞横脸，歌声悠飏云际。任满头红雨落花飞，渐鳷鹊楼西玉蟾低，尚徘徊未尽欢意"（苏轼《哨遍》）。

第二个时期是创造的时候。这一个时期是柳永的，是苏轼的，是秦观、黄庭坚的。但柳永的影响在当时竟笼罩了一切，连苏门的"秦七、黄九"也都脱不了他的圈套。东坡的词却为词中的一个别支，在当时没有什么人去仿效，其影响要过了一百余年后才在辛弃疾他们的作品里表现出来。所以这一个时期，我们也可以说她是"柳永的时代"。《吹剑续录》说："东坡在玉堂日，有幕士善歌，因问：'我词比柳耆卿何如？'对曰："柳郎中词只好十七八女孩儿按执红牙拍，歌杨柳岸晓风残月；学士词须关西大汉执铁绰板，唱大江东去。'公为之绝倒。"按此语大约指东坡《念奴娇》诸词而言。其实东坡词亦多绮丽隽妙者，不尽如"大江东去"之朴质有若史论。柳永词每谐于音律，东坡词则为"曲子内缚不住者"。然这两位大作家，亦有一个同点，即二人皆注意于慢词，皆趋于豪放宛曲的一途。这是他们与第一个时期中诸作家的不同之点。又，第一期多用旧调，而这一期则多自行创作新调，以便唱歌。前期的诸大家往往非音律家，而这一期中的大家柳永便是一位深通于音律的人。所以他能够写许多慢词，他能够创许多新调。

第三个时期是深造的时期，也可以说是周美成的时代。在这一个时期里，音律更为注重，“曲子内缚不住”的作品已经是绝无仅有的了。新的歌调仍在创造，而第二期的豪迈不羁的精神则渐渐地不见了。综言之，第三期的精神，可以称她为循规蹈矩的时代。第一期的清隽健朴的特质，他们是没有的，第二期奔放雄奇的特色，他们又是没有。他们的特质是严守音律，是日益趋于修斲字句，即在严格的词律之中，以清丽婉美之辞章，写出他们的心怀。他们实开辟了南宋词人的先路。但在这一期的最后，却有两个大词人出现，其精神作风却与周美成他们不同，这两个大词人是：皇帝词人赵佶，与女流作家李清照。宋徽宗词近似李后主。清照的词则回复到第二期的豪放，而不流入粗鄙，有第一期的清隽，而又具豪情逸思，实是这一期里最大的一个词人。

三

第一期的大作家，当以晏殊、欧阳修、范仲淹、张先为首。但他们的崛起，离五代词人的最后几个，已经是近一百年了。北宋的初年，东征西讨，人不离骑，马不离鞍，注意于词者绝少。及曹彬、潘仁美他们削平了诸国，构成了大一统的局面以后，降王降臣奔凑于皇都，文化的事业大为发达。又有《太平御览》、《太平广记》、《文苑英华》的编纂，似乎词坛应该很热闹的了。然而当时的词的作者，除了降王李煜，降臣欧阳炯等之外，却没有什么新兴的作家。我们与其以李煜、欧阳炯等为盛代的先驱，还不如以他为“残蝉的尾声”为更妥切些。真实的一个大时代的先驱，乃是晏殊他们，而非李煜他们。

在晏殊之前，有几个词人，应一为叙及。徐昌图，莆阳人，宋太祖时守国子博士，后迁至殿中丞。他的词不多，然如《临江仙》之“残灯孤枕梦，轻浪五更风”诸语，也很美隽。潘阆字逍遥，有《逍遥词》，仅存《酒泉子》十首，皆咏杭州西湖的景色者。有几首写得很好。如“别来几向画阑（一作图）看，终是欠峰峦”，“三三两两钓鱼舟，岛屿正清秋”，“寒鸦日暮鸣还聚”之类，皆可称得起是“好句”。寇准的词，未脱《花间》的衣钵，但较为浅露。王禹偁在北宋初，乃是一位很重要的五七言诗作者。他偶作小词，也颇有意绪。像《点绛唇》，可为一例：

雨恨云愁，江南依旧称佳丽。水村渔市，一缕孤烟细。天际征鸿，遥认行如缀。平生事，此时凝睇，谁会凭栏意。

钱惟演虽为降王之子，居大位，然而他的小词却甚为动人，不失为一位很好的诗人。他的《玉楼春》：“城上风光莺语乱，城下烟波春拍岸。……情怀渐变成衰晚，鸾镜朱颜惊暗换。昔年多病厌芳樽，今日芳樽惟恐浅。”黄叔旸谓：“此暮年作，词极凄惋。”但第一个大词人有意于为词，且为之而工者当推晏殊。

晏殊（991 年—1055 年）字同叔，江西抚州临川人。他是一个大天才，七岁便能文。“景德初以神童荐。召与进士千余人并试庭中。殊神气不慑，援笔立就，赐进士出身”（《宋史》本传）。帝且使他尽读秘阁书。每有咨访，率用方寸小纸，细书问之。后事仁宗，尤加信爱。仕至观文殿大学士卒。他的生平可算是“花团锦簇”的一位诗人生活。他卒后，赠谥元献。当时知名之士如范仲淹、孔道辅、欧阳修皆出其门。性刚峻，遇人以诚。一生自奉如寒士，“为文赡丽，尤工诗，闲雅有情意”（《宋史》本传）。有集二百四十余卷。然他的最大的成功，他的诗人的真面目，却完全寄托在他的词中。他的诗不足以代表他，他的散文更不足以表现他。他的《珠玉词》虽仅一百数十首，却完全把这位“花团锦簇”，钟鸣鼎食的“诗人大臣”的本来面目表现出来了。人生什么都能够看得透，只有恋情是参不破的，什么都能够很容易的志得意满，唯有恋情却终似明月般的易缺难圆。晏殊在这一方面似乎也是深尝着她的滋味的。他的儿子几道曾说道：“先君平日小词虽多，未尝作妇人语也。”但这话是不对的。“月好漫成孤枕梦，酒阑空得两眉愁，此时情绪悔风流”（《浣溪沙》；“为我转回红脸面”（同上）；“且留双泪说相思”（同上）；“落花风雨更伤春，不如怜取眼前人”（同上）；“鬓弹欲迎眉际月，酒红初上脸边霞，一场春梦日西斜”（同上）；“东城南陌花下，逢著意中人”（《诉衷情》）；“何况旧欢新宠阻心期，满眼是相思”（《凤衔杯》）；“未知心在阿谁边？满眼泪珠言不尽”（《玉楼春》）；“当时轻别意中人，山长水远知何处”（《凤衔杯》）；“消息未知归早晚，斜阳只送平波远”（《蝶恋花》）；“浓睡觉来鹦乱语，惊残好梦无寻处”（同上）；“昨夜西风凋碧树，独上高楼，望尽天涯路”（同上）；“那堪更别离情绪，罗巾掩泪，任粉痕沾污，争奈向千留万留不住”（《殢人娇》），这些都不是“情语”么？同叔之未脱这些妇人语，正足见其未脱尽《花间》派的衣钵。《贡父诗话》说：“元献尤喜冯延巳歌词，其所自作亦不减延巳乐府。”他的成就的高处，确足以闯入延巳之室。

同时的词人范仲淹（989年—1052年）其词存者不过寥寥几首，却无一首不是清隽绝伦。仲淹字希文，吴县人，大中祥符八年进士。仕至枢密副使，参知政事。卒谥文正。有集。像下面的二词，都是使我们读之唯恐其尽的：

> 碧云天，黄叶地，秋色连波，波上寒烟翠。山映斜阳天接水，芳草无情，更在斜阳外。黯乡魂，追旅思，夜夜除非，好梦留人睡。明月楼高休独倚，酒入愁肠，化作相思泪。
>
> ——《苏幕遮·怀旧》
>
> 塞下秋来风景异，衡阳雁去无留意，四面边声连角起。千嶂里，长烟落日孤城闭。浊酒一杯家万里，燕然未勒归无计，羌管悠悠霜满地。人不寐，将军白发征夫泪。
>
> ——《渔家傲·秋思》

欧阳修有《六一居士词》。我们在他的散文中，只见到他是一位道貌俨然的无感情的学者，在他的五七言诗中，我们也很难看出他是怎样富于感情的一位诗人。但在他的词中，却不意将他的道学假面具全都卸下来了。他活泼泼的，赤裸裸地将他的诗人生活，表现在我们之前。“莲子与人长厮类，无好意，年年苦在中心里”；“天与多情丝一把，谁厮惹，千条万缕萦心下”；“脉脉横波珠泪满，归心乱，离肠便逐星桥断”（以上皆《渔家傲》）。我们可想见他的恋情，也必是有一段苦趣的。宋人小说里，因有永叔盗甥之说。王铚《默记》载永叔的《望江南》，他说：“奸党因此诬公盗甥。公上表自白云：丧厥夫而无托，携孤女以来归。张氏此时，年方十岁。钱穆父素恨公，笑曰：此正学簸钱时也。欧知贡举，下第举人，复作《醉蓬莱》讥之。”此说在当时流传一定很盛，所以许多人竭力为他辩明。陈质斋说：“欧阳公词，多有与《花间》、《阳春》相混。亦有鄙亵之语厕其中。当是仇人无名字所为也。”罗长源说：“公尝致意于《诗》，为之本义，温柔宽厚，所得深矣。今词之浅近者，前辈多谓是刘煇伪作。”我们看，在《醉翁琴趣外编》里，有许多为《六一词》所不收的词，很可怪，像：“更问假如事还成后，乱了云鬟，被娘猜破”（《醉蓬莱》）；“空泪滴，真珠暗落。又被谁，连宵留著？不晓高天甚意：既付与风流，却恁薄情！细把身心自解，只与猛拚却。又及至，见来了，怎生教人恶”（《看花回》）；“相思字一时滴损，便直饶伊家总无情，也拚了一生，为伊成病”（《洞仙歌令》）；“才会面，便相思，相思无尽期。这回相见好相知，相知已是迟”（《阮郎归》）。这似和《六一词》的作风，太不相同了，显然不是出于同一词人的手笔。当便是所谓刘煇的伪作吧。但这一类的词，实在不坏，在《花间》、《阳春》里，我们找不到那么真情而朴质的东西。假如果是刘煇所作，则他也当是一位大词人了。或他仅是集了当时的民歌也难说。像《六一词》里的：

> 柳外轻雷池上雨，雨声滴碎荷声，小楼西角断虹明。阑干倚处，待得月华生。燕子飞来窥画栋，玉钩垂下帘旌，凉波不动簟纹平。水精双枕，旁有堕钗横。
>
> ——《临江仙》

和刘煇之作（？）较之，当然立刻便可见到其不同来的。

张先（990年—1078年）字子野，吴兴人，为都官郎中。有《安陆词》一卷。先与柳永齐名。《古今诗话》载有一段故事："有客谓子野曰：人皆谓公张三中，即心中事，眼中泪，意中人也。公曰：何不目之为张三影？客不晓。公曰：云破月来花弄影；娇柔懒起，帘压卷花影；柳径无人，堕飞絮无影。此余平生所得意也。"而"三影"中尤以"云破月来花弄影"为最著于人口，其全文如下：

> 水调数声持酒听，午醉醒来愁未醒。送春春去几时回？临晚镜，伤流景，往事后期空记省。沙上并禽池上暝，云破月来花弄影。重重帘幕密遮灯。风不定，人初静，明日落红应满径。
>
> ——《天仙子》

在先的小词里，有许多句子真是娇媚欲泛出纸面，像"闻人话著仙卿字，嗔情恨意还须喜。何况草长时，酒前频见伊"（《菩萨蛮》）；"牡丹含露真珠颗，美人折向帘前过。含笑问檀郎：花强妾貌强？檀郎故相恼，刚道花枝好。花若胜如奴，花还解语无"（《菩萨蛮》）；"密意欲传，娇羞未敢。斜偎象板还偷瞰。轻轻试问借人么？佯佯不觑云鬟点"（《踏莎行》）诸语，哪一个字不是若十七八女郎之倩笑的。他亦间作慢词，却都未见得好。他有技巧而没有豪迈奔放的气势，有纤丽而没有健全创造的勇力，仍是第一期的词人。

更有几个人也可附在第一期中。晏几道字叔原，殊幼子，监颍昌许田镇。有《小山词》黄庭坚称其词能"寓以诗人之句法，清壮顿挫，能动摇人心。"后来论者亦称其词聪俊，出入于温、韦之间，而尤胜于大晏。程叔彻说："伊川闻诵晏叔原'梦魂惯得无拘检，又踏杨花过谢桥'，笑曰：'鬼语也。'意亦赏之。"他是一个十足的诗人，所以"常欲轩轾人，而不受世之轻重"。虽因此不得在上位，而词亦因此日工。像：

> 彩袖殷勤捧玉钟，当年拼却醉颜红。舞低杨柳楼心月，歌尽桃花扇底风。从别后，忆相逢，几回魂梦与君同。今宵剩把银釭照，犹恐相逢是梦中。
>
> ——《鹧鸪天》

可作为他的代表作。

宋祁（998 年—1061 年）字子京，安州安陆人。天圣中进士。累官翰林学士承旨。卒赠尚书，谥景文。有《出麾小集》,《西洲猥稿》。子京词名甚著，然其词传者不多。像《玉楼春》：

东城渐觉风光好，縠绉波纹迎客棹。绿杨烟外晓寒轻，红杏枝头春意闹。浮生长恨欢娱少，肯爱千金轻一笑，为君持酒劝斜阳，且向花间留晚照。

最为脍炙人口，竟使他得了“红杏枝头春意闹尚书”之号。

王安石有词一卷。以他这样的一位用世的名臣，宜乎气格与别的词人们不同。他的词脱尽了花间的习气，推翻尽了温、韦的格调，另自有一种桀傲不群的气韵，足为苏、辛作先驱。像《桂枝香》，是其一例：

登临送目，正故国晚秋，天气初肃。千里澄江似练，翠峰如簇。征帆去棹残阳里，背西风酒旗斜矗。彩舟云淡，星河鹭起，画图难足。念往昔繁华竞逐，叹门外楼头，悲恨相续。千古凭高，对此谩嗟荣辱。六朝旧事随流水，但寒烟芳草凝绿。至今商女，时时犹唱《后庭》遗曲。

其实安石的词，也尽有十分清隽的，像：“晚来何物最关情，黄鹂三两声”(《菩萨蛮》)；“尘不到，时时自有春风扫”(《渔家傲》)；“山桃溪杏两三栽，为谁零落为谁开”(《浣溪沙》)诸语。也尽有许多深情缱绻的，如“而今误我秦楼约，梦阑时，酒醒后。思量着”(《千秋岁引》)；“红笺寄与烦恼，细写相思多少。醉后几行书字小，泪痕都揾了”(《谒金门》)。

四

第二期的词，是慢词最盛的时代。柳永虽未必为慢词的创造者，却是慢词的代表人。与他抗立的大词人是苏轼。轼的门下，如秦七（观）、黄九（庭坚）等，都是很受永的影响的。所以我们可以说，这一期是柳永及其跟从者的时期。

苏轼可以说是“非职业”的词人，柳永则为“职业的”词人。苏轼的一生，爱博而无所不能，以其绝代的天才，雄长于当时的“词坛”、诗坛、文坛。然柳永的一生，却专精于“词”。他除词外没有著作，他除词外没有爱好，他除词外没有学问。相传宋仁宗留意儒雅，深斥浮艳虚华之文。永则好为淫冶之曲，传播四方。尝有《鹤冲天》词云：“忍把浮名，换了浅斟低唱。”及临轩放榜时，特落之，说道：“且去浅斟低唱吧，何要什么浮名。”其后，他另改了一个名字，方才得中。永的初名是三变，字耆卿，乐安人。景祐元年进士。官至屯田员外郎，故世号“柳屯田”。有《乐章集》。他的一生生活，真可以说是在“浅斟低唱”中度过的。他的词大都在“浅斟低唱”之时写成的。他的灵感大都是发之于“倚红偎翠”的妓院中的，他的题材大都是恋情别绪，他的作词大都是对妓女少妇而发的，或代少妇妓女而写的。他的文辞因此便异常浅近谐俗，深投合于妓女阶级的口味，为这些妓女阶级所能传唱，所能口唱而心知其意，所能欣赏而深知其好处，所能受感动而怅惘不已。所以他的词才能流传极广，“凡有井水饮处，即能歌柳词”。但颇为学人所鄙。李端叔说：“耆卿词，铺叙展衍，备足无余。较之《花间》所集，韵终不胜。”孙敦立说：“耆卿词虽极工，然多杂以鄙语。”黄叔旸说：“耆卿长于纤艳之词，然多近俚俗。”对于他的能谐俗之一点，大约是当时的许多词人所同意诟病于他的。例如“平生自负风流才调，口儿里道知张、陈、赵……阎罗大伯曾教来道，人生但不须烦恼，遇良辰，当美景，追欢买笑”（《传花枝》）；“几多狎客看无厌，一辈舞童功不到……而今长大懒婆娑，只要千金酬一笑”（《木兰花》）之类，诚不免于鄙俗无诗趣。然他的词格却不止于这个境地。这些原是他的最下乘的东西。他的名作，其蕴藉动人处，真要“十七八女孩儿按执红牙拍”以唱之，才能尽达得出来的。苏轼曾拈出“霜风凄紧，关河冷落，残照当楼”，以为“唐人佳处，不过如此”。他的情调，几乎是千篇一律的“羁旅悲怨之辞，闺帷淫媟之语”。然千篇的情调虽为一律，千篇的词语却未有相同的。他的词，百变而不离其宗的是旅思闺情，然却能以千样不同的方法，千样不同的辞意传达之，使我们并不觉得他们的重复可厌。我们如果读《花间》、《尊前》过多，往往有雷同冗复之感。在柳永的《乐章集》中，这个缺点，他却常能很巧妙地避去了。这是他的慢词最擅长之一点，也是他的最足以使我们注意的一点。我们试读下面的几首词：

> 洞房记得初相遇，便只合长相聚。何期小会幽欢，变作离情别绪。况值阑珊春色暮，对满目乱花狂絮，直恐好风光，尽随伊归去。一场寂寞凭谁诉？算前言总轻负。早知恁地难抛，悔不当时留住。其奈风流端正外，更别有系人心处。一日不思量，也攒眉千度。
>
> ——《昼夜乐》

> 寒蝉凄切，对长亭晚，骤雨初歇。都门帐饮无绪，方留恋处，兰舟催发，执手相看泪眼，竟无语凝噎。念去去千里烟波，暮霭沉沉楚天阔。多情自古伤离别，更那堪冷落清秋节。今宵酒醒何处？杨柳岸晓风残月。此去经年，应是良辰好景虚设。便纵有千种风情，更与何人说。
>
> ——《雨霖铃》

耆卿词的好处，在于能细细地分析出离情别绪的最内在的感觉，又能细细地用最足以传情达意的句子传达出来。也正在于“铺叙展衍，备足无余”。花间的好处，在于不尽，在于有余韵。耆卿的好处却在于尽，在于“铺叙展衍，备足无余”。花间诸代表作，如绝代少女，立于绝细绝薄的纱帘之后，微露丰姿，若隐若现，可望而不可及。耆卿的作品，则如初成熟的少妇，“偎香倚暖”，恣情欢笑，无所不谈，谈亦无所不尽。所以五代及北宋初期的词，其特点全在含蓄二字，其词不得不短隽。北宋第二期的词，其特点全在奔放铺叙四字，其词不得不繁辞展衍，成为长篇大作。这个端乃开自耆卿。

耆卿的影响极大。秦少游本以短隽擅场，却也逃不了耆卿的范围。《高斋词话》说："少游自会稽入都，见东坡。东坡曰：'不意别后，公却学柳七作词。'少游曰：'某虽无学，亦不至如是。'东坡曰：'销魂当此际，非柳七语乎？'"少游至此，也只好愧服了。少游如此，其他更可知了。东坡词虽取境取意与柳七绝异，然在奔放铺叙一方面，当也是暗受耆卿势力的笼罩的。

苏轼的影响，在当时虽没有柳七大，然实开了南宋的辛、刘一派，成为词中的一个别支。故论者每以为东坡的小词似诗；又以为东坡"以诗为词，如雷大使之舞，虽极天下之工，要非本色"（陈师道语）。东坡他自己也尝说："生平有三不如人。"谓着棋、吃酒，唱曲也。他的词"虽工而多不入腔，盖以不能唱曲故耳"。晁补之也说："东坡居士词，人谓多不谐音律。然横放杰出，自是曲子中缚不住者。"但东坡词实有两个不同的境界。这两个境界，固不同于《花间》，也有异于柳七。一个境界是"横放杰出"，不仅在作"诗"，直是在作史论，在写游记。例如《念奴娇》：

> 大江东去，浪淘尽千古风流人物。故垒西边，人道是三国周郎赤壁。乱石穿空，惊涛拍岸，卷起千堆雪。江山如画，一时多少豪杰。　遥想公瑾当年，小乔初嫁了，雄姿英发。羽扇纶巾谈笑间，樯橹灰飞烟灭。故国神游，多情应笑我早生华发。人生如梦，一樽还酹江月。

以及如"老夫聊发少年狂，左牵黄，右擎苍"（《江城子》），"荷蒉过山前，曰，有心也哉此贤"（《醉翁操》）诸词皆是。这一个境界，所谓"横放杰出"者，诚不是曲中所能缚得住的。不过像《减字木兰花》："贤哉令尹，三仕已之无喜愠。我独何人，犹把虚名玷缙绅。不如归去，二顷良田无觅处。归去来兮，待有良田是几时？"却有点过于枯瘠，无丝毫诗意含蓄着，乃是他的词最坏的一个倾向。

然东坡的词境，还有另一个境地，另一种作风。这便是所谓"清空灵隽”作品。这使东坡成了一个绝为高尚的词人。黄庭坚谓东坡的《卜算子》一词："语意高妙，似非吃烟火食人语。"胡寅谓："词在东坡，一洗绮罗香泽之态，使人登高望远，举首浩歌，超乎尘埃之外。于是《花间》为皂隶，柳氏为舆台矣。"张炎说："东坡词，清丽舒徐处，高出人表，周、秦诸人所不能到。"这些好评，非在这一个境界里的词，不足以当之。像：

> 缺月挂疏桐，漏断人初静。时见幽人独往来，缥缈孤鸿影。惊起却回头，有恨无人省。拣尽寒枝不肯栖，寂寞沙洲冷。
>
> ——《卜算子》

> 冰肌玉骨，自清凉无汗。水殿风来暗香满。绣帘开，一点明月窥人，人未寝，欹枕钗横鬓乱。起来携素手，庭户无声，时见疏星渡河汉。试问夜如何？夜已三更。金波淡，玉绳低转。但屈指西风几时来，又不道流年暗中偷换。
>
> ——《洞仙歌》

读了这一类的词，我们还忍说他须“关西大汉”执铜琵琶、铁绰板来唱么？还忍责备他不谐音律么？将这些清隽无伦的诸词，杂置于矫作“绮罗香泽之态”的诸词中，真如逃出金鼓喧天的热闹场，而散步于“一天凉月清于水”，树影倒地，花香微闻的僻巷，其隽永诚可久久吟味的。他的词集，有《东坡居士词》。

五

黄庭坚、秦观、晁补之、张耒四人，被称为苏门四学士。然在词一方面，他们四个人，差不多都可以说不曾受过东坡什么影响。庭坚自有其独到之处。观则杂受《花间》、柳七之流风而熔冶之于一炉。晁、张二人则间有可喜的隽语而已，并不是什么大家。

黄庭坚（1045年—1105年）有《山谷词》。他的词，可分为两个完全不同的方面。第一方面是传统的作品，第二方面却是他自己所大胆特创的作风。他的传统的词，颇有人批评之，如晁补之所谓："黄鲁直小词固高妙，然不是当行家语，是著腔子诗。"至于第二方面的作品，论者则直以"时出俚浅，可称伧父"（陈师道语）二语抹煞之而已。但像"银灯生花如红豆，占好事如今有。人醉曲屏深，借宝瑟轻招手。一阵白蘋风，故灭烛教相就"（《忆帝京》）云云，即在一般传统的作品中也不能不算是佳作。若他的第二方面的特创之作，则恐怕除了当时的俗客歌伎之外，所谓雅士文人是再也不会赏识她们的了。在这方面的作品里，他尽量地引用了当时的方言俗语入词；更尽量地模拟着当时流行的民歌的作风。他的大胆的解放，可说是"词史"上所未曾有的。柳永曾被论者同声称为"鄙俗"，然《乐章集》中引用俗语方言之处，如庭坚之"奴奴睡也奴奴睡"（《千秋岁》）；

"有分看伊，无分共伊宿，一贯一文跷十贯，千不足，万不足"（《江城子》）诸句，却从来不曾见过。永的词，毕竟还是文人学士的词。若庭坚的词，则真为一般市井人所完全明白，所完全知道其好处者。

> 对景还销瘦，被个人把人调戏，我也心里有。忆我又唤我，见我嗔我。天甚教人怎生受！　看承幸厮勾，又是樽前眉峰皱。是人惊怪，冤我忒撋就，拼了又舍了，一定是这回休了。及至相逢又依旧。
>
> ——《归田乐引》

更有许多首，杂着好些北宋时代的方言俗语，非今日所能解，只好不引之了。他有时也染着最坏的民歌的习气，以文字为游戏。例如："你共人女边著子，争知我门里挑心"（《两同心》）；"似合欢桃核，真堪人恨，心儿里有两个人人"（《少年心》）。"女边著子"是"好"字，"门里挑心"是"闷"字，"人"字盖即"仁"字的谐音。庭坚自言，法秀道人曾诫他说："笔墨劝淫，应堕犁舌地狱。"他答曰："不过空中语耳。"他又说，晏几道词较他尤为纤淫，应堕何等地狱！其实几道的情语恋辞，哪里有他那么样的深刻。

秦观（1049年—1100年）有《淮海词》。晁补之说："近来作者皆不及少游。如'斜阳外，寒鸦数点，流水绕孤村'，虽不识字人亦知是天生好言语。"蔡伯世说："子瞻辞胜乎情，耆卿情胜乎辞，辞情相称者惟少游而已。"然他的气魄却没有耆卿大，他的韵格却没有子瞻高，在大胆创造一方面，他的能力，竟也没有鲁直那么雄厚。他是一个谨慎小心的作者，是一个深刻尖峻的诗人，最善于置景借辞，遣情使语的。他的小令，受《花间》及第一期作家的影响很深，确有许多不可磨灭的名言隽语，足以令人讽吟不已，像：

遥夜沉沉如水，风紧驿亭深闭。梦破鼠窥灯，霜送晓寒侵被。无寐无寐，门外马嘶人起。

——《如梦令》

他的慢词，则颇受影响于柳永；子瞻曾经指出，他自己也曾默认。但他的慢词毕竟不是柳永的；他自有一种婉约轻圆的作风，为永所不能及。今试举一例如下：

山抹微云，天粘衰草，画角声断谯门。暂停征棹，聊共引离尊。多少蓬莱旧事，空回首烟霭纷纷。斜阳外，寒鸦数点，流水绕孤村。

消魂当此际，香囊暗解，罗带轻分，谩赢得青楼薄幸名存。此去何时见也，襟袖上空染啼痕。伤情处，高城望断，灯火已黄昏。

——《满庭芳》

相传少游性不耐聚稿，间有淫章醉句，辄散落青帘红袖间。故今传者并不甚多。

晁补之（1053年—1110年）有《鸡肋词》、《逃禅词》。陈质斋以为补之词，佳者不逊于秦七、黄九。然补之的诗才本不甚高，即其最佳的作品，视之秦七、黄九也实在不及。他没有秦七那么婉约多姿，也没有黄九那么苍劲有力。

张耒（1054年—1114年）在元祐诸词人中，作词最少。诸人皆有词集，耒则无之。计其所作，仅《风流子》及《少年游》、《秋蕊香》三词传于世而已。然此三词皆甚有风致。像《秋蕊香》：

帘幕疏疏风透，一线香飘金兽。朱阑倚遍黄昏后，廊下月华如昼。别离滋味浓如酒，令人瘦。此情不及墙东柳，春色年年依旧。

六

这时代的词人如夏云春雨似的绵绵不绝。苏、柳、黄、秦外，更有贺铸、李之仪、陈师道、毛滂、程垓、谢逸、周紫芝、晁冲之、陈克、李廌、王观、张舜民诸家。

贺铸（1052年—1125年）字方回，卫州人。元祐中，通判泗州，又倅太平州。退居吴下，自号庆湖遗老。有《东山寓声乐府》。张耒谓："贺铸《东山乐府》妙绝一世。盛丽如游金、张之堂，妖冶如揽嫱、施之袪，幽索如屈、宋，悲壮如苏、李。"陆游云："方回状貌奇丑，俗谓之贺鬼头。其诗文皆高，不独工长短句也。"铸有小筑，在姑苏盘门之外十余里，地名横塘。方回往来其间，作《青玉案》云：

凌波不过横塘路，但目送芳尘去。锦瑟年华谁与度？月台花榭，绮窗朱户，惟有春知处。碧云冉冉蘅皋暮，彩笔新题断肠句。试问闲愁都几许？一川烟草，满城风絮，梅子黄时雨。

此词盛传于世。后黄庭坚赠以诗云："解道江南肠断句，只今惟有贺方回。"周紫芝云："方回少为武弁。小词有'梅子黄时雨'之句，人呼为贺梅子。"

李之仪字端叔，无棣人。历枢密院编修官，通判原州。徽宗初，提举河东常平。坐事编管太平。遂居姑熟。有《姑溪词》。他的小词，殊"清婉峭茜"。毛晋说，之仪的小令"更长于淡语，景语，情语"。之仪的"淡语"或未为当时斗红竞绿的词人们所赏。然像《卜算子》：

"我住长江头，君住长江尾。日日思君不见君，共饮长江水。此水几时休？此恨何时已？只愿君心似我心，定不负相思意。"直是《子夜辞》、《读曲歌》中的最好之作。

陈师道有《后山长短句》。他自己于词颇自矜许。但实未足以与秦、黄并驱。毛滂字泽民，江山人。尝知武康县，又知秀州。有《东堂词》。其中，小令特多，但慢词亦有甚工者。程垓字正伯，眉山人，为东坡中表之戚。有《书舟词》。其"沉木熨香年似日，薄云垂帐夏如秋"(《望江南》)诸语，为《古今词话》所赏；杨慎也甚称其《酷相思》诸作。谢逸字无逸，临川人，第进士。有《溪堂词》。他的《花心动》："风里杨花轻薄性，银烛高烧心热。香饵悬钩，鱼不轻吞，辜负钓儿虚设。桑蚕到老丝长绊，针刺眼泪流成血。思量起粘枝花朵，果儿难结。"沈天羽谓："此词句句比方，用《小雅·鹤鸣》篇体也。"周紫芝字少隐，宣城人。举进士。为枢密编修，守兴国。有《竹坡词》孙竞序他的词，以为"竹坡乐章，清丽婉曲，非苦心刻意为之"。既非苦心刻意为之，故颇饶自然之趣。像《醉落魄》：

> 江天云薄，江头雪似杨花落。寒灯不管人离索，照得人来，真个睡不著。归期已负梅花约，又还春动空飘泊。晓寒谁看伊梳掠？雪满西楼，人坐阑干角。

晁冲之字叔用，一字川道，钜野人，有《具茨集》。他是补之的从兄弟。他的词，也颇有情致。

陈克字子高，临海人，侨寓金陵。元丰间，以吕安老荐入幕府，得官。有《赤城词》。陈质斋以为"子高词格颇高丽，晏、周之流亚也"。以"高丽"二字评克的词，克诚足以当之无愧。如他的《菩萨蛮》：

> 绿芜墙绕青苔院，中庭日淡芭蕉卷。蝴蝶上阶飞，风帘自在垂。玉钩双语燕，宝甃杨花转。几处簸钱声，绿窗春梦轻。

其情韵颇清峻。他亦间有感时愤语，像"四海十年兵不解，……疏髯浑如雪，衰涕欲生冰，……别愁深夜雨，孤影小窗灯”（《临江仙》），当是晚年遇乱以后的作品。李廌字方叔，不第，遂绝意进取。定居长社，有《月岩集》。他的词，时有佳句，不同凡响。杜安世字寿域，京兆人，有词一卷。他的《卜算子》：“樽前一曲歌，歌里千重意。才欲歌时泪已流；恨更多于泪！试问缘何事，不语浑如醉。我亦情多不忍闻，怕和我成憔悴。”意虽浅近，情却甚深。王观字通叟，官翰林学士。赋应制词，宣仁太后以其近亵谪之。自号逐客。有《冠柳词》。黄昇以为“通叟词名《冠柳》，至《踏青》一词，风流楚楚，又不独冠柳词之上也。”陈质斋则深贬之，以为“逐客词风格不高；以《冠柳》自名，则可见矣。”他当然受了不少柳永的影响，像“晴则个，阴则个，饾饤得天气有许多般。须教撩花拨柳，争要先看，不道吴绫绣袜，香泥斜沁几行斑。东风巧，尽收翠绿，吹上眉山。”（《庆清朝慢》）还不显然的是柳词么？韦骧字子骏，钱塘人。皇祐五年进士。累官尚书主客郎中，夔州路提点刑狱。有词一卷其作风颇带些激昂豪放之气，显然可见出其为第一二期中间的人物。那时《花间》的影响已微，柳、苏的变调方始，像韦氏那样的疏畅明白的小词，恰正是“及时当令之作”。

> 生可意，只说功名贪富贵。遇景开怀，且尽生前有限杯。韶华几许，鶗鴂声残无觅处。莫自因循，一片花飞减却春。
>
> ——《减字木兰花》

张舜民字芸叟，邠州人。元祐初，除监察御史。徽宗朝为吏部侍郎。以龙图阁待制，知同州。坐元祐党，贬商州卒。舜民自号浮休居士，又号矴斋。娶陈师道之姊。有《画墁集》，词附。他“为文豪重，有理致。最刻意于诗。晚年为乐府百余篇。自序云：年逾耳顺，方敢言诗。百世之后，必有知音者”（《郡斋读书志》）。

宗室贵戚能词者，在这个时代亦甚多。如安定郡王赵令畤及驸马都尉王诜等，皆是当代很著名的作家。令畤字德麟，燕懿王玄孙。元祐中，签书颍州公事，历右朝请大夫。后为宁远军承宣使，同知行在大宗正事。有《聊复集》。德麟词轻圆娇憨，很有些传诵人口之作。

尝夜过东坡家，饮梅花下，曾有题《会真记凤栖梧》云："额重帘深几许，只是低头，怕受他人顾。强出娇嗔无一语，绛绡频掩酥胸素。"

王诜字晋卿，太原人，徙开封，尚英宗女魏国大长公主。历官定州观察使，开国公，驸马都尉。谥荣安。黄庭坚以为："晋卿乐府清丽幽远，工在江南诸贤季孟之间。"他有歌姬名啭春莺。他得罪外谪，姬为密县人所得。晋卿南还至汝阴道中，闻歌声，曰："此啭春莺也。"访之，果然。因赋诗云："佳人已属沙吒利，义士曾无古押衙。"寻复归晋卿。晋卿尝作《忆故人》："烛影摇红向夜阑，乍酒醒心情懒。尊前谁为唱阳关，离恨天涯远"云云。徽宗喜其词意，遂令大晟府别撰腔。周邦彦增益其词，即名为《烛影摇红》。

又有妇人作家魏夫人，所作词殊为蕴藉秀媚。朱熹道："本朝妇人能文者唯魏夫人及李易安二人而已。"夫人，襄阳人，道辅之姊，曾布丞相之妻，封鲁国夫人。《雅编》云："魏夫人有《江城子》、《卷珠帘》诸曲，脍炙人口。其优雅正者则《菩萨蛮》……深得《国风·卷耳》之遗"(《词林纪事》引)。

七

第三期是北宋词的成熟期。慢词到此，已成了最流行的一体，在意境上，在情调上，皆已无所增长。于是只好在遣词用句上着意，只好在音律上留心，只好在摹写物态上用力。这一期，周邦彦的影响笼罩了一切。

周邦彦字美成，钱塘人。历官秘书监。进徽猷阁待制，提举大晟府。出知顺昌府，徙处州卒。有《清真集》强焕序其词道："美成词摹写物态，曲尽其妙。自题所居曰顾曲堂。"邦彦以进《汴都赋》得官。提举大晟府时，每制一词，名流辄为赓和。方千里及杨泽民全和之；或合为《三英集》行世。美成与汴妓李师师恋着，师师欲委身而未能。一夕，徽宗幸师师家，美成仓促不能出，匿复壁间，遂制《少年游》以纪其事。徽宗知而谴发之。师师饯送他，美成复作《兰陵王》词，有“长亭路，年去岁来，应折柔条过千尺”之句。师师于徽宗前歌之。徽宗即复招他回来。自此便很宠待他。美成词大抵皆“圆美流转如弹丸”。长调尤善铺叙，富艳精工，纡徐反复，能道尽所蓄之意，而下字用韵又皆有法度。故沈伯时说：“作词当以《清真集》为主。”后人以美成词为圭臬的真是不少。然他每用唐人诗语，隐括入律。刘潜夫说：“美成颇偷古句。”张叔夏说：“美成词浑厚和雅，善于融化诗句。”这一点颇足以见出他想象的枯窘。然他虽偷古句，而每使人仍觉其新鲜可喜。像《六丑》：

> 正单衣试酒，恨客里光阴虚掷。愿春暂留；春归如过翼，一去无迹。为问家何在？夜来风雨，葬楚宫倾国。钗钿堕处遗香泽，乱点桃蹊，轻翻柳陌，多情为谁追惜？但蜂媒蝶使时叩窗槅。东园岑寂，渐蒙笼暗碧，静绕珍丛底，成叹息。长条故惹行客，似牵衣待话，别情无极。残英小，强簪巾帻，终不似一朵钗头颤袅，向人欹侧。漂流处，莫趁潮汐；恐断鸿尚有相思字，何由见得。

可算是他的典型之作。

同时的作家，有晁端礼、万俟雅言、吕渭老、向子諲、曹组、蔡伸、赵长卿、叶梦得、向镐、王灼、陈与义、吴则礼诸人。

晁端礼字次膺，熙宁六年进士。晚以承事郎为大晟府协律，有《闲适集》。万俟雅言自号词隐，崇宁中充大晟府制撰，与晁端礼按月律进词。有《大声集》。吕渭老（一作滨老）字圣求，秀州人，宣和末朝士。有《圣求词》赵师秀说：“圣求词婉媚深窈，视美成、耆卿伯仲。”杨慎谓：“吕圣求在宋不甚著名，而词极工……诸调佳处不让少游。”

向子諲（1086年—1153年）字伯恭，临江人。建炎初，直龙图阁，江淮发运副使。为黄潜善所斥。后迁户部侍郎。他自号芗林居士，有《酒边集》。胡致堂说：“芗林居士步趋苏堂，而哜其胾者也。”以今观之，他的词实在是追随东坡不上；但有一个好处，便是不刻琢。像《鹧鸪天》：

说者分飞百种猜，泥人细数几时回。风流可惯长孤冷，怀抱如何得好开。垂玉箸，下香阶，并肩小语更兜鞋。再三莫遣归期误，第一频教入梦来。

曹组字元宠，颍昌人，宣和三年进士。有宠于徽宗，曾赏其《如梦令》："风弄一枝花影"，及《点绛唇》："暮山无数，归雁愁边度"句。蔡伸字仲道，莆田人，宣和中，官彭城倅。历左中大夫。有《友古词》。伸喜引古句入词，往往是生硬不化。赵长卿自号仙源居士，南丰人，宋宗室，有《惜香乐府》。颇多淡而有致的情语，如："人道长眉如远山，山不似长眉好"（《卜算子》）；"客路如天杳杳，归心特地宁宁"（《朝中措》）。叶梦得（1077 年—1148 年）字少蕴，吴县人。绍圣四年进士，除户部尚书，以崇信军节度使致仕。有《石林词》。关子东说："叶公妙龄，词甚婉丽。晚岁落其华而实之，能于简淡，时出雄杰，合处不减东坡。"但像他的"叠鼓闹清晓，飞骑引雕弓"（《水调歌头》）之类，实并不"雄杰"。还是"江南梦断横江渚，浪粘天，葡萄涨绿，半空烟雨"（《贺新郎》）之类，比较得当行些。向镐字丰之，河内人，有《喜乐词》。他和黄庭坚一样，也颇喜用当时的白话写词，因此，很有些今已不能懂得的句子。像《如梦令》："谁伴明窗独坐？我和影儿两个。灯烬欲眠时，影也把人抛躲。无那，无那，好个恓惶的我。"其作风和时人是格格不相入的。朱敦儒字希真，洛阳人。少年时以布衣负重名。靖康间，召至京师，不肯就官。南渡后，为秘书省正字。秦桧当国，以他为鸿胪少卿。桧死，他遂废黜。有《樵歌》。《宋史》本传称他："素工诗及乐府。婉丽清畅。"黄昇称他："天资旷逸，有神仙风姿。"汪叔耕说他的词："多尘外之想；虽杂以微尘，而其清气自不可没。"像《好事近》：

摇首出红尘，醒醉更无时节。活计绿蓑青笠，惯披霜冲雪。晚来风定钓丝闲，上下是新月。千里水天一色，看孤鸿明灭。

乃是他的代表作。王灼字晦叔，遂宁人，有《颐堂词》。他作《碧鸡漫志》，对于词的制作，颇有些可存的意见。但他自己所作，却不过“平稳”而已。

陈与义（1090 年—1138 年）字去非，本蜀人，后徙居河南叶县。绍兴中，拜翰林学士，知制诰，参知政事。有《无住词》。黄昇云：“去非词虽不多，语意超绝。识者谓可摩坡仙之垒。”但他的词，实不能“摩坡仙之垒”。像《临江仙》：“忆昔午桥桥上饮，坐中都是豪英。长沟流月去无声。杏花疏影里，吹笛到天明”云云，已是最好的例子了。吴则礼字子副，富川人，官至直秘阁，知虢州。晚居豫章，自号北湖居士。有《北湖集》五卷，附词。则礼词多慷慨激昂之作，像《江楼令》：“凭栏试觅红楼句，听考考城头暮鼓。数骑翩翩度孤戍，尽雕弓白羽。”当已开了辛弃疾的先路。

八

但在这个时代里，如双白玉柱似高出一般词人之上者却有赵佶和李清照二人。

赵佶（宋徽宗）的天才，不下于李煜，其生平际遇，也很有似于李煜。他初期的生活，在极绮丽清闲中度过。他知道如何的享乐。他是一个最好的文人学士，但可惜他却是一位必要担负天下事的皇帝。因此，他一放松了自己，而天下事便弄得不可收拾。金人乘机而入，他遂与他的儿子钦宗一同被掳北去，他后半期的生活，便在北地度过极人世不堪忍受的种种痛苦。他的词集不传，今所有者，皆从时人笔记选本中零星见到。后期的作品尤为寥寥可数。所以我们研究他的作品，最痛苦的便是觉得材料太少。但即就那些少数的作品中，他的天才也已深为我们所认识了。他的生活，既有截然不同的两个时期，他的作风与情调，便也有了两个截然不同的方面。在他的第一期倚红偎翠的皇家生活里，他的词是舒缓的，是绮丽的，是乐生的，是“绛烛朱笼相随”，是“龙楼一点玉灯明，箫韶远，高宴在蓬瀛”，是“共乘欢，争忍归来，疏钟断，听行歌犹在禁街”，是“凤帐龙帘萦嫩风，御座深翠金间绕”。到了他的第二期“终日以眼泪洗面”的俘虏时代，他的情绪便紧张了，便凄凉了，便迫切了；他不再作快乐的梦了；他也学李煜一样的在远离祖国的北地作着悲愤的词：

> 玉京曾忆旧繁华，万里帝王家。琼楼玉殿，朝喧弦管，暮列笙琶。花城人去今萧索，春梦绕胡沙。家山何处？忍听羌管，吹彻梅花！
>
> ——《眼儿媚》

这还不与李煜的“无限江山，别时容易见时难”如出一模么？至如佶的《燕山亭》：

> 裁翦冰绡，轻叠数重，淡著燕脂匀注。新样靓妆，艳溢香融，羞杀蕊珠宫女。易得凋零，更多少无情风雨。愁苦，闲院落，凄凉几番春暮。凭寄离恨重重，这双燕何曾会人言语。天遥地远，万水千山，知他故宫何处！怎不思量，除梦里有时曾去。无据，和梦也新来不做！

则似乎比李煜的“还似旧时游上苑，车如流水马如龙”更为深入一重了。

李清照是宋代最伟大的一位女诗人，也是中国文学史上最伟大的一位女诗人。她的词集凡六卷，她的文集也有七卷。今所传的诗词，不过寥寥的数十首而已。这个损失，大有类于希腊之损失了她的最大的女诗人萨福（Sappho）的大部分的作品一样。然即在那些残余的“劫灰”里，仍可充分地见出她的晶光照人的诗才来。她的五七言诗并不甚好；她的歌词却是她的绝调。像她那样的词，在意境一方面，在风格一方面，都可以说是“前无古人，后无来者”。她是独创一格的，她是独立于一群词人之中的。她不受别的词人的什么影响，别的词人也似乎受不到她的什么影响。她是太高绝一时了，庸才的作家是绝不能追得上的。无数的词人诗人，写着无数的离情闺怨的诗词。他们一大半是代女主人翁立言的。这一切的诗词，在清照之前，直如粪土似的无可评价。她自号易安居士，济南人。父名格非，也是一位很有名的文士。母王氏，也能写文章。她于二十一岁时嫁给太学生赵明诚，明诚又是一位文士。他们的家庭生活，据易安的自述，是十分的快乐的。在这个时候，她的词似乎是已达到了最高的境界。所有好词，在这时作的最多。他们结缡未久，明诚便出游。易安寄他之小词很多。有一次她以《重阳醉花阴》词函致明诚。明诚思胜之，一切谢客，废寝忘食者三日夜，得五十余阕，杂易安作以示友人陆德夫。德夫玩诵再三，说道："有三句乃绝佳。"明诚诘之，他道："莫道不消魂，帘卷西风，人比黄花瘦。"正是易安之作！在金兵南侵之时，他们流徙四方以避之，家业丧失十之七八。明诚又病死。此时以后，她的生活便很艰苦。在这时候，她的词，也写得不少。我们在她的词里，还约略看得出她这一个时期的生活情形。她的词，要引起例来，真该引得不少。这里姑举几首：

寻寻觅觅，冷冷清清，凄凄惨惨戚戚。乍暖还寒时候，最难将息。三杯两盏淡酒，怎敌他晚来风急！雁过也，正伤心，却是旧时相识。满地黄花堆积，憔悴损，如今有谁堪摘？守着窗儿，独自怎生得黑！梧桐更兼细雨，到黄昏点点滴滴。这次第，怎一个愁字了得。

——《声声慢》

风住尘香花已尽，日晚倦梳头。物是人非事事休！欲语泪先流。闻说双溪春尚好，也拟泛轻舟。只恐双溪舴艋舟，载不动许多愁。

——《武陵春》

参考书目

一、《宋六十一家词》 汲古阁编刻，重要的北宋词集，一大部分已备于此刻之内。有原刊本，有广州刻本，有影印本。

二、《名家词集》 十卷侯文灿编，有原刊本，有《粟香室丛书》，录汲古阁未刊词十家。

三、《宋元名家词》 不分卷江标编，有湖南刊本，录汲古阁未刊词十五家。

四、《四印斋所刻词》及《四印斋汇刻宋元三十一家词》 王鹏运编刻。苏、辛词及《漱玉》、《清真》诸集，刻得都精。

五、《双照楼景宋元明词》 吴昌绶编刻，正续凡四十家（续集陶湘刊）。刻得极为精美。于此可略见宋、元人词集的真面目。

六、《彊村丛书》 朱祖谋编刻。收罗最富，凡二百余家。

七、《乐府雅词》三卷，《拾遗》一卷　宋曾慥编，有《词学丛书》本及《粤雅堂丛书》本。

八、《阳春白雪》八卷，《外集》一卷　宋赵闻礼编，有《词学丛书》本及《粤雅堂丛书》本。

九、《唐宋诸贤绝妙词选》 十卷　宋黄昇编，有汲古阁刊《词苑英华》本。

十、《草堂诗余》四卷　传本极多，有武林逸史编的一本（《词苑英华》本），有明何良俊刊本，有四印斋刊本，有《双照楼景宋元明词》本，又有明沈际飞编刊的四集本。

十一、《词综》三十四卷　朱彝尊编，王昶补。有原刊本及坊刻本。关于北宋词，可读其第四卷至第十一卷。又后有“补人”“补词”亦应注意。惟所选殊偏。

十二、《历代诗余》一百二十卷　沈良垣等编，有内刊本，有石印本。

十三、《词林纪事》二十二卷　清张宗橚辑，有原刊本，有石印本。其卷三至卷十之前半，录北宋人词。

十四、《直斋书录解题》二十二卷　宋陈振孙著，有清武英殿刊本及江苏书局刊本，其中卷二十一“歌诗类”，为著录唐、宋词最早之目录。

十五、《东都事略》一百三十卷　宋王偁著，有扫叶山房刊本。与《南宋书》等合称《四朝别史》。

十六、《宋史》四百九十六卷　元脱脱等撰，有《二十四史》本。

大家学术文库

中国文学史（下）

郑振铎 著

江西教育出版社
JIANGXI EDUCATION PUBLISHING HOUSE

第三十六章

江西诗派

黄庭坚、陈师道的影响——苦吟的诗人的故事——所谓江西诗派——吕本中的《江西宗派图》——二十五人的一群——开山祖黄庭坚——寂寞的诗人陈无已——潘大临、谢逸等——洪氏兄弟及徐俯——韩驹与晁冲之——吕本中——江西诗派的扩大——一祖三宗之说——陈与义——无病而呻者的遁迹之所

一

宋代的五七言诗，经过了“西昆体”，经过了梅、苏、欧阳，经过了苏轼，已是风格屡变了；但还没有一派规模极大，足以影响到后来诗人们的诗派出来。“西昆体”虽独霸诗坛四十年，但只是台阁体。且他们也并不是什么了不得的天才作家们，足以引导了一大群人走的，故对于一般诗人们无甚重大的印象与压迫。当时欧阳修虽在钱惟演的幕中，却也不受其所染。苏轼虽是一位天才的诗人，他的风格

却是不名一宗的。他是行云流水似的驰骋其横绝一代的诗才，完全为了自适其趣，并没有要提倡什么的意思。苏门诸子，虽一时奔凑其门庭，却各有其特殊的风格，并不怎样跟随了苏轼走去——其实他的阔大流转的风格也真不容易学。在他的诗里，曾有一部分写得很深涩险峻，大似黄庭坚、陈师道的所作。但到底是东坡无意中受他们的影响呢，还是黄、陈是推演了东坡这一种的作风而发扬光大之的，却还不可知。真实的为宋诗开辟了一条大道的，乃是黄、陈二人所领导着的江西诗派。在江西诗派里，包括了苏轼以后的许多伟大的诗人，其影响直到了南宋而未已。较之“西昆派”，其势力是更为可观的；其活动是更深入于文人的社会里的，不仅仅表现于浮面的馆阁之士中间而已。他们并不以诗为戏，并不以诗为唱酬敷衍之具。他们是真实的以诗为其第二生命的。他们苦吟，他们专心一志的要将其全心全意表现在诗里，他们写出他们自己所要说的话，而又那样的千锤百炼以出之。有一段故事，最足以表现这一派作家的精神。朱熹《语录》说：“黄山谷诗云：闭门觅句陈无己，对客挥毫秦少游。陈无己平时出行，觉有诗思，便急归拥被，卧而思之，呻吟如病者。或累日而后起。真是闭门觅句者也。”《文献通考》也说：“石林叶氏曰：世言陈无己每登览得句，即急归卧一榻，以被蒙首，恶闻人声，谓之吟榻。家人知之，即猫犬皆逐去，婴儿稚子亦抱寄邻家。徐待诗成，乃敢复常。”这和唐诗人贾岛的驴上吟诗，李贺的“呕出心肝”的情形是无殊的。为了他们是这样认认真真地做着诗，一点也不苟且，一步也不放松，直是以整个生命赴之的，故遂卓然有了一个特殊的诗的风趣，成为后人追踪逐迹的中心之一。

二

所谓江西诗派，于黄、陈二人外，更有不少诗人们附于其中。宋陈振孙的《直斋书录解题》（卷十五）著录《江西诗派》一百三十七卷，《续派》十三卷，“自黄山谷而下三十五家（？）。又曾纮、曾思父子诗，详见诗集类。”是所谓江西诗派者，连曾氏父子在内，共包括了三十七人了。陈氏不著此二书的编者。《宋史·艺文志》则著录着：“吕本中《江西宗派诗集》一百十五卷，曾纮《江西续宗派诗集》二卷”（虽卷数有异，当即同书）。是二书的编者为吕本中与曾纮。但据宋人的记载，吕本中所作者为《江西诗社宗派图》，其有无同时并编作此诗集，则不可知。或是书坊见吕氏《宗派图》而集了派中诗人们之所作而编就的吧。本中《宗派图》所列为二十五人。《苕溪渔隐丛话》说：“吕居仁近时以诗得名，自言传衣江西。尝作《宗派图》。自豫章（黄庭坚）以降，列陈师道、潘大临、谢逸、洪刍、饶节、僧祖可、徐俯、洪朋、林敏修、洪炎、汪革、李錞、韩驹、李彭、晁冲之、江端本、杨符、谢薖、夏倪、林敏功、潘大观、何觊、王直方、僧善权、高荷合二十五人，以为法嗣，谓其源流皆出豫章也。”《云麓漫钞》曾载居仁《宗派图序》的大略：

> 古文衰于汉末。先秦古书存者为学士大夫剽窃之资。五言之妙，与《三百篇》、《离骚》争烈可也。自李、杜之出，后莫能及。韩、柳、孟郊、张籍诸人，自出机杼，别成一家。元和之末，无足论者。衰至唐末极矣。然乐府长短句有一倡三叹之致。国朝文物大备。穆伯长、尹师鲁始为古文，盛于欧阳氏。歌诗至于豫章始大，出而力振之。后学者同作并和，尽发千古之秘，亡余蕴矣。录其名字曰“江西宗派”。其源流皆出豫章也。

这把江西诗派的源流说得很明白。但居仁所录者，并黄庭坚只有二十六人。陈振孙所谓“三十五家”，除吕居仁外（陈氏将吕氏列入宗派内），今已不知其他八人为何姓名。或者，这八人乃是曾纮《续宗派》里所选录的吧。但曾氏《续宗派诗集》仅十三卷（《宋史》仅作二卷），未必便录有八九人之多。也许陈氏所谓“三十五家”乃是“二十五家”的错误吧。曾氏所录的《续宗派诗集》或仅增加了吕本中一家，或仅仅是补苴罅漏的吧。我们看了陈氏所著录的江西派诸诗人的诗文集（陈氏著录林敏功到江端本诸人诗集，明注出“皆入诗派”云云），无出二十六人（连吕本中）外者，便知这个假定是很有可能的。故现在所知的江西诗派，其中包括着黄山谷以下，到吕本中及曾氏父子，共只有二十九人。在这二十九人里，当时虽各有诗集，但今日所存者则不过寥寥数人而已。

三

黄庭坚是江西诗派的开山祖。庭坚字鲁直，洪州分宁人，举进士。为叶县尉，历秘书丞。绍圣初，坐事贬涪州别驾，黔州安置。建中靖国初召还，知太平州。复除名，编管宜州卒。自号山谷老人，后又自号涪翁。有《豫章集》。庭坚与苏轼交往甚密，世以为苏门六君子之一。他的诗极得时誉，或以为在轼之上。王直方《诗话》说："山谷旧所作诗文，名以《焦尾》、《弊帚》。秦少游云：每览此编，辄怅然终日，殆忘食事，邈然有二汉之风。今交游中以文墨称者，未见其比。"《苕溪渔隐丛话》说："元祐文章称苏、黄。时二公争名，互相讥诮。东坡尝云：鲁直诗文，如蝤蛑江瑶柱，格韵高绝，盘餐尽废。然不可多食。多则发风动气。山谷亦云：盖有文章妙一世而诗句不逮古文者。此指东坡而言也。张巨山云：山谷古律诗酷学少陵，雄健太过，遂流而入于险怪。要其病在太著意，欲道古今人所未道语也。"《诗林广记》也载着："《豫章先生传赞》云：山谷自黔州以后，句法尤高，笔势放纵，实天下之奇作。自宋兴以来，一人而已。"时人是那样地赞颂着他，而他的诗的谨严整密，别具风趣，也实足以倾倒了当时的许多人。陈无已为诗高古，目无古人，独自言师庭坚。这可见庭坚造诣的深邃程度了。像《题花光为曾公衮作水边梅》：

梅蕊触人意，冒寒开雪花。遥怜水风晚，片片点汀沙。

虽是短短的一首小诗，也是锤炼得很细密的。又像《题竹石牧牛图》：

野次小峥嵘，幽篁相依绿。阿童三尺箠，御此老觳觫。石吾甚爱之，勿遣牛砺角。牛砺角尚可，牛斗残我竹。

句法雄健，体制甚新，宜其足以开创了一大派。

陈师道也是苏门六君子之一，却自言其诗师庭坚，足见其对于庭坚的倾倒的程度。《后村诗话》说："或曰：黄、陈齐名，何师之有？余曰：射较一镞，弈角一著，惟诗亦然。后山地位去豫章不远，故能师之。"这话颇为公允。他字无已，一字履常，彭城人。号后山居士。元祐中，以苏轼等荐，授徐州教授。绍圣初历秘书省正字。以疾卒。有集。敖陶孙《集评》说："陈后山如九皋独唳，深林孤芬，冲寂自妍，不求赏识。"《诗林广记》也说："或言后山之诗，非一过可了，近于枯淡。彼其用意直追骚雅，不求合于世俗。亦惟恃有东坡、山谷之知也。自此两公外，政使举世无领解者，渠亦安暇恤哉。"然以这样的一位孤芳自赏，不求谐俗的诗人，他的影响却能够那么伟大，诚是他自己所想不到的。这是常有的事：一位寂寞自甘的天才的诗人，像无已，其所享的荣誉，往往是会出于自己所意想以外的，而喧然的在自己宣传着的空虚的作家，却终于无闻于世。群众的赏鉴常是不会很错误的。无已的所作，虽若不经意的以淡墨写就，却是极为饱满丰腴的。像绝句：

书当快意读易尽，客有可人期不来。世事相违每如此；好怀百岁几回开？

虽是淡然的数语，却以足耐人吟味而已。他的《妾薄命》二首中有："叶落风不起，山空花自红……天地岂不宽，妾身自不容"云云，也是蕴深情于常语里的。至若《答黄生》：

我无置锥君立壁，春黍作糜甘胜蜜。绨袍不受故人意，乐饵肯为儿辈屈！割白鹭股何足难，食鸬鹚肉未为失。暮年五斗得千里，有愧寒檐背朝日。

其风趣更有如以烧焦的笔头，蘸淡墨作速写，虽若枯瘠，而实清韵无穷。无己又喜用俚语入诗，像："昔人剜疮今补肉，百孔千窗容一罅"，"巧手莫为无面饼"，"惊鸡透篱犬升屋"云云，却仍无损其高古的风趣。为的是用得很恰当。不像王梵志一流人，惯如插科打诨似的，以专说俚语俗言，谈道德训条为其极致。故虽是俚语，一放在他手上，也会和他的诗思融合而为一了。

潘大临字邠老，齐安人。有《柯山集》。弟大观，字仲达，皆在江西诗派中。惜所作传者甚少。大观至一语不存。大临最有名的"满城风雨近重阳"一诗，也仅存此一句而已。谢逸尝用其语，作为三绝句，以吊大临。逸有《溪堂集》。其从弟薖，字幼槃，诗文媲美于逸，时称二谢。有《竹友集》。薖所作像《鸣鸠》：

> 云阴解尽却残晖，屋上鸣鸠唤妇归。不见池塘烟雨里，鸳鸯相并湿红衣。

也很有深远之趣。逸尝有《蝴蝶诗》三百首，人号谢蝴蝶。像："狂随柳絮有时见，舞入梨花何处寻"，又"江天春晚暖风细，相逐卖花人过桥"云云，《豫章诗话》颇称赏之。

洪朋、洪刍、洪炎兄弟三人，俱有才名，他们是南昌人，黄庭坚之甥。朋字龟父，举进士不第，有《清非集》。刍字驹父，绍圣元年进士。金人陷汴，他坐为金人括财，流沙门岛卒，有《老圃集》。炎字玉父，元祐末登第。南渡后，官秘书少监。有《西渡集》。王直方《诗话》曾称朋的"一朝厌蜗角，万里骑鹏背"一联，"最为妙绝。山谷亦尝叹赏此句。"又刍的"深秋转觉山形瘦，新雨能添水面肥"，为《雪浪斋日记》所引。他窜海岛时所作的"关山不隔还家梦，风月犹随过海身"云云，也为《老学庵笔记》所称。

徐俯也是山谷的外甥，七岁能诗。山谷尝道："洪龟父携师川《上蓝庄》诗来，词气甚壮，笔力绝不类年少书生。熟读数过，为之喜而不寐。老舅年衰力劣不足学。师川有意日新之功，当于古人中求之耳。"（见《豫章诗话》）他是如此地期望着师川。师川，俯字，洪州分宁人。以父禧死王事，授通直郎。绍兴初，赐进士出身。累官端明殿学士，签书枢密院事，权参知政事。有《东湖集》。《雪浪斋日记》称其“佳树冬不凋，横塘春更绿”为“颇平淡，无雕镌气”。吕居仁列他于宗派中，他尝不平道：“我乃居行间乎！”（见《云麓漫钞》）是不甘为黄、陈下也。

韩驹为江西诗派中黄、陈以外的一个大诗人。他也颇不甘于在这诗派中。《后村诗话》：“子苍蜀人，学出苏氏，与豫章不相接。吕公强之入派，子苍殊不乐。”《云麓漫钞》也引其言道：“我自学古人！”驹字子苍，蜀之仙井监人。政和中，赐进士出身。除秘书省正字。高宗时，知江州。有《陵阳集》。驹对于作诗，和无已的态度是很相同的。《后村诗话》说：“其诗有磨淬剪截之功，终身改窜不已。有已写寄人数年而追取更易一两字者。故所作少而善。”像《和李上舍冬日》：“北风吹日昼多阴，日暮拥阶黄叶深。倦鹊绕枝翻冻影，飞鸣摩月堕孤音。推愁不去如相觅，与老无期稍见侵”云云，是很得人推赏的。

晁冲之在江西诗派中也是佼佼的一个。他字叔用，济北人。授承务郎。绍圣以来，党祸既作，他便不复出仕。有《具茨集》。刘后村《诗话》说道：“余读叔用诗，见其意度宏阔，气力宽余，一洗诗人穷饿酸辛之态。”观其“少年使酒走京华，纵步曾游小小家”（《追往昔》）云云，固与叹穷说苦者有别。他虽不第，而过着隐居的生活，因其家世很好，又是贵游弟子，所以没有穷饿酸辛之态。

吕本中是始倡江西诗派的这个名称者，后人也以他附于这诗派里。他字居仁。靖康初，官祠部员外郎。绍兴中，历中书舍人，权直学士院。以劾罢。学者称东莱先生。谥文靖。有《东莱集》、《紫薇诗话》及《江西宗派图》。《苕溪渔隐丛话》称其诗“清驶可爱”。并引其隽句如“树移午影重帘静，门闭春风十日闲”，“往事高低半枕梦，故人南北数行诗”，“残雨入帘收薄暑，破窗留月镂微明”，这确都是值得流连吟诵的。

四

南丰曾纮，字伯容，及其子思，字显道，皆有官而高亢不仕。陈振孙云：“杨诚斋序其诗以附诗派之后。”而曾纮尝编《江西续宗派诗集》，固是以江西派为宗的者。

宋末方回撰《瀛奎律髓》，也以江西诗派为归往。他更推广吕本中之说，倡为一祖三宗的主张。祖是杜甫，三宗是黄庭坚、陈师道、陈与义。与义生与本中同时，但本中不列之于诗派里，而其诗实亦宗仰黄、陈的。与义字去非，号简斋，有《简斋集》。《鹤林玉露》谓：“自陈、黄之后，诗人无逾陈简斋。其诗由简古而发秾纤。遭值靖康之乱，崎岖流落，感时恨别，颇有一番不忘君之意。”刘后村《诗话》更推尊着他：“元祐后，诗人迭起。一种则波澜富而句律疏，一种则锻炼精而性情远，要之不出苏、黄二体而已。及简斋出，始以老杜为师。以简严扫繁缛，以雄浑代尖巧。第其品格，当在诸家之上。”但他走的路，究竟和黄、陈走的一样——同是学杜的尖新骨突处。所以方回把他列为江西派三宗之列是不错的。他所作，像《江南春》：

> 雨后江上绿，客悲随眼新。桃花十里影，摇荡一江春。朝风逆船波浪恶，暮风送船无处泊。江南虽好不如归，老荠绕墙人得肥。

又像：“泊舟华容县，湖水终夜明。凄然不能寐，左右菰蒲声。穷途事多违，胜处心亦惊。三更萤火闹，万里天河横。腐儒忧平世，况复值甲兵。终焉无寸策，白发满头生”云云，都是经过了大悲大痛的号呼，其穷愁之态是非出于作伪的。

五

江西诗派的影响，不仅在宋，且也深切的盘踞于后来的诗坛里。金王若虚大不满之，尝有诗骂之道：

文章自得方为贵，衣钵相传岂是真。已是祖师低一著，纷纷嗣法更何人！

这话把一般自命为江西派衣钵的诗人们挖苦得尽够了。但那实在是那班“伪拟古”的诗人们的罪过。黄、陈诸人，其高处，本来便都在“文章自得方为贵”一语上。《渔洋诗话》道：“苏、黄惟在不屑拟古，故自成一派。”这话很对。后来凡是无病而呻，故作穷饿酸辛之态的诗人们，无不遁入江西派中，而江西派遂为人垢病到今。其实，黄、陈是不任其咎的！

参考书目

一、《宋诗纪事》一百卷　清厉鹗编，有清乾隆十一年原刊本。

二、《宋诗钞》　清吴之振等编，有原刊本，有商务印书馆铅印本（附《诗钞补》）。

三、《江西诗派小序》　宋刘克庄著，有医学书局《历代诗话续编》本。

四、《苕溪渔隐丛话》一百卷　有明刊本，清刊本，《海山仙馆丛书》本。

五、《紫薇诗话》　宋吕本中著，有《历代诗话》本。

六、《宋文鉴》一百五十卷　宋吕祖谦编，有明刊本，苏州书局刊本，有《四部丛刊》本。

七、《声画集》八卷　宋孙绍远编，有《楝亭十二种》本。

八、《瀛奎律髓》四十九卷　元方回撰，有清康熙间吴氏刊本，有《镜烟堂十种》本。

九、《宋元诗会》一百卷　清陈焯编，有原刊本。

第三十七章

古文运动的第二幕

古文运动的第二次开幕——骈偶文本身的崩坏——柳开、石介诸人的呼号——古文运动主盟者欧阳修——韩、柳文研究者的蜂起——范仲淹、司马光等——曾巩、王安石等——三苏的称霸——苏门六君子——所谓“道学家”的文字

一

北宋的散文，殆为古文家独霸的时代。韩愈以其热情的呼号，开始古文运动的第一幕。但当时骈俪文的流毒尚深中于人心，一时无法摆脱。除了有志于不朽之业的文人们外，罕有光顾到所谓“古文”之门庭的。一般人仍是以骈俪文作为通行的文字。宋初“西昆派”的诸作家，在散文方面也仍沿袭了这条通行的大路走去的。但到了欧阳修诸人起来后，形势却大变了。骈文经历了千年的生命，已是衰老得不堪了，经不起这一而再、再而三的攻击，遂在古文运动的第二幕里，被古文家们一踣之而不复能再爬起来。这古文运动的第二幕遂奠定了

“古文为散文之主体”的基础。从此以后，几有千年，无复有人敢向古文问鼎之轻重。当时，考试文及奏议，虽在公式上仍有必须作四六文者，但四六文的命运，也被仅限于此而已。她是永不复能再登文坛的主座之上的了。

二

宋初为古文者有柳开。开生于晋末，字仲涂，大名人。开宝六年进士。他少慕韩愈、柳宗元为文，因名肩愈，字始元。然他的影响却很小。真实的掀开了古文运动的第二幕者乃是欧阳修、石介诸人。石介是一位十足的黑旋风式的人物，具有韩愈似的卫道的热情与宣传的伎俩。他尝写了一篇《怪说》，专门攻击杨亿诸人。这个声势赫赫的呼号，便是古文运动的正式的开幕。同时有祖无择、李觏、尹洙、穆修、苏舜卿诸人，也皆为古文，非韩、柳之言不道。觏有《盱江集》，在当时虽未甚有大名，而其文章实在尹、穆诸人之上。但其影响与势力远在他们之上者，则为欧阳修。欧阳修在北宋散文坛上的地位，大类韩愈之在唐。石介虽大声疾呼，但力量究竟太小。欧阳修则居高临下，以衡文者的身份，主持着这个运动，天然的自会把整个文坛的风气变更过来了。修有《书韩文后》一文，叙述当时古文运动的经过颇详：

> 予少家汉东，有大姓李氏者，其子尧辅颇好学。予游其家，见其敝筐贮故书在壁间。发而视之，得唐《昌黎先生文集》六卷。脱落颠倒无次序。因乞以归读之。是时天下未有道韩文者。予亦方举进士，以礼部诗赋为事。后官于洛阳。而尹师鲁之徒皆在。遂相与作为古文。因出所藏《昌黎集》而补缀之。其后天下学者亦渐趋于古。韩文遂行于世。

虽是记载着韩文的今昔，而韩文的行于世，便代表了古文运动的成功。在此时之前，有一段关于古文的事，颇可笑。《五朝名臣言行录》说道："穆参军家有唐本《韩柳集》。乃丐于所亲，得金，用工镂板印数百帙，携入京师相国寺，设肆鬻之。有儒生数辈至肆，辄取阅。公夺取，怒谓曰：'先辈能读一篇，不失一句，当以一部相送。'遂终年不售。"有这样热忱的宣传者，乘了"西昆体"之弊而出现，古文自然是终于要大行于天下了。一种风气的流行，虽未必该完全归功于一二人。然那一二人代表了时代的趋势，而出来打先锋，在蔓草丛中，硬辟出一条道路来，其自信不惑的勇气自是很值得敬重的。

欧阳修肆力为古文，其成就确在尹、穆诸人以上。其集中所有，以敷腴温润之作为多，一洗当时镂刻骈偶之习。相传他主持考政时，凡遇雕琢劖削之作，一概弃之不顾。天下风气为之一变。朱熹尝极称其《丰乐亭记》。他又作《本论》，以攻佛家，其论旨和态度，正和韩愈的《原道》一般无二。凡是古文家便都是卫"道"者。这似已成了一个定例。

与欧阳修并时为古文者，尚有范仲淹、宋祁、刘敞、司马光诸人。祁与修同修《唐书》。司马光作《资治通鉴》，以数十年之力赴之，积稿盈屋，久乃写定。他叙事详赡有法，又善于剪裁古人的材料，故《通鉴》遂成为重要的史书之一。

三

略后于欧阳修之古文家，有曾巩、王安石及眉山的三苏。巩出于欧阳修的门下，字子固，建昌南丰人，登嘉祐二年进士。少与王安石相善。及安石得志，乃相违。安石为文遒劲有力。巩则稳妥而已。

实际上大畅古文运动的弘流者不得不推苏轼。轼与父洵、弟辙皆有才名。洵字明允，年二十七，发愤为学。岁余，往应试不第。归尽焚旧所作文，闭户读书。遂成通淹。辙字子由，性沉静简洁。为文亦澹远有致。然惟轼最为雄杰。轼是一位充溢着天才的诗人，为古文也富有诗意。他尝自说道："作文如行云流水，初无定质，但常行于所当行，止于所不可不止。”这话恰可以拿来做他的文章的确评。

轼门下有黄庭坚、秦观、张耒、晁补之、陈师道、李廌的六君子。在其中，补之、耒和廌尤以善古文称。补之有《鸡肋集》，耒有《宛丘集》，廌有《济南集》。秦观虽以词掩其古文，但其所作，却通赡可喜，富于风趣。《淮海集》里固不仅以“词”为独传也。

四

凡古文家无不以卫“道”自命，自韩、柳以来皆然。但宋代的理学家，却究竟自成为一系，不和做古文的文士们同科。《宋史》也于《儒林》、《文苑》之外，别立《道学》一传。原来古文家们虽然口口声声说是卫“道”，究竟不脱文士的习气。至所谓道学家的，方真实的以“道”为主，以文为辅。故许多的道学家，其文章往往自成为一个体系，正像邵雍的诗一样。在其间，有周敦颐、张载、程颢、程颐诸人。张载作《正蒙》、《西铭》，周敦颐作《太极图说》及《通书》，其文辞尚为雅整。而二程之作，尤为通赡，并不像后来“语录”式的文章之好拖泥带水。

参考书目

一、《宋文鉴》一百五十卷　宋吕祖谦编，有明刊本，苏州书局刊本，《四部丛刊》本。

二、《古文关键》二卷　宋吕祖谦编，有冠山堂刊本，《金华丛书》本。

三、《三苏文范》十八卷　明杨慎编，有明刊本。

四、《唐宋八家文钞》一百六十四卷　明茅坤编，有明刊本，有坊刊本。

五、《唐宋八大家类选》十四卷　清储欣编，有刊本。

六、《古文辞类纂》（姚鼐）及《经史百家杂钞》（曾国藩）也当一读，以见所谓“古文”的统系。这二书俱有通行本。

第三十八章

鼓子词与诸宫调

敦煌“变文”的亲裔——宋代叙事歌曲的发达——宋大曲的进展——由大曲到鼓子词的过渡——《蝶恋花》鼓子词——伟大的创作者孔三传——诸宫调结构的宏伟——联合诸“宫调”为一堂的第一次的尝试——今存的三部伟大的诸宫调——董解元的《西厢记诸宫调》——无名氏的《刘知远诸宫调》——王伯成的《天宝遗事诸宫调》——诸宫调生命的短促——张五牛大夫创作的“赚词”

一

敦煌发现的“变文”，虽沉埋于中国西陲千余年，但其生命在我们的文坛上并不曾一天断绝过。——且只有一天天的成长滋生，而孕育出种种不同的文体出来。在宋的时代，由变文所感化而产生的新文体，种类很多，而鼓子词与诸宫调的二种，最为重要。我们的叙事诗，最不发达。但自变文的一体，介绍进来了之后，以韵、散交错组成的新叙事歌曲却大为发达。这增加了我们文坛的极大的活气与重量。原来我们视《孔雀东南飞》、《木兰辞》、《长恨歌》诸作为绝大的珍异者，但若以自变文出现以来所产生的叙事的种种大杰作与之相较量，则《孔雀东南飞》等诚不免要慊然的自觉其童稚。其间，变文与诸宫调，尤为中世纪文学里的最伟大的新生的文体，足以使后来的诸作家，低首于他们之前的。

诸宫调的产生，约在北宋的末年。在其前，则有同性质的“大曲”和“鼓子词”的出现。在其略后，则更有“赚词”的创作。这些文体，不仅在宋代是新鲜的创作，即在今日，对于一般的读者似也还都是很陌生的。本章当是任何中国文学史里最早的讲到她们的记载吧。

二

先说“大曲”。《宋史·乐志》曾载教坊所奏十八调四十大曲的名目。其中的名称，与唐代燕乐大曲的名目，颇有几个相同的，像《梁州》、《伊州》、《绿腰》等。这些大曲，最原始的方式是怎样的，今已不可知。但我们在宋人著作里，所见的大曲，像董颖的咏西子事的《道宫薄媚》；曾布的咏冯燕事的《水调歌头》等，都是长篇的叙事歌曲。《道宫薄媚》从《排遍第八》起，到《第七煞衮》止，共有十遍，《水调歌头》则从《排遍第一》起，到《排遍第七·撷花十八》止，共有七遍。姑举《水调歌头》的首二遍于下：

〔排遍第一〕魏豪有冯燕，年少客幽、并。击球斗鸡为戏，游侠久知名。因避仇来东郡，元戎逼属中军。直气凌貔虎，须臾叱咤，风云懔懔座中生。偶乘佳兴，轻裘锦带，东风跃马，往来寻访幽胜，游冶出东城。堤上莺花撩乱，香车宝马纵横。草软平沙稳，高楼两岸，春风笑语隔帘声。

〔排遍第二〕袖笼鞭敲镫，无语独闲行。绿杨下，人初静，烟澹夕阳明。窈窕佳人，独立瑶阶。掷果潘郎，瞥见红颜。横波盼，不胜娇，软倚云屏曳红裳。频推朱户，半开还掩。似欲倚伊哑声里，细诉深情。因遣林间青鸟，为言彼此心期，的的深相许，窃香解珮，绸缪相顾不胜情。

这当是宋词发展的自然的结果。“词”在这时已不甘终老于抒情诗的范围以内，而欲一试身手于叙事诗的场地上了。所谓唐的大曲，或和宋初的大曲，同是有“声”而无“辞”，只是几遍的舞曲，和《水调歌头》诸作，当是大殊的。

别有所谓《调笑转踏》者，也是大曲的一流。曾慥《乐府雅词》曾录无名氏的《调笑集句》，郑彦能的《调笑转踏》，晁无咎的《调笑》，皆是以诗与曲相间而组合成之的。先陈“入队”的致词，然后是一首诗，然后是一首曲，以后皆是以一诗一曲相间，末则结以“放队”词。这种体裁，已较大曲为进步，似是由大曲到鼓子词的一种过渡。

三

“鼓子词”是最明显地受有“变文”影响的一种新文体。在歌唱一方面，似颇受大曲的体式的支配，但其以散文和歌曲交杂而组合成之的方式，则全然是“变文”的格局。在文体的流别上说来，“大曲”是纯粹的叙事歌曲，“鼓子词”却是“变文”的同流了。

宋人的鼓子词，传者绝少。今所知者，有赵德麟《侯鲭录》中所载的咏《会真记》故事的《商调蝶恋花》一篇。德麟采用唐元稹的《会真记》原文，成为其中“散文”的一部分，而别以《商调·蝶恋花》十章，歌咏其事。他将《会真记》分为十段，每段系以《蝶恋花》一章。如此构成了所谓“鼓子词”的一体。姑举其中的一段于下：

传曰：余所善张君，性温茂，美风仪，寓于蒲之普救寺。适有崔氏孀妇，将归长安，路出于蒲，亦止兹寺。崔氏妇，郑女也。张出于郑。叙其女，乃异派之从母。是岁，丁文雅不善于军，军之徒，因大扰，劫掠蒲人。崔氏之家，财产甚厚，惶骇不知所措。张与将之党有善，请吏护之，遂不及难。郑厚张之德，因饰馔以命张。谓曰：姨之孤嫠未亡，提携弱子幼女，犹君之所生也，岂可比常恩哉！今俾以仁兄之礼奉见。乃命其子曰欢郎，女曰莺莺，出拜尔兄。崔辞以疾。郑怒曰：张兄保尔之命，宁复远嫌乎！又久之，乃至。常服睟容，不加新饰，垂鬟浅黛，双脸桃红而已。颜色艳异，光辉动人。张惊，为之礼。因坐郑旁。凝眸丽绝，若不胜其体。张问其年几？郑曰：十七岁矣。张生稍以词导之，宛不蒙对。终席而罢。奉劳歌伴，再和前声："锦额重帘深几许？绣履弯弯，未省离朱户。强出娇羞都不语，绛绡频掩酥胸素。黛浅愁深妆淡注，怨绝情凝，不肯聊回顾。媚脸未匀新泪污，梅英犹带春朝露。"

四

但在这些新文体中，最重要，且最和"变文"有直接的渊源关系者，当为"诸宫调"的一体。在结构的宏伟和局势的壮阔上，也只有"诸宫调"方可和"变文"相拮抗。像鼓子词和大曲等，实在只是简短的歌曲，不足与他们列在同一的水平线上。诸宫调出现于北宋之末。王灼《碧鸡漫志》（卷二）说道："熙、丰、元祐间，兖州张山人以诙谐独步京师，时出一两解。泽州孔三传者，首创诸宫调古传，士大夫皆能诵之。"孟元老《东京梦华录》（卷五）记载，崇、观以来，在京"瓦肆伎艺"中，也有"孔三传，耍秀才诸宫调"的云云。其他耐得翁的《都城纪胜》，吴自牧的《梦粱录》里也都提到孔三传和诸宫调的事。是诸宫调乃是熙、丰、元祐间的一位才人孔三传所创作的了。但像这样一位伟大的作家，我们在今日却不能知道他的生平，并不能得到片言只语的遗文，诚是一件憾事！三传所首创的诸宫调古传，既是"士大夫皆能诵之"，则必定是很有可观的，其佚失似不是无足轻重的！

诸宫调是讲唱的。其讲唱的方式，当大类今日社会上的讲唱弹词、宝卷；也当正像唐代和尚们的讲唱"变文"。《西河词话》说：

“《西厢》挡弹词，则有白有曲，专以一人挡弹，并念唱之。”当和当日的实际情形，相差不远。张元长《笔谈》说：“董解元《西厢记》曾见之卢兵部许。一人援弦，数十人合座，分诸色目而递歌之，谓之磨唱。”（焦循《剧说》引）这话很靠不住。当是卢兵部的“自我作古”，或“想当然”的可笑的复古的举动。我们如果读了石君宝的《诸宫调风月紫云亭》一剧（见《元刊杂剧三十种》)，当可于诸宫调的讲唱的情形略略的明了了。

诸宫调的名称，从何而来呢？诸宫调的结构，和“变文”是全然不殊的。其所不同者，乃在歌唱的一部分。“变文”用的是七言或间以三三言，而“诸宫调”则用的是很复杂的“宫调”。原来大曲和鼓子词，皆用同一宫调里的同一曲牌，反复地来歌咏一件故事。像上文所引的《道宫薄媚》，便是用“道宫”里的《薄媚》一调，反复到十遍，以歌咏西子故事。但诸宫调则不是这样的。她是无限量地使用着各个宫调里的各个曲调以歌咏一个很长篇的故事的。像《刘知远诸宫调》的第二卷的首一部分，其歌唱的部分便是这样的布置着的：

《中吕调·牧羊关》,《仙吕调·醉落托》,《黄钟宫·双声叠韵》,《南吕调·应天长》,《般涉调·麻婆子》,《商角·定风波》,《般涉调·沁园春》,《高平调·贺新郎》,《道宫·解红》……

这比较所谓大曲和鼓子词的单调的布置是进步得多少呢？难怪孔三传一创作了这种新声出来，便要轰动一时了。且这也是第一次把“诸宫调”联络起来叙述一件故事的尝试。这个尝试的成功，对于后来杂剧的产生和其结构是极有影响的。

五

“诸宫调”在宋、金的时候，流传得很广。《梦粱录》和《武林旧事》所记载的以讲唱诸宫调为业的人也不少。《诸宫调风月紫云亭》

剧里有："我唱的是《三国志》，先饶十大曲；俺娘便《五代史》，添续《八阳经》"的云云，又董解元《西厢记》的开卷，也有：

〔太平赚〕……比前览乐府不中听，在诸宫调里却着数。一个个旖旎风流济楚，不比其余。

〔柘枝令〕也不是《崔韬逢雌虎》，也不是《郑子遇妖狐》，也不是《井底引银瓶》，也不是《双女夺夫》，也不是《离魂倩女》，也不是《谒浆崔护》，也不是《双渐豫章城》，也不是《柳毅传书》。

诸语，是诸宫调的著作，在那个时代是有很多种的。但今日所见者，除董解元的《西厢记诸宫调》、无名氏的《刘知远诸宫调》、王伯成的《天宝遗事诸宫调》以外，却别无第四本了。

董解元生世不可考，关汉卿所著杂剧有《董解元醉走柳丝亭》一本（今佚），说的便是他的故事吧。陶宗仪说他是金章宗（公元1190—1208年）时人。钟嗣成的《录鬼簿》列他于"前辈已死名公，有乐府行于世者"之首，并于下注明："金章宗时人，以其创始，故列诸首。"涵虚子的《太和正音谱》也说他"仕于金，始制北曲"。毛西河《词话》则谓他为金章宗学士。大约董氏的生年，在金章宗时代的左右，是无可置疑的。但他是否仕金，是否曾为"学士"，则是我们所不能知道的。他大约总是一位像孔三传、袁本道似的人物，以制作并说唱诸宫调为生涯的。《太和正音谱》说他"仕于金"，恐怕是由《录鬼簿》"金章宗时人"数字附会而来的。而毛西河的"为金章宗学士"云云，则更是曲解"解元"二字与附会"仕于金"三字而生出来的解释了。"解元"二字，在金、元之间用得很滥，并不像明人之必以中举首者为"解元"。故《西厢记》剧里，屡称张生为张解元；关汉卿也被人称为"关解元"。彼时之称人为"解元"，盖为对读书人之通称或尊称，犹今之称人为"先生"，或宋时之称说书者为某"书生"某"进士"某"贡士"，未必被称者的来历，便真实的是"解元"、"进士"等等。

《西厢记诸宫调》的文辞，凡见之者没有一个不极口的赞赏。明胡应麟《少室山房笔丛》说：

> 《西厢记》虽出唐人《莺莺传》，实本金董解元。董曲今尚行世，精工巧丽，备极才情，而字字本色，言言古意，当是古今传奇鼻祖。金人一代文献尽此矣。

这话并不是瞎恭维。我们看，董解元把那么短短的一篇传奇文《会真记》放大到如此浩浩莽莽的一部伟大的弘著，其著作力的富健诚是前无古人的。其故事的大略如下：

贞元十七年二月，张珙至蒲州，寻旅舍安止。有一天，游蒲东普救寺，见寄居于寺中的崔相国女莺莺，莽欲追随其后，闯入宅中，为寺僧法聪从后拖住，责其不可造次。

张生因此决也移寓于寺中之西厢。是夜，月明如昼，生行近莺庭，口占二十字小诗一首。不料莺莺在庭间也依韵和生一诗。生闻之惊喜，便大踏步走至跟前，被红娘来唤莺莺归寝而散。

自此以后，张生浑忘一切，日夜把莺莺在念。但千方百计，无由得见意中人。夜间，生与长老法本谈禅。红娘来向长老说，明日相国夫人待做清醮。法本令执事准备。生亦备钱五千，为其亡父尚书作分功德。长老诺之。

第二天，生来看做醮，见一位六旬的老婆娘，领着欢郎及莺莺来上香。莺莺一来，僧俗皆为其绝代的容光所摄，无不情神颠倒。直到第二天的日将出，道场方罢。

——以上第一卷

崔夫人和莺莺归去。众僧正在收拾铺陈来的什物，见一小僧慌速走来，气喘不定，口称祸事。众僧大惊。原来，唐蒲关乃屯军之处。是年浑瑊死，丁文雅不善治军。其将孙飞虎半万兵叛，劫掠蒲中。叛兵过寺，欲求一饭。僧众商议。主迎主拒者不一。或以为有崔相国的夫人及女寄住于此，迎贼实为不便。法聪也力主拒之。聪本陕右蕃部之后，少好弓剑，武而有勇，遂鼓动僧众，得三百人，出与飞虎为敌。聪勇猛异常，贼众不能敌。但聪见贼众难胜，便冲出重围而去。

三百僧众，被贼兵杀死甚众。飞虎捉住走不脱的和尚，问其何故拒敌。和尚说是为了莺莺之故。飞虎便围了寺，指名要索莺莺。

崔氏一门大震，饮泣无计。莺莺欲自杀以免辱。却有人在众中大笑。笑者谁？盖张生也。生自言有退兵之计。夫人许以继子为亲。生便取出其所作致白马将军一信，读给众听。夫人谓：白马将军去此数十里，如何赶得及来救援？生说：适于法聪出战之时，已持此书给白马将军了。夫人闻言，始觉宽心。

不久，果然看见一彪人马飞驰而来，贼众出不意，皆大惊投降。白马将军遂斩了孙飞虎，赦其余众，入寺与张生叙话而别。

贼兵退后，生托法本到夫人处提亲。夫人说，方备蔬食，当与生面议。第二天，夫人差红娘来请生赴宴。生以为事必可谐。不料夫人命欢郎、莺莺皆以兄礼见生。生已失望。夫人最后乃说起相国在日，已将莺莺许配郑恒事。生遂辞以醉，不终席而退。红娘送之回室。生赠以金钗，红娘不受奔去。

异日，红娘复至，致夫人谢意。生说：今当西归，与夫人诀绝了。便在收拾琴剑书囊。红娘见了琴，忽有触于中，说道：莺莺喜听琴，若果以琴动之，或当有成。生喜而笑，遂不成行。

——以上第二卷

夜间，月色皓空，张生横琴于膝，奏《凤求凰》之操。莺莺偕红娘逐琴声来听。闻之，大有所感，泣于窗外。生推琴而起，火急开门，抱定一人，仔细一看，抱定的却是红娘，莺莺已去。

那一夜，莺莺通宵无寐。红娘以情告生。生托红娘致诗一章于莺。莺见之大怒。随笔写于笺尾，令红娘持去给生。红娘战恐的对生述莺发怒事。但待得他读了笺时，他却大喜。原来写的却是约他夜间逾垣相会的诗。

生巴不得到夜。月上时，生逾墙而过。莺至，端服严容，大诉生一顿。生愤极而回。勉强睡下。方二更时，蓦听得隔窗有人唤门。乃莺自至。正在诉情，珰珰的听一声萧寺疏钟，莺又不见，方知是梦。

生自此行忘止，食忘饱，举止颠倒。久之成疾。夫人令红娘来视疾。生托她致意于莺，要她破工夫略来看觑他。红娘去不久，夫人、莺莺便同去看他。夫人命医来看脉。他们既归，无一人至。生念所望不成，虽生何益，以絛悬栋，便欲自尽。蓦一人走至拽住了他。乃红娘送莺的药至。这药是一诗，说她晚间将自至。生病顿愈。

那一夜，莺果至。成就了他们的私恋。自是朝隐而出，暮隐而入，几有半年。

夫人生了疑，一夜急唤莺。莺仓皇而归。夫人勘问红娘。红诉其情。并力主以莺嫁生。夫人允之。

夫人令红召生，说明许婚的事。但以莺服未阕，未可成礼。生留下聘礼，说：今蒙文调，将赴省闱，姑待来年结婚。莺闻之，愁怨之容动于色。自此不复见。数日后，生行。夫人及莺送于道。经于蒲西十里小亭置酒。

——以上第三卷

生与莺徘徊不忍离别。终于在太阳映着枫林的景色里，勉强别去。生的离愁，是马儿上驮也驮不动。

那一夜，生投宿于村店。残月窥人，睡难成眠。他开门披衣，独步月中，忽听得女人声道，快走罢。生见水桥的那边，有两个女郎映月而来。大惊以为怪。近来视之，乃莺与红娘，说：她与红娘乘夫人酒醉，追来同行。正在进舍归寝，但见群犬吠门，火把照空，人声藉藉。一人大呼道，渡河女子，必在此间。一个大汉，执着刀，踹破门要来搜。生方待挣揣，却撒然觉来。

那边，莺莺在蒲东，也凄凄惶惶的在念着张生。

明年春，张生殿试以第三人及第。即命仆持诗归报莺。莺正念生成疾，见诗大悦，夫人亦喜。

但自是至秋，杳无一耗。莺修书遣仆寄生，随寄衣一袭，瑶琴一张，玉簪一枝，斑管一枝。生那时，以才授翰林学士，因病闲居，至秋未愈。为忆莺莺，愁肠万结。及读莺书，感泣。便欲治装归娶。

生未及行，郑相子恒，至蒲州，诣普救寺，欲申前约。夫人说，莺莺已别许张珙。郑恒说：张生登第后，已别娶卫尚书女。莺闻之，闷极仆地，救之多时方苏。夫人阴许恒择日成亲。不料，这时张生也到。夫人说：喜学士别继良姻。但生力辩其无。夫人说今莺已从前约嫁郑恒。生闻道扑然倒地。过了半晌，收身强起，伤自家来得较迟。又不欲与故相子争一妇人。但欲一见莺。莺出默然。四目相视，内心皆痛。生坐止不安，遽然而起。

法聪邀生于客舍，极力地劝慰他。但生思念前情，心中不快更甚。

聪说：足下傥得莺，痛可已乎？便献计欲杀夫人与郑恒。正在这时，莺、红同至望生。他们各自准备下万言千语。及至相逢，却没一句。莺念及痛切处，便欲悬梁自缢，生亦欲同死。但为红及聪所阻。

聪说：别有一计，可使莺与生偕老；白马将军今授了蒲州太守，正可投奔他处。二更时，生遂携莺宵奔蒲州。白马将军允为生作主。郑恒如争，必斩其首。恒果来争夺，将军严斥之。恒羞愤，投阶而死。这里张生、莺莺美满团圆，还都上任。

——以上第四卷

这里和《会真记》大不同者，乃在结局的团圆。《会真记》的结果，太不近人情。张生无故地拒绝莺莺，自从寄书之后，便不再理会她。反以君子善于改过自诩。以后男婚女嫁，各不相知。实是最奇怪的结束。这不能算是悲剧，实是“怪剧”。像《董西厢》的崔、张的大团圆，当是世俗的读者们所最欢迎的，且也较合情理。自王实甫以下诸《西厢记》，其结构殆皆为董解元的太阳光似的伟著所笼罩，而不能自外。

六

《刘知远诸宫调》是一个残本，今存四十二页，约当全书三之一。俄国柯智洛夫探险队于一九〇七到一九〇八年间，考察蒙古、青海，发掘张掖、黑水故城。得古物及西夏文书籍甚多，于其间乃有此《刘知远诸宫调》在着。这是一个极伟大的发现。就种种方面看来，这部诸宫调当是宋、金之际的东西。

这书全文当为十二则，今存者为“知远走慕家庄沙陀村入舍第一”，“知远别三娘太原投事第二”，“知远充军三娘剪发生少主第三”

（此则仅残存二页），“知远投三娘与洪义厮打第十一”，“君臣弟兄子母夫妇团圆第十二”。中间第三的大半和第四到第十的七则，则俱已佚去了。刘知远事，自宋以来，讲述者便已纷纷。今所见的《五代史平话》，已详写知远事，而诸本《白兔记》传奇，更是专述知远和三娘的悲欢离合的。大约，这位流氓皇帝的故事，乃是最足以耸动市井的听闻的。

《刘知远诸宫调》的作者并不是很平凡的人物。他和董解元一样，具有伟大的诗的天才，和极丰富的想象力。他能以极浑朴、极本色的俗语方言，来讲唱这个动人的故事。其风格的壮遒古雅，大类绿锈重重的三代的彝鼎，令人一见便油然生崇敬心。姑举一小段于下：

〔般涉调〕〔麻婆子〕

洪义自约末天色二更过，皓月如秋水，款款地进两脚，调下个折针也闻声。牛栏儿傍里遂小坐，侧耳听沉久，心中畅欢乐。〇记得村酒务，将人恁划；入舍为女婿，俺爷爷护向着；到此残生看怎脱：熟睡鼻息似雷作，去了俺眼中钉，从今后好快活！

（尾）团苞用，草苫着，欲要烧毁全小可，堵定个门儿放着火。

论匹夫心肠狠，庞涓不是毒；说这汉意乖讹，黄巢真佛行！哀哉未遇官家，姓命亡于火内。

〔商角〕〔定风波〕

熟睡不省悟，鼻气若山前哮吼猛虎。三娘又怎知与儿夫何日相遇。不是假也非干是梦里，索命归泉路。〇当此李洪义遂侧耳听沉，两回三度，知远怎逃命。早点火烧着草屋。陌听得一声响，谑匹夫急抬头觑。

（尾）星移斗转近三鼓，怎显得官家福分，没云雾平白下雨。苦辛如光武之劳，脱难似晋王之圣。雨湿火煞，知远惊觉。方知洪义所为，亦不敢伸诉。至次日，知远引牛驴拽拖车三教庙左右做生活。到日午，暂于庙中困歇熟睡。须臾，众村老携笻避暑。其中有三翁。

〔般涉调〕〔沁园春〕

绘了牛驴，不问拖车，上得庙阶，为终朝每日多辛苦，扑番身起权时歇。侍傍里三翁守定知远，两个眉头不展开，堪伤处便是荆山美玉，泥土里沉埋。〇老儿正是哀哉，忽听得长空发哄雷声，惊天霹雳，眼前电闪，谑人魂魄幽幽不在。陌地观占，抬头仰视，这雨多应必煞，乖伤苗稼，荒荒是处，饥馑民灾。

（尾）行雨底龙必将鬼使差，布一天黑暗云霭霭，分明是拼着四坐海。

电光闪灼走金蛇，霹雳喧轰槁铁鼓，风势揭天，急雨如注，牛驴惊跳，拽断麻绳，走得不知所在。三翁唤觉知远，急赶牛驴，走得不见。至天晚，不敢归庄。

〔高平调〕〔贺新郎〕

知远听得道，好惊慌，别了三翁，急出祠堂。不故泥污了牛皮靸，且向泊中寻访。一路里作念千场，那两个花驴养着牛，绳绑我在桑树上，少后敢打五十棒！方今遭五代，值残唐，万姓失途，黎庶忧徨，豪杰显赫英雄旺，发迹男儿气刚。太原府文面做射粮，欲待去，却徊徨。非无决断，莫怪频来往，不是，难割舍李三娘！见得天晚，不敢归庄。意欲私走太原投事，奈三娘情重，不能弃舍。于明月之下，去住无门，时时叹息。

〔道宫〕〔解红〕

鼓掌笋指，那知远目下长吁气。独言独语，怎免这场拳踢。没事尚自生事，把人寻不是，更何况今日将牛畜都尽失。若还到庄说甚底！怕见他洪信与洪义。劝人家少年诸子弟，愿生生世世休做女婿。妻父妻母在生时，我百事做人且较容易。自从他化去，欺负杀俺夫妻两个凡女。鸡着嘴儿厮罗执灭良，削薄得人来怎敢喘气！道是，长贫没富多不易，酸寒嘴脸只合乞，百般言语难能吃，这般材料怎地发迹！

（尾）大男小女满庄里，与我一个外名难揩洗，都受人唤我做刘穷鬼。天道二更已后，潜身私入庄中，来别三娘。

七

王伯成的《天宝遗事诸宫调》，产生的时代较后。伯成，涿州人。《录鬼簿》放他在"前辈已死名公"之列。当是公元1330年以前的人物。他写有杂剧二本：《李太白贬夜郎》和《张骞泛浮槎》（前者今存于世）。而使他成大名者则为《天宝遗事》的一部伟著。但这部诸宫调从明以来便不传于世。著者尝从《雍熙乐府》、《北词广正谱》、《九宫大成谱》诸书里，辑出五十四套曲文，大约相当于全书的四分之一，仅能窥豹一斑而已。"天宝遗事"本是诗人们最好的题材之一。自白居易的《长恨歌》以后，宋人有《太真外传》，元关汉卿有《唐明皇哭香囊》（佚），白仁甫有《秋夜梧桐雨》，而明人传奇之述及此事者，若《彩毫》、《惊鸿》诸记尤多。清初洪昇的《长生殿》便是一个总结束。在其间，伯成的《天宝遗事》似最不为人所知。《遗事》的作风，已甚受杂剧作家的影响，非复纯粹的诸宫调本色。但遣词铸局，却也甚为浑厚而奔放。其大略，可于下面的《遗事引》里见到：

〔哨遍〕〔遗事引〕

天宝年间遗事，向锦囊玉罅新开创。风流酝藉李三郎，殢真妃日夜昭阳恣色荒。惜花怜月宠恩云，霄鼓逐天杖。绣领华清宫殿，尤回翠辇，浴出兰汤。半酣绿酒海棠娇，一笑红尘荔枝香。宜醉宜醒，堪笑堪嗔，称梳称妆。〔么篇〕银烛荧煌，看不尽上马娇模样。私语向七夕间，天边织女牛郎，自还想。潜随叶靖，半夜乘空，游月窟来天上。切记得广寒宫曲，羽衣缥渺，仙佩玎珰。笑携玉箸击梧桐，巧称雕盘按霓裳。不提防祸隐萧墙。〔墙头花〕无端乳鹿入禁苑，平欺诳，惯得个禄山野物，纵横恣来往。避龙情子母似恩情，登凤榻夫妻般过当。〔么篇〕如穿人口，国丑事难遮当。将禄山别迁为蓟州长。便兴心买马，军合下手合朋聚党。〔么篇〕恩多决怨深。慈悲反受殃。想唐朝触祸机。败国事皆因偃月堂。张九龄村野为农，李林甫朝廷拜相。〔耍孩儿〕渔阳灯火三千丈，统大势长驱虎狼。响珊珊铁甲开金戈，明晃晃斧钺刀枪，鞭飏剪剪摇旗影，衡水粼粼射甲光。凭骁健，马雄如獬豸，人劣似金刚。〔四煞〕潼关一鼓过元平荡，哥舒翰应难堵当。生逼得车驾幸西蜀。马嵬坡签抑君王。一声阃外将军令，万马蹄边妃子亡。扶归路愁观罗袜，痛哭香囊。

伯成的《遗事》，殆是诸宫调的尾声。在公元1330年左右编辑的《录鬼簿》里，已以能歌唱《董西厢》为可羡诧的事，可见那时诸宫调的歌唱殆已成了秋天的残蝉之鸣声了。《张协状元戏文》的开始，有一段不伦不类的说唱诸宫调的开场。诸宫调在元代或竟已成了帮衬的东西，而不复能独立的成为一场的吧。

这样说来，诸宫调的开始，最早当在于宋神宗熙宁（公元1068年）间，而其黄金时代的终了，则当在元代的中叶（约公元1300年以前）。只不过是两个多世纪的生命耳。在中国文学里，这已算是很短寿的一种文体了。但诸宫调虽然生存得不久，流传的更少（亦有三部），但其生存实为宋、金文学里最大的一个光彩。像那样宏伟如宫殿，精粹若珠玉的巨著，除了其亲祖“变文”以外，诸宫调殆是空前的。

八

最后，更当一说“赚词”。“赚词”并不是诸宫调的同群，乃是“大曲”的一家。其产生较后于诸宫调。但后来诸宫调中的歌曲的结构，似颇受到她的影响。耐得翁的《都城纪胜》说：

唱赚在京师，只有缠令、缠达。有引子、尾声为缠令。引子后只以两腔递且循环间用者为缠达。中兴后，张五牛大夫。因听动鼓板中，又有四太平令或赚鼓板（即今拍板大筛扬处是也），遂撰为赚。赚者，误赚之义也。令人正堪美听，不觉已至尾声。是不宜为片序也。今又有覆赚；又有变花前月下之情为铁骑之类。凡赚最难，以其兼慢曲、曲破、大曲、嘌唱、耍令、番曲、叫声诸家腔谱也。

已把“唱赚”的历史说得很详细。吴自牧的《梦粱录》所载，全袭《都城纪胜》，仅加上了杭州能唱赚者窦四官人等二十余人的姓名。“赚词”的重要是在把“大曲”的反复的单以一个曲调来歌唱的格局打破了；而在同一曲调里，找到许多不同的曲牌，联合组织起来歌唱的。王国维氏尝于《事林广记·戌集》里，发现了名为《圆社市语》的一篇赚词；其结构如下：

〔中吕宫〕《紫苏丸》——《缕缕金》——《好女儿》——《大夫娘》——《好孩儿》——《赚》——《越恁好》——《鹘打兔》——《尾声》

这当是今日所见的唯一存在的赚词了。《西厢记诸宫调》的歌曲里有用“赚”处，元剧的歌词里也有“赚”的使用。其影响是很大的。我颇疑心，张五牛大夫所创作的唱赚，乃是我们文学里第一次把在同一宫调里许多不同名的歌曲联结在一处的尝试。《刘知远》、《董西厢》之间有使用这个歌唱的方式，殆皆受其感化的，这话或不会是很错误吧。

参考书目

一、《唐宋大曲考》　王国维著，有《王忠悫公遗书》本。

二、《宋元戏曲史》　王国维著，有商务印书馆铅印本，有《王忠悫公遗书》本（《遗书》改“史”为“考”）。

三、《宋金元诸宫调考》　著者作，见燕京大学《文学年报》第一期。

四、《刘知远诸宫调考》　日本青木正儿著，贺昌群译，见《北平图书馆馆刊》第六卷中。

五、《都城纪胜》　耐得翁著，有《楝亭十二种》本，《涵芬楼秘笈》本。

六、《梦粱录》　吴自牧著，有《武林掌故丛编》本。

七、《武林旧事》　周密著，有《武林掌故丛编》本。

第三十九章

话本的产生

“变文”影响的巨大——讲唱故事的风气的大行——所谓“说话人”——说话的四家——说话人的歌唱的问题——“银字儿”与“合生”——今存的宋人小说——“词话”与“诗话”——《清平山堂话本》及“三言”中的“词话”——白话文学的黄金时代——从《唐太宗入冥记》到宋人词话——烟粉灵怪传奇——公案传奇——《杨思温》与《拗相公》——《取经诗话》——《五代史平话》——《宣和遗事》——《梁公九谏》——“说话人”在后来小说上的影响的巨大

一

在北宋的末年，“变文”显出了她的极大的影响。“变文”的名称，在那时大约是已经消失了。讲唱“变文”的风气，在那时也似已不见了。但“变文”的体制，却更深刻地进入于我们的民间；更幻变的分歧而成为种种不同的新文体。在其间，最重要的是鼓子词和诸宫调二种。这在上文已经说过了。但变文的讲唱的习惯还不仅结果在鼓子词和诸宫调上。同时，类似变文的新文体是雨后春笋似的耸峙于讲坛的地面。讲坛的所在，也不仅仅是限于庙宇之中了；讲唱的人，也不仅仅是限止于禅师们了。当然禅师们在当时的讲坛上还占了一部分的势力，像“说经”、“说诨经”、“说参请”之类。当时，讲唱的风气竟盛极一时；唱的方面也百出不穷；讲唱的人物也“牛鬼蛇神”无所不有；讲唱的题材，更是上天下地，无所不谈。这种风尚，也许远在北宋之末以前已经有了。不过，据我们所知道的材料，却是以北宋之末为最盛。这风尚直到了南宋之末而未衰，直到了元、明而仍未衰。而至今日也还不是完全绝了踪迹。讲唱的势力，在民间并未低落。讲坛也还林立在庙宇与茶棚之中。这可见，变文的躯骸，虽在西陲沉埋了千年以上，而她的子孙却还在世上活跃着呢；且滋生得更多；其所成就的事业也更为伟大。

在北宋之末，变文的子孙们，于诸宫调外尚有所谓“说话”者，在当时民间讲坛上，极占有权威。“说话”成了许多专门的职业；其种类极为分歧。孟元老的《东京梦华录》记载北宋末年东京的“伎艺”，其中已有“孙宽、孙十五、曾无党、高恕、李孝祥等讲史；李慥、杨中立、张十一、徐明、赵世亨、贾九等小说；吴八儿，合生……霍四究说三分；尹常卖《五代史》”的话。其后，在南宋诸家的著述，像周密的《武林旧事》，耐得翁的《都城纪胜》及吴自牧的《梦粱录》，所记载的“说话人”的情形，更为详尽。《都城纪胜》记载“瓦舍众伎”道：

> 说话有四家。一者小说，谓之银字儿，如烟粉灵怪传奇，说公案，皆是搏刀赶棒及发迹变泰之事；说铁骑儿，谓士马金鼓之事。说经，谓演说佛书；说参请，谓宾主参禅悟道等事。讲史书，讲说前代书史文传，兴废争战之事。最畏小说人。盖小说者能以一朝一代故事，顷刻间提破。合生与起令、随令相似，各占一事。

《梦粱录》所记，与《都城纪胜》大略相同。《武林旧事》则历记“演史”“说经、诨经”等职业的说话人的姓名。“演史”自乔万卷以下到陈小娘子，凡二十三人；“说经、诨经”自长啸和尚以下到戴忻庵，凡十七人；“小说”自蔡和以下到史惠英（女流）凡五十二人；“合生”最不景气，只有一人，双秀才。大约“说话人”的四家，便是这样分着的。其中，“小说”最为发达，分门别类也最多。大约每一门类也必各有专家。故其专家至有五十余人之多。“演史”也是很受欢迎的。《东京梦华录》既载着霍四究、尹常卖等以“说三分”、“五代史”为专业，而《梦粱录》里也说着当时“演史”者的情况道：“又有王六大夫，元系御前供话，为幕客请给，讲诸史俱通。于咸淳年间，敷演《复华篇》及《中兴名将传》，听者纷纷。盖讲得字真不俗，记问渊源甚广耳。”

凡说话人殆无不是以讲唱并重者，不仅仅专力于讲。——宋代京瓦中重要的艺伎盖也无不是如此——这正足以表现出其为由“变文”脱胎而来。今所见的宋人“小说”，其中夹入唱词不少，有的是诗，有的是词，有的是一种特殊结构的文章，惯用四言、六言和七言交错成文的，像：

> 黄罗抹额，锦带缠腰。皂罗袍袖绣团花，金甲束身微窄地。剑横秋水，靴踏狻猊。上通碧落之间，下彻九幽之地。业龙作祟，向海波水底擒来；邪怪为妖，入山洞穴中捉出。六丁坛畔，权为符吏之名；上帝阶前，次有天丁之号。
>
> ——《西山一窟鬼》

我们读到这样的对偶的文章，还不会猛然地想起《维摩诘经变文》、《降魔变文》来么？但唐人的对偶的散文的描状，在此时却已被包纳而变成为专门作描状之用的一种特殊的文章了。大约这种唐人用来讲念的，在此时必也已一变而成为“唱文”的一种了。又宋人亦称“小说”为“银字儿”。而“银字”却是一种乐器之名（见《新唐书·礼乐志》及《宋史·乐志》）。白乐天诗有“高调管色吹银字”，和凝《山花子词》有“银字笙寒调正长”，宋人词中说及“银字”者更不少概见。也许这种东西和“小说”的唱调是很有关系的。在“讲史”

里，也往往附入唱词不少。最有趣的是“小说”中，像《快嘴李翠莲记》（见《清平山堂话本》），像《蒋淑贞刎颈鸳鸯会》（见《清平山堂话本》及《警世通言》），几皆以唱词为主体。《刎颈鸳鸯会》更有“奉劳歌伴：先听格律，后听芜词”及“奉劳歌伴，再和前声”的话。那么，说话人并且是有“歌伴”的了。“合生”的一种，大约也是以唱为主要的东西。《新唐书》卷一百十九《武平一传》叙述“合生”之事甚详。但据《夷坚志》八《合生诗词》条之所述，则所谓“合生”者，乃女伶“能于席上指物题咏，应命辄成者”之谓，其意义大殊。惟宋词中往往以“银字合生”同举，又“合生”原是宋代最流行的唱调之一；诸宫调里用到它，戏文里也用到它（中吕宫过曲）。这说话四家中的一家“合生”，难保不是专以唱“合生”这个调子为业的；其情形或像张五牛大夫之以唱赚为专业，或其他伎艺人之以“叫声”，“叫果子”为专业一样吧。至于“说经”之类，其为讲唱并重，更无可疑。想不到唐代的“变文”，到了这个时代，会滋生出这么许多的重要的文体来。

二

“合生”和“说经、说参请”的二家，今已不能得其只字片语，故无可记述。至于“小说”，则今传于世者尚多，其体制颇为我们所熟悉。“讲史”的最早的著作，今虽不可得，但其流甚大，我们也不能不注意及之。底下所述，便专以此二家为主。

“小说”一家，其话本传于今者尚多。钱曾的《也是园书目》著录“宋人词话”十二种。王国维先生的《曲录》尝把她们编入其中，以为她们是戏曲的一种。其后缪荃孙的《烟画东堂小品》把残本的《京本通俗小说》刊布了。《也是园书目》所著录的《冯玉梅团圆》、《错斩崔宁》数种，竟在其中。于是我们才知道，所谓“词话”者，原来并不是戏曲，乃是小说。为什么唤作“词话”呢？大约是因为其中有“词”有“话”之故吧。其有“诗”有“话”者，则别谓之“诗话”，像《三藏取经诗话》是。

钱曾博极群书，其以《冯玉梅团圆》等十二种“词话”为宋人所作，当必有所据。《通俗小说》本的《冯玉梅团圆》，其文中明有“我宋建炎年间”之语，又《错斩崔宁》文中，也有“我朝元丰年间”的话。这当是无可疑的宋人著作了。

其他《也是园书目》所著录的十种：《灯花婆婆》《风吹轿儿》《种瓜张老》《李焕生五阵雨》《简帖和尚》《紫罗盖头》《小亭儿》（“小”当是“山”之误）《女报冤》《西湖三塔》《小金钱》，想也都会是宋人所作。在这十种里，今存者尚有《种瓜张老》（见于《古今小说》，作《张古老种瓜娶文女》），《简帖和尚》（见于《清平山堂话本》，又见《古今小说》，作《简帖僧巧骗皇甫妻》），《山亭儿》（见于《警世通言》，作《万秀娘仇报山亭儿》），《西湖三塔》（见于《清平山堂话本》）等四种。又在残本的《京本通俗小说》里，于《错斩崔宁》、《冯玉梅》二作外，更有下列的数种：《碾玉观音》《菩萨蛮》《西山一窟鬼》《志诚张主管》《拗相公》。缪氏在跋上说：“尚有《定州三怪》一回，破碎太甚；《金主亮荒淫》两卷，过于秽亵，未敢传摹。”今《定州三怪》（州一作山）见录于《警世通言》（作《崔衙内白鹞招妖》）；《金主亮荒淫》也存于《醒世恒言》中（作《金海陵纵欲亡身》），则残本《京本通俗小说》所有者，今皆见存于世。惟《京本通俗小说》未必如缪氏所言的是“影元写本”。就其编辑分卷的次第看来，大似明代嘉靖后的东西。故其中所有，未必便都是宋人所作，至少《金主亮荒淫》一篇，其著作的时代决不会是在明代正德以前的（叶德辉单刻的《金主亮荒淫》系从《醒世恒言》录出，而伪撰“我朝端平皇帝破灭金国，直取三京。军士回杭，带得虏中书籍不少”的数语于篇首，故意说他是宋人之作）。其中所叙的事迹，全袭之于《金史》卷六十三《海陵诸嬖传》。《金史》为元代的著作，这一篇当然不会是出于宋人的手笔的。或以为，也许是《金史》抄袭这小说。但那是不可能的。元人虽疏陋，决不会全钞小说入正史，此其一。以小说与正史对读之，显然可看出是小说的敷衍正史，决不是正史的节取小说，此其二。我以为《金主亮荒淫》笔墨的酣舞横恣，大似《金瓶梅》；其意境也大相谐合。定哥的行径，便大类潘金莲。也许二书著作的时代相差得当不会很远罢。《金瓶梅》是颇有些取径于这篇小说的嫌疑。也许竟同出于一人之手笔也难说。但其他六篇，则颇有宋人作品的可能。《警世通言》在《崔待诏生死冤家》题下，注云："宋人小说，题作《碾玉观音》"；又在《一窟鬼癞道人除怪》题下，注云："宋人小说，旧名《西山一窟鬼》"；在《崔衙内白鹞招妖》题下，注云："古本作《定山三怪》，又云《新罗白鹞》。"冯梦龙指它们为"宋人小说"，当必有所据。所谓"古本"，虽未必定是"宋本"，却当是很古之作。又《菩萨蛮》中有"大宋高宗绍兴年间"云云，《志诚张主管》文中，直以"如今说东京汴县开封府界"云云引起，《拗相公》文中，有"后人论我宋之气，都为熙宁变法所坏，所以有靖康之祸"云云，皆当是宋人之作。就其作风看来，也显然的可知其为和《冯玉梅团圆》诸作是产生于同一时代中的。

但宋人词话，存者还不止这若干篇。我们如果在《清平山堂话本》、《古今小说》、《警世通言》及《醒世恒言》诸书里，仔细地抓寻数过，便更可发现若干篇的宋人词话。在《清平山堂话本》里，至少像《陈巡检梅岭失妻记》（文中有"话说大宋徽宗宣和三年上春间，皇榜招贤，大开选场，去这东京汴梁城内虎异营中一秀才"的话），像《刎颈鸳鸯会》（一名《三送命》，一名《冤报冤》，文中引有《商调醋葫芦》小令十篇，大似赵德麟《商调蝶恋花》鼓子词的体制，或当是其同时代的著作吧），像《杨温拦路虎传》，像《洛阳三怪记》（文中有"今时临安府官巷口花市，唤作寿安坊，便是这个故事"的话），像《合同文字记》（文中有"去这东京汴梁离城三十里有个村"的话）等篇，都当是宋人的著作，且其著作年代有几篇或有在北宋末年的可能（像《合同文字记》）。在《古今小说》里，像《杨思温燕山逢故人》（文中有"至绍兴十一年，车驾幸钱塘，官民百姓皆从"的话），像《沈小官一鸟害七命》（文中有"宣和三年，海宁郡武林门外北新桥"的话），像《汪信之一死救全家》（文中有"话说大宋乾道淳熙年间，孝宗皇帝登极"的话），其作风和情调也很可以看得出是宋人的小说。《警世通言》所载宋人词话最多，在见于《京本通俗小说》、《清平山堂话本》者外，尚有《三现身包龙图断冤》、《计押番金鳗产祸》、《皂角林大王假形》、《福禄寿三星度世》等篇，也有宋作的可能。在《醒世恒言》里，像《勘皮靴单证二郎神》、《闹樊楼多情周胜仙》、《郑节使立功神臂弓》等数篇，也很可信其为宋人之作。

三

就上文所述，总计了一下，宋人词话今所知者已有下列二十七篇之多（也许更有得发现；这是最谨慎的统计，也许更可加入疑似的若干篇进去）。这二十七篇宋人词话的出现，并不是一件小事。以口语或白话来写作诗、词、散文的风气，虽在很早的时候便已有之（像王梵志的诗、黄庭坚的词、宋儒们的语录等）。但总不曾有过很伟大的作品出现过。在敦煌所发现的各种俗文学里，口语的成分也并不很重。《唐太宗入冥记》是今所知的敦煌宝库里的唯一之口语的小说，然其使用口语的技能，却极为幼稚。试举其文一段于下：

> “判官名甚？”“判官懆恶，不敢道名字。”帝曰：“卿近前来。”轻道：“姓崔名子玉。”“朕当识。”才言讫，使人引皇帝至院门。使人奏曰：“伏惟陛下且立在此，容臣入报判官速来。”言讫，使者到厅前拜了：“启判官，奉大王处□太宗生魂到，领判官推勘。见在门外，未敢引□。”

但到了宋人的手里，口语文学却得到了一个最高的成就，写出了许多极伟大的不朽的短篇小说。这些“词话”作者们，其运用“白话文”的手腕，可以说是已到了“火候纯青”的当儿，他们把这种古人极罕措手的白话文，用以描写社会的日常生活，用以叙述骇人听闻的奇闻异事，用以发挥作者自己的感伤与议论；他们把这种新鲜的文章，使用在一个最有希望的方面（小说）去了。他们那样的劲健直接的描写，圆莹流转的作风，深入浅出的叙状，在在都可以见出其艺术的成就是很为高明的。这是中国文学史上第一次用白话文来描叙社会的日常生活的东西。而当时社会的物态人情，一一跃然的如在纸上，即魔鬼妖神也似皆像活人般的在行动着。我们可以说，像那样的隽美而劲快的作风，在后来的模拟的诸著作里，便永远地消失了。自北宋之末到南宋的灭亡，大约便可称之为话本的黄金时代吧。姑举《简帖和尚》的一段于下：

> 那僧儿接了三件物事，把盘子寄在王二茶坊柜上。僧儿托着三件物事，入枣槊巷来。到皇甫殿直门前，把青竹帘掀起，探一探。当时皇甫殿直正在前面交椅上坐地。只见卖馉饳的小厮儿，掀起帘子。猖猖狂狂探一探了便走。皇甫殿直看着那厮，震威一喝，便是当阳桥上张飞勇，一喝曹公百万兵。喝那厮一声，问道："做甚么？"那厮不顾便走。皇甫殿直拽开脚两步赶上，捽那厮回来，问道："甚意思，看我一看便走？"那厮道："一个官人教我把三件物事与小娘子，不教把来与你。"殿直问道："甚么物事？"那厮道："你莫问。不教把与你。"皇甫殿直掿得拳头没缝，去顶门上屌那厮一擽道："好好的把出来，教我看！"那厮吃了一擽，只得怀里取出一个纸裹儿，口里兀自道："教我把与小娘子，又不教把与你。"皇甫殿直劈手夺了纸包儿，打开看，里面一对落索镮儿，一双短金钗，一个柬帖儿。皇甫殿直接得三件物事，拆开简子看时，……皇甫殿直看了简帖儿，劈开眉下眼，咬碎口中牙，问僧儿道："谁交你把来？"僧儿用手指着巷口王二哥茶坊里道："有个粗眉毛，大眼睛，蹶鼻子，略绰口的官人，教我把来与小娘子，不教我把与你。"皇甫殿直一只手捽着僧儿狗毛，出这枣槊巷，径奔王二哥茶坊前来。僧儿指着茶坊道："恰才在摎里面打底床铺上坐地底官人，教我把来与小娘子，又不交把与你，你却打我！"皇甫殿直再捽僧儿回来，不由开茶坊的王二分说。当时到家里。殿直焦躁，把门来关上，搲来搲了。唬得僧儿战作一团。殿直从里面叫出二十四岁花枝也似浑家出来道："你且看这件物事！"那小娘子又不知上件因依，去交椅上坐地。殿直把那简帖儿和两件物事，度与浑家看。那妇人看着简帖儿上言语，也没理会处。殿直道："你见我三个月日押衣袄上边，不知和甚人在家吃酒？"小娘子道："我和你从小夫妻。你去后何曾有人和我吃酒。"殿直道："既没人，这三件物从那里来？"小娘子道："我怎知！"殿直左手指，右手举，一个漏风掌打将去。小娘子则叫得一声，掩着面哭将入去。

这和《唐太宗入冥记》的白话文比较起来，是如何的一种进步呢！前几年，有些学者们，见于元代白话文学的幼稚，以为像《水浒传》那样成熟的白话小说，决不是产生于元代的。中国的白话文学的成熟期，当在明代的中叶，而不能更在其前。想不到在明代中叶的二世纪以前，我们早已有了一个白话文学的黄金时代了！

四

这些“词话”，其性质颇不同，作风也有些歧异。当然绝不会是出于一二人的手下的。大抵北宋时代的作风，是较为拙质幼稚的，像《合同文字记》之类。而《刎颈鸳鸯会》叙状虽较为奔放，却甚受“鼓子词”式的结构的影响，描写仍不能十分的自由。但到了南宋的时代却不然了。其挥写的自如，大有像秋高气爽，马肥草枯的时候，驰骋纵猎，无不尽意；又像山泉出谷，终日夜奔流不绝，无一物足以阻其东流。其形容世态的深刻，也已到了像“禹鼎铸奸，物无遁形”的地步。在这些“小说”里，大概要以叙述“烟粉灵怪”的故事为最多。“烟粉”是人情小说之别称，“灵怪”则专述神鬼，二者原不相及；然宋人词话，则往往渗合为一，仿佛“烟粉”必带着“灵怪”，“灵怪”必附于“烟粉”。也许《都城纪胜》把“烟粉灵怪”四字连合着写，大有用意于其间吧。我们看，除了《冯玉梅团圆》寥寥二三篇外，哪一篇的烟粉小说不带着“灵怪”的成分在内。《碾玉观音》是这样，《西山一窟鬼》、《志诚张主管》是这样，乃至像《定山三怪》、《洛阳三怪》、《西湖三塔记》、《福禄寿三星度世》等，无一篇不是如此。惟像碾玉观音诸篇，其描状甚为生动，结构也很有独到处，可以说是这种小说的上乘之作。若《定山三怪》诸作，便有些落于第二流中了。 自《定山三怪》到《福禄寿三星度世》，同样结构和同样情节的小说，乃有四篇之多；未免有些无聊，且也很是可怪。也许这一类以“三怪”为中心人物的“烟粉灵怪”小说，是很受着当时一般听者们所欢迎，故“说话人”也彼此竞仿着写吧。总之，这四篇当是从同一个来源出来的。宋人词话的技巧，当以这几篇为最坏的了。

像“公案传奇”那样的纯以结构的幻曲取胜者，在宋代词话里也为一种最流行的作风。这种情节复杂的“侦探小说”一类的东西，想来也是甚为一般听众所欢迎的。在这种“公案传奇”里，最好的一篇，是《简帖和尚》。而《勘皮靴单证二郎神》的一作，也穷极变幻，其结构一层深入一层，更又一步步地引人入胜，实可谓之伟大的奇作。像《错斩崔宁》、《山亭儿》之类，虽不以结构的奇巧见长，其描写却是很深刻生动的。《合同文字记》当是这一类著作的最早者。《沈小官一鸟害七命》则其结局较为平衍（《古今小说》里有《宋四公大闹禁魂张》一篇，其作风颇像宋人；叙的是一个大盗如何的戏弄着捕役的事，和《勘皮靴单证二郎神》一篇恰巧是很有趣的对照）。

《杨温拦路虎传》大约便是叙说“搏刀赶棒及发迹变泰的事”的一个例子吧。但，“搏刀赶棒及发迹变泰的事”和“说公案”毫不相干。“说公案”指的是另一种题材的话本（《清平山堂话本》于《简帖和尚》题下，明注着“公案传奇”四字）。杨温的这位英雄，在这里描写的并不怎样了不得：一人对一人，他是很神勇，但人多了，他便要吃亏。这是真实的人世间的英雄。像出现于元代的《水浒传》上的李逵、武松、鲁达等，又《列国志传》上的伍子胥，《三国志演义》上的关羽、张飞等，却都有些超人式的或半神式的。大约在宋代，说话人所描写的英雄，还不至十分的脱出人世间的真实的勇士型吧。

《汪信之一死救全家》有点像杨温的同类，但又有点像是“说铁骑儿”的同类。这是一篇很伟大的悲剧。像汪信之那样的自我牺牲的英雄，置之于许多所谓“迫上梁山”的反叛者们之列，是颇能显出在封建社会里被压迫者的如何痛苦无告。

最足以使我们感动的，最富于凄楚的诗意的，便要算是《杨思温燕山逢故人》一篇了。这也是一篇“烟粉灵怪”传奇，除了后半篇的结束颇为不称外，前半篇所造成的空气，乃是极为纯高，极为凄美的。“今日说一个官人，从来只在东京看这元宵。谁知时移事变，流寓在燕山看元宵。”这背景是如何的凄楚呢！杨思温当金人南侵之后，流落在燕山，国破家亡，事事足以动感。“心悲异方乐，肠断《陇头歌》"，恰正好形容他的度过元宵的情况吧。他后来在酒楼上遇见故鬼，终于死在水中，那倒是极通俗的结局。大约写作这篇的"说话人"，或是一位"南渡"的遗老吧，故会那么的富于家国的痛戚之感。

《拗相公》是宋人词话里唯一的一篇带着政治意味的小说；把这位厉行新法的"拗相公"王安石骂得真够了。徒求快心于政敌的受苦，这位作者大约也是一位受过王安石的"绍述"者们的痛苦的虐政的，故遂集矢于安石的身上吧。

五

"词话"以外，别有"诗话"。但二者的结构却是很相同的；当是同一物。"诗话"存于今者，仅有《大唐三藏取经诗话》三卷，亦名《三藏法师取经记》。共分十七章，每章有一题目，如《行程遇猴行者处第二》，《入王母池之处第十一》之类，正和《刘知远诸宫调》的式样相同。这是"西游"传说中最早的一个本子，其中多附诗句，像：

> 僧行七人次日同行，左右伏事。猴行者因留诗曰："百万程途向那边，今来佐助大师前。一心祝愿逢真教，同往西天鸡足山。"三藏法师答曰："此日前生有宿缘，今朝果遇大明仙。前途若到妖魔处，望显神通镇佛前。"

《取经诗话》以猴行者为"白衣秀才"，又会做诗，大似印度史诗《拉马耶那》里的神猴哈奴曼（Hanuman）。哈奴曼不仅会飞行空中，而且会做戏曲。相传为他所作的一部戏曲，今尚有残文存于世上。

宋代"讲史"的著作，殆不见传于今世。曹元忠所刊布的《新编五代史平话》，说是宋板，其实颇有元板的嫌疑。惜不得见原书以断定之。《新编五代史平话》凡十卷，每史二卷，惟《梁史》及《汉史》俱缺下卷。其文辞颇好。大抵所叙述者，大事皆本于正史，而间亦杂入若干传说，恣为点染，故大有历史小说的规模。其中，像写刘知远微时事，郭威微时事，都很生动有趣。其白话文的程度，似更在罗贯中的《三国志演义》之上。

又有《大宋宣和遗事》者，世多以为宋人作；但中杂元人语，则不可解。“抑宋人旧本，而元时又有增益”耶？书分前后二集，凡十段，大似“讲史”的体裁，惟不纯为白话文，又多抄他书，体例极不一致。所叙者以徽、钦的被俘，高宗的南渡的事实为主，而也追论到王安石的变法，其口吻大似《拗相公》。开头并历叙各代帝王荒淫失政的事，以为引起。其中最可注意者则为第四段，叙述梁山泺聚义始末。其中人物姓名以及英雄事迹，已大体和后来的《水浒传》相同：当是《水浒》故事的最早的一个本子。惟吴用作吴加亮，卢俊义作李进义为异耳。

又有《梁公九谏》一卷，北宋人作，文意俱甚拙质。叙武后废太子为庐陵王，而欲以武三思为太子。狄仁杰因事乘势，极谏九次。武后乃悟，复召太子回。当是“说话人”方起之时的所作吧。

六

话本的作者们，可惜今皆不知其姓氏。《武林旧事》虽著录说“小说”者五十余人；却不知这些后期的说话人们曾否著作些什么。讲史的作家们，今所知者有霍四究（说“三分”）、尹常卖（“五代史”）及王六大夫（说《复华篇》及《中兴名将传》）等，而他们所作却皆只字不存。

为了“话本”原是“说话人”的著作，故其中充满了“讲谈”的口气，处处都是针对着听众而发言的。如“说话的，因甚说这春归词”（《碾玉观音》）；“自家今日也说一个士人，因来行在临安府取选”（《西山一窟鬼》）；“这员外姓甚名谁？却做出甚么事来”（《志诚张主管》）。也因此，而结构方面，便和一般的纯粹的叙述的著作不同。最特殊的是，在每一篇话本之前，总有一段所谓“入话”或“笑耍头回”，或“得胜头回”的，或用诗词，或说故事，或发议论，与正文或略有关系，或全无关系。这到底有什么作用呢？我们看，今日的弹词，每节之首，都有一个开篇（像《倭袍传》），便知道其消息。原来，无论说“小说”或“讲史”，为了是实际上的职业之故，不得不十分地迁就着听众。一开讲时，听众未必到得齐全，不得不以闲话敷衍着，延迟着正文的起讲的时间，以待后至的人们。否则，后至者每从中途听起，摸不着那场话本的首尾，便会不耐烦静听下去的了。

到了后来，一般的小说，已不复是讲坛上的东西了，——实际上讲坛上所讲唱的小说也已别有秘本了——然其体制与结构仍是一本着“说话人”遗留的规则，一点也不曾变动。其叙述的口气与态度，也仍是模拟着宋代说话人的。说话人的影响可谓为极伟大的了！

参考书目

一、《清平山堂话本》　明洪楩编刊，有明嘉靖间刊本，有古今小品书籍刊行会影印本。

二、《京本通俗小说》　不知编者，有残本，编入《烟画东堂小品》中，又有石印本，铅印本。

三、《古今小说》四十卷　明绿天馆主人编，传本极少，唯日本内阁文库有之。其残本曾被改名为《喻世明言》（？）。

四、《警世通言》四十卷　明冯梦龙编，有明刊本。今流行于世者皆三十六卷本，佚去其后四卷。

五、《醒世恒言》四十卷　明冯梦龙编，有明刊本，有翻刻本（翻刻者缺《金海陵纵欲亡身》一回）。

六、《中国小说史略》　鲁迅著，北新书局出版。

七、《明清二代平话集》　郑振铎著，载《小说月报》二十一卷七月号及八月号。

八、《宋朝说话人的家数问题》　孙楷第著，载《学文》第一期。

九、《东京梦华录》　宋孟元老著，有《学津讨源》本。

十、《都城纪胜》　宋耐得翁著，有《楝亭十二种》本。

十一、《梦粱录》　宋吴自牧著，有《武林掌故丛编》本。

十二、《武林旧事》　宋周密著，有《武林掌故丛编》本。

第四十章

戏文的起来

中国戏曲产生最晚——其原因——两种不同的形式：戏文与杂剧——戏文的起源——戏文的产生当在杂剧之前——印度的影响——经商贾之手由水路输入的理想——海客酬神说——国清寺里的梵本戏曲——戏文和印度剧的五个同点——题材上的巧合或转变——《赵贞女蔡二郎》与《梭康特娌》——《王焕》的来历——《陈巡检梅岭失妻》与印度的叙述拉马故事的戏曲——今存的宋人戏文

一

中国戏曲的产生在诸种文体中为独晚。在世界产生古典剧的诸大国中，中国也是产生古典剧最晚的一国。当散文已经发生了许多次的变化，诗歌已有了诸般不同的式样，小说也已表现着发展的趋势时，中国的戏曲方始渐渐地由民间抬头而与学士文人相见，方始渐渐地占据着一部分的文坛上的势力。盖中国最早的戏曲，其产生期，今所知者当在北宋的中叶（约第十一世纪），至宣和间（第十二世纪初半期）

方才有具体的戏文，为民众所注意、所欢迎。金人陷汴京后，北曲一时大盛，而北方的戏曲也便突现出异彩来。浸淫至于宋、金末造，戏曲的势力，更一天天的炽盛。元代承宋、金之后，其文坛遂有以戏曲为活动的中心之概。戏曲到了这个时代，方才正式的登上了文坛。大约剧本之开始创编，当在宣和的前后。然遗留于今的最早的完全的剧本，则其产生时代不能早于第十三世纪的前半叶（金亡之前的一二“年代”）。这样看来，中国戏曲在诸古国中诚是一位“其生也晚”的后进。当中国戏曲方才萌芽之时，印度的古典戏曲早已盛极而衰的了（印度古典剧以公元第六世纪为全盛时代）。希腊的悲剧、喜剧早已被基督教的势力扫荡到不知哪里去了（希腊悲剧以公元前第五世纪为全盛时代）。他们的古典剧已经成了过去的僵硬的化石，而我们的古典剧方才“姗姗其来迟”的出现于世。中国戏曲为什么会产生得那么迟晚呢？第一：历来民间所产生的或文士所创造的诸种文体，如骈文，如古文，如五七言诗，如词，都只能构成了叙事、论议的散文与乎抒情的歌曲（以诗词来叙事的已甚少），却没有一种“神示”或灵感，能使他们把那些诗、词、骈、散文组织成为一种特殊的复杂的文体，像戏曲的那种式样的。戏曲遂也不能够由天上落下来似的出现于世。第二：无论宫廷或民间，都秉承着儒教的传统的见解，极力地排斥着新奇的娱乐。略涉奇异的事物，他们便以为怪诞而放斥之唯恐不速。他们的帝王仅知满足于少女的轻歌妙舞与糊弄人的调谑说笑，民间也仅知备足于清唱、杂耍以及迎神赛会的简朴的娱乐之中，从不曾进一步而发生所谓戏剧的。古来传记中所载的优伶的故事，像王国维氏在他的《宋元戏曲史》所收集的，大概都是“弄人”的故事，并非真正的“伶人”的故事。他们大概至多只能想到要将歌舞连合于“故事”，却不曾想到要将故事搬演出来而成为戏曲的。戏曲原为最复杂的文体，故其产生之难，也独超于诸种文体之上。第三：外来的影响，也不容易灌输进来。中国的音乐早已受外来的影响，宗教也早已为外来教所垄断。论理，印度戏曲，也应该早些输入。然戏曲的艺术比较复杂，其输入自比较困难。又佛教徒在古时虽也有所谓佛教戏曲（这几年在中央亚细亚发现了几部佛教戏曲的残文，已印行一部分），然后期的佛教徒，对于戏曲却似是持着反对的态度。因此，对于印度古典剧固不至于输入，即佛教剧也是不肯负输入之责的。印度的戏曲至少受有希腊戏曲的多少的感应。当亚历山大东征时，希腊文化是很流行于印度北部的。故其演剧的艺术很容易的便输入印度去。中国与印度的关系却比较的辽远浅薄。一面既隔着高山峻岭，一面又隔着汪汪无际的大洋，其交通是很不便的。除了带着殉教精神的佛教留学生以及重利的商人以外，平常很少有人和印度相交往。为了外来影响输入的不易，也为了戏曲的复杂艺术的更不易于输入，所谓演剧的艺术，便当然要远在宗教、音乐以及神话、传说、变文、小说等的输入以后才能够输入的了。

二

中国的戏曲可分为两种很不相同的形式：一种名为“传奇”，别一种名为“杂剧”。“传奇”在最初是名为“戏文”的。“戏文”流行于中国南方的民间，故所用的曲调，全都是所谓“南曲”的。“杂剧”之名极古，在宋真宗时已有此称。惟其与今杂剧却是完全不同的（这将在下文论及）。他们是流传于北方的，所以用的曲调都是所谓“北曲”的。但最可注意的是，杂剧的唱者严格的限于主角一人，其主角或为正末，或为正旦，俱须独唱到底。与他或她对待的角色只能对白，不能对唱。传奇的唱者却不限定于主角一人；凡在剧中的人，都可以唱，都可以与主角和唱、互唱。又传奇登场时，先要由一个“末”色或“副末”念说一篇开场词。这些开场词或为颂赞之语，或为作者说明所以作剧之意，并及那时所欲搬演的那本传奇的情节。这篇词，或谓之“副末开场”，或谓之“家门始末”，总之，乃是全剧的一个提纲，用以引起全剧的。杂剧则于剧首没有此种“开场”。

这两种不同型的戏曲，各有其不同的起源。而戏文的起源，其时代较杂剧为早，其来历也较杂剧的来历为单纯。关于杂剧的话，将在下文再提到，这里先说“戏文”。

三

“戏文”起源的问题，似乎还不曾有人仔细地讨论过。王国维氏在《宋元戏曲史》上，虽曾辛勤地搜罗了许多材料，但其研究的结果，却不甚能令人满意。不过亦很有些独到之见解。他说：“南戏之渊源于宋，殆无可疑。至何时进步至此，则无可考。吾辈所知，但元季既有此种南戏耳。然其渊源所自，或反古于元杂剧”（《宋元戏曲史》页一百五十五）。这种见解，较之一般人的“传奇源于杂剧”的意见，自然要高明得多。然究竟并未将中国戏剧的真来源考出。我们如欲从事为戏剧的真来源的探考，则非先暂时抛开了旧有的迷障与空谈，而另从一条路去找不可。我们要有完全撇开旧说不顾的勇气，确切地知道一切六朝、隋、唐以及别的时代的“弄人”的滑稽嘲谑，决不是真正的戏曲，也绝不是真正的戏曲的来源。我们更要能远瞩外邦的作品，知道我们的戏曲和他们的戏曲，这其间究竟有如何的关系。我对于这个问题，曾有七八年以上的注意与探讨，但自己似乎觉得还不曾把握到十分成熟的结论。今姑将自己所认为还可以先行布露的论点，提出来在此叙述一下。

我对于中国戏曲的起源，始终承认传奇决非由杂剧转变而来，如一般人所相信的。传奇的渊源，当反“古于（元）杂剧”。当戏文或传奇已流行于世时，真正的杂剧似尚未产生。而传奇的体例与组织，却完全是由印度输入的。在佛教徒或史官的许多记载上，我们看不出一点的这样的戏曲输入的痕迹。但我们要知道，戏曲的输入，或未必是由于热心的佛教徒之手的。而其输入的最初，则仅民间流布着。这些戏曲的输入，或系由于商贾流人之手而非由于佛教徒，或竟系由于不甚著名的佛教徒的输入也说不定。原来中国与印度的交通，并非如我们平常所想象的那么稀罕而艰难的。经由天山戈壁的陆路，当然有如法显、玄奘他们所描写的那么艰险难行。然而这里却另有一条路，即由水路而到达了中国的东南方。这一条路虽然也苦于风波之险，然重利的商人却总是经由这条比较容易运输货物的路的。玄奘的《大唐西域记》曾记载着，他去谒见著名的印度戒日王（？）时，戒日王却命人演奏着“秦王破阵乐”给他听，并问及小秦王的近况。玄奘刚刚经过千辛万苦的由中国来到印度，而这个“秦王破阵乐”却早已安安舒舒的传输到了那边了。究竟是什么样的人将它传达到印度去的呢？且由北方的陆路走是不会的，那条路是那么难走。除了异常热忱的且具有殉教精神的玄奘们以外，别的人是不会走的。那么，这个“秦王破阵乐”的流布于印度当然是由于商贾们的力量了。他们既会由中国传了音乐、歌舞到印度去，便也会由印度输了戏曲、音乐到中国来。这是当然的道理。且在法显诸人的记载上，也曾颇详细的描写着中、印的海上交通的情形。大抵印度南方的人民，不信佛者居多，而戏曲又特别的发达。则印度的戏曲及其演剧的技术之由他们输入中国，是没有什么可以质疑的地方。我猜想，当初戏曲的输入来，或并非为了娱乐活人，当系海客们作为祷神、酬神之用的（至今内地的演剧还完全为的是酬神）。其成为富室王家的娱乐之具，却是最后的事。

更有一件很巧合的事，足以助我证明这个“输入说”的。前几年胡先辅先生曾在天台山的国清寺见到了很古老的梵文的写本，摄照了一段去问通晓梵文的陈寅恪先生。原来这写本乃是印度著名的戏曲《梭康特娹》（Sukan-tala）的一段。这真要算是一个大可惊异的消息。天台山！离传奇或戏文的发源地温州不远的所在，而有了这样的一部写本存在着！这大约不能是一件仅仅被目之为偶然巧合的事件吧。

四

其实，就传奇或戏文的体裁或组织而细观之，其与印度戏曲逼肖之处，实足令我们惊异不止，不由得我们不相信他们是由印度输入的。关于二者组织上相同之点，这里不能详细的说明、引证，但有几点是必须提出的：

第一，印度戏曲是以歌曲、说白及科段三个元素组织成功的。歌曲由演者歌之；说白则为口语的对白，并非出之以歌唱的；科段则为作者表示着演者应该如何举动的。这和我们的戏文或传奇之以科、白、曲三者组织成为一戏者完全无异。

第二，在印度戏曲中，主要的角色：（一）拿耶伽（Nayaka），即主要的男角，当于中国戏文中的生，这乃是戏曲中的主体人物；（二）与男主角相对待者，更有女主角拿依伽（Nayika），她也是每剧所必有的，正当于中国戏文中的旦；（三）毗都娑伽（Vidusaka），大抵是装成婆罗门的样子，每为国王的帮闲或侍从，贪婪好吃，每喜说笑话或打诨插科，大似中国戏文中的丑或净的一角，为主人翁的清客、帮闲或竟为家童；（四）男主角更有一个下等的侍从，常常服从他的命令，盖即为戏文中家童或从人；（五）印度戏曲中更有一种女主角的侍从或女友，为她效力，或为她传递消息的；这种人也正等于戏文中的梅香或宫女。此外尚有种种的人物，也和我们戏文或传奇中的角色差不多。

第三，印度的戏曲在每戏开场之前必有一段“前文”，由班主或主持戏文的人，上台来对听众说明要演的是什么戏，且介绍主角出场来。最初是颂诗祝福，或对神，或对人；其次是说明戏名，与戏房中出来的一个人相问答；再其次是说明剧情的大略或主人翁的性格（大抵是用诗句）。然后后台中主人翁说话的声音可以听得见。这位班主至此便道：“某某人（主角）正在做什么事着呢”而退去。于是主角便由后台上场。这正和我们的传奇或戏文中的“副末开场”或“家门始末”一模一样。我们的“开场”：先由“末”或“副末”唱念一首《西江月》等歌词，这歌词大抵总是颂贺，或说明要及时行乐之意。然后他向后房问道：“请问后房子弟，今日敷演甚般传奇？”后台的人（不出场）答曰：“今日搬演的是某某戏。”他便接着说道：“原来是某某戏。”于是便将此戏的始末大概，用诗词念唱了出来。唱完后，他用手指着后台道：“道犹未了，某某人早上。”便向下场门退去，而主角因以上场。为了这是一场过于熟套了，所以通常刻本的传奇常以“问答照常”四字，及必须每剧不同的唱念的《西江月》及“家门”等诗句了之，并不完全将这幕“开场”写出。这便是中、印剧二者之间最逼肖的组织之一。

第四，印度戏曲于每戏之后必有“尾诗”（Epilogue）以结之。这些“尾诗”大都是赞颂劝诫之语，或表示主人翁的愿望的。唱念着这“尾诗”的必是剧中人物，且常常是主角。如《梭康特娅》唱念“尾诗”的乃是主角国王。如 *The Little Clay Cart* 唱念“尾诗”的乃是主角 Charudatta。他们的辞句，不外是祷求风调雨顺，人民快乐，君主贤明，神道昭灵一类的话。这还不和我们戏文中的“下场诗”很相同的么？所略异的，我们戏文中的下场诗，大都是总括全剧的情节的，如《琵琶记》的“自居墓室已三年，今日丹书下九天。官诰颁来皇泽重，麻衣换作锦袍鲜。椿萱受赠皆瞑目，鸾凤衔恩喜并肩。要识名高并爵显，须知子孝共妻贤”，《张协状元》的“古庙相逢结契姻，才登甲第没前程。梓州重合鸾凤偶，一段姻缘冠古今”，《杀狗记》的“奸邪簸弄祸相随，孙氏全家福禄齐。奉劝世人行孝顺，天公报应不差移”都是。但说着孝共妻贤”及“奉劝世人行孝顺”诸语，却仍是以劝诫之语结的，与印度戏曲的“尾诗”性质仍相肖合。

第五，印度戏曲在一剧中所用的语言文字，大别之为两种：一种典雅语，即 Sanscrit，一种土白语，即 Prakrits。大都上流人物、主角，则每用典雅语，下流人物，如侍从之类，则大都用土白。这也和我们传奇中的习惯正同。在今所传的传奇戏文中，最古用两种语调的剧本，今尚未见。然在嘉靖年间，陆采的《南西厢记》等，已间用苏白。而万历中沈璟所作的《四异记》，则丑、净已全用苏人乡语（见郁蓝生《曲品》）。今日剧场上的习惯更是如此。丑与净大都是用土白说话的，即原来戏文并不如此者，他们也要将他改作如此。如今日所演李日华的《南西厢记》，法聪诸人的话便全是苏白，全是伶人自改的。但主人翁，正当的角色，则完全用的是典雅的国语，决不用土白。这个习惯，决不会是创始于陆采或沈璟的，必是剧场上很早的已有了这种习惯。不过写剧者大都为了流行他处之故，往往不欲仍用土语写入剧中。而依了剧场习惯，把土语方言写入剧本中者，则或当始于沈、陆二氏耳。这与印度戏曲之用歧异语以表示剧中人物身份者，其用意正同。

在这五点上讲来，已很足证明中国戏曲自印度输来的话是可靠的了。像这样的二者逼肖的组织与性质，若谓其出于偶然的“貌合”或碰巧的相同，那是说不过去的。波耳的《支那事物》（J.Dyer Ball, Things Chinese）说："中国剧的理想完全是希腊的，其面具、歌曲、音乐、科白、出头、动作，都是希腊的。……中国剧的思想是外国的，只有情节和语言是中国的而已。"如将"希腊的"一语，改为"印度的"似更为妥当。

五

最后，在题材上，也可以找出更有趣的奇巧可喜的肖合来。我们最早的戏文今所知者为《赵贞女蔡二郎》、《王魁负桂英》等等。这些戏文虽或已全佚，或仅存零星的一二残曲，不足使我们完全明了其内容。然据古人的记载看来，其情节是约略可知的。《赵贞女蔡二郎》叙的是蔡二郎得第忘归，其妻历尽艰苦，前往寻他，二郎却拒之不见，不肯认她为妻。《王魁负桂英》的情形也约略相同。王魁与桂英誓于海神庙，愿偕白首，无相捐弃。但王魁中第得官以后，桂英派人去见他。魁却抹杀前情，严拒于她，不给理睬。又，今存于《永乐大典》中的戏文，《张协状元》，写的也是张协得第后，变了心肠，弃了王氏女不顾。王氏女剪发筹资，前往京师寻他，他却命门子打她出去。为什么最初期的戏曲中，会有那么多的"痴心女子负心汉"的故事呢？当然，像这样的情事，在实际的社会上是不会很少的。但这种不约而同的情节，为什么在"戏文"一开始的时候就会用的那么多呢？我们如果一读印度大戏剧家卡里台莎（Kalidasa）的《梭康特娅》，我们大约总要很惊奇的发现，梭康特娅之上京寻夫而被拒于其夫杜希扬太（Dushyanta），原来和《王魁》、《赵贞女》乃至《张协》的故事是如此的相肖合的。如果我们更知道《梭康特娅》的剧文曾被传到天台山上的一个庙宇里的事，则对于这种情节所以相同的原因，当必然有以了然于心吧。

又，在最早的戏文《王焕》，及《崔莺莺西厢记》上（这些戏文也已佚，我们仅能在别的形式的剧文上约略的知道其情节），其描写王焕与贺怜怜在百花亭上的相逢，与乎莺莺与张生在佛殿上的相见，其情形与杜希扬太初遇梭康特媸于林中的情形也是很相同的；而《王焕》中的王小三和《崔莺莺》中的红娘，则也为印度戏曲中所常见的人物。

又，最早的戏文，《陈巡检梅岭失妻》(《永乐大典》作《陈巡检妻遇白猿精》)，其情节与印度的大史诗《拉马耶那》(Ramayna)很有一部分相类似。而《拉马耶那》的故事，却又是印度戏曲家们所最喜欢采用的题材。这其间也难保没有多少的牵连的因缘在内。

六

据徐渭的《南词叙录》，著录“宋、元旧篇”凡六十五部，全都是宋、元遗留下来的戏文。最后的几篇，是元末明初人高则诚等所作的《蔡伯喈琵琶记》、《王俊民休书记》等。作者大抵无姓氏可考。《永乐大典》第一万三千九百六十五卷至一万三千九百九十一卷，凡二十七卷，皆录戏文，都凡三十三本。其中与《南词叙录》所著录的名目相同者凡二十四本。其余九本，则为徐渭所未知者。这一类的戏文，除了《琵琶记》盛行于世外，其余皆湮没无闻。近幸在《永乐大典》第一万三千九百九十一卷中，发现了戏文三部。又沈璟的《南九宫谱》及张禄的《词林摘艳》，无名氏的《雍熙乐府》中也载有戏文的残文不少。大抵，我们研究宋、元的戏文，所知的材料已略尽于此的了。惟其中以元人所作者为最多。我们所确知的最早的宋人所作的戏文，不过下列数种而已。

一、《赵贞女蔡二郎》，作者无考。徐渭云：“即蔡伯喈弃亲背妇，为暴雷震死，里俗妄作也。实为戏文之首。”此戏盖即高则诚《琵琶记》的祖本。则诚因其结局的荒诞，故特易之为团圆，而名之曰：《忠孝蔡伯喈琵琶记》。将不忠不孝，易为又忠又孝，当然是出于不忍见“古人的被诬”的一念。南宋陆放翁诗，有“斜阳古道赵家庄，负鼓盲翁正作场。死后是非谁管得，满街听说《蔡中郎》”，则当时不仅有《赵贞女》

的戏文，且有《蔡中郎》的盲词了。此戏残文，今只字无存。

二、《王焕》，宋黄可道撰。刘一清《钱唐遗事》云："湖山歌舞，沉酣百年。贾似道少时，佻㑳尤甚。自入相后，犹微服间或饮于伎家。至戊辰、己巳间（公元1268—1269年），《王焕》戏文，盛行于都下。始自太学，有黄可道者为之。一仓官诸妾见之，至于群奔。遂以言去。"《永乐大典》卷一万三千九百七十八，载有《风流王焕贺怜怜》（今佚），大约即是此剧。元人杂剧中，亦有《百花亭》一本，叙及此事。《南词叙录》中载有《贺怜怜烟花怨》及《百花亭》各一本，不知是否也叙此事，或竟系《王焕》的别名。《王焕》的残文，见《南九宫谱》中。

三、《王魁负桂英》，宋无名氏作。"明叶子奇《草木子》云：俳优戏文，始于《王魁》，永嘉人作之。"徐渭云："王魁名俊民，以状元及第，亦里俗妄作也。周密《齐东野语》辨之甚详。"其残文今亦存于《南九宫谱》中。

四、《乐昌分镜》，宋无名氏作（《永乐大典》及《南词叙录》均作《乐昌公主破镜重圆》，大约即是此戏）。周德清《中原音韵》云："沈约之韵，乃闽、浙之音而制中原之韵者。南宋都杭，吴兴与切邻，故其戏文如《乐昌分镜》等类，唱念呼吸，皆如约韵。"此戏今已全佚，残文未见。

五、《陈巡检梅岭失妻》，未知撰人。此故事盖亦南宋时盛传于民间的。宋人词话中，亦叙及此事。《永乐大典》作《陈巡检妻遇白猿精》，大约即是此本。其残文今存于《南九宫谱》中。

参考书目

一、《梵剧体例及其在汉剧上的点点滴滴》 许地山著，载于《小说月报》号外《中国文学研究》中。

二、《宋元戏曲史》 王国维著，商务印书馆出版，又被收入《王忠悫公遗书》中。

三、《南词叙录》 徐渭著，有《读曲丛刊》本，《曲苑》本，《重订曲苑》本。

四、《永乐大典目录》六十卷　有连筠簃刊本。

五、《梵剧目录》（*A Bibliography of the Sanskrit Drama*）　M. Schuyler 著，美国 The Columbia University Press 出版。

六、关于《梵文文学史》的著作颇多，专论梵剧者有：A. B. Keith 的 *The Sanskrit Drama*；K. P. Knlkarmi 的 *Sanskrit Dramaand Dramatists* 等。

七、《印度文学史》　许地山著，在《万有文库》中。

八、《梭康特娅》的英译本甚多，*Everyman Library* 中即有之。

第四十一章

南宋词人

南宋词的三个时期——雅正的趋势——赵鼎、岳飞等——康与之与张孝祥——辛弃疾——陆游、范成大、刘过等——姜夔——史达祖等——吴文英——黄昇、王炎等——蒋捷、周密、张炎、王沂孙——陈允平、文天祥、汪元量等

一

南宋词与北宋的一样，亦可分为三个时期。第一个时期是词的奔放的时期。这时期恰当于南渡之后，偏安的局面已成，许多慷慨悲歌之士，目睹半个中国陷于“胡”人，古代的文化中心，千年以来的东西两都，俱沦为“异域”，无恢复的可能，颇有些愤激难平，“髀肉复生”之感。在这样的一个局势之下，诗人们当然也很要感受到同样的刺激的。这个时候的诗人，作着“鼓舞升平”或“渔歌唱晚”的词，以涂饰为工，以造美辞隽句为能的当然也很有几个。然而几位可以代表时代的大诗人，如辛弃疾，如陆游，如张孝祥他们，却是高唱

着“马作的卢飞快，弓如霹雳弦惊”（辛弃疾《破阵子》）的，高唱着“底事昆仑倾砥柱，九地黄流乱注，聚万落千村狐兔”（张元干《贺新郎》）的，高唱着“念腰间箭，匣中剑，空埃蠹，竟何成！时易失，心徒壮，岁将零”（张孝祥《六州歌头》）的，高唱着“胡未灭，鬓先秋，泪空流。此生谁料，心在天山，身老沧州”（陆游《诉衷情》）的。总之，他们是奔放的，是雄豪的，是不屑于写靡靡之音的。柳永直被他们视为舆台。周美成的影响，也不很显著。苏轼的第一类的词，即“大江东去”一类的政论似的词，在这时却大为流行。一时有许多人在模仿着。最初是几位慷慨激昂的政治家在写着，以后是有天才的辛与陆，再后是刘过诸人。这一类的词的流行，完全是时代所造成的。一方面为了金人的侵陵，一方面也为了苏氏的作品，受了久压之后，自然的会引起了许多人的奔凑似的去欣赞他、模仿他了。

第二个时期是词的改进的时期。在这个时期里，外患已不大成为紧迫的问题了。因为金人有了他们的内乱与强敌，更无暇南下牧马。南宋的人士，为了升平已久，也便对于小朝廷安之若素。于是便来了一个宴安享乐的时代。像陆放翁、辛稼轩的豪迈的词气，已自然的归于淘汰。当时的文人，不是如姜白石之著意于写隽语，便是如吴文英之用全力于遣词造句。这时代的作家自姜、吴以至高（观国）、史（达祖）都是如此。他们唱的是“苔枝缀玉，有翠禽小小，枝上同宿”（姜夔《疏影》）；唱的是“柳边深院，燕语明如剪”（卢祖皋《清平乐》）；唱的是“燕子重来，往事东流去。征衫贮旧寒一缕，泪湿风帘絮”（吴文英《点绛唇》）；唱的是“倦客如今老矣，旧游可奈春何！几曾湖上不经过。看花南陌醉，驻马翠楼歌”（史达祖《临江仙》）。这时候，苏东坡氏的影响已经过去了，“大江东去”、“甚矣吾衰矣”一类的作品已被视为粗暴太过而遭唾弃。周邦彦的作风却是恰合于时人胃口的东西。于是如姜氏，如吴氏，如高氏，如史氏，便都以雕饰为工，而不以粗豪为式了，便都以合律为能，而不以写“曲子内缚不住”的作品自喜了。他们精琢细磨，他们知律审音，他们絮语低吟，他们更会体物状情，务求其工致，务求其胜人。他们都是专工的词人。他们除了词之外，一无所用心。他们为了作词而作词，一点也没有别的什么目的。他们有时写得很好，很深刻真切，有时却不过是美词艳句的堆砌而已，一点内容也没有。张炎评吴文英的词，以为“如七宝楼台，炫人眼目，拆碎下来，不成片段”。这话最足以传达出这时代一部分的词的里面的真相。

第三个时期是词的雅正的时期。这一个时期，看见了元人的渡江与南宋的灭亡，应该是多痛哭流涕，感叹悲愁之作；应该是多愤语，多哀歌的，应该满是“藕花相向野塘中，暗伤亡国，清露泣香红”的句子的。然而出于我们意料之外，目睹蒙古人的侵入与占据，且亲受着他们的统治之痛楚的几个大词人，如张炎、周密、王沂孙诸人的词，却在表面上看不大出来他们的痛苦与哀悼。如张炎的词颇多隐含着亡国之痛，却都寓意于咏物。为什么他们发出的呼号，却是那样的隐秘呢？这个原因，第一点，自然是为了蒙古人的铁蹄所至，言论不能自由；第二点，却也因为词的一体，到了张炎、周密之时，已经是凝固了，已经是登峰造极，再也不能前进了。他们只能在咏物寓意上用功夫。只能以“意内言外”的作风为极则。张炎说词欲雅而正。志之所至，词亦至焉。一为物所役，则失其雅正之音。”雅正二字，便是他们的风格。 他们为了要求雅正，要求一种词的正体，所以排除了一切不能装载于“词”之中的题材。他们于音律谐合之外，又要文辞的和平工整，典雅合法。此外，所谓“词人”多不过翻翻旧案，我学苏、辛，你学周、张，他学梦窗、白石而已；很少有真性情的作家。

词到了这个时期，差不多已不是民间所能了解的东西了。词人的措辞，一天天地趋向文雅之途，一天天地讳避了鄙下的通俗的习语不用。像柳永、黄庭坚那样的“有井水饮处无不知歌之”的样子已是不可再见的盛况了。即像毛滂、周邦彦那样的一歌脱手，妓女即能上口的情形也是很少见的了。她独自在“雅正”，在“修辞”上做功夫。而南曲在这时已产生于南方的民间，预备代之而兴。金、元人所占领的北方，也恰恰萌芽着北曲的嫩苗。

二

南渡之初，前代的词人，都由已沦为异域的京城，奔凑于南方的新都里来。朱敦儒仍在写着，李清照也仍在写着。更有几个别的作家，像康与之，像赵鼎，像张元干，像洪皓，像张抡诸人也都在写着。赵鼎（1085—1147）是中兴的一位很有力的名臣，但也善词。他字元镇，闻喜人。崇宁初进士。累官尚书左仆射，同中书门下平章事，兼枢密使。谥忠简。有《得全居士集》，词一卷。黄昇以为他的“词章婉媚，不减《花间》”。我们在其词里，一点也看不出当时的大变乱的感触。同时的名将岳飞，所作的词却活现出一位忠勇为国的武将的愤激心理来。飞（1103—1141）字鹏举，汤阴人。累官少保，枢密副使。秦桧主和，首先杀死了他，天下痛之。后追谥武穆，封鄂王。成了一个悲痛的传说里的中心人物。他的《满江红》：“靖康耻，犹未雪，臣子恨，何时灭？驾长车，踏破贺兰山缺！壮志饥餐胡虏肉，笑谈渴饮匈奴血。待从头收拾旧山河，朝天阙。”为我们所熟知。张元干字仲宗，长乐人。绍兴中，以送胡铨及寄李纲词除名，亦以此得大名。有《归来集》及《芦川词》一卷，他的《送胡邦衡待制赴新州》一词：“梦绕神州路，怅秋风连营画角，故宫离黍。底事昆仑倾砥柱，九地黄流乱注，聚万落千村狐兔。天意从来高难问！况人情易老悲难诉，更南浦送君去”（《贺新郎》）。其情绪是很悲壮的。曾觌也颇写这一类的词。他的《金人捧露盘》（《庚寅春奉使过京师感怀作》）凄然有黍离之感：

> 记神京繁华地，旧游踪，正御沟春水溶溶，平康巷陌，绣鞍金勒跃青骢，解衣沽酒醉弦管，柳绿花红。到如今，余霜鬓。嗟前事，梦魂中。但寒烟满目飞蓬，雕栏玉砌，空余三十六离宫。塞笳惊起暮天雁，寂寞东风。
>
> ——《金人捧露盘》

觌字纯甫，汴人，绍兴中，为建王内知客。孝宗受禅，以觌权知阁门事。后为开府仪同三司，加少保。有《海野词》一卷。

康与之字伯可，为渡江初的朝廷词人，高宗很赏识他，官郎中，有《顺庵乐府》五卷。他也很感受时势丧乱的影响，然他的许多词却是异常的婉靡的。黄昇说："伯可以文词待诏金马门。凡中兴粉饰治具，及慈宁归养，两宫欢集，必假伯可之歌咏，故应制之词为多。"王性之以为："伯可乐章，令晏叔原不得独擅。"沈伯时则以他与柳永并称，以为二人"音律甚协，但未免时有俗语"。陈质斋也斥之为"鄙亵之甚"，然他的慢调之合律，却与秦、柳、周并肩，非余子所可比拟。在宋词的几个大作家中，他是无暇多让的。

张孝祥字安国，乌江人。绍兴二十四年廷试第一。后迁中书舍人，领建康留守。有《于湖集》，词一卷。汤衡为他的《紫微雅词》作序，称其"平昔未尝著稿。笔酣兴健，顷刻即成，却无一字无来处。"惟其出于自然，所以他的词颇饶自然之趣，没有一点雕镂的做作的丑态。这是南宋词中所不多见的。他的题为《听雨》的《满江红》："无似有，游丝细，聚复散，真珠碎。天应分付与别离滋味。破我一床蝴蝶梦，输他双枕鸳鸯睡。当此际别有好思量，人千里。"是很可爱的。他的《六州歌头》尤为激昂慷慨。当他在建康留守席上，赋歌此阕时，张魏公竟为罢席而入（见《朝野遗记》）。

长淮望断，关塞莽然平。征尘暗，霜风劲，悄边声，黯消凝。追想当年事，殆天数，非人力，洙泗上，弦歌地，亦膻腥。隔水毡乡，落日牛羊下，区脱纵横。看名王宵猎，骑火一川明，笳鼓悲鸣，遣人惊。念腰间箭，匣中剑，空埃蠹，竟何成。时易失，心徒壮，岁将零。渺神京千羽，方怀远，静烽燧，且休兵；冠盖使，纷驰骛，若为情。闻道中原遗老，常南望翠葆霓旌。使行人到此，忠愤气填膺，有泪如倾。

——《六州歌头》

三

辛弃疾是这一期中的最大作家。词到了周邦彦，已可急转直下而到了吴文英、史达祖、周密、张炎他们的一条路上去了；弃疾却以只手障狂澜，将这个趋势的速率，减低了若干度。他与苏轼同样的被人称为豪放词的代表。但苏轼的词最重要的，却是他的清隽的名作。辛弃疾也是如此。他的代表作，决不是“我见青山多妩媚，料青山见我应如是”，“不恨古人吾不见，恨古人不见吾狂耳”(《贺新郎》)，与夫“千古江山，英雄无觅孙仲谋处。…… 凭谁问，廉颇老矣，尚能饭否”(《永遇乐》) 之属，而是那些很缠绵，很多情的许多作品，不过这些缠绵多情的调子却被放在奔放不羁，舒卷如意的浩莽的篇页之上罢了。我们且读底下的一首词：

> 东风夜放花千树，更吹落星如雨。宝马雕车香满路，凤箫声动，玉壶光转，一夜鱼龙舞。蛾儿雪柳黄金缕，笑语盈盈暗香去。众里寻他千百度，蓦然回首，那人却在灯火阑珊处。
>
> ——《青玉案》

我们还忍责备他的粗豪么？我们还忍以“掉书袋”讥他么？即他的悲愤愤慨之作，像：

> 醉里挑灯看剑，梦回吹角连营。八百里分麾下炙，五十弦翻塞外声，沙场秋点兵。马作的卢飞快，弓如霹雳弦惊，了却君王天下事。赢得生前身后名。可怜白发生。
>
> ——《破阵子》

又何尝有什么粗豪的踪影在着。弃疾字幼安，历城人。初为耿京掌书记。后奉表南归。高宗授为承务郎，累迁枢密都承旨。有《稼轩长短句》十二卷。

陆游（1125—1210）与弃疾齐名，时人并称为辛、陆。游字务观，山阴人。隆兴初，赐进士出身。范成大帅蜀，为参议官。人或讥其颓放，因自号放翁。后为宝章阁待制。有《剑南集》，词一卷。他与弃疾同被讥为“掉书袋”。但他的词有许多实是靡艳婉昵的，像《春日游摩诃池》的《水龙吟》：“惆怅年华暗换，黯销魂雨收云散。镜奁掩月，钗梁折凤，秦筝斜雁。身在天涯，乱山孤垒，危楼飞观。叹春来只有杨花，和恨向东风满。”

他娶妻唐氏，伉俪相得。但他的母亲却与唐氏不和。他不得已而出之。不久，她便改嫁了同郡赵士程。春日出游，相遇于禹迹寺南之沈园。唐语其夫，为致酒肴。陆怅然赋《钗头凤》云：

红酥手，黄藤酒，满城春色宫墙柳。东风恶，欢情薄，一怀愁绪，几年离索，错，错，错！春如旧，人空瘦，泪痕红浥鲛绡透。桃花落，闲池阁。山盟虽在，锦书难托，莫，莫，莫！

唐也和之，未几，即怏怏卒。放翁复过沈园时，更赋一诗道：“落日城头画角哀，沈园非复旧池台。伤心桥下春波绿，曾见惊鸿照影来。”（见《耆旧续闻》）这真是一件太可悲惨的故事了！

此外尚有好几位词人要在此一提及的。朱翌（1096—1167）字新仲，龙舒人。政和中进士，历官中书待制，有《灊山集》。张抡字才甫，亦南渡的故老。有《莲社词》一卷。曾慥、曾惇为故相布的后裔，皆能词。慥字端伯，编《乐府雅词》颇有功于词坛。惇字谹父，有词一卷。

范成大（1125—1204）字致能，吴郡人，绍兴中进士。后参知政事，又帅金陵。谥文穆 。有《石湖集》，词一卷。中多可喜之作。像《萍乡道中》：

酣酣日脚紫烟浮，妍暖破轻裘。困人天气，醉人花气，午梦扶头。春慵恰似春塘水，一片縠纹愁。溶溶曳曳，东风无力，欲皱还休。

——《眼儿媚》

其恬淡而多姿的风调和他的五七言诗很相类。葛立方字常之，丹阳人，绍兴八年进士。官至吏部侍郎。有《归愚集》，词一卷。姚宽字令威，剡川人。为六部监门，有《西溪居士乐府》一卷。陈同甫名亮，永康人。有《龙川集》，词一卷。刘过字改之，襄阳人。有《龙洲词》一卷。他的词，学稼轩，真是一个“肖徒”。黄昇说：“改之，稼轩之客，词多壮语，盖学稼轩者也。”学稼轩而至于高唱着“被香山居士，约林和靖与东坡老，驾勒吾回。坡谓西湖正如西子，淡抹浓妆临照台。”真是稼轩的末日到了。岳珂诋之为“白日见鬼”，真是的评。但他亦有好句，像《沁园春》：“有时自度歌句悄，不觉微尖点拍频”，“凤鞋泥污，偎人强剔，龙涎香断，拨火轻翻”，这都是很纤丽可爱的。赵彦端者，字德庄，为宋宗室。乾道、淳熙间以直宝文阁，知建宁府。有《介庵词》四卷。相传孝宗赵昚读他的《谒金门》，到“波底夕阳红湿，送尽去云成独立，酒醒愁又人”，大喜，问谁词。答云：彦端所作。孝宗云：“我家里人也会作此等语！”

曹勋字功显，阳翟人。仕宣和，官至太尉，提举皇城司，开府仪同三司。终于淳熙初。有《松隐乐府》三卷。多应制应时及咏物之作。洪适，中博学宏词科。累官尚书右仆射，同中书门下平章事，兼枢密使。谥文惠。有《盘洲集》，词二卷。杨无咎字补之，清江人。高宗朝累征不起。自号清夷长者。有《逃禅集》，词一卷。无咎喜作情语，其丽腻风流，回肠荡气之处，不下于三变。杨炎号止济翁，庐陵人，有《西樵语业》一卷。他与辛稼轩为友。其词间涉粗豪，也许是受稼轩的影响吧。王千秋字锡老，东平人。有《审斋词》一卷。他尝自称道：“少日羁孤，百口星分于异县。长年忧患，一身蓬转于四方。”其铸辞间有甚为新巧者，已是卢祖皋、吴文英他们的同道了。黄公度字师宪，号知稼翁，世居莆田。绍兴八年，大魁天下。除尚书考功员外郎。不久病卒，年四十八。有《知稼翁集》十一卷，又词一卷。洪迈评其词，以为：“宛转清丽，读者咀嚼于齿颊间而不得已。”

四

开南宋第二期词派的，远者为康与之，近者为姜夔。与之艳丽，白石清隽。然白石究竟气魄不大。他的词往往是矜持太过。他选字，他炼句，他要合律。如他的盛传于世的《暗香》、《疏影》二词，不过是咏物诗的两篇名作而已，也未见得有多大的意义。赵子固说："白石，词家之申、韩也。"此言却甚得当。周济也说："吾十年来服膺白石，而以稼轩为外道。由今思之，可谓扪龠也。稼轩郁勃故情深，白石放旷故情浅；稼轩纵横故才大，白石局促故才小。"夔字尧章，白石其号，鄱阳人，流寓吴兴。有《白石词》五卷。他的最好的作品，像：

> 过春风十里，尽荠麦青青。自胡马窥江去后，废池乔木，犹厌言兵。渐黄昏，清角吹寒，都在空城……
>
> ——《扬州慢》
>
> 渐吹尽枝头香絮，是处人家，绿深门户。远浦萦回，暮帆零乱向何许？阅人多矣，谁得似长亭树。树若有情时，不会得青青如此！……只算有并刀，难剪离愁千缕。
>
> ——《长亭怨慢》

卢祖皋和高观国、史达祖三人都是这期内的大作家。卢祖皋字中之，永嘉人，一云邛州人。庆元中登第。嘉定中为军器少监。有《蒲江词》一卷。黄昇说："《蒲江词》乐章甚工，字字可入律吕。"

高观国字宾王，山阴人，有《竹屋痴语》一卷。陈唐卿评他与史达祖的词，以为"要是不经人道语。其妙处，少游、美成亦未及也"。张炎则以他与白石、邦卿、梦窗并举，以为"格调不凡，句法挺异，俱能特立清新之意。删削靡曼之词，自成一家"。但观国词的佳者，像"春芜雨湿，燕子低飞急。云压前山群翠失，烟水满湖轻碧"（《清平乐》），也未能通首相称。

史达祖在三人中是最好的一个。达祖字邦卿，汴人，有《梅溪词》。张镃以为他的词："织绡泉底，去尘眼中，妥帖轻圆，辞情俱到。有瑰奇警迈，清新闲婉之长，而无诡荡污淫之失。端可分镳清真，平睨方回。”姜夔也很恭维他，以为“邦卿之词，奇秀清逸，有李长吉之韵。盖能融情景于一家，会句意于两得者。其‘做冷欺花，将烟困柳’一阕，将春雨神色拈去，‘飘然快拂花梢，翠影分开红影’又将春燕形神画出矣。”

> 做冷欺花，将烟困柳，千里偷催春暮，尽日冥迷，愁里欲飞还住。惊粉重蝶宿西园，喜泥润燕归南浦。最妨他佳约风流，钿车不到杜陵路。沉沉江上望极，还被春潮晚急。难寻官渡，隐约遥峰，和泪谢娘眉妩。临断岸新绿生时，是落红带愁流处。记当日门掩梨花，剪灯深夜语。
>
> ——《绮罗香》

吴文英在这期词人里，声望特著。有许多人推崇他为集大成的作家。他字君特，四明人。有梦窗甲乙丙丁稿四卷。尹惟晓云：“求词于吾宋，前有清真，后有梦窗。此非予之言，四海之公言也。”然论诗才，梦窗实未及清真。清真的词流转而下，毫不费力，而佳句如雨丝风片，扑面不绝。梦窗的词则多出之于苦吟，有心的去雕饰，着意的去经营，结果是，偶获佳句，大损自然之趣。张炎说得最好：“吴梦窗如七宝楼台，炫人眼目，拆碎下来，不成片段。”真实的诗篇是永远不会被拆碎的。沈伯时说：“梦窗深得清真之妙。但用事下语太晦处，人不易知。”他所以喜用晦语，便是欲以深词来蔽掩浅意的。而深词既不甚为人所知，浅意也便因之而反博得一部分评者的赞颂了。他的《唐多令》颇为张炎所喜，以为“最为疏快不质实”。但头二句，“何处合成愁，离人心上秋”，便不是十分高明的句法。民歌中最坏的习气，就是以文字为游戏，或拆之或合之。梦窗不幸也和鲁直他们一样，竟染上了这个风气。但像“黄蜂频扑秋千索”（《风入松》）之类的话，却的确是很隽好的。

何处合成愁？离人心上秋。纵芭蕉不雨也飕飕。都道晚凉天气好，有明月，怕登楼。年事梦中休，花空烟水流。燕辞归客尚淹留。垂柳不萦裙带住，漫长是系行舟。

——《唐多令》

听风听雨过清明，愁草瘗花铭。楼前绿暗分携路，一丝柳，一寸柔情。料峭春寒中酒，交加晓梦啼莺。西园日日扫林亭，依旧赏新晴。黄蜂频扑秋千索，有当时纤手香凝。惆怅双鸳不到，幽阶一夜苔生。

——《风入松》

我们如果不责望梦窗过深，我们读了他的词便不致失望过甚。我们如以他为一个集大成的同时又是开山祖的一个大词人，我们便将永不会得到了他的什么，只除了许多深晦而不易为人所知的造语。我们如视他为一个第二期中的一位与姜、高、史、卢同流的工于铸词，能下苦工的作家，则我们将看出他确是一位不凡的人物。他的词平均都是过得去的，且也都颇多好句。白石清莹，他则工整，梅溪圆婉，他则妥贴。他是一个精熟的词手，却不是一位绝代的诗人。他是精细的，谨慎的，用功的，然而他却不是有很多的诗才的。后来的作词者多趋于他的门下。其主因大约便在于此。

这时代的词人更有几个应该一提的。陈经国的词，也颇多感慨语，超脱语，言淡而意近，与当时的作风很不相类。经国，嘉熙、淳祐间人，有《龟峰词》一卷。他的《丁酉岁感事》的《沁园春》："谁思神州，百年陆沉，青毡未还。怅晨星残月，北州豪杰，西风斜日，东帝江山。说和说战都难算，未必江沱堪晏安。"也未必逊于张孝祥的悲愤，辛稼轩的激昂。方岳（1199—1262）字巨山，祁门人。理宗朝为文学掌教。后出守袁州。有《秋崖先生小稿》。吴潜字毅夫，宁国人。嘉定间，进士第一。淳祐占中参知政事，拜右丞相，兼枢密使，封许国公。后安置循州卒。有《履斋诗余》三卷。他的词多半是感伤的调子。如"岁月无多人易老，乾坤虽大愁难著"（《满江红》）；"岁月惊心，风埃昧目，相对头俱白"（《酹江月》）之类，都是很平凡的。然《鹊桥仙》一首，却是杰出于平凡之中，颇使我们的倦眼为之一新：

> 扁舟乍泊，危亭孤啸，目断闲云千里。前山急雨过溪来，尽洗却人间暑气。暮鸦木末，落凫天际，都是一番愁意。痴儿骏女贺新凉，也不道西风又起。
>
> ——《鹊桥仙》

黄昇字叔旸，号玉林。曾编《花庵词选》，他自己也有《散花庵词》一卷。识者称其人为“泉石清士”。游受斋则亟称其诗，为晴空冰柱。他的词，虽未见得有多大的才情，却是不雕饰的。韩淲（1159—1224）字仲止，颍川人，元吉之子。有高节。从仕不久即归。嘉定中卒。有《涧泉诗余》一卷。淲词缠绵悱恻，时有好句，且在丽语之中，尚能见出他的个性来，这是时流所少有的。

张辑字宗瑞，鄱阳人。有《东泽绮语债》二卷。朱湛卢云：“东泽得诗法于姜尧章，世谓谪仙复作。不知其又能词也。”辑词多凄凉慷慨之音。然与辛、陆之作，其气韵已自不同。像《月上瓜洲》：

> 江头又见新秋，几多愁！塞草连天，何处是神州？英雄恨，古今泪，水东流。惟有渔竿，明月上瓜洲。

王炎（1138—1208）字晦叔，婺源人，有《双溪诗余》。炎自序其词曰：“今之为长短句者，字字言闺阃事，故语懦而意卑。或者欲为豪壮语以矫之。夫古律诗且不以豪壮语为贵。长短句命名曰曲，取其曲尽人情，惟婉转妩媚为善。豪壮语何贵焉！不溺于情欲，不荡而无法，可以言曲矣。此炎所未能也。”这些话颇可以看出作词的态度来。他惯欲在词中处处以青春的愉乐，烘托出老境的颓放来，这却是他的特色。

> 渡口唤扁舟，雨后青绡皱。轻暖相重护病躯，料峭还寒透。老大自伤春，非为花枝瘦。那得心情似少年，双燕归时候。
>
> ——《卜算子》

戴复古字式之，天台人，游于陆放翁门下。有《石屏集》，词一卷。他的词，深深染着稼轩的粗豪的影响。赵以夫（1189—1256）字用甫。长乐人，端平中，知漳州 。有《虚斋乐府》一卷。以夫词，小令佳者绝少，慢调则颇多美俊者。像如："欲低还又起，似妆点满园春意"（《徵招・雪》）；"云雁将秋，露萤照夜，凉透窗户。星网珠疏，月奁金小，清绝无点暑"（《永遇乐・七夕》）。

魏了翁（1178—1237）字华父，号鹤山，蒲山人，庆元五年进士。理宗朝，官资政殿学士，福州安抚使。卒谥文靖。有《鹤山长短句》三卷。鹤山虽为理学名儒，然其词则殊清丽，语意高旷。像《八声甘州》："多少曹苻气势，只数舟燥苇，一局枯棋。更元颜何事，花玉困重围。算眼前未知谁恃！恃苍天终古限华夷。还须念，人谋如旧，天意难知"云云，气势却甚凄豪。在栗栗自危之中，已透露出对于强敌无可抵抗的消息来了。郭应祥字承禧，临江人。嘉定间进士。官楚、越间。有《笑笑词》一卷，寿词颂语，颇凡庸可厌。 南宋词家蜂起，惟女流作家则独少。当其中叶，仅有一朱淑真而已。淑真，海宁人，或以为朱熹之侄女。她自称幽栖居士。以匹偶非伦，弗遂素志，心每郁郁，往往见之诗词，其集名《断肠》，词一卷。其小词，佳者至多：

> 山亭水榭秋方半，凤帏寂寞无人伴。愁闷一番新，双蛾只旧颦。起来临绣户，时有疏萤度。多谢月相怜，今宵不忍圆。
>
> ——《菩萨蛮》
>
> 独行独坐，独倡独酬还独卧。伫立伤神，无奈轻寒著摸人。此情谁见？泪洗残妆无一半。愁病相仍，剔尽寒灯梦不成。
>
> ——《减字木兰花》

五

第三期的词人，大都是生于亡国之际，身受亡国之痛的。他们或托物以寓意，或隐约以陈词。在实际的生活上，江南人的生活真是要另起了一番变化。——一番很大的变化。蒙古民族纷纷的南下，临安全为他们所占领。江、浙一带，南歌消歇，北曲喧腾。汉人或他们所谓为“蛮子”的地位，不必说在蒙古人之下，且也在一切色目人之下！科举停了，学校废了，什么政策的施行，都是汉人所不惯受的。在那么困苦的境地之下，词人们的心绪，自不能不受到深切的感动。在第二期中还有几个人在叫着：“天下事可知矣！”在叫着：“说和说战都难算，未必江沱堪晏安！”在叫着：“望长淮犹二千里，纵有英心谁寄！”在这一个时期，作家却都半遁入细腻的咏物寓意的“寄托”的一条路上去，不能有什么明显的愤语的呼号。他们雕饰字句，以纤丽为工，他们致力新语，以奇巧为妙。而在其间，则隐藏着深刻的难言之痛。

这期的词人以蒋捷、周密、张炎、王沂孙为四大家。这四大家的词，都是纯正的典雅词。他们的选词择语，真都是慎之又慎的。他们如一颗颗的晶莹的明珠，我们在那里找不出一点的疵病。其时时可遇的隽句，如“数枝樱桃叶底红”，又可使我们吟味不尽。然而他们的美妙不仅在外表，在辞章。他们没有雄豪的奔放的词句儿，他们没有足以动人心肺，撼人魂魄的火辣辣的文章，但他们却是几个“意内言外”的词人，表面上，是以铸美词造隽语为专长，其实却是具有更深、更厚、更沉痛的悲苦的。

蒋捷字胜欲，义兴人，有《竹山词》一卷。在四大家中，他的词是最有自然之趣的。像：“搔首窥星多少？月有微黄篱无影，挂牵牛数朵青花小。秋太淡，添红枣”（《贺新郎》），“少年听雨歌楼上，红烛昏罗帐。壮年听雨客舟中，江阔云低，断雁叫西风。而今听雨僧庐下，鬓已星星也。悲欢离合总无情，一任阶前点滴到天明”（《虞美人》），“红了樱桃，绿了芭蕉，送春归，客尚蓬飘。昨宵谷水，今夜兰皋。奈云溶溶，风淡淡，雨潇潇”（《行香子》），都可以见出其清隽疏荡的风趣来。

周密字公谨，济南人，侨居吴兴。自号弁阳啸翁，又号萧斋。有《草窗词》(一名《蘋州渔笛谱》)二卷。又编《绝妙好词》。他的词，无论小令、慢调都是很纤丽隐约，言中有物的，像："晴丝罥蝶，煖蜜酣蜂，重帘卷，春寂寂。雨萼烟梢压阑干，花雨染衣红湿。"(《解语花》)"往事夕阳红，故人江水东。翠衾寒，几夜霜浓。梦隔屏山飞不去，随夜鹊，绕疏桐。"(《南楼令》)

张炎字叔夏，为南渡名将张俊的后裔。居临安，自号乐笑翁。有《玉田词》三卷。仇仁近以为："叔夏词意度超玄，律吕协洽，当与白石老仙相鼓吹。"以玉田较白石，玉田当然未暇多让。玉田颇有愤语，却深藏之于浓红淡绿之中，如"只有一枝梧叶，不知多少秋声"；"恨乔木荒凉，都是残照"之类。而"十年旧事翻疑梦"的一阕《台城路》，读者尤为感动。在小令一方面，像"叶密春声聚，花多瘦影重"，那样的自然而多趣的调子，也是很近于《花间》的。

> 十年旧事翻疑梦，重逢可怜俱老！水国春空，山城岁晚，无语相看一笑。荷衣换了，任京洛尘沙，冷凝风帽。见说吟情，近来不到谢池草。欢游曾步翠窈，乱红迷紫曲，芳意今少。舞扇招香，歌桡唤玉，犹忆钱塘苏小，无端暗恼。又几度流连，燕昏莺晓。回首妆楼，甚时重去好！
>
> ——《台城路》

王沂孙字圣与，号碧山，又号中仙。会稽人。有《碧山乐府》(一名《花外集》)二卷。沂孙的词，咏物很工，有时意境也极高隽。如"听粉片簌簌飘阶"之类：

> 屋角疏星，庭阴暗水，犹记藏鸦新树。试折梨花，行入小栏深处，听粉片簌簌飘阶，有人在夜窗无语。料如今掩孤灯，画屏尘满断肠句。佳期浑似流水，还见梧桐几叶，轻敲朱户。一片秋声，应做两边愁绪。江路远，归雁无凭，写绣笺，倩谁将去。谩无聊，犹掩芳樽，醉听深秋雨。

——《绮罗香》

于蒋、周、张、王外，尚有：陈允平字君衡，号西麓，明州人，有《日湖渔唱》二卷；刘克庄（1189—1269）字潜夫，号后村，莆田人，淳祐初，特赐同进士出身，累官龙图阁学士，致仕卒，谥文定，有《后村别调》一卷。像《玉楼春》(《呈林节推》) 一词，真乃是有稼轩之豪迈而无放翁的颓放者：

> 年年跃马长安市，客里似家家似寄。青钱唤酒日无何，红烛呼卢宵不寐。易挑锦妇机中字，难得玉人心下事。男儿西北有神州，莫洒水西桥畔泪。

——《玉楼春》

卢炳字叔阳，自号丑斋。有《烘堂词》。许棐字忱父，海盐人，嘉熙中隐居秦溪。于水南种梅数十树，自号梅屋。环室皆书。有《梅屋稿》、《献丑集》及《梅屋诗余》。汪元量字大有，号水云，钱塘人。以善琴，为宫妃之师。 宋亡，随三宫留燕。后为黄冠南归。有《水云集》、《湖山类稿》。他的词多故国之思，像：

> 凄凄惨惨，冷冷清清，灯火渡头市。慨商女不知兴废，隔江犹唱庭花，余音亹亹。伤心千古，泪痕如洗。乌衣巷口青芜路，认依稀王谢旧邻里。临春、结绮，可怜红粉成灰，萧索白杨风起。

——《莺啼序》

这是时人所罕有的！

柴望字仲山，号秋堂，有《秋堂集》，词一卷。他长于慢词，所作情绪宛曲，大有周美成的风调。刘学箕字习之，崇安人，有《方是闲居士词》一卷。其词圆稳熟练，足与当时诸大家相抗。刘辰翁（1234—1297）字会孟，庐陵人，举进士。值世乱，隐居不仕。有《须溪集》，附词。辰翁所作甚多，小令、慢词，皆有隽篇，秉豪迈之资，得自然之趣，新意亦多。他的伤时感事之作，尤凄然有黍离之痛。

> 长欲语，欲语又蹉跎！已是厌听夷甫颂，不堪重省越人歌。孤负水云多。羞拂拂，懊恼自摩挲。残烟不教人径去，断云时有泪相和。恨恨欲如何！
>
> ——《双调望江南》

陈德武，三山人，有《白雪遗音》一卷。德武怀古之作如《水龙吟》、《望海潮》，皆慷慨激昂，有为而发："乐极西湖，愁多南渡，他都是梦魂空。感古恨无穷。叹表忠无观，古墓谁封！棹檥钱塘，浊醪和泪洒秋风。"（《望海潮》）

文天祥和他的幕客邓郯都是能以词写其悲愤的。天祥（1236—1282）字宋瑞，又字履善。举进士第一。历官右丞相，兼枢密使，封信国公。为元兵所执，留燕三年，不屈而死。有《文山集》。他的《驿中言别友人》："水天空阔，恨东风不借世间英物。蜀鸟吴花残照里，忍见荒城颓壁。铜雀春情，金人秋泪，此恨凭谁雪！堂堂剑气，斗牛空认奇杰。"（《大江东去》）悲愤之情如见。邓郯字光荐，庐陵人。宋亡，不仕，有《中斋集》。他有词像《卖花声》的"不见当时王谢宅，烟草青青"，《南楼令》的"说兴亡燕入谁家？"也俱有兴亡之感。

参考书目

一、《宋六十家词》不分卷　毛晋（汲古阁）编刻，有原刻本，有广州刻本，有博古斋影印袖珍本。

二、《名家词集》十卷　侯文灿编刻，有原刻本，有《粟香室丛书》本。

三、《宋元名家词》不分卷　江标编，有清光绪间湖南刻本。

四、《四印斋所刻词》及《四印斋汇刻宋元三十一家词》　王鹏运编，自刊本。

五、《双照楼景宋元明词》　吴昌绶编，自刊本。《续刊景宋金元词》，陶湘编刊本。

六、《疆村丛书》 朱祖谋编，自刊本。

七、《中兴以来绝妙好辞选》十卷　宋黄昇编，有汲古阁刊《词苑英华》本。

八、《阳春白雪》八卷，《外集》一卷　宋赵闻礼编，有《词学丛书》本，清吟阁刊本，《粤雅堂丛书》本。

九、《绝妙好词笺》七卷　宋周密著，清查为仁、万鹗笺。有原刊本，有会稽章氏重刊本。

十、《草堂诗余》四卷　在《四印斋所刻词》，《词苑英华》及《双照楼景宋元明词》内均有之。

十一、《历代诗余》一百二十卷　有原刊本，有蟫隐庐影印本。

十二、《词综》三十四卷　清朱彝尊编，有原刊本，有坊刊本。

十三、《词林纪事》二十二卷　清张宗橚辑，有原刊本，有扫叶山房影印本，有海盐张氏影印本。

十四、《词选》 清周济编选，有刊本。

十五、《宋史》四百九十六卷　元脱脱等撰，有《二十四史》本。

十六、《南宋书》六十八卷　明钱士升撰，有扫叶山房刊《四朝别史》本。

第四十二章

南宋诗人

南渡诗人里所见的江西诗派的影响——陆游、范成大、杨万里——“永嘉四灵”——严羽、刘克庄、方岳等——南宋亡国时代的诗人们

一

南渡诗人，陈与义最为老师。继他之后的有陆游、杨万里、范成大三大家，皆多少受有江西诗派的影响者。又有号为“永嘉四灵”之徐照、徐玑、翁卷、赵师秀四人，为反抗“江西派”而主张复晚唐之诗风的。

陆游、范成大、杨万里俱为江西派诗人曾幾的弟子，所以都受些黄庭坚的影响。陆游诗存者不下万首，当为古今诗人最多产的一人。他能别树一风格，表白出他自己的创造的性格。他意气豪迈，常欲有所作为。所以灏漫热烈的爱国之呼号，常见于他的词与诗里，而在诗中尤其活跃。像“半年闭户废登临，直自春残病至今。帐外昏灯伴孤梦，檐前寒雨滴愁心。中原形胜关河在，列圣忧勤德泽深。遥想遗民

垂泣处，大梁城阙又秋砧。”（《秋思》）他的咏写“田野”的诗也甚著名，像“避雨来投白版扉，野人怜客不相违。林喧鸟雀栖初定，村近牛羊暮自归。土釜暖汤先濯足，豆萁吹火旋烘衣。老来世路浑谙尽，露宿风餐未觉非。”（《宿野人家》）

杨万里字廷秀，吉州吉永人，为秘书监，尝自号其室曰诚斋。他的诗，自言始学江西，继学后山、半山，晚学唐人。后忽有悟，遂谢去前学而后涣然自得。时目为“诚斋体”。他亦善于描写田野景色，像“一晴一雨路干湿，半淡半浓山叠重。远草平中见牛背，新秧疏处有人踪”（《过百家渡》）。又颇多闲澹自得语，像：“雨歇林间凉自生，风穿径里晓逾清，意行偶到无人处，惊起山禽我亦惊”（《桧径晓步》）；“百千寒雀下空庭，小集梅梢语晚晴。特地作团喧杀我，忽然惊散寂无声”（《寒雀》）。

范成大为咏写田园的大诗人。杨万里于诗无当意者，独推服成大之作。像：“已报舟浮登岸，更怜桥踏平池。养成蛙吹无谓，扫尽蚊雷却奇”（《积雨作寒》）广柳花深巷午鸡声，桑叶尖新绿未成。坐睡觉来无一事，满窗晓日看蚕生”，“昼出耘田夜绩麻，村庄儿女各当家。儿童未解供耕织，也傍桑阴学种瓜”，“静看檐蛛结网低，无端妨碍小虫飞，蜻蜓倒挂蜂见窘，催唤山童为解围”，“秋来只怕雨垂垂，甲子无云万事宜，获稻毕工随晒谷，直须晴到入仓时”（《四时田园杂兴》）之类，都是未经人写过的景色。

二

同时的诗人，又有沈与求，王庭珪、汪藻、孙觌、叶梦得、张元干、张九成，刘子翚、程俱、吴儆等，而以叶梦得为最著。沈与求字必先，湖州德清人，南渡后尝参知政事，有《龟谿集》。王庭珪字民瞻，安福人，有《卢溪集》。汪藻字彦章，德兴人，有《浮溪集》。孙觌字仲益，以尝提举鸿庆宫，故自号鸿庆居士。叶梦得字少蕴，吴县人，南渡后为江东安抚大使，兼知建康府。他经过南渡的大事变，然其诗却萧闲疏散，像："涧下流泉涧上松，清阴尽处有层峰。应知六月冰壶外，未许人间得暂逢。"张元干字仲宗，永福人，有《芦川归来集》。张九成字子韶，开封人，学者称之为横浦先生。刘子翚字彦仲，学者称之为屏山先生。程俱字致道，开化人，为中书舍人，其诗萧散古澹。吴儆字益恭，为朝散郎，学者称之为竹洲先生。

三

"永嘉四灵"是江西诗派的第一次反抗者。"四灵"者。徐照、徐玑、翁卷、赵师秀四人。赵东阁汝回道："唐风不竞，派沿江西。永嘉四灵，乃始以开元、元和作者自期，冶择淬炼，字字玉响。杂之姚、贾中，人不能辨也。"四灵确是以姚合、贾岛为宗的。他们的苦吟的风趣，也大似姚、贾。叶适志徐照墓道："山民有诗数百，琢思尤奇。皆横绝欻起，冰悬雪跨，使读者变踔憀慄，肯首吟叹，不能自已。然无异语，皆人所知也，人不能道耳。"这不独是对山民一人的赞语，也可以移以赠玑、卷、师秀诸人。他们的诗，像"千年流不尽，六月地常寒。洒水跳微沫，冲崖作怒湍"（徐照《石门瀑布》）；"又、取沙衣换，天时起细风。清阴花落后，长日鸟啼中"（徐玑《初夏游谢公岩》）；"一天秋色冷晴湾，无数峰峦远近闲。自上山来看野水，却于水底见青山"（翁卷《野望》）；都是于淡语浅语中，见出深厚的情趣来的。

徐照字道晖，永嘉人。他的诗，"初与君相知，便欲肺肠倾，自拟君肺肠，与妾相似生。徘徊几言笑，始悟非真情。妾情不可收，悔思泪盈盈"(《妾薄命》)，又颇有些像张籍诸人。徐玑字文渊，从晋江迁永嘉，为长泰令。翁卷字灵舒，亦永嘉人。徐照等因卷字灵舒，亦各改字为灵晖（照）、灵渊（玑）、灵秀（师秀）。"四灵"之号，即因是而起。赵师秀字紫芝，尝出仕，但也不达。他们都喜作五言律体诗。师秀尝言："一篇幸止有四十字，更增一字，吾末如之何矣。"所以他们对于江西派的长诗甚致不满。

同时又有尤袤，诗名与陆、范、杨并盛。陈造字唐卿，高邮人，自号江湖长翁，陆游、范成大俱甚称许他。周必大字子充，一字洪道，庐陵人，为枢密使右丞相。朱熹字元晦，一字仲晦，徽州婺源人，为宝文阁待制。他是南宋大理学家，虽自称不能诗，然如："拥衾独宿听寒雨，声在荒庭竹树间。万里故园今夜永，遥知风雪满前山"（《夜雨》）之类，并不弱于当时诸大诗人。陈傅良字君举，居温州瑞安，习经世之学，其诗苍劲。薛季宣字士龙，永嘉人，其诗质直畅达。叶适字正则，也是永嘉人，其诗用工苦而造境生。楼钥字大防，自号攻愧主人，鄞人，其诗雅赡。黄公度字师宪，莆田人。洪迈谓其诗"精深而不浮于巧，平澹而不近俗"。裘万顷字元量，豫章人，其诗也有闲适之趣。

四

略后于他们的大家，有刘克庄、戴复古、严羽及方岳。严羽为宋代重要的文学批评家。"四灵"要将江西诗派的作风推挽到姚、贾，羽则主张更求"大乘法"于盛唐诸诗人。他乃是江西派的第二次的反抗者。惟其自作，未必便符其所标榜者。故颇为时人所疵病。然像"朝亦出门啼，暮亦出门啼。蛛网挂风里，摇思无定时"（《懊侬歌》），其风格却也不甚卑弱。刘克庄字潜夫，号后村，莆阳人，在当时为最负盛名之诗人。初为建阳令，后为福建提刑。他的诗初受"四灵"派之影响，后则自成一家，例如："夜深扪绝顶，童子旋开扉。问客来何暮，云僧去未归。山空闻瀑泻，林黑见萤飞。此境惟予爱，他人到想稀。"（《夜过瑞香庵作》）戴复古字式之，天台黄岩人，负奇尚气，慷慨不羁。尝学诗于陆游，复漫游于四方。以诗鸣江湖间五十年。方岳字巨山，新安祁门人，为吏部侍郎。其诗主清新，工于镂琢。

这时代的女流作家朱淑真，亦善为五七言诗，音甚苦楚。然像《马塍》："一塍芳草碧芊芊，活水穿花暗护田。蚕事正忙农事急，不知春色为谁妍"之类，也颇具闲澹的趣味。

五

刘克庄死后数年，蒙古人由北方侵入南方，宋室便为他们所破灭。许多诗人都不忍见少数民族之成为南方的主人，或隐遁于山林，或悲楚的漫游于四方，或则以死来泯灭一己的悲感。这些诗人之著者，有文天祥、谢枋得、谢翱、许月卿、林景熙、郑思肖、真山民及汪元量等。文天祥字履善，庐陵人。南宋末年为右丞相，至蒙古军讲解，为所留。后得脱逃归，起兵为最后的战斗。兵败，复为他们所执。居狱四年，终于不屈而死。谢枋得字君直，号叠山，信州弋阳人。南宋亡后，尝起兵图恢复。兵败，隐于闽。元累次征聘，俱辞不就。后为他们所迫协，不食死。有《叠山集》。谢翱字皋羽，长溪人。自号晞发子。尝为文天祥咨议参军。天祥被杀，他亡匿，漫游于各处，所至辄感哭。此时之诗，情绪绝沉痛悲愤，例如《游钓台》："百台临钓情，遗像在苍烟。有客随槎到，无僧依树禅。风尘侵祭器，樵猎避兵船。应有前朝迹，看碑数汉年。"许月卿字太空，婺源人，宋亡后，深居一室，十年而卒。林景熙字德阳，号霁山，平阳人，宋亡不仕，著《白石樵唱》诗集。郑思肖字忆翁，号所南，福州连江人。宋亡后，坐卧不北向。他的诗，清隽绝俗，例如："石窦云封隐者家，一溪流水绕门斜，满山落叶无行路，树上寒猿剥薜花。"真山民不知其真名，但自号山民。其诗澹赡，张伯子谓他为"宋末一陶元亮"。汪元量字大有，号水云，钱塘人。宋亡后，随王室北去。后为道士南归。七诗怆侧，如《幽州歌》："汉儿辫发笼毡笠，日暮黄金台上立。臂鹰解带忽放飞，一行塞雁南征泣。"在这里所蕴蓄着的是多少的王国泪！

参考书目

一、宋诗总集以吴之振编的《宋诗钞》为最著，近有商务印书馆的翻印本，并印行《宋诗钞补》一书。

二、《宋诗纪事》 清厉鹗编，有原刊本。

三、《南宋群贤小集》 陈思编，有《读画斋丛书》本。

四、《宋元诗会》 清陈焯编，有原刊本。

五、《宋百家诗存》 有曹廷栋编刊本。

第四十三章

批评文学的复活

齐梁以后批评精神的堕落——唐代《诗式》、《诗格》一类著作的流行——《文镜秘府论》——《本事诗》及其他——韩愈与白居易的批评论——批评文学的复活——宋代诗话的盛行——从欧阳修《诗话》到蔡正孙《诗林广记》——批评界的两大柱石——朱熹的批评论——严羽的《沧浪诗话》

一

批评文学从梁代钟、刘二家以后，便消沉了下去。类似《诗品》和《文心雕龙》的有系统的著作，不再有第三部出现。直到唐代，还不曾产生什么重要的批评的名著。唐以诗取士，故唐人所作，以通俗的如何写诗的方法的书为最多。《新唐书·艺文志》所载，有元兢、宋约《诗格》一卷，王昌龄《诗格》二卷，僧皎然《诗式》五卷，王起《大中新行诗格》一卷，姚合《诗例》一卷，贾岛《诗格》一卷，炙毂子《诗格》一卷，殆皆为此类。又有范传正《赋诀》、张仲素《赋枢》、浩虚舟《赋门》等则为指导作赋的方法者。元兢、王昌龄之作，尚存残文于日本遍照金刚的《文镜秘府论》里。皎然《诗式》，今也尚有传本。他们所论皆取便士子科场之用。故根本上便不会有什么重要的见解。孟棨的《本事诗》只是缀拾诗人们的故事以为谈资，不能算是批评文学的著作。司空图的《二十四诗品》，也不过是以漂亮的诗句，虚写一般的诗的风格的变幻而已。张为的《主客图》，颇近钟氏《诗品》，惟只有品第，并无评骘，也不能算是一部批评的著作。倒还是韩愈他们的主张，有可以注意的地方，其影响也很大。他们那些古文运动者，对于文学，有两种重要的见解：第一是“文以载道”；第二是“文起八代之衰”。换言之，就是在内容上，求其充实，言之有物，不单以刻画“风云月露”为务；在文字上要其复古，反对使用晋、宋、齐、梁以来的骈偶的文体。到了白居易，在他的《新乐府辞序》上，更畅发着“文章合为时而著”的为人生的艺术观，算是唐代最重要的文学论。但可惜他们都不曾写下什么专门的大著。

宋人最爱作“诗话”。从欧阳修的《六一诗话》，司马光的《续诗话》以下，作者无虑百数，即今有者也还有数十余家，可谓极一时之盛。又有胡仔的《苕溪渔隐丛话》、魏庆之的《诗人玉屑》、阮阅的《诗话总龟》、蔡正孙的《诗林广记》诸书，分门别类，以总辑诸家的大成。其专关于唐诗者，更有计有功的《唐诗纪事》、尤袤的《全唐诗话》诸书。但这些书，大抵都只是记载些随笔的感想，即兴的评判，以及琐碎的故事，友朋的际遇等等，绝鲜有组织严密，修理整饬的著作。

二

但宋代却是一个批评精神复活的时代。我们不能因为其“无当大雅”的诗话之多，便抹杀了这个时代的重大的成就。从六朝以后，批评的精神便堕落了。唐代是一个诗歌的黄金时代，却不是批评文学的一个重要的时期。 唐人批评的精神很差；尤其少有专门的批评著作。他们对于古籍的评释，其态度往往同于汉儒：只有做着章解句释的工夫，并不曾更进一步而求阐其义理。宋人便不同了。很早的时候，他们便已有勇气来推翻旧说，用直觉来评释古书。他们知道求真理，知道不盲从古人，知道从本书里求得真义与本相。于是汉、唐以来许多腐儒的种种附会的像痴人说梦似的解释，便受到了最严正的纠正。这种风气，从欧阳修作《毛诗本义》，郑樵作《诗辨妄》以来，便盛极一时。南宋中叶的朱熹，便是这一派批评家的代表。

朱熹字元晦，一字仲晦，婺源人，登绍兴进士第。历事高、孝、光、宁四朝。终宝文阁待制。庆元中致仕，旋卒。宝庆中追封信国公，改徽国公。熹在当时，讲正心诚意之学，颇为时人所妒恨。但从游弟子甚多，其势力也极大。他对于经典古籍，多有解释。在其《语录》及文集里，也有不少关于文学批评的重要的贡献。惟其最重要的见解，则在把《诗经》和《楚辞》两部伟大的古代名著，从汉、唐诸儒的谬解中解放出来，恢复其本来面目，承认其为伟大的文学作品。这个功绩是极大的。他的批评的主张，在《诗集传》及《楚辞集注》的两篇序上，也可以看出一个大体来。他对于诗的起源，有很正确的见解：

> 或有问于余曰：诗何为而作也？余应之曰：人生而静，天之性也；感于物而动，性之欲也。夫既有欲矣，则不能无思；既有思矣，则不能无言；既有言矣，则言之所不能尽而发于咨嗟咏叹之余者必有自然之音响节族而不能已焉。此诗之所以作也。

他的更大的工作，便是打倒了《毛诗序》，发现："凡诗之所谓风者，多出于里巷歌谣之作，所谓男女相与咏歌，其情者也。"更发现郑、卫诸风中的情诗的真价，而反对毛氏的美刺之说（他于《集传》后，更附《诗序辨说》，专辨《诗序》的得失）。这是很痛快的一个真实的大批评家的见解！他不仅发现古代几十篇的美隽的情歌而已，他直是发现了文学的最正确的真价！他的《楚辞集注》也把《楚辞》的真面目从王逸诸人的曲解里解脱出来。他说道："《楚辞》不甚怨君。今被诸家解得都是怨君，不成模样。"又道："《楚辞》平易，后人学做者反艰深了，都不可晓。”这些话都是很重要的。他虽是一位“道学家”，却最能欣赏文学，最知道伟大名著的好处所在。故他的批评论便能够发前人所未发之见解，纠正前人所久误的迷信。

三

朱熹的跟从者极多。但他的工作，破坏方面做得多；建设的主张便罕见了。但许多的“诗话”作家，却往往都有些自己的主张。

> 学诗当识活法。所谓活法者，规矩备具，而能出于规矩之外，变化不测，而亦不背于规矩也。……谢元晖有言：好诗流转圜美如弹丸。此真活法也。
>
> ——吕居仁：《夏均父集序》

> 建安，陶、阮以前诗，专以言志；潘、陆以后诗，专以咏物；兼而有之者李、杜也。言志乃诗人之本意，咏物特诗人之余事。……大抵句中若无意味，譬之山无烟云，春无草树，岂复可观。
>
> ——张戒：《岁寒堂诗话》

> 语贵含蓄。东坡云：言有尽而意无穷者，天下之至言也。……若句中无余字，篇中无长语，非善之善者也。句中有余味，篇中有余意，善之善者也。
>
> ——姜夔：《白石道人诗说》

他们的话往往过于琐碎，不成片段。一节一语，或是珠玉。但若要把他们连缀起来，寻得其一贯的主张，便是劳而无功的了。正像碎玻璃片在太阳光底下发亮，远远看去，仿佛有些耀煌，迫而视之，便立觉其不成一件东西了。

在许多宋人诗话里，真实的有积极的见解，一贯的主张者，恐怕只有严羽的《沧浪诗话》一部而已。严羽对于诗学确有大胆可喜的意见。故他的影响很大。他和朱熹，可以说是：宋代文学批评家里两大柱石。朱熹把文学的本来面目从陈旧的曲解中解放出来，严羽则更进一步，建设了他自己的文学论。他好以禅语来做譬喻；这正是南宋人的风气。明胡应麟盛称其说，比之达摩西来，独辟禅宗。而清冯班又丑诋之，至作《严氏纠谬》一书，斥为"呓语"。但当班的时候，神韵之说正横流于世，他或有所激而为此书吧。

羽字仪卿，一字丹丘，自号沧浪通客，邵武人。有《沧浪诗集》。他的《沧浪诗话》是很有组织的著作。首《诗辨》，次《诗体》，次《诗法》，次《诗评》，次《诗证》，凡五门，末并附《与吴景仙论诗书》。《诗体》一门，叙述自建安到当代的各种不同的诗体，"以时而论，则有：建安体，黄初体……元祐体，江西宗派体。以人而论，则有：苏、李体，曹、刘体……陈简斋体，杨诚斋体；又有所谓选体……宫体"；并及用韵对句；等等。《诗法》一门，叙述作诗之法："须是本色，须是当行"，"下字贵响，造语贵圆"……这两门大似皎然、王昌龄诸人的《诗式》、《诗格》的体式。《诗评》杂论六朝、唐、宋诸诗人的得失；《诗证》杂录关于诗篇的考订之语；这两门也是诸宋人诗话里常见的东西。其全书的精华所在，乃在《诗辨》一门，及所附的《答吴景仙书》。羽的批评主张，皆集中于此二部分。

> 夫诗有别材，非关书也；诗有别趣，非关理也。然非多读书多穷理则不能极其至。所谓不涉理路，不落言筌者上也。诗者吟咏情性也。盛唐诸人惟在兴趣。羚羊挂角，无迹可求。故其妙处透澈玲珑，不可凑泊，如空中之音，相中之色，水中之月，镜中之象，言有尽而意无穷。近代诸公，乃作奇特解会，遂以文字为诗，以才学为诗，以议论为诗。夫岂不工，终非古人之诗也。盖于一唱三叹之音，有所歉焉。

当江西诗派，永嘉四灵盘踞着文坛上的时代，竟有这样的狮子吼似的呼声，诚是大胆的挑战。难怪他是那样的自信着，自负着："虽获罪于世之君子不辞也。"(《诗辨》)"仆之《诗辨》，乃断千百年公案，诚惊世绝俗之谈，至当归一之论。其间说江西诗病，真取心肝刽子手。以禅喻诗，莫此清切。是自家实证实悟者，是自家闭门凿破此片田地，即非傍人篱壁，拾人涕唾得来者。……我论诗若那吒太子，析骨还父，析肉还母。"（《答吴景仙书》）大批评家自非有这种精神不可。

参考书目

一、《文镜秘府论》　日本遍照金刚撰，有日本《东方文化学会丛书》坷罗版印本，有北平富晋书社石印本。

二、《历代诗话》　清何文焕编，有原刊本，有医学书局石印本。

三、《历代诗话续编》　丁福保编，医学书局出版。

四、明、清诸大丛书，像《津逮秘书》、《学海类编》等，其中搜罗唐、宋人诗话不少。

五、《朱子大全集》　有明、清坊刊本。

第四十四章

南宋散文与语录

古文家的天下——道学派与功利派——陈亮、陈傅良、叶适——朱熹、吕祖谦、真德秀等——王十朋、周必大等——陆游与郑樵——所谓“语录”——宋儒的语录——程颐朱熹等的语录——语录中所见的宋代白话文学

一

南宋的散文坛，殆为古文家们所独占。古文运动到了这个时候已是大功告成，稳坐江山的了。凡非正统派则概以“野狐禅”斥之。这时，古文选集的刊行，盛极一时；种种皆为士子学习的读本。最著名者，像吕祖谦的《古文关键》，真德秀的《文章正宗》，最后，尚有谢枋得的《文章规范》，皆传诵到千百年而未衰。

南宋上半叶的散文作家，最重要的可分为二派，一是功利派，一是道学派。道学派以朱熹、吕祖谦为代表。功利派则以陈亮、陈傅良、叶适为代表。 功利派的作家们，为文务求适合世用，才气也奔放

雄赡，不屑于句斟字酌。他们可以说是，政治家的文人。恰好在南宋的初期，喘息已定，议论蜂起。有志从政的志士们，竞言恢复，言世务，言经济。陈亮的文章，可以代表了这一班志士们。亮字同父，永康人。才雄气壮，有志功名。其文才辩纵横，不可控勒，有“开拓万古之心胸，推倒一时之杰豪”的雄姿。亮与朱熹相友善，然议论则相左。有《龙川文集》三十卷。他尝上书孝宗道：“今世之儒士，自谓得正心诚意之学者，皆风痹不知痛痒之人也。举一世安于君父之大雠，而方且扬眉拱手，以谈性命。不知何者谓之性命乎？”这一席话正足以表现出功利派的作家们和道学家们的分野来。

陈傅良字君举，瑞安人，也喜谈经世之学。有《止斋文集》。他的文章颇切实合世用，而渐少像陈亮似的发扬蹈厉的光彩。

叶适字正则，永嘉人，有《水心集》。他的文章，颇富于才情，尤长于考证与研究。他的《学习记言》乃是一部学术上的伟作。他尝自言，为文之道，譬如人家觞客，虽或金银器照座，然不免出于假借。惟自家罗列者，即仅瓷缶瓦杯，然都是自家物色。盖他是不喜傍人门户的一人。

二

朱熹的散文，功力深到，理致周密，不矜才使气，而言无余蕴。物无遁形。在许多道学家的文章里，他的所作是最可称为无疵的。他的论学的书札，整理古籍的序文，尤其是精心经意之作，看来似是平淡无奇，却是很雅厚简当，语语动人的。有《朱子大全集》。他尝说道：“古人文章大率只是平说而意自长。后人文章务意多而酸涩。如《离骚》，初无奇字，只是恁说将去，自是好。后来如鲁直，恁地著力做，却自是不好。”（《朱子语类》）这足以见他为文的主张来。

道学家们大概都是作古文的，于朱熹外，最重要者，前期有吕祖谦，后期有真德秀、魏了翁。吕祖谦字伯恭，隆兴元年进士。累除直秘阁著作郎，国史院编修。他和朱熹是好友，惟他颇有些辩士之风，不尽同诸道学家之醇雅。真德秀字景希，庆元五年进士。嘉定中拜参知政事，进资政殿学士。学者称西山先生。了翁字华父，号鹤山，与德秀同年进士。理宗朝累官资政殿学士。他们的文章皆条畅雅正，有类朱熹诸人之作。

三

道学派和功利派的作家们，皆不甚着意于文章，他们并不自视为古文家而止。他们有比文章更重要的事业在着。功利派以政治上的活动为目的，而道学家们则以阐道说理为根本。朱熹尝道："道者，文之根本；文者，道之枝叶。惟其根本乎道，所以发之于文皆道也。"(《朱子语类》) 这便是道学家的文学主张。

其不以功名或"性命"之道相标榜者，尚有王十朋、周必大、洪迈、楼钥诸人，皆为重要的散文作家。王十朋字龟龄，永嘉人。绍兴中，中进士第一。孝宗时为吏部侍郎。有《梅溪集》。明人传奇《荆钗记》，尝以他为中心人物。洪迈与兄适、遵并称三洪，皆仕于孝宗朝。迈字景庐，谥文敏。文名尤盛。有《容斋五笔》。虽是琐碎的随笔，篇幅却是很浩瀚的，其中很有些重要的材料。周必大字子元，号平园叟，绍兴中进士。孝宗朝历右丞相，拜少保。有《周益公大全集》。楼钥字大防，号攻愧。隆兴初进士，累官中书舍人，宁宗朝参知政事。洪迈、楼钥、周必大等又工于四六。南宋初的汪藻、孙觌尤专工此体。

陆游以诗名。郑樵以所作的伟大的通史《通志》著。皆不甚有文名。然游的古文和他的诗一样，极见才情。樵的所作，则浩浩莽莽，雄辩无垠，深入显出，舒卷如意。我们观其《诗辨妄》以及《通志》中二十略的文章，几无不要为其滔滔的辩难所折服，为其雄健的议论所沉醉。南宋重要的散文家，恐怕倒要首先屈指数到他呢！

四

道学家们的古文，并不怎样重要，而他们自己也并不以此为重。道学家们在宋代散文坛上所建立的殊勋，却不在此而在彼。道学家们为了谈道说理的方便计，尝以浅近平易的口语，来抒陈他们的意见。这些意见往往为门人弟子所记下，且都是保存了原来的问答语的。这种口语的答问体的记载，即所谓“语录”者是。

“语录”的来源很古。《论语》、《孟子》都是这一类的著作。为了宣扬佛教计，和尚们也很早的便有了语录（唐时《神会和尚语录》，今有亚东图书馆新印本）。宋儒复活了“语录”的这个体裁，大约多少总受有些和尚们的影响。

宋儒的语录，据《宋史·艺文志》所载者，有《程颐语录》二卷，《刘安世语录》二卷，《谢良佐语录》一卷，《张九成语录》十四卷，《尹惇语录》四卷，《朱熹语录》四十三卷。但实际上并不止这几种。周敦颐的《通书》，张横渠的《经学理窟》，虽非问答的记录，也甚近语录之体。

语录大都谈性命的大道理，论主敬或修养的工夫，颇为无聊。但也有论学论文之语，写得很不坏的。姑引数例：

> 学者好语高，正如贫人说金，说黄色，说坚软。道他不是又不可，只是好笑。不曾见富人说金如此。
>
> 与学者语，正如扶醉人，东边扶起却倒向西边，西边扶起却倒向东边；终不能得他卓立中途。
>
> 问人之学有觉其难而有退志，则如之何？曰：有两般。有思虑苦而志气倦怠者，有惮其难而止者。向尝为之说。今人之学如登山麓，方其易处，莫不阔步，及到难处便止。人情是如此。山高难登，是有定形，实难登也。圣人之道，不可形，非实难为也；人弗为耳。颜子言：仰之弥高，钻之弥坚。此非是言圣人高远实不可及，坚固实不可入也。此只是譬喻却无事，大意却是在瞻之在前，忽焉在后上。又门人少有得而遂安者，如何？曰：此实无所得也。譬如以管窥天，乍见星斗灿烂，便谓有所见，喜不自胜。此终无所得。若有

大志者，不以管见为得也。

——以上《二程语录》

大凡人读书，且当虚心一意，将正文熟读，不可便立见解，看正文了，却落深思熟读，便如已说，如此方是。今来学者，一般是专要作文字用，一般是要说得新奇。人说得，不如我说得较好。此学者之大病。譬如听人说话一般，且从他说尽，不可剿断他说，便以己意见抄说。若如此，全不见得他说是非。只说得自家底，终不济事。久之，又曰：须是将本文熟读，字字咀嚼，教有味。若有理会不得处，深思之。又不得，然后却将注解看，方有意味。如人饥而后食，渴而后饮，方有味。不饥不渴而强饮食之，终无益也。又曰：某所集注《论语》，至于训注，皆子细者，盖要人字字与某著意看，字字思索到，莫要只作等闲看过了。

因说僧家有规矩严整，士人却不循礼。曰：他却是心有用处。今士人虽有好底，不肯为非，亦是他资质偶然如此。要之其心实无所用。每日闲慢时多。如欲理会道理，理会不得，便掉过三五日，半月日，不当事。钻不透，便休了。既是来这一门，钻不透，又须别寻一门。不从大处入，须从小处入，不从东边入，便从西边入。及其入得，却只是一般。 今头头处处钻不透，便休了。如此，则无说矣。有理会不得处，须是皇皇汲汲然，无有理会不得者。譬如人有大宝珠，失了，不著紧寻，如何会得！

——以上《朱子语类》

从这些语录里，我们可以看出他们所用的口语文，是很平易浅近的。虽不能和“词话”的漂亮的文章相比，在使用口语文于说理文一方面，却是有相当的成就的。

参考书目

一、《南宋文录》 有苏州局刊本。

二、《南宋文范》 清庄仲方编，有清道光间活字本，有苏州局刊本。

三、《二程语录》 有《正谊堂丛书》本。

四、《朱子语类》 有《正谊堂丛书》本。

五、《近思录》 有《正谊堂丛书》本。

六、《近思续录》 有《正谊堂丛书》本。

第四十五章

辽金文学

辽文学的寥寞——金人的二大成就：诸宫调与杂剧——吴激和蔡松年——赵秉文、党怀英、王若虚等——元好问——《河汾诸老集》

一

辽起于中国北部，始称契丹。当唐末、五代时，马肥兵壮，乘中国内部的割据、分裂，诸统治者每结强邻以自固，便深入中原，施其纵横捭阖的手段。石敬瑭自称子侄于契丹主，并赂以燕、云十六州，求其助力，以得帝位。自此，契丹的势力盘踞于中国北部者约有一百六七十年之久，成为宋代最恐怖的敌人。后来徽宗联络金人，夹攻辽邦，遂灭之。但不久，此后来的强敌，便又以灭辽的手段来灭了北宋。辽建国凡二百余年，然文物则绝鲜可称者。沈括说，辽时禁其国文书传入中土，故流布者绝罕。近人竟于断简残编之中，爬搜辽代文献，也不过存十一于千百而已（像周春的《辽诗话》；缪荃孙的《辽文存》，皆是没有第二部的著作）。《辽史·文学传》所载，也不过萧韩家奴、王鼎等寥寥数人。或这个北方的民族，原来对于中原文化便不甚着意，所以，强占据中国北部至二世纪，却一点也没有什么文学上的重要的成就。

二

金人便不同了。金本称女真，也兴于北方。她的兴起很快，灭亡得也很快，传国仅只一百二十余年，便为蒙古人所灭。然在文学史上，金人的地位却远较辽人为重要。金之称帝，始于完颜阿骨打。不久便灭辽，亡宋，占据了中国的北部及中原，与小朝廷的南宋隔江相持，各成为南北文化的中心。

当时金人的文化是承袭了辽与宋的。诸宫调的宏伟的体制，在金代最为流行，成了金文学最大的光荣。这在上文已经叙述到了。及其后，又有“杂剧”的一种重要的新文体创制出来，对于元代戏曲有极重大的贡献。这也将在下文详之。今所论者，仅及其诗词和散文。

金的诗词，几尽于元好问的《中州集》。清人编辑《全金诗》，所增入无几。其散文，则当时冯清甫所辑者，今已亡佚。但清人也辑有《金文雅》等书，略足窥其一斑。

金文学的初期，作者以吴激、蔡松年二人为最著。他们皆长于乐府，时号“吴、蔡体”。吴激字彦章，自号东山。米芾婿。工诗能画。使金，被留。 仕为翰林待制。出知深州，三日而卒。激情同徐陵、庾信，文望亦相埒。所作颇多忆国怀乡之什。像《岁暮江南四忆》(诗)，像《人月圆》：

> 南朝千古伤心事，犹唱《后庭花》。旧时王谢堂前燕子，飞向谁家？恍然一梦，仙肌胜雪，宫髻堆鸦，江州司马。青衫泪湿，同是天涯。

都是中寓沉痛的。惟他的诗也有很富风趣的，像“卷上疏帘无一事，满池春水照蔷薇”(《宿湖城簿厅》),像“烟拂云梢留淡白,云蒸山腹出深青”(《惫甫索水墨以诗寄之》),像“山侵平野高低树,水接晴空上下星”(《三衢夜泊》)。

蔡松年字伯坚。父靖,由宋入金,仕为翰林学士。伯坚官至尚书右丞相。自号萧闲老人。他的诗词皆甚豪放,而《大江东去》:“《离骚》痛饮,问人生佳处,能消何物!江左诸人成底事,空想岩岩青壁”云云,尤为时人所称。

更有宇文虚中、高士谈、韩昉、王枢、王竟诸人,也皆以诗文鸣于当时。

三

其后,则有蔡珪、马定国、赵秉文、杨云翼、党怀英、王庭筠、王若虚、王渥、雷渊、李纯甫诸人并起,为金文学的全盛时代。而赵秉文、党怀英为尤著。

蔡珪字正甫,松年子,其辨博为天下第一,官至户部员外郎太常丞。大定十四年出守维州,道卒。元好问以他为金文学“正传之宗”。在他之前,皆借才异代。自他始,方有金人的文学。

党怀英以文显于大定、明昌间。怀英字世杰,奉符人。少和辛弃疾同舍。弃疾南归,怀英则显于金。大定中进士第,累进翰林学士。赵秉文谓其文似欧公,不为尖新危险之语,其诗似陶、谢,奄有魏、晋。像“细雪吹仍急。凝云冻未开。牵闲时掠水,帆饱不依桅。岸引枯蒲去,天将远树来”(《奉使行高邮道中》),诚颇有闲适之趣,惜他诗未甚可称。

王庭筠字子端,熊岳人。官修撰卒,年四十七。平生爱天平、黄华山水,自号黄华山主。元好问谓其诗文有师法,高出时辈之右。

李纯甫、雷渊并以气节著,时号李、雷。纯甫以诸葛亮、王猛自期,渊则慕孔融、陈元龙之为人。纯甫,尤邃于佛书。

继党怀英掌一代之文柄者则为赵秉文。秉文以文名于贞祐、正大之间，时人比之宋欧阳修。他字周臣，滏阳人，自号闲闲道人。大定二十五年进士。官礼部尚书兼侍读。卒年七十四。他长于古文，于小诗尤精绝。“至五言大诗，则沉郁顿挫学阮嗣宗，真淳简澹学陶渊明”（《中州集》）。而其集中拟渊明之作尤多。但像：“树头风写无穷水，天末云移不定山”（《寄裕之》）；“酒浇墓上吃不得，留与饥鸦作寒食”（《花下墓》），皆不类嗣宗、渊明的作风。

杨云翼和赵秉文齐名，时号杨、赵。他字之美，兴定末，拜吏部尚书。

王若虚字从之，藁城人，承安二年经义进士。博学强记，善持论。入翰林，自应奉转直学士。年七十，犹游泰山，卒。元好问谓：“自从之没，经学史学文章人物公论遂绝。”若虚自著的诗文，并不怎样重要，其《滹南遗老集》里，自《五经辨惑》以下《文辨》、《诗话》，凡四十卷，却是绝代的巨作。他承袭了宋人的疑古的精神，惯以直觉来辨析古代的史实、文章，所论常多可喜者。与郑樵、朱熹，鼎足而三。

四

金代文学终于元好问。好问所编的《中州集》，恰好作为金一代诗人的总集。好问字裕之，号遗山，太原秀容人，兴定五年进士。尝作《箕山》、《琴台》二诗，赵秉文时为天下文宗，见而奇之，谓少陵以后无此作。因而名震京师，号为元才子。官至尚书省左司员外郎。金亡不仕，以著作自任，构野史亭于家。卒年六十八。好问诗“专以单行，绝无偶句，构思窅渺，十步九折，愈折而意愈深，味愈隽。”（赵翼语）金代诸诗人盖皆所不及。缘其身经亡国之痛，故情绪益为深挚，“慷慨悲歌，有不求工而自工者。”像《醉后走笔》：

> 建茶三碗冰雪香，《离骚》《九歌》日月光。腰金更骑扬州鹤，隽永不羡大官羊。……山鬼独一脚，拊掌笑我旁。湘累归来吊故国，

遗台老树山苍苍。掩书一太息，夜如何其夜未央！东家女儿绣罗裳，银瓶泻酒劝客尝，……爱茶爱书死不彻，乃以冰炭贮我肠！世间唯有麴生风味不可忘。

《遗山集》中，类此之作是不希见的。他的短诗，风韵也绝佳，大似摩诘的所作，像《山居杂诗》：

瘦竹藤斜挂，幽花草乱生。林高风有态，苔滑水无声。
潮落沙痕出，堤摧岸口斜。断桥堆聚沫，高树阁浮槎。

他以文章独步天下者三十年，为金诗人之殿，元文章之祖。当时学者几尽趋其门。房祺编《河汾诸老集》，所载金之遗老，麻革、张宇、陈赓、陈扬、房皞、段克己、段成己、曹之谦等八人，也都是从好问游的。

参考书目

一、《辽诗话》　清周春著，有原刊本。

二、《辽文存》　缪荃孙编，有原刊本，但极罕见，近有上海来青阁影印本。

三、《中州集》　金元好问编，有元刊本，明刊本，武进董氏影元刊本，《四部丛刊》本。

四、《全金诗》　有原刊本。

五、《河汾诸老集》　元房祺编，有汲古阁刊本。

六、《金文雅》　清庄仲方编，有道光间印本，有苏州局本。

七、《九金人集》　有清光绪间吴氏刊本。

第四十六章

杂剧的鼎盛

杂剧起源论——杂剧来源的复杂——大曲和诸宫调的影响——傀儡戏和戏文的影响——伟大的天才作家关汉卿——他创作了杂剧——元剧发达的原因——元剧的二时期——第一时期的剧作家们——关汉卿——王实甫——白仁甫、马致远、康进之等——“倡夫词”——第二时期的剧作家们——杨梓——乔梦符、郑光祖、宫天挺等——秦简夫、萧德祥、王晔等——罗贯中——诸无名作家们

一

如果我们相信传统的见解的话，则杂剧的起源时代，是远较传奇为早的。史载宋真宗（968—1022）已为“杂剧词”，但未尝宣布于外。宋末周密的《武林遗事》，著录“官本杂剧段数”至二百八十本之多。其中且有北宋人之作在内。但这些“杂剧词”，这些“官本杂剧段数”，是否即为后来的“杂剧”，如元人之所作的，却是一个大疑问。且先将那二百八十本的“官本杂剧段数”的名目细看一下。在此

二百八十本的“官本杂剧段数”中，有可考知其为“大曲”或“法曲”等组成者。如以大曲组成凡一百零三本：其中名“六么”者二十本，如《争曲六么》、《扯拦六么》、《崔护六么》、《莺莺六么》、《女生外向六么》等皆是；名“瀛府”者六本，如《索拜瀛府》、《醉院君瀛府》等皆是；名“梁州”者七本，如《四僧梁州》、《诗曲梁州》、《法事馒头梁州》等皆是；名为“伊州”者五本，如《铁指甲伊州》、《裴少俊伊州》等皆是；名为“新水”者四本，如《桶担新水》、《新水爨》等皆是；名为“薄媚”者九本，如《简帖薄媚》、《郑生遇龙女薄媚》等皆是；名为“大明乐”者三本，如《土地大明乐》等是；名为“降黄龙”者五本，如《列女降黄龙》、《柳玭上官降黄龙》等皆是；名为“胡渭州”者四本，如《看灯胡渭州》等是；名为“石州”者三本，如《单打石州》等是；名为“大圣乐”者三本，如《柳毅大圣乐》等是；名为“中和乐”者四本，如《霸王中和乐》等是；名为“道人欢”者四本，如《越娘道人欢》等是。此外尚有名“万年欢”、“熙州”、“长寿仙”、“剑器”、“延寿乐”、“贺皇恩”、“采莲”、“保金枝”、“嘉庆乐”、“庆云乐”、“君臣相遇乐”、“泛清波”、“彩云归”、“千春乐”、“罢金镫”等，或一本，或二本，或三本不等。共凡大曲之名二十八，而其中的二十六之名，见于《宋史·乐志》所记的《教坊部》四十大曲之中。余如“降黄龙”、“熙州”二曲，虽不见于《乐志》，却也有宋人之说，可证其亦为大曲。以“法曲”组成的凡四本，如《棋盘法曲》等。以普通词曲调组成的凡三十九本，如《崔护逍遥乐》、《四季夹竹桃》、《卖花黄莺儿》、《三教安公子》、《三哮上小楼》、《赖房书啄木儿》等皆是。以诸宫调组成者凡二本，即《诸宫调霸王》及《诸宫调卦册儿》。如此，可确知其为曲调组成者，凡一百五十余本。这一百五十余本的法曲、大曲或杂曲调组成的“官本杂剧段数”（关于诸宫调见后），果即为后来的“杂剧”么？第一，在名称上是绝对不类的。最早的杂剧，如元代诸作家所作的，其名称从来不是那么样的以曲名作为题目的一节，附于前或附于后的。第二，“官本杂剧段数”既题着《崔护逍遥乐》、《霸王中和乐》等，则其所组成的曲调，当然是限于《逍遥乐》及《中和乐》等的，而元剧所用的曲调则比较复杂得多。且更有可以使我们明了这些“官本杂剧段数”的性质的东西在。《乐府雅词》卷上载有一篇《薄媚》(《西子词》)大曲，咏唱西子事，其内容性质只是以此歌连合了舞而演唱着的西施故事，绝对不是在剧场上搬演的戏曲。名为“薄媚”的一种大曲，其性质既是如此，则其他“六么”、“瀛府”、“伊州”、“梁州”等等，当然也不会是两样的了。王国维氏在《宋元戏曲史》里，以《薄媚》(《西子词》)入于“宋之乐曲”，却将其他的“薄媚”、“伊州”等大曲当作了两宋的真正的戏曲而讨论着，其故盖在误认“官本杂剧段数”为即后代的“杂剧”。又欧阳修曾以十二首的《采桑子》连接起来，咏歌西湖景色，赵德麟曾以十首的《商调蝶恋花》连接起来，歌咏崔莺莺的故事。此种《采桑子》、《蝶恋花》，当和周密所著录的《崔护逍遥乐》、《四季夹竹桃》性质完全相同，我们更不能谓他们为真正的戏曲。

此外，一百二十余本的“官本杂剧段数”，其名目之不类戏曲，也可一望而知。如《门子打三教爨》、《双三教》、《三教闹著棋》、《打三教庵宇》、《普天乐打三教》等，是流行于宋代的杂耍。所谓“三教”的(见《东京梦华录》)，更非真正的戏曲。《讶鼓孤》等则亦为宋代的“讶鼓”戏，也并非戏曲。“《天下太平爨》及《百花爨》则《乐府杂录》所谓字舞花舞也”(《宋元戏曲史》页七十五)。而所谓《论淡》、《医淡》、《医马》等等，也可知其为类乎杂艺的一流。总之，像周密所著录的这许多名目诡异，今不可尽知的“官本杂剧段数”，实非现在所谓的真正的戏曲。其中或间有颇类“戏曲”的东西，然其产生时代恐决不会很早。也许这二百八十本的“官本杂剧段数”中，竟连一本真正的“杂剧”也没有在内。《武林旧事》又载正月五日“天基圣节排当乐次”，即系所谓秩序单一类的东西，其中记载上寿、初坐、再坐时的奏乐的次第极详。上寿时不做杂剧。初坐时，当第四盏之间，做着“君臣贤圣爨”杂剧。当第五盏时，又做着《三京下书》杂剧。再坐时，第五盏做《扬饭》杂剧，第六盏做《四偌少年游》。如果这些杂剧，即系今之杂剧，则在“一盏”之间，是决不会做完了全部杂剧的。由此也可知当时所谓“杂剧”，只不过是表演着故事或趣事或其他颂辞的歌舞杂戏而已，并不就是后来的成为真正的戏曲的“杂剧”。至于北宋的“杂剧词”之非真正的剧本，则更为显然的事实。

二

宋的杂剧，怎样才由歌舞戏一变而为真正戏曲的“杂剧”，我们已不能知道。大约总要在南戏盛行之后。这些杂剧本来离真正的戏曲已不甚远，有歌唱，有舞蹈，也有角色，只不过不曾成为“代言”体的搬演与乎插入散文或口语的对白而已。因受了南戏的影响，于是由舞蹈而变为搬演，由第三身的叙述，变而为第一身的搬演。其间的转变是极快极易的。在当时，傀儡戏甚为发达，影戏也极是流行，二者皆有话本。杂剧之形成，或与他们也不无关系吧。

因为“杂剧”是由原来的歌舞戏变成了的，所以其结构仍带着极浓厚的本来面目（今日所演之关汉卿《单刀会》的“刀会”一折周仓的跳舞，最可注意）。在唱词的结构方面，受后期的“诸宫调”的影响尤深。我们看，主角独唱到底的规则，和末本、旦本之分，至少总受有“诸宫调”的男女唱者的实际的支配吧。而其套类的构成，更是全由“诸宫调”及“唱赚”的套数构成法进展而来的。

陶九成的《辍耕录》（卷二十五）又著录“院本”凡七百余种，其名目之复杂不可稽考，更甚于“官本杂剧段数”。据陶九成的分类，则有：“和曲院本”凡十四种，“上皇院本”凡十四种，“题目院本”凡二十种，“霸王院本”凡六种，“诸杂大小院本”凡一百八十九种，“院么”凡二十一种，“诸杂院爨”凡一百七种，“冲撞引首”凡一百九本，“拴搐艳段”凡九十二种，“打略拴搐”凡一百八种，“诸杂砌”凡三十种。其中“和曲院本”一部，和周密所著的“官本杂剧段数”中的大曲、法曲组成的杂剧名目很多相同，盖即是同类的东西。又“打略拴搐”之中，录及“星象名、梁子名、草名、军器名”等，也一望可知其决非戏曲。则其内容的复杂可想而知。在其中，我们相信必有一部分的戏曲真正在内。但决不会如王国维诸人所相信的，认为全部皆是戏曲。九成的《辍耕录》作于至正丙午（公元 1366 年），自称“偶得院本名目载于此，以资博识者之一览”。则此目并非他自己之所录的。录此目者似当为元代中叶前后的人。王国维氏将此种院本皆作为金代的产物，似误。这些院本产生的时代当极为复杂。有的很古远的东西，当作于北宋的前后，如“和曲院本”的一部分。但大多数的时代，则当在金末、元初。周密载两宋时代的“官本杂剧段数”，其中与“和曲院本”同类的东西，多至一百八十余本，而到了此时（院本盛行之时），却只存有“和曲院本”十四种，其凌替之状，可想而知。就此也可知这些院本并不是很古远的东西。

所以，杂剧的起源，最早是不能在宋、金末叶之前的。而杂剧的来源，也是很多端的。下表可以大略指示出其复杂的组系来：

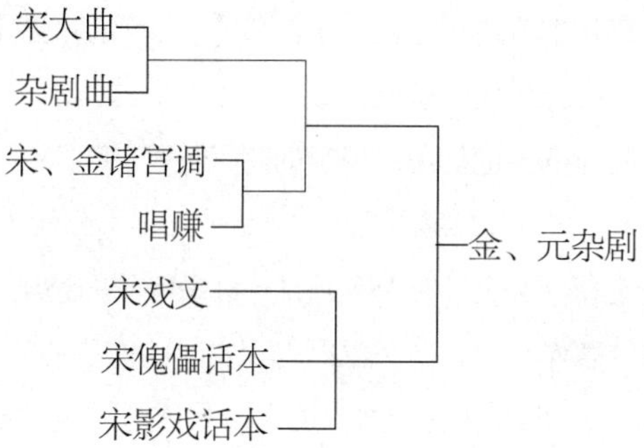

更简捷地说来，“杂剧”乃是“诸宫调”的唱者，穿上了戏装，在舞台上搬演故事的剧本，故仍带着很浓厚的叙事歌曲的成分在内。

但将这些不同的来源，特别是“诸宫调”，一变而创出一种新体的戏曲来的是谁呢？正如孔三传之创作“诸宫调”，阿斯齐洛士（Aeschylus）之创作希腊悲剧，杂剧或当也是一位天才作家创作出来的吧？杂剧的出现，最早不能过于金末（约在公元 1234 年之前）。又初期的杂剧作家，其地域不出大都及其左近各地。那么，我们说，杂剧是金末产生于燕京的，当不会很错。但在金末的燕京人里，谁有创作杂剧的可能呢？王实甫么？关汉卿么？……时代及地域都很相符。惟实甫创作杂剧之说，不见记载。《录鬼簿》将关汉卿列为“有所编传奇行于世者”的第一人，当必有用意。《太和正音谱》也说汉卿是

“初为杂剧之始”。又在《录鬼簿》里，称高文秀为“小汉卿”，沈和甫为“蛮子汉卿”。这种种都足以见关氏地位的重要。我们如以关氏为创作杂剧的人物，当不会和事实相去很远的。

三

汉卿与实甫的活动期虽大半在元代，然在金代，他们必已开始作剧。王实甫写《四丞相高会丽春堂杂剧》，事实全为金代的，却以“从今后四方八荒，万邦齐仰贺当今皇上”为结。我们如依据于此，而主张着：此剧系实甫作于金代的话，实大有可能性。如此说法，则金代的杂剧，至少是有几本流传于今世的了。总之，金代杂剧已盛，至元代而益为发达。我们研究元代的杂剧，而明了了他们的体制与格律，则连金代的杂剧的体制与格律也都可以相当的明了的了。

所谓元代的杂剧，盖指产生于宋端平三年（公元 1234 年）至元顺帝至正二十七年（公元 1367 年）的一百余年间的杂剧的全部；但包括着稍稍前期的著作在内，像关汉卿与王实甫的作品的一部分。这整整一个世纪的时期，可以说是杂剧的黄金时代或全盛期。据明初丹丘先生的《太和正音谱》所载的元代杂剧，总数凡五百六十六种。据元代钟嗣成的《录鬼簿》所载的，则其总数凡四百五十八种。钟氏的著录，在元末至顺元年（即公元 1330 年）。离元亡尚有三十余年。其所见当然不会有《太和正音谱》著者那么多的。又他们二人所载的，似都以自己所见者为限。其未见的，当然不曾被收入。如此看来，则元代杂剧总数，决不止于五百六十余种之数可知。即以此数而论，在短短的一世纪之间而有了五百六十余种剧本的产生，换一句话，即每年有五种以上产生出来，其盛况可知！论者每以为元代白话剧与北曲的发达，实由于少数民族不懂我们的典雅的文句，故作者不得不迁就他们，而北剧因以大盛。其实不然。少数民族的汉语程度，本来即差，竟有许多官吏，是完全不懂得汉语的。即懂得的，也大都是极粗浅之语。像元曲那么正则隽美的话语，他们一定不会明白的。为了迎合他们而产生北剧的话，可说完全是无根之谈。我们看后来杂剧的中心点，不在元都的大都，而在宋代的故都的杭州，便可知杂剧的欣赏者，仍为汉族而非少数民族了。

像臧晋叔、沈德符诸人，又造作元人以剧本取士，故元曲特盛之说。沈氏云："今教坊杂剧，约有千本，然率多俚浅。其可阅者，十之三耳。元人未灭南宋时，以此定士子优劣。每出一题，任人填曲。如宋宣和画学，出唐诗一句，恣其渲染。选能得画外趣者，登高第。以故宋画、元曲，千古无匹。"（《顾曲杂言》）臧氏云："元以曲取士，设十有二科。而关汉卿辈，争挟长技自见，至躬践排场，傅粉墨，以为我家生活，偶倡优而不辞者，或西晋竹林诸贤托杯酒自放之意，予不敢知。"又云："或谓元取士有填词科，若今括帖然，取给风檐寸晷之下，故一时名士，虽马致远、乔孟符辈，至第四折，往往强弩之末矣。"（均引《元曲选序》）这二人的话，看似有理，其实也是绝无根据的。元人取士，诚然很杂，甚且星相医卜，也并有科试。独以剧本为科试之举，则记载上绝无见之者。这个强有力的证据，已足推翻他们的话有余。且马致远的《荐福碑》、郑光祖的《王粲登楼》之类，满纸的悲愤牢骚，关汉卿的《窦娥冤》、《鲁斋郎》等，又都是攻击当代官吏的黑暗的，王实甫的《西厢记》、张寿卿的《红梨记》、石子章的《竹坞听琴》等，又都是浓艳夭丽之至的。这些剧本，怎么可以去应试呢？且五百余剧之中，同名者绝少。元代到底举行了"杂剧考试"多少科？如何会有那么多的题目呢？这都是不必辞费而可知其绝无是理的。臧、沈二氏，只是模糊影响地说着，恐怕连他们自己也是不必十分确信此说的。故臧云："或谓元取士有填词科。"沈云："元人未灭南宋时，以此定士子优劣。"这两语，不啻将他们自己的全部言论都推翻。既云"或谓"，则他自己也是游移不定的疑心着的了，既云："元代未灭南宋时"有之，则灭南宋后，此填词科必已取消的了。何以元剧在灭南宋之后，并未稍衰呢？

以上二说，都可以说是不足信的"想当然"的元剧发达原因论。我以为元剧发达的原因正和他们所言的相反。第一，元剧之所以发达，当然是因为沿了金代的基础而益加光大之的缘故。第二，正因为元代考试已停，科举不开，文人学士们才学无所展施，遂捉住了当代流行的杂剧而一试其身手。他们既不能求得蒙古民族的居上位者的赏识，遂不得不转而至民众之中求知己。故当时的剧本的题材大都是迎合民众心理与习惯的。第三，少数民族的压迫过甚，汉人的地位，视色目人且远下。所谓蛮子，是到处的时时刻刻的会被人欺迫的。即有才智之人，做了官吏的，也是位卑爵低，绝少发展的可能。所以他们便放诞于娱乐之中，为求耳目上的安慰，作者用以消磨其悲愤，听者用以忘记他们的痛苦。更重要的是，因了元代蒙古大帝国的建立，中外交通大为发达，城市的经济因之而大为繁荣，又农民们的负担似有减轻，手工业的销售量大增，农村的经济情况，一时似亦颇为好转。我们观杜善夫的“庄家不识勾栏”一曲，便知一些其中的真正的消息。元剧的发达，盖不外此数因。

四

钟嗣成的《录鬼簿》将元剧的作者，分为下列的三期：第一期，“前辈已死名公才人有所编传奇行于世者”；第二期，“方今已亡名公才人余相知者，及已死才人不相知者”；第三期，“方今才人相知者，及方今才人闻名而不相知者。”钟氏是书，成于至顺元年（公元1330年）。则方今已亡的名公才人，系卒于至顺元年以前者。“方今才人相知者”，当系至顺元年尚生存的作者。今为方便计，合并为二期。第一期从关、王到公元1300年，第二期从公元1300年到元末。盖钟氏所述之第二、三期，原是同一时代，不宜划分为二。

元代杂剧，其初是以大都为中心的，其后则其中心渐移而南，至于杭州。在第一期中，作者差不多都是大都人，或他处的北方人，南人绝少。到了第二期，则北人渐少，而南人渐多。然在第一期中，马致远、尚仲贤、张寿卿诸人，皆系做吏于南方者。第二期的北方人中，也有大多数与南方有关系。如曾瑞晚年定居于杭州，郑光祖及赵良弼，俱为杭州的官吏，乔吉甫和李显卿，也都住于南方。所以从实际上讲来，在第二期中，北剧的中心，已经移到了南方的杭州，而不复是北方的大都了。

五

第一期的剧作家，以关汉卿、王实甫、马致远、白朴、郑廷玉、吴昌龄、武汉臣、李文蔚、康进之、王伯成等为最重要，而关、王、马、白为尤著。次之，则王仲文、杨显之、纪天祥、张国宾、孙仲章、石子章、李好古、戴尚辅、岳伯川、张寿卿、李寿卿、石君宝、狄君厚、李行甫、李直夫、孔文卿、孟汉卿等，也各有一二剧流传。

《录鬼簿》列关汉卿于第一人。涵虚子的《太和正音谱》，对汉卿的剧本，不大满意。既列之马致远、白仁甫、乔梦符、王实甫八九人之下，复评之道："观其词语，乃可上可下之才。盖所以取者，初为杂剧之始，故卓以前列。"仿佛《正音谱》排列作者次序，原是按其才情为高下，为先后的。假如汉卿不是"初为杂剧之始"，则连这个八九人以下的地位，也得不到了。

汉卿号已斋叟，大都人。太医院尹（见《录鬼簿》）。杨维桢《元宫词》云："开国遗音乐所传，白翎飞上十三弦。大金优谏关卿在，《伊尹扶汤》进剧编。"关卿大约是指汉卿。据此，则汉卿当曾仕于金。惟其为太医院尹，则不知为在元或在金时事耳。陶九成《辍耕录》，又载他与王和卿相嘲谑的事。汉卿生平事迹之可考者，已尽于此。杨朝英的《朝野新声》及《阳春白雪》曾载汉卿小令套曲若干首。其中大都为情歌。游踪事迹，于其中绝不易考。惟汉卿有套曲《一枝花》一首，题作《杭州景》者，曾有"大元朝新附国，亡宋家旧华夷"之语，藉此可知其到过杭州，且可知其系作于宋亡（1278年）之后不久耳。大约汉卿于元灭宋之后，曾由大都往游杭州，或后竟定居于杭州也难说。他的戏剧生活，似可分为二期。前期活动于大都，后期或系活动于杭州。汉卿名位不显。后半期的生活，或并去太医院尹之职而仅为伶人编剧以为生。以其既为职业的编剧者，故所作殊夥。"离了利名场，钻入安乐窝"（《四块玉》）盖为不得志者的常语。《录鬼簿》称汉卿为已死名公才人，且列之于篇首，则其卒年，至迟当在1300年之前。其生年，至迟当在金亡之前的二十年（即公元1214年）。我们假定他的生卒年份为公元1214—1300年，则他来游杭州之年（约1280年，宋亡以后的一二年），正是他年老去职之时。故得以漫游于江南的故都，而无所牵挂。

汉卿作品，于小令套曲十余首外，其全力完全注重于杂剧，所作有六十五本之多。即除去疑拟者外，至少亦当有六十本以上。今古才人，似他著作力的如此健富者，殊不多见（惟李玄玉作传奇三十三本，朱素臣作传奇三十本，差可比拟耳）。《太和正音谱》评汉卿之词，以为：“如琼筵醉客。”又以为：“观其词语，乃可上可下之才。”汉卿所作，以流行的恋爱剧为多，如《谢天香》、《金线池》、《望江亭》、《玉镜台》之类，有天马行空，仪态万方之概。此外，像《救风尘》之结构完整，《窦娥冤》之充满悲剧气氛，《单刀会》之慷慨激昂，《拜月亭》之风光绮腻，则皆为时人所不及。其笔力之无施不可，比之马、白、王（实甫），实有余裕。即其套曲小令，亦温绮多姿。可喜之作殊多。例如：

> 碧纱窗外静无人，跪在床前忙要亲。骂了个负心，回转身。虽是我话儿嗔，一半儿推辞，一半儿肯。多情多绪小冤家，迤逗得人来憔悴然。说来的话，先瞒过咱，怎知道一半儿真，一半儿假。
>
> ——《一半儿题情》

之类，绝非东篱之一味牢骚的同流。

汉卿的六十余种剧本，存于今者，凡十四种：《玉镜台》、《谢天香》、《金线池》、《窦娥冤》、《鲁斋郎》、《救风尘》、《蝴蝶梦》等八种，见于臧晋叔的《元曲选》中；《西蜀梦》、《拜月亭》、《单刀会》、《调风月》等四种，见于《古今杂剧三十》中；又《绯衣梦》一种，见于顾曲斋刊《杂剧选》中。《续西厢》一本，则附于通行本的王实甫《西厢记》之后。又有残剧二种，《哭香囊》与《春衫记》，见于我辑的《元明杂剧辑佚》中。元人之善于写多方面的题材，与多方面的人物与情绪者，自当以汉卿为第一。将汉卿今存的十四种剧本归起类来，则可分为：（一）恋爱的喜剧，如《玉镜台》、《谢天香》、《拜月亭》、《救风尘》、《金线“蝴蝶梦”池》、《调风月》；（二）公案剧本，如《窦娥冤》、《鲁斋郎》、《蝴蝶梦》、《绯衣梦》；（三）英雄传奇，如《西蜀梦》、《单刀会》;(四)其他，如《望江亭》。最可怪的，是除了两部英雄传奇及《玉镜台》、《鲁斋郎》之外，汉卿所创造的剧中主人翁，竟都是女子。连《蝴蝶梦》、《绯衣梦》那样的公案剧曲，也以女子为主角，可见他是如何喜欢，且如何的善于描写女性的人物。 在汉卿所创造的女主角中，什么样的人物都有。肯自己牺牲的慈母(《蝴蝶梦》)；出智计以救友的侠妓(《救风尘》)；从容不迫，敢作敢为，脱丈夫于危险的智妻(《望江亭》)；贞烈不屈，含冤莫伸的少女(《窦娥冤》)；美丽活泼，娇憨任性的婢女(《调风月》)；因助人而反害人，徒唤着无可奈何的小姐(《绯衣梦》)；还有历尽了悲欢哀乐的(《拜月亭》；任人布置而不自知的(《谢天香》)；等等。 总之，无一样的人物，他是不曾写到的，且写得无不隽妙。写女主角而好的，除了《西厢》、《还魂》等之外，就要算是汉卿的诸剧了。而汉卿能写诸般不同的人物，却又是他们所不能的。尽管其题材是很通俗的，很平凡的，未必能动人的，像公案杂剧一类的东西，实在是最难写得好的，而汉卿却都会使他们生出活气来，如今读之，仍觉得是活泼泼的，当时在剧场上，当然是更为惊心动魄的了。例如《蝴蝶梦》，叙王母不忍见非己出的前妻之二子抵罪而死，只得将她自己亲生的第三子王三去抵罪。这多少是带着理智的道德的强制的。及到了她知道王大、王二被释，独王三已被偿命而死时，她的真实情绪却再也掩抑不住了。她勉强的唤着王大、王二道:“大哥，二哥，家去来！休烦恼者！”同时却禁不住的说道:

〔快活三〕眼见的你两个得生天，单则你小兄弟丧黄泉！

以后，觑着王三的尸身，悲啼地叫道:“教我扭回身，忍不住泪涟涟。”然而她听着王大、王二在哭时，她又下了决心地强自说道:“罢！罢！罢！但留的你两个呵，(唱)他便死也我甘心情愿！”只是一支短短的曲子却将一位慈母的心理，写得那么曲折，那么入情入理，真可算是一位极高妙的描写贤母心理作手。《调风月》写一位少女，眼见她的情人，快要与别一位阶级高于她的少女订婚，她的主人，一位夫人，却偏要叫她到小姐跟前去说亲。她真要妒忌得发疯。她巴不得这婚事不成。不料小姐却一口答应了下去。诸事都违反她的心愿的顺利的过去。到了结婚的日子，她还要为小姐上装。这一切都使她思前念后，十分的难过。一面诅咒着，一面却不能不奉命惟谨。这是如何尴尬的一个境地呵！汉卿却将这个满心满意怨望着、诅咒着的婢女，写得真切活泼之至。

> ［拙鲁连］终身无簸箕星，指云中雁做羹，时下且口口声声，战战兢兢，袅袅停停，坐坐行行。有一日孤孤零零，冷冷清清，咽咽哽哽，觑着你个拖汉精！（尾）大刚来主人有福牙推胜，不似这调风月媒人背斤。说得他美甘甘枕头儿上双成，闪得我薄设设被窝儿里冷。

我们看惯了红娘式的婢女，却从不曾在任何剧本上，见过像这位燕燕那般的一位具着真实的血肉与灵魂的少女。这是汉卿最高的创造！《闺怨佳人拜月亭》，叙王瑞兰与蒋世隆在乱离中相会而结为夫妻。在他病中，复为她父母所迫，不得已而相离别。后来，瑞兰虽然生活很安适，却一心忘不了世隆。 闲行散闷，却愈增闷。“不似这朝昏昼夜，春夏秋冬，这供愁的景物好依时月，浮着个钱来大绿嵬嵬荷叶，叶叶似花子般团栾，陂塘似镜面般莹洁。呵，几时交我腹内无烦恼，心上无萦惹！似这般青铜对面装，翠钿侵鬓贴。”（《呆骨朵》）及至她的义妹瑞莲打趣着她时，她却强自分说道：“休着个滥名儿将咱来应惹。应待不你个小鬼头春心儿动也！”她又强自分说，无女婿的快活，有女婿的受苦。“女婿行但占惹，六亲每早是说；又道是，丈夫行亲热，耶娘行特地心别。而今要衣呵，满箱箧，要食呵，尽哺啜，到晚来便绣衾铺设。我这心儿里牵挂处无些。直睡到冷清清宝鼎沉烟灭，明皎皎纱窗月影斜，有甚唇舌！”（《滚绣球》）她虽嘴硬，待得她妹子歇息去时，她却又在中庭焚香拜月，祈求着，教她“两口儿早得团圆”。不料瑞莲却躲在花底，将她的话都听见了，上来撞破了她。她不得已，只好“一星星的都索从头儿说”。这样的深刻曲折的铺叙，乃是汉卿的长技。有人说，施君美的《拜月亭传奇》，其佳处乃全脱胎于汉卿此剧。此语当然未免过当。但君美之受有此剧深切的影响，却是无可怀疑的。如《拜月亭传奇》最隽美的《拜月》一折，便是大半沿袭着汉卿的所述的。

但汉卿不仅长于写妇人及其心理，也还长于写雄猛的英雄；不仅长于写风光旖旎的恋爱小喜剧，也还长于写电掣山崩，气势浩莽的英雄遭际。他所写的英雄，实不在专写英雄们的高文秀、康进之辈所写的之下。《关大王单刀会》一剧，其中的第三折、第四折，即俗名为《训子》、《刀会》者，至今仍还在剧场上演奏着，虽然演者、听者，都已不知其为汉卿之作。当关大王持着单刀，乘着江舶，而远入东吴的危地时，他的壮志雄心，大无畏的精神，至今还使我们始而栗然，终而奋然的。"〔新水令〕大江东去，浪千叠，趁西风，驾着那小舟一叶。才离了九重龙凤阙，早来探千丈虎狼穴。大丈夫心烈，大丈夫心烈！觑着那单刀会，赛村社！〔驻马听〕依旧的水涌山叠，依旧的水涌山叠。好一个年少的周郎，恁在何处也！不觉的灰飞烟灭。可怜黄盖暗伤嗟。破曹樯橹，恰又早一时绝！只这鏖兵江水犹然热，好教俺心惨切。这是二十年流不尽英雄血。"这比着读苏轼有名的"大江东去"的《念奴娇》还雄壮得多。轼词只是虚写，只是吊古，只是浩叹。而这剧却是伟大的英雄，在对景叙说着自己的雄心，却又不免为浩莽无涯的江天及往事所感动；于壮烈中，带着惨切。《关张双赴西蜀梦》，写张飞的阴魂，来赴旧日的宫庭，而与他的大哥打话时，欲前又却，欲去又留的自己惊觉着自己乃是与前不同的阴灵的情景，真要令人叫绝。张飞一进了宫门，便大为凄伤。"〔倘秀才〕往常真户尉见咱，当胸叉手，今日见纸判官，趋前退后。元来这做鬼的比阳人不自由！立在丹墀内，不由我泪双流，不见一班儿故友！"进了宫，处处回忆起来，都是可伤感的。及见了刘备，备欣然欢容迎接，而他却只是躲避着，欲前不前。"官里向龙床上高声问候，臣向灯影内恓惶顿首。"这般的情境，连读者也要为之凄然。当时的剧场上，恐怕是更要挑起了幽泣的。总之，汉卿的才情，实是无施不可的，他是一位极中恳的艺术家，时时刻刻的，都极中恳的在描写着他的剧中人物。在他剧中，看不见一毫他自己的影子。他只是忠实的为作剧而作剧。

论到描写的艺术，他实可以当得起说是第一等。我们很觉得奇怪，元剧作者，大都各有所长。善于写恋情者，往往不善于写英雄；善于作公案剧者，往往不善于写恋爱剧。像实甫写《西厢》那么好，写《丽春堂》时，却大为失败，便是一例。汉卿一人，兼众长而有之，而恰在于众人的首先，仿佛是戏剧史上有意的要产生出那么伟大的一位剧作者，来领导着后来作者似的。汉卿所不善写者，惟仙佛与“隐居乐道”的二科耳。他从不曾写过那一类的东西。

六

王实甫名德信，也是大都人。王国维据《四丞相高会丽春堂》一剧的末句：“早先声把烟尘扫荡，从今后四方八荒，万邦齐仰贺当今皇上”断定他和关汉卿一样，也是由金入元的。此说很可信。金代遗留下来的剧作家，略可考的，只有关汉卿和他二三人而已。其余也许还有，然已绝对的不可考知的了。涵虚子称：“王实甫之词，如花间美人，铺叙委婉，深得骚人之趣，极有佳句，若玉环之出浴华清，绿珠之采莲洛浦。”但这只是空泛的赞语，尚不足以尽实甫。实甫之作，涵虚子所著录者，凡十三种。《录鬼簿》所著录的，则有十四种，多《娇红记》一种。但若将《西厢记》实作四本，而《破窑记》、《贩茶船》、《丽春园》(非《丽春堂》)、《进梅谏》、《于公高门》又各有二本，则说起来，是有二十二本。今传于世者，全剧仅《崔莺莺待月西厢记》四本，及《四丞相高会丽春堂》一本存，又《丝竹芙蓉亭》及《月夜贩茶船》二剧则并有残文存(见我辑的《元明杂剧辑佚》中)。《美蓉亭》、《贩茶船》皆为当时盛传之曲，即就今所残存的各一折里，也已足以见到作者叙写恋情的佳妙。《丽春堂》叙金朝丞相完颜，在赐宴时，与李圭相争。被贬放于济南。后因盗贼蜂起，复召他入朝。他在丽春堂设宴，李圭也来服罪。事迹很简单，结构与文辞，也都是很平平的。然《西厢记》的四本，却使他得了不朽的大名。他的所长，正在写像《西厢》一类的东西。所以此剧便有如：“初写黄庭，恰到好处。”相传实甫著作《西厢》时，是殚了他毕生的精力的。写到“碧云天，黄花地，西风紧，北雁南飞”诸语时，思竭踣地而死。这种类乎神话的传说，当然不可信的。不过也可见一般人对于《西厢》是如何赞颂。由极端的赞颂、称许之中，而产生出像这样的传说，乃是文学史上常有的事。《西厢记》全部五本，相传实甫只作了四本，其第五本则为关汉卿所续。历来对于《西厢》的作者，本有种种辩论。或谓关作，或谓王作；或谓关作王续；或谓王作关续。然今则王作关续之说，似占了优势。《西厢记》这部杂剧，在元剧中是较为特殊的。元剧大都为一本，但也有二本的，如实甫的《破窑记》等是二本的。长至五本的，却绝少见。今所知者，仅吴昌龄（？）的《西游记》，有六本，足与《西厢记》的五本相匹配而已。大约《西厢》的分为五本，是不得已的。像《崔莺莺待月西厢记》一类的题材，在元剧中往往是以一本了之的，至多也不过两本。连《梧桐雨》、《汉宫秋》那么冗长曲折的故事，也都是一本的。然而《西厢》为什么竟会有了五本呢？原来《西厢》的故事，从元稹的《会真记》以后，为诗，为词，为曲者，已不在少数。而董解元的《弦索西厢》，则更敷衍之为二大册。在董氏之前，或者这故事已被敷衍得那么冗长也难说。《西厢》的叙述与描写，既被铺张敷衍到像《董西厢》的那个样子，而欲反璞归源，复行缩小到四折的一本或二本，可以说是做不到的事。所以王实甫的《崔莺莺待月西厢记》，便计划着空前的一个大剧，以五本平常格律的杂剧，连接起来，来叙写这个故事。至于以何因缘，只写到第四本而未写第五本，却不是我们所能知的。据我们猜想，大约不外于死亡夺去了实甫的笔。实甫死后，同时代的最善于作剧的关汉卿，便继其未完之志，将第五本续完了。汉卿之续《西厢》，或由于自动的，或由于同时的读者与伶人的请求，这都难说。总之，《西厢》分开来，是各自独立的五本，且各自有“题目正名”，合之则为连结五本而成的一大剧本，仍有一个总括的题目正名：“张君瑞巧做东床婿，法本师主持南禅地，老夫人开宴北堂春，崔莺莺待月《西厢记》。”照惯例是，取了题目正名的最后一句作为全剧的名称：《崔莺莺待月西厢记》。其第一本的剧名是：《张君瑞闹道场》。叙的是张君瑞过蒲城游于普救寺，在佛殿上遇见了寄居于寺旁的崔相国之女莺莺。她颇顾盼留情。君瑞若被电击似的受了感动，遂迁住于寺中，不复行。某夜，莺莺烧香时，张生曾隔墙故意吟了一诗给她听。她也依韵和了一首。三月十五日，崔夫人为已故相国做道场。张生藉着搭了一份斋之名，复与莺莺一见。第二本的剧名是：《崔莺莺夜听琴》。叙的是，莺莺的艳名，为将军孙飞虎所闻。他率了五千人马，围了寺，要娶莺莺为妻。崔夫人说道：谁能退得贼兵的，无论僧俗，皆当将莺莺嫁他为妻。张生献了一策，一面用缓兵计，稳住了飞虎，一面遣猛和尚惠明，持书到白马将军杜确处求救。确为张生好友，闻耗星夜而来。擒了飞虎，解了围。至此，张生、莺莺、红娘乃至读者，皆以为此段姻事可谐了。不料崔夫人却设了一宴，宴请张生，命莺莺以兄妹之礼见。为的是，莺莺原已许下了她内侄郑恒为妻。张生郁郁不乐，连红娘也为之抱屈。她劝张生于夜间弹琴，以探莺莺之心。莺莺听了张生《凤求凰》之操，也大有所感。第三本的题目是《张君瑞害相思》。叙的是，张生见了红娘，将一简递给红娘，托她送交莺莺。红娘不敢将简帖直接交给小姐，只放在妆盒中，待她自见。莺莺见了简帖，怒责红娘一番，然后写复书，命红娘交给张生。张生听了红娘所诉，大为凄惶。及拆开了复简，读到“待月西厢下，迎风户半开”之句，便将一天愁闷，都抛弃在一边了。夜间，他依约跳墙而过。莺莺见了他，却责以大义，迫得他羞惭地退去。自此，他便得了病。夫人命红娘去问病。莺莺递给她一张简帖，约下张生今夜相会。张生见了这，顿时连病也忘了。第四本的题目是《草桥店梦莺莺》。叙的是，当夜，莺莺果然依约而到张生的书斋。终夕无一言。天未明，红娘便来捧之而去。张生如在梦中。自此，二人情好甚笃。但不久，便为老夫人所觉察。她拷问了红娘，红娘直诉其事。于是夫人无可奈何，便答应下来这门亲事。惟约定张生必须上京求名。得名后始可成婚。张生不得已，别了莺莺上京而去。莺莺送他到十里长亭。他们俩不忍别，而又不能不别。低徊留恋，终于不得不别。当夜，张生离了蒲东二十里，歇于草桥店，辗转不能入寐。朦胧中，见莺莺追来，寻他同行。但为军卒所追。张生以言吓退了军卒，抱了小姐。不料抱的却是琴童。他始知刚才的乃是一梦。相传实甫的《崔莺莺待月西厢记》，写到这里为止。第五本的题目是：《张君瑞庆团圆》。叙的是，半年之后，张生一举及第。他命琴童赍信回去报告夫人、小姐。莺莺那时的如何喜悦，是易知的。她将汗衫裹肚等物，交琴童带给了张生。张生见物，益念莺莺。这时他正抱着病，且因奉旨着他在翰林院编修国史，一时不能出京。同时，崔夫人的内侄郑恒，却到了蒲东。他意欲前来就婚。及知道莺莺已许婚于张生时，便心生一计，对夫人说：张生在京，已另娶一妻，所以不归。夫人大怒，便允将莺莺嫁给了他。张生这时实授了河中府尹，荣归到崔家。自夫人以下，却因中了郑恒的谗言，对于张生，俱不理睬。及杜确将军来为张生主婚，喝住了郑恒之时，他们方才消释了一切的误会。他们遂举行着婚礼。而郑恒因无颜自存，触树身亡。张生和莺莺的一对有情人，于经历许多苦辛之后，遂成了眷属。实甫的《西厢》在元剧中，其地位是很高超的。元剧每以四折为限，多亦不过五折，即有二本，也只有八折。叙事每苦匆促，无蕴蓄徊翔的余地。描写也苦于草率，不能尽量的展施着作者的才情。布局也为了这，而少有曲折幽邃的局面。只有《西厢》，凭藉了传说的题材，与原有的描叙，却能以共五剧二十折的大幅，来写那么一个恋爱的喜剧。于是作者们便有了可以充分的施展他们的才情的机会。在写张生一个少年书生的狂恋，作者已是很用心用力的了。从初见到图谋再见，从退贼到拒婚，从和诗到递简，从跳墙到被嗔责，从卧病到佳期，从别离到惊梦，从送书到受物，从郑恒作梗到团圆，他差不多时时的都在恋爱的惊风骇浪的颠簸之中。时喜时忧，时而失望，时而得意。那么曲折细腻的恋爱描写，在同时剧本中，固然没有，即后来的传奇中，也少有如此细波粼粼，绮丽而深入的描状的。于少女莺莺的心理与态度，作者似乎写得尤为着力。张生尚易写，而像莺莺那样娇涩的少年女郎，却更难写。一位娇贵的相国小姐，平常不大出闺门，不是不认识恋爱的感召，却只是沉默不言，欲前故却，欲却又前，屡欲掩抑其已被唤起的情绪，却终于不能掩饰得住。及佳期以后，老夫人揭破了她的秘密时，她方才完全放下了处女的情态，而抱着狂恋的少妇的真实面目。自此，相思、寄物等折，无一不是表现着她的热恋的情绪的。前后的莺莺，几乎是两个人。《佳期》之前，是写得那么沉默含蓄。《拷红》之后，是写得那么奔放多情。久困于礼教之下的少女的整个形象，已完全为实甫所写出了。无怪乎一般的少年男女，那么热烈的欢迎着此作。原来这便是他们自身的一幅集体的映象呢！

《西厢》的顶点，在于第三剧及第四剧，而第四剧写张生与莺莺的别离，尤极凄美之致。

〔端正好〕碧云天，黄花地，西风紧，北雁南飞。晓来谁染霜林醉，总是离人泪。

〔滚绣球〕恨相见的迟，怨归去的疾。柳丝长，玉骢难系。恨不得倩疏林，挂住斜晖。马儿慢慢行，车儿快快随，恰告了相思回避，破题儿又早别离。听得道一声去也，松了金钏；遥望见十里长亭，减了玉肌，此恨谁知！

〔叨叨令〕见安排着车儿马儿，不由人熬熬煎煎气，有什么心情，花儿靥儿打扮的娇娇滴滴媚，准备着衾儿枕儿，则索昏昏沉沉睡。从今后衫儿袖儿都揾做重重叠叠泪！兀的不闷杀人也么哥！（同上一句）久已后，书儿信儿索与我凄凄惶惶的寄。

〔小梁州〕我见他阁泪汪汪不敢垂，恐怕人知。猛然见了他把头低，长吁气，推整素罗衣。

〔四边静〕霎时间杯盘狼藉，车儿投东，马儿向西。两处徘徊，落日山横翠。知他今宵宿在那里？有梦也难寻觅。

这是一纸绝妙的抒情诗曲，非出之于一位大诗人之手不办的。那么隽美的白描情曲，乃是后来力欲模拟的人所决难能追得上的。《西厢》的盛行，这大约也是原因之一。汉卿的第五剧，本来有些强弩之末，所以不能讨好是当然的事。但他也甚为用心的写，像：

〔醋葫芦〕我这里开时和泪开，他那里修时和泪修。多管是笔尖儿未写泪先流，寄来书泪点儿兀自有。我将这新痕把旧痕湮透，这的是一重愁番做了两重愁。

〔梧叶儿〕他若是和衣卧，便是和我一处宿，但粘着他皮肉，不信不想我温柔。（红云）这裹肚要怎么？（旦儿唱）常不离了前后，守着他左右，紧紧的系在心头。（红云）这袜儿如何？（旦儿唱）拘管他胡行乱走。

之类，也都是很好的诗。

白朴亦为自金入元者。但行辈较后于关、王。朴字仁甫，后改字太素，号兰谷，真定人。父华，《金史》有传。《录鬼簿》云：朴赠嘉仪大夫；掌礼仪院太卿。朴在金亡时，年仅七岁，惟自己以为是金世臣，不欲仕于元，乃屈己降志，玩世滑稽。徙家金陵，从诸遗老，放情山水间。中统初，有欲荐之于朝者，朴力辞之。其诗文有《天籁轩集》。他的杂剧凡十六种，今存者惟《唐明皇秋夜梧桐雨》及《裴少俊墙头马上》二种而已（此二种俱有《元曲选》本）。尚有《东墙记》、《流红叶》及《箭射双雕》三剧，皆有残文存，见于我辑的《元明杂剧辑佚》中。朴所作范围也甚广，惟以善写娇艳的恋爱剧著名。而《梧桐雨》一剧，尤为人人所知。《梧桐雨》以短短的四折，叙贵妃宠冠宫中，安禄山兴兵造反，以至明皇幸蜀，马嵬埋玉等事。而其顶点则在第四折。明皇由蜀回，做了太上皇，深宫无事，镇日的思念着贵妃。到处的景物，都是添愁的资料。梦中分明见到玉环，请她到长生殿赴宴，醒来时，却见雨打着梧桐树，“一会价紧呵，似玉盘中万颗珍珠落，一会价响呵，似玳瑁筵前几簇笙歌闹，一会价清呵，似翠岩头一派寒泉瀑，一会价猛呵，似绣旗下数面征鼙操。兀的不恼杀人也么哥！兀的不恼杀人也么哥！则被他诸般儿雨声相聒噪。”（《叨叨令》）“这雨，一阵阵打梧桐叶凋，一点点滴人心碎了，枉着金井银床紧围绕，只好把泼枝叶做柴烧锯倒。”（《倘秀才》）这一夜，明皇是“雨和人紧厮熬，伴铜壶点点敲。雨更多，泪不少。雨湿寒梢，泪染龙袍，不肯相饶。共隔着一树梧桐，直滴到晓。”在许多的元曲中，《梧桐雨》确是一本很完美的悲剧。作者并不依了《长恨歌》而有叶法善到天上求贵妃一幕，也不像《长生殿传奇》那么以团圆为结束。他只是叙到贵妃的死，明皇的思念为止；而特地着重于“追思”的一幕。像这样纯粹的悲剧，元剧中是绝少见到的。连《窦娥冤》与《汉宫秋》

那么天生的悲剧，却也勉强地以团圆为结束，更不必说别的了。《裴少俊墙头马上》，叙的是裴少俊与李千金的恋爱。始由马上墙头的相见，而成为夫妇，中因少俊父亲的作梗而拆散，终因少俊中举得官而复聚。这是一本平常的恋爱喜剧，写得却很出色。

高文秀是很早熟的天才。《录鬼簿》云："文秀东丰人，府学，早卒。"然他虽早卒，所著的剧本，却已有三十四种之多。如果他安享天年，则其成就，恐要较关汉卿为尤伟。文秀所作，题材的范围也甚广，而写得尤多者，则为关于黑旋风李逵的剧本。自《黑旋风斗鸡会》、《黑旋风双献功》以下，共有八本之多。今存者惟《黑旋风双献功》一本。此外尚存二本，一为《须贾谇范雎》(以上均见《元曲选》)，一为《好酒赵元遇上皇》(见《元刊古今杂剧》)。又有《周瑜谒鲁肃》一种，今存一折，见于我编的《元明杂剧辑佚》中。《黑旋风双献功》叙郓城县人孙荣，娶妻郭念儿。念儿与白衙内有些不伶俐的勾当。荣不知。一日，荣夫妇要到泰山神州还神愿。他到梁山泊请了李逵下山为护臂。他们落在一家店中。念儿与白衙内约好，捉个空儿，二人便偕逃而去。荣去一个大衙门告状。不料坐衙的，却正是白衙内。遂将他下在死牢中。李逵送饭给他。牢子也吃。不知这饭中已下了蒙汗药在内，牢子吃了，倒地不醒。李逵遂将一牢人都放了。第二天，逵又假扮为一个侍候人，进了白衙内家中，杀了衙内与念儿，提了那两颗人头上山献功。这里的李逵，与《水浒传》上的颇不相同。《水浒传》中的李逵，是一味勇猛的，这儿的山儿，却是很谨慎而且多智计的。《须贾谇范雎》叙的是：须贾在魏齐面前，诬罔范叔，叔因此被打几死。他逃到秦，改名张禄，做了秦相。须贾恰奉使至秦。叔穿了敝衣去见他。贾赠他以绨袍。叔见其尚有故人之情，遂折辱了他一番，命他传语魏王，速送魏齐头来。这剧写叔屈辱及得意的情形，都很好。《好酒赵元遇上皇》叙赵元因好酒而受了好多苦辛，终于在酒店中遇见上皇，拜为兄弟，做了南京府尹。文秀的诸剧，大抵文字都是素朴之至，连一个典雅绮丽的字眼都不用，然自有一种浑厚之气。在国语文学中，乃是白描的上乘的作品。

七

马致远号东篱，大都人，任江浙行省务官。《太和正音谱》列致远于第一人，颂赞备至："马东篱之词，如朝阳鸣凤。其词典雅清丽，可与灵光、景福相颉颃。有振鬣长鸣，万马皆喑之意。又若神凤飞鸣于九霄，岂可与凡马共语哉。宜列群英之上。"致远作剧凡十四本，大半为文人学士不得志者写照，小半则为写山林归隐，神仙度人的作品，大抵都是与他自己的情绪思想有关系的。写其他题材的作品如《汉宫秋》等，不过二三本而已。我们如将致远的散曲，与他的剧本对读一下，便可知他的剧本，并不是无所谓而写作的。关汉卿的剧本中，看不出一毫作者的影子。致远的剧本中，却到处都有个他自己在着。尽管依照着当时剧场的习惯，结局是个大团圆，然而写着不得志时的情景，他却格外的着力。像《江州司马青衫泪》和《半夜雷轰荐福碑》(皆有《元曲选本》)，都是如此的写法。连写神仙度世，山林归隐的剧本，像《吕洞宾三醉岳阳楼》、《太华山陈抟高卧》、《马丹阳三度任风子》等，似乎都是不得意的聊且以遗世孤高为快意的写法。我们试读致远有名的《双调夜行船》(《愁思》)一曲：

百岁光阴一梦蝶，重回首往事堪嗟。今日春来，明朝花谢，急罚盏夜阑灯灭。〔乔木查〕想秦宫汉阙，都做了衰草牛羊野，不恁么渔樵没话说！纵荒坟横断碑，不辨龙蛇。〔庆宣和〕投至狐踪与兔穴，多少豪杰！ 鼎足虽坚半腰里折。魏耶？晋耶？……蛩吟罢一觉才宁贴，鸡鸣时万事无休歇。何年是彻！看密匝匝蚁排兵，乱纷纷蜂酿蜜，闹穰穰蝇争血。裴公绿野堂，陶令白莲社，爱秋来时那些：和露摘黄花，带霜分紫蟹，煮酒烧红叶，想人生有限杯，浑几个重阳节。人问我，顽童记者：便北海探吾来，道东篱醉了也。

再看《吕洞宾三醉岳阳楼》中的一支《贺新郎》曲：

你看那龙争虎斗旧江山，我笑那曹操奸雄，我哭呵，哀哉霸王好汉！为兴亡，笑罢还悲叹，不觉的斜阳又晚。想咱这百年人，则在这捻指中间。空听得楼前茶客闹，争似江上野鸥闲。百年人光景皆虚幻。我觑你一株金线柳，犹兀自闲凭着十二玉阑干。

恰恰是个很好的对照。《太华山陈抟高卧》诸作，也都充满了这种很浅显的人人都懂得的因悲观而玩世的思想。为了致远是那样的一位作家，正足以代表当时一大部分的士大夫不得志的情思，也正足以代表古今来不少抱着这同样情思的文人学士。所以文人学士们，对于东篱的这些十分的投合他们胃口的作品，都是异常的颂赞称许。涵虚子之独以东篱为词人之首，而不大看得起关汉卿，也便是这个缘故。总之，东篱的作品，大都是投合士大夫的，而汉卿的作品，则大都是投合于一般民众的。不过像《任风子》、《岳阳楼》一类的东西，在民间却也有相当的势力。在东篱的作品中，最有名者，为《破幽梦孤雁汉宫秋》一本（有《元曲选》本）。叙的是汉元帝命毛延寿遍行天下，筛选宫女。延寿得一位美人王嫱，字昭君的，生得光彩射人，十分艳丽。但他家不肯出钱买嘱延寿。他遂将美人图点上些破绽。元帝因此不曾留意到她。一夜，她幽闷的在弹着琵琶，为元帝所闻，遂得相见，大为宠幸。一面他便要斩延寿之首。延寿逃入匈奴，献上昭君图形。单于指名要昭君和番，否则兴兵入塞。元帝大惊，只得送昭君出塞。昭君到了黑龙江，遂投江而死。单于惊悼。因祸起毛延寿，遂将他送回汉廷治罪。全剧的顶点则在：昭君去后，元帝思念着她的已往情意，正在烦恼不寐，却又遇着孤雁一声声的在云间鸣叫着，一发感得情绪凄楚不堪。“早是我神思不宁，又添个冤家缠定。他叫得慢一会儿，紧一声儿，和尽寒更，不争你打盘旋，这搭里同声相应。可不差讹了四时节令！”这一折的情景，是布置得异常的凄隽的。息机子《杂剧选》中又载他的《孟浩然踏雪寻梅》一本，但那是明周宪王之作，并非他所写的。

八

“郑廷玉，彰德人，生平事迹不可考。所作剧本凡二十四种。今存者凡五种 :《楚昭公疏者下船》、《包待制智勘后庭花》、《布袋和尚忍字记》、《看钱奴买冤家债主》及《崔府君断冤家债主》(皆有《元曲选》本)。廷玉文字，也甚素质，但也并不鄙野。正是所谓雅士与俗人皆能欣赏的著作。《楚昭公疏者下船》叙伍员兴兵入楚，楚昭公逃难过江。因风大船小，他的妻与子皆自投于江。后赖申包胥之力，求得秦兵，楚国得以复兴。他的妻子也为龙王所救，并未死。《布袋和尚忍字记》乃是一本与马致远的《三度任风子》题材结构都很相同的“仙人度世”剧。《看钱奴买冤家债主》叙贾仁得了周家的财，安享二十年后，乃复为周荣收回的“因果剧”。《崔府君断冤家债主》也是如此的一剧。张善友的二子，一善积财，一甚浪用。原来其一为负他的债者所投生的，其他则为他欠其人之债者所投生的。经了他友人崔子玉的说明，善友才恍然而悟。这里的崔子玉大约便是小说与传说中的崔府君，也即在冥府为唐太宗处分诉状的崔判官。《包龙图智勘后庭花》乃是同时代许多包公的公案剧中的一本。这一类的公案剧，在结构上往往是陈陈相因，题材也不外乎家庭惨变，因奸杀人一类的事。

尚仲贤，真定人，江浙行省务官。所作剧本凡十种，十二本。今存者凡四本 :《洞庭湖柳毅传书》、《汉高祖濯足气英布》各一本，及《尉迟恭三夺槊》二本。 此外《越娘背灯》、《归去来兮》及《王魁负桂英》三剧，有残文见于我编的《元明杂剧辑佚》中。《尉迟恭三夺槊》有《元曲选》本 (其名略异，作《尉迟恭单鞭夺槊》)，有元刊《古今杂剧》本。二本内容完全不同。或者二者乃是前后本，都是尚仲贤所著的吧。这是比较容易解释的一个假定。《元曲选》中的《尉迟恭单鞭夺槊》，叙的是尉迟恭投唐之后，因曾打了三将军元吉一鞭，生怕他记恨。果然，元吉乘李世民回京之隙，却将恭下在死牢，只要死的，不要活的。徐茂公大惊。追了世民回营。元吉说是尉迟恭逃走，故被他捉回。但世民命他们当场试演的结果，元吉却三次为恭所捉。他才不敢多说。李世民去偷看洛阳城，为单雄信所追迫，无人解救。尉迟恭奋不顾身的，以单鞭夺了雄信的槊，救了世民回来。后来世民在榆科园与雄信战大败，又是恭率兵杀得雄信反胜为败，鼠窜而去。元刊《古今杂剧》本的《尉迟恭三夺槊》，叙的却是，元吉、建成兄弟，屡欲篡位，怕的是秦王跟前有尉迟恭，无人可敌。便使了一计，于高祖前谗害恭。高祖大怒，捉下恭来。赖刘文靖苦苦的劝住了，只削职放他归去。后来他与元吉在御园中比武，他赤手空拳的与元吉争斗。元吉虽持着武器，却哪里是他的对手。不久，便丧败于他的手中。高祖也不罪他。这两本不同的尉迟恭，恰恰是前后不同时的故事，很有是前本、后本的可能。《汉高祖濯足气英布》，叙楚、汉相持之际，汉高招降了英布。始是濯足不理他，继则亲自献上佩剑，亲自为他推车。布惊喜过度，遂为汉高祖出力攻项羽，大胜而归。汉皇封他为九江王。《洞庭湖柳毅传书》，叙柳毅下第而归，在泾河岸上，遇见龙女，托他带信到洞庭。其后洞庭君德之，乃以龙女归他为妻。仲贤善于写英雄，他所写的尉迟恭及英布，都是虎虎有生气的。

武汉臣，济南府人，未知其生平。所作凡十三种。今存者三种：《散家财天赐老生儿》、《李素兰风月玉壶春》、《包待制智勘生金阁》。又有《三战吕布》一剧，有残文存于《元明杂剧辑佚》中。汉臣的《散家财天赐老生儿》一剧，曾有过英文译本。这剧的结构颇好。元剧中像《老生儿》那么饶有迷离惝恍之致的，却不多。刘从善无子，招张郎为婿。其婢小梅有孕，张郎意欲害她。其妻乃与他同设一计，假说小梅逃走。从善十分悲哀，遂分散家财给乞丐。清明时，张郎去上坟，却只上张家坟，不上刘家坟。于是从善凄然，劝说其妻，以侄为子。到了从善寿辰，张郎来拜寿，从善却不许他们入门。其女引张乃引了小梅和小梅所生之子同来。原来，小梅向是引张供给着的。这事连她丈夫张郎也不知道。于是从善无子而有子，心中大喜，将家财分为三份。《李素兰风月玉壶春》，叙李斌与妓女李素兰，情好甚笃。斌因金尽，为鸨母所逐。李素兰誓志不从他人。后斌得官，二人乃团圆终老。这个恋爱喜剧的题材，乃元剧中所习见的，惟结构甚佳。《包待制智勘生金阁》，虽也是公案剧中的恶霸恃强，鬼魂索命的陈套，却仍以巧妙的结构见长。汉臣对于结构的特长，乃在能于最后最紧张之时，而将全局的迷离惝恍的结子，都一齐解开了。但在未解开之前，我们仍不能预知其将如何的解法。像《老生儿》的最后的见子；像《玉壶春》的李素兰，原来姓张不姓李；像《生金阁》的包拯，请了庞衙内宴会，而突然捉了他，都是使用这个特殊的布局的结果。

康进之也与高文秀一样，善于写黑旋风的故事，他的两本杂剧，《梁山泊黑旋风负荆》与《黑旋风老收心》，全都是写李逵的。今存《黑旋风负荆》一本（见《元曲选》）。进之，棣州人，一云姓陈。他的《黑旋风负荆》，实较高文秀所作的《双献功》为高。文秀写黑旋风，其性格尚未很分明，进之所写的黑旋风，则已活泼泼地将这位黑爷爷面目全般揭出。却说，有一天，李逵下山喝酒，知道了王林的女儿满堂娇为强人宋刚、鲁智恩抢去。这二人原是冒着宋江、鲁智深之名去的。逵还以为此事真的是他们二人干的，便气愤愤地要向二人问罪。一见面，不分青红皂白，使斧便斫，状如发疯。亏得为旁人所阻。 宋江闻悉原委，乃允以首级为赌，同到山下王林店中质证。质证的结果，原来抢满堂娇去的，并不是他们二人，虽然姓名似乎相同。李逵心中大为惊惶，乃慢腾腾上山而去。他向宋江负荆请罪。但宋江不理，只要他的首级。 他不得已取剑来要自刎。正在这时，王林赶来报信，说：宋刚、鲁智恩二贼已为他灌醉在家。江乃命逵与鲁智深一同下山，捉了二贼上山杀了。此剧结构的紧密。曲白得迫切而隽美，描写得细腻深刻，实为元剧中最上乘的作品。几乎无一语是虚下的，无一处是不紧张的。他将鲁莽而忠义的黑旋风的性格，整个刻画在纸上，其力量几乎要直透纸背。第三折更是特别的好。 其初逵非常的自信，直视宋、鲁二人如狗羊，和他们一同下山去质证时，只恐他们乘隙脱逃，或前之，或后之，有如解差的监视囚犯。但后来，证实了宋、鲁二人并不是真实的强人时，他的盛气却不知不觉地消失无存了，先是愤愤地似欲迁怒于王林，继则懊丧叹气，有如一只斗败了的公鸡。下山时是趾高气扬，大跨步而来；如今上山时，却低头视地，一步挨一步的，慢腾腾而去。像那样的情景，读了真要令人叫绝。

李文蔚也写有一本《水浒》的剧本：《同乐院燕青博鱼》（《录鬼簿》作《报冤台燕青博鱼》）。写的却不是李逵，而是燕青。像小乙那样勇敢伶俐的人物，本来是不容易写得好的。所以文蔚此剧，所写的未见得会如何的高超。文蔚，真定人，江州路瑞昌县尹。所作剧凡十二本，今惟《燕青博鱼》一剧存。《博鱼》的题材，与高文秀的《黑旋风双献功》颇同，左右不过是荡妇私通衙内，豪杰为友复仇而已。但文蔚所写的燕青，却不甚像《水浒传》上的小乙。他眼瞎求乞，博鱼过日，都只是小无赖的勾当。

杨显之与关汉卿为友，也写着《黑旋风乔断案》一剧，但今已不存。存者为《临江驿潇湘夜雨》及《郑孔目风雪酷寒亭》二剧（均见《元曲选》)。《录鬼簿》云："显之，大都人，与汉卿莫逆交。凡有珠玉，与公较之。"《酷寒亭》的题材，颇似《双献功》与《燕青博鱼》，惟情节较为曲折凄楚耳。郑孔目救了杀人犯宋彬，赠银而别。后来他娶了萧娥为妻。娥乘他上京，与高成成奸，且虐待他前妻之子，逐他们出去。郑孔目归时，遂杀了萧娥。他到府自首，府尹判他刺配沙门岛。解差恰是高成。他们到了酷寒亭，风雪交加。两个孩子要去叫化残羹剩饭给他吃。其情景至为悲楚。他们遇见了宋彬。这时彬已为山大王。遂带领了喽啰，杀死了高成。《临江驿潇湘夜雨》也是一个悲喜剧，大似明人平话《金玉奴棒打薄情郎》(见《今古奇观》)，其结局也很相类。张天觉有女翠鸾，因船覆，中途失散。她为崔老所救，后乃与他侄儿崔甸士结婚。甸士上京应试得官，却别娶了试官之女，一同上任。翠鸾前去寻访，甸士却将她当作逃奴，命人押她到沙门岛去。她父亲天觉，这时已为天下提刑廉访使。在临江驿暮雨潇潇之中，与翠鸾相遇。翠鸾诉知前事，天觉大怒。翠鸾亲自率了父亲的侍从，去捉甸士及他的新夫人来，要杀坏他们。崔老苦苦哀告，她始复认他为夫。却迫他将新夫人休了，改作梅香。

李寿卿与郑廷玉同时，太原人，将仕郎，除县丞。所作剧本凡十种。今存《说专诸伍员吹箫》与《月明和尚度柳翠》二本。《度柳翠》与马致远的《三度任风子》及同人的《三醉岳阳楼》，其题材与结构，皆甚相同。不过月明和尚所度者却是一个妓女而已。此种仙佛度世剧，千篇一律，总是不会写得很好的。《伍员吹箫》叙伍员的父伍奢，为费无忌所谗杀。员逃奔郑国。楚使养由基追他。基射他三箭，皆系咬去箭头的。因此，他得以脱命至郑。但在郑立身不住，又南奔于吴。遇浣纱女，给他饭吃。他深恐女泄出消息。但此女却抱石自投于江以自明。又至江边唤渡，渔父渡了他过去，也自刎而亡，以免他见疑。员到吴，不遇。流落市间，吹箫乞食。遇侠士专诸，拜为兄弟。十八年后，员借得吴师，一战胜楚。专诸捉了费无忌来。员又欲伐郑。但郑子产却访得渔父之子来说他。他方允不去伐郑。又赡养了浣纱女之母，以报前德。子胥的故事，是民间所最流行的。但元剧中却仅有寿卿此剧存。我们如将他与敦煌发现的变文《列国志》残文相对勘，颇可见出伍子胥故事的最早形式是如何的式样。

纪君祥，大都人，与李寿卿、郑廷玉同时。所作剧凡六本。今存《赵氏孤儿大报仇》一本（见《元曲选》)。《赵氏孤儿》颇流行于欧洲，曾有德文及法文译本。此剧事实，本极动人，君祥写得也很生动。却说晋国屠岸贾杀了赵家三百口，只有赵朔的妻，是晋国公主，不曾受害。她生了一子。屠岸贾知道此信，即命军士把守宫门，不让婴孩走脱。但程婴却进宫救出婴孩来。把门的下将军韩厥放出他们后，便自刎而死。且自去出首，说杵臼藏着赵儿。岸贾知道此耗，大索全国，命将国内一月以上，半岁以下的婴孩，都要送来杀了。婴知事急，便去与公孙杵臼商议，将他自己的孩子诈为赵儿，且自去出首，说杵臼藏着赵儿。岸贾在杵臼家中，果然搜出一个婴孩，连杵臼一并杀了。因此他甚宠任程婴，并将婴子过继为己子。二十年后，赵氏孤儿已经长成。他名程勃，又名屠成。一日，程婴故遗画卷于地，由勃拾得。然后婴才说明前事。程勃大怒，便奏知晋王，捉着岸贾杀了。这样的血仇的报复，在中国保存得很久。“父仇不共戴天”的一语，至今还有人信奉着。而《赵氏孤儿》一剧，却充分地足以描写出这种可怖的报仇举动。岸贾之欲全灭赵族，与孤儿的大报仇，全都是为了这个传统的道德之故。

石君宝，平阳人，其生平未知。作剧凡十本。今存者为《鲁大夫秋胡戏妻》及《李亚仙诗酒曲江池》二本（均有《元曲选》本）。《曲江池》的故事，本于唐白行简的《汧国夫人传》。当然，君宝此剧，不会及得上明人的传奇《绣襦记》的。但他的叙写，也自有其胜处。洛阳府尹郑公弼有子元和，上京赴选。他在曲江池与妓女李亚仙相遇，顾盼不已，三坠其鞭。遂与亚仙同至她家。一住两年，金尽，被鸨母所逐，穷无所归，与人唱挽歌度日。府尹知道此事，亲自上京来寻他，将他打死在杏花园。亚仙跑去唤醒了他，却为虔婆所追归。但在大雪飞扬之中，亚仙终于寻了元和回来，一同住着。元和奋志读书，一举得第，授为洛阳县令。他不肯认父。经亚仙的苦劝，方始父子和好如初。《秋胡戏妻》叙的是，刘秋胡娶妻罗梅英，刚刚三日，乃为勾军人勾去当兵。一去十年，毫无消息。当地李大户见梅英貌美，欲娶她为妻。梅英不从。这时秋胡已做了中大夫。他告假回家。鲁公又赐他黄金一饼。他微行归家，见一个美妇在采桑，便以饼金去诱她。但为此妇所斥责。秋胡到了家，母亲命他的妻出见，原来便是采桑妇。她抵死不肯认他为夫，只要他一纸休书。后由他母亲的转圜，方才和好如初。李大户正着人来抢亲，秋胡喝左右缚送他到县究治。这与最初的秋胡传说，颇不相类。此剧之将秋胡妻的自杀的结局，改为团圆，当然是要投合喜欢团圆无缺憾的喜剧的观众的胃口的。

元刊《古今杂剧》更有《风月紫云庭》一剧，其情节也颇类《曲江池》，叙妓女韩楚兰守志不屈，终于得到良好结果。按《录鬼簿》所载石君宝著的剧目中原有此《风月紫云庭》一种。也许此剧便是《录鬼簿》所云的一种。但同书戴善甫名下，却也著录有《风月紫云庭》一本。不知此本究竟谁作。

吴昌龄，西京人，生平未详。所著杂剧凡十一种。今存《唐三藏西天取经》、《张天师断风花雪月》及《花间四友东坡梦》三种。《西天取经》为现存元剧中最长的一部。《西厢记》的五剧，已是元剧中极长的了，但《西天取经》却有六本，二十四折，较《西厢》还多出一本。《西天取经》的六本，各有题目正名，每本都是可以独立的。第一本叙陈光蕊被难，夫人殷氏为贼刘洪所占。洪冒了光蕊之名，赴洪州知府之任。殷氏原已有孕，儿子生出后，又被洪弃入江中。金山寺长老收养着他，剃度为僧，法名玄奘。十八年后，遂捉了刘洪，报了父仇。但其父并未死，乃为龙王所救得。正在他们的团圆欢聚之际，观音却来唤玄奘到长安祈雨救民，且到西天求经。第二本叙玄奘被封为三藏法师，奉诏往西天求经。观音奏过玉帝，差十方保官保唐僧沿途无事。第三本叙花果山有孙行者的，摄了金鼎国公主为妻，又偷了西王母的仙衣仙桃。因此，观音降伏了他，将他压于花果山下。唐僧经过花果山，救出行者，收他为徒，取名悟空。观音将铁戒箍安于他头上。师徒经过流沙河，遇见沙僧，也收伏他为徒。中途，行者救了刘太公之女，杀了银额将军。却为红孩儿所算，乘机摄了唐僧去。行者藉了佛力，终于救回师父。第四本叙猪八戒自称黑风大王，骗了裴海棠禁在山洞中。行者师徒经过此山，救了海棠，但唐僧又为八戒乘隙摄去。行者请了灌口二郎来，方才救出唐僧，降了八戒，同上西天。第五本叙唐僧经过女人国，火焰山，历遭魔劫。终于得观音卫护，平安过去。第六本叙师徒们到了天竺，取经回东土。行者、沙僧、八戒却在天竺圆寂了。佛命另差成基等四人送他回长安。他遵嘱闭了眼，果然即刻已至。这时，离去时已在十七年后了。玄奘回后。开坛阐教，功德甚多。最后，佛命飞仙引他入灵山会正果朝元。此剧气象甚为伟大，惟事迹过多，描写未免粗率，远没有《西厢》那么细腻婉曲。这也许是为题材所拘，不能自由描写之故。《张天师》，叙张天师判决了魔人的桂花仙子事；《东坡梦》，叙佛印藉神通命柳、梅、竹、桃四友，在梦中与东坡相会，终于折服了东坡，剃度了白牡丹。这二剧带着很浓厚的仙佛传道的色彩，这种题材在元剧中是并不罕见的。

戴善甫，真定人，江浙行省务官。所作剧凡五种。于上述《风月紫云庭》外，尚有《陶学士醉写风光好》一本，存于《元曲选》中，《诗酒玩江楼》一剧，存残文二折，见于《元明杂剧辑逸》中。《风光好》叙的是宋太祖差陶谷至南唐，欲说降李主。李主托疾不朝，由韩熙载担任招待。谷威仪凛然。熙载设计，命妓女秦弱兰，冒作驿吏寡妇，乘机挑他。他果为所惑，咏一首《风光好》给她。第二天，南唐相梁齐丘请他宴会，席次命弱兰出唱《风光好》。谷自知失仪。不能毕其使命，便投奔杭州钱俶处。却与弱兰约好，要来娶她。曹彬下江南时，弱兰也逃到杭州去。钱王在湖山堂上设宴，要试弱兰的心。他使弱兰自在人丛中寻谷。寻到后，他故意不承。弱兰欲碰阶自杀。钱王连忙阻止了她，使他们团圆。

王仲文，大都人，其生平未知。作剧凡十本。今存《救孝子贤母不认尸》一本。《救孝子》乃是一本“公案剧”，但公正聪明的官府，却是王翛然，而不是习见的包拯。李好古，保定人，或云西平人，作剧三本。今存《沙门岛张生煮海》一本。宋末元初有两李好古，皆著《碎锦词》，恐非即此作剧的李好古。此李好古的生年或当较后。《张生煮海》的曲文殊佳。叙的是天上的金童玉女因思凡而被罚下生世间。男为张羽，女为龙女。张生寄住石佛寺。一夕，弹琴自遣。龙女出海潜听，大为所动，遂与他约为夫妻，并嘱他在八月十五日相见。惟张生等不到八月十五日便去寻她。但人海间隔，任怎样也见不到她。途遇毛女，她却送他三件法宝用以降伏龙王，不怕他不送出女儿来给他。张生到了沙门岛，取出法宝来用，乃是一银锅，一铁勺子，一金鼎。张生支了行灶，将海水勺入锅中烧着，海水即便沸滚。龙王大惊。他问明了原委之后，便以女琼莲给他为妻。不久，东华大仙到了海中，说明二人的本相，仍领了他们回天去。结构原也平常，然在文辞上，作者却颇得到了成功，具着元剧所特有的美畅而浅显的作风。

张寿卿的《谢金莲诗酒红梨花》（有《元曲选》本），也是一部恋爱喜剧，在结构上，却远胜于《张生煮海》。寿卿，东平人，浙江省掾吏。《红梨花》的题材，明人曾有两部传奇取之，除了描写的较为绮腻之外，其布局似尚不及寿卿的此剧。寿卿此剧，其巧妙之点，乃在故意将剧情弄得很迷离，明明是个有血有肉的少女，却故意说她是鬼，以至热恋着的赵汝州不得不亟亟逃去。及至最后团圆的一霎，见了她还连呼：“有鬼！有鬼！”其结构的高超，很可与武汉臣诸剧并美。

岳伯川，济南府人，或云镇江人。作剧二本，今存《吕洞宾度铁拐李》一本。《铁拐李》原是一本题材很陈腐的“神仙度世剧”，惟此剧较为新奇之点乃在：岳寿死后，却借了李屠的尸身还魂，因此，连他也迷乱不知所措。最后，乃由吕洞宾度他登仙，以解决一切的纠纷。伯川写岳寿初醒时的迷乱，念家时的情绪恳切，发现身体已非本来面目时的惊惶，都写得很好。

石子章，大都人。作剧二本，今存《秦修然竹坞听琴》一本。这也是一部恋爱剧，但超出于一般恋爱剧的常例之外，秦修然所恋者却是一位少年的女尼（这女尼幼年时本与他订婚）。其题材与明代高濂的《玉簪记》完全相同。但在描写上却远及不上《玉簪记》。其中梁州尹故意地传布着郑道姑是鬼的巧计，又与张寿卿的《红梨花》相仿佛。

王伯成，涿州人，作剧三本，今存《李太白贬夜郎》一本（见元刊《古今杂剧》）。他将关于李白的种种传说都引进剧中。始于贵妃磨墨，力士脱靴，终于水中捞月，龙王水卒迎接他。作者始终将李太白写成了沉醉不醒的酒徒，口口声声离不了酒字醉字。但在沉酣遗俗之中，也未尝没有愤世之念在："〔太平令〕大唐家朝治里龙蛇不辨，禁帏中共猪狗同眠，河洛间途俗皆现，日月下清浑不变，把谪仙盛贬一年半年，浪淘尽尘埃满面。"伯成所极力描写的便是那样的一位有托而逃，"众人皆醉而我独醒"的李太白。在这一点，他写得是很成功的。

孟汉卿，亳州人，作剧一本：《张鼎智勘魔合罗》，今存。孙仲章（或云姓李），大都人，作剧三本。今存《河南府张鼎勘头巾》一本。（以上二剧皆见《元曲选》）他们所作的这两本都是"公案剧"，且都是以张鼎为主人翁的。《魔合罗》叙李德昌妻被诬杀夫，为张鼎勘得真情，出了她的罪。《勘头巾》叙王小二被诬杀了刘员外，也为张鼎发现其真情，知道杀人者乃系刘妻的情人王知观而非小二。这二本"公案剧"，其结构颇与一般的"公案剧"不同。一般的公案剧，主人翁总是"开封府尹"一类的负责大吏，不是包拯，便是钱可道，或王翛然。在这里，判案的却是一位小小的孔目张鼎。在元代，孔目原是可以左右官府的。也许这张鼎实有其人，其聪明的判案的故事曾盛传于当时的。

李行道（一作行甫），绛州人，他的《包待制智赚灰阑记》（见《元曲选》）也是一部公案剧，也以包拯为主人翁。《灰阑记》叙的是：张海棠嫁了马员外，生有一子。马员外死后，他的大妇与海棠争产争子，诬告着她。她被屈打成招，解送到开封府治罪。府尹包待制，巧设一计，在地上用石灰画了一阑，命二妇拽孩子出阑外，拽得出的，便是真母。海棠不忍伤害她儿子，两次拽不出。包待制知道她必为这孩子的真母，遂申雪了她。这故事与《旧约圣经》中，所罗门王判断二妇争孩的故事十分相类。也许此剧的题材原是受有外来故事的影响的吧。

孔文卿，平阳人，作剧一本：《秦太师东窗事犯》，今存（见元刊《古今杂剧》）。但第二期的作家金仁杰也有《秦太师东窗事犯》一剧。《古今杂剧》不著作者姓名，不知此剧究竟谁作。《东窗事犯》叙的是：岳飞连破金兵，声势极盛。秦桧却以十三道金牌招他入京，下飞于大理寺狱问罪。桧与妻在东窗下商议，以“莫须有”三字，杀害了他和岳云、张宪。地藏神化为呆行者，在灵隐寺中泄漏了“秦太师东窗事犯”。何立奉命去拘捉呆行者，谁想人已不见。遂追往东南第一山去，实际上却入了地狱，见秦桧戴枷受罪。何立回去一说，唬得桧妻王氏腮边流泪。这时桧已病甚。不久遂被拘入地狱，受诸般苦刑，而岳飞等则升天为神。明代传奇中，也有《东窗记》一本，也便是敷衍此事的。

狄君厚也是平阳人，著《晋文公火烧介子推》一剧（见《古今杂剧》）。叙的是：晋献公宠爱骊姬，囚公子申生。介子推谏之不听。后申生被杀，子推随了重耳出奔。重耳归国即位，赏了从亡诸臣，独忘了子推。子推作了一篇《龙蛇歌》悬于宫门，然后偕母亡入深山。重耳入山求子推不得，便放火烧山，以为他见火必出。不料子推竟抱树烧死不出。这故事本来是很悲惨的。君厚在第四折中借着樵夫之口，痛责晋文公一顿。

以上作剧者皆为汉人，独李直夫则为女真人。直夫本名蒲察李五，德兴府住。所作剧凡十二本，今存《武元皇帝虎头牌》一本（见《元曲选》，但剧名作《便宜行事虎头牌》）。叙的是：王山寿马升任为天下兵马大元帅，以金牌千户的印子交给他叔叔银住马。银住马好酒。一日，酒醉，被贼打破山夹口，掳去人口马匹。但他连忙追去夺回。元帅闻知此事，招他来，判斩。家族、部下环恳以情，元帅俱不从。后知银住马曾夺回人马，便赦死杖百。第二天，元帅担酒牵羊，与叔叔暖痛。银住马起初闭门不纳。后经恳说，乃始纳他入门。山寿马说明，昨日打他的不是侄儿，乃是“虎头牌”。银住马遂与他和好如初。此剧叙的都是金代之事，也许其著作的年代乃在元代灭金之前。

在第一期的剧作家中，不仅士大夫争写着剧本，即娼夫也都会写。像张国宾诸人，且都写得不下于士大夫。《太和正音谱》颇看不起他们，在最后别立一名曰："娼夫不入群英"，并引赵子昂的话道："娼夫之词，名曰绿巾词。其词虽有切者，亦不可以乐府称也。"这样的"娼夫作家"凡四人：一，赵明镜；二，张酷贫，即张国宾；三，红字李二；四，花李郎。马致远、李时中曾与花李郎、红字李二合作《开坛阐教黄粱梦》(见《元曲选》)一剧，亦为"神仙度世剧"之一，与《任风子》、《岳阳楼》等没有什么特异的地方。时中，大都人，中书省掾，除工部主事。红字李二，京兆人，教坊刘耍和婿。花李郎亦为刘耍和婿。《黄粱梦》第一折为致远作，第二折为时中作，第三折为花李郎作，第四折为红字李二作。赵明镜之作今不存。张国宾则作剧凡四种，今存者三本，即《相国寺公孙合汗衫》、《薛仁贵荣归故里》及《罗李郎大闹相国寺》。国宾(宾一作宝)，大都人，"即喜时营教场勾管"。《合汗衫》叙张孝友救了陈虎，虎反将他推入水中，而娶了他妻李玉娥。十八年后，孝友所生之子张豹做了官，方才报得前仇。《罗李郎》叙罗李郎收留了苏汤哥及孟定奴，将他们配为夫妇。汤哥为侯兴所害，陷入官狱，兴却谎报汤哥已死。李郎一气而病。侯兴乘机拐了定奴而逃。后来汤哥、定奴俱遇见自己做了官的父亲，侯兴也被捉定罪。他们是团圆着了，却撇下一位孤零零的罗李郎，暗自悲伤。这一剧略带有悲剧的意味。《薛仁贵》叙仁贵往绛州投军，随张士贵征高丽，打葛苏文，得了五十四件大功，定了辽国。但其功劳俱为士贵所冒。他与士贵争辩。二人比箭之后，方以功尽归仁贵。这一夜，他梦见自己回家，为士贵所捉，要杀坏他，一惊而醒。便恳求徐茂公放他回家省亲。茂公许之，且妻之以女。"壮士十年归"，父母之喜可知！合家正在团圆欢宴之际，茂公又奉了圣诏，给他们加官晋爵。薛仁贵的故事，在小说剧本中流传得很广。今所知的，当以此剧为最早。明人的传奇《跨海征东白袍记》以及小说《说唐征东传》等，皆出于此剧。

九

第一期的杂剧作家，有剧本流传于今者，已尽于此。这一期的年代甚长，故作家最多，其作品流传于今者也最多。但到了第二期，一面固然是年代较短，一面剧作家似也远不如第一期内诸作家的努力。以一人之力而写作六十本三十本以上的剧本的事，已成了过去的一梦。写作最多的郑光祖，只写了十九剧，乔吉甫也只写了十一剧，其他更可知。

第二期的作家当以杨梓、宫天挺、郑光祖、乔吉甫为主要者，而郑光祖尤为著名。或合之前期的关、马、白三人而称之为“关、马、郑、白”四大家。尚有金仁杰、范康、曾瑞等也很有声誉。

杨梓，海盐人。至元三十年，元师征爪哇，梓以招谕爪哇等处宣慰司官，以五百余人，先往招谕之。大军继进。爪哇降。梓后为安抚大帅，官至嘉议大夫，杭州路总管。致仕卒，谥康惠。所作有《忠义士豫让吞炭》、《霍光鬼谏》、《敬德不伏老》三剧。这三剧今皆有传本。《豫让吞炭》叙智伯灭了范氏、中行氏，又欲并吞韩、赵、魏三家。但反为三家所乘，灭了他，共分其地。智伯臣豫让欲为智伯复仇，二次行刺赵襄子。最后一次，漆身吞炭，以毁其形。但终为襄子所觉，被擒而死。《霍光鬼谏》叙霍光赤心为汉，扶立昌邑王为君。但昌邑王即位未及一月，已造下罪一千一百一十七桩。光遂废了他，改立昭帝为君。昭帝宠任霍山、霍禹，光不以为然。谏之不听，遂一病而死。死后。知山、禹欲谋逆，遂先期到宫中通知了昭帝，叫他为备。这样为国忘家，大义灭亲的举动，便是“鬼”也很动人的。光的鬼魂入宫殿一段，颇似关汉卿的《西蜀梦》。惟所创造的幽怖的情景，则远不如汉卿所创造的那么凄楚。《不伏老》叙尉迟敬德不肯服老，仍欲挂印为征东元帅事。其写“烈士暮年，壮心不已”的情境是竭了心力的。

宫天挺字大用，大名开州人。历学官，除钓台山长。卒于常州。所著剧本凡六种，今惟《生死交范张鸡黍》一本存（见《元曲选》）。又有《严子陵垂钓七里滩》一本，见《古今杂剧》，未著作者姓氏。

未知与《录鬼簿》所著录天挺的《严子陵钓鱼台》是一是二。但其他元代剧作家并无与此相同的题目，则此剧之为天挺作，也当可信。《范张鸡黍》叙范巨卿与张元伯为生死交。巨卿与元伯约定某年月日去访他。果然如期而至。后来，元伯病死。临终遗言，非待巨卿来，灵车不动。巨卿梦见元伯告他已死，果然素衣奔丧而来。灵车始动。太守第五伦深重其义，荐他为官。《垂钓七里滩》叙汉严子陵为光武旧友，光武为帝，子陵不肯屈节，只在七里滩垂钓过活，悠闲自得。剧中竭力夸张隐居之乐，而深鄙逐逐于禄利之后者。天挺为官时，曾受过毁谤。如此写法，或系自己有所深警于中吧。“〔金蕉叶〕七里滩从来是祖居，十辈儿不知祸福，常绕定滩头景物。我若是不做官，一世儿平生愿足。〔调笑令〕巴到日暮春，天隅见隐隐残霞三百缕。钓的这锦鳞来，满向篮中贮。正是收纶罢钓渔父，那的是江上晚来堪画处，抖搜着绿蓑烟去。”其情调甚似马致远的《陈抟高卧》诸剧。

郑光祖字德辉，平阳襄阳人。以儒补杭州路吏。《录鬼簿》谓：“公之所作，名香天下，声振闺阁。伶伦辈称郑老先生，皆知其为德辉也。惜乎所作贪于俳谐，未免多于斧凿，此又别论焉。”然就今所知者论之，光祖所作，实未见得具有如何的俳谐之处。他所作凡十九种，今存四种：《㑳梅香翰林风月》、《醉思乡王粲登楼》、《迷青琐倩女离魂》[以上见《元曲选》)及《周公辅成王摄政》(见元刊《古今杂剧》]。《周公摄政》叙管、蔡流言，周公戡乱的事。《王粲登楼》叙王粲寄居荆州，郁郁不得志，因登楼远望，渭然长叹。酒醉之后，几欲堕楼自杀。恰在这时，朝命到了，宣他为天下兵马大元帅，兼管左丞相。《㑳梅香》与《倩女离魂》则皆为恋爱的喜剧。《㑳梅香》的情节与《西厢记》甚为相类。不过将张生易为白敏中，莺莺易为小蛮，红娘易为樊素而已，而特着重于传消递息的樊素。说起技巧与文辞来，那是离《西厢》不止一箭地而已的。《倩女离魂》一剧，题材比较的新颖。张倩女与王文举指腹为亲。文举上京应举，拜过岳母。张夫人却只命倩女与他以兄妹之礼见。她因此郁郁不乐。她们到折柳亭送文举起行。倩女归后，一病恹恹，卧床不起。她的灵魂追上了文举，一同上京。文举也不知其为出壳的灵魂。他一举状元及第，与倩女之魂同归。这时，已在三年之后。文举见了夫人，请罪不已，为的是带了她女儿同行。但夫人却不信其言，因倩女原是好端端的卧病在床。她到了家，自向内房而去。入房后，便与床上的病者合为一体，病也遂愈。于是大家始知道随文举上京，乃是离魂出壳的她。夫人遂命重排婚宴。追随同行的一段，颇似《西厢》第四本的《草桥惊梦》的一段。此剧本于唐陈玄祐的《离魂记》，情节几完全相同。光祖似也甚受第一期中诸大家的影响而不能自脱，故其剧本往往在不知不觉之间透露出模拟的痕迹来。但其曲文的美好却确可使他成为一位大家。不过与关汉卿、王实甫相比，则未免有些不称。后人以他为四大家之一，竟抑实甫与武汉臣、康进之诸人于下，而不得预与其列，实未免有些颠倒得可怪。

乔吉甫字梦符，太原人，号笙鹤翁，又号惺惺道人。所著小令。明人李开先曾为刻板流传。或以他与张可久合称为元代的李、杜。他所作的剧本凡十一种，今存者三本：《玉箫女两世姻缘》、《杜牧之诗酒扬州梦》及《李太白匹配金钱记》（皆见《元曲选》）。此三本皆为恋爱的喜剧，写得都很光艳动人，娇媚可喜。题材未必是很新鲜的，布局也很落陈套。惟其新隽的辞藻，却能救她们出于平凡之中。《金钱记》叙韩飞卿三月三日在九龙池畔见到王府尹的女儿柳眉儿，眷恋不已。柳眉儿也深有相顾之意，只碍着旁人，便抛下金钱五十枚给他。飞卿追赶她，直入王府。为府尹所见，将他吊起。亏得其友贺知章前来解救了他。王府尹留他在家，为门馆先生。一日，金钱为府尹所见，知为己物，又将他吊起追究。恰好知章又来救了他。且宣他入朝。飞卿中了状元，遂与柳眉儿成婚。

〔醉扶归〕兀的不妆点杀锦绣香风榻，风流杀花月小窗纱。且休说共枕同衾觑当咱，若得来说几句儿多情话，则您那娇脸儿咱跟前一时半霎，便死也甘心罢。

像那么的情语，全剧中是很不少的。《扬州梦》叙杜牧之到扬州见牛僧孺，遇见了少女张好好，甚为留恋。后来牧之回京，僧孺方送好好给他。牧之的贪恋花酒之名，为皇帝所知，几欲因此罚他。赖京兆尹张尚之保奏无事。尚之因劝他此后“早罢了酒病诗魔”。《两世姻缘》叙韦皋与上厅行首玉箫的情好甚笃。他上京应举，约定三年归来。但一去数年，一无音耗。玉箫郁郁成病而死。临危时，自画一像寄皋。十八年后，韦皋已官至镇西大将军。一日，至张延赏处宴会。延赏出其义女玉箫行酒。皋见玉箫貌肖从前的情人，且又同名，乃向延赏求亲。他大怒，拔剑欲杀皋。皋乃率兵围了张府。赖玉箫力劝，始罢围而去。此事奏知皇帝。帝命延赏将玉箫嫁给了皋。延赏见了前世玉箫的肖像，方知两世姻缘之言为非虚诳。

金仁杰字志甫，杭州人。作剧凡七本，今存《萧何月夜追韩信》一本，（见元刊《古今杂剧》）。又《秦太师东窗事犯》一本，今也存在，已见前，不知究竟是他作的还是孔文卿作的。《萧何追韩信》叙韩信穷困时，寄食无所，漂母饭之，又为恶少年所辱，出其胯下。他离了淮阴，投于楚国，不用。投沛公，亦不能重用。于是慨然负剑，不别而去。萧何知信逃去，大惊，乘月夜追上了他，与他同归，力荐于沛公。沛公遂拜他为元帅。终于困楚王于九里山前，成了灭楚兴汉的大功。作者着力于写英雄未遇时的凄凉悲愤的气氛，在这一点上，颇能创造些新鲜的空气来。

范康字子安，杭州人。所著剧凡二本，今存《陈季卿误上竹叶舟》一本。这也是一本“神仙度世剧”，与马致远众人所作的《黄粱梦》、《任风子》等剧极为相同。其文辞也未能有新颖杰出的地方。

曾瑞字瑞卿，大兴人。自北来南，遂家于杭州。不愿仕，自号褐夫。善丹青，能隐语小曲，有《诗酒余音》行于世。所作剧本，则仅有《王月英元夜留鞋记》一本，今存（见《元曲选》，《录鬼簿》作《才子佳人误元宵》）。《留鞋记》叙郭华迷恋着胭脂铺中的一位女郎王月英，与她约定元夜在相国寺观音殿相会。不料那夜郭华喝得酒醉，月英推他不醒，便留下绣鞋香帕于他怀中而去。华醒后，懊丧不已，便吞了手帕而死。此事告到包待制衙中。包公访出了绣鞋的来历，捉了月英来。月英在华口拉出手帕来，华便复活。由包公的主张，这一对情人便很快活的成了婚。此事似为当时的一件实事。在明人传奇及皮簧戏中都有叙及此事的。像这样的恋爱喜剧，在许多同类的剧中，题材是较为清新的。

秦简夫、萧德祥、朱凯、王晔四人也有剧传于后。钟嗣成自己也写有杂剧七本，然今俱不传。《元曲选》中尚载有李致远、杨景贤二人的剧本。此二人不知生在何时，姑也附于此期之末。又，以作小说传奇著名的罗贯中，他也著有剧本。

秦简夫未知其里居、生平。《录鬼簿》云："见在都下擅名。近岁来杭，回。"则简夫乃系常住于都下者。所作凡五剧，今存《东堂老劝破家子弟》及《宜秋山赵礼让肥》二本（俱见《元曲选》)。《东堂老》叙赵国器因子扬州奴不肖，临危时托他给东堂老照管。十年之后，扬州奴将父产用尽。财尽之后，人人便不再理睬他。他方才觉悟，知道勤俭。东堂老见他已回心转意，便将他父亲所寄托的财产，都还了他。《赵礼让肥》叙赵孝、赵礼在宜秋山下住。赵礼入山遇强人马武要杀害他，他哥哥赵孝与他争死。马武大为感动，赠以银米，自己也去邪归正。光武平定天下后，武已因功封官，遂荐赵氏兄弟入朝为官。

萧德祥，杭州人，以医为业，号复斋。著杂剧五本，今存《杨氏女杀狗劝夫》一本（见《元曲选》)。又有南曲戏文等，今未见。《杀狗劝夫》叙孙荣与弟虫儿不和，屡次欺虐他。但虫儿并不怨怒。其妻杨氏，欲感悟其夫，便杀了一狗，穿上人衣，放在后门。孙荣酒醉归来，还以为是人，大吃一惊。去央几位好友帮同掩埋时，他们都惧祸不肯。只有虫儿肯。兄弟二人因此和好。但几位酒肉朋友，却去告他杀人。府尹王翛然审问时，杨氏说出原委。掘出尸身来看时，果然是一只狗。这与最早的传奇《杀狗记》题材相同，不知是谁袭用了谁的。在欧洲中世纪的故事书《罗马人的行迹》中也有这样的一则故事：是杀了猪，冒作了人遍求好友掩埋。他们都不去。只有他所认为不大喜欢他的一位，却慨然的肯担任了去。于是真假的友情遂以试出。像这样相同的故事，确有转徙、输入的可能，但也有可能是偶然的相同。

朱凯字士凯，里居未详。所著有《升平乐府》及《隐语》等。杂剧有二本，今存《昊天塔孟良盗骨》一本（见《元曲选》)。"孟良盗骨”至今尚为杂剧上所常演的戏文，虽然所演的并非凯的《吴天塔》。其悲壮豪迈的英雄气概，乃是人人所感动的。杨令公死节后，尸首被吊在吴天塔上。杨六郎命孟良去盗回来。良施了一计，果然盗回了骨。追兵围住了五台山，要索六郎。六郎果然寄宿在内。却被削发为僧的杨五郎，赚了来将入寺杀坏了。因此，兄弟们就在寺大建道场追荐其父。

王晔字日华，杭州人，能词章乐府。有与朱士凯题双渐、小卿问答，人多称赏。所著杂剧凡三本，今存《桃花女破法嫁周公》一本（见《元曲选》）。此剧的事实，荒唐无稽，处处表现出极幼稚鄙野的气氛来，文辞也极粗浅。但在民俗学上看来，却是一部绝好的材料。在其间，颇能充分地看出“阴阳八卦”的极端的作用，还有许多结婚时的禁忌，至今尚沿用未改者，彼亦一一为之解释其来源，虽不可信，却都是很可珍贵的参考品。

李致远之名，未见于《录鬼簿》，不知其里居、生平。所作杂剧有《都孔目风雨还牢末》一本（见《元曲选》）。剧中的英雄，是梁山泊上的李逵，事实也是荡妇私结情人，陷害她的丈夫，赖李逵的搭救而得脱了祸且报了仇。与《双献功》、《燕青博鱼》诸剧，无大区别。

杨景贤也未见于《录鬼簿》，所作有《马丹阳度脱刘行首》一剧（见《元曲选》）。这剧乃是“神仙度世剧”之一，与《月明和尚度柳翠》颇相类。总之，被度者是迷惑不悟，不肯出世的。度她的却三番两次地定要度她。终于度人者如愿以偿，被度者也恍然大悟。一念之转，便得证果朝元，立地成仙。

罗贯中生平所作小说甚多，《三国志演义》乃是其中有名的一部。所作杂剧，有《宋太祖龙虎风云会》、《忠正孝子连环谏》、《三平章死哭蜚虎子》（见贾仲名《续录鬼簿》）等三本，今只见《风云会》一种（见《元明杂剧二十七种》）。《龙虎风云会》叙赵匡胤在陈桥驿被军士以黄袍加身，遂即了天子之位。然天下未平，他心中殊觉不安。一夕当雨雪纷纷之际，他独自到丞相赵普家中，与他划策，征讨诸国。他听了普策，遣将伐国，无不胜利。天下遂以统一。剧中“雪夜访普”的一折，至今尚在剧场上演奏着。这一折实为全剧的精华，难怪至今还有人欣赏着。但全剧事实殊多，人物纷繁，结构也甚散漫，却不是什么上乘的作品。

十

无名氏的许多杂剧，在最后，也应该一提。今存的许多无名氏作品，在《元曲选》中者凡二十三本，在元刊《古今杂剧》中者凡三本，在《元明杂剧二十七种》中者凡三本，在《古今杂剧选》中凡一本。在这些无名氏的作品中，有一部分不下于大名家最好的作品。今且略依了剧题的分类，略述之于下。

第一，"公案剧"，有《包待制陈州粜米》、《包龙图智赚合同文字》、《神奴儿大闹开封府》、《叮叮当当盆儿鬼》(均见《元曲选》)及《鲠直张千替杀妻》(见元刊《古今杂剧》)等数本。其中的主人翁皆为包拯。题材虽各不同，而结构则大略相似。我们由此颇可以知道包龙图在那么早的时候已是神话化了，而且成为聪明的审判官的集体人物。惟《张千替杀妻》布局特异，叙张千与一个员外结拜为兄弟。员外之妻要和他私通。他再三推却。终乃杀了她以救员外。他被包拯判决了死刑。但临刑时却又赦免了他（？）。其文辞颇极劲秀豪放之至。是元剧中的最好的作品之一。

第二，"恋爱剧"，有《玉清庵错送鸳鸯被》、《李雪英风送梧桐叶》、《逞风流王焕百花亭》及《萨真人夜断碧桃花》等数本（均见《元曲选》)。大抵皆系喜剧，叙的也都是始经分离、艰苦，而终得团圆者。惟《碧桃花》事实略异。叙张道南与女鬼碧桃相恋，后她为萨真人所拘。说明原委，真人乃使她借了他人之尸还魂，而与道南结婚。若将此剧与《红梨花》等以人为鬼的趣剧相对照，颇可显出一种特殊的情调来。元剧中以女鬼为恋爱的对象者，似仅有《碧桃花》这一剧而已。

第三，历史及传说的故事剧最多，有《庞涓夜走马陵道》、《冻苏秦衣锦还乡》、《随何赚风魔蒯通》、《朱太守风雪渔樵记》、《孟德耀举案齐眉》、《锦云堂暗定连环计》、《两军师隔江斗智》（以上均见《元曲选》）、《诸葛亮博望烧屯》（见元刊《古今杂剧》）、《苏子瞻醉写赤壁赋》（见《元明杂剧二十七种》）、《小尉迟将斗将认父归朝》、《谢金吾诈拆清风府》、《金水桥陈琳抱妆盒》等十余本。其间如《认父归朝》、《马陵道》、《连环计》等都写得很不坏。而《赤壁赋》一本，称颂者也颇多。惟《赤壁赋》一味牢骚，并无深意，批评者所以深喜之者，大约因写的是颇合于他们胃口的文人故事而已。

第四，"仙佛度世剧"，比较的不多，只有《汉钟离度脱蓝彩和》、《庞居士误放来生债》及《龙济寺野猿听经》三本而已。《蓝彩和》与一般度世剧，无大差异。《野猿听经》则题材颇新。向来被度者皆出于被动，而这剧中的野猿，则自动的求人度他。《来生债》则以行善而被度，也未蹈一般度世剧的故辙。

第五，报复恩怨剧，有《冯玉兰夜月泣孤舟》、《风雨像生货郎担》、《争报恩三虎下山》及《朱砂担滴水浮沤记》数本。叙的都是天大沉冤，久未昭雪，终于由了英雄，或己子，或己父，而始得报复了宿仇的。惟《朱砂担》独由地府的太尉代为报复，为特异耳。

第六，其他，有《小张屠焚儿救母》（见元刊《古今杂剧》）及《二郎神醉射锁魔镜》（见《古今杂剧选》）二本。《小张屠》叙张屠因母病久未愈，乃将幼子带往东岳庙，抛入醮盆中焚死，以救母病。但神人却救了张子，先送他回家去。《醉射锁魔镜》叙二郎神过访哪吒，喝醉了酒，与他校射，误射中锁魔镜一面，走了牛魔王与百眼鬼。上帝着他去收服。他收服了这些魔鬼，方得免罪。这剧气象甚为伟大，一开头"喜来折草量天地，怒后担山赶太阳"二语，便足使读者如见浩莽伟大之景。元剧中叙天神故事的似仅见此一剧。

又有《赵匡义智娶符金锭》、《张公艺九世同居》二剧，见于息机子的《杂剧选》。惟是否为元人所作则不可知。

元剧之可见者，已尽于以上所述。元剧的最好的地方，乃在能够连结了民间的质朴的风格与文士们的隽美的文笔。所以大多数的文辞，都是很自然，很真切，很质劲，却又是很美丽的。他们明白如话，却又不是粗鄙不通的。他们畅丽隽永，却又句句妇孺皆懂。他们如素描的画幅，水墨的山水，决不用典故，即用也用的是民间所习知，诗文上所决不用的《贩茶船》、《海神庙》一类的民间典故。这正是民间作品与文士的手笔刚刚接触时代的最好产品，正是杂剧的黄金时代。但正因其刚刚离开民间未久，且仍然还要迎合着广大人民的心理与喜爱，所以在题材与结构上便往往表现出与前代诗、文、词里所不曾有过的东西。例如王粲的《登楼》，白居易的《琵琶》，原是文人们的悲歌，却都被他们写成了与《渔樵记》、《冻苏秦》与《曲江池》、《玉壶春》不相上下的事实了。他们知道谐合当时剧场的习惯，与人民的心理与爱好，不妨抛却了“题材”的本来面目。也许民间本来已将这些故事形成了那么样的一个样子，所以他们便也不得不随着走吧。但纯粹的悲剧，在元剧中也往往遇之，如《梧桐雨》、《西蜀梦》、《火烧介子推》等。这些，都是后来戏曲所少见者。总之，元剧的好处，在其曲辞的直率自然，而其题材与结构，虽多雷同，落套，却是深深的投合于当时人民的爱好的。在中国戏曲史上，元一代乃是一个伟大的时代。

参考书目

一、《元刊杂剧三十种》　黄荛圃旧藏，日本帝国大学红本印。上海覆日本版石印本。此书本非一部书，系元刊诸单本杂剧的合订本，故各剧版式颇不一律。王国维氏以为系元季的一部合刊的杂剧集，当系误会的话。此书当是黄氏合此三十种订为一函的。在此三十种中，除有十七种出于《元曲选》外，其他十三种，字句间亦与臧刻面目大殊。我们欲见元刊元剧的本来面目，舍此书外，别无从知。

二、《古今杂剧选》　息机子编，明万历戊戌（公元 1598 年）刊本。全书不知若干种。北京图书馆藏有残本。其中有《符金锭》等数种，是《元曲选》所无。

三、《元曲选一百种》　臧懋循编，明万历丙辰（公元 1616 年）雕虫馆刊本，商务印书馆影印本（坊间又有《元曲大观》三十种，也是《元曲选》残本的影刊）。此书为汇刊元剧的最大的企图。惜曲白多所删润，大失本来面目。

四、《阳春奏》 尊生馆编，明万历间刊本。全书八卷，凡选元、明杂剧三十九种。北京图书馆藏有残帙。

五、《古名家杂剧选》 陈与郊编，明万历间刊本。全书凡八集，四十种。

六、《新续古名家杂剧》 陈与郊编，明万历间刊本。全书凡五集，二十种。其中《二郎神醉射锁魔镜》一种，为他书所未见。

七、《元明杂剧》 六册江南图书馆石印本，即就其所藏的上述二书的残帙而印行者。

八、《顾曲斋所刊元人杂剧》 明万历间刊本。原书凡二十种，今存。（北京图书馆藏十九种。）中有《关汉卿绯衣梦》一种。为他书所未见。

九、《酹江集》三十种　孟称舜编，明崇祯间刊本。此书至罕见。通县王氏有藏本。但所选元剧，类皆习见者。

十、《柳枝集》三十种　孟称舜编，明崇祯间刊本。外间罕见传本，通县王氏藏。后附有钟嗣成《录鬼簿》。

十一、《孤本元明杂剧》 商务印书馆出版。

十二、《元曲》 童斐选注，商务印书馆出版。

十三、《宋元戏曲史》 王国维著，商务印书馆出版。

十四、《元明杂剧辑佚》 郑振铎编，近刊。

第四十七章

戏文的进展

戏文的流行——元代戏文产生之众多——《王祥卧冰》、《杀狗劝夫》等——《永乐大典戏文三种》——《琵琶记》

一

“戏文”在南宋灭亡以后，并不曾像一般人所想象似的衰落了下去，正如临安之在元代并不曾成为荒芜的故都一样。我们说起元代的戏文来，应该视她们为和“杂剧”同样的是那时的最流行的戏曲。当时演剧者，对于戏文、杂剧，颇有一视同仁之概。初期的时候，杂剧盛行于北方，戏文盛行于南方。 但后来却似乎不大有地域的限制了。我们看，杂剧在元中叶以后流行于南方的情形，或也可想象戏文当亦会有流行于北方的可能吧。

元代的戏文产生出来不少。其中有一部分当为宋代的遗留。就《永乐大典目录》、徐渭《南词叙录》、沈璟《南九宫谱》、徐于室《九宫正始》等书所记载，明初以前所有的戏文，至少当有一百五十种左右。其中大部分皆为元代的创作。徐渭《南词叙录》载“宋、元旧篇”五十余种，大多数是元代的。《永乐大典》所录三十三本，大部分也当是元代的。叶子奇《草木子》云：“其后元代南戏盛行。及当乱，北院本特盛，南戏遂绝。”“南戏遂绝”之说，未必可信，但元代南戏盛行却是实在的情形。现在就有残文留存于今的重要的若干本元戏，略述于下。

《王祥卧冰》，未知撰人。《永乐大典》作《王祥行孝》，大约即是一本。《南九宫谱》中录有《卧冰记》残文，大抵也即为此本。又《雍熙乐府》及《词林摘艳》中也俱载有《王祥》的遗文。

《杀狗劝夫》，未知撰人。《永乐大典》作《杨德贤妇杀狗劝夫》。其残文今未见。明初徐畛的《杀狗记》，大约便是以此戏为蓝本的。

《王十朋荆钗记》，未知撰人。其残文也未见。明初朱权的《荆钗记》，大约也便是依据于此本而写的。

《朱买臣休妻记》，未知撰人。《南九宫谱》载有《朱买臣》残文，大约即为此戏。元剧中有《朱太守风雪渔樵记》，写的也是此事。

《崔莺莺西厢记》，未知撰人。《南九宫谱》载有《古西厢记》的残文，并在其下注明非李日华本，则或为此本也难说。(《南词叙录》“本朝”下，也载有《崔莺莺西厢记》一作，题李景云编，难道李景云便是李日华？)

《司马相如题桥记》，无撰人姓名。《南九宫谱》载有《司马相如》的残文，大抵即为此本。

《陈光蕊江流和尚》，未知撰人。《南九宫谱》载有《陈光蕊》的残文，大约即为此本。惟《九宫谱》又载《江流记》一作，当为后来之作，非即此戏。

《孟姜女送寒衣》，未知撰人。也见于《永乐大典》中（今佚）。其残文今存于《南九宫谱》中（《九宫谱》简作《孟姜女》)。

《裴少俊墙头马上》，未知撰人。元人白朴亦有同名的一作，但彼为杂剧（见《元曲选》)，并非戏文。《南九宫谱》载《墙头马上》的残文，当即此戏。

《柳耆卿花柳玩江楼》未知撰人。《永乐大典》中亦载之（今佚，

“花柳”作“诗酒”)。残文今见《南九宫谱》中。耆卿的故事，当为勾栏所乐道的。宋人词话中亦有叙此故事的一作（见《清平山堂话本》)。

《赵普进梅谏》，未知撰人。《南九宫谱》中有《进梅谏》的残文，当即此戏。

《诈妮子莺燕争春》，未知撰人。《永乐大典》作《莺燕争春诈妮子调风月》，当即此戏。《南九宫谱》中载有残文（简名《诈妮子》)。关汉卿有《诈妮子调风月》一剧，叙的也即此事。此事颇新颖而富于戏剧力，故作者们多喜写之。

《朱文太平钱》，未知撰人。《永乐大曲》有《朱文鬼赠太平钱》，当即此本。《南九宫谱》载有残文，戏名简作《太平钱》。

《孟月梅锦香亭》，未知撰人。《永乐大曲》作《孟月梅写恨锦香亭》。《南九宫谱》载有《孟月梅》及《锦香亭》二戏的残文。岂沈璟偶不留意，竟将一戏误分为两戏耶？或《锦香亭》系另一戏文之名，并不关《孟月梅》的故事耶？今俱疑不能明。

《张孜鸳鸯灯》，未知撰人。《永乐大典》作《张资鸳鸯打》。《南九宫谱》载其残文，也简作《张资》，则自当以“张资”为正。

《林招得三负心》，未知撰人。今有残文，见于《南九宫谱》中（简作《林招得》)。

《唐伯亨八不知音》，未知撰人。《永乐大典》有《唐伯亨因祸致福》一戏，或系一本。其残文今见《南九宫谱》中（简作《唐伯亨》)。

《冤家债主》、《刘盼盼》、《生死夫妻》及《宝妆亭》四本，俱未知撰人姓名。其残文今皆见于《南九宫谱》中。

《董秀英花月东墙记》，未知撰人。亦见于《永乐大典》中（今佚)。《南九宫谱》所载的《东墙记》，当即为此本。

《薛云卿鬼做媒》，未知撰人。亦见于《永乐大典》中（今佚)。今有《鬼做媒》戏文的残曲见于《南九宫谱》中，大约便是此本。

《苏武牧羊记》，未知撰人。明人传奇中有《牧羊记》之名，大约便是此戏的改正本，或竟是此戏也说不定（《南九宫谱》中亦有《牧羊记》残文)。

《刘文龙菱花镜》，未知撰人。《永乐大典》中有《刘文龙》一戏（今佚），大约便是此本。《南九宫谱》中也有《刘文龙》的残文（《南词新谱》作"一名《菱花记》"）。

《教子寻亲》，未知撰人。《南九宫谱》中载有《教子记》的残曲，大约便是此本。明人传奇有《寻亲记》一作，也许便是依据于此本而写的。

《刘孝女金钗记》，未知撰人。《南九宫谱》中载有《刘孝女》的残曲，当即是此本的简称。

《吕蒙正破窑记》，未知撰人。《永乐大典》有《吕蒙正风雪破窑记》（今佚）。《雍熙乐府》卷十六载有《山坡羊》套曲一首，注作：《吕蒙正》。大约即为此戏的残文。

《蒋世隆拜月亭》，未知撰人。《永乐大典》有《王瑞兰闺怨拜月亭》（今佚），未知是否即此本。《雍熙乐府》卷十六，载《山坡羊》一套，题作《王瑞兰》，大约便是《大典》所载的一本的遗文。

《南词叙录》所著录的戏文，见于《永乐大典》中者尚有：《苏小卿月下贩茶船》、《陈叔万三负心》（《大典》作《负心陈叔文》）、《秦桧东窗事犯》、《何推官错勘尸》、《王俊民休书记》及《蔡伯喈琵琶记》等。除了《琵琶记》外，这些戏文，大约都已随《大典》之亡而俱亡的了。

《永乐大典》所载戏文，尚有九本，为《南词叙录》所未著录者，即《金鼠银猫李贤》、《曹伯明错勘赃》、《风流王焕贺怜怜》（未知是否即《南词叙录》中的《百花亭》或《贺怜怜烟花怨》，如系其一，则九本之数，当作八本）、《包待制判断盆儿鬼》、《郑孔目风雪酷寒亭》、《镇山朱夫人还牢末》、《小孙屠》、《张协状元》及《宦门子弟错立身》。这些戏文的作者都是无可考查的。虽《小孙屠》题着："古杭书会编撰"，《宦门子弟错立身》题着："古杭才人新编"，其作者其实也是一样的不可知的。除了最后的三本《小孙屠》等外，其余六本，连残文也都不见。《小孙屠》等三本，则存于《大典》的第一万三千九百九十卷中，幸得留遗于今。我们所见到的全本的南戏，恐将以这三本为最古的了。

二

《小孙屠》的全名应作:《遭盆吊没兴小孙屠》,题下写着:古杭书会编撰。大约这个古杭书会,其所编撰的戏文,当不止《小孙屠》一本。又,这个"书会"的组织,似也只是一个职业的卖艺说书者的团体,但也可能便是一个文人学士们集会的机关。他们大约都是些识字知书的人,为了时世的黑暗,无可进取,故沦落而为职业的"卖艺者"(广义的)的。或者这些戏文竟是书会里的文人学士们的著作。观《小孙屠》一作,文辞流畅。纯正,毫无粗鄙不通之处,便知决不是出于似通非通的三家村学究或略识之无的"卖艺者"之手的。《小孙屠》叙的是:孙必达祖居开封,家有老母及一弟必贵。一个春天,必达遇着一个妓女李琼梅。她很想嫁人,必达便设法与她脱了籍,娶她为妻。这时他弟弟必贵,即号为小孙屠者,正出外打旋未回。及他回时,见哥哥娶了一个门户中人,颇为不悦。家庭中时有吵闹。琼梅因必达沉酣于酒,不大顾家,心中也常是郁郁不欢。她有一个旧欢朱令史(邦杰),常来找她。一日,为必贵所冲见。他们又大闹了一场。老母见家中吵闹不安,她便带了必贵到东岳去还香愿。必达送了他们一程。就在这一夜,朱令史与琼梅设了一计,将梅香杀死在地,改换了琼梅的衣服,斩下头颅,冒作琼梅的尸身。而她自己却逃去与朱令史做长久夫妻。一面,尸身发现时,必达便以杀妻被捕入狱,屈打成招。不久,母在东岳草桥店中一病而亡。必贵负了她骨殖归来。不料归来时,而家中竟生了如此的大故。他去探望哥哥。朱令史又设一计,蒙蔽本官,将他当作了杀人正犯,而释必达宁家。当夜,必贵便被盆吊而死,弃尸狱外。天上落了一阵大雨,必贵苏醒了过来。他哥哥正来寻他。二人便一同在外漂流。一日,在无意中冲见了李琼梅,捉住了她与朱令史,告到当官。这个案情才大白。琼梅与朱令史俱判了死刑,以偿梅香的性命,并将朱令史妻小家产偿给了孙氏兄弟。此剧很短,至多只足当于元人杂剧的一本。可见早期的戏文是并不像后来传奇那么长的。曲文说白都极为明白易晓,确是要实演于民间的或竟出于民间的一部著作。全戏中说白极少,几乎唱句便是对白。今引一节如下：

（末上白）野花不种年年有，烦恼无根日日生。自家当朝一日和那妇人叫了一和，两下都有言语。我早起晚西看它有些小破。今朝听得我哥出去，和相识每吃酒，我投家里去走一遭。（作听科介）杀人可恕，无礼难容。我哥哥不在家，谁在家吃酒！（末踏开门，净走下，末行杀介）（生唱）〔驻马听〕酒困沉沉，睡里听得人斗争。是我荒惊恼觉。自觉一身，战战兢兢。方欲问这元因，忽见弟兄持刀刃。连叫两三声，莫不是嫂嫂不钦敬？（末）听说元因。它元是娼家一妇人。瞯着哥哥浓睡，自与傍人并枕同衾，我欲持刀一意捕奸情，几乎杀害我哥哥命。（旦）我有奸夫你不拿住它？（末）你言语恐生听，一场公事惊人听。（旦）哀告君听，奴在房儿里要睡寝。怎知叔叔来此巧言花语扯奴衣襟。（末）孙二须不是般样人。（旦）因奴家不肯，便生嗔，将刀欲害伊家命。（末）哥哥休听它家说，孙二不敢。（旦）只得叫邻人，将奴赶得没投奔。（生）此事难凭，两下差他人怎明？

三

《张协状元》篇幅甚长，叙张协富后弃妻事，大似《赵贞女蔡二郎》的结构，也甚似明人词话的《金玉奴棒打薄情郎》的情节。其剪发出卖上京求夫的一段，更似伯喈、五娘的故事，恐怕这戏原是很受着《赵贞女》的影响的。不过其结局却变得团圆而终，不似二郎之终于为天雷打死。至于张协的不仁不义，则较二郎尤甚。全戏先以“末”色开场，敷演诸宫调，唱说一番，然后，正戏方才开场。张协辞了父母，上京应举。路过五鸡山，遇着强人，将他的衣服行囊全都抢去，且打了他一“查”，打得皮开肉破。后张协遇着土地指引，到山下一间破庙中栖身。夜间，却另有一位贫女前来打门。原来这庙乃是这位贫女栖身之所。这女姓王，原先家财富盛，后父母亡故，盗匪侵凌，遂至一贫如洗。幸有李大公常常周济她。贫女见到张协，很可怜他，便留他住下。李大公夫妇主张他们二人结为夫妇。但贫女恐污清名，不肯。只好占之于神。由了神意的赞可，他们便成了亲。二人住于古庙中，女纺织，男读书。因了贫女的极端勤苦，积了些钱，送张协上京应举。张协到京，果然一举成名，得了头名状元。但他并不来迎接贫女，反以这次的结亲为羞。京中有赫王相公的，生有一女。她当街欲招张协状元为夫。协也以“求名不求亲”辞之。赫王相公很不高兴，公主也因此成病，郁郁而亡。贫女闻知张协已中了状元，便剪下头发来卖，当作路费，上京求夫。李大公诸人对于她的前途，抱着绝大的希望。她高高兴兴地到了京师，寻到了张协。协却不认她为妻，命门子打了她一顿，赶她出去。她不得不含悲而回。回时，只好沿途求乞。但到了家，却不敢告诉李大公，说是她丈夫赶她回的，只说她遍寻不到她丈夫。张协虽赶走了她，心中却还以为未足，意欲斩草除根。他奉命出为梓州佥判，经过五鸡山，遇见贫女在采桑，四顾无人，便一剑斫倒了她而去。不料她并没有被刺死，只斫伤了一臂。李大公夫妇救了她回去。她只说是采桑时不小心跌坏了臂，并不说起是她丈夫所斫的。她在古庙中养伤，恰好赫王相公也奉旨判梓州。经过五鸡山时，四下并无宿店，遂投破寺而来。他与夫人遇见了贫女时，大为感伤，因她的面貌很像他们的亡女。他们认她为义女，带她一同上任。张协前来参谒，赫王相公想起亡女之事，并不见他。协大为惊惶，便请了谭节使来代他请罪。节使见到赫王相公还有一位公主（即贫女），便代他为媒。赫王相公答应了，张协自然也一诺无辞。当他们结婚之夕，二人相见，原来新人便是旧人！贫女数落了张协一顿，大众才知道协原来是如此的薄幸寡义。但他也未得到什么责罚，二人反是自此团圆，和好的过活着。此戏的时代，就其格式与文辞看来，恐怕是很古的。《南九宫谱》中也曾录其中二曲。我们不知其作者。但在开场中，却有“《状元张协》传，前回曾演，汝辈搬成。这番书会，要夺魁名，占断东瓯盛事”，又有“似恁唱说诸宫调，何如把此话文敷演后行脚色”云云，则此戏似亦为“书会”中人所编辑。“占断东瓯盛事”云云，则编者似并为温州人。正和最早的戏文《王魁》、《王焕》出于同地，也许竟是出于同时，也不一定。其中插科打诨之语甚多，往往都是很可令人发笑的。南戏中，像这一类的科诨，原也是一个要素。

四

《宦门子弟错立身》，题古杭才人新编。这“才人”却是一位不知姓氏的作家。也许他也便是一位“书会先生”（此称见《刘盼春守志香囊怨》中）。《宦门子弟错立身》的篇幅也和《小孙屠》同样的简短。叙的是：女真人氏的延寿马，父为河南府同知，家教甚严。延寿马的生性却好音乐，爱美色。有一天，东平散乐王金榜，来到河南府做场。延寿马看这妇人有如“三十三天天上女，七十二洞洞中仙”。他迷恋着她，瞒了父亲，请她入府来，名义上是清唱。但正在这时，却为他父亲所冲见。他父亲生生的拆散了这一对鸳侣，并迫着王金榜即日离境他去，不准逗留在此。延寿马大为狼狈。但他的爱情，百折不回，便私自逃出家庭，追上王金榜。等到他觅见金榜时，他的资斧已尽，形容枯槁，衣衫单薄。他竭力要求班主收留了他下来，与金榜做女婿。 他原是杂剧院本都会做，更兼“舞得，弹得，唱得，折莫得”，还能为他们写招记的。班主遂招了他为婿。这位“宦门子弟”，遂做了“行院人家女婿”。安心快乐，随班流转于四方。有一天，他父亲料理政务闷倦，命人唤了大行院来做些院本解闷。行院来时，却认得其中有一位是他的儿子。他自不见了儿子后，“心下镇长忧虑，两眼常时泪双垂。”今日一见了他，便宽恕了他的一切，命他与王金榜做了夫妻。这样的结束，似较郑元和父亲的打子弃尸，及至元和中了举，做了官，方才厮认他为子的事，更为近于人情，合于情理。

五

这三本仅存于《永乐大典》中的戏文，都是不知其作者姓名的。盛传于世的《琵琶记》的作者却是一位很知名的文人高明。明字则诚，永嘉平阳人。至正五年张士坚榜中第。授处州录事，辟丞相掾。方谷真起兵反元。省臣以温人知海滨事，择以自从。与幕府论事不合。谷真就抚，欲留置幕下。即日解官，旅寓鄞之栎社。朱元璋闻其名召之，以老病辞。还卒于家。有《柔克斋集》。或以为《琵琶记》系高拭作，非高明；拭亦字则诚。然拭虽自有其人，亦作曲（见《太和正音谱》），却并非作《琵琶记》者。明姚福《青溪暇笔》："元末，永嘉高明避世鄞之栎社，以词曲自娱。见刘后村有'死后是非谁管得，满村听唱《蔡中郎》'之句，因编《琵琶记》，用雪伯喈之耻。"姚说颇是。则诚的《琵琶记》，盖以纠正民间盛行的宣扬不忠不孝蔡伯喈的《赵贞女蔡二郎》之诬的。自则诚著的"蔡伯喈"出，而古本遂隐没不传。为什么这样的一个登第别娶的传说，会附会于汉末蔡邕的身上去，这是一个不可解的谜。民间的英雄与传说中的人物往往都是支离、荒诞不堪的。伯喈的传说，可以说是其中最无因，最不经的。则诚虽将伯喈超脱了雷劫，洗刷了不忠不孝之名，然对于这个传说的全部仍然不能抹煞。《琵琶记》的情节，似乎仍有一大部分是旧有的，特别是描写赵五娘辛苦持家，卖发造墓，背琵琶上京哀求夫的许多情节。因为这是不必要改作的。至于有改作的必要的关于蔡伯喈的许多情节，则当为则诚自己的创作。所以我们在《琵琶记》中，至少还可以看见《赵贞女蔡二郎》的一部分的影子。而则诚的此记，便是经像则诚那样的文人学士或诗人修正过了的"伯喈戏文"，正是戏文中的黄金时代的作品的好例，一面并不曾弃却民间的浑朴质实的风格，一面并具有诗人们本身所特长的铸辞造语的隽美，与乎想象、描写的深入与真切。因此，《琵琶记》便成了戏文中第一部伟大不朽的著作。

《琵琶记》的故事大略是如此：蔡邕字伯喈，饱学多才，新娶妻房，方才两月。以父母年老，不欲远游。其父为了伯喈的前途计，极力督促他去赴试。伯喈不获已，只好辞别了父母及妻赵氏五娘登程而去。家中本来是很清贫的，自伯喈去后，只靠五娘克勤克俭支持着，又遇着荒年，家食渐渐的不继。官中开了义仓，五娘自去请了粮来，中途又为歹人所夺。她正欲投井自杀，恰好她公公经过，阻住了她。又遇见张广才，分了米粮救济着她。但这样的日子究竟很不容易过下去。她张罗着几口淡饭，为公公婆婆吃，她自己则自把细米皮糠，强自吞咽，也不敢使她公婆知道，怕他们知了着恼。婆婆见她每每背着他们吃饭，心中不忿，还以为她藏着好饭菜自己吃。一日，偷偷地去张望她吃饭，却见她正将米糠强自吞咽下去。不禁大为感动，自悔自怨，一气而倒。公公遂也卧病不起。家中典质已空，又连遭这两个丧事，五娘如何张罗得来！亏得善人张广才又出力帮助着她，得以勉强成殓。她并剪了头发，当街去卖，以筹丧用。又用麻裙包土，自造坟墓。她倦极而卧，却有神人们为她孝心所感，代她将坟造成。二亲既已葬毕，家中已无牵挂，赵五娘便决意要上京寻夫。她改换了衣装，将着琵琶做行头，沿街上弹几支劝行孝的曲儿，教化将去。并画取公婆的真容，一同负着。家中虽经历了那么大的变故，蔡伯喈在京尚自不知。他自上京之后，便中了头名状元。牛丞相有一女，奉了圣旨，要招他为夫。伯喈抵死不肯，辞婚兼且辞官。但皇帝却勉强的要他成全了这段姻事。他不敢再奏，只得委屈的做了牛丞相的女婿。心中总是郁郁不乐。有一个拐儿，曾到过陈留，便冒了他父母家信给他，骗了他回信银钱而去。他始终还以为家中已得到他的消息呢。牛小姐知他不乐之故，便与她父亲关说，要与伯喈同回省亲。她父亲坚执不允。后来，却允派了一个人去接伯喈的父母及妻同来，做一处住。一日，伯喈骑马而过，恰与赵五娘相遇。二人都料不到是他和她，所以毫不留心，都不曾相厮认。五娘为这一行人马所冲上，匆匆地避去，却遗了那幅公婆的真容在地。伯喈拾了这画幅，追还她不及，便收了回家。她问起旁人，方知此人便是蔡伯喈。第二天，她到牛府去，与牛小姐相见，说起寻夫的事。牛小姐极为贤惠，便留她住下，欲乘机打动伯喈与她厮认。她到伯喈书馆，见那天失落了的公婆的真容，已为仆人挂在那里，便在画幅上写了一诗。伯喈见了画，又见了诗，追问起来，遂得与五娘相见。她说起公婆已亡的事，伯喈沉痛晕倒。他便别了丈人，上表辞官，与两个媳妇一同回家扫墓。他们动身后，差去迎接伯喈家眷的人方回。说起赵五娘的贤孝事迹来，牛丞相也深为感叹，便将前事，一一奏知皇帝。伯喈及二妇正在拜墓，牛丞相已赍了皇帝的加官封赠的诏旨而来。蔡邕授为中郎将，妻赵氏封为陈留郡夫人，牛氏封河南郡夫人，父母并皆封赠。伯喈遂以多金赠予张广才以报其德。相传的“不忠不孝蔡伯喈”，遂被则诚将它结束为“全忠全孝蔡伯喈”。这样的改法，则诚颇为费尽了心计。几乎处处的都在点出伯喈的不得已而留朝不归，不得已而就婚牛府，不得已而寄信回家，不得已而差人接眷，总之，要说得伯喈是一无差处的，是一心挂记着家中父母及妻的，不过当前环境的不许他立刻归省而已。这完全是后来作家们的惯于婉曲回护古人的伎俩，正和明人之将“王魁负桂英”改为“王魁不负桂英”的《焚香记》一样。早期的戏文，只知照事接写，就事论事，既有王魁负桂英的传说，便真的写成了负桂英，既有伯喈不忠不孝的传说，便真的写成了不忠不孝；为了消减观者的悲愤，便又写着“鬼报”、“雷殛”的结局。《张协状元》戏文的不为张协杀妻作回护，也正见民间作家的如此的质直。但这些故事一到了文士诗人的手中，他们便发现题材情节的不妥善；将主人翁写成了那么不忠不孝，无情无义，是违背了“礼教”的训条的。所以他们便极力的回护着剧中的主人翁，千方百计地使他们不至负“不忠不孝”或“薄幸”之名。《王魁负桂英》及《赵贞女蔡二郎》便是这样的被修正为《焚香记》及《琵琶记》，而《张协状元》则为未被修正的原本，可以使我们约略的看出原始民间戏文的一斑的。

关于《琵琶记》及其作者的传说很多，姑引一二则。《青溪暇笔》：“（高明）既卒，有以其（《琵琶》）记进者。上览毕，曰：‘五经四书在民间，如五谷不可缺。此记如珍馐百味。富贵家其可无耶？’其见推许如此。”朱彝尊《静志居诗话》：“闻则诚填词，夜案烧双烛。填至《吃糠》一出，句云：糠和米本一处飞，双烛光交为一，洵异事也。”为了《琵琶记》已成了一部伟大的古典剧，故诡异的传说便纷纷而出。其实，在全剧中，《吃糠》的一节：

〔孝顺歌〕呕得我肝肠痛，珠泪垂，喉咙尚兀自牢嘎住。糠！遭砻被舂杵，筛你簸扬你，吃尽控持，悄似奴家身狼狈，千辛百苦皆经历。苦人吃着苦味，两苦相逢，可知道欲吞不去。（吃吐介）糠和米，本是两倚依，谁人簸扬你作两处飞，一贱与一贵，好是奴家共夫婿，终无见期。丈夫，你便是米么？米在他方没寻处。奴便是糠么？怎的把糠救得人饥馁？ 好似儿夫出去，怎的教奴供给得公婆甘旨？（第二十出）

只是很自然的由当前之景做着这样的直譬，固然是很见自然的率合的伎俩，却是并不足当那么样没口的称颂。我以为还不如下面的一段：

几回梦里，忽闻鸡唱忙惊觉，错呼旧妇，同问寝堂上。待朦胧觉来，依然新人，凤衾和象床。怎不怨香愁玉无心绪！更思想，被他拦挡，教我怎不悲伤！俺这里欢娱夜宿芙蓉帐，她那里寂寞偏嫌更漏长。（第二十三出）

比较来得情绪深婉些。或谓则诚《琵琶》的原本，止《书馆相逢》；以谓《赏月》、《扫松》二阕为朱教谕所补，但俱不足信。王世贞已目之为“好奇之谈，非实录也”(《艺苑卮言》)。则诚著《琵琶记》的时代，当在元末，不在明初。 据姚福《青溪暇笔》所载，则则诚之作《琵琶记》，在避地于鄞之栎社之后，当是至正十年公元1350年以后的事。但姚说或未可信。朱元璋召则诚时，他辞以老迈，则《琵琶》之作或当在至正初元以前。

最早的戏文，其产生地在温州。但其势力后来渐渐地遍及各处。在元的那个时期，似乎与后期的杂剧一样，也是以杭州为中心的。今存的《小孙屠》与《宦门子弟错立身》，一则题着“古杭书会编撰”，一则题着“古杭才人新编”，已颇可使我们知道其中的消息。《录鬼簿》所载，有萧德祥的，也是杭州人，曾著“南曲戏文”。但杭州之外，温州的发源地，仍是不时的产生出“才人”来。《张协状元》的作者，自称“东瓯”人；高则诚也是永嘉平阳人。为了戏文的曲腔，原是温州的本地的传统的东西，所以温州的戏文作者便自然的要较他处为特多。

参考书目

一、《南词叙录》 徐渭著，有《读曲丛刊》本，《曲苑》本。

二、《永乐大典目录》 有连筠簃刊本。

三、《南九宫谱》 沈璟编，有明刊本。

四、《九宫正始》 徐于室、钮少雅编，有清康熙间刊本（？），有传抄本。

五、《永乐大典戏文三种》 有北平新印本。

六、《宋元戏文辑佚》 郑振铎编，近刊。

第四十八章

讲史与英雄传奇

元代小说界的概况——讲史的发达——《全相平话五种》的发现——《武王伐纣书》——《乐毅图齐》——《秦始皇传》——《吕后斩韩信》——《三国志平话》——罗贯中——《三国志演义》——《水浒传》——《平妖传》——《说唐传》等

一

我们要研究元代的小说，却要舍短篇的话本而去注意长篇的话本；舍"银字儿，说公案"一流的话本，而去注意"铁骑儿"及"讲史书"一流的话本。后者的作品在宋代似乎还不甚发达，而元代却很有幸的竟传下来了不少种，使我们得以考见当时小说界的发展的情形。

元刊本的"讲史"一流的话本，今有元至治刊本《全相平话五种》十五卷。这部重要的刊本使我们得以窥见元人话本的面目的一斑。至治是元英宗的年号，前后凡三年（公元 1321—1323 年）。恰当于元代的中叶。这五种的《全相平话》是：(一)《武王伐纣书》三卷，（二）《乐毅图齐七国春秋后集》三卷，（三）《秦并六国秦始皇传》三卷，（四）《吕后斩韩信前汉书续集》三卷，（五）《三国志平话》三卷。其版式图样皆一例，当系一家所刊。在《三国志》的题页上，写着“新安虞氏新刊”数字，则此数种，当皆系虞氏所刊的。当时虞氏所刊，似不仅此五种。将来或更有机会使我们能够发现其他各种吧。至少，在《乐毅图齐七国春秋后集》之前，必定是有一个“前集”的；在《吕后斩韩信前汉书续集》之前，也必定是有一个“正集”的。如此，则这部书至少当有七种。但我们想来，全书似乎决不止七种。在《武王伐纣书》之前，如没有“《开辟演义》”、“《夏商志传》”一类的东西，在《伐纣书》之后，《七国春秋》之前，却一定是会有“《列国志传》”一类的东西的。又，继于《前汉书续集》，《三国志》之前的，也当会有一种“《光武志》”或“《后汉书平话》”一类的东西。继于《三国志》之后的，或当更有“《隋唐志传》”、“《五代平话》”、“《南北宋志传》”一类的东西吧？如此说起来，则我们在罗贯中氏著作《十七史演义》之前，已先有过一部很伟大的，有著作《全史》的平话的野心或计划或竟是成绩的新安虞氏刊本的（讲史）作品了。我们向来对于罗贯中著作《十七史演义》云云的传说，有些将信将疑。不料在罗氏之前，却先已有着这样规模宏大的著作了。但《全相平话》，还是偏于东南隅的福建省的产物。其在古代文化集中的杭州与乎成为当时都城的大都，或当更有比较高级的这一类的著作也难说。可惜我们如今已是得不到她们。

《全相平话五种》，今流行于世者仅《三国志平话》一种，其余四种，皆为中土学者所不易得见者。我因有了某种很有幸的机缘，得以一一的读过，实为不胜自欣的事。但也只是一读，且抄录一点资料在手边而已。全书的内容，今仅能凭所记忆及所抄录者记之，故或不能说得详尽。

《全相平话五种》大约是依着时代的前后而排列着的。其作者当非一人。但其文笔的拙笨，则五书如一。其间或多征史实，或多杂空想与无稽的传说，各书也俱不同。以我的猜想，其著作的时代，或竟非同时。近者当在至正之前不远，远者或当在南宋之中或至元之初。

二

依了《全相平话》原来的次序，其第一种为《武王伐纣书》。现在流行的叙述武王伐纣之故事的书，名为《封神传》，乃系明代中叶的著作。在《武王伐纣书》未被发现之前，我们是完全不知道《封神传》之前更有所谓“《武王伐纣书》”的。有人且相信《封神传》的事实，是许仲琳个人捏造出来的。不料，许氏的书，竟有所本。也许《武王伐纣书》也还不是元人凭空的造作，而其来历更当古于元或宋呢！在《尚书》中有《牧誓》一篇，在《周书》中，有《武成》一篇，皆叙武王伐纣之事者。《牧誓》虽只是一篇誓师辞，未言斗争的经过，然其气焰已是咄咄逼人。《武成》则更张皇其事，极力形容周、殷二族间的战争的激烈，甚至有“血流漂杵”的过度的形容语。难怪孟轲有“尽信书不如无书”之叹。但后代的说书家，却取了这个题材，作为绝好的话本。说书家是惟恐其故事之不离奇，不激昂的；若一落于平庸，便不会耸动顾客的听闻。所以他们最喜取用奇异不测的故事，警骇可喜的传说，且更故以危辞峻语来增高描述的趣味。武王伐纣的一则史实，遂成为他们的绝好的演说资料之一。这故事什么时候才成了说话人的“话本”，我们不能知道。但《武王伐纣书》之非第一次的最初的“话本”，则为我们所很明白的事。今所见的明刊本《列国志传》(非《东周列国志》)，其第一卷凡十九则，所叙的即皆为武王伐纣的事。这十九则，大约是根据于《武王伐纣书》的吧？所以其事实约略相类。只是比之《武王伐纣书》，其鄙野无稽的附会已减去了不少。《武王伐纣书》先以苏妲己被魅，狐狸进据其身，诱惑纣王，为恶多端为开场，这正与后来的《封神传》相同。次叙仙人云中子见宫中妖气甚炽，进剑除妖，而纣王不纳的事。再次则叙纣王的作恶，立酒池肉林，囚西伯于羑里等等。次叙西伯脱归，数聘姜子牙出来助周。子牙神术高强，诸将威服。及文王死，武王即位，遂大举伐纣，以子牙为帅。纣子殷郊也来助武王以伐无道。武王收兵斩将，屡次大胜，遂灭了殷纣，立下了八百年天下的基础。《伐纣书》所言，大略如此。其间子牙代武吉掩灾，子牙收服五将等等，所含神怪的分子已很多。后来居上，《封神传》的著作，当然是更要往这方向努力，以神争鬼斗的不经之事，来震骇世人耳目的。

三

第二种为《乐毅图齐七国春秋后集》。据明刊本《列国志传》所叙看来，知其“前集”当系叙述孙膑报仇，射死庞涓的事。在《后集》之首也有一段话，关照着前事。“夫《后七国春秋》者，说着：魏国遣庞涓为帅，将兵伐韩、赵二国。韩、赵二国不能当敌，即遣使请救于齐。齐遣孙子、田忌为帅，领兵救韩、赵二国。遂合韩、赵兵战魏，败其将庞涓于马陵山下。有胡曾《咏史诗》为证。诗曰：‘坠叶潇潇九月天，驱羸独过马陵前。路傍古木虫书处，记得将军破敌年。’其夜，孙子用计，捉了庞涓，就魏国会六国君主，斩了庞涓，报了刖足之仇”云云。这只是一段“入话”，《后集》的正文，叙的却是乐毅伐齐，与孙子斗智的事。按史，乐毅伐齐，复齐者为田单，并非孙子，而这里却叙乐毅、孙膑二人的争斗，异常的诡异，全与史实不符。即与未经冯梦龙改削的原本《列国志传》较之，也是大有“人鬼殊途”之感。今尚流行于世，诡怪不可究诘的《前后七国志》，便是本于这些元人著作而更为扩大了的。我们想不到，那么鄙野无稽的《前后七国志》，其来历原来较之《列国志传》为更早。为什么元代会产生了这样诡异无稽的东西呢？我们如果见了元剧中的《桃花女斗法嫁周公》一类的东西，便知道像这《乐毅图齐七国春秋后集》的产生是毫不足怪的事。像那样的原始性的半人半鬼的术士式的“魔斗”，其根源恐还不是在元代，而在更久远的时代。关于这事，将来当更有详细的探讨，这里不详述。却说《乐毅图齐》的本文，叙的是：齐王自孙子破魏之后，恃着那孙子英勇，有并吞天下之志。恰好邹国孟轲来游说，齐王封他为上卿，齐国大治。这时，燕王脍让位于其相子之，孙膑之父孙操，苦劝不听，反被囚辱。这消息传至齐国，孙子遂奏准了齐王，率了二十万大兵，以袁达为先锋，浩浩荡荡，杀奔燕国而来。子之率卒迎敌，哪里是孙子的对手。不久，孙子遂灭了燕国，杀了燕王脍及子之，凯旋回齐。中途遇齐国的清漳太子及邹坚、邹忌劫营，皆为膑设计擒住，献给齐王。王大怒，欲斩太子。赖膑力救而免。孟子谏齐灭燕，齐王不听。孟子遂去齐。燕国自经齐人铁骑所踏，荒凉不堪，故臣军民，共立燕太子平为君，是为昭王。昭王大施仁政，收集流亡，燕国复兴。这时，齐国国舅邹坚、邹忌弑了齐王，立太子田才为君，是为愍王。国乱不治，贬田文于即墨。孙子直谏不从，遂诈死，命袁达守坟。秦国白起闻知孙子已死，大喜，领兵十万，来要七国将印。袁达与战不胜，遂将孙子尸入九仙山落草去了。而燕、魏、韩三国也各起大兵，合秦兵来攻齐。苏代设计，诓了诈死的孙子出来救齐。孙子写了一封书给四国，劝其回兵。四国知孙子诈死，果然俱各回军而去。孙子入朝，见齐王不改前非，依然暗出齐城，潜身归云梦山。却说燕国有一个大贤乐毅，乃黄柏杨徒弟，学成文武全才，遂欲下山求名。途遇孙子，谈论世事。毅先往齐，不遇。次往魏。魏王任之为大夫。这时，燕昭王筑黄金台以招贤士。毅欲报齐仇，复去魏而投燕。昭王封他为亚卿，任之以国政。遂以毅为帅，率师伐齐，并合秦、赵、韩、魏四国之兵，威势甚大。齐国孙膑、袁达、苏代、田单诸人皆已投闲不在朝中。以是燕兵无人可敌，破齐七十余城，入齐都。齐王仅以身免。燕仇遂很痛快的报复了。毅四处追捉齐王，终于被他捉住杀了。固存太子飘流在外，逃至即墨田单处。乐毅围攻即墨，久久不下。单作书请孙子下山。孙子辞了师父鬼谷先生下山助齐。他使了一个反间计，使燕王召回乐毅，别遣骑劫代他。孙子并教田单使一火牛计，杀得燕兵片甲不回，只逃去骑劫及大将石丙二人。齐新王遂归临淄，重兴国家。燕王杀了骑劫，仍命乐毅为帅，第二次兴师图齐。齐邦则以孙子为帅，袁达等为将，率师迎敌。孙子只身入燕营，欲说乐毅回师。毅不从。二人遂互以阵法及勇将相斗，各显神通，不相上下。乐毅数次被捉，不料捉的都是假的。其后，真乐毅被捉一次，孙子又放他回去。乐毅敌孙子不过，遂去请了师父黄柏杨下山。柏杨布了一个迷魂阵，陷孙子、袁达等在内。鬼谷子再三的被请，方才下山来破阵救徒。经了无数的周折，由鬼谷子主持着五国军兵九十万，打破了迷魂阵，救了孙子出阵，燕兵大败。却有秦国白起率了大兵来助燕。七国混战，杀人无数。黄柏杨终于抵敌鬼谷子不过，遂决意与鬼谷讲和，不再攻齐。众仙大受封赠，皆各归山。自此天下太平，诸国无事。

这部平话，气息颇与其余诸种不类。论起神怪的成分来，即《武王伐纣书》也还没有这部书浓厚。读到这部书后半的叙述黄柏杨与鬼谷子的布阵斗法一段，立刻便使我们想起了《封神传》与《前后七国志》。其气氛的鄙野，更大似《前后七国志》。

四

第三种是《秦并六国秦始皇传》。其气韵与其叙述的题材，与《七国春秋后集》完全不同。这是一部“人”的书，而不是鬼怪的书，只是一部写人与人之间的争斗，却不是写仙与仙之间的玄妙的布阵斗法的。这是一部纯粹的历史小说，不掺入一点神怪的分子在内的。连《三国志平话》也未免有些不经之谈，《七国春秋后集》与《武王伐纣书》则更不用说的了。惟此书则毫不取用这一类已成陈套的材料。由此可见这些平话的作者，决不是一人；否则，像《秦并六国》这样的题材，原是最容易用到神怪的分子的，他为什么反而不用到呢？至少，他与《七国春秋后集》的作者决不是一人；虽然二书之中，人物颇有许多是相同的。我们试读今日流行的《后七国志》（也是叙述秦并六国的同一题材的），再读此书，便知此书的叙述，已很忠实于历史，已与罗贯中、冯梦龙诸作家的著作讲史的态度很相近的了。这或者是较后期的著作也难说。《秦并六国》的开场，有叙述列代兴亡的一个“入话”，先之以“世代茫茫几聚尘，闲将史记细铺陈。便教五伯多权变，怎似三王尚义仁。”然后由“鸿蒙肇判，风气始开”云云，而历叙尧、舜之揖让，三代之征伐，然后更叙及周之得天下，以及周室之衰微，诸侯之互争。大似《五代史平话》中《梁史平话》的开场。大约这必是一部独立的著作，未必与《七国春秋前后集》、《武王伐纣书》等有多大的关系的。合之于他们之列的，当是始于建安虞氏那位很有刊印“全史平话”的野心的出版家的。这部平话叙的是：秦始皇席着祖父余业，兵力强盛，大有并吞诸侯之意。当时天下共分七国。哪七国？是秦、齐、燕、魏、赵、韩、楚。其中惟秦为最强。六国常常合纵以敌秦，还敌不过他。当始皇六年时，他听从了大臣司马欣之言，派遣一位使臣公子少官使于列国，要六国尽皆纳土于秦，免兴干戈。楚国接待秦使，知道了此事，且恐且怒，便联合了韩、赵、魏、燕、齐诸国，大兴伐秦之师，自为从长。秦以王翦为将，率师拒敌。楚王顿兵函谷关下，与秦人交战，互有胜负，两不相下。诸王商议，恐久有变，便于一次大胜之后，各班师回国，休养兵力。约定一国有难，诸国皆来救应。却说秦始皇原来不是秦庄襄王子楚之后，乃是阳翟大贾吕不韦之子。不韦扶立庄襄王为君，以有孕美姬与他为妻，以此阴夺秦邦。但后来始皇长大时，见不韦势力日大，便设法安置他于蜀。不韦饮鸩酒自杀。到了始皇十七年，复有并吞六国，统一天下之意。便命王翦率师伐韩。韩以冯亭为将，率师拒敌。但敌不过秦师的英勇，只得退保都城。韩王命大臣向赵、齐借兵解围，二国皆不应。韩王望救不至，遂为秦所灭。始皇命改韩邦为颍州。（按史，灭韩者为内史胜，非王翦，所置郡名颍川，非颍州。）始皇第十九年，又命王翦出师伐赵。（按史，作十八年。）赵有名将李牧，屡为赵拒匈奴有功。这时，率师与秦对敌，屡挫其锋，秦人不能逞。但牧为司马尚谗间于赵王，赐死。秦兵遂长驱入赵，夷灭了他。始皇命将赵国亦改为郡。这时，燕太子丹惧秦兵及燕，且与始皇有怨，便遣荆轲入秦，献樊于期首及督亢地图，乘间刺秦王。不中。秦始皇杀了荆轲。遂诏王翦率兵伐燕。王翦围了燕城，天天攻打。燕王不得已，斩了太子丹的头，并将着金宝十车请和于秦。秦始皇许之，命王翦罢围而去。始皇二十二年，又命王贲为将率师攻魏。魏兵抵挡不住。不久，王贲便攻进魏都，掳了魏王。 秦始皇命将魏国改为汴州。始皇二十四年（史作二十三年），始皇帝又命将伐楚。王翦以为非六十万人不可。李信自恃少年英勇，以为只要二十万人便足。始皇便以李信为将，将二十万人伐楚，不料被楚兵杀得大败而回。始皇听从了王翦的话，以六十万人交给他，命他再度伐楚。果然，不到几时，楚便为秦所灭，改置为荆州。始皇二十五年（原文作十五年，误），廷议伐燕，李斯举王贲为将，将二十万人前去。他们势如破竹，杀得燕兵大败。燕王投奔辽东虏王处。秦军追捉燕王，与辽兵大战。辽兵不胜。燕王自刎而亡。辽东虏王将燕王头颅交给秦兵，王贲方才收兵而归。燕王殿下有善击筑者高渐离，见燕亡，便投奔到扶苏太子处为庸保。太子收留他在家。始皇二十七年，始皇见天下六国已灭其五，只有齐人未伏，便派遣王贲去攻齐。齐王不敌，降于秦。始皇统一天下，大设筵席相庆。太子荐高渐离来击筑。始皇见其善于击筑，渐渐地亲信他。渐离乘间举筑欲击秦王，不中，为左右所杀。 始皇大怒，欲尽逐非秦人之在秦者。李斯亦在逐客数中，乃上书谏始皇。始皇听从其言，拜他为廷尉。（按史，李斯谏逐客，在始皇十年，并非在天下平定之后。）丞相王绾建议大封诸子以镇天下，李斯反对之。始皇遂以天下为三十六郡。销兵器，一法度。筑长城，建阿房。焚书坑儒，以愚天下人耳目。又出巡天下，勒石纪功。徐福带了五百童男女，欲求仙人，为仙人所恶，尽死。韩人张良为韩报仇，率众于博浪沙袭击始皇。不中，中副车。始皇大索刺客，不得。至沙丘，始皇病死。赵高与李斯谋，拥立胡亥为君，矫诏杀死扶苏。胡亥立，是为二世皇帝。是时，天下大乱，群雄并起。赵高又潜杀李斯父子。不久，复与其婿阎乐谋，弑二世而立孺子婴。孺子婴又设计杀了赵高。不多几时，沛公刘邦攻破函谷关，西入咸阳，降孺子婴。秦亡。刘邦复与项羽争夺天下。邦用韩信、张良等，灭了项羽，统一天下。“则知秦尚诈力，三世而亡。三代仁义，享国长久。后之有天下者尚鉴于兹。诗曰：始皇诈力独称雄，六国皆归掌握中。北塞长城泥未燥，咸阳宫殿火先红。痴愚强作千年调，兴灭还如一梦通，断草荒芜斜照外，长江万古水流东。”全书遂终于此一个吊古的“史论”与“史诗”中。

五

第四种是《吕后斩韩信前汉书续集》。在此之前，当有一部“《楚汉春秋前汉书正集》”一类名目的东西。那部未知的“正集”，其叙事当止于：项羽被围于九里山前，四面楚歌，虞姬自杀；羽奋勇突围而出。走至乌江，终于自刎而亡。所以这部《续集》单刀直入地便从“时大汉五年十一月八日，项王自刎而死，年二十一岁”叙起。写作《前汉书正续集》的小说家或说话人，与写《秦并六国》的作家或系一人。以其皆从史实扩大，不肯妄加无稽的“神谈”。至于和《七国春秋后集》的作者，则决非一人。其著作的态度与乎材料的选择，都全然不同。这部《前汉书续集》叙的是：项羽乌江自刎之后，其遗体为“五侯”所夺。刘邦既平天下，遂大封功臣。然他对于韩信等，心实猜忌。他又恨楚臣季布、钟离昧二人未获。季布亡匿于朱公家。他设了一计，出来自首。刘邦大喜，封之为司马。惟闻知钟离昧为韩信所匿，大为不悦。遂设一计，诈游云梦。左车、钟离昧等劝信反。信不从，反斩昧献于汉王。刘邦责其罪，夺去他的兵权，封他为淮阴侯，安置咸阳，不令他去。韩信闷闷不乐，每悔不听左车等之言。不久，番兵大举入寇，刘邦命陈稀（按史，应作豨）去御敌。稀临行时，至韩信寓，与信密谈一次。他到了边地，遂举反汉之帜。汉王大恐，率兵自去征他。临行时，吕后去送他，二人密有所议。吕后回后，便宣萧何入宫，设了一策，诈传已斩陈稀，命信入长信宫谢罪。信昧然而去，遂为吕后所擒斩。同时，刘邦用了陈平之策，也收服了陈稀之众。稀奔匈奴而去。韩信部下六将，起兵为信复仇，一声一口只要吕后之头。汉王斩似后者与之。他们明知其伪，不受。乃命吕后上城。六将射之，忽见一条金龙护体，射之不中。他们知道天命所在，遂各自刎而死。不久，彭越又为汉王借口骗到咸阳捉下。吕后更进谗言，遂也杀了他，并以其肉做酱，赐予群臣。英布在九江也食到肉酱，闻知系彭越之肉，便强吐出来，入江尽化为螃蟹。英布遂反。汉王亲征，被布射中一箭。但布为吴芮所赚，竟为他杀死。天下虽复太平，然汉王自此病体沉重。他有所喜戚夫人的，生子如意。刘邦屡欲立如意为太子，俱为群臣所阻。邦死，吕后所生的太子盈继位为帝，是为惠帝。惠帝甚宽仁，但吕后则欲诛灭刘氏诸王。先杀了如意及戚妃。惠帝大为不安。不久，遂死。政权尽归于吕后。她欲以吕易刘，尽力扩张吕氏的势力。但诸臣俱不服。陈平、王陵、周勃等皆于暗中设计扶持刘氏诸王。田子春并为反间，使吕后将兵权给了刘泽。泽遂举兵于山东。恰好吕后为韩信阴魂所射死，吕氏命贯婴等为将去敌刘泽。婴等却反投到泽军去。以此声势益大。樊哙之子樊亢并亲率诸军，攻入宫中，将诸吕尽皆杀死，连他自己的母亲吕胥也在内。诸臣遂请刘泽等三王登位，泽等皆谦让未遑，其实帝位也正待着真主。他们即登了殿上，也俱不能坐到龙座上去。以此，帝位阙了半年。后来，陈平念及高祖尚有一子北大王，为薄姬所生，遂迎他入京即帝位。他要日西再午，方即帝位，果然日影再午。他便安登龙座，是为汉文帝。此书便终于此时。

以上二作皆谨守历史故实，间有附会的传说，却不大敢造作过于无稽的谣传，也很少神怪仙佛的成分在内，确是一部很正规的“讲史”，可为《五代史平话》的“肖子”的。不惟如此，其引用的历史，有时且尽引原文，不加增润。例如，《秦并六国》之写荆轲刺秦王一段，便是完全引用《史记·刺客列传》的本文的。（只不过将古文改为半文半白之文体而已。）在这里，已大似后来罗贯中诸“讲史”作家的作风了。我们看了这二作，可知其与后来的《三国志通俗演义》、《列国志传》、《残唐五代志传》等作，其活用历史以为小说的程度，是不相上下的，虽然在这二作里，其文章的粗率，文法与字体的“别”、“白”不通，与《三国志通俗演义》等的“文从字顺”者有异。

六

第五种是《三国志平话》。这部《三国志平话》，似非与写作《秦并六国》与《吕后斩韩信》二书同出一个作者之手。因为其著作的态度，显为不同，且其事实也与《吕后斩韩信》不大相连贯。例如，

《三国志平话》的骨干，是以刘邦、吕雉屈斩了韩信、彭越、英布三人，所以他们投生为刘备、曹操、孙权三人，三分汉之天下，以为报仇。而在《吕后斩韩信》里，对于这事，我们连一点消息也看不出，可知其决非出于一手。在《吕后斩韩信》中，已有刘邦死于创，吕雉为韩信阴箭所杀二事，似已尽了报仇的能事，殊不必再于《三国志平话》中添出蛇足似的投生复仇的一段事来。就其全体的结构与内容看来，《三国志平话》实为一部完全独立的书，与《吕后斩韩信》等并无统系、连贯的关系。也许这部韩、彭、英三将报冤复仇的故事，是很早的便已有了的。 也许在宋人讲说“三分”时，已用了这个因果报应之说来耸动俗人的听闻了。

《三国志平话》的开头，便以“江东吴王蜀地川，曹操英勇占中原。不是三人分天下，来报高祖斩首冤”一诗，单刀直入，叙汉之所以会分裂为三国之故。又以此狱久搁未断，赖人间秀才司马仲相判断公明，上帝遂将他投生为司马懿，削平三国，一统天下，以酬其劳；此便是三国之所以又合为一晋的缘故了。这个结构，是首尾完具，盛水不漏的，与《吕后斩韩信》等之依据史实为起结者大为不同。司马仲相断狱以后，作者便直叙汉末之事。“话分两说，今汉灵帝即位，当年铜铁皆鸣。”郓州泰山脚下，又塌一穴地。孙学究因病自投穴中，得了天书一卷。他传于弟子张觉，觉遂出游四方，度徒弟十万人，以黄巾为号，与二弟同行叛变。 灵帝以皇甫松为元帅，出师讨之。刘备、关羽、张飞三人，结义于桃园，乘时而出，欲讨张觉立功。皇甫松以他们为先锋。张觉等次第死于他们之手。但因常侍段珪让索贿不遂，他们之功，不得上达。后亏董成之力，刘备方补得安喜县尉。太守督邮皆欲折辱备，他们遂皆为张飞所杀。备等因往太行山落草。灵帝大惊，斩了十常侍，以首级招安了他们，并以备为平原县丞。后献帝继立，迁都洛阳。董卓独揽政权，擅作威福。曹操、袁绍等起兵讨卓，大战于虎牢关前。卓将吕布英勇无敌，惟有刘、关、张三人杀得胜他。他闭关不出。一面丞相王允却以连环计使吕布杀了董卓。布几为卓的四将所困，突围而出，往投刘备于徐州。后吕布夺了备的徐州，又与曹操战，为操所擒斩。操引刘备入朝，献帝以他为豫州牧。时操专权，帝不忿。有诏要备等讨贼。为操所觉，进兵杀得刘备大败。备与关、张各不相顾。关羽为操所收，而飞则投古城，自立为王，备则投于袁覃处。关羽屡思辞操而去。为他斩了袁覃骁将颜良、文丑之后，便弃操追寻刘备。这时备已与张飞会于古城，羽亦继至。他们共投刘表。表以备为辛冶太守。备三顾茅庐，请出诸葛亮为佐。操引大军攻辛冶，备不敌，往投孙权。权以周瑜为帅，敌操，大败之于赤壁。刘备乘机借了荆州暂住。诸葛亮主张备应进兵收取四川，以为基业。备兵遂西进，破了成都，降了刘璋。备自立为汉中王，封关羽、张飞、赵云、黄忠、马超为五虎将。关羽镇守荆州，东吴屡使人求还荆州，羽不与。孙权遂进军攻荆州，杀了关羽。这时，曹丕篡汉，自立为帝。权与备闻之，也各立为吴、蜀帝。备以羽为权兵所杀，悲愤不已，遂起大军征吴。为吴所败，卒于白帝城。诸葛亮辅阿斗为帝，辛勤主国，七擒孟获，先平南蛮，以绝后顾之忧。更六出岐山，以讨反贼（即曹魏）。但俱不能有功。最后，亮病卒。姜维继其志，也无所展施。后司马氏篡魏，立晋，使邓艾、钟会平蜀，使王濬、王浑平吴，天下复归于一。但汉帝外孙刘渊逃于北方，不伏晋人。其子刘聪更骁勇绝人，自立国号曰汉，为刘氏复仇。晋惠帝死，怀帝立。刘聪领军至洛阳，杀了怀帝，又追掳新立的悯帝于长安，灭了晋国，即皇帝位。《三国志平话》之终于刘聪灭晋，而不终于应终的晋灭吴、蜀二国之时，作者似乎仍是持着因果报应的观念，欲以此刘氏的恢复故物，为后来深惜诸葛之功不就的人弥补缺憾的。

这五部平话，虽显然非出于一手，却同为新安虞氏所合刊。其格式也为闽中刊本所特有的式样，一页分为二格，上格为图，下格为文字。图是很狭长的。图的一格约当文字的一格的四五分之一。这个闽本的式样，当起于宋。宋刊本的绘图的《列女传》（闽余氏原刊，阮元翻刻本）便是如此。直至明万历中，余象斗等刻印《三国志演义》、《西游记》、《水浒传》等，其式样还是如此未变。

七

但这五部平话虽非出于一手，其叙述虽或近于历史，或多无稽的传说，或杂神怪的笔谈，然其文字不大通顺，白字破句，亦累牍皆是，却是五作如一的。我们很显然地可以看出他们乃是纯然的民间的著作。与宋人之诸短篇话本，与乎《五代史平话》较之，实令人未免有彼善于此的感想。今姑从五本中征引一二则以明此言。

> 乐毅大喜，看柏杨定甚计来。先生曰："此是迷魂阵，捉孙子之地。"毅告曰："下战书与孙子。孙子拜师父为师叔，兼孙操拜为师父。若见，必舌辨也。"柏杨曰："放心也。败尔者弱吾节概。"同乐毅至张秋景德镇，向燕阵中烈八足马四匹，怀胎妇人各用七个，取胎埋于七处，四角头埋四面日月七星旗。阴阳不辨，南北不分，此为迷魂阵。若是打阵入来，直至死不能得出。准备了毕。却说齐帅孙子在营中有人报军师，寨门外有一道童来。先生唤至。呈书与孙子。孙子看曰："师父书来，道膑有百日之灾，慎勿出战，只宜忍事。如出阵，有误也。"言未已，有人报乐毅下战书。先生曰："此非师父之书，是乐毅之计，必诈也。"孙子不信，叫袁达："听吾令。依计用事，破燕阵，捉乐毅。"袁达持斧上马曰："只今朝便睹个清平。"来战乐毅。且看胜败如何？
>
> 诗曰　贯世英雄谁敢敌　今朝却陷虎坑中
>
> ——《乐毅图齐七国春秋后集》

> 按《汉书》云：吕后送高皇回来，常思斩韩信之计，中无方便。"若高皇征陈稀回来，必见某过也。"吕后终日不悦。驾去早经二月有余。（吕后）令左右请萧何入内。吕后问丞相曰："高皇出征临行，曾言，子童与丞相同谋定计，早获斩韩信，要其愆过。"问："丞相有计么？"萧何闻言，心中大惊。暗思："韩信未遇，吾曾举荐他挂印，东荡西除，亡秦灭楚，收伏天下，今一统归于刘氏。今作闲人，坐家致仕，今亦要将韩信斩首，吕后逼吾定计，不由我矣。实可伤悲！韩信好昔哉！"萧何哽咽未对。吕后大怒曰："丞相不与朝廷分忧，到与反臣出力。尔当日三箭亦保韩信反乎？"萧何急奏曰："告娘娘，与小臣三日暇限，于私宅中思计如何？"太后准奏。还于私

宅，闷闷而不悦。升坐片间，有左右人来报，楚王下一妇人名唤青远，言有机密事要见相公。萧何曰："唤来。"青远叩厅而拜，"告相公，妾有冤屈之事。韩信教唆陈稀告反，却把妾男长兴杀了。因此妾状告相公。"萧何听妇人言其事，唬得萧何失色。暗引妇人青远入内见太后。萧相言其韩信教唆陈稀谋反。吕后大惊，问萧相如何。萧相言："牢中取一罪囚，貌相陈稀，斩之。将首级与使命，于城外将来，诈言高皇捉讫陈稀斩首。教他将头入宫。韩信闻之，必然忧恐。更何说韩信入宫，将他问罪，与妇人青远对词证之。"太后曰："此计甚妙。"

——《前汉书续集》

有张飞遂问玄德："哥哥因何烦恼？"刘备曰："令某上县尉九品官爵。关、张众将一般军前破黄巾贼五百余万。我为官，弟兄二人无官，以此烦恼。"张飞曰："哥哥错矣！从长安至定州，行十日不烦恼，缘何参州回来便烦恼？必是州主有甚不好。哥哥对兄弟说。"玄德不说。张飞离了玄德，言道："要知端的，除是根问去。"去于后槽根底，见亲随二人便问。不肯实说。张飞闻之大怒，至天晚二更向后，手提尖刀，即时出尉司衙。至州衙后，越墙而过。至后花园。见一妇人。张飞问妇人："太守那里宿睡？你若不道，我便杀你。"妇人战战兢兢，怕怖，言，"太守在后堂内宿睡。"你是太守甚人？""我是太守拂床之人。"张飞道："你引我后堂中去来。"妇人引张飞至后堂。张飞把妇人杀了，又把太守元峤杀了。有灯下夫人忙叫道："杀人贼！"又把夫人杀讫。

——《三国志平话》

由此可见，这样笨拙、迟重的文笔，的确是出于民间作者之手，而未曾经过文人学士的润饰的。与宋本的《三藏取经诗话》，其气韵恰好相类。

八

《元刊平话五种》作者无考。最早的讲史和英雄传奇作家之可考者惟一罗贯中耳（施耐庵之名尚为一个谜）。在元、明小说的演进上，罗贯中是占着极重要的地位的。活动于宋代的“书会先生”，在元代虽似乎也甚努力，但其努力的方向，似已由小说方面而转移到戏曲方面去。中国的小说遂突然由第一黄金时代的南宋，而堕落到像产生《元刊平话五种》的幼稚的元代。与元代的鼎盛的戏文与杂剧较之，诚未免要使人高喊着小说界的不幸。或者，那个时代的人们，已厌倦了比较宁静、单调的说书、讲史，而群趋于金鼓喧天、管弦凄清的剧场中了吧。因此，说书的职业，遂为之冷落；小说的著作，遂为之停顿。但到了元代的末叶，却有罗贯中氏出来，竭其全力，以著作小说，以提倡小说，而小说界的蓬勃气象，遂复为之引起。驯至产生了第二黄金时代的明代。罗氏之功，实不可没。而罗氏的雄健的著作力，在中国小说史上，似乎也一时无比。罗氏盖实继于“书会先生”之后的一位伟大作家。他正是一位继往承来、继绝存亡的俊杰；站在雅与俗、文与质之间的。他以文雅来提高民间粗制品的浅薄，同时又并没有离开民间过远。“雅俗共赏，妇孺皆知”的赞语，加之于罗氏作品之上似乎是最为恰当的。

罗氏的生平，我们不甚明了；在他的作品里，更一无可以供我们研究他的生平的。但很有幸的，在贾仲名的《续录鬼簿》里，却有关于罗贯中的一段话：“罗贯中，太原人，号湖海散人。与人寡合。乐府隐语，极为清新。与余为忘年交。遭时多故，各天一方。至正甲辰（公元 1364 年）复会。别后又六十余年。竟不知其所终。”这虽是寥寥的数语，却是最可珍异的材料。后来的以他为名本，字贯中，东原人，或武林人，庐陵人；其名或有作“牧”，或“木”的诸说，都可以不辨自明了。周亮工《书影》说他是洪武时人，和仲名的记载恰正相符。他是一位不得志的才人。在政治方面必是一点也不曾有过一官半职的。那时（元时）汉人，特别是南方人，在政治上是不用想有什么建树的。在受着少数民族的重重压迫之下，才人名士们毫不能有所展施，于是只好将其才力，用之于戏曲上，用之于小说上。一方面，也许竟带有几分解决生活问题的性质。罗氏的那些小说的流行，对于他，当有几许利益的。陈氏尺蠖斋评释的《西晋志传通俗演义》上，有序一篇道："一代肇兴，必有一代之史。而有信史，有野史。好事者藁取而演之，以通俗谕人，名曰演义。盖自罗贯中《水浒传》、《三国传》始也。罗氏生不逢时，才郁而不得展，始作《水浒传》以抒其不平之鸣。其间描写人情世态，宦况闺思，种种度越人表。迨其子孙三世皆哑，人以为口业之报。"子孙三世皆哑之说，人往往以指施耐庵，此序独加之于罗氏身上，似不可信。

罗氏的著作，传世者不少，但往往皆没其名氏，或为后人所增润删改，大失其本来面目。但这些著作，大都皆为历史小说、讲史及英雄传奇。在其中，《三国志》及《水浒传》最有大名。亦有神怪妖异之作，像《平妖传》的。

《三国志通俗演义》是罗氏作品里最流行的一部，也是被后人修改得最少的一部。毛宗岗的《第一才子书》虽标明他自己伪造的"古本"，用来删润罗氏的原本，然所改削的地方究竟不多。罗氏原本的面目，依然存在。近来古本《三国志通俗演义》的发现，不止一本，其面目大都无甚异同，可证其即为罗氏原本无疑。依据了这个原本的《三国志通俗演义》，我们可知罗氏对于"讲史"的写作，其态度是改俗为雅，牵野说以就历史的。虽然他仍保存不少旧作的原来的东西，但过于荒诞不经的东西则皆毫不吝惜地铲除无遗。原来，我们要晓得，罗氏的著作，大都不是他自己的创作，而是有所依据的。换言之，他的地位，与其说他是一位"创作家"，毋宁说他是一位"编订者"，或"改写者"，特别是关于"讲史"一部分，因为那些讲史在他之前大都是已有了很古很古的旧本的。不过，他的这位"编订家"，或"改写家"所负的责任与所取的态度，却是非同寻常的编订者一般的。他不是毛宗岗、陈继儒、金圣叹一流的人。他乃是更大胆的冯梦龙、褚人获一流人。他是一位超出于寻常编订家以上的"改作家"，有时简直是"重作"。我们试取他的《三国志通俗演义》来一看，便可知他的工作是如何的繁重与重要。《三国志平话》，上文已经说到过，其骨架乃建立在因果报应之说上。汉之所以分为三国，盖因韩信、彭越、英布的报仇，三国所以复合为晋，盖因上天以一统的江山赐给断狱公平的司马仲相。罗贯中氏改作《三国志演义》，则首先将这一段鬼话完全铲去，直由“后汉桓帝崩，灵帝即位，年十二岁”叙起。许多年来胶附于“三国”平话中的这一段原始的民间因果报应谈，至此始与“三国”故事分离。罗氏的手眼，不可谓不高！《三国志演义》之成为纯粹的历史小说，其第一功臣，故当为罗氏。除了司马仲相的阴司断狱一段以外，罗氏的《演义》与元刊本《三国志平话》不同者尚有几点。（一）削去了《平话》中许多荒诞不经的事实，例如曹操劝汉献帝让位于其子曹丕，刘备到太行山中落草为寇，等等。（二）增加了《平话》上所没有的许多历史上的真实材料，例如何进诛宦官，祢衡骂曹操，曹子建七步成章，等等。（三）增加了《平话》上所没有的许多诗词、表札。（四）改写了《平话》上许多不经的记载，例如《平话》叙张飞拒操长坂桥，大喊一声，桥竟为之喊断，此实万无此理者，故罗氏改作飞的喊声，惊破了夏侯杰之胆。（五）保存了《平话》的叙述，而将此叙述润饰着，改作着，往往放大到五六倍；以此枯瘠的记载往往顿成了丰赡华腴的描写。有此五点，我们已可知道罗氏改作的功绩是如何的宏伟了。今且引罗氏《三国志演义》的一段于下，以示其作风发的一斑：

玄德辞二隐者上马，投卧龙岗来。至庄前，下马扣门。童子出。玄德曰：“先生在庄上否？”童子曰：“见在堂上读书。”玄德遂跟童子入，见草堂之上一人拥炉抱膝，歌曰……玄德上草堂，施礼曰：“备久慕先生，无缘拜会。昨因徐元直称荐，敬到仙庄，不遇空回。今特冒风雪而来，得见仙颜，实为万幸。“那个少年慌忙答礼而言曰：“将军莫非刘豫州，欲见家兄否？”玄德惊讶而问曰：“先生又非卧龙耶？其人曰：“卧龙乃二家兄也。道号卧龙。一母所生三人。大家兄诸葛瑾，见在江东孙仲谋处为幕宾。二家兄诸葛亮，与某躬耕于此。某乃孔明之弟诸葛均也。”玄德曰：“令兄先生往何处闲游？”均曰：“博陵崔州平相邀同游，不在庄上二日矣。”玄德曰：“二人何处闲游？”均曰：“或驾小舟游于江湖之中，或访僧道于山岭之上，或寻朋友于村僻之中，或乐琴棋于洞府之内，往来莫测，不知去所。”玄德曰：“刘备如此缘分浅薄，两番不遇大贤。”嗟呀不已。均曰：“小坐献茶。”张飞曰：“既先生不在，请哥哥上马。”玄德曰：“已亲诣此间，

> 如何无一语而回。”玄德请问曰：“备闻令兄熟谙韬略，日看兵书，可得闻乎？”均曰：“不知。”飞曰：“问他则甚！风雪甚紧，不如早归。”玄德叱之曰：“汝岂知玄机乎？”均曰：“家兄不在，不敢久留车骑，容日却去回礼。”玄德曰：“岂敢望先生枉驾来临。数日之后，备当又至矣。愿借纸笔，留一书上达令兄，以表刘备殷勤之意也。”均遂具文房四宝。玄德呵开冻笔，拂展云笺，其书曰……玄德写罢递与诸葛均。均送出庄门外。玄德再三殷勤致意。均皆领诺，入庄。玄德上马，忽见童子招手篱外叫曰：“老先生来也。”玄德视之，见一人暖帽遮头，狐裘被体，骑一驴，后随带一青衣小童，携一葫芦酒，踏雪而来，转过小桥，口诵《梁父吟》一首。玄德闻之曰：“此必是卧龙先生也！”滚鞍下马，向前施礼曰：“先生冒寒不易，刘备等候久矣。”那人慌忙下驴，进前作揖。诸葛均在后曰：“此非卧龙家兄，乃家兄岳父黄承彦也。”玄德问曰：“适间所诵之吟，极其高妙，乃系何人所作？”黄承彦曰：“老夫在女婿家观《梁父吟》，记得这一篇。却才过桥，偶望篱落间梅花感而诵之。”玄德曰：“曾见令婿否？”黄承彦曰：“便是老夫径来看拙女小婿矣。”玄德闻言，辞别承彦，上马而行。正值风雪满天，回望卧龙岗，怅怏不已。

又有《唐传演义》，及《残唐五代》皆传为罗氏所作。《残唐五代演义》，凡六卷，六十回，其叙述直接于《唐传演义》之后，而以“却说懿宗传至十七代僖宗即位”引起。其与《唐传演义》为连续的一书，当无可疑。惟《唐传演义》今已证知其为嘉靖时熊钟谷所作，则《残唐五代演义》当也不会是罗氏所作的了。

罗氏的英雄传奇，其成就似远较他的讲史或演义为伟大。因为讲史或演义，只是据史而写，不容易凭了作者的想象而骋驰着；又其时代也受着历史的牵制，往往少者四五十年，多者近三五百年，其事实也多者千百宗，少者也有百十宗；作者实难于收罗，苦于布置，更难于件件细写；而其人物也往往为历史所拘束，不易捏造，更不易尽量的描写着。以讲史而写到《三国志演义》的地步，已是登峰造极的了。这样的左牵右涉，如何会写得好呢？此讲史之所以决难有上乘的创作的原因也。至于英雄传奇则不然，人物可真可幻，事迹若虚若实，年代也完全可不受历史的拘束，如此，作者的情思可以四顾无碍，逞所欲写，材料也可以随心所造，多少不拘。作者很容易见长，读者也更易感到趣味。《水浒传》在艺术上之所以高出《三国志演义》远甚，此亦其原因之一。罗氏的英雄传奇，今知者凡四种，其中以《水浒传》与《平妖传》为最著，也最可靠。《说唐传》与《粉妆楼》则似乎没有什么确证，可以指实其为罗氏所作。

《水浒传》的故事，流传得很早。《宣和遗事》有记载，李嵩辈“有传写”（周密：《癸辛杂识》续集上），龚圣与有三十六人赞。我猜想，此故事在南宋时代或已经演为话本了吧。但今本《水浒传》的写定，则为罗贯中氏。对于此书，罗氏并不自居于创作的地位，只是很谦抑的题着：“钱塘施耐庵的本；罗贯中编次。”（见《百川书志》）大约施耐庵对于《水浒传》的关系，总不止像罗氏《三国志演义》上所题的“晋平阳侯陈寿史传”那么浅薄吧。施氏的《水浒传》也许只是一个未刊的底本，由罗氏整理编次而始流传于世的。 总之，不管施氏的旧本如何，罗氏对于《水浒传》之有编订的大功是无可疑的。今日流传于世的简本《水浒传》（大约是一百十五回的），其笔调大似罗氏的诸作，则我们与其将这部伟大的英雄传奇的著作权，归之于施氏，不如归之于罗氏更为妥当些。罗氏原本的《水浒传》今尚未发现于世。今传于世的《水浒传》，有繁、简二本。繁本为明嘉靖时人所作（见下），简本则似尚保留不少罗氏原本的面目，惟亦迭有所增添修改其修改、增添最甚之处，似为：（一）征辽。（二）征田虎、王庆。（三）诗词。罗氏的原本，当是盛水不漏的一部完美严密的创作，始于洪太尉误走妖魔，而终于众英雄魂聚蓼儿洼。其间最大的战役为曾头市、祝家庄，及与高太尉、童贯的相抗。至招安后征讨方腊的一役，则众英雄已至“日薄崦嵫”之境，在战阵丧亡过半的了。其间，征辽大约是嘉靖时加入的，征田虎、王庆的二段的加入则似乎更晚。这三段故事的插入《水浒》中，显然是很勉强的，带着不少的油水不融洽的痕迹。

《水浒传》的文笔，较《三国》、《唐传》尤为横恣；但其半文半白、多记载而少描写的缺点（指“简本”而言），仍是很显著的，颇可充分地表现出罗贯中氏的特有的色彩。惟对于人物的性格，故事的支配，已有特殊的进展。例如，下面的一段，形容鲁智深拳打镇关西的事，已甚宛曲动人：

> 郑屠正在门前卖肉。鲁达走到门前，叫一声郑屠。郑屠慌忙出柜唱喏。便教请坐。鲁达曰奉着经略相公钧旨，要十斤精肉，切做臊子。”郑屠叫使头快选好的十斤去。鲁达曰：“要你自家切。”郑屠曰：“小人便自切。”遂选了十斤精肉，细细的切作臊子。那小二正来郑屠家报知金老之事，却见鲁达坐在肉案门边，不敢进前，远远立在屋檐下。郑屠切了肉，用荷叶包了。鲁达曰：“再要十斤都是肥肉，也要切做臊子。”郑屠曰：“小人便切。”又选十斤肥的，也切作臊子。亦把荷叶包了。鲁达曰：“再要十斤寸金软骨，也要细细切作臊子。”郑屠笑曰：“却是来消遣我！”鲁达听罢，跳将起来，瞧眼看着郑屠曰：“洒家特地要消遣你！”把两包肉臊子，劈面打去。郑屠大怒，从肉案上，抢了一把尖刀，跳将出来，就要揪鲁达。被鲁达就势按住了刀，望小腹只是一脚，踢倒了。便踏住胸前，提起拳头看看郑屠曰：“洒家始从老种经略相公，做到关西五路廉访使，也不枉了叫做镇关西。你是个卖肉的屠户，狗一般的人，也叫做镇关西！你因何强骗了金翠莲？”只一拳，正打中鼻子上，打得鲜血迸流，鼻子歪在一边。郑屠挣不起来，口里只叫：“打得好！”鲁达曰：“你还敢应口！”望眼睛眉梢上又打一拳，打得眼珠突出。两旁看的人，惧怕不敢向前。又打一拳，太阳上正着。只见郑屠挺在地上，渐渐没气。鲁达寻思曰：“俺只要痛打这厮一顿，不想三拳真个打死了。”脱身便走，假意回头指着郑屠曰：“你诈死，洒家慢慢和你理会。”大踏步去了。街坊邻舍，知他利害，谁敢拦他。
>
> ——一百十五回本第三回

像这样的描写，乃是《三国》中所没有的。而蓼儿洼的会葬，林冲的走雪，武松的打虎，以及野猪林救林冲，快活林的醉打蒋门神等等，不管它描写得如何，其情景的布设，已都是很俊俏可喜的了。嘉靖本的《水浒》，除了描写的技巧的更高明之外，其情景并无所改易，差不多可以说完全是本之于罗氏的。《水浒》的不朽与伟大，其功至少是要半归之于罗氏的。

《三遂平妖传》原本二十回，今本则有四十回，为明末冯梦龙所增补，与原本面目已大为不同。原本有万历间唐氏世德堂刊本。叙的是：汴州胡浩得仙画，为妇所焚，灰烧于身，因而生女永儿。有妖狐圣姑姑授以道法。遂能幻变，为纸人豆马。后嫁于王则。则盖有数年称王之命者。弹子和尚、张鸾等皆来归之。则遂称乱于贝州。文彦博率师讨之。则部下如弹子和尚等见则横暴，皆已前后引去。弹子和尚并化身为诸葛遂智助彦博讨则，以破则与永儿的妖法。彦博部下有马遂的，又诈降击则；李遂则率掘子军作地道入城。彦博遂擒则及永儿，平了贝州之乱。因为平则的三人皆名“遂”，故谓之《三遂平妖传》。原本的二十回，所叙不过如此。冯梦龙（托名龙子犹）的改本，在全本加以润饰以外，更于原本第一回之前，加以十五回，又于其间加入五回，共成四十回。较原书是完全改观的了。原本《平妖传》的笔调也和《三国》、《唐传》等相类。

《说唐传》今存者分《前传》、《后传》二部。《前传》共六十八回，始于秦彝托孤及秦叔宝、程咬金幼年事，中叙瓦岗寨聚义，最后则唐太宗削平群雄，登位为帝为结束。中间为《小英雄传》，叙罗通扫北事，凡十六回。此下即为《后传》，一名《薛家将》，凡四十二回，记薛仁贵跨海征东事。故《说唐传》虽为一个总名，其实乃是三部似续不续的不同的英雄传奇的总称。第一部着重于秦叔宝及瓦岗寨的故事，第二部着重于罗通，第三部的中心人物则为薛仁贵。这三部都是可以独立的。（曾有人将“瓦岗寨”的故事取出，另编《瓦岗寨演义》，我曾见其旧刊本。）又薛仁贵的故事也早已成了独立的题材，元曲中有《薛仁贵》；明富春堂所刊传奇中也有《跨海征东白袍记》一书。）《唐传演义》乃是依据于正史的，故亦有瓦岗寨，亦有程咬金、单雄信、薛仁贵，其叙述却与《说唐传》完全不同。《说唐前传》以瓦岗寨聚义为叙述的中心，其间程咬金的憨直，秦叔宝的穷途，单雄信的忠义，徐茂公的智狡，皆为《唐传演义》所无者。又，《说唐后传》以仁贵的含冤负屈，张士贵的冒功嫉贤为叙述的中心，在《唐传演义》中，也全无此种“野史”、“俗说”的记载。《说唐传》的来历是很古远的，或者罗氏也只不过加以“编次”、“笔削”而已，并非他自己的创作。《说唐传》的叙述虽多粗鄙可笑处，而其情景的敷设却甚为动人。若叔宝的卖马，雄信的拒降，皆为不朽的气概凛然的章段。足以与《水浒传》并驾齐驱的英雄传奇，恐怕也只有这一部《说唐传》而已。可惜不曾有人表彰过，遂致不得登于文坛为文人学士所称颂。《粉妆楼》凡八十回，叙罗成之后两位公子罗灿、罗焜之事，其事实完全不见“经传”，俱是作者的捏造。其布局与情节，也大都杂抄《水浒》与《说唐》，不像是罗氏的著作。谢无量谓“是罗贯中叙述自家先代故事的专书”，未免附会得可笑。

又有《禅真逸史》一书，谢无量也以为旧本说是根据罗氏原本的。但我所有的明刊本《禅真逸史》，却并无此语，仅有“旧本意晦词古，不入里耳”，及“旧本出自内府，多方重购始得”（均见爽阁主人《禅真逸史·凡例》）的二语而已。不知谢氏此语何据。故今不及之。

参考书目

一、《全相平话五种》 元刊本，藏日本内阁文库。其中《三国志平话》一种，有商务印书馆影印本。

二、《平民文学的两大文豪》 谢无量著，商务印书馆出版。

三、《中国小说史略》 鲁迅著，北新书局出版。

四、《中国文学论集》 郑振铎著，开明书店出版。

五、《续录鬼簿》 明贾仲名著，有明蓝格抄本，传抄本。

第四十九章

散曲作家们

散曲的出现——散曲的来源——南曲与北曲——小令与套数——元代散曲的前后二期——前期的作家们——大诗人关汉卿——王和卿与王实甫——杨果、商挺等——冯子振、卢挚、贯云石——白朴——马致远——马九皋、张养浩等——刘时中、王伯成等——后期的作家们——张可久与乔吉甫、徐再思、曾瑞等——钟嗣成——杨朝英与周德清——吴西逸、吕止庵等——女作家王氏

一

当金、元的时候，我们的诗坛，忽然现出一株奇葩来，把恹恹无生气的“诗”坛的活动，重新注入新的活力，使之照射出万丈的光芒，有若长久的阴霾之后，云端忽射下几缕黄金色的太阳光；有若经过了严冬之后，第一阵的东风，吹拂得青草微绿，柳眼将开。其清新愉快的风度，是读者之立刻便会感到的。这株奇葩，便是所谓“散曲”。但这里所谓“忽然现出”，并不是说，散曲乃像摩西《十戒》版似的，

是从天上掉下来的。她的生命，在暗地里已是滋生得很久了。她便是蔓生于“词”的领域之中的；她便是偷偷地在宋、金的大曲、赚词里伸出头角来的。

她的产生的时代，已是很久了。但成为主要的“诗”体的一种的时代，则约在金、元之间。金、元的杂剧是使用着这种名为“曲”的诗体，成为她的可唱的一部分的。在更早的时候，“诸宫调”也已用到她成为其中“弹唱”的成分。宋人的唱赚，也是使用着“曲”的。所以“散曲”的实际上的出现，实较“剧曲”为更早。惟其成为重要的诗人们的“诗体”，则恰好是和“剧曲”同时。创作“杂剧”的大诗人关汉卿也便是今所知的第一位伟大的散曲作家。

散曲可以说是承继于“词”之后的“可唱”的诗体的总称，正如“词”之为继于“乐府辞”之后的“可唱”的诗体的总称一样。其曲调的来源，方面极广，包罗极多的不同的可唱的调子，不论是旧有的或是新创的，本土的或是外来的，宫庭的或是民间的。但在其间，旧有的曲调，所占的成分并不很多，大部分是新闯入的东西。在那些新闯入的分子们里，最主要的是“里巷之曲”与“胡夷之曲”，正如“词”的产生时代的情形一样。

散曲通常分为“南”、“北”二类。北曲为流行于金、元及明初的东西。南曲则其起源似较北曲为更早，但其流行则较晚。差不多要在元末明初的时候，我们才见到正则的南曲作家的出现。当北曲成为金、元诗人们的主要诗体之时，南曲似还不曾攀登得上文坛的一角。所以北散曲似是出现于杂剧之先，而南散曲的出现则要在戏文的产生之后，也许那时候已经流行于民间了。但今日却没有她存在的征象可见。所以这里所讲的第一期的散曲的发展，只讲的是北散曲。

南曲和北曲，其最初的萌芽是同一的，即都是从“词”里蜕化出来。金人南侵，占领了中国的中原和北部，于是中原的可唱的词，流落于北方而和“胡夷之曲”及北方的民歌结合者，便成为北曲，而其随了南渡的文人、艺人而流传于南方，和南方的“里巷之曲”相结合者便成为南曲。

无论南曲或北曲，在其本身的结构上，皆可分为两种不同的定式，一是小令，二是套数。小令起源于词的“小令”，是单一的简短的抒情歌曲，常和五七言绝句，及词中的小令，成为中国的最好的抒情诗的一大部分。小令的曲牌，常是一个。但也有例外者，像：(一)带过曲（此仅北曲中有之），例如“沽美酒带过太平令”、“雁儿落带过得胜令”等。(二)集曲（流行于南曲里），系取各曲中零句合而成为一个新调，例若“罗江怨”，便是摘合了《香罗带》、《皂罗袍》、《一江风》的三调中的好句而成的。最多者若“三十腔”，竟以三十个不同调的摘句，合而成为一新调。(三)重头，即以若干首的小令咏歌一件连续的或同类的景色或故事。例若元人常以八首小令咏“潇湘八景”，四首小令咏春、夏、秋、冬四景，或竟一百首小令咏唱《西厢》故事等。惟每首韵各不同。

“套数”起源于宋大曲及唱赚。至诸宫调而“套数”之法大备。套数是使用两个以上之曲牌而成为一个“歌曲”的。在南曲至少必须有引子、过曲及尾声的三个不同之曲牌，始成为一套。在北曲则至少须有一正曲及一尾声（套数间亦有无尾声者，那是例外），无论套数使用若干首的曲牌，从首到尾，必须一韵到底。

在元末的时候，有沈和甫的，曾创作了南北合套的新调。这南北合套的出现，反在今知的纯粹的南曲散套的出现以前。我们由此可知，南曲的存在，是较今所知的时候为久远的。

二

初期的散曲作家们，几全以北曲为其活动的工具。从金末到元末，便是他们的活动的时代。这个初期的散曲时代，可分为两类不同的作家群，或两个不同的时期。前期是从金末（约公元 1234 年）到元大德间（约公元 1300 年），相当于钟嗣成《录鬼簿》上所说的“前辈名公”的时代。后期便是由大德间到元末（公元 1367 年），相当于钟嗣成的时代。这两个时代的作风是不大相同的。前期还不脱草创时代的特色，散曲的写作，只是戏曲作家们的副业，或大人先生们的遣兴抒怀之作，或供给妓院里实际上的歌唱的需要。但后期便不同了。散曲的使用是无往而不宜。专业的散曲作家们也便陆续地出现了。他们以歌曲为第二生命，他们的一切活动，几都集中于散曲。他们是诗中的李、杜，是词中的温、李（后主）、辛、姜。这一时期，可以说是散曲的黄金时代。

前期的作家们，据《录鬼簿》的记载，所谓“前辈已死名公有乐府行于世者”，有董解元、刘秉忠、商政叔、杜善夫、阎仲章、张子益、王和卿、盍志学、杨西庵、胡紫山、卢疏斋、姚牧庵、徐子芳、史天泽、张弘范、荆干臣、陈草庵、张梦符、陈国宾、刘中庵、马彦良、赵子昂、阎彦举、白无咎、滕玉霄、邓玉宾、冯海粟、贯酸斋、曹光辅、张洪范、郝新庵左丞、曹以斋尚书、刘时中待制、萨天锡照磨、李溉之学士、曹子贞学士、马昂夫总管、班恕斋知州、冯雪芳府判、王继学中丞（自郝新庵以下十人，《楝亭丛书》本及他本《录鬼簿》皆别列于“方今名公”之下，但天一阁抄本则直接于前。似当从天一阁本）等四十一人。而天一阁旧藏抄本《录鬼簿》则更有张云庄、奥殷周、赵伯宁、王元鼎、刘士常、虞伯生、元遗山等七人。这些人大都是“公卿大夫居要路者”。他们大都是以其余暇来作散曲的。他们的作风，离不开宴会、妓乐、山水的歌颂，乃至浅薄的厌世和恬退的思想。只有杜善夫、王和卿等数人的作风略有不同。当时伟大的戏曲家关汉卿、白仁甫和马致远，即在散曲坛上也成了鸡群里的白鹤，驰骋于散曲的平原之中，无可与争锋者。王实甫的散曲也有数阕传于今。现在略述这时期的比较重要的若干作家。

三

董解元的首列，只是“以其创始”（钟嗣成语）之故。他并没有散曲流传下来。散曲的历史的开场，仍当以大诗人关汉卿为第一人。汉卿的散曲大抵散在杨朝英的《阳春白雪》和《太平乐府》里。他的作风，无论在小令或套数里，所表现的都是深刻细腻，浅而不俗，深而不晦的；正是雅俗所共赏的最好的作品。像《一半儿》四首的《题情》，几乎没有一首不好的，足当《子夜》、《读曲》里的最隽美的珠玉。姑举其一：

碧纱窗外静无人，跪在床前忙要亲。骂了个负心，回转身。虽是我话儿嗔，一半儿推辞，一半儿肯。

又像他的《沉醉东风》的一首：

咫尺的天南地北，霎时间月缺花飞，手执着饯行杯，眼阁着别离泪，刚道得声：保重将息，痛煞煞教人舍不得。好去者！望前程万里。

直是最天真最自然的情歌。又像《仙吕翠裙腰》一套《闺怨》，全篇也都极为自然可爱："〔上京马〕他何处？共谁人携手？小阁银瓶殢歌酒。况忘了咒，不记得低低耨。"仅这一小段已是很凄婉尽情的了。他的写景曲，像《大德歌》和《白鹤子》也是最短悍的抒情歌曲：

雪粉华，舞梨花，再不见烟村四五家，密洒堪图画。看疏林噪晚鸦，黄芦掩映清江下，斜揽著钓鱼艖。

——《大德歌》

四时春富贵，万物酒风流，澄澄水如蓝，灼灼花如绣。

——《白鹤子》

他有一套《南吕一枝花》，题作《杭州景》的，系作于元灭南宋（公元 1276 年）不久之时的，故有"大元朝新附国，亡宋家旧华夷"之语。明人选本，曾把"大元朝"改"大明朝"，于是汉卿的著作权便也为明代的无名氏所夺去了。在许多杂剧里，我们看不出汉卿的思想和生平来。但在散曲里，我们却知道他是马致远的同道，也是高唱着厌世的直接的享乐的调子的。像"官品极，到底成何济？归学取他渊明醉"（《碧玉箫》），像"南亩耕，东山卧，世态人情经历多。闲将往事思量过：贤的是他，愚的是我，争甚么"（《四块玉》）。这种态度和情绪，影响于后来的散曲的作家们是极大的。

关汉卿的朋友王和卿（名鼎，大名人，学士，）是一位惯爱开玩笑的讽刺的作家。他的散曲，放在当代诸作家的作品里是尖锐的表现出其不同色彩来的。《尧山堂外纪》（卷六十八）曾记载着关氏和他开玩笑的故事。他的散曲的题目都是些“大鱼”、“绿毛龟”、“长毛小狗”、“王大姐浴房内吃打”、“胖妻夫”（皆《拨不断》）、“咏秃”（《天净沙》）之类。但可惜他的滑稽和所讽刺的对象都落在可怜的被压迫的阶级以及不全不具的人体之上，并没对统治阶级有过什么攻击。所以他的成就并不高。他有《题情一半儿》：“泪点儿只除衫袖知，盼佳期，一半儿才干，一半儿湿。”也是以嬉笑的态度出之的。但像“情粘骨髓难揩洗，病在膏肓怎疗治？”（《阳春曲·题情》）却是比较正经的。 明胡元瑞《笔丛》疑和卿即王实甫。其实他们不会是一个人的。他们的作风是那样的不同。以写“咏秃”、“胖妻夫”一类题目的人，决不会动手是写那么隽雅的《西厢记杂剧》的。在散曲方面，实甫自有其最圆莹的珠玉在。像实甫的《春睡》：“云松螺髻，香温鸳被，掩春闺一觉伤春睡。柳花飞，小琼姬，一片声雪下呈祥瑞，把团圆梦儿生唤起。谁不做美？呸，却是你！”（《山坡羊》）（据《尧山堂外纪》。但此曲亦见张小山《北曲联乐府》中。恐《外纪》误。）《别情》：“怕黄昏不觉又黄昏，不销魂怎地不销魂。新啼痕压旧啼痕，断肠人忆断肠人。今春香肌瘦几分？搂带宽三寸。”（《尧民歌》）都是异常的绮腻，异常的清丽，确是《西厢》的同调。

商政叔名道，元好问称其“滑稽豪侠，有古人风。”（见《遗山集》三十九卷《曹南商氏千秋录》）官学士。他有《问花》的《月照庭》一套，并不甚好。《天净沙》四首，咏梅的，也没有新意新语。同时，杜善夫，名仁杰，又字仲梁，济南长清人。官散人。元好问的《癸巳岁寄中书耶律公书》曾举荐他和王贲、商挺、杨果、麻革等数十人，都是“南中大夫士归河朔者”。他的散曲有《庄家不识拘阑》一套（《耍孩儿》），写庄家第一次看戏的情形，极为有趣，乃是描写元代剧场的最重要的一个资料。

杨果字正卿，号西庵，蒲阴人。宋亡时，流寓于河朔。元好问举荐之。后官参政。西庵所作，以小令为多。他的《小桃红》：

> 采莲人和采莲歌，柳外兰舟过。不管鸳鸯梦惊破。夜如何？有人独上江楼卧。伤心莫唱南朝旧曲，司马泪痕多。

是装载着很浓厚的亡国的感伤的。

商挺字左山，东明人。他的《潘妃曲》十九首，写闺情极得神情，像“蓦听得门外地皮儿鸣，只道是多情，却原来翠竹把纱窗映”；“止不住泪满旱莲腮，为你个不良才，莫不少下你相思债！”而下面的一首尤为艳腻之极：

> 只恐怕窗间人瞧见，短命休寒贱，直恁地胳膝软！禁不过敲才厮熬煎。你且觑门前，等的无人啊旋。

元好问以诗名，他的散曲很少，但《骤雨打新荷》两首，却是很有名的。“骤雨过，珍珠乱糁，打遍新荷”，曲名当是由此而得。

姚燧（1239—1314）字牧庵，官参政。牧庵的散曲，留传下来的不少。题情的，像“梦儿埋休啊，觉来时愁越多”；“等夫人熟睡着，悄声儿窗外敲”（皆《凭阑人》）；咏怀的，像“功名事了，不待老僧招”（《满庭芳》），都比较得直率浅露，少婉曲的情致。

白无咎名贲，白珽子，官学士，以所作《鹦鹉曲》：“浪花中一叶扁舟，睡煞江南烟雨。觉来时满眼青山，抖擞绿蓑归去”有名于时。冯子振尝和之数十首。无咎的《百字折桂令》：“千点万点，老树昏鸦，三行两行，写长空哑哑雁落平沙。曲岸西边近水湾，鱼网纶竿钓槎。断桥东壁傍溪山，竹篱茅舍人家。满山满谷，红叶黄花。正是伤感凄凉时候，离人又在天涯。”和马致远的“古道西风瘦马，断肠人在天涯”可称异曲同工。

同时有刘太保，名秉忠（抄本《录鬼簿》作名梦正），所咏《干荷叶》一曲，盛传于世：“干荷叶，色苍苍，老柄风摇荡，减了清香越添黄。都因昨夜一场霜，寂寞在秋江上。”

胡紫山名祇遹，官至宣慰使，所作短曲，颇饶逸趣，像“几枝红雪墙头杏，数点青山屋上屏。一春能得几晴明？三月景，宜醉不宜晴。”

冯子振、贯云石、卢挚三人是这时期很著名的作曲者。白无咎的《鹦鹉曲》以“难下语”著，但子振却立意和之至数十首。子振（1257—？）字海粟，攸州人，官学士。所作散曲劲逸而潇爽，像“孤村三两人家住，终日对野叟田父，说今朝绿水平桥，昨日溪南新雨。”（《鹦鹉曲·野渡新晴》）是同时曲中罕见的隽作。

贯云石（1286—1324）一名小云石海涯，字酸斋，畏吾人。父名贯只哥，遂以贯为氏 。酸斋的散曲，颇似词中的苏、辛，像“弃微名去来，心快哉！ 一笑白云外。知音三五人，痛饮何妨碍。醉袍袖舞嫌天地窄”（《清江引》）。 但也有极清丽婉腻之作，像“起初儿相见十分欢，心肝儿般敬重将他占，数年间来往何曾厌”（《塞鸿秋》）；“若还与他相见时，道个真传示。不是不修书，不是无才思，绕清江买不得天样纸”（《清江引》）；“薄幸亏人难禁受，想著那樽席上捻色风流，不良杀教人下不得咒”（《好观音》）；和关汉卿最妙的情歌是足以媲美的。

卢挚字处道，号疏斋，涿州人。他所作以小令为多。他的《蟾宫曲》：“想人生七十犹稀。百岁光阴，先过了三十。七十年间，十岁顽童，十载尪羸，五十岁除分昼黑，刚分得一半儿白日。风雨相随，兔走乌飞，仔细沉吟，都不如快活了便宜。”最为有名，直接大胆地高喊着刹那的快活主义。他的“沙三，伴哥来嗏；两腿青泥，只为捞虾”（《蟾宫曲》），写农村生活很得神理。

白朴字仁甫，金亡时，仅七岁，为元遗山所抚养。自以为是金的世臣，不仕于元。有《天籁集》。他的散曲，俊逸有神，小令尤为清隽。像：

> 红日晚，残霞在，秋水共长天一色。寒雁儿呀呀的天外，怎生不捎带个字儿来。
>
> ——《得胜令》

轻拈斑管书心事，细摺银笺写恨词，可怜不惯害相思。只被你个肯字儿，拖逗我许多时。

——《得胜令·题情》

长醉后方何碍，不醒时有甚思。糟腌两个功名字，醅渰千古兴亡事，曲埋万丈虹霓志。不达时皆笑屈原非，但知音尽说陶潜是。

——《寄生草·劝饮》

都是能以少许胜人多许的。

马致远是这期散曲作家里为人所追慕的。他是那么不平凡的一位抒情诗人。关汉卿在杂剧里不易见出“自己”来，即在散曲里，也很少抒怀之作。致远则无论在杂剧，或在散曲上，都有他很浓厚的“自我”在着。他的散曲是那样的奔放，又是那样的飘逸；是那样的老辣，又是那样的清隽可喜。他的《天净沙·秋思》：“枯藤老树昏鸦，小桥流水人家，古道西风瘦马，夕阳西下，断肠人在天涯。”相传以为绝唱。而他自己的作风也便是那样的疏爽而略带些凄惋的味儿。恰有如倪云林的小景，疏朗朗的几笔里，是那样的充溢了诗趣。他的《双调夜行船·秋思》：“百岁光阴一梦蝶”，也传诵到今。其实他的最好的篇什，还不是发牢骚的东西，像“困煞中原一布衣，悲，故人知未知？登楼意，恨无天上梯”（《金字经》）；“本是个懒散人，又无甚经济才。归去来！”（《四块玉》）；或什么《叹世》（《庆东原》）《野兴》（《清江引》）的“不如醉还醒，醒而醉”，或“则不如寻个稳便处闲坐地”之类。他的最隽雅的东西便是以寥寥的几笔，刻画凄清的情景。那便是他的长技，像：

寒烟细，古寺清，近黄昏礼佛人静。顺西风晚钟三四声，怎生教老僧禅定。

——《寿阳曲·烟寺晚钟》

他还长于写恋情，却又是那样刻骨镂肤的深刻，像“从别后，音信绝；薄情种害杀人也。逢一个见一个因话说，不信你耳轮儿不热”，

“他心罪，咱便舍，空担着这场风月。一锅滚水冷定也，再撺红儿时得热！”（俱《寿阳曲》）他还写些很诙谐的东西，像《借马》(《般涉调·耍孩儿》)，写吝者买一马，千般爱惜，不幸为人所借。他叮咛再四，方才被借者牵去：“懒习习牵下槽，意迟迟背后随，气忿忿懒把鞍来鞴。我沉吟了半晌语不语，不晓事颓人知不知？他又不是不精细，道不得他人弓莫挽，他人马休骑。”他是那么样的万分不愿，却又“对面难推”，只好叮叮咛咛的吩咐道：“不骑啊，西棚下凉处拴。骑时节拣地皮平处骑。将青青嫩草频频的喂。歇时节肚带松松放。怕坐的困，尻包儿款款移。勤觑著鞍和辔，牢踏著宝镫，前口儿休提。”后来的弋阳调的小喜剧《借靴》，显然便是从此脱胎而出的。可惜致远这类的散曲不多，否则其成就当远在王和卿以上。

马九皋字昂夫，所作多小令，只是宴饮时的漫唱，貌为豪放，而实中无所有。像“大江东去，长安西去，为功名走遍天涯路。厌舟车，喜琴书，早星星鬓影瓜田暮。”(《山坡羊》) 其实，当时一般老官僚们所作的散曲，大都是这一类的不痛不痒的自夸恬退的东西。张云庄（名养浩）的《云庄张文忠公休居自适小乐府》，全部都是如此。“紫罗襕未必胜渔蓑，休只管恋他，急回头好景已无多。”(《梅花酒兼七弟兄》) 从这样浅薄的情绪里出发的歌曲，自然不会是很高明的。有名的不忽麻平章（一名时用，字用臣）的《点绛唇·辞朝》：“宁可身卧糟丘，索如命悬君手”一套，其情绪也全同于此。大约许多“公卿大夫，居要路者”的所作，其作风大都是趋向于这一条路的。

刘时中在他们里是一位杰出的作家。时中名致，号逋斋，宁乡人，任翰林待制。他和姚燧同时，而略为后辈。又和卢疏斋相唱和。他小令甚多，颇富于青春的荡放的情趣。像：“愿天，可怜，乞个身长健。花开似锦海如川，日日西湖宴。”(《朝天子》) 也偶有牢骚语。而其最伟大的作品则为《上高监司》的两套《端正好》。这两套俱见于《阳春白雪》，是散曲家们从来未之尝试的新的境地。他在这里，把散曲的作用，提高到类似白居易《新乐府》的了。这两套似是连续的，可算是散曲里篇幅最长的一篇。“众生灵遭魔障，正值着时岁饥荒。谢恩光拯济皆无恙，编做本词儿唱。”一开头便把第一篇的大意说明。第二篇则是讲江西钞法的积弊的。“库藏中抄本多，贴库每弊怎除。”在研究元代经济史上是极重要的资料。

戏曲家庾吉甫、王伯成、侯正卿、李寿卿、赵天锡、赵明道诸人也都写作散曲，而以王伯成、侯正卿为尤著。伯成所作，有数套流传，亦有小令，像《阳春曲·别情》：“多情去后香留枕，好梦回时冷透衾。闷愁山重海来深，独自寝，夜雨百年心。”侯正卿，真定人，号艮斋先生。杂剧有《关盼盼春风燕子楼），今不传。散曲以《客中寄情》的《菩萨蛮》套：“镜中两鬓皤然矣，心头一点愁而已。清瘦仗谁医，羁情只自知。”为最被传诵。在一般恬退浅率的作风里，是特以劲苍凄凉著的。赵明道有《题情》的《斗鹌鹑》一套，尽量地使用着叠字：“燕燕莺莺，花花草草，穰穰劳劳”，当是受着李易安的“寻寻觅觅”的调子的影响的。

四

后期的作家们，以张可久及乔吉甫为双璧，时人比之为诗中的李、杜。但在乔、张外，也并不是无人。这期的散曲坛较之前期更为热闹。编《太平乐府》、《阳春白雪》的杨朝英，他自己也写曲。著《中原音韵》的周德清，所作更为精莹。作《录鬼簿》的钟嗣成，也显出他的特殊的诙谐与颓放的风趣来。此外，见于《录鬼簿》和《阳春白雪》、《太平乐府》、《乐府群玉》、《乐府新声》诸书者，更不止数十人。兼作杂剧者，于乔吉甫外，以郑德辉、睢景臣、曾瑞等为最著。其专工散曲者，则有吴西逸、秦竹村、吕止庵、宋方壶、李爱山、王爱山、曹明善、钱子云、顾君泽、徐甜斋、董君瑞、高安道诸人。

张可久的才情确足以领袖群伦。他的作风，和前期的马致远有些相同，却决不是有意的模拟。前期的诸作家，往往多随笔遣兴之作。到了可久起来后，方才用全副心力在散曲的制作上。他的作风是爽脆若哀家梨的，一点渣滓也不留下；是清莹若夏日的人造冰的，隽冷之气，咄咄逼人。他豪放得不到粗率的地步。他精丽得不到雕镂的地步。他潇疏得不到索寞的地步。他是悟到了“深浅浓淡雅俗”的最谐和的所在的。《太和正音谱》说他“如瑶天笙鹤。其词清而且丽，华而不艳，有不吃烟火食气。”李开先谓：“小山清劲，瘦至骨立，而血肉销化俱尽，乃孙悟空炼成万转金铁躯矣。”自元、明以来，推重他的人，受他影响的人，更不知多少。所以他的散曲集，流传独盛。他字小山，庆元人。以路吏转首领官。他是一位不大得意的人，所以常常透露出些牢骚来。前期的散曲作家们，大都是“公卿大夫”们。而这期的作家们却都是同张氏一样的郁郁不得志的人物。“兴亡千古繁华梦，诗眼倦天涯：孔林乔木，吴宫蔓草，楚庙寒鸦。”(《人月圆·山中书事》) 他是那样的貌为旷达。他的《南吕一枝花·湖上晚归》套：“长天落彩霞，远水涵秋镜；花如人面红，山似佛头青。”李开先、沈德符俱以为足和马致远的“百岁光阴”相匹敌。底下的几首小令，可以作为他的作风的最好例证：

> 今宵争奈月明何，此地那堪秋意多。舟移万顷冰田破，白鸥还笑我。拼余生诗酒消磨。云母舟中饭。雪儿湖上歌，老子婆娑。
>
> ——《水仙子·西湖秋夜》
>
> 天边白雁写寒云，镜里青鸾瘦玉人，秋风昨夜愁成阵。思君不见君，缓歌独自开樽。灯挑尽，酒半醺，如此黄昏。
>
> ——《水仙子·秋思》
>
> 门前好山云占了，尽日无人到。松风响翠涛，槲叶烧丹灶，先生醉眠春自老。
>
> ——《清江引·山居春枕》
>
> 与谁，画眉？猜破风流谜。铜驼巷里玉骢嘶，夜半归来醉。小意收拾，怪胆禁持。不识羞谁似你！自知，理亏，灯下和衣睡。
>
> ——《朝天子·闺情》

乔吉甫字梦符，作杂剧甚多。他和小山一样，也常住于杭州。小山有《苏堤渔唱》(原集未见，《北曲联乐府》多采之)，梦符也有“题西湖《梧叶儿》百篇”。可惜这《梧叶儿》是一篇也未流传下来。李开先尝为之辑《乔梦符小令》刻之。他的生活，较小山更为落魄。钟嗣成谓他“江湖间四十年，欲刊所作，竟无成事者”。他的自述（《绿么遍》）也道：“不占龙头选，不入名贤传。……笑谈便是编修院。留连，批风抹月四十年。”他的作风，颇有人称之为“奇俊”的，其实较小山是放肆得多，浓艳得多了。最好的例子，像：

> 红粘绿惹泥风流，雨念云思何日休？玉憔花悴今番瘦，担著天来大一担愁，说相思难拨回头。夜月鸡儿巷，春风燕子楼，一日三秋。
>
> ——《水仙子·忆情》
>
> 风吹丝雨噀窗纱，苔和酥泥葬落花。卷云钩月帘初挂，玉钗香径滑，燕藏春衔向谁家？莺老羞寻伴，蜂寒懒报衙，啼杀饥鸦。
>
> ——《水仙子·暮春即事》

像《一枝花·私情》，“老婆婆坐守行监，狠橛丁暮四朝三，不能够偷工夫恰喜喜欢欢”一类的话，确是小山所不敢出之口的。

郑德辉被后人并汉卿、致远、仁甫，称为“关、马、郑、白”四大家。但他的散曲，存者不多。像“雨过池塘肥水面，云归岩谷瘦山腰”（《秋闺·驻马听》）；“情山远，意波遥，咫尺妆楼天样高。月圆苦被阴云罩，偏不把离愁照。玉人何处教吹箫？辜负了这良宵。”已有些使我们嗅得出古典的文人的气息来。他是那样的爱雕镂词句，那样的喜偷用古语。这影响于后人者很大。从他以后，以粉饰为工和以偷句为业的散曲家，是那么一大群！

徐甜斋名再思，字德可，嘉兴人。好食甘饴，故号甜斋。有乐府行于世。世人以他和贯酸斋并称，谓之“酸甜乐府”。他所作，有很疏爽的，像《夜雨》的《水仙子》：

> 一声梧叶一声秋，一点芭蕉一点愁，三更归梦三更后。落灯花，棋未收，叹新丰孤馆人留。枕上十年事，江南二老忧，都到心头。

但咏《春情》的几首，却又是那样的娇媚可喜：“平生不会相思，才会相思，便害相思，……证候来时，正是何时？灯半昏时，月半明时”（《蟾宫曲》)；“剔春纤碎采花瓣儿，就窗纱砌成愁字”(《寿阳曲》)；“一自多才阔，几时盼得成合？今日个猛见他门前过，待唤着怕人瞧科。我这里高唱当时《水调歌》，要识得声音是我。”(《沉醉东风》)

曾瑞卿大兴人，家于杭州。善丹青，能隐语小曲。其散曲集《诗酒余音》虽不存，然散见于《太平乐府》诸书里者却也不少。他所作，大都为江湖间的熟语，市井里的习辞，像“旧衣服陡恁宽，好茶饭减多半；添盐添醋人撺断，刚捱了少半碗。”(《闺怨·蝶恋花》套)故能传唱一时。

沈和甫名和，杭州人。“能词翰，善诙谑，天性风流，兼明音律，以南北调合腔自和甫始。如《潇湘八景》、《欢喜冤家》等曲，极为工巧。后居江州，近年方卒。江西称为蛮子关汉卿者是也。”(《录鬼簿》)今《潇湘八景》犹见于《雍熙乐府》。

睢景臣字景贤。大德七年，他从维扬到杭州。与钟嗣成相识。嗣成云：“维扬诸公俱作《高祖还乡》套数，惟公《哨遍》，制作新奇，皆出其下。”景臣的《高祖还乡》，今存，确是一篇奇作。他借了村庄农人们的眼光，看出这位“流氓皇帝”的装模作样的衣锦还乡的可笑情形来。真把刘邦挖苦透了，“只道刘三，谁肯把你揪摔住；白甚么改了姓，更了名，唤做汉高祖？”是那样的故意开玩笑！

周仲彬名文质。其先建德人，后家于杭州。“家世儒业，俯就路吏。善丹青，能歌舞，明曲调，谐音律。”(《录鬼簿》)他的情词，写得很有风趣，像“曾约在桃李开时，到今日杨柳垂丝。假题情绝句诗，虚写恨断肠词，嗤，都扯做纸条儿。”(《佳人送别·寨儿令》)

吴仁卿字弘道，号克斋先生，历仕府判致仕。有《金缕新声》。今存者仅小令数首耳。钱子云名霖，松江人，弃俗为黄冠，更名抱素，号素庵。所作有《醉边余兴》，今存者亦寥寥。曹明善，衢州路吏。“有乐府，华丽自然，不在小山之下。”(《录鬼簿》)其《长门柳》二词，“长门柳丝千万结，风起花如雪”，尤为世所盛传。但像《折桂令》的数首：“问城南春事如何？细草如烟，小雨如酥”(《江头即事》)；“小红楼隔水人家，草已鸣蛙，柳未藏鸦。试卷朱帘，寻山问寺，何处无花”(《西湖早春》)似尤富于逸趣。

赵文宝（一作文贤）名善庆（一作孟庆），饶州乐平人。善卜术，任阴阳学正。所作杂剧，皆已亡失。散曲存二十余首。他的作风，甚受北宋词的影响，纤雅圆润，不失为隽品。像“望晴空莹然如片纸，一行雁一行愁字”（《落梅风 · 江流晚眺》）；“雨痕著物润如酥，草色和烟近似无，岚光照日浓如雾。”（《仲春湖上 · 水仙子》）王仲元，杭州人，所编有《于公高门》等。高敬臣名克礼（《录鬼簿》作字敬礼），号秋泉，“见任县尹，小曲乐府极为工巧，人所不及。”（《录鬼簿》）王日华，名晔，号南斋，杭州人。有与朱凯题《双渐小青问答》，今存。董君瑞，真定冀州人。有《哨遍 · 硬谒》；高安道也有《哨遍 · 嗓淡行院》，俱出以方言俗语，形容人情世态，入骨三分。

《录鬼簿》的著者钟嗣成，和这期的作者们，大都相友善。他自己也是一位很好的抒情诗人。他字继先，号丑斋，汴梁人。累试不第，又不乐为吏，乃居于杭州，以著作为事。作杂剧数种。其散曲充满了不平的愤懑，像《丑斋自述》乃是一篇绝沉痛的苦笑：

> 〔梁州〕子为外貌儿不中抬举，因此内才儿不得便宜。半生未得文章力，空自胸藏锦绣，口唾珠玑。争奈灰容土儿缺齿重颏，更兼着细眼单眉人中短，髭鬓稀稀，那里取陈平般冠玉精神，何晏般风流面皮，那里取潘安般俊俏容仪。自知就里，清晨倦把青鸾对。恨杀爷娘不争气，一日黄榜招收丑陋的，准拟夺魁。〔隔尾〕有时节软乌纱抓劄起钻天髻，乾皂靴出落着簌地衣，向晚乘间后门立，猛可地笑起。似一个甚的？恰便似现出钟馗，唬不杀鬼！

《醉太平》小令三首，写乞儿的生活者，似即为有名的《绣襦记》里的郑元和叫化一出之所本。《清江引》的情：“夜长怎生得睡著，万感萦怀抱。伴人瘦影儿，惟有孤灯照。长吁气，一声吹灭了。”也是绝妙好辞。想不到写着不甚通顺的《录鬼簿》的作者，却是一位如此高明的诗人。“诗有别才，非关学也”，这话至少用在这里是很对的。

任则明名昱，四明人。少年狎游平康，以小乐章流布裙钗，晚乃锐志读书。他和曹明善是朋友。“绛罗为帐护寒轻，银甲弹筝带醉听，玉奴捧砚催诗赠，写青楼一片情。”（《水仙子·友人席上》）正是他少年时代生活的缩影。

李致远，生平未详，《太和正音谱》列之于徐甜斋、杨澹斋之次，当是这期内的作家。他惯以清逸的话，写清逸的景物，像“柔条不奈晓风梳，乱织新丝绿”（《小桃红·新柳》）；颇多好句。

杨澹斋名朝英，青城人，尝和贯酸斋为友。酸斋道：“我酸则子当澹。”遂以号之（邓子晋《太平乐府》序）。至正间，编纂当代才人之作，为《太平乐府》、《阳春白雪》二集，为今日论元代散曲者主要的宝库。他自己所作，间也见于集中。像“浮云薄处朦胧日，白鸟明边隐约山”（《阳春曲》）之类也很不坏。

周德清的《中原音韵》为曲家所宗，他自作也复出之以百炼千锤，无懈可击，像《秋思》：“千山落叶岩岩瘦，百结柔肠寸寸愁，有人独倚晚妆楼。楼外柳眉叶，不禁秋。”

《太平乐府》诸书所载曲家们，尚有吕济民，尝和冯海粟《鹦鹉曲》；又有吕止庵（《阳春白雪》别有吕止轩或系一人），吴西逸、宋方壶，皆未知生平，所作存者颇多，而无甚特殊的作风。赵显宏号学村，未知里居，喜以诗句入曲，像“春日凝妆上翠楼，满目离愁，悔教夫婿觅封侯”（《刮地风·别思》），已开了明人以南翻北的一条大路。朱庭玉存套曲甚多，类皆题情、怨别一类的文章。王爱山字敬甫，长安人，所作也多闺怨之辞。同时有李爱山的，也作曲。他们所作，每多相混。

女流作家，这时绝少。有大都行院王氏，作《粉蝶儿》长曲一套，描写妓女生活，极为沉痛：“〔斗鹌鹑〕愁多似山市晴岚，泣多似潇湘夜雨。少一个心上才郎，多一个角头丈夫。每日价茶不茶，饭不饭，百无是处，叫我那里告诉！最高的离恨天堂，最低的相思地狱！”（《寄情人》）

参考书目

一、《太平乐府》十卷　元杨朝英编，有元刊本，有明初写本（西谛藏）；有《四部丛刊》本，有武进陶氏印本。

二、《阳春白雪》十卷 元杨朝英编，有元刊本，有南陵徐氏印本，有《散曲丛刊》本。

三、残元本《阳春白雪》 元杨朝英编，有元刊本，南京国学图书馆藏。

四、《乐府新声》 元无名氏编，有元刊本，铁琴铜剑楼藏；有传抄本。

五、《乐府群玉》 元无名氏编，有天一阁旧抄本，有《散曲丛刊》本。

六、《盛世新声》 明无名氏编，有正德间刊本，北京图书馆藏；有万历间翻刻本，故宫博物院藏。

七、《词林摘艳》 明张禄编，有嘉靖间刊本，有徽藩翻刻本，均藏长洲吴氏；有万历间翻刻本，故宫博物院藏。

八、《雍熙乐府》 明郭勋编，有嘉靖间刊本，西谛藏，北京图书馆藏；又海西广氏辑的一部，仅十三卷（郭本为二十卷），有明刊本，北京图书馆藏；《四库全书》所收者即为十三卷本。

九、《北宫词纪》 明陈所闻编，有明刊本，西谛藏有初印无缺页本。

十、《彩笔情辞》 明张栩编，有万历间刊本，北京图书馆藏，又西谛藏。此书后被坊贾改为《青楼韵语广集》，题方悟编，任中敏藏。

十一、《南北词广韵选》 明无名氏编，有抄本，北京图书馆藏。

十二、《录鬼簿》 元钟嗣成编，有《栋亭十二种》本，有暖红室刻本，有《曲苑》本，有《王忠悫公遗书》本，有天一阁旧藏蓝格抄本（后附贾仲名《续录鬼簿》）。

十三、《太和正音谱》 明朱权编，有洪武间刊本，有《涵芬楼秘笈》本，有《啸余谱》本，有改名《北雅》的明刊本。清初的《钦定曲谱》，北曲谱一部分，即全收此书。

十四、《北词广正谱》 清李玉编，有原刊本。

十五、《中原音韵》 元周德清编，有明刊本数种，有《重订曲苑》本。

第五十章

元及明初的诗词

元与明初诗坛的概况——元好问的影响——赵孟頫——白朴、冯子振等——虞集、杨载、范梈、揭傒斯——道士张雨——萨都刺与傅若金、张翥——杨维桢——倪瓒——戴良等——仇远与邵亨贞——高启、杨基等四杰——刘基与袁凯——“闽中十才子”——二蓝——怪杰姚广孝——提倡“台阁体”的三杨

一

元与明初的诗词，论者每有不满之语。但他们虽没有散曲坛那么样的光芒万丈，却也不是很寥落的。特别因为逢着蒙古人入据中原的一个大变，

诗词的风格，遂也颇有不同于前的。慷慨激昂者，悲歌以当泣，洁身自好者，有托而潜逃，即为臣为奴者之作，也时有隐痛难言之苦。 故元代初期之作，遂多幽峭之趣。 元季丧乱频仍，流氓皇帝朱元璋对待文人们，复极尽残酷，无复人性。这也是文士们所痛心疾首

的。成祖在潜邸时候，已为文人们的东道主。攻下南京时，虽杀方孝孺若干人，对于整个文坛，似无多大的影响。故永乐以后，遂渐入于鼓舞升平的时代；三杨的台阁体的文学，颇足以代表那若干年的从容歌颂之风。

元初的诗人词客大都为金、宋的遗民。赵子昂以宋的宗室，入仕元庭，风流文采，冠绝一时；然其对于当时文坛的影响，乃远不及元遗山的宏伟。遗山自金入元，虽以遗老自命，不仕新朝，但其势力则笼罩于朝野的文坛。他且提拔南北在野的文人们，荐举之于要人重臣之前。（《遗山文集》卷三十九，有《癸巳岁寄中书耶律公书》所荐举的"南中大夫士归河朔者"，从衍圣公以下，凡五十余人。）故元初的文学，可以说是由这个"金代大老"一手所提携着的。

子昂名孟頫，宋宗室。湖州人。元时为翰林学士承旨，卒谥文敏（1254—1322）。有《松雪斋集》。他的诗流转圆润，而颇多由衷的哀音，像"英雄已死嗟何及，天下中分遂不支。莫向西湖歌此曲，水光山色不胜悲"（《岳鄂王墓》）；"溪头月色白如沙，近水楼台一万家。谁向夜深吹玉笛？伤心莫听《后庭花》"（《绝句》）。他的词也多清俊的篇什。

白朴有《天籁集》，都是词。他的词的作风，类他的散曲。有极沉痛者，像"千古神州，一旦陆沉，高岸深谷。梦中鸡犬新丰…… 几回饮恨吞声哭。岁暮意如何？怯秋风茅屋"（《石州漫·书怀》）；也有很朴质明白的，像"可惜一川禾黍，不禁满地螟蝗"（《朝中措》）。同时的散曲作家，若卢疏斋（处道）、冯海粟（子振）、贯酸斋（云石）、姚牧庵（燧）等，也都写着很好的诗词。疏斋的《婺源县斋书事》："竹树映清晓，坐闻山鸟鸣。瓶花香病骨，檐雨挟诗声"，是那么的幽峭可喜。海粟的诗词，还是咏唱《鹦鹉曲》那般的俊健的风格。酸斋诗以乐府古风为上，像《观日行》："六龙受鞭海水热，夜半金乌变颜色。天河蘸电断鳌膊，刁击珊瑚碎流雪"云云，其气概是雄壮少匹。

虞集出而诗坛的声色为之一振。集和杨载、范梈、揭傒斯并号四大家。集尝评载诗如百战健儿，梈诗如唐人临晋帖，傒斯诗如美女簪花，他自已诗如汉廷老吏。盖继元遗山而为文坛祭酒者，诚非集莫能当之。李东阳谓："若藏锋敛锷，出奇制胜，如珠之走盘，马之行空，始若不见其妙，而探之愈深，引之愈长，则于虞有取焉。"（《怀麓堂诗话》）集诗像：《送朱仁卿归盱江》："羡子南归盱水上，过从为我问临川：几家橘柚霜垂屋，何处蒹葭月满船"；《别成都》："我到成都才九日，驷马桥下春水生……鸬鹚轻筏下溪足，鹦鹉小窗知客名。"虽淡远而实肌充神足。载诗以"大地山河微有影，九天风露寂无声"（《中秋对月》）有名。傒斯诗，邃峭似尤在集上，像："船头放歌船尾和，篷上雨鸣篷下坐。推篷不省是何乡，但见双飞白鸥过"（《武昌舟中》）；"梁安峡里杜鹃啼，绝壁苍苍北斗低。云气倒连山影合，石棱斜斗浪声齐"（《宿梁安峡》）。集（1272—1348）字伯生，自号邵庵，仕至翰林直学士，兼国子祭酒。有《道园学古录》。载字仲弘，浦城人，官至宁国路总管府推官。椁字亨父，一字德机，清江人，官至湖南岭北廉访司经历。人称文白先生。傒斯（1274—1344）字曼硕，龙兴富州人，官至翰林侍讲学士，谥文安，椁尝谓："吾平生作诗，稿成读之，不似古人，即削去改作。"但像他的《闽州歌》、《掘冢歌》等也有天然流露，不纯是模拟古人。

同时有道士张雨（1277—1348），一名天雨，别号贞居子，钱塘人。尝和虞集及杨维桢相酬答。有《句曲外史集》。他诗词多清逸之处，像"造物于我厚，一切使我薄。瓶中有储粟，持此卧云壑。……床头堆故书，败履置床脚。未尝身没溺，何与世浊恶。"（《道言》）较一班烂熟旷达的号呼，似自有别。又有萨天锡，名都剌，号直斋，本答失蛮氏，后为雁门人。官至河北廉访司经历，有《雁门集》。剌他以赋《宫词》得名，但像《南台春月歌》"南台月照男儿面，岂照男儿心与肝"却是那样的豪迈。傅若金字与砺，本字汝砺，新喻人，官广州文学教授。《诗薮》评其诗："雄浑悲壮，老杜遗风，有出四家上者。"他悼亡诸诗，尤深情凄咽。张翥（1287—1368）字仲举，晋宁人，官至翰林学士承旨，有《蜕庵集》。他的诗"雄浑流丽"，而词尤工稳宛曲，近南宋诸家。

元末诸诗家，其成就似尤在虞、杨、范、揭四家之上。他们处境益艰，用心更苦，所作自更深邃雄健。杨维桢（1296—1370）在这时固足以领袖群伦，但倪瓒、戴良，却不是他所能范围得住的。维桢字廉夫，号铁崖，会稽人。官至江西等处儒学提举。有《铁崖古乐府》等集。明初，朱元璋命近臣逼促他入京。他作诗有“商山肯为秦婴出”语。元璋道：“老蛮子欲吾杀之以成名耳。”遂放回。一说，他作此诗后，即自缢而死。（一说维桢所赋系《老客妇谣》）张伯雨序维桢乐府云：“隐然有旷世金石声，又时出龙鬼蛇神，以眩荡一世之耳目，斯亦奇矣！”他的短诗，时有绝佳者，像《漫兴》：“杨花白白绵初迸，梅子青青核未生。大妇当垆冠似瓠，小姑吃酒口如樱。”他是那样的富于风趣！而《海乡竹枝歌》：“潮来潮退白洋沙，白洋女儿把锄耙。苦海熬干是何日？免得侬来爬雪沙”数首，尤喜用俗语村言。他的慷慨浓艳的诸篇，像《鸿门会》、《题宋宫观潮图》等，似非其所长。

倪瓒（1301—1374）字元镇，无锡人。尝自谓懒瓒，亦曰倪迂。有《清闷阁稿》。他的性格是那么清高迂阔，恰逢乱世，自不得免。相传朱元璋得之，闻其有洁癖，故意投他于厕中以死。他的诗和画俱有高名。王维“诗中有画，画中有诗”之称，正可移赠给他。他的《寄王叔明》：“每怜竹影摇秋月，更爱山居写白云”；《绝句》：“松陵第四桥前水，风急犹须贮一瓢。敲火煮茶歌《白苎》，怒涛翻雪小停桡”；《春日云林斋居》：“晴岚拂书幌，飞花浮茗碗。阶下松粉黄，窗间云气暖。石梁萝茑垂，翳翳行踪断”；《早春对雨》：“林卧苦泥雨，忧来不可绝。掀帷望天际，春风吹木末。飞萝散成雾，细草绿如发”；《竹枝词》：“日莫狂风吹柳折，满湖烟雨绿茫茫”；“春愁如雪不能消，又见清明卖柳条”；哪一首不是像他的竹石小景似的清隽绝俗。他词的作风也如其诗的灵隽。同时有王冕，字元章，诸暨人，自号煮石山农，亦为高士。后为朱元璋所得，置之军中，一夕暴卒。他的《墨梅》：“我家洗砚池头树，个个花开淡墨痕。不要人夸好颜色，只留清气满乾坤。”具这样的傲骨，自难苟全于乱世。戴良（1317—1383）字叔能，浦江人。至正间为儒学提举。朱元璋遣使物色求之。洪武十五年召至京师，固辞官，不就。次年，遂自杀于寓舍。有《九灵山房集》。他集中《九灵自赞》有“歌黍离麦秀之音，咏剩水残山之句”语，颇足以说明他诗的旨趣。他的《插秧妇》：“紧束暖烟青满地，细分春雨绿成行。村歌欲和声难调，羞杀扬鞭马上郎。”似不仅仅咏物写景而已！

元末有顾瑛，一名阿瑛，别名德辉，字仲瑛，昆山人，隐于家，不仕。家至富有，其亭馆盖有三十六处。杨维桢、倪瓒、张雨等皆为座上客。乱后，家财散尽，遂削发为在家僧。所作诗词，也自清隽有致，像："春江暖涨桃花水，画舫珠帘，载酒东风里。四面青山青如洗，白云不断山中起"(《蝶恋花》)，亦何减其客座上的诸名公。

元人工词者，尚有仇远。远（1261—？）字仁近，一字仁父，钱塘人。至元中为溧阳州儒学教授。自号近村，又号山村。有《无弦琴谱》。远词若当春水新涨，绿波映面，楚楚自怜。其隽雅的风格，不特在元词里为第一人而已。像《点绛唇》：

> 黄帽棕鞋，出门一步如行客。几时寒食？岸岸梨花白。马首山多，雨外青无色。谁禁得残鹃孤驿，扑地春云黑。

又像《谒金门》："但病酒，愁对清明时候。不为吟诗应也瘦。坐久衣痕皱"；《庆清朝》："山束滩声，月移石影，寒江夜色空浮。"俨然是北宋词人里最高的格调。又有邵亨贞，字复孺，号清溪，华亭人，有《蛾术词选》。作风较仇远为奔放，也较疏散。像《满江红》："世乱可堪逢节序？身闲犹有余风度。且凭高呼酒发狂歌。愁何处？"殊具有苏、辛的风味。

二

朱元璋一手摧残了明初的文坛。王冕、倪瓒、戴良、杨维桢诸大家，无不直接或间接死在他手里。少年诗人高启的死，尤为残酷。刘基为他迫逼出山，非其本愿；打平了天下之后，仍不免于一死。袁凯以病自苦，仅而得免。我们读这段诗史，其不愉快实不下于元初蒙古族的入主中原的一段。高启（1336—1374）字季迪，长洲人。元末，避乱于松江之青丘，自号青丘子。洪武初，召修《元史》，授翰林院国史编修。后因为魏观撰上梁文，被腰斩。年仅三十九。有集。王子充谓“季迪之诗，隽而清丽，如秋空飞隼，盘旋百折，招之不肯下。又如碧水芙蕖，不假雕饰，翛然尘外。”时人并杨基、张羽、徐贲称为四杰。基字孟载，嘉州人；羽字来仪，本浔阳人；贲字幼文，本蜀人；皆居吴，与启相酬和。刘基在元时已有诗名。他隐居自乐，颇想避了乱世的旋涡，终不免被朱元璋所聘，而为其佐命的勋臣。基（1311—1375）字伯温，青田人。洪武间，封诚意伯。有集。他诗整炼，不失为大家，而词尤为明初独步。明初词人寥寥，仅瞿佑（字宗吉，钱塘人）、张肯（字继孟，浚仪人）、杨基及伯温诸人耳。而伯温的《写情集》独温柔敦厚，浓纤有致，足继仇山村、邵亨贞之后。像《少年游》：“清风收雨，轻云漏月，凉气入幽窗。乱叶吟朝，饥虫啼夜，各自奏新腔。”自具清新之趣。

袁凯字景文，华亭人，洪武中由举人荐授监察御史。后以疾自免。有集。凯有盛名，自号海叟，尝倒骑黑牛，游行九峰间，好事者至绘为图。以在杨铁崖座赋《白燕诗》有名，至被称为袁白燕。

时闽人有林鸿者，欲以盛唐诗风纠元末诗的纤细，与乡人长乐高棅、永福王偁等互相唱和。时称“闽中十才子”。棅编《唐诗品汇》百卷，盛行于世，益以张大着鸿的主张，明诗颇受其影响。鸿字子羽，福清人，洪武初为将乐县训导，历礼部精膳司员外郎。年未四十，自免归。同时又有二蓝者，兄名仁，弟名智，为闽之崇安人，名不及“十才子”之盛，而《蓝山》、《蓝涧》二集，老成熔炼，似在十子之上。仁字静之，智字明之。明之尝官广西按察佥事。

永乐是一位雄才大略的英主。在燕邸时，已收罗当时文士们若贾仲名、汤舜民、杨景贤辈在邸中，宠遇甚隆（见贾仲名《续录鬼簿》）。及即位后，更使解缙等修《永乐大典》，成为空前的一部大类书。但当时诗人却不多见。惟怪杰姚广孝（1335—1419），长洲人，尝为僧，名道衍，字斯道。以助成靖难之功，为僧录左善世，加太子少师。虽是一位大政治家，其诗却大有韦、孟、王维的风趣。像“波澄一溪云，霜红半山树。荒烟满空林，疏钟在何处？”（《访震师不遇》）

“岚岭照深屋，云松翳闲门。鸟啼惊曙白，花气觉春温。”(《妙上人习静轩》) 置之明初的诗坛上，殊使人有由喧市而踏到“青松白沙”的妙境之感。

自永乐到正统左右，诗坛的风气，全为三杨所包围，以致恹恹无生气。三杨者：杨士奇（1365—1444）名寓，太和人，以字行。建文初，以史才召入翰林。历事数朝，进华盖殿大学士，至正统间始卒。有《东里集》。杨荣字勉仁，建安人，永乐时进文渊阁大学士，也卒于正统初。杨溥字弘济，石首人。永乐初，为洗马。正统初，进少保，武英殿大学士。三杨中，以士奇为最有文名。三杨的诗文，皆稳妥醇实，时号“台阁体”，虽少疵病，却是不大有灵魂的。诗坛的作风，遂一趋于庸碌肤廓，千篇一律。至天顺间，何、李遂起而纠之，倡为复古之论，明诗乃入另一魔障之中。

参考书目

一、《皇元风雅》 元傅习辑，有《四部丛刊》本。

二、《元文类》 元苏天爵编，有苏州书局本，有《四部丛刊》本。

三、《天下同文集》 元周南瑞编，有元刊本，传抄本。

四、《元草堂诗余》 元凤林书院编，有《读画斋丛书》本，有《词学丛书》本。

五、《元诗选》 清顾嗣立编，原刊本。

六、《元诗纪事》 近人陈衍编，有商务印书馆印本。

七、《盛明百家诗》 明俞宪编，有原刊本，罕见。

八、《列朝诗集》 清钱谦益编，有原刊本。有宣统间铅印本。

九、《明诗综》 清朱彝尊编，有原刊本。

十、《明诗纪事》 近人陈田编，有听诗斋刊本。

十一、《词综》 清朱彝尊编，有原刊本，有坊刊本。又陶梁《词综补遗》，有原刊本。

第五十一章

元及明初的散文

元初的散文：许衡、刘因、姚燧、吴澄等——戴表元、虞集、袁桷、马祖常等——明初文人：刘基与宋濂——杨维桢——元代的白话碑——伟大的名著：《元秘史》——朱元璋的《皇陵碑》

一

元初的散文，仍以元好问为宗匠。南人之入北者，许衡、刘因、姚燧等皆作古文，为世人所仰慕。古文运动自两宋奠定了基础之后，已是顺流直下，无复有反抗的了。许衡字仲平，河内人。元世祖征授京兆提学，官至集贤殿大学士，兼国子祭酒。学者称鲁斋先生。刘因（1249—1293）字梦吉，保定容城人。表所居曰静修。至元十九年征拜右赞善大夫。因不仅善古文，亦能诗姚燧则为许衡的弟子。他们传衍理学的宗派，为时儒的领袖，俨然成为和释、道等宗教家争衡的“孔家”教主了。又有吴澄（1249—1333）、金履祥（1232—1303）等，也皆为儒学的要人。澄字幼清，抚州崇仁人，元时，官翰林学士，谥文正。有《草庐集》。揭傒斯撰神道碑，有“皇元受命，天降真儒。北有许衡，南有吴澄”语。我们猜想，元初，蒙古皇帝之搜罗这些理学家们而给予优待的礼貌，其作用是全然无殊于优待丘处机等宗教领袖的。宽容各派的宗教，差不多成为每一大帝国所惯采的手段，也便是羁縻被征服者的最好的策略。而许、刘诸理学家们，便都因此而“遭际圣时”了。

戴表元受业于王应麟，亦为元初一古文家。表元（1244—1310）字帅初，庆元奉化人。 宋进士。入元为信州教授，有《剡源集》。袁桷（1267—1327）受业于表元之门，最与虞集善。虞集也以古文雄于时。同时的马祖常（1279—1338）、元明善、欧阳玄、吴莱（1297—1340）、黄溍、柳贯（1270—1342）等也为有名的古文家。而黄傒、柳贯并集与揭傒斯被称为儒林四杰，尤有影响于明初的文坛。

虞集的弟子有苏天爵与陈旅。天爵（1294—1352）编《国朝文类》，保存元代文章不少，为最流行的元人的总集。明初的古文家，以刘基、宋濂为最有名。宋濂（1310—1381）字景濂，金华人，明初为翰林学士知制诰，修《元史》。末年，几为朱元璋所杀，赖太子力救而免。然卒贬茂州，至夔州卒。有《潜溪集》。濂为吴莱的弟子，又学于黄溍与柳贯，故传授着古文家的衣钵的正宗。王袆（1321—1372）亦为黄溍的弟子。他字子充，义乌人，尝与濂同修《元史》，后出使云南，被杀。同时，又有苏伯衡、胡翰、徐一夔等皆为古文家。濂的弟子，有方孝孺（1357—1406），字希直，建文时为侍讲。成祖破南京。他不屈，被杀。同死者至数百人，为古今最惨怖的文字狱之一。他有《逊志斋集》稍后，三杨的台阁体的古文，类皆以平正纡徐为宗；驯至萎靡不振，而有何、李的复古运动发生。

当元末，杨维桢为文，稍涉纤丽，乃大不为古文家所喜，王彝至作《文妖》一篇以诋之：“会稽杨维桢之文，狐也，文妖也。嘻，狐之妖至于杀人之身；而文之妖，往往后生小子群趋而竞习焉，其足为斯文祸，非浅小也。”盖正统派的理学家或古文家之议论，正是这样的迂腐可笑。

不过，在元代成为散文坛的特色的，倒不是这些传统的古文家们。元代的散文，常以用白话文写成的碑文及那部伟大的《元秘史》为最可注意。元代白话碑今日所见者不少，而被录载于《金石萃编未刻稿》里的《大元玺书》，尤为重要。这碑分为三截，上截为“元贞二年（1296 年）猿儿年十一月初七日大都有时分写来”，中截为“兔儿年月日大都有时分写来”，下截为“至顺元年（1330 年）马儿年七月十三日上都有时分写来”。这三截的玺书，文字大体相同，都是保护盩厔县终南山的一座“太清宗圣宫”的道观的；且引其中的一段为例：

> 这的每宫观房舍里，使臣每休安下者；铺马只应休拿者；税粮休与者；属这的每宫观里的庄田地土园林水磨浴堂解典库店铺船只竹苇醋曲货，不拣甚么，他每的体夺口要者；不拣谁休倚气力者。

这白话并不难懂，写得也还流畅。《元秘史》的白话文章，尤为富有文学趣味。《元秘史》十五卷，明《千顷堂书目》及《文渊阁书目》均见著录，至清而晦。嘉庆时，阮元、顾广圻、钱大昕等始为之表彰。而诸抄本，刻本亦出现于世。影元椠本在题目之下，有“忙豁伦纽察”及“脱察安”二行，顾广圻以为必是撰书人所署名衔。李文田谓：“忙豁伦即蒙古氏也，纽察其名，或与脱察安同撰此史。或纽察乃脱察安祖父之名，脱察安蒙以为氏。”这话或可信。我们如果以纽察、脱察安为本书的作者，当不会很错误的吧？也许译此书为汉文者另有一人在。但已不可考知。这位蒙古的作者，或译者，其写作的白话文的程度是很高明的，比之《大元玺书》碑等文确是超越得多了。即放在《五代史平话》、《三国志平话》、《乐毅图齐》诸书之侧，也不见得有什么逊色，也许还比较得更“当行出色”。且抄几段于后：

> 阿兰豁阿就教训著说：“您五个儿子，都是我一个肚皮里生的。如恰才五支箭竿一般，各自一支呵，任谁容易折折；您兄弟但同心呵，便如这五支箭竿束在一处，他人如何容易折得折！”住间，他母亲阿兰豁阿殁了。母亲阿兰豁阿死了之后，兄弟五个的家私，别勒古讷台，不古讷台，不忽合塔吉，不合秃撒勒只，四个分了，见孛端察儿愚弱，不将他做兄弟相待，不曾分与。孛端察儿见他哥哥每

> 将他不做兄弟相待，说道："我这里住甚么！我自去，由他死呵死，活呵活！"因此上骑著一个青白色断粱疮秃尾子的马，顺著斡难河，去到巴勒谆阿剌名字的地面里，结个草庵住了。那般住的时分，孛端察儿见有个雏鹰拿住个野鸡。他生计量，拔了几根马尾做个套儿，将黄鹰拿著养了。孛端察儿因无吃的上头，见山崖边狼围住的野物，射杀了，或狼食残的，拾着吃，就养了鹰。如此过了一冬。到春间，鹅鸭都来了。孛端察儿将他的黄鹰饿了，飞放。拿得鹅鸭多了，吃不尽，挂在各枯树上都臭了。都亦连名字的山背后，有一丛百姓顺著统格黎河边起来。孛端察儿每日间放鹰到这百姓处讨马奶吃，晚间回去草庵子住宿……孛端察儿哥不忽合塔吉后来斡难河去寻他，行到统格黎河边，遇著那丛百姓，问道，有一个那般人，骑着那般马，有来么道？那百姓说，有个那般的人，那般的马，与你问的相似。他再有一个黄鹰，飞放著。日里来俺行吃马奶子，夜间不知那里宿。但见西北风起时，鹅鸭的翎毛似雪般的刮将起来。想必在那里住。如今是他每日来的时分了，你略等候著。（卷一）
>
> 合里兀答儿等对太祖说，王罕不堤防，见今起著金撒帐做筵会，俺好日夜兼行去掩袭他。太祖说是。遂教主儿扯歹、阿儿孩两个做头哨，日夜兼行……将王罕围了。厮杀了三昼夜。至第三日不能抵挡，方才投降。不知王罕父子从何处已走出去了。这厮杀中有合答黑把阿秃儿名字的人，说："我于正主不忍教您拿去杀了，所以战了三日，欲教他走得远著。如今教我死呵，便死，恩赐教活呵，出气力者。"太祖说："不肯弃他主人，教逃命走得远著，独与我厮杀；岂不是丈夫。可以做伴来。"遂不杀，教他领一百人与忽亦勒答儿的妻子，永远做奴婢使唤。（卷七）

这样的天真自然的叙述，不知要高出恹恹无生气的古文多少倍！我们如果拿《元史・太祖本纪》等叙同一的事迹的几段来对读，便立刻可以看出这浑朴天真的白话文是如何的漂亮而且能够真实地传达出这游牧的蒙古人的本色来了。

明初的朱元璋，也是一位写作白话文的大家。他是一位彻头彻尾的流氓皇帝，什么话都会说得出口。所以他的白话诏令，常有许多好文章。《七修类稿》尝载他的一篇《皇陵碑》，一篇《宋氏世德碑》。《世德碑》不过是篇平常的记事。《皇陵碑》却是篇皇皇大著，其气魄直足翻倒了一切的记功的夸诞的碑文。他以不文不白，似通非通的韵语，记载着他自己的故事，颇具着浩浩荡荡的威势。一开头便以“孝子皇帝谨述”始，说到乡中饥荒，他出家为僧的事，很有趣味：

> 值天无雨，遗蝗腾翔。里人缺食，草木为粮。予亦何有，心惊若狂。乃与兄计，如何是常？兄云去此，各度凶荒。兄为我哭，我为兄伤。皇天白日，泣断心肠。兄弟异路，哀恸遥苍。汪氏老母，为我筹量，遣子相送，备礼馨香。空门礼佛，出入僧房。居无两月，寺主封仓。众各为计，云水飘飏。我何作为？百无所长。依亲自辱，仰天茫茫。既非可倚，侣影相将。突朝烟而急进，暮投古寺以趋跄。……

把当时廷臣们所作的《皇陵碑》文里的同样一段：“葬既毕，朕茕然无托。念二亲为吾年幼有疾，尝许释氏，遂请于仲兄，师事沙门高彬于里之皇觉寺。邻人汪氏助为之礼。九月乙巳也。是年蝗旱。十一月丁酉，寺之主僧岁歉不足以供众食，俾各还其家。朕居寺时甫两月，未谙释典，罹此饥馑，彷徨三思：归则无家，出则无学，乃勉而游食四方。”对读起来，廷臣们的代述，却是如何粉饰得不自然！他们要代他粉饰，却反失去他的本色了。只有像他那样的流氓皇帝，才敢毅然地舍去廷臣们之所撰，而大胆地用到他自己的文章。

参考书目

一、《国朝文类》 元苏天爵编，有局刊本，《四部丛刊》本。

二、《皇明文衡》 明程敏政编，有明刊本，局刊本，《四部丛刊》本。

三、《皇明文征》 明何乔远编，有明刊本。

四、《明文奇赏》 明陈仁锡刊，有明编本。明人选明文，为数至多，姑举上列数种。

五、《明文海》 清黄宗羲编，有传抄本；宗羲又曾节之为《明文授读》，有刊本。

六、《明文在》 清薛熙编，有局刊本。

七、《山晓阁明文选》 清孙琮编，有原刊本。

第五十二章

明初的戏曲作家们

明初剧坛的特点——杂剧的鼎盛——皇家的剧曲——戏文的再度投入民间的暗隅——成化以后南戏的抬头——明初的杂剧作家们：贾仲明、谷子敬、刘东生等——伟大作家朱有燉——他的作品——陈沂、王九思、康海等——明初的戏文：《荆》、《刘》、《拜》、《杀》四大传奇——丘濬的崛起——邵璨的《香囊记》——沈采与姚茂良、苏复之、王济、沈寿卿等——徐霖、崔时佩等——无名氏所作的诸戏文

一

所谓明初，总要包罗到昆腔未产生的弘、正以前的剧坛；即是包罗着明代的前半叶的剧坛。在这一百五十年的戏曲史里，有几点是可以注意的。第一，杂剧已从民间而登上帝王的剧场。许多亲王们都是爱好戏剧的。周宪王和宁献王且自己献身于作者之林。永乐帝在燕邸开府时，也招来着戏曲作家们，若贾仲明、汤舜民等而加以宠遇。相传明初亲王之藩，必以戏曲一千余本赐之。这虽未必可靠，但那时的

盛况，却确是空前的。这可证明杂剧是并未随了蒙古帝国的衰亡而衰亡的。但到了弘、正之际，杂剧的气焰却渐渐地低落了。作者渐见寥落，演唱者也渐渐的少了。特别在中国南部，南音的传奇，几攫去了杂剧的地盘的全部。这也是必然的盛衰之途径：一天天和皇室接近，而成为他们的专用的乐部，自然便也一天天的和民间相远，而失去其雄厚的根据地以至于消亡了。第二，叶子奇以为“其后元朝南戏盛行。及当乱，北院本特盛，南戏遂绝。”这话或有几分可信。祝允明《猥谈》谓：“数十年来南戏旧行，所为更是无端。”是南戏的盛行，在明代不过是景泰、成化以后事耳。但即在这时以前，南戏也并未真的“绝”迹；她不过是再度退守到民间的暗隅里去，不曾去和杂剧争皇家乐队的地位。永乐的大臣们编纂《永乐大典》时，也曾给南戏以和杂剧同等的地位，所收入戏文有三十三本之多。但在实际的皇家的剧场上，那时恐不会有南戏出现过的。她是那样的富于地方性，确是不大适宜于攀登到北京的及其他中国北部的剧场上的。所以，她仍在南方潜伏的滋长着；恰好和这时杂剧的跳梁，成一个绝好的对照。但她的作家们，却也并不落寞。徐渭《南词叙录》所载明代戏文，自李景云的《崔莺莺西厢记》以下，凡有四十八本，大概都是这时代的产品。 及丘濬、邵璨、徐霖、沈采诸人出，南戏更大行于世，渐取得杂剧的地位而代之。武宗（正德）大约便是很欣赏南戏的一人。第三，杂剧在这时代，早已有了很周密的韵书、曲谱。按谱填词，规律至严；唱者也不容丝毫假借。但南戏则到这时为止，尚不曾有过什么有规则的曲谱。方音俗唱，各地不同。故尝被称为乱弹。因此，在南戏的本身，其各地方的腔调，也常在彼此排挤，彼此竞争之中，不像杂剧之早已“定于一尊”。这恰像北部方言统一已久，而南方土白，至今犹各不相通。第四，这时代的剧场，据我推测，南北是很歧异的。南部的各地，有着不同的方音的唱词。——也许大都市像金陵、杭州、松江还不免时时留恋着北剧的余晖。在北方，则似仍是弥漫着杂剧的势力。

二

先讲这时代的杂剧作家们。在贾仲明《续录鬼簿》里，记载元末明初的作家不少。贾仲明的时代，恰好上接至正，下达永乐。他所记的至少有六十年史迹。贾仲明，山东人。善吟咏，尤精于乐章隐语。永乐为燕王时，他和汤舜民、杨景贤皆甚受宠遇。后徙居兰陵。他自号云水散人。所作杂剧凡十四种，今存者有：《荆楚臣重对玉梳记》、《铁拐李度金童玉女》、《萧淑兰情寄菩萨蛮》(均见《元曲选》)和《吕洞宾桃柳升仙梦》(见《古名家杂剧》，但未得读)等四种。《萧淑兰》写一位大胆的处女向她哥哥的友人调情的故事，其描状是很活泼的。我们在杂剧里还不曾见到过像萧淑兰那样大胆的女性。

同时有汪元亨、谷子敬、丁埜夫、朱经、金文质、汤舜民、李唐宾、陈伯将、刘东生诸人，皆写作杂剧，惟存在者少。汪元亨，饶州人，元时为浙江省掾。后徙居常熟。所作杂剧三种，今存《刘晨阮肇桃源洞》一种。(《太和正音谱》作王子一，未知孰是。)谷子敬，金陵人，枢密院掾史。他通医，明《周易》。所作杂剧五种，今存《吕洞宾三度城南柳》一种。这剧并没有好处，但流传极盛，很可怪。丁埜夫，西域人，家于钱塘。朱经字仲宜，陇人，元末为浙江省考试官，因也侨居吴山之下。金文质，湖州人。汤舜民名式，象山人，号菊庄，曾补本县吏。后见知于永乐。陈伯将，无锡人，元进士，累官至中书参知政事。他们所作，今皆只字不存。

李唐宾，广陵人，号玉壶道人，官淮南省宣使。所作的杂剧，今存《李云英风送梧桐叶》一种(《元曲选》作无名氏)。刘东生名兑，曾作《月下老定世间配偶》，贾仲明以为"极为骈丽，传诵人口"。但今不存。今存的《娇红记》，凡二卷，却是一部伟作。《娇红记》本于元清江宋梅洞所作之同名的小说。小说本是一篇名作，剧本则更宛回周折，把申生和娇娘的恋爱的过程，写得极为深切。和崔、张的爱恋，别有不同的气氛。又有杨文奎，《太和正音谱》评其词"如匡庐叠翠"，当亦为明初人。所作有《翠红乡儿女两团圆》等四种(《翠红乡》有《元曲选》本)。

《太和正音谱》的编者朱权（宁献王），为朱元璋第十六子。洪武间就封大宁，永乐时改封南昌。他自号臞仙、涵虚子、丹丘先生，所作杂剧凡十二种，惜今不存一种。

朱有燉（1377—1452）（周宪王）为周定王长子。洪熙元年袭封，景泰三年死。他所作杂剧，总名为《诚斋乐府》。《列朝诗集》谓诚斋所作，“音律谐美，流传内府，至今中原弦索多用之。”李梦阳《汴中元宵》绝句曰：“中山孺子倚新妆，赵女燕姬总擅场。齐唱宪王新乐府，金梁桥外月如霜。”在朱氏诸王里，他诚是一位才华绝代的作家。他的杂剧，今存者凡三十一种，大约便是他所作的全数（《百川书志》著录诚斋剧三十一本，其名目与今存者正同）。诚是古今作家所未有之好运。他著作的时代，据他自己作的各剧的序，（这些序，《奢摩他室曲丛》本十佚其九；北平图书馆藏本有之。）最早的一本为《张天师明断辰勾月》，作于永乐二年。其后永乐四年作《甄月娥春风庆朔堂》，六年作《惠禅师三度小桃红》及《神后山秋狝得驺虞》，十四年作《关云长义勇辞金》，二十年作《李妙清花里悟真如》。宣德四年作《群仙庆寿蟠桃会》，宣德五年作《洛阳风月牡丹仙》，宣德六年作《天香圃牡丹品》及《美姻缘风月桃源景》，七年作《瑶池会八仙庆寿》及《孟浩然踏雪寻梅》。宣德八年，所作最多，殆为他戏曲生涯的顶点：《紫阳仙三度常椿寿》、《刘盼春守志香囊怨》、《赵贞姬身后团圆梦》、《黑旋风仗义疏财》及《豹子和尚自还俗》，这年所作凡五本。宣德九年作《清河县继母大贤》、《东华仙三度十长生》及《十美人庆赏牡丹园》，十年作《吕洞宾花月神仙会》。正统四年则为其写剧的最后的一年，所作有《河嵩神灵芝庆寿》及《南极星度脱海棠仙》。他的戏曲家的生活殆告终于这六十一岁的高龄的一年上吧？然这时离他的死亡尚有十四年；在最后的那十四年似乎是不会绝笔不写的。尚有《李亚仙花酒曲江池》、《宣平巷刘金儿复落倡》、《兰红叶从良烟花梦》等七本，序上未署年月，也许其中会有几本是晚年之作。无论如何，这位老寿的作家，其写剧的年代至少是有四十年以上的。像他那样作剧年代犁然可考的，在元、明戏曲史里殆也是唯一的特例。但他所作虽多，无聊的作品却也不少。什么《得驺虞》、《蟠桃会》、《八仙庆寿》、《牡丹仙》、《牡丹品》、《牡丹园》、《灵芝庆寿》、《海棠仙》等都是应景的，或颂扬的皇家适用之剧本。虽然写得很工巧，布置得很有趣，却是无灵魂的东西。其他仙佛剧，像《三度小桃红》、《三度常椿寿》、《三度十长生》和《半夜朝元》等，左右也脱不了马致远、谷子敬等《三醉岳阳楼》、《三度城南柳》的圈套。有燉的最好的剧本却在彼而不在此。宣德八年所作的《香囊怨》、《团圆梦》、《仗义疏财》、《豹子和尚》四剧，代表他两方面的大成功：英雄剧的壮烈和恋爱剧的细腻。《关云长义勇辞金》虽作于此时之前，却堪和关汉卿的《单刀会》并美，能充分地表现出那位大英雄的忠勇的气概。《仗义疏财》的描写李逵也很出色当行。《豹子和尚》的重要，尤在其上。《豹子和尚》写鲁智深因过被宋江所责，愤而下山，再做和尚去。江思之，差了李山儿去劝他回寨。他不回去。又差他妻和子去劝他，他也不回。最后，着他母亲去劝，也无用。还是叫两个小喽啰装作客人，向他母亲索债，打了她，智深大怒，才抛下了做和尚的面目，动手厮打。宋江恰遇到这，说道兄弟休打，破了斋素也。”智深只好还俗，再上梁山去。这剧写智深处处脱离不了暴烈的本性，却又处处想到了自己现在是和尚，不该那样。他以宗教的信仰，尽力制止着人性的热情。但终于罅漏百出，不得不脱下袈裟，回去做山大王。人性是那么的顽强在作祟着！

〔金蕉叶〕（末唱）是谁将草户柴门叩久？（末做开门科，唱）原来是稚子山妻问候。

（旦云）你来了半年多了，你的孩儿也会走了。

（末唱）惭愧波孩儿会走。安乐么慈亲皓首？

（旦云）你母亲好，只是想你，如今老了。（末做哭科）

（旦云）兀的你这贼孩子也每日想你。从你来了，我是个妇人家，无处寻饭吃。你这等狠心肠，去了我不顾妻子了！

（末抱徕儿，末唱）〔小桃红〕把孩儿搂抱着泪凝眸，问别来抛闪的山妻瘦。（末用手摸两摸头了云）我又忘计出家了也。婆婆，你靠后，休扯我。（末放下徕推与旦了。末唱）我已自世事尘缘尽参透。（末云）问讯。（末唱）便合休。

(旦云)你不回去，家里少柴无米，房子又漏了，教我怎生过日子?(末唱)不管你少柴无米房儿漏。(旦向前扯住。末唱)你休将咱领揪，莫牵咱衫袖，休想道劝的我肯回头!

(旦云)你不回去时，留下你这贼孩子。你教的他会做贼子，送还我，养活我。(旦推俫与末)

(末云)我不教他。你送与宋江哥哥教他去。

有燉的《香囊怨》和《团圆梦》都是写当时的实事。《团圆梦》写钱锁儿和一女子名赵官保的，曾指腹为亲。后来锁儿家贫穷，赵家要悔亲。官保执意不从，遂嫁了锁儿。过了不久，锁儿被官中唤去做军，到口北操练。有爿舍的，看上了官保，要娶她去。她坚决地回绝了媒婆。后来，锁儿在口北病死。官保闻耗，也自缢而亡。上帝以其贞义，赐号贞姬，在天上与夫团圆。《香囊怨》写妓女刘盼春与周恭两情相恋。恭父性严，他被拘管得紧。有一天，二人遇到了，恭给盼春一封信，一首小词。她保藏于荷包香囊内。后来，她母亲逼她另嫁一人。她不愿意，自缢而死。火葬时，却寻见她的香囊儿不曾烧化，囊内书词依然存在。周恭大哭，赎了骨殖来葬了。这两剧都写得异常的缠绵悱恻。《李亚仙诗酒曲江池》一剧，也写得很有声色，和石君宝同名的一剧足称“异曲同工”。但最好的要算《刘金儿复落倡》。这剧和一般恋爱剧的气韵全然不同，写的不是贞姬，不是烈女，也不是义妓，却是一个爱奢华，喜风流的荡妇。她是一个乐籍的妇女，却背夫出逃。连嫁了好几次，俱不得意。终于再做倡妇。和关汉卿的《救风尘》有些相类，且也同样的写得很深刻。

有燉的他剧，未必皆为第一流的名剧，但在戏曲史却是那么重要！有许多元、明之际的宫廷应用的剧本，都已泯灭无存，却赖了有燉的诸剧，见到其若干面目。又在散文的对话上，这三十余剧也是极可重视的。明人所刊元剧，对话大都伪作。有燉诸剧的对话才是明初的本色；她们是那么的富于活泼、生动的气氛！和《元曲选》的说白一对读，立刻便可见出臧氏的增订的伎俩是那么庸庸无奇。又，在有燉《乔断鬼》剧里，有一段医生的说白：

（净做看脉科）小舍人，小舍人，你个父亲害则个病，哑弗是伤寒，哑弗是伤热，是一口气呢，气则个肚，肚痛放则个胖，日轻夜重呢。舍人放则个心。小人用一服药，是木香流气饮。吃了个药，便好了呢。

（末云）这个太医是南人，到说的是。

这一段南方的方言，大约要算是现在所知道的见之于文籍上的最早的东西了。

嘉靖刊的《杂剧十段锦》中有八剧是有燉所作。尚有《汉相如献赋题桥》，《善知识苦海回头》二剧，从前颇疑也是他的著作。但近读周晖的《金陵琐事》（卷二）云："陈鲁南有《善知识苦海回头记》行于世。"又松泽老泉《汇剧书目外集》记《四大史杂剧》目录，亦云：

《善知识苦海回头记》 明陈石亭著

按陈鲁南名沂，一字石亭，上元人，自号小坡。正德进士。官太仆寺卿。是《苦海回头》剧之为他作无疑。《献赋题桥》则未知所出。其作者当也是这时期内的人物。《苦海回头》写宋胡仲渊为丁谓所谮，贬窜雷州。过了一年，幸得招还。而他百念已灰，径投黄龙禅师处出家，得成正果。最后一折多禅语，与前面之多愤慨语颇不称。

和陈沂同时而作杂剧者，有王九思、康海、陈铎等数人。陈铎字大声，别字秋碧，邳州人。以作散套有名。杂剧有《花月妓双偷纳锦郎》等二本，惜并不存。康海字德涵，号对山，武功人。弘治十五年状元。授翰林院修撰。正德中，以与刘瑾交往，落职。他曾作《东郭先生误救中山狼》一剧，论者以他为有所指。李梦阳初为刘瑾所恶，系诏狱。出片纸求救于他。他乃往谒瑾。瑾以得交海为荣，遂因其言释梦阳。及瑾败，海乃坐此削职为民。梦阳于时却不一援手。故相传他作此剧乃以讥梦阳。观剧末有："俺只索含悲忍气，从今后见机莫痴。呀，把这负心的中山狼做傍州例。"悻悻之意犹在。此说或不无几分可靠。但中山狼的故事，实为世界民间传说里流行最广的负恩的禽兽系之一型。其故事的本身已是很可怡悦的；加之以海的慷慨激昂的词语，此剧遂成为明代最有风趣的剧本之一。海罢官三十年，惟以制曲为事。殁后，遗囊萧然，大小鼓却有三百副。

王九思亦作《中山狼院本》一种，却只有一折。杂剧转变之机，于此时已可窥见。九思与康海为好友，亦以交刘瑾失败，作此或有同感。九思字敬夫，号渼陂，鄠县人。弘治丙辰进士。授检讨。以交瑾，得遽升高位。不久，瑾败。降寿州同知，勒致仕。他和康海俱以作曲得盛名。尝以厚赀募国工，杜门学唱数年，尽其技乃出。其所作，评者以比关汉卿、马致远。他的杂剧，尚有《杜子美沽酒游春》一本，也充满了愤激不平之气："三三两两厮搬弄，管什么皂白青红，把一个商伯夷，生扭做虞四凶。兀的不笑杀了懵懂，怒杀了天公！……自古道聪明的却贫穷，昏子谜做三公……因此上……甘心儿不听景阳钟。"

从朱有燉到陈沂、王九思诸人，中间相隔凡六七十余年，而作者寥寥如此，所作更寥寥如彼，杂剧的运命的没落，诚足悲叹。

三

明初的南戏名目，最可靠的记载为徐渭的《南词叙录》。渭所录凡四十八本，但并非其全部。成化、弘治以后，作者尤夥。渭所见似尚未及其半。今日珍籍渐次出现，论述本节，颇具有特殊的新鲜的趣味。

明初的四大传奇为《荆钗记》、《刘知远》(《白兔记》)、《拜月亭》及《杀狗记》。但徐渭《南词叙录》则置《拜月亭》、《刘知远》及《杀狗劝夫》于《宋元旧篇》之中。关于《荆钗记》，则他在著录李景云所编的一本外，《宋元旧篇》里也并有《王十朋荆钗记》一本。是《荆》、《刘》、《拜》、《杀》的来历，绝非源自明初可知。惟明初人把这几本著名的传奇加以润改，别成新本，则是很可能的。像徐时敏《五福记》自序说："今岁改《孙郎埋犬传》，笔研精良，因成此编。"(《曲海总目提要》引）而《刘知远白兔记》今亦有截然不同的二本。此可知明代改作传奇者的夥多。今姑将这四种放在这里讲。

《荆钗记》,《曲品》作柯丹丘撰,《百川书志》无作者姓名，但王国维氏则以为宁献王朱权作。权自号丹丘先生，故《曲品》遂误作柯丹丘。《荆钗》写王十朋、钱玉莲事，“以真切之调，写真切之情；情文相生，最不易及。”(《曲品》) 十朋少年时，家贫好学，聘钱玉莲时，乃以荆钗作为聘礼。 后因赴考相别。奸人孙汝权谬传十朋别娶，逼玉莲改嫁给他。她不从，投江自杀，为钱安抚所救。同时十朋中了状元后，也为万俟丞相所迫，欲妻以女。他也不从。乃调他为朝阳佥判。后更经若干波折，夫妻才重复团圆。其中写男义，女节，殊感人。尝观演十朋见母一出，不觉泪下。他见母而不见妻，母又不忍对子说出他妻的自杀的消息。那场面是那么样的严肃悲痛！ 相传，此传奇系宋时史浩门客造作以诬十朋及孙汝权的，盖用以报复汝权怂恿十朋弹劾史浩之举者（见《矩斋杂记》及《瓯江佚志》)。但这话似不甚可靠。汝权在剧中固为小人，十朋却被写得那么孝义，岂像是侮蔑他的。

《拜月亭》，明人皆以为元施君美作。然《录鬼簿》不曾说他曾作过南戏；《曲品》也说：“亦无的据。”但其为元人作，当无可疑。写蒋世隆、王瑞兰的离合悲欢事，颇富天然本色的意趣。何元朗绝口称之，以为胜《琵琶》。但《拜月》佳处，似皆从关汉卿的《闺怨佳人拜月亭》剧中出。我们将他们对读，便可知。但其描写却也很宛曲动人，时有佳处。

《杀狗记》，朱彝尊以为徐畛作。畛字仲由，淳安人，洪武初，征秀才，至藩省辞归。然徐时敏则尝自言此剧为他所改作。明末冯梦龙也尝有所笔润。盖改作此记者不止一人二人而已。然改者虽经数手，原作的浑朴鄙野的气氛，却未除尽。像：

〔清歌儿〕(旦）常言道，要知心事，但听他口中言语。不知员外怒着谁？从头至尾，说与奴家知会。

〔桂枝香〕(生）贤妻听启，孙荣无理！他要赎毒药害我身躯，把我家私占取。险些儿中了，险些儿中了，牢笼巧计，院君，被我赶出门去。细思之，指望我遭毒手。我先将小计施。

这是从冯氏改本抄录的，却还是那样的“明白如话”。萧德祥的杂剧《杀狗劝夫》便不是这样的村朴了。

《白兔记》未知作者。今有二本。《六十种曲》本较为村俗，当最近本来面目。富春堂刊本，则已富丽堂皇，近晚明的作风，惜仅题“豫人敬所谢天佑校”，不知改作者究为何人。《白兔记》故事，来历甚古。金时已有《刘知远诸宫调》，叙刘知远赘于李家庄，不忿二舅的欺凌，出外从军。终以战功，官九州安抚使。他妻三娘，则在家受尽苦辛。她产下咬脐郎，托人送与知远。她自己却是挑水牵磨的受磨折。后十余年，咬脐郎长大出猎。因逐白兔，方才见到他母亲。因此全家团圆。《六十种曲》本的第一出：是“〔满庭芳〕五代残唐，汉刘知远生时紫雾红光，李家庄上招赘做东床。二舅不容完聚，生巧计拆散鸳行。三娘受苦，产下咬脐郎。”富春堂本的开头，却是：“〔鹧鸪天〕桃花游春落尽鹧鸪啼，春到邻家蝶未知。世事只如春梦杳，几人能到白头时！歌《金缕》，碎玉卮，幕天席地是男儿。等闲好着看花眼，为听新声唱《竹枝》。”是那样的全然不同的气氛！

在实际上，明初的传奇，殆皆为不知名者所作。邱濬崛起于景泰、天顺间，以当代的老师宿儒，创作传奇数种，始开了后来的风气。濬（1418—1495）字仲深，琼州人。景泰五年进士。官至大学士。谥文庄。著《琼台集》及《五伦全备忠孝记》、《投笔记》、《举鼎记》、《罗囊记》传奇四种。他的诗笔，笨重无伦。此数剧皆不能博得好评。《曲品》列《投笔》及《五伦》于“曲品”之末，而指摘之道：“《投笔》，词平常，音不叶，俱以事佳而传耳。”又道：“《五伦》，大老钜笔，稍近腐。”王世贞也说：“《五伦全备》是文庄元老大儒之作，不免腐烂。”《五伦全备记》叙伍伦全、伦备兄弟一家忠孝节义事；其以“五伦全备”为名，显然是暗指着“五伦”俱备于一家的意思，正是亡是公、乌有先生的一流。故事似也全出于伪托。伍母以己子抵罪，终得感动问官，无罪俱释，盖取于关汉卿的《蝴蝶梦》。伦全兄弟争死于可汗之前一事，也大似元剧《赵礼让肥》。可汗为他们兄弟所感动，乃入朝于中国。全、备遂因功皆晋爵为侯。《投笔记》写班超投笔从戎，远征西域，终得荣归事。《举鼎记》写秦穆公欲并诸国，举行斗宝会于临潼关。赖伍子胥举鼎，展雄助力，诸侯们始得脱归事。此三种今皆有传本。《投笔》写班超，气概凛凛，颇有生动之趣。《投笔空回》（第六出）、《夷邦酹月》（第十五出）等，尤为慷慨激昂，读之令人神往。固未可和《五伦全备》同以迂腐目之。《举鼎》的故事，虽极荒诞，其流传却是很广的。《列国志传》几以此为最活跃的故事中心。濬所写也还能传达出几分伍子胥的神勇来。《罗囊记》今不存，但在胡文焕《群音类选》里，尚存《相赠罗囊》、《春游锡山》、《刘公赏菊》及《罗囊重会》的四出，还勉强可见出其全剧的一斑。叙的是以一个罗囊为姻缘的线串之恋爱剧。"总桃源错认刘郎，岂桑林误将妻戏。有缘千里能相会，古语总来非伪。"

但较邱濬更有影响于后来的剧坛者，却为邵璨。璨字文明，宜兴人（《曲品》则以他为常州人）。"常州邵给谏既属青琐名臣，乃习红牙曲技。调防近俚，局忌入酸。选声尽工，宜骚人之倾耳；采事尤正，亦嘉客所赏心。"（《曲品》）徐渭云："《香囊》乃宜兴老生员邵文明作。"是邵氏未尝为"给谏"。自梁辰鱼以下，到万历间沈、汤的出现为止，传奇的作风，殆皆受邵氏的影响而不可自拔。《艺苑卮言》谓"《香囊》雅而不动人"。他的影响便在"雅"字。他的《香囊》之成为后来传奇的楷式者，也便因其"雅"。《琵琶记》已渐扫《杀狗》、《白兔》的俚俗；但其真正的宣言去村野而就典雅者，却是《香囊记》开其端。《琵琶》尽多本色语，《香囊》才连说白也对仗工整起来。像："〔排歌〕放达刘伶，风流阮宣，休夸草圣张颠，知章骑马似乘船，苏晋长斋绣佛前。"（第八出）"也曾说长安发卦，也曾向成都卖卜。先生那数邵雍，同辈尽欺郭璞。只凭四象三爻，便说休囚祸福……舌能翻高就低，语皆骈四俪六。"（第二十三出）徐渭谓：邵文明"习《诗经》，专学杜诗，遂以二书语句，匀入曲中，宾白亦是文语，又好用故事，作对子，最为害事。"正切中其病。璨此记自言是："续取《五伦》新传，标记《紫香囊》。"在谈忠说孝一方面，确受了不少《五伦全备记》的指示。《香囊》叙宋时张九成以忤权奸，被远谪域外。身陷胡庭十年，不失臣节。后得王侍御舍生救友，方得脱离虎窟，华锦荣归。剧中波涛起伏，结构甚佳。善于利用净、丑各角，多杂滑稽的串插，虽嫌不大严肃，却增加了不少生趣。

沈练川和姚静山，《曲品》并列其所作于能品。练川名采，吴县人，静山名茂良，武康人。生平并不详。练川所作有《千金记》、《还带记》及《四节记》三种。《曲品》云：“沈练川名重五陵，才倾万斛；纪游适则逸趣寄于山水，表勋猷则热心畅于干戈。元老解颐而进卮，词豪搁指而搁笔。”今存《千金记》及《还带记》。《四节记》惜不存。《曲品》云：“一记分四截，是此始。”盖以后叶宪祖的《四艳》、车任远的《四梦》、顾大典的《风教编》等，皆是规仿《四节》的。《千金记》写韩信事，当即《南词叙录》所著录的《韩信筑坛拜将》。钱遵王注《南词叙录》此本上云：“《追贤》一出乃元曲。”正和《曲品》的“韩信事佳，写得豪畅。内插用北剧”的话相合。此剧演作极盛，盖以其排场异常热闹。写项羽故事的《楚歌》、《别姬》数出，传唱者尤多。其凄凉悲壮处固不仅此。其上卷写韩信未达时的困厄重重，所如不合的情绪，也很动人。《还带记》叙裴度未遇时，穷苦不堪。卜者视其相当饿死。一日在香山一寺中，拾得玉带数条，即以还给原主。以此阴德，反得富贵荣华。后中进士，做宰相，平淮西，皆有赖于还带的一件事。未免过于重视因果报应之说。

姚静山所作，《曲录》著录的有《双忠记》、《金丸记》及《精忠记》三本。但这个记载实不可靠。《曲品》云：“武康姚静山仅存一帙，惟观《双忠》。笔能写义烈之刚肠，词亦达事态之悲愤。求人于古，足重于今。”静山所作盖只有《双忠》一帙。《金丸》、《精忠》都非他的作品。《曲录》盖误将《曲品》所著录的《金丸》、《精忠》等二剧，并《双忠》而连读了。《双忠记》极激昂慷慨之致，一洗戏文的靡弱。写张巡、许远困守孤城，城破，骂贼以死。死后身为厉鬼，兴阴兵，助杀元凶。乱平，二人庙食千古。最后的张、许为厉鬼杀贼事，如果不增入，似乎气氛更可崇高些。中间，像第十三折写招募勇士事：“〔四边静〕逆胡狂锲殊猖獗，生民困颠越。募士远行师，终将破虏穴。裹创饮血卧霜月。一剑靖边尘，归来朝金阙！”其雄概不似岳飞的咏唱《满江红》么？《精忠记》写岳飞破虏救国，而为秦桧所不容，卒定计于东窗之下，用“莫须有”三字杀了飞。飞死后成神，而桧和妻王氏不久亦死，却被打入地狱受无涯之罪。此记无作者姓名，而来历却极古。南宋的说话人，已有以敷衍《中兴名将传》为专业的。宋、元戏文中，有《秦桧东窗事犯》一本，元杂剧亦有《秦太师东窗事犯》一本。《南词叙录》于著录那本宋、元戏文以外，于“本朝”之下，又有《岳飞东窗事犯》一本，下注“用礼重编”。此《精忠记》也许便是用礼重编的一本。（富春堂刊本的《岳飞破虏东窗记》与《六十种曲》本的《精忠记》大部相同，当即系一书。《六十种曲》本似经改编。）《金丸记》作者也无姓名。《曲品》云：“元有《抱妆盒》剧。此词出在成化年，曾感动宫闱，内有佳处可观。”近来流行的《狸猫换太子》时剧，即起源于此。宋帝无嗣，李宸妃有孕生子，乃为刘妃所抵换。后太子即位，事大白，乃迎母归宫。其中《盒隐潜龙》、《拷问前情》等出，文辞虽有窃元剧处，情节却很曲折可观。（用礼疑即周礼，即周静轩。）

苏复之的《金印记》和王济的《连环记》，同被《曲品》列于“妙品”中，至今尚演唱不衰。苏复之的生平里居俱未知。《玉夏斋传奇十种》本，题作《金印合纵记》，一名《黑貂裘》，下写“西湖高一苇订正”。此高氏订正本究竟与原本的面目相差得多少，惜未得他本一细校，无从知道。苏秦刺股事，本能感动一般失意的人。故《曲品》云：“写世态炎凉曲尽，真足令人感喟发愤。近俚处具见古态。”

王济字雨舟，浙江乌镇人，官横州通判。所作《连环记》，散出常见于剧场，原本近始被发现（惜仍缺佚一部分）。《曲品》云：“词多佳句，事亦可喜。”吕布、貂蝉事，元剧有《连环计》。雨舟此作更以细针密缝的功夫，曲曲传达出这三国故事中最错综动人的一则，其流行遂远在《古城记》等其他三国传奇之上。

沈寿卿名受先，里居未详。《曲录》著录其所作四本：《银瓶记》、《三元记》、《龙泉记》及《娇红记》。《曲品》仅以后三本为受先作，《银瓶记》则未著作者姓氏。今存《三元记》一本。按《南词叙录》载《商辂三元记》及《冯京三元记》，皆明初人作。《曲品》云：“冯商还妾一事尽有致。”则受先所作乃《冯京三元记》。徐渭评此记多市井语。《曲品》也说：“沈寿卿蔚以名流，雄乎老学。语或嫌于凑插，事每近于迂拘。然吴优多肯演行，吾辈亦不厌弄。”记写贾人冯商，四十无子，妻劝纳妾。他买得一妾，其父张公，盖以析运偿官而货女者。商慨然以女还之，不取原聘。以此，天赐佳儿，少年时高捷三元。“〔桂枝香〕听他哀情凄惨，使我勃然色变。你双亲衰老无儿，何忍把你天伦离间。小娘子不须泪涟，不须泪涟，把你送归庭院。”“〔唐多令〕一见好心惊，还疑梦里形。”所谓“市井语”，或即指这些。

当正德的时候，为南京曲坛的祭酒者有陈铎和徐霖。铎有大名，霖则今人罕知之。周晖《金陵琐事》云：“徐霖少年数游狭斜。所填南北词，大有才情，语语入律。娼家皆崇奉之。吴中文征明题画寄徐，有句云：乐府新传桃叶渡，彩毫遍写薛涛笺，乃实录也。武宗南狩时，伶人臧贤荐之于上，令填新文《绣襦》、《三元》、《梅花》、《留鞋》、《枕中》、《种瓜》、《两团圆》数种行于世。”又云：“武宗屡命以官，辞而不拜。中更事变，拂衣遂初。既归而名益震，词翰益奇。又几二十年竟以隐终。”霖字髯仙，应天人。今所传《绣襦记》，《曲品》归于“作者姓名有无可考”者之列。朱彝尊《静志居诗话》则以为薛近兖作，不知何所据。因《曲品》有“尝闻《玉玦》出而曲中无宿客，及此记出而客复来”语，更造作妓女们共馈金求近兖作此记以雪其事的一个故事。像那么伟大的一部名著《绣襦记》，当不会有第二部的。髯仙以作曲名，我们似宜相信周晖的记载把此剧归还给他。《绣襦》实为罕见的巨作，艳而不流于腻，质而不入于野，正是恰到浓淡深浅的好处。这里并没有刀兵逃亡之事，只是反反复复地写痴儿少女的眷恋与遭遇，却是那样的动人。触手有若天鹅绒的温软，入目有若蜀锦的斑斓炫人。像《鬻卖来兴》、《慈母感念》、《襦护郎寒》、《剔目劝学》等出，皆为绝妙好辞，固不仅《莲花落》一歌，被评者叹为绝作。他的《三元记》，今未见。《商辂三元记》有几出见于《摘锦奇音》、《玉谷调簧》诸书。但像“会同张三李四，去送商家小儿”（《雪梅吊孝》）云云，那样俚俗之语，却决不会出之于《绣襦记》作者的笔下的。故那部《三元记》恐怕不会是他作的。

陈罴斋，未知里居，作《跃鲤记》。《南词叙录》载《姜诗得鲤》一本，当即此剧。姜诗孝母事，不过一般的“行孝”故事的老套，但其妻的被出而恋恋不舍，却写得极好。《芦林相会》叙那位弃妇之如何恳挚的陈情于故夫之前，任何人读了，都要为之感动泣下的。

《南词叙录·宋元旧篇》中有《莺莺西厢记》一本，“本朝”下，又著录李景云编的《崔莺莺西厢记》一本。未知此李景云是否即“斗胆翻词”的李日华？（景云又编《王十朋荆钗记》。）日华的《西厢记》有“嘉靖万年春”语，似作于嘉靖间。但《百川书志》却记录着：“海盐崔时佩编集，吴门李日华新增。凡三十八折。”此崔时佩的生存时代自当在嘉靖以前。（曾有人误以此李日华为万历时的李君实。君实尝自辩之。而陆采在他所作的《南西厢记》，也恣意地攻击着《李西厢》。故此李日华当然决不会即是万历时的李日华的。）

徐时敏（《曲录》作时勉，误）作《五福记》，今存。叙徐勉之救溺还金，拒色行义诸事，终获厚报于天君，享种种福。他又尝改《孙郎埋犬传》。

无名氏所作传奇，在明初是很多的。徐渭所载“本朝”戏文，十之七八无作者姓氏。此种传奇，散佚最易，而幸存于今者也还不少。《南词叙录》所著录者，如《玉箫两世姻缘》、《张良圯桥进履》及《高文举》等皆有全本存在。《玉箫两世姻缘》当即为《唐韦皋玉环记》，写韦皋及妓女玉箫的再世姻缘。其中所叙韦皋为张延赏婿，不为所重，又迫女改嫁等事，大似《刘知远白兔记》。而玉箫的病思及写真，似曾给《牡丹亭》和《燕子笺》的作者们以一个重要的暗示。此记排场紧张，文辞也极为本色，是这时代的第一流的作品。惜作者已无可考了。《张良圯桥进履》当即为《张子房赤松记》。张良事，宋、元话本里有《张子房慕道记》（见《清平山堂话本》）。《赤松记》后半或即本于彼。惟前半写子房散千金，求勇士，椎击始皇于博浪，因进履于圯桥，得黄石公书，遂成诛秦灭楚兴汉之功等事，气势殊为壮阔，恰和最后之功成身退，悠然逝去，成一黑白极分明的对照。其中插入子房妻妾事，似是狃于传奇中不得不有女性的习惯。《高文举》当即《高文举珍珠记》，写高文举因欠官银，求救助于王百万；百万以女金真妻之。后文举入京，一举状元及第。被丞相温阁所迫，不得已又娶其女金定。中因老苍头的挑拨，在王金真寻夫入京时，金定乃加以很酷刻的待遇。最后，文举、金真夫妇重得相会，温阁也罢官。剧情大似《琵琶记》，惟后半不同。温女远不若牛女之贤，故遂更生出许多惊波骇浪出来，增益全剧的紧张的气氛不少。又有《八不知犀合记》，今有《陈樌调奸》、《夜宴失儿》二出，见于《群音类选》卷二十一，写的是唐伯亨因祸得福事，盖本之于元代戏文的《唐伯亨八不知音》。

其他无名氏传奇，或改订前代戏文，或出自杜撰，或规模古剧的情节而加以变化，或为教坊所编，或为无名文士们的手笔，在这时代出现得不少。他们却又成为后来戏剧家们所写的诸传奇的张本。盖此时代在实际上乃为一个承前启后的一个时期。有许多见存的富春堂、文林阁、世德堂、继志斋以及闽南书肆的所刊的无名氏传奇，又见选于万历间诸戏曲选本的许多传奇，也都可疑为这个时代的产物。惟以其无甚确据，姑都留在下文再讲。

参考书目

一、《续录鬼簿》 明贾仲明编，有天一阁旧抄本，传抄本。

二、《南词叙录》 明徐渭著，有《读曲丛刊》本，有《曲苑》本。

三、《曲品》 明吕天成著，有暖红室刊本，有《重订曲苑》本。

四、《曲录》 王国维编，有《晨风阁丛书》本，《重订曲苑》本，《王忠悫公遗书》本。

五、《曲海总目提要》 无名氏编（传为黄文旸编，但不可靠），有上海大东书局铅印本。又抄本提要未被大东本收入者尚有不少。

六、《元曲选》 明臧晋叔编，有原刊本，有石印本。

七、富春堂所刊传奇明万历间金陵唐对溪刊。相传，其所刊传奇有十集一百种之多。但未知十集是否已完全刊毕，今所见者已有五十种左右。

八、文林阁所刊传奇　明万历间金陵唐氏刊，所刊今知者有十种。

九、世德堂所刊传奇　明万历间金陵唐氏刊。此三唐氏似为一家；时代当以富春堂为最早，而世德堂为最后。世德堂或已入天启时代。

十、继志斋所刊传奇　明金陵陈氏刊。

十一、传为李卓吾、陈眉公、玉茗堂诸家批评的传奇，在万历间刊布得不少，刊行的地域以苏、杭、闽南为主。又有魏仲雪批评传奇数种，刊于闽南。

十二、《群音类选》 明胡文焕编，此书极罕见，原书凡二十六卷，见存十六卷，珍籍遗文，往往赖是而见。

十三、明刊戏曲选本极多，刊行的地方，似以闽南为最重要，若《玉谷调簧》、《摘锦奇音》、《时调青昆》等，皆为很重要的资料。

十四、《六十种曲》 阅世道人编，汲古阁刊本，道光翻刻本。

十五、暖红室所刊传奇清刘世珩编，校刻不精。

十六、沈璟的《南九宫谱》，徐子室、钮少雅的《九宫正始》，吕士雄的《南吕定律》，庄亲王的《南北九宫大成谱》里，也有很多可资参阅的东西。

十七、《盛明杂剧》初、二集　明沈泰编，有原刊本，有武进董氏刊本。

十八、《奢摩他室曲丛》 吴梅编，商务印书馆出版，仅出二集而中止。

第五十三章

散曲的进展

从元末到明初的散曲的进展——北曲的盛况——南曲的抬头——元明间诸北曲作家们：汪元亨、谷子敬、丁埜夫、唐以初、汤舜民、贾仲明等——蒙古西域人之工散曲者——朱有燉——康海与王九思——陈铎——常伦与王磐——唐寅的北曲——杨廷和及其“名公巨卿”们——元人作南曲者之罕见——高则诚为今知南曲作家的第一人——刘东生与杨维桢——南曲家的朱有燉——陈沂、王阳明等——徐霖、沈仕等——唐寅与祝允明等——李日华等

一

从元末到明的正德，散曲的进展，可分为两方面来讲。第一，北曲依然的在蓬蓬勃勃地滋生着，并未显露出衰弱的气象来。第二，南曲也由无人知的民间暗隅里，抬头而出，渐渐的占领了曲坛的重要的地位。但这时期的北曲，气象虽未衰落，作家虽仍不少，而能不为前人所范围者却不多，能独创一个新的作风者，尤为罕见。几个大名

家，像朱有燉、常伦、康海、王九思、唐寅、陈铎等，其作风左右脱不掉元代曲家们的范型。北曲到了这个时候，已是相当于南宋的词的凝固为冰，雕刻成器的时代了。虽有豪杰之士，也脱不出如来佛的手掌心以外去。倒是新起的南曲，表现出另一种清新活泼的气象出来，造成了以后一百几十年的曲坛的新局面。但在明初，南曲的作家实在寥寥无几。其全盛，则在弘、正之间。

北曲的作家们，由元入明者，有汪元亨、谷子敬、唐以初、贾仲明、丁埜夫、汤舜民、杨景贤、刘东生诸人。贾仲明《续录鬼簿》所载尤多，大抵皆为元、明间人。

汪元亨，饶州人，浙江省掾。但《乐府群珠》(卷三)则以他为“元尚书”，不知何据。贾仲明说他“有《归田录》一百篇，行于世，见重于人”。《雍熙乐府》载他的散曲至百篇，殆即所谓“归田录”。他的散曲，脱不了马致远、张云庄式的“休居闲适”的气味，充分地表现着丧乱时代的无可奈何的享乐主义，像他的《折桂令》：

> 问老生掉臂何之？在云外青山，山下茅茨。向陇首寻梅，着杖头挑酒，就驴背咏诗。叹功名一张故纸，冒风霜两鬓新丝。何苦孜孜，莫待偲偲，细看渊明《归去来辞》。

还不是致远、云庄乃至小山诸人作品的翻版么？

谷子敬所作杂剧有《城南柳》等。所作“乐府隐语，盛行于世。蒙下堂而伤一足，终身有忧色。乃作《耍孩儿》乐府十四煞以寓其意，极为工巧。”(《续录鬼簿》) 惜此《耍孩儿》今已不可得见。

丁埜夫，西域人。“故元西监生。羡钱塘山水之胜，因而家焉。动作有文，衣冠济楚。善丹青小景，皆取诗意。套数小令极多。”(《续录鬼簿》) 但今也罕见他的所作。

唐以初名复，京口人，号冰壶道人。“以后住金陵，吟卜诗，晓音律。”杂剧有《陈子春四女争夫》，今佚。散曲有《普天乐·徐都相书堂》一首：“伯牙琴，王维画，文章公子，宰相人家，联一篇感兴诗，说几句知音话。”及《红绣鞋》四首见于《乐府群珠》。

汤舜民所作乐府，今传者尚多。贾仲明谓“文皇帝在燕邸时宠遇甚厚。永乐间恩赍常及。所作乐府，套数小令极多。语皆工巧，江湖盛传之。”舜民之作，是曲中的老手，能手；圆稳老到，是其特长，却没有怎样了不得的天才。像《南吕一枝花》：“树当轩作翠屏，月到帘为银烛，柳绵铺白罽毡，苔绿展翠绒褥，四壁萧疏。若得琅玕护，何须萝蔓铺。”（《题田老斋》）设景也还平庸，不见怎么的新警。

杨景贤本为蒙古人，“因从姐夫杨镇抚，人以杨姓称之。善琵琶，好戏谑。乐府出人头地。”（《续录鬼簿》）永乐初，与舜民及仲明同被宠遇。

贾仲明（一名仲名）自号云水散人，所作散曲有《云水遗音》等集。惟今传者已不多。刘东生“作《月下老定世间配偶》四套，极为骈丽，传诵人口。”（《续录鬼簿》）《世间配偶》疑为杂剧。其散曲也罕见。

朱仲宜为元末人，名经，陇人，号观梦道士，又号西清居士。以儒业起为浙江省考试官。尝为《录鬼簿》作序；和贾仲明也相交甚深。其子启文，任中书宣使。文学过人，“亦善乐府隐语”。

此外，《续录鬼簿》所载，还有：刘君锡，燕山人，“隐语为燕南独步。”夏伯和，号雪蓑钓叟，松江人。“文章妍丽，乐府隐语极多”，尝作《青楼集》。全子仁，名普庵撒里，高昌家秃兀儿氏，元赣州路监郡。詹时雨，随父宦游福建，因而家焉。“乐府极多，有补《西厢弈棋》（疑即今传之《围棋闯局》）并‘银杏花凋残鸭脚黄’诸南吕行于世。”刘士昌，宛平人，“所作乐府，语极骈丽。有《四季》黄钟及《娇马衫》中吕传于世。”花士良，高邮人，洪武初知凤翔府事，后以事死非命。金尧臣，淮东人，左司郎中，“乐府有《金人捧露盘》、《沉醉东风》等行于世。”张伯刚，京口人，洪武初，任临洮太守。李唐宾，广陵人，号玉壶道人，淮南省宣使，“乐府俊丽”。兰楚芳，西域人，与刘廷信在武昌赓和，人多以元、白拟之。俞行之名用，临江人。“乐府小令，极其工巧。永乐中，嘉其才，官以营膳大使”。贾伯坚名固，山东沂州人，拜中书左参政事。倪瓒所作乐府：“有《送行水仙子》二篇，脍炙人口。”孙行简，金陵人，洪武初任上元县县丞。徐孟曾，兰陵人，号爱梦，世业医。“平居好吟咏，乐府尤工。然其气岸高峻，时人以为矜傲，呼为戆斋。”杨彦华名贲，滁阳宦族，自号春风道人。永乐初为赵府纪善。

蒙古人、女真人及西域人工散曲者也有不少。《续录鬼簿》所载者，有：金元素，康里人氏，名哈剌，“故元工部郎中，升参知政事。尝有《咏雪塞鸿秋》为世绝唱。后随元驾北上，不知所终”。金文石，元素子，因其父北去，忧心成疾卒于金陵“作乐府，名公大夫伶伦等辈，举皆叹服”。月景辉，也里可温氏，居京口，官至令尹。“吟诗和曲，笔不停思”。赛景初，西域人，授常熟判官。“遭世多故，老于钱塘、西湖之滨”。沐仲易，西域人，故元西监生，“有《自赋大鼻子》、《哨遍》，又有《破布衫》,《耍孩儿》盛行于世”。虎伯恭，西域人，“与弟伯俭、伯让以孝义相友爱。当时钱塘风流人物，咸以君之昆仲为首称”。

涵虚子《太和正音谱》所录“古今众英”中有明初曲家十六人。在上面所举的以外者，还有王子一、王文昌、陈克明、穆仲义、苏复之、杨文奎等五人。这些元、明之间的散曲作者们，其作品传于今者殆百不存一。大多数皆片言只语，不遗于人间。其偶有所遗，像杨彦华的《春游》(《端正好》套)：“江南自古繁华地，追胜游尽醉方归。波动处绿鸭浮，沙暖处红鸳睡。风流佳致，省可里杜鹃啼。”王文昌的《夏景》(“南北合套”)：“碧烟淡霭暗蘼芜，洒几点黄梅雨，菡萏将开燕将乳。”兰楚芳（兰,《正音谱》作蓝）的《春思》(《愿成双》套)：“青春一捻，奈何娇羞更怯！流不干泪海几时竭？打不破愁城何日缺？诉不尽相思舍！”也都不是什么惊人的名篇。

继于贾仲明时代之后的散曲作家，仅一朱有燉耳。涵虚子（朱权）所作散曲，今未见一篇。其他作家，则连姓氏也不曾见之记载。宣德到成化的六十年间的散曲坛实是沉寂若墟墓的。幸赖朱有燉纵横驰骋于其间，稍增生气。“齐唱宪王新乐府，金梁桥外月如霜。”那时不唱宪王的乐府，又唱谁的？有燉的散曲集《诚斋乐府》，今日亦幸得见全部诚斋之曲，亦多陈腐的套语，远不如他的杂剧之能奔放自如，别辟天地。像《隐居》(《一枝花》套）的一段：

> 对着这一川残照波光暝，两岸西风树色明，看了这山水清幽足佳兴。醒时节共樵夫将古人细评，醉时节就蓬窗将衾绸欹挣，任那鼻息齁齁唤不醒。

又像《嘲子弟省悟修道》(《粉蝶儿》套）的一段：

> 既得了黍珠般一粒丹，急将来华池中满口吞，这的是神仙自有神仙分，那其间将你这折柳攀花的方才证得本!

都不是什么上乘的曲子。

二

到了弘治、正德间，北曲的作家们忽又像泉涌风起似的出来了不少。北方以康（海)、王（九思）为中心，南方以陈铎为最著。他若常伦的豪迈，王磐的俊逸，并各有可称。

这时代的北曲，早已成了“天府之物”，民间反不大流行。作者们类皆以典雅为宗。像元人那样的纵笔所如，土语方言，无不拉入的勇气，已是不多见的了。惟真实的出于“性灵”之作，却反较明初为盛。他们不复是敷衍塞责。他们是那样的认真的推陈出新的在写着；即最凡庸的“庆寿”、“宴集”之作，有时也有很可观的隽什佳句可得。

康海（1475—1540）的散曲集，有《沜东乐府》。王九思（1468—1550）的散曲集，有《碧山乐府》、《碧山续稿》及《碧山新稿》等。他们为当时曲坛的宗匠者总在半世纪以上，九思嘉靖初犹在，影响尤大。对于这两位大作家，世人优劣之论，纷纭不已。王世贞以为“其秀丽雄爽，康大不如也。评者以敬夫声价，不在关汉卿、马东篱下。”(《艺苑卮言》) 王伯良也抑康而扬王。其实二人所作，皆流于粗豪，对山更甚。碧山则较为蕴藉，故深为学士大夫所喜。对山之曲，时有故作盘空硬语者，像“轻蓑一笛晚云湾，这逍遥是罕!”(《醉太平 · 浒西即事》)“多君况乃青云器。乐转凤凰歌，灯转芙蓉戏，剔团圆明月悬天际。”(《塞鸿秋 · 元夜》)“雾冥蒙好兴先裁，意绪难捱，诗酒空开，万里泥途，三径何哉!”(《折桂令 · 苦雨》) 之类，集中几于俯拾皆是。他盛年被放，一肚子的牢骚，皆发之于乐府，故处处都盈溢着愤慨不平之气，像《读史》(《寄生草》)“天岂醉，地岂迷，青霄白日风雷厉。昌时盛世奸谀蔽，忠臣孝子难存立。朱云未斩佞人头，祢衡休使英雄气！”但也有写得很清隽者，像《晴望》(《满庭芳》)：

天空雾扫，云恬雨散，水涨波潮，园林一带青如掉，山色周遭。点玉池新荷乍小，照丹霄晴日初高。两件儿休支调：鸡肥酒好，宜醉浒西郊。

称他为曲中的苏、辛，殆足当之无愧。碧山却没有对山那样的屹立冈头的气概了。他也愤慨，他也不平，他也想奔放雄豪，然而他的笔锋却总未免有些拘谨，有些不敢迈开大步走去。像“一拳打脱凤凰笼，两脚登开虎豹丛，单身撞出麒麟洞，望东华人乱拥，紫罗襕老尽英雄。”(《水仙子》)未尝不想其气势的浩荡，却立刻便显出其“有意做作”的斧凿痕来。远不及对山之浑朴自然，写得不经意。他的本色语，乃是像《杂咏》(《寄生草》)般的圆熟的：

渼陂水乘个钓艇，紫阁山住个草亭；山妻稚子咱欢庆，清风皓月谁争竞，青山绿水咱游咏。醉时便唱太平歌，老来还是疏狂性。

集合于康、王的左右者有张炼、史沐、张伯纯、何瑭、康祎川诸人。山东李开先则在嘉靖间和九思相唱和（李开先见第六十三章）。张炼也是武功人，所作有《双溪乐府》二卷。他是对山的外甥，作风却不似对山。像《四时行乐》(《满庭芳》)虚窗易醒，秋霖初霁，纤月才明，凭谁唤起登楼兴？景物关情！滴苍苔梧桐露冷，透疏帘杨柳风轻，兀自把危阑凭。对烟霞万顷，谁知有少微星。”还只办得一个“稳”字，并未脱去“陈套”。何瑭字柏斋，有《柏斋何先生乐府》一卷。史沐、张伯纯、康祎川诸人所作，则皆见《北宫词纪》中。康祎川疑即刻《沂东乐府》的对山之弟浩。

陈铎的散曲集有《梨云寄傲》、《秋碧乐府》^及《滑稽余音》等。

他的散曲，最得时人称誉。王世贞独短之，以为："陈大声金陵将家子，所为散套，既多蹈袭，亦浅才情。然字句流丽，可入弦索。"像"忆吹箫玉人何处也？立尽梧桐月"（《清江引》）之类，诚未免流于"蹈袭"。但这乃是明人的通病，并不仅大声一人为然。大声自有其最新警，最漂亮的作品在着。他不独善状物态，更长于刻划闺情。像"更初静，月渐低，绣房中老夫人方睡。我敢连走到三四回，嘱多情犬儿休吠"（《落梅风·风情》）；"赤紧的做几场糊突梦，猜也难猜！花落花开，有日归来。务教他谎话儿折辨真实，弃钱儿消缴明白"（《蟾宫·闺情》）；"当时信口说别离，临行话儿牢记。他道一句不挪移，那曾有半句儿真实！把些神前咒，做下小儿戏"（《双调夜行船》套）；都是最深刻，最畅达的情词。但也有表现着很愤懑的情绪的，像"与知音坐久盘桓，怪舞狂歌尽此欢，天下事吾侪不管！"（《冬夜·沉醉东风》）

常伦（1491—1524）字明卿，沁水人，正德间进士，官大理评事。他多力善射，好酒使气。用考调判陈州。又以廷詈御史，以法罢归。益纵酒自放。居恒从歌伎酒间变新声，悲壮艳丽，称其为人。尝省墓，饮大醉，衣红，腰双刀，驰马绝尘。前渡水，马顾见水中影，惊蹶。堕水，刃出于腹，溃肠死，年仅三十四。有《常评事写情集》。他是那样的一位疏狂的人，故他的作风也显着异常的奔放与豪迈。像《天净沙》：

> 知音就是知心，何拘朝市山林，去住一身谁禁，杖藜一任，相思便去相寻。

那样的潇洒，便是他的特色。就是恋情的歌咏，他也是那么样的粗率直爽，像："好坚著一寸心，相应着一片口。传示他卓文君，慢把车儿骤，请袖彼相如弄琴手。"（《粉蝶儿》套）又像"平生好肥马轻裘，老也疏狂，死也风流，不离金尊，常携红袖。"（《折桂令》）他是那么大胆地绝叫着刹那的享乐主义！

王磐字鸿渐，高邮州人。生富室，独厌绮丽之习。雅好古文辞。家于城西，有楼三楹，日与名流谈咏其间，因号西楼。他恶诸生之拘挛，弃之。纵情山水诗画间。每风月佳胜，则丝竹觞咏，彻夜忘倦。

有《西楼乐府》。同时有王田者字舜耕，济南人，亦号西楼。明人如王世贞、陈所闻已常把他们二人混为一谈。但鸿渐不作南曲，以此可别于舜耕。鸿渐的散曲，殆为明人所作中之最富于诙谐的风趣者。以马致远（《借马》）、王元鼎较之，似也未必有他那么脱口成趣。王伯良绝口称之，以为“于北词得一人，曰高邮王西楼，俊艳工炼，字字精琢。”正德间，阉寺当权，往来河下者无虚日，每到，便吹号头，齐丁夫。西楼尝作《朝天子》（《咏喇叭》）嘲之：“喇叭，唢呐，曲儿小，腔儿大，官船来往乱如麻，全仗你抬声价。军听了军愁，民听了民怕。”他又爱作《失鸡》、《嘲转五方》、《瓶杏为鼠所啮》一类的曲子，而《失鸡》的《满庭芳》，尤传诵一时：

> 平生淡薄，鸡儿不见，童子休焦。家家都有闲锅灶，任意烹炮。煮汤的贴他三枚火烧，穿炒的助他一把胡椒，到省了我开东道。免终朝报晓，直睡到日头高。

江盈科评他所作，谓“材料取诸眼前，句调得诸口头。其视匠心学古，艰难苦涩者，真不啻啖哀家梨也。”（《雪涛诗话》）西楼的长处便在于此。他若不经意以出之，却实是警健工炼的。

唐寅以南曲著称于时，但写北曲也饶有风趣。寅（1470—1523）字伯虎，一字子畏，号六如居士，吴县人。尝中解元，以疏狂，时漏言语，因此罣误，竟被除籍。益自放。所作多怨音。有私印曰“江南第一才子”；又曰“普救寺婚姻案主者”。世人以所盛传的“三笑姻缘”，殆实有其事。他作《叹四词》四阕（调寄《对玉环带清江引》），见于《尧山堂外纪》（卷九十一）：“清闲两字钱难买，苦把身拘碍！人生过百年，便是超三界，此外更别无计策”；“富贵不坚牢，达人须自晓。兰蕙蓬蒿，算来都是草，鸾凤鸱枭，算来都是鸟。北邙路儿人怎逃！及早寻欢乐。痛饮千万觞，大唱三千套，无常到来犹恨少”；“算来不如闲打哄，枉自把机关弄。跳出面糊盆，打破酸齑瓮，谁是惺惺谁懵懂！”这样的情调，都是由愤懑的内心里喷吐而出的。

杨慎的父亲杨廷和（1459—1529）字介夫，新都人，成化进士。武宗时为太子太师，华盖殿大学士。嘉靖初，以议大礼，削职归。卒年七十一。所作散曲集，有《乐府遗音》。其情调大类张云庄的《休居乐府》。但也很有潇爽之作，像《三月十三日竹亭雨过》(《天净沙》)：

> 风阑不放天晴，雨余还见云生。刚喜疏花弄影，鸟声相应，偶然便有诗成。

以"名公巨卿"而写作散曲者，"北调如李空同、王浚川、林粹夫、韩苑洛、何太华、许少华，俱有乐府，而未之尽见。"（王世贞语《尧山堂外纪》（卷八十三）曾载王越之作。越字世昌，濬人。官都御史，以功封威宁伯。他所作皆"粗豪震荡如其人"。像《朝天子》："万古千秋，一场闲话，说英雄都是假！你就笑我剌麻，你休说我哈沓，我做个没用的神仙罢。"林粹夫名廷玉，号南涧，侯官人。韩邦奇字汝节，号苑洛，朝邑人。他们所作，并见《尧山堂外纪》（卷九十）。粹夫醉中戏作《清江引》云："胜水名山和我好，每日家相顽笑。人情下苑花，世事襄阳炮，霎时间虚飘飘都过了。"韩苑洛弟邦靖，字汝庆，为山西参政。亦能作曲。养病回，书一《山坡羊》于驿壁道："青山绿水，且让我闲游玩；明月清风，你要忙时我要闲。严陵，你会钓鱼，谁不会把竿？陈抟，你会睡时，谁不会眠？"他们的情调，大抵都是如此的"故作恬淡"的。苑洛尝作邦靖行状，末云："恨无才如司马子长、关汉卿者以传其行。"以汉卿比肩子长，苑洛的醉心剧曲，可谓笃至！

杨循吉（1456—1544）字君谦，吴县人。中进士，除礼部主事。性好山水，居于南峰，因自号南峰山人。正德末，循吉老且贫，因伶人臧贤见武宗。每夜制为新声，咸称旨。然帝待之无异伶优，久不授他官与秩。循吉愧悔，亟乞放归。这个遭际，和徐霖有些相同。他罢部郎归，尝作《水仙子》云："归来重整旧生涯，潇洒柴桑处士家。草庵儿不用高和大，会清标岂在繁华。纸糊窗，柏木榻，挂一幅单条画，借一枝得意花，自烧香，童子煎茶。"又作《对玉环带清江引》(《遣怀》)四首，"百岁霎时过，不饮待如何！枉自将春蹉，桃花笑人空数朵。"其情调都是相同的。虽貌为恬淡，其实是不能安于寂寞的。

尝见天一阁蓝格抄本《北曲拾遗》一册，中有王舜耕及杨南峰作。舜耕所作的《商调集贤宾·述怀》也是充满了厌世的情调："老阎罗大开着门户等。者么你口强牙哽，末稍拳使不下口强星星。”同书所载作者们，又有景世珍、虞味蔗、湖西主人及洗尘等四人，生平并未详，当皆南峰、舜耕同时人。

三

元时有“南北合套”，但南曲则绝未见到一篇。《雍熙乐府》、《盛世新声》及《词林摘艳》所载南曲，不知中有元人作否？陈所闻《南宫词纪》（卷六）载有道情《浪淘沙》：“绿竹间青松，翠影重重，仙家楼阁白云中。”题“元人”作，不知何据。南曲的最早的一位作家，当为高则诚。则诚，永嘉平阳人，为有名的《琵琶记》的作者。他的南曲有《商调二郎神·秋怀》“人别后，正七夕穿针在画楼，暮雨过纱窗，凉已透”一套，见于《南宫词纪》，并不怎样的重要，似还远不及《琶琶》的《赏月》诸出呢。以写作《娇红记》著名的刘东生，也写着南曲《秋怀》（《双调步步娇》）：“簟展湘纹新凉透，睡起红绡皱，无言独倚楼。一带寒江，几树疏柳，牵惹别离愁，天回苍山瘦。”颇饶富丽的铺叙与陈述。东生的南曲，恐怕仅存有这一套了。（见《南宫词纪》卷三）杨维桢也写作南曲，今传《夜行船·吊古》：“霸业艰危，叹吴王端为苎萝西子倾城处”一套。（明人选本像《吴歈萃雅》等皆题杨升庵作；但《南九宫词》及王伯良则皆以为铁崖作。）

杨、高、刘而后，南曲的大家，又得算到朱有燉。他的《诚斋乐府》里也有南曲。最有名者为《双调柳摇金》，凡四篇，设为《诫风情》、《风情答》及《再诫》、《再答》：“风情休话，风流莫夸，打鼓弄琵琶，意薄似风中絮，情空如眼内花，都是些虚脾烟月，耽搁了好生涯。想汤瓶是纸，如何煮茶！”但“诫”虽是教训诗，“答”却充溢着肉的追求的赞颂的。

王世贞《艺苑卮言》所评宣、成、弘间人作：“赵王之‘红残驿使梅’，杨邃庵之‘寂寞过花朝’，李空同之‘指冷凤皇生’，陈石亭之‘梅花序’，顾禾斋之‘单题梅'皆出自王公，脍炙人口。然较之专门，终有间也。王威宁越《黄莺儿》，只是浑语，然颇佳。”今多已不可得见。石亭即陈沂，禾斋即顾鼎臣，鼎臣的《咏梅花》(《正宫白练序》套）今犹存于《南宫词纪》(卷二）中春光早漏泄，向南枝，信已传，还掩映旧日水痕清浅。”都只是套语，别无新意。

王阳明为理学大儒，他的南曲虽不多见，然见于《南宫词纪》的一篇《归隐》(《双调步步娇》套）却是那样不平常的赤裸裸的谩骂：“乱纷纷鸦鸣鹊噪，恶狠狠豺狼当道。冗费竭民膏，怎忍见人离散！举疾首蹙额相告，簪笏满朝，干戈载道，等闲间把山河动摇！”他为了愤懑而退隐，却即退隐了，也还是满怀的不忍之心。同时有邵宝的，也以名臣而能南曲。宝字国贤，号二泉，无锡人。《新编南九宫词》所载者，又有秦宪副、王思轩尚书、方洗马、燕参政、杨阁老诸人词；他们也都是这时代的人物。其词“较之专门，终有间也”。燕参政（仲义）的《画眉昼锦》套，抒写晓行的情景，实为古今绝唱。以少游的“梦破鼠窥灯”一词较之，未免有“小巫”之感。“霍索起披襟，见书窗下有残灯。把行囊束整，跨马登程。伤情！半世随行琴和剑，几年辛苦为功名。从头省：只赢得水宿风餐，戴月披星！……”(《黄莺儿》)“伐木响丁丁，傍幽林取次行，只听得败叶儿淅零索落随风韵。疏星尚存，残月尚明，碧溪清浅，梅横疏影。算行程：山程共水程，一程过了又一程。”其健昂悲壮的情绪，似尤在“嘒彼小星，三五在东”之上。

四

陈大声在南曲坛上，也是一位纵横驰骤罕逢敌手的大家。《秋碧》曲里以南曲写就者，似较之以北曲出之者为更柔媚，更富于绮腻宛曲之感。像《好事近》套：“兜的上心来，教人难想难猜！同心罗带，平空的两下分开。伤怀，旧日香囊犹在。诗中意，须写的明白。归期一年半载，算程途咫尺，音信全乖。”已甚缠绵悱恻，而《风情》的《锁南枝》,《丽情》的《黄莺儿》:

肠中热，心上痒，分明有人闲论讲。他近日恩情又在他人上。要道是真，又怕是谎，抵牙儿猜，皱眉儿想。

——《锁南枝》

一见了也留情！口不言，心自省，平白惹下相思病。佳期又未成，虚耽着污名。老天不管人孤零，对残灯一场价睡醒，胡突梦，见分明。

——《黄莺儿》

尤能以本色语，当前景，曲曲传达出最内在的柔情。这便是他的特色。

王世贞云："徐髯仙霖，金陵人，所为乐府，不能如陈大声稳妥，而才气过之。"徐霖所作，惜今绝罕见。《南宫词纪》所载的《闲情》(《山坡羊》)二首，殆为他的全部的遗产了："春染郊原如绣，草绿江南时候，和烟衬马，满地重茵厚。……添愁，桃花逐水流，还愁青春有尽头！"若仅以此二曲衡之，却实不足以和大声并肩而立。

同时有沈仕，字懋学，一字子登(《曲品》云一字野筠)，号青门山人，仁和人。著《唾窗绒》，亦善绘画。他和陈大声齐名，明人每并称之。沈德符云："沈青门、陈大声辈南词宗匠。"(《顾曲杂言》)徐又陵也并举之。张旭初评"其辞：冶艳出俗，韵致谐和，入南声之奥室矣。"梁辰鱼的《江东白苎》尝有《效沈青门唾窗绒体》，引云："青门沈山人者，钱塘菁英，武林翘楚。丹青冠于海上，词翰遍于江南。任侠气满，迹类霸陵将军；自伤情多，家本秦川公子。但峻志未就，每托迹于醉乡；逸气不伸，常游神于花阵。联翩秀句，倾翠馆之梁尘，旖旎芳词，动青楼之扇影。"他是那么倾倒于青门。他的整个的《江东白苎》，也许可以说是规模《唾窗绒》的结果。自嘉、隆以后，像陈大声那么样的本色的情歌，是不为文人学士所重视的了。他们追步的目标，便是《唾窗绒》和《江东白苎》。这风气竟历百余年而未衰。沈仕所作，诚都是娇艳若"临水夭桃"的东西，像《黄莺儿》(《美人隔窗》)：

俺只道秋水浸芙蓉，却原来透窗纱脸晕红。朦胧相对浑如梦。又不是云山几重，怎说与离情万种！只见绿杨烟里花枝动。总相逢，淡月笼烟，人在广寒宫。

后人所追模的便是这一类的绮腻而典雅之作。但他也时有很露骨，很浅显的东西，像《锁南枝》(《咏所见》)：

> 雕阑畔，曲径边，相逢他猛然丢一眼。教我口儿不能言，腿儿扑地软。他回身去，一道烟。谢得腊梅枝把他来抓个转。

那样天真而漂亮的东西，却便没有人去模仿了。

唐寅、祝允明、文征明的三人，在弘、正间也皆以南曲著名，唐寅尤为白眉。他们都是吴人，又皆相友善。寅北曲未必当行出色，南曲则显露着很超绝的天才。他的《黄莺儿》(《闺思》) 数首最有名：

> 细雨湿蔷薇，画梁间燕子归，春愁似海深无底。天涯马蹄，灯前翠眉，马前芳草灯前泪。梦魂飞云山万里，不辨路东西。

祝允明 (1460—1526) 字希哲。号枝山，又号枝指生。尝为广中邑令，归装载可千金，不二年都尽。好负逋责，出则群萃而诃谇者至接踵。竟不顾去。 尝赋《金落索》(《四景》)，为时脍炙：

> 东风转岁华，院院烧灯罢。陌上清明，细雨纷纷下。天涯荡子，心尽思家。只见人归不见他！合欢未久难抛舍，追悔从前一念差。伤情处，恹恹独坐小窗纱。只见片片桃花，阵阵杨花，飞过了秋千架。

以那么陈腐的题目，写出那么隽妙的“好词”，实在不是容易的事，难怪当时的许多少年们都发狂似的追随于他之后。文征明 (1470—1559) 名璧，以字行。原籍衡山。他的画最有名。在翰林时，每为同官者所窘，他们昌言于众道：“我衙门中不是画院，乃容画匠处此耶？” 惟陈石亭等数人，和他相得甚欢。他所作曲，不多见；像《山坡羊》(《秋兴》)：“远涧风呜寒漱，落木天空平岫”，也很清秀。

李日华的《南西厢记》大为人所垢病，但他的散曲却是很清丽可爱的。 他的《玉芙蓉》(《情》)：“残红水上飘，青杏枝头小”最有名。像《六犯清音》(《宫怨》)：“含情独倚小阑前；怎禁得纤腰瘦怯愁如海，怎禁得淑景舒迟昼似年”之类，也都还很稳贴。

常伦、康海、王九思的几位北曲作家，也间作南词。在他们的时候，南曲是正抬起头要和北曲争夺曲坛的王座的当儿。到嘉、隆的时代，便是南曲的霸权已定的时期了。常伦的南曲，依然和他的北曲似的那么豪迈；像《山坡羊》(《闲情》)：“二十番春秋冬夏，数十场酸咸甜辣，些娘世事，海样胸襟大”；“山和水，水和山，厮环厮辏。醉而醒，醒而醉，闲拖闭逗。无边光景，天付与咱情受。”在南曲里实在是很可诧怪的一种闯入的情调。对山和碧山的南曲，却和时人的作风无大差异，像对山的《山坡羊·四时行乐》：“关情白云零露，惊心落霞孤鸯，碧天暗里秋光度。……狂图功名已自诬，江湖从今好共娱。”所不同者，惟北人的疏狂之态未尽除耳。

参考书目

一、《盛世新声》十二卷　明无名氏编，有正德间刊本（吴兴周氏藏），有万历间翻刊本（故宫博物院藏）。

二、《词林摘艳》十卷　明张禄编，有嘉靖间张氏原刊本，有万历间（？）徽藩翻刻本（均长洲吴氏藏），有万历间北方刊大字本（故宫博物院藏）。

三、《雍熙乐府》二十卷　明郭勋编，有嘉靖间原刊本。

四、《雍熙乐府》十三卷　明海西广氏编，有原刊本。《四库全书》所收，即此本。盖当时未见郭勋本也。

五、《新编南九宫词》　明三径草堂编，有隆、万间原刊本，有长乐郑氏影印本。

六、《北宫词纪》六卷、《南宫词纪》六卷　明陈所闻编，有万历间原刊本。

七、《吴骚集》四卷　明王穉登选，有万历间刊本（清华图书馆藏）。

八、《南词韵选》十九卷　明沈璟选，有万历间刊本（长洲吴氏藏）。

九、《乐府群珠》四卷　明无名氏编，有传抄本（北京图书馆藏）。

十、《北曲拾遗》　明无名氏编，有天一阁抄本（海宁赵氏藏）。

十一、《吴歈萃雅》　明周之标编，有万历间刊本（西谛藏）。

十二、《吴骚合编》四卷　明张楚叔编，崇祯间刊本（西谛藏）。明人南北曲选本极多，姑举较著者若干种。

十三、《太和正音谱》 明朱权编，有《涵芬楼秘笈》本。

十四、《续录鬼簿》 明贾仲明著，有天一阁抄本（鄞县孙氏藏）。

十五、《曲品》 明吕天成编，有暖红室刊本，有《重订曲苑》本。

十六、《艺苑卮言》 明王世贞著，有明刊本（见于《历代诗话》中者非全本）；其论曲之语，《续欣赏编》曾别录出，名之为《曲藻》。

十七、《顾曲杂言》 明沈德符著，有《学海类编》本，《重订曲苑》本；盖亦系从沈氏《万历野获编》中录出别行者。

十八、《尧山堂外纪》 一百卷明蒋仲舒编，有万历间刊本。

十九、《散曲丛刊》 任讷编，中华书局出版。

第五十四章

批评文学的进展

元代批评文学的进展——有组织的批评著作的再现——古文家势力在元及明初的影响——陈绎曾、王构、杨载及范椁——元代通俗入门书盛行的原因——瞿佑的《归田诗话》——李东阳及其《怀麓堂诗话》——何、李的复古运动——徐祯卿的《谈艺录》——何孟春、都穆等

一

元代批评家们承宋、金之后，规模日大，门径渐严。有计划、有组织的著作较多，这不能不说是一个进步。关于散文一方面，古文的势力，仍然笼罩一切。人人竞奉韩、柳、欧、苏为规模的目标，而苏轼的影响尤大。陈秀民（字庶子，四明人，后为张士诚参军，历浙江行中书省参知政事翰林学士）至专编《东坡文谈录》、《东坡诗话》以扬其学。元末杨维桢为文稍逸古文家的范围，王彝便作《文妖》一篇以诋之，至骂之为狐为妖："会稽杨维桢之文，狐也，文妖也！噫，

狐之妖至于杀人之身；而文之妖往往后生小子群趋而竞习焉，其足为斯文祸，非浅小也！”明初的刘基、宋濂以及稍后的方孝孺等皆为纯正之古文家，胥守唐、宋古文家法而不敢有所变易。被称为“台阁体”的杨东里，则更模拟欧阳修，一步一趋，莫不效之。直到了弘治间，李梦阳出来，与何景明、徐祯卿诸人，倡言复古，非秦、汉之书不读；于是天下的风气丕然一变。唐、宋诸大家的影响，至此方才渐渐地消歇下去。诗坛的趋向，也回复到“盛唐”诸家求模范。

在古文势力的绝对控制之下，元及明初的文学批评，是没有什么特殊的见解的。但有系统的著作，却产生了不少。像陈绎曾的《文说》及《文筌》，王构的《修辞鉴衡》，杨载的《诗法家数》，范梈的《木天禁语》、《诗学禁脔》等作，虽不是什么了不得的伟作，虽不曾有什么创见的批评的主张，却已不复是宋人的随笔掇拾成书的“诗话”了。也许他们都是为“浅学”者说法的，都是为了书贾的利润而编成的——元代的书籍，书贾所刊者以通俗的、求广销的书为最多。但究竟是有组织的著作；是复兴了唐人的《诗格》、《诗式》、《诗例》一类的作风的。

陈绎曾字伯敷，处州人。至顺间，官国子监助教。尝从学于戴表元，故亦为正统派的文士之一。他的《文说》，本为程试之式而作。书中分列八条，论行文之法，而所论大抵皆宗于朱熹。又有《文筌》八卷，分《古文小谱》、《四六附说》、《楚赋小谱》、《汉赋小谱》、《唐赋附说》五类，盖也是为“举子”而作的。末附《诗小谱》二卷，则为绎曾友石桓、彦威之作。

王构（1245—1310）字肯堂，东平人，官至翰林学士承旨，谥文肃。他的《修辞鉴衡》分二卷，上卷论诗，下卷论文，皆采撷宋人的诗话以及笔记与文集里的杂文而加以排比的。

杨载的《诗法家数》，叙述作诗的方法甚详且备。最后的一篇《总论》，虽浅语，却颇近理。像“诗不可凿空强作。待境而生，自工”；“诗贵含蓄，言有尽而意无穷者，天下之至言也”；“作诗要正大雄壮，纯为国事。夸富耀贵，伤亡悼屈一身者诗人下品”诸语，都是很有确定的批评主张的，似不能以其类“诗法入门”之作而忽之。

范梈字德机，所作《木天禁语》及《诗学禁脔》，皆《诗格》一类的“入门书”。《木天禁语》仅有“内篇”而无“外篇”，殆“外篇”已佚失。《诗学禁脔》似与之相衔接，或即其“外篇”欤？梈叙《禁语》谓：“诗之说尚矣。古今论著，类多言病而不处方。是以沉痼少有瘳日，雅道无复彰时。兹集开元、大历以来诸公平昔在翰苑所论秘旨，述为一编。”是所依据者，仍为唐人诸作。每一作法，必举一二唐人诗为例，也是王昌龄、贾岛诸人《诗格》的规矩。《诗学禁脔》则分为“颂中有讽”，“美中有刺”，“抚景寓叹”，“专叙己情”等十五格，每格也以唐诗一篇为例，而后附说明。

此外，潘昂霄有《金石例》，倪士毅有《作义要诀》，徐骏有《诗文轨范》，殆皆为便利俭腹的文士学子而设者。《四库全书提要》虽极讥他们的浅陋，但他们的有组织的篇述，却是不能以“浅陋”二字抹杀之的。为什么在元代会复活了，且更扩大了唐代的“诗格”、“诗式”一类的科场用书呢？这是一个很值得研究的问题。一可以见当时通俗入门书的畅销；二则当时文士们在少数民族压迫之下，求师不易，而这一类通俗入门书便正是他们“无师自通”的宝库。但通俗书之所以会畅销，根本原因，还当在元代一般经济状况的进步。我们读杜善甫的《庄家不识勾栏》，见一个农民入城而能慨然地以二百文为剧场的入门费，便可知那时的一般经济状况是并不如我们所想象的那么同当时政治一样的黑暗的。这问题太大，且留待专门家的讨论。

二

到了明初，这一类通俗的入门书，忽又绝迹了。而随笔或杂感体的“诗话”又代之而兴。元人亦有“随笔”式的诗话，像韦居安的《梅硐诗话》，吴师道的《吴礼部诗话》，无名氏的《南溪诗话》；但不多。明人才又纷纷的写作这一类“诗话”。在其间，瞿佑（1341—1427）的《归田诗话》，可以说是最早的一部。佑所作，以《剪灯新话》为最著。《归田诗话》于品藻唐、宋诗外，亦叙述元、明的近事，其中颇多很珍异的史料。像《梧竹轩》条："丁鹤年，回回人。至正末，方氏据浙东，深忌色目人。鹤年畏祸，迁避无常居，有句云：'行踪不异枭东徙，心事惟随雁北飞。'识者怜之。"元末明初，少数民族人在华所遭逢的厄运，由此已可略得其消息。

其后，诗话作者，以李东阳的《怀麓堂诗话》为最著。东阳（1447—1516）字宾之，茶陵州人。天顺进士。官至礼部尚书，文渊阁大学士。卒谥文正。有《怀麓堂集》。他继三杨之后，而主持着当代的文坛。"不为倔奇可骇之辞，而法度森严，思味隽永。"（杨一清《石淙类稿》）他的《怀麓堂诗话》，杂论作诗之法，并评唐、宋、元各代以及当代诗人之作，颇有可注意的地方：

> 诗贵意。意贵远不贵近，贵淡不贵浓。浓而近者易识，淡而远者难知。
>
> 诗有别材，非关书也；诗有别趣，非关理也。然非读书之多，明理之至者则不能作。
>
> 作诗必使老妪听解，固不可。然必使士大夫读而不能解，亦何故耶？

也只是中庸平正之论，没有什么惊人的主张，所以也不能成为一派一宗。惟中有论诗与时代及土壤的关系的一段：

> 汉、魏、六朝、唐、宋、元诗，各自为体。譬之方言，秦、晋、吴、越、闽、楚之类，分疆画地，音殊调别，彼此不相入。此可见天地间气机所动，发为音声，随时随地，无俟区别，而不相侵夺。然则，人囿于气化之中，而欲超乎时代土壤之外，不亦难乎！

最有创见；可惜他自己只是"随感"的笔录，而其后也更无批评家为之发挥光大之，此论遂成"昙花一现"。

东阳之后，有李梦阳的出来，继他而主持文柄。梦阳的魄力比东阳大，主张比东阳激烈。他不满于东阳的萎弱中庸的态度，他大声疾呼地倡言：文必秦、汉，诗必盛唐。何景明辈和之。天下学者当之，如疾风偃弱草似的莫不披靡而拜下风。遂正式产生了一个伪拟古的运动。虽然不是什么很伟大的一个文学运动，但明兴以来的萎弱的文坛，却受了这个激刺，不禁为之一震动。以后，“后七子”的运动，公安、竟陵二派的兴起，差不多也都是受其拨动的。梦阳字献吉，庆阳人。弘治进士。官户部郎中。曾因事下狱二次。刘瑾被杀，他才起故官，出为江西提学副使。又以为宸濠作《阳春书院记》，削籍。有《空同集》六十六卷。

徐祯卿为维持空同主张的一人。他的《谈艺录》几是何、李派伪拟古运动的批评的代表作。他的批评，只论汉、魏，六朝且不屑及，何论唐、宋！他道："魏诗门户也，汉诗，堂奥也。入户升堂，固其机也。……故绳汉之武，其流也犹至于魏，宗晋之体，其弊也不可以悉矣。"他们是那么样的迷恋于古！总之，愈古是愈好的。而这样拟古的结果，遂写出了许多貌若古拙的诗文来。有时简直是有意的做作。好像仿古的器物似的，远看似真，近瞩却知是冒牌的东西。这影响几笼罩了百年！祯卿字昌谷，吴人。弘治进士。官国子博士。有《迪功集》六卷。

同时有何孟春，字子元，郴州人，官至吏部侍郎。作《余冬诗话》，宗李东阳之说。都穆字元敬，吴人，官至礼部郎中。作《南濠诗话》，宗宋严羽之论。安磐字公石，嘉定州人，官都给事中，有《颐山诗话》，其论诗也以严羽为主。又有游潜字用之，丰城人，官宾州知府。有《梦蕉诗话》，颇宗温、李晚唐之作。他们都是不和空同、大复（何景明）同道的；然何、李的影响遍天下。他们的呼号却是很少人听得见的，所以和之者也终没有和何、李者之多。他们是不足以和何、李争批评家的论坛的主座的。又同时，韩邦奇作其弟邦靖行状，有“恨不得才如司马子长、关汉卿者以传之”语，大为世人所非笑。但敢以汉卿和子长并举，他实是第一人！可惜他的批评主张，我们已不能仔细的知道。

参考书目

一、《历代诗话》 清何文焕编，有原刊本，有石印本。

二、《历代诗话续编》 丁福保编，有医学书局印本。

三、《学海类编》 清曹溶编，有活字印本，有商务印书馆石印本。

四、《四库全书总目提要》 有原刊本，广东刊本，石印本。

五、《元史》 明宋濂等编，有明刊本，清刊《二十四史》本。

六、《明史》 清张廷玉等编，有原刊本，有石印本。

七、《文学津梁》 有有正书局石印本。

第五十五章

拟古运动的发生

拟古运动的发生——李梦阳的出来——“七子”与“十子”——何景明、徐祯卿等——吴中诗人们：沈周、唐寅等——散文作家的寥寞——王守仁与马中锡、王鏊等

一

在李梦阳、何景明不曾出现以前，明初的诗文坛是异常的散漫、萎弱的。散文是压伏在唐、宋诸古文家的势力之下，没有一个人敢于超出这个势力圈之外。散文作家们是那样的无生气，连呻吟、呼号的心肠都没有；所谓“不知不识，顺帝之则”者，恰正是那时候文坛的实况。三杨的台阁体，固然是如此；李东阳辈又何尝不是如此。他们是庸俗，他们是低头跟着人走。他们没有创立一家之学，一派之说的野心。至于诗坛，情形却是相反；没有定于一尊的主派，也没有一个确定的批评主张。有学唐的，有学宋的，也有学元人的。有追踪于东坡之后的，有主张温、李的，有崇奉严羽之说的。他们是凌乱，散

漫，各自争唱着。不曾有过挺身而出，揭竿而呼的诗坛的勇士。他们的能力，同样的也不能够达到独辟一径，独创一派的雄略宏图。他们的气魄还不够大，他们的呼声还不够高。所以都只是人自为战，绝不能够“招朋引友”以成一个大团体。

其能“登高一呼”，四望响应者，当自何、李所提倡的拟古运动始。这运动的结果，并不怎么高明。他们引导一部分的群众入于更黑暗的一层魔障中了。然而他们的运动的意义，却别有在。他们拨动了“反抗”的钟摆；他们挑起了争斗，提倡夸大的宣传的风气。他们以惊世骇俗的主张，冲破了以前的陈腐平庸的罗网。久为“平庸”所苦的群众，受到这一声“断喝”，便都抬起头来，有些活动之意。至少，在这一点上，何、李的拟古运动是不能蔑视的。至少，他们是比较的有雄心，有号呼的能力的作者。

这个运动的主将为李梦阳（1472—1529）。他是一位精力弥满的人。他够得上做一个先锋。王廷相道：“李献吉以恢阔统辩之才，成沉博伟丽之文。游精于秦、汉，割正于六朝，执符于雅谟，参变于诸子，用成一家之言。遂能掩蔽前贤，命令当世。”他的同辈是这样的推重他。但杨慎却很不满意地批评道：“正变云扰而剽袭雷同，比兴渐微而风骚稍远。”剽袭雷同，徒为貌似，实是他们的通病。但“矫枉之偏，不得不然”（《国宝新编》）。同时与梦阳相呼应者有何景明、徐祯卿、边贡、朱应登、顾璘、陈沂、郑善夫、康海、王九思等，号“十才子”。又和景明、祯卿、贡、海、九思及王廷相，号“七才子”。他们倡导不读汉、魏以后书。他们自己所作的也往往佶屈聱牙，取貌遗神。像梦阳的《诗集自述》：

> 李子曰：曹县盖有王叔武云。其言曰：夫诗者，天地自然之音也。今途咢而巷讴，劳呻而康吟，一唱而群和者其真也。斯之谓风也。…… 李子曰：嗟，异哉！有是乎？予尝聆民间音矣，其曲胡，其思淫，其声哀，其调靡靡。是金、元之乐也，奚其真？

故作沉奥佶屈之言，实在不见得怎么高明。后来推波助澜的人，却更进一步而“装腔作态”。散文遂沉溺于另一个厄运之中而不能自拔，转成为拥护唐、宋古文者攻击的口实。他们在散文一方面，其成就实在是很有限的。梦阳的诗，却比较的重要。他古诗乐府，纯法汉、魏，近体则专宗少陵。在《空同集》，像《士兵行》：“北风北来江怒涌，士兵撄人人叫呼。城外之人徙城内，尘埃不见章江途。”《石将军战场歌》：“将军此时挺戈出，杀敌不异草与蒿。追北归来血洗刀，白日不动苍天高。”《戏作放歌寄别吴子》：“惟昔少年时，弹剑轻远游。出门览四海，狂顾无九州。……弯弓西射白龙堆，归来洗刀青海头。昆仑沙碛不入眼，拂袂乃作东南游。江海汹涌浸日月，岛屿蹙沓混吴越。匡卢小琐拳可碎，鄱阳触怒踢欲裂。”都是狂放可喜的。难怪他会吸引了那么多的跟从者们！

何景明（1483—1521）也以能诗著。他字仲默，信阳人，弘治壬戌进士。官至陕西提学副使。他的《大复集》，论者的评价，乃在《空同集》之上。他不复有空同之“霆惊电熠，骇日振心”的气魄，却以“清远为趣，俊逸为宗”（赵彦复《梁园风雅》），有如“落日明霞，余晖映远”。他是一个苦吟的诗人。像《赠王文熙》：

> 行子夜中起，月没星尚烂。天明出城去，暮薄长河岸。草际人独归，烟中鸟初散。解缆忽以遥，川光夕凌乱。

像《怀沈子》：“沈生南国去，别我独凄然。落日清江树，归人何处船？”像《十四夜》：“水际浮云起，孤城日暮阴。万山秋叶下，独坐一灯深。”都很澹远，有盛唐风趣。他和空同，尝因论诗，互相抵牾。薛君采诗云：“俊逸终怜何大复，粗豪不解李空同。”申何抑李，此可为一例。

徐祯卿（1479—1511）诗初沉酣六朝。散华流艳，所作像“文章江左家家玉，烟月扬州树树花”，尝盛传于世。见空同后，遂悔其少作，一以汉、魏、盛唐为宗，但仍未脱婉丽的风格。像“行人独立宫墙外，又见空园落杏花，”（《楚中春思》）“忽见黄花倍惆怅，故园明日又重阳。”（《济上作》）边贡（1476—1532）字廷实，历城人。弘治丙辰进士。官至南京户部尚书，有《华泉集》。他名不逮何、李，所作却清圆有远致。像“征马带落日，出门君已遥。层城不隔梦，夜夜卢沟桥。……临歧莫动殊方感，余亦东西南北人。”（《送马敬湖》）康海、王九思诗，多率直之作。他们是惯于作曲的，于诗当然不能出色当行。王廷相（1474—1544）字子衡，仪封人。弘治壬戌进士。官至兵部尚书，都察院右都御史，有《家藏》、《内台》二集。钱谦益谓他“古诗才情可观，而摹拟失真”。这话正中伪拟古的作家之病。像“有芃者艾生我土，七年之病得者愈。”（《蕲民谣》）正可证其言。但像他的短诗：

一琴几上闲，数竹窗外碧。帘户阒无人，春风自吹入。

其作风却又迥然不同。朱应登（1477—1526）字升之，宝应人。官云南提学副使，升布政司右参政。有《凌谿集》。顾璘（1476—1545）字华玉，南京人，官南京刑部尚书，有《息园》、《浮湘》、《归田》诸集。陈沂（1469—1538）有《遂初斋》、《拘虚馆》二集。郑善夫（1485—1523）字继之，闽人，官南京吏部郎中。有《少谷山人集》。他们并各有不同的作风，而皆依附何、李为重。究其实，未必都是走同一条道路。像顾璘的《简陈宋卿》：“颇怪陈无已，寻诗日闭门。空庭疏系马，细雨负清尊。……不嫌官舍冷，烧烛对黄昏。”却颇有江西诗派的气味。郑善夫的诗，虽刻意学杜，而短诗像“鹧鸪啼上桄榔树，一寸乡心万里长。”（《送人之郁林》）却也自有其特殊的作风。

二

成化到正德间的许多吴中诗人，其作风别成一派，不受何、李的影响。他们以抒写性情为第一义，每伤绮靡，亦时杂凡俗语，却处处见出他们的天真来。在群趋于虚伪的拟古运动之际而有他们的挺生于其间，实在可算是沙漠中的绿洲。这些吴中诗人们，以唐寅为中心，祝允明、文征明、张灵附和之，独往独来，不复以世间的毁誉为意。在他们之前的，有沈周，已独树一帜，不杂群流。周（1427—1509）字启南，长洲人，景泰中郡守。以贤良应诏，辞不赴。有《石田先生集》他以能画名。“王摩诘诗中有画，画中有诗”的批评，正可以移赠给他。文征明云：“先生诗但不经意写出，意象俱新，可称妙绝。”朱彝尊《静志居诗话》引其“落木门“墙秋水宅，乱山城郭夕阳船”；“竹枝雨暗蟏蛸户，豆叶风凉络纬篱”；“剪取竹竿渔具足，拨开荷叶酒船通”；“岁晏鸡豚邻社鼓，秋深虾蟹水乡船”；“明月未来风满树，夕阳犹在鸟无声”；“蘼芜细雨山连郭，翡翠斜阳水满川”等数十语，以为“即此即图之不尽”。他的题画之作，更无有不工者，像《溪亭小景》：

> 幽亭临水称冥栖，蓼渚莎坪咫尺迷。山雨乍来茆溜细，豁云欲堕竹梢低。檐头故垒雄雌燕，篱脚秋虫子母鸡。此段风光小韦杜，可能无我一青藜。

又像《题画》：“碧水丹山映杖藜，夕阳犹在小桥西。微吟不道惊溪鸟，飞入乱云深处啼。”《溪山落木图》：“溪山落木正萧萧，野客寻诗破寂寥。一路夕阳秋色里，不知吟到段家桥。”不必看到画，便已清逸之趣迫人眉目了。

唐寅的《六如居士集》，虽多不经意之作，且往往以中杂俚语，受人讥评，王世贞云“唐伯虎如乞儿唱莲花落”，却不知这正是他的高处。钱谦益云：“子畏诗，晚益自放，不计工拙；兴寄烂缦，时复斐然。”此评最为得当。他常以卖画为生，题画诗也有绝为佳妙的。筑室桃花坞中，读书灌园，家无儋石，而客常满座。风流文采，照映江左。每谓：“人生贵适志，何用刿心镂骨，以空言自苦。”他是纯任天真，连以“空言自苦”也是不屑的。像《晓起图》：

> 独立茅门懒拄筇，鬓丝凉拂豆花风。晓鸦无数盘旋处，绿树枝头一线红。

是那么样的清隽可喜！祝允明诗，多效齐、梁体；亦甚有富于画意的，像“小山侵竹尾，细水护松根”，“人家低似岸，湖水远于天”，“柳风吹水细生鳞，山色浮空澹抹银”，等等。文征明诗，工力甚深，而或病其纤弱。王世贞痛讦伯虎、枝山，独于征明略有恕辞，说他“如仕女淡妆，维摩坐语，又如小阁疏窗，位置都雅，而眼境易穷。”因为他所作还炼整雅饬之故吧？像《雪后》：“寒日晶晶晓溜声，中庭快雪一宵晴。墙西老树太骨立，窗里幽人殊眼明。”《池上》：“单鸠唤雨双鸠晴，池上柳花纵复横。好风忽卷读书幔，及君到时春水生。”也都是疏爽可爱的。张灵字梦晋，征明等同县人；也善画能诗，而疏狂尤过于伯虎、枝山。临终时，有诗云：“垂死尚思玄墓麓，满山寒雪一林松。”又像《春暮送友》：“三月正当三十日，一壶一榼一孤身。马蹄乱踏杨花去，半送行人半送春。”《对酒》：“隐隐江城玉漏催，劝君须尽掌中杯。高楼明月清歌夜，知是人生第几回！”其清狂之态，直浮现于纸上。清人钱竹初尝作《乞食图》一剧，写灵事，殊哀艳动人。

三

在散文一方面，不和何、李等七子同群者，有王鏊、马中锡、王守仁诸人，而守仁尤为重要。王鏊（1450—1524）字济之，吴县人，成化乙未进士，官至武英殿大学士。有《震泽集》。他的经义最有名，但古文亦取法唐、宋诸家，平正有法度。马中锡字天禄，故城人，成化乙未进士，官至左都御史，以事下狱死。有《东田集》。他虽和“七子”同时，且友善，但其作风却夐然不同。《东田集》里的所作，都是很雍容畅达，不以“佶屈聱牙”为高的。

王守仁（1472—1529）的影响，在哲学方面最大。门生弟子，遍于天下。他的《阳明集》固不独以文著。他也尝和李空同诸人游，却不曾受到他们的污染。他的散文是那么工炼整饬，盖不求工而自工的。

吴中诗人唐寅辈的散文，也和他们的诗一样，表现着一种江南风趣，充满了娇嫩清新的气氛。

但这时代的散文，较之诗坛来，实在是暗淡得有些“自惭形秽”。

参考书目

一、《列朝诗集》 清钱谦益编，有原刊本，铅印本。

二、《明诗综》 清朱彝尊编，有原刊本。

三、《明诗纪事》 陈田编，有刊本。关于明诗，选本极多，姑择较通行的三部。

四、《皇明文征》 明何乔远编，有明刊本。

五、《明文衡》 明程敏政编，有明刊本，局刊本，《四部丛刊》本。

六、《明文奇赏》 明陈仁锡编，有明刊本。

七、《明文海》 清黄宗羲编，有传抄本。此书曾节为《明文授读》，有刊本。

八、《明文在》 清薛熙编，有局刊本。

下卷　近代文学

第五十六章

近代文学鸟瞰

近代文学的时代——划分“近代文学”的意义——政治上的黑暗——四个时期——小说戏曲的大时代——短篇平话的复活——长篇小说的进展——诗坛上的诸派争鸣——鸦片战争以来的外患内乱与文学——林纾的翻译与梁启超的散文——以上海为中心的文坛——文学革命的前夜

一

近代文学开始于明世宗嘉靖元年（公元1522年），而终止于五四运动之前（民国七年，公元1918年）。共历时三百八十余年。为什么要把这将近四世纪的时代，称之为近代文学呢？近代文学的意义，便是指活的文学，到现在还并未死灭的文学而言。在她之后，便是紧接着五四运动以来的新文学。近代文学的时代虽因新文学运动的出现而成为过去，但其中有一部分的文体，还不曾消灭了去。他们有的还活泼泼的在现代社会里发生着各种的影响，有的虽成了残蝉的尾声，却仍然有人在苦心孤诣地维护着。中世纪文学究竟离开我们是太遥远一点了；真实的在现社会里还活动着的便是这近代文学。她们的呼声，我们现在还能听见，她们的歌唱，我们现在还能欣赏得到；她们的描写的社会生活，到现在还活泼泼的如在。所以这一个时代的文学，对于我们是格外的显得亲切，显得休戚有关，声气相通的。

在这四世纪的长久时间里，我们看见一个本土的最伟大的作曲家魏良辅，创作了昆腔；我们看见许多伟大的小说家们在写作着许多不朽的长篇名著；我们看见各种地方戏在迅速地发展着；我们看见许多弹词、宝卷、鼓词的产生。在这四个世纪里，我们的文学，又都是本土的伟大的创作，而很少受有外来影响的了。虽然在初期的时候，基督教徒的艺术家们曾在中国美术上发生过一点影响；——但中国文学却丝毫不曾被其影响所熏染到。虽然在最后的半个世纪，欧洲的文化，也曾影响到我们的封建社会里，连文学上也确曾被其晚霞的残红渲染过一番；——然究还只是表面的影响，并不曾产生过什么重要的反应。她们激动了千年沉睡的古国的人们。这些人们似乎都已醒过来了；但还正是睡眼蒙胧，余梦未醒，茫茫无措地站在那里，双手在擦着眼，还不曾决定要走哪一条路，要怎么办才好。认清楚了，已经完全清醒了的时代，当从五四运动开始。所以近代文学，我们可以说，还纯然是本土的文学。这四百年的文学，实在是了不得的空前的绚烂。

二

但在政治上却又是像中世纪似的那么黑暗。我们的民族方才从蒙古族的铁骑之下解放出来不到一百六十年，便又遇到一个厄运，那便是倭寇的侵略。虽不过是东南几省的遭受蹂躏；文化的被破坏的程度，却是很可观的。 再过一百二十余年，一个更大的压迫便来了。清民族以排山倒海之势，侵入中国本部。先蚕食了整个辽东，然后以讨伐李自成为名，利用着降将与汉奸，安然地登上了北京的金碧辉煌的宫庭里的宝座

（公元 1644 年）。不到一年，又陷了南京，擒了福王。第二年又打到汀州，捉了唐王。到了公元 1658 年，攻云南，整个的中国，便都归伏听命于爱新觉罗氏的指挥了。几个伟大的政治家，立下了严厉的统治的训条。整个汉民族，驯良的在被统治之下者凡二百六十余年。但清民族不久也渐渐的腐败了。他们吸收了整个的汉文化。当西洋人屡次的东来叩关时，他们便也无法应付了。从公元 1842 年（道光二十二年）鸦片战争失败，签订南京条约，割香港，辟福州等五口为通商口岸起，几乎是无时不在外国兵舰的威胁之下。公元 1850 年到 1864 年间的太平天国的起义，曾掀起了大规模的社会革命运动，但为期甚短，不能开花结果。甲午（1894 年）中日战争之后，中国几成了四面楚歌的形势。要港纷纷的被列强租借去。北方几省虽有义和团的反抗外力运动，其努力却微薄至极，经不起“八国联军”的打击。但因此屡败的结果，革新运动却在猛烈的进行着，从军备的改革，新机械的采用，到教育制度、政治制度的革命，其间不过四十年。公元 1911 年的大革命，产生了中华民国，恢复了汉民族的自由，开始了中华各民族的团结。革新运动总算得到一个结果。自此以后，国运也并不怎样向上发展。以个人主义为中心而活动的军阀们，几有使中国陷入更深的泥泽中之概。因了欧洲大战和日本哀的美敦书的刺激，便又产生了一次比戊戌更伟大的革新运动，那便是 1919 年的五四运动。近代文学便告终于五四运动的前夜。五四运动以后的文学是一个崭新的东西，和旧的一切很少衔接的。五四运动的绝叫，直是快刀斩乱麻似的切断了旧的文学的生命。所以近代文学的终止，也便要算是几千年来的旧式的文学的闭幕、收场。以后的现代的文学，便是另一种新的东西了。这么猛烈的文学革命运动，这么绝叫着的“在一夜之间易赵帜为汉帜”的影响，使那崭新的若干页的中国文学史，其内容便也和以前的整个两样。

三

就其自然的趋势看来，这将近四世纪的近代文学，可划分为下列的四个时期：

第一个时期，从嘉靖元年到万历二十年（1522—1592 年）。这是一个伟大的小说和戏曲的时代。我们看见由平凡的讲史进步到《西游记》、《封神传》；更由《西游》、《封神》而进步到产生了伟大的充满了近代性的小说《金瓶梅》。我们看见昆腔由魏良辅创作出来，影响渐渐地由太湖流域而遍及南北。我们看见许多跟从了昆腔的创作而产生的许多新声的戏剧，像《浣纱记》、《祝发记》、《修文记》之类，我们看见雄踞着金、元剧坛的杂剧的没落。渐成为案头的读物而不复见之于舞台之上。在诗和散文一方面，这时代比较显得不大活跃，但也并不落寞。我们看见正统派的古文作家们和拟古的诗文家们在作争夺战；我们也看见新兴的公安派势力的抬头。而李卓吾、徐渭诸人的出现，也更增了文坛的热闹。

第二个时期，从万历二十一年到清雍正之末（1593—1735 年）。这仍是一个小说和戏曲的大时代，但诗文坛也更为热闹。虽然中间经过了清兵的入关，汉民族的被征服，但文坛上的一切趋势，却并不因之而有什么变更，只不过增加了若干部悲壮凄凉的遗民的著作而已。诗和散文都渐渐由粗豪、怪诞、纤巧，而转入比较恢宏伟丽的局面中去。但因了清初的竭力网罗人才；因了若干志士学人的遁入"学问坛"里去避祸，去消磨时力，明末浮浅躁率之气却为之一变。——虽然在明末的时候，风气也已自己在转变。小说有了好几部大著，像《三宝太监西洋记》、《隋炀艳史》、《醒世姻缘传》之类；但究竟以改编重订的讲史为最多。因了冯梦龙的刊布"三言"，短篇的平话的拟作，一时大盛，此风到康熙间而未已。戏曲是这时期最可骄人的文体；伟大的名著，一时数之不尽。沈璟、汤显祖为两个中心，而显祖的影响尤大。"四梦"的本身固是不朽的名著，而受其影响者也往往都是名篇巨制。在这个时候，传奇写作的风尚，似乎始被许多的真正的天才们所把握到。他们的创作力有绝为雄健的，像李玉、朱佐朝等，所作都在二十种以上。洪昇、孔尚任所作也是这时代光荣的成就。

第三个时期，从乾隆元年到道光二十一年（1736—1842 年）。这时期戏曲的气势已由绝盛的时代渐渐向衰落之途走去，昆腔的过于柔靡的音调，已有各种土产的地方戏，不时地在乘隙向她逆击。终于古老的昆腔不能不退避数舍——虽然不曾完全被驱走。张照诸人为皇家所编的空前宏伟的《劝善金科》、《九九大庆》、《忠义璇图》、《鼎峙春秋》诸传奇，一若夕阳之反照于埃及古庙的残存的巨像上，光景虽阔大，而实凄凉不堪。蒋士铨、杨潮观们所作，虽短小精悍，不无可喜，而也已不能支持着将倾的大厦了。小说却若有意和戏曲成反比例似的更显出新鲜活泼、充满精力的气象来。《红楼梦》、《绿野仙踪》、《儒林外史》、《镜花缘》等等，几乎每一部都是可注意的新东西。诗坛的情形，也极为热闹。几个不同的宗派，各在宣传着，创作着，也各自有其成绩。散文又为复活的古文运动的绝叫所压伏。但同时潜伏了许久的六朝赋、骈俪文的活动，也在进行着。万派争竞，都惟古作是式；却没有明代的拟古运动那么样的"生吞活剥"。宋学与汉学也不时的在作殊死战。由几位学士大夫们所提议的从《永乐大典》里搜辑"逸书"的事业，扩大而成为四库全书馆的设立；《四库全书》的编纂，虽然毁坏了不少名著，改易了不少古作的面目，但使学者们得以传抄、刊布、阅读，却是"古学"普遍化的一个重要的机缘。明人的浅易的风气，至此殆已一扫而光。然而一个急骤的变动的时代快要到来了。这个古学的全盛，也许便是所谓"陈胜、吴广"般的先驱者们吧？这时代在北京和山东所刊布的《霓裳续谱》和《白雪遗音》却是极重要的两部民歌集，保存了不少的最好的民间诗歌，且也是搜辑近代民歌的最早的努力。叶堂的《纳书楹曲谱》和钱德苍《缀白裘合集》的流布，恰似有意地要结束了昆腔的运动似的。

第四个时期，从道光二十二年到民国七年（1842—1918年）。就是从鸦片战争到五四运动的前一年。这是中国最多变的一个时代。都城的北京，两次被陷于英、法、美等帝国主义者们的联军之手。（1860年英、法联军陷北京；公元1900年八国联军入北京）东南、西南的大部分，全陷入太平天国起义以后所生的大混乱之中。外国的兵舰大炮，不时的来叩关，来轰炸。继而有甲午的大败，要港的被强占。但那些事实，可惜都不曾留下重要的痕迹于文学中。太平天国的建立与其失败，是一件可泣可歌的大事，却只产生了一部不伦不类的

《花月痕》。义和团的事变，也只见之于林纾的《京华碧血录》及一二部短剧里。文人的异样的沉寂，实在是一个可怪的现象！西方文学名著的翻译，最后，也继了声、光、化、电诸实学的介绍而被有名的古文家林纾所领导。虽还不曾发生过什么很大的影响，至少是明白了在西方文学里是有了和司马子长同等的大作家存在着的。散文，因了时势的需要，特别的有了长足的发展。梁启超的许多论文，有了意料以外的势力。他把西方思想普遍化了。他打破了古文家的门堂。他开辟了"新闻文学"的大路。他和黄遵宪们所倡导的"新诗"运动，也经验到在旧瓶中装得下新酒的成绩。但这一切，都还不能够有着重要的伟大的影响。他们所掀起的风波，要等到五四运动以来，方才成为滔天的大浪呢。小说和戏曲在这时，俱有复由士大夫之手而落到以市民为中心之概。其一是昆腔的消沉与皮黄戏的代兴；其二是武侠小说与黑幕小说的流行。文坛的重镇，渐渐地由北京的学士大夫们而移转到上海的报馆记者们与和报馆有密切关系的文人们，像王韬、吴沃尧辈之手。这正足以见到新兴的经济势力，正在侵占到文学的领域里去。上海在这时期的后半，事实上已成了出版的中心。

这时期，正预备下种种的机缘，为后来伟大的文学革命运动的导火线，成为这个革命运动的前夜。

第五十七章

昆腔的起来

昆腔起来以前的南戏——昆腔的起来——昆腔的创作者魏良辅——梁辰鱼与其《浣纱记》——郑若庸与张凤翼——李开先、王世贞等——屠隆与汪廷讷——梅鼎祚——郑之珍的《目连救母戏文》

一

昆腔的起来，是南戏革新的一个大机运。在昆腔未产生之前，南戏只是像野生的蔓草似的，无规律地发展着。正德以前的南戏作家们，以无名氏为多，盖大都出于乡镇文士们的创作，教坊优伶的传习，词多鄙近，曲皆浅显明白如说话，妇孺皆听得懂。徐渭《南词叙录》谓："永嘉杂剧兴，则又即村坊小曲而为之，本无宫调，亦罕节奏，徒取其畸农布女顺口可歌而已。谚所谓随心令者即其技欤？"故南戏，明人往往谓之乱弹。盖以其没有一定的音律。又各囿于地域，同一戏文，而各地的歌唱的腔调不同。当时，有余姚、海盐等腔。明陆容《菽园杂记》（十卷）云："嘉兴之海盐，绍兴之余姚，宁波之慈溪，台州之黄岩，温州之永嘉，皆有习为倡优者，名曰戏文子弟。”《南词叙录》云：“今唱家称弋阳腔，则出于江西，两京、湖南、闽、广用之；称余姚腔者出于会稽，常、润、池、太、扬、徐用之；称海盐腔者嘉、湖、温、台用之。惟昆山腔止行于吴中。”汤显祖《宜黄县戏神清源师庙记》(《玉茗堂文集》卷七）云：“南则昆山之次为海盐，吴、浙音也，其体局静好，以拍为之节；江以西，弋阳；其节以鼓，其调喧。至嘉靖而弋阳之调绝，变为乐平，为徽、青阳。”这可见在昆腔起来的时候，南戏的歌唱法是极为凌乱的。弋阳流行最广，却以鼓为节，调又喧闹。海盐腔却是以“拍”为节的。他们的乐器也是不能统一。到了昆山魏良辅起来，一手创作了昆腔之后，方才渐渐的征服了一切，统一了南戏的乐器与歌唱法，增大了南戏的音乐的效力。原来南戏的歌唱，是以箫管为主的，和北剧之以弦索为主器，恰相对抗。但良辅则集合于一堂，一切皆拉来为他自己所用。笛、管、笙、琵之合奏，实为良辅的勇敢的尝试。沈德符云：“今吴下皆以三弦合南曲，而箫管叶之。”(《顾曲杂言》）正指昆山腔而言。这繁音合奏的优雅的腔调，其能打倒单调而喧闹的弋阳诸腔，那是当然的事。所以自嘉靖以后，不久便传遍了天下。在徐渭写他的《南词叙录》的时候（嘉靖三十八年，即公元 1559 年），昆山腔还只行于吴中。到了万历的时候，则昆山腔随了南戏势力的大盛，甚至侵入北方。其流行之速与广，都是空前的纪录。但在嘉靖间，尚有不了解的人，对于昆腔加以非难。徐渭在《南词叙录》里，却极力地称扬昆腔的好处，极力为之辩护：

> 今昆山以笛管笙琵，按节而唱南曲者，字虽不应，颇相谐和，殊为可听。亦吴俗敏妙之事。或者非之，以为妄作。请问《点绛唇》、《新水令》是何圣人著作？
>
> 昆山腔止行于吴中。流丽悠远出乎三腔之上，听之最足荡人，妓女尤妙。此如宋之嘌唱，即旧声而加以泛艳者也。隋、唐正雅乐，诏取吴人充弟子习之。则知吴之善讴，其来久矣。

徐氏可谓昆腔的第一个鼓吹者、知音者、赏识者。自有昆腔，于是南戏始不复囿于地方剧。自有昆腔，于是南戏始不复终于乱弹而成为一种规则严肃，乐调雅正的歌剧。昆腔在海盐、弋阳、余姚诸腔中，实最后出。然在很短的时期内便压倒了她们。同时，北剧也因之而大受排挤而至于消亡。沈德符《顾曲杂言》云："自吴人重南曲，皆祖昆山魏良辅，而北词几废。"沈氏之时，离良辅创昆腔之时不过五六十年，而昆腔的势力，已是如此之盛大!

关于这位伟大的音乐家，一手创作了昆山腔的魏良辅，其时代却颇难确定。向来每以他为嘉、隆间人。陈其年诗亦有："嘉隆之间张野塘，名属中原第一部。是时玉峰魏良辅，红颜娇好持门户"的话。但他的时代似更应提前。徐渭时，昆山腔已有势力。祝允明（嘉靖五年卒）的《猥谈》云："数十年来南戏盛行，更为无端。……妄名余姚腔、海盐腔、弋阳腔、昆山腔之类，变易喉舌，趁逐抑扬，杜撰百端，真是胡说。"是昆山腔之兴，至迟当在正德间（1506—1521 年）。陆容为成化、弘治间人，所作《菽园杂记》，历举海盐、永嘉诸腔，却无昆腔的名目。可见昆腔的出现，最早也当在成化以后（即 1487 年之后）。我们如以昆山腔为出现于正德时代，当不会有多大的错误的。其盛行当在嘉靖中叶以后。良辅于嘉靖间或尚在人间。良辅的生平也不甚可知。余怀的《寄畅园闻歌记》（见《虞初新志》卷四）云："南曲盖始于昆山魏良辅云。良辅初习北音，绌于北人王友山。退而镂心南曲，足迹不下楼十年。当是时南曲率平直无意致。良辅转喉押调，度为新声，疾徐高下清浊之数，一依本宫，取字齿唇间，跌换巧掇，恒以深邈助其凄泪。吴中老曲师如袁髯、尤驼者，皆瞠乎自以为不及也。……而同时娄东人张小泉，海虞人周梦山，竞相附和。惟梁溪人潘荆南独精其技，至今云仍不绝于梁溪矣。合曲必用箫管，而吴人则有张梅谷，善吹洞箫，以箫从曲，毗陵人则有谢林泉工擪管，以管从曲，皆与良辅游。而梁溪人陈梦萱、顾渭滨、吕起渭辈，并以箫管擅名。"胡应麟《笔丛》也说道：

> 魏良辅别号尚泉，居太仓南关，能谐声律。若张小泉、季敬坡、

> 戴梅川之类，争师事之。梁伯龙起而效之，考证元剧，自翻新调，作《江东白苎》、《浣纱》诸曲。又与郑思笠精研音理。唐小虞、郑梅泉五七辈杂转之，金石铿然。谱传藩邸戚畹，金紫熠爚之家，取声必宗伯龙氏，谓之昆腔。张进士新，勿善也。乃取良辅校本，出青于蓝，偕赵瞻云、雷敷民与其叔小泉翁，踏月邮亭，往来倡和，号南马头曲。其实禀律于梁，而自以其意稍为韵节。昆腔之用，不能易也。

一部昆腔史，已略尽于此。而梁辰鱼便是第一个戏剧家，利用这个新腔以写作他的剧本的。

二

梁辰鱼字伯龙，昆山人。他的《浣纱记》虽不是一部极伟大的名著，却是一部最流行的为人楷模的剧本；特别在音曲一方面。《静志居诗话》云："梁大伯龙填《浣纱记》。王元美诗所云：'吕阊白面冶游儿，争唱梁郎雪艳词'是也。又有陆九畴、郑思笠、包郎郎、戴梅川辈，更唱迭和，清词艳曲，流播人间，今已百年。传奇家别本，弋阳子弟可以改调歌之，惟《浣纱》不能，固是词家老手。"《笔丛》亦云："谱传藩邸戚畹，金紫熠爚之家，取声必宗伯龙氏，谓之昆腔。"《芳畬诗话》云："梁辰鱼字伯龙，以例贡为太学生。虬须虎颧，好轻侠，善度曲。世所谓昆山腔，自良辅始，而伯龙独得其传。著《浣纱记传奇》，梨园子弟多歌之。同里王伯稠赠诗云：'彩毫吐艳曲，粲若春花开。斗酒清夜歌，白头拥吴姬。家无担石储，出多少年随。'"《蜗亭杂订》云："梁伯龙风流自容，修髯美姿容，身长八尺，为一时词家所宗。艳歌清引，传播戚里间。白金文绮，异香名马，奇技淫巧之赠，络绎于道。歌儿舞女，不见伯龙，自以为不祥也。其教人度曲，设大案西向坐，序列左右，递传叠和。所作《浣纱记》至传海外。然止此不复续笔。《浣纱》初出，梁游青浦时，屠隆为令，以上客礼之。即命优人演其新剧为寿。每遇佳句，辄浮大白。梁亦豪饮自快。演至《出猎》，有所谓摆开摆开者，屠厉声曰：‘此恶句，当受罚。’盖已预备污水，以酒海灌三大盂。梁气索，强尽之。吐委顿。次日不别竟去。”屠氏此举，未免过于恶作剧。《浣纱》虽非上品，然较之屠氏所作的《昙花》诸记，则固在乎其上。在屠氏眼中看来，或仍嫌《浣纱》未尽典雅呢。

《浣纱记》叙吴、越兴亡的故事，而以范蠡、西施为中心人物。惟穿插他事过多，头绪纷烦，叙述时有不能一气贯串之处，描写也过嫌匆促。其擅胜处只是排场热闹，曲调铿锵而已。像范蠡、西施那么重要的人物，也未能将其个性活泼地表现出来。惟写伍子胥与伯嚭则颇为尽力，盖那样的人物本来是比较容易写得好的。《浣纱》亦名《吴越春秋》（据《艺苑卮言》），王世贞评其“满而妥，间流冗长”。吕天成亦谓：“罗织富丽，局面甚大。第恨不能谨严。中有可减处，当一删耳。”实则其病乃在太简率，并不在太“冗长”。她仅于叙述吴、越兴亡的大事中，插入西施、范蠡的一件悲欢离合的事件，大不似一般传奇的以生旦的遭遇为主体的样子。

三

与伯龙同时的重要戏剧作家，有郑若庸和张凤翼二人。凤翼到万历末尤存；而若庸则时代较早。这二人恰好代表了两个不同的时代。若庸的时代，是嘉靖间诸藩王尚为文士的东道主的时代。凤翼却不曾做过诸侯的上客；他只是一位卖文为活的文人。这两个时代便是明代中叶和明万历以后的大不相同的所在。自藩王不复成为文士们的东道主，诸藩的编刻书籍的风气消歇了以后，江、浙的书肆主人们便代之而兴。文士们所依靠者乃为求诗求文的群众，以及刻书牟利的书贾们，而不复是高贵清华的诸侯王了。所以明末书坊所编刻的许多通俗的书籍，便应运而兴，文士们也几半为生活而著作着，一时且呈现着竞争市场的气象。吴兴凌、闵二家的争印朱墨刊本；安徽、浙江、乃至苏州、金陵之纷纷刊布小说、戏曲，都可以说是因此之故。至于福建，本是书贾刊书牟利之乡，那更不用说了。张凤翼乃是其中的许多卖文为活的文士之一。而郑若庸也许便是最后一位曳裾侯门的学者了。

郑若庸的《玉玦记》，承接于邵璨《香囊记》之后，而开创了曲中骈俪的一派。《曲品》谓："《玉玦》典雅工丽，可咏可歌，开后人骈绮之派。每折一调，每调一韵，尤为先获我心。"若庸字中伯，号虚舟，昆山人。诗有《蛣蜣集》八卷，《北游漫稿》二卷。传奇有《玉玦记》、《大节记》二种。赵康王闻其名，走币聘入邺。客王父子间。王父子亲逢迎，接席与交宾主之礼。于是海内游士争担簦而之赵。中伯乃为著书，采掇古文奇字累千卷，名曰《类隽》。康王死，去赵居清源，年八十余始卒。其诗与谢榛齐名。《静志居诗话》谓："中伯曳裾王门，好擅乐府。尝填《玉玦》词以讪院妓。一时白门杨柳，少年无系马者。"《曲品》亦谓："尝闻《玉玦》出而曲中无宿客。"《玉玦记》在当时，其势力当是极大的。《玉玦记》凡三十六出，叙王商与其妻秦氏庆娘的悲欢离合事，而其中心描写，则为妓女的无情，老鸨的狠毒，帮闲的恶辣。戏文中叙多情的妓女最多，如桂英，如杜十娘，如梁红玉，如李亚仙等，叙薄情的也有，惟都没有《玉玦》那么的着意着力。《玉玦》写李大姐还不十分尽心，写鸨母李翠翠却最出色。此剧结构甚为严紧，可以说是无一事无照应，无一人无下落。王商庙中录囚，方见秦氏，封赠之旨即下，在情节上实嫌骨突难解，但作者却早已觉到了这一层。他便借商口问道："辛大人，下官才见寒荆，圣上如何就有宠命？"又便借朝使辛弃疾口中答曰："下官在军中已知大人与贤夫人之事。前日陛见，具表奏闻。意欲待旨下才来奉报。谁想大人已先会合了！"如此，在结构上既显得严紧，在情文上也便毫无阙漏矛盾了。

所谓《玉玦》之"板"，可于下文见之。其病在堆砌过当。

〔排歌〕（生）好鸟调歌，残花雨香，秋千丽日门墙。可怜飞燕倚新妆，半卷朱帘春恨长。（合）花源畔，玉洞傍，免教仙犬吠刘郎。琼楼启，翠幰张，不知何处是他乡。（占）老身回敬姐夫一杯。

大姐唱个曲儿。（丑）大姐通书博古，就说几个古人，比喻王相公。（小旦）如此，污耳了。

〔北寄生草〕（小旦）河阳县栽花客。（丑）是好一个潘安。（小旦）锦官城题柱郎。（丑）好个相如。（小旦）山公立志多豪放，张良举足分刘项，苏秦唾手为卿相。这相逢不似楚襄王，怕思归学了陶元亮。（生）起动，起动！小生与大姐同饮一杯。

若庸尚有《大节记》一种，今未见。《曲品》谓："《大节》工雅不减《玉玦》。孝子事，业有古曲；仁人事，今有《五福》；义士事，今有《埋剑》矣。"则《大节》似系合孝子、仁人、义士三事而为一帙者。《曲录》又著录若庸《五福记》一本；误。《曲品》云："《五福》，韩忠献公事，扬厉甚盛。还妾事已见郑虚舟《大节记》中。"可知郑氏所叙的关于韩琦还妾事，已包括于他所著的《大节记》中，决不会再写一部《五福记》的。

张凤翼字伯起，号灵虚，江苏长洲人，与弟献翼、燕翼，并有才名，号"三张"。嘉靖四十三年举人。会试，不第。晚年以鬻书自给。沈瓒《近事丛残》云："张孝廉伯起，文字品格，独迈时流，而以诗文字翰交结贵人为耻。乃榜其门曰：'本宅纸笔缺乏。凡有以扇求楷书满面者银一钱，行书八句者三分；特撰寿诗寿文，每轴各若干。'人争求之。自庚辰至今，三十年不改。"他还受了总兵李应祥的厚礼而为之作《平播记》。《曲品》云："伯起衰年倦笔，粗具事情，太觉单薄，似受债师金钱，聊塞白云耳。"是他连戏曲也是肯出卖的。他于《平播记》外，所作戏曲更有《红拂记》、《祝发记》、《窃符记》、《灌园记》、《虎符记》、《扊扅记》六种，合称"阳春六集"。今惟《窃符记》未见全本，《扊扅》、《平播记》已佚，余四种幸皆得读。

《红拂记》为凤翼少年时作。尤侗谓系他"新婚一月中之所为"。流行最广。叙李靖、红拂妓事，全本杜光庭《虬髯客传》而略加增饰。他名虬髯客为张仲坚。最后言仲坚浮海为扶余国王后，并助唐征高丽。其中并杂以乐昌公主分镜事。徐复祚谓："惜其增出徐德言合镜一段，遂有两家门，头脑太多。"《灌园记》本于《史记·田敬仲世家》，叙乐毅伐齐，杀齐王。齐世子法章，改名王立，逃亡于民间，为太史敫的灌园仆。敫女君后见而爱之，赠以寒衣。后二人的秘密暴露，法章殊受窘。恰好田单复齐，迎立法章为王。他遂纳君后为妃，并以君后侍女朝英，嫁给田单为夫人。冯梦龙尝改之为《新灌园》，其序道："父死人手，身为人奴，汲汲以得一妇人为事，非有心肝者所为。伯起先生云：我率我儿试玉峰，舟中无聊，率尔弄笔，遂不暇致详。诚然，诚然！"

《虎符记》叙明初花云抗战于太平事。云为朱元璋守太平。陈友谅攻之。城陷，云被囚，不屈。被送于武昌，双眼因之而盲。妻郜氏投江，遇其弟救之。妾孙氏保孤而逃到金陵。中经若干困苦，方始出险。及其子成人，乃为父报仇，攻下武昌，合家团圆，而云目疾亦愈。云不屈而死，是事实，但传奇每重团圆，所以成了这样的结局。这剧是凤翼所写者中最激昂慷慨的一本，写花云殊虎虎有生气，颇像《双忠记》。

《祝发记》本于《南史·徐摛传》、《陈书·徐摛传》，叙摛子孝克孝亲事。这剧是伯起在万历十四年，因母八旬寿诞而作的。孝克当侯景乱时，家无余粮。为救母饥，乃鬻妻以易米。母知之，大怒。恰孝克遇达摩大师，遂从之祝发，改名法整。后王僧辩起兵讨侯景，达摩乘苇渡江，见僧辩，以法整为托。而僧辩见到法整，却原是他的旧友孝克。遂劝他还俗为官。而其妻臧氏也守贞不二，终于团圆。其中《达摩渡江》及孝克祝发的几段，至今传唱犹盛。

凤翼所作，其作风和若庸是很相同的，每好以典雅的文句，堆砌于曲文中，像《祝发记》第十七折：

> 〔二郎神〕（旦唱）时乖蹇，少不得取义舍生难苟免。信熊掌和鱼怎得兼！便有龙肝凤髓，也只合啮雪餐毡。这麟脯驼峰堆满案，总则是卧薪尝胆。转忆我旧齑盐，怎教人努力加餐。

只说到吃一顿饭，却用上了那么多的典故进去！到了梅禹金的《玉合记》便无句不对，无语无典的了。

四

较辰鱼较前，和若庸同辈者有山东李开先，也以能剧曲活动于文坛上。开先和王九思为友，尝相唱和。他字伯华，号中麓，章丘人。家富藏书，尤富于词曲，有“词山曲海”之称。所作散曲颇多。传奇有《宝剑记》、《登坛记》二种。王世贞《艺苑卮言》谓：“伯华所为南剧《宝剑》、《登坛记》，亦是改其乡先辈之作。二记余见之，尚在《拜月》、《荆钗》之下耳。”《曲录》所载别有《断发记》而无《登坛记》。盖误以《曲品》所载无名氏的《断发记》为李氏之作。《宝剑记》最有名。万历间，曾有陈与郊等几个人将它改作过。《登坛记》今未之见，或系叙韩信灭楚事。《宝剑记》所叙者，为林冲被迫上梁山及终于受招安的经过。其事实完全本之于《水浒传》。惟以锦儿代死，林冲夫妇终于团圆的结局，易去冲妻张氏殉难的不幸的悲剧耳。《水浒传》叙林冲事，颇虎虎有生气，特别是野猪林及《风雪山神庙》的几段。此记于野猪林则匆匆叙过，于《风雪山神庙》一段，则竟不提及；于林冲得了管草厂的差缺后，即直接陆谦的焚烧草厂。此等处似皆不及《水浒传》。惟《夜奔》一出，写林冲逃难上梁山时的心理，较有精彩。今剧场上常演者亦仅此一折耳。

〔驻马听〕良夜迢迢，良夜迢迢，投宿休将门户敲。遥瞻残月，暗度重关，我急走荒郊。身轻不惮路迢遥，心忙又恐人惊觉。唬得俺魄散魂消，红尘中误了俺五陵年少。

〔雁儿落带得胜令〕望家乡去路遥，想母妻将谁靠！俺这里吉凶未可知，他那里生死应难料。呀，唬得俺汗津津身上似汤浇，急煎煎心内似火烧。幼妻室今何在？老萱堂空丧了。劬劳，父母的恩难报，悲号，叹英雄气怎消！英雄的气怎消！

〔沽美酒带太平令〕怀揣着雪刃刀，怀揣着雪刃刀。行一步哭号咷，急走羊肠去路遥。怎能勾明星下照？昏惨惨云迷雾罩，疏喇喇风吹叶落。听山林声声虎啸，绕溪涧哀哀猿叫。俺呵，唬得我魂飘胆消，心惊路遥。呀！百忙里走不出山前古道。〔收江南〕呀，又只见乌鸦阵阵起松梢，听数声残角断渔樵。忙投村店伴寂寥。想亲帏梦杳，想亲帏梦杳，空随风雨度良宵。

剧中更插入“花和尚做新娘”、“黑旋风乔坐衙二段，也与本传毫无关系。如将此作放在写类似的题材的《水浒记》、《义侠记》及《翠屏山》之列，似颇有逊色。盖伯华北人，其写南剧，自不会当行出色。

又有《鸣凤记》，盛传于万历间，相传为王世贞作。世贞字元美，号凤洲，又号弇州山人，太仓人。嘉靖进士。以父忬因事为严嵩所杀，弃官归。嵩败后，隆庆初乃伏阙讼父冤。后累官刑部尚书。始与李攀龙狎主文盟。为后七子之中心。攀龙死，世贞独霸文坛者近二十年。所作有《弇州山人四部稿》，及《鸣凤记》传奇等。或以为《鸣凤记》系他门客所作，疑不能明。此记也多排偶之句，描景写情，往往未能宛曲或深刻。所述似以杨继盛为中心，又似以邹应龙为中心。头绪纷繁，各可成篇。分则成为独立的几段，合则仅可勉强成为一剧耳。实则其中心乃为某事，并非某人。像这种的政治剧，在当时殊少见。传奇写惯了的是儿女英雄，悲欢离合，至于用来写国家大事，政治消息，则《鸣凤》实为嚆矢。以后《桃花扇》、《芝龛记》、《虎口余生》等等似皆像继之而起者。《鸣凤记》的概略，可于第一出《家门》大意中见之：

〔满庭芳〕元宰夏言，督臣曾铣，遭谗竟至典刑。严嵩专政，误国更欺君。父子盗权济恶，招朋党浊乱朝廷。杨继盛剖心谏诤，夫妇丧幽冥。忠良多贬斥，其间节义并著芳名。邹应龙抗疏感悟君心，林润复巡江右，同戮力激浊扬清。诛元恶，芟夷党羽，四海庆升平。

所谓《鸣凤记》，大约便是取义于“朝阳丹凤一齐鸣”的吧。其中如《严嵩庆寿》（第四出）、《灯前修本》（第十四出）、《夫妇死节》（第十六出）等，评者皆公认为全剧中最好的地方。但《庆寿》的一出较之《绿野仙踪》（小说）所写的同一的题材，其深入与逼真似犹远为不及。《修本》的一出似甚用力，但也未能十分地写出杨继盛的雄烈的情怀来。其最大的缺点，则为所写的前后八谏臣，其面目都无甚悬殊，其行踪也大相类似，颇给我们以雷同之感。

陆采的出现，约与梁辰鱼为同时。他的作剧时代，在嘉靖中。他所作凡四剧，《易鞋记》、《怀香记》、《南西厢》及《明珠记》。《易鞋记》叙述程钜夫与其妻离合事。银夫被擄为奴。其主以一宦家女妻之。女屡劝钜夫逃去。他疑其伪，诉之主人。主人笞其妻，后更卖之。钜夫乃知妻之真意。遂逃去，终为巨卿。事见陶宗仪《辍耕录》。采写此，也殊动人。《怀香记》叙述贾谧女偷香私赠给韩寿事。《明珠记》叙述王仙客、刘无双的离合事。《南西厢记》则为不满意于李日华的"斗胆翻词"而重写者。《明珠记》在其间最为有名，系他少年时所作。钱谦益云："年十九，作《王仙客无双传奇》，子余（采兄粲）助成之。"因此，颇有谓《明珠》乃陆粲所作而托名于采者。但采自己尝说道："曾咏《明珠》掌上轻，又将文思写莺莺。"是《明珠》之非粲作可知。《明珠》颇圆莹可爱，故得盛传。但《南西厢》则殊令人对之有"江郎才尽"之感。他虽然看不起日华的剽窃，而他的成就也很有限。他尝很自负地说道："试看吴机新织锦，别生花样天然；从今南北并流传，引他娇女荡，惹得老夫颠。"其实，并不值得如何的赞赏，而说白尤为鄙野不堪，大有佛头着粪之讥，采字天池，自号清痴叟，长洲人。

同时有卢柟者，字次楩，一字子木，大名浚县人。好使酒骂座，被捕入狱几死。曾作《想当然》传奇，叙刘一春遇合双美事，但《剧说》引《书影》，则以为实邗江王汉恭作，托柟名。（《醒世恒言》卷二十九《卢太学诗酒傲公侯》，即写柟冤狱事。）

屠隆代表了一个思想荒唐凌乱的时代；那便是隆、万间的几十年。这时代升平稍久，人习苟安，社会上经济力比较的富裕。言大而夸的文人学士们尽有投靠到一般社会，以卖文为活的可能。于是许多的"布衣学士"、"山中宰相"乃至退职投闲的小官僚们，都可以用他们的"文名"做幌子，过着很优裕的生活。王百谷、陈眉公、张伯起都是这一流人。而屠隆也便在其间雄据着一席。因为生活的萧逸自由，便渐渐地沦落到种种享乐与空想的追求。方士式的三教合一与长生不老的思想，因而形成了当时的一个特色。也真有荒唐的方士们应运而生，肆其欺诈。隆便是被诈的一人，也便是足以代表这些荒唐的文士们的一人。

隆字长卿，又字纬真，号赤水，官至礼部主事。俞显卿上疏讦之。遂罢归。归益自放。纵情诗酒，好宾客，卖文为活。诗文率不经意，一挥数纸。所作传奇有《彩毫》、《昙花》、《修文》三记。《彩毫记》叙李白事，选事不精，文复板滞，似更下于《浣纱》。《昙花记》叙述木清泰好道，弃家外游，遇僧、道二人点化之。历试诸苦，并游地府、天堂。其夫人亦慕道修行。清泰归，乃转试她。后阖门飞升。这是一本荒唐得已入魔道之作。或谓木清泰即指其好友西宁侯宋世恩；也许便是迎合世恩之意而作的。《修文记》叙述蒙曜一家修道成仙事。(《曲海总目提要》及《小说考证》皆以为系叙李长吉事，大误，盖缘未见原书。）曜即是隆自己。其妻，其二子，其夭逝之女与子媳，并皆捉入戏中。即其仇俞显卿，其友孙荣祖（即愚弄隆学仙者）亦并皆写入。可说是一部幻想的戏曲体的自叙传。其女湘灵死后，修文天上，全家皆赖以超拔。其仇俞显卿，则被囚地狱，乃赖蒙曜的忠恕而亦得超脱鬼趣。在思想的荒唐空幻和想象的奔驰自如上，隆的《修文》、《昙花》都可以说是空前的。惟曲白则多食古不化之语，并不能显出什么生动灵活的气韵来。

伟大的宗教剧《目连救母行孝戏文》也出现于此时，却较《修文》、《昙花》更为重要，更为宏伟。《修文》、《昙花》有些自欺欺人，近于儿戏；《目连救母》却出之以宗教的热忱，充满了恳挚的殉教的高贵的精神。此戏文似当是实际上的宗教之应用剧。至今安徽等地，尚于中元节前后演唱目连剧七日或十日，以祓除不祥或驱除恶鬼。此戏文的编者为郑之珍，新安人，自号高石山房主人。全戏凡一百折，乃是空前的浩瀚的东西。其中插入的几个短故事，像《尼姑下山》（即后来《思凡》之所本），和《劝姐开荤》，同为最强烈的人间性的号呼，肉对于灵的反抗。自五十七折以后，写目连挑经担和母骨到西天去求佛，大类《西游记》的故事。也有白猿保护着他，也有火焰山，也有寒冰池，也有烂沙河，也有脱去凡胎的一幕，多少总受有"西游"故事的影响。而青提夫人的游十殿，也许是要当作实际上的劝惩之资的，故写得格外的详细，惨怖。

汪廷讷的《长生》、《同昇》二记，也和屠隆的《修文》、《昙花》同样的荒唐可笑。《长生记》叙述某人因虔敬吕仙而得子成道事；《同昇记》写三教讲道度人事；其中主人翁也皆为汪氏他自己。廷讷字昌朝，一字无如，自号坐隐先生，无无居士，休宁人，官盐运使。有《环翠堂集》。他在南京，有很幽倩的园林，常集诸名士，宴饮于园中。（详见《南宫词纪》）所作《环翠堂乐府》，据说凡十八种，但今所知所见者，只有十五种。《同升》、《长生》外，为《狮吼》、《天书》、《三祝》、《种玉》、《义烈》、《彩舟》、《投桃》、《二阁》、《七国》、《威风》、《飞鱼》、《青梅》、《高士》诸记。其中有写得很好的，像《狮吼记》，叙述陈季常妻柳氏的奇妒事，便是绝好的一部喜剧。清人所作《醒世姻缘传》小说，中有一部分故事，便系剽窃《狮吼》的。《三祝记》之写范仲淹微时事，《种玉记》之写霍中孺事，《义烈记》之写汉末党祸事（以张俭为主人翁），《天书记》之写孙、庞斗智事，都很不坏。惟《三祝》的情境，间亦窃之于古戏（即《吕蒙正破窑记》）。在浓妆淡抹、斗艳竞芳的风尚之中，廷讷诸作，还算是很灵隽自然的。周晖《续金陵琐事》云："陈所闻工乐府，《濠上斋乐府》外，尚有八种传奇：《狮吼》、《长生》、《青梅》、《威风》、《同升》、《飞鱼》、《彩舟》、《种玉》。今书坊汪廷讷皆刻为己作。余怜陈之苦心，特为拈出。"此话如可靠，则廷讷的传奇，大都皆非己作了。所闻字荩卿，金陵人，曾编刻《南北宫词纪》。说廷讷以资买稿，攘为己有，或不能免。如以《长生》、《同升》诸作，也并作为他人之作，未免过甚其辞；特别《长生记》，似不会是请他人代作的。因为，那里面是充满了廷讷自己的荒唐的思想。

梅鼎祚结束了骈俪派的作风。骈俪派到了他的《玉合记》，也便是登峰造极，无可再进展一步的了。鼎祚字禹金，宣城人。弃举子业，肆力于诗文。尝编纂《青泥莲花记》、《才鬼记》等，甚见其搜辑的渊博。《玉合》外，并有《长命缕》，叙单符郎、邢春娘事。《玉合》叙述韩翃、章台柳事，几至无句不对，无语不典。遂与《玉玦》之"板"，同传为口实。《曲品》云："词调组诗而成，从《玉玦》派来，大有色泽；伯龙极赏之。恨不守音韵耳。"从《玉合》以后，骈俪派便趋于绝路。汤显祖、沈璟出现于万历间，遂把这陈腐笨拙的作风，如狂飚之扫落叶似的，一扫而空。

参考书目

一、《曲品》 明吕天成编，有暖红室刊本，有《重订曲苑》本。

二、《曲律》 明王伯良撰，有明刊本，《读曲丛刊》本，《曲苑》本。

三、《曲录》 王国维编，有《晨风阁丛书》本，《重订曲苑》本，《王氏遗书》本。

四、《曲海总目提要》 大东书局铅印本。

五、《六十种曲》 明阅世道人编，汲古阁刊本。

六、富春堂、文林阁、继志斋所刊传奇不少。

七、《金陵琐事》 明周晖编，有原刊本，同治间刊本。

八、《南宫词纪》 明陈所闻编，有万历刊本。

第五十八章

沈璟与汤显祖

沈璟与汤显祖——他们的影响——汤显祖的生平——其作品：《牡丹亭》、《南柯记》、《邯郸记》、《紫箫记》、《紫钗记》——沈璟及其著作——《属玉堂十七种传奇》——沈璟的跟从者：吕天成与卜世臣——王骥德与沈自晋——陈与郊、许自昌、徐复祚、高濂、周朝俊等——顾大典、叶宪祖、沈鲸、吴世美、胡文焕等——冯梦龙及墨憨斋所改曲——这时代无名氏的所作

一

汤显祖与沈璟同为这个时代中的传奇作家的双璧。论天才，显祖无疑的是高出；论提倡的功绩，显祖却要逊璟一筹。他只是一位“独善其身”的诗人，他只是一位不声不响、自守其所信的孤高的作家。他不提倡什么，他不宣传什么，他也不要领导着什么人走。他只是埋头的尽心尽意的创作着。 然而他的晶莹的天才，立刻便为时人所认识，他的影响立刻便扩大起来——那么伟大的影响，大约连他自己也

不会相信的。这种影响，一方面当然是时代的趋势，必然的结果；一方面却要归功于他所树立的那么清隽崇高的天才的例子。他虽无意领导着人家走，后来的作家却都滔滔地跟随在他的后面。时代产生了他，而他也创造了一个时代。他乃是传奇的黄金时代的一位最好的代表。他的影响，不仅笼罩了黄金时代的后半期，且也弥漫在后来的诸大作家，如万树，如蒋士铨，以至于如黄韵珊，等等。吕天成说道："汤奉常绝代奇才，冠世博学。周旋狂社，坎坷宦途。当阳之谪初还，彭泽之腰乍折。情痴一种，固属天生，才思万端，似挟灵气。搜奇《八索》，字抽鬼泣之文；摘艳六朝，句叠花翻之韵。红泉秘馆，春风檀板敲声。玉茗华堂，夜月湘帘飘馥。丽藻凭巧肠而浚发，幽情逐彩笔以纷飞。蘧然破噩梦于仙禅，皭矣锁尘情于酒色。熟拈元剧，故琢调之妍媚赏心；妙选生题，致赋景之新奇悦目。不事刁斗，飞将军之用兵；乱坠天花，老生公之说法。原非学力所及，洵是天资不凡。"此种赞语，原是很空泛的，但非玉茗实不足以当此种夸饰的歌颂。

显祖（1550—1617）字义仍号若士，又自号清远道人。临川人。年二十一，举于乡，万历癸未（公元1583年）举进士。时相欲召至门下，显祖勿应。除南太常博士。朝右慕其才，将征为吏部郎。上书辞免。稍迁南祠郎。抗疏论劾政府信私人、塞言语，谪广东徐闻典史。量移知遂昌县。用古循吏治邑，纵囚放牒，不废啸歌。戊戌上计投劾归，不复出。里居二十年，病卒，年六十有八。自为祭文。显祖"志意激昂，风骨遒紧，扼腕希风，视天下事数着可了"。而穷老蹭蹬，所居玉茗堂，文史狼藉，宾朋杂坐。鸡埘豕圈，接迹庭户。萧闲咏歌，俯仰自得。同侪贵显者或遣书迓之，显祖谢曰："老而为客，所不能也。"为郎时，击排执政，祸且不测。诒书友人曰："乘兴偶发一疏，不知当事何以处我。"晚年翛然有度世之志。死后，其仲子开远，好讲学，取显祖"续成《紫箫》残本及词曲未行者悉焚弃之。"但《紫箫》今存，实未被焚。于《紫箫》外，显祖又著有"四梦"。《四梦》者盖《还魂记》、《邯郸记》、《南柯记》、《紫钗记》四部传奇的总称。又有《玉茗堂文集》十卷，诗集十八卷。然其得大名则在《四梦》而不在他的诗文。——虽然他的诗文也有独到之处。姚士粦谓："汤海若先生妙于音律，酷嗜元人院本。自言箧中收藏，多世不常有。已至千种，有《太和正音谱》所不载。比问其各本佳处，一一能口诵之。"(《见只编》) 王骥德曰："临川汤若士，婉丽妖冶，语动刺骨。独字句平仄，多逸三尺。然其妙处，往往非词人工力所及。"又曰："其才情在浅深浓淡雅俗之间，为独得三昧。"又曰："临川汤奉常之曲，当置法字无论，尽是案头异书。所作五传，《紫箫》、《紫钗》第修藻艳，语多琐屑，不成篇章。《还魂》好处种种，奇丽动人。然无奈腐木败草，时时缠绕笔端。至《南柯》、《邯郸》二记，则渐削芜颣，俯就矩度。布格既新，遣辞复俊。其掇拾本色，参错丽语，境往神来，巧凑妙合，又视元人别一蹊径。技出天纵，非由人造。使其约束和鸾，稍闲声律，汰其剩字累语，规之全瑜，可令前无作者，后鲜来哲。二百年来，一人而已。"（以上并见《曲律》说四）沈德符谓："汤义仍《牡丹亭梦》一出，家传户诵，几令《西厢》减价。奈不谙曲谱，用韵多任意处。乃才情自足不朽也。"(《顾曲杂言》) 钱谦益谓："胸中魁垒，陶写未尽，则发而为词曲。《四梦》之书，虽复留连风怀，感激物态，要于洗荡情尘，销归空有。则义仍之所存，略可见矣。"(《列朝诗集》) 朱彝尊谓："义仍填词妙绝一时。语虽斩新，源实出于关、马、郑、白。"王骥德又谓："临川尚趣，直是横行；组织之工，几与天孙争巧，则屈曲聱牙，多令歌者齚舌。吴江曾为临川改易《还魂》字句之不协者（按此改本名《同梦记》），吕吏部玉绳以致临川。临川不怿。复书吏部曰：彼恶知曲意哉！余意所至，不妨拗折天下人嗓子。"大抵显祖诸剧的不大合律是时人所公认的，而其纵横如意的天才，又是时人所赞许的。这可以说是定论。但自叶堂作谱之后，协律与否之论已为之熄。我们现在很可以从这个魔障中跳出来去看显祖作品的真相。

显祖五剧中，最藉藉人口者自为《还魂记》或《牡丹亭梦》。王骥德虽将《还魂》抑置《邯郸》、《南柯》之下，然一般人的见解，则大都反之。《梁廷枏》谓："玉茗"四梦"，《牡丹亭》最佳，《邯郸》次之，《南柯》又次之，《紫钗》则强弩之末耳。"此种甲乙之次，本极不足据，惟以《牡丹亭》为最佳，则足以代表一般人的意见。《还魂记》凡五十五出，没有一出不是很隽美可喜的。这样的一部剧本，出现于“修绮而非垛则陈，尚质而非腐则俚”的时代，正如危岩万仞，孤松挺然，耸翠盖于其上，又如百顷绿波之涯，杂草乱生，独有芙蕖一株，临水自媚，其可喜处盖不独能使我们眼界为之清朗而已，作者且进而另辟一个新境地给我们。开场的一支《蝶恋花》：“忙处抛人闲处住，百计思量，没个为欢处。白日消磨肠断句，世间只有情难诉。玉茗堂前朝复暮，红烛迎人，俊得江山助。但是相思莫相负，牡丹亭上三生路。”及结束全剧的一首下场诗：“杜陵寒食草青青，羯鼓声高众乐停。更恨香魂不相遇，春肠遥断牡丹亭。千愁万恨过花时，人去人来酒一卮。唱尽新词欢不见，数声啼鸟上花枝。”已足以看出作者的用意。作者是多情人，又是极聪明人，却故意地在最拙呆最荒唐的布局上，细细地画出最隽妙的一幅相思图。曹雪所谓“满纸荒唐言，一把酸心泪”，正足以说明显祖的此剧。“但是相思莫相负，牡丹亭上三生路”二语，盖较之东坡的“但愿人长久，千里共婵娟”，尤为深入一层，尤为真挚确切者。《还魂记》的概略如下：南安太守杜宝生有一女，名丽娘，才貌端妍，未议婚配。一日，杜太守想起，自来淑女，无不知书，便请了本府老秀才陈最良为西席，专教小姐，并以梅香为伴读。陈最良正是民间的百科全书式的老秀才的代表，他无所不知，连医道也懂得。上学的那一天，陈老先生教丽娘读《诗经》，解说“关关雎鸠，在河之洲”一诗后，不禁使这位年已及笄，初解怀春的少女怅然有感于中。本府有个后花园，极为敞大，丽娘向未去过。为了春情郁郁，受了梅香的劝诱之后，便同去园中一游。春色果然绝佳。好鸟轻啭，繁花缀树，芍药方放，牡丹盛开。丽娘回归绣房，倦极而卧。仿佛身子仍在园中，突遇一位少俊的秀才，折柳一枝赠她，强她题咏，并抱她进牡丹亭中。百种温存，紧相厮偎。正在欢洽之时，树上忽坠下落花一片，惊醒了她。她惆怅的醒来，口中还叫道：“秀才，秀才，你去了也！”她母亲刚来看她，盘问她也不语。便诫她以后少到后花园中闲行。自此以后，丽娘益为郁郁，梦中之事，无时放怀。捉空儿又到后花园中去。梦中之景，宛然如见，只是那少俊的人儿却不在身边了。太湖石仍在，牡丹亭依然，只是花事已将冷落，情怀更为凄然。自这回寻梦归去之后，丽娘便生了病，时卧时起，精神恍惚。她父母十分着急。陈最良的药方固无效力，石道姑的符咒，也欠灵验。挨至秋初，病体益重，“十分容貌，怕不上九分瞧”。丽娘自己对镜一照，也吃惊不已。“哎也！俺往日艳冶轻盈，奈何一瘦至此。”便着梅香取绢幅丹青来，为自己生描春容。画得来可爱煞人。对像徘徊，更增忉怛。便在画上题道：“近睹分明似俨然，远观自在若飞仙。他年得傍蟾宫客，不在梅边在柳边。”想起他人之像，或为丈夫相爱，替她描摹，也有美人自家写照，寄与情人，而丽娘这像却寄给谁呢？“梅边柳边”，只不过是个梦儿而已！但出于丽娘的不及料，也出于读者的不及料，那位“梅边柳边”的秀才，在世间却实有其人。这人姓柳，名梦梅，家住岭南。少年英俊，贫穷未能赴试。却说久病的丽娘到了八月十五，明月清朗之夜，便昏厥而去。临终之时，嘱咐她母亲只将她尸身葬于后花园中老梅树下，并私嘱梅香将她的春容，放在太湖石边。她死后不久，杜宝奉命升为淮扬安抚使。他带了家眷同去。但因为丽娘的尸柩不便运去，便让她埋于园中。却将此园与太守官衙用一道墙隔开了，同时并建了一所梅花庵于旁，供奉小姐，命石道姑看守此庵，并请陈最良收取祭粮，岁时巡视。匆匆地过了三年。柳生因久困乡里，终无了局，便勉力措筹，欲北上图求功名。得了钦差识宝使苗舜宾的资助，方得成行。经过南安，染病难行，厥于途中。陈最良过而怜之，送他到梅花庵中暂住。柳生病体渐好。在后花园中散步时，拾得丽娘自画的那幅春容。那画中端丽绝世的少女，顿使梦梅出惊。他疑心这画中人是观音大士吧，却又是小脚的，是月里嫦娥吧，却又没有祥云拥护，及见了题诗，乃知她确是人世间的一位美女。“梅边柳边”一语，又使他骇然。这不是指着他而言么？不然如何会那么巧合于他的姓名呢？于是他便生了痴心，天天对着画，姐姐美人的叫着。丽娘的魂儿，在地府受了冥判，得了允许还阳的判语。她回到梅花庵，听着梦梅“姐姐，美人”的叫着，颇为感动。知道了他便是从前梦中的人儿，便乘机进了书房，假托邻女与他相晤。梦梅见了那么倩丽的一位少女昏夜而至，当然是既惊且喜的。他们的好事，曾有一次为石道姑们所冲散，但也无甚阻碍。丽娘还阳的日期已尽，便嗫嚅着与梦梅说知，她并不是邻女，乃是画中的人儿。梦梅看看画儿，又看看她，果然是一模无二。她至此方才对他细诉自己的身世，并要求他开坟启棺，出她于土中。梦梅与石道姑商议，设法开了坟，果然小姐复活起来；颜色娇艳如生。掘坟的他们，当场也忘记了她乃是已死三年的少女！他们恐怕住在南安不便，便一同北上到临安。这里，陈最良到了庵中，见石道姑与柳生都不在，杜小姐的坟又已被掘发，便断定乃是他们二人同谋为此，事成逃去。决意奔到淮扬前去告诉杜公。这时，金人正图南下牧马，封海贼李全为溜金王，着其扰乱淮南一带。李全与妻杨氏，领众围了淮安。杜公奉命往救，也被陷于围城之中。陈最良北来，恰好冲在贼人的网里。李全设了一计，假说杜公的夫人及婢女春香已为全兵所杀。（这时杜公之夫人等已离扬城，逃难在外。）最良信之。全便命他进城招降，欲他以此噩耗告杜公，以乱其心。但杜公悲愤之余，反设了一计，命最良去说李全及杨氏降宋。恰好全与金使冲突，惧祸，便依言降宋。在此时之前，柳生偕眷到临安赴试。试时刚过，柳生强欲补试，幸得遇前在广赠金的苗舜宾为试官，竟通融了他入试。金榜正待揭晓，却遇李全之乱，暂不宣布。柳生试毕回家。丽娘闻他父亲被围淮安，便遣他去看望杜老。他到了淮安，恰好李全已降，杜公正奉旨召为中书门下同平章事，僚属在那里宴别他。柳生自称门婿，闯门而进。杜公得了最良之言，正恼着女坟被掘发，这位不知何来的门婿，却凭空而至，便大怒的命人递解柳生到临安府幽禁着，以待后命。杜公入朝，皇帝大喜。最良也以功授为黄门官。李全已平，金榜遂揭晓，状元是柳梦梅。但他们遍觅状元赴琼林宴不得。不知状元却在杜府吊打着呢。杜公到京后，便命取了柳生来，欲治他以发坟罪，任柳生怎样辩解也不听。觅寻状元的人到来，才救了柳生此厄。杜公仍然不愉，坚执着：即使女儿活着，也是花木之妖，并非真实的人。于是这事达到皇帝之前，命他们三人同在陛前辩论。结果，以丽娘的细诉，事情大白。当杜公到了丽娘家中时，却于无意中遇见了前传被杀的夫人及梅香。原来他们逃难到临安时，遇着丽娘，便同住在一处。于是合家大喜着团圆着。然而柳生却还不认那位狠心的丈人。经了丽娘的婉劝，方才重复和好。这一部离奇的喜剧，便于喜气重重中闭幕。

关于《牡丹亭》，为了时论的异口同声的歌颂，当时便发生了许多的传说。《静志居诗话》云："其《牡丹亭》曲本，尤极情挚。人或劝之讲学。笑答曰：'诸公所讲者性，仆所言者情也。'世或相传云：刺昙阳子而作。然太仓相君实先令家乐演之。且云：'吾老年人近颇为此曲惆怅。'假令人言可信，相君虽盛德有容，必不反演之于家也。当日娄江女子俞二娘，酷嗜其词，断肠而死。故义仍作诗哀之云：'画烛摇金阁，真珠泣绣窗。如何伤此曲？偏只在娄江。'又《七夕答友诗》云：'玉茗堂开春翠屏，新词传唱《牡丹亭》。伤心拍遍无人会，自掏檀痕教小伶。'"按昙阳子事，详见于吴江沈瓒《近事丛残》中。《弇州史料》亦云："女昙阳子以贞节得仙，白日升举。"昙阳子事，为当时所盛传。世俗以其有还魂之说，故附会以为显祖《还魂》即指此事。其实二事绝不相同。还魂之事，见于古来传记者甚多。若士自序云："传杜太守事者，仿佛晋武都守李仲文，广州守冯孝将儿女事，予稍为更而演之。杜守收考柳生，亦如睢阳王收考谈生也。"（按李仲文、冯孝将事皆见《法苑珠林》；谈生事见《列异传》——《太平广记》引。）元人的《碧桃花》、《倩女离魂》二剧，与若士此作也极相似。又《睽车志》载：士人寓三衢佛寺，有女子与合。其后发棺，复生遁去。达书于父母。父以涉怪，忌见之。此事与《还魂》所述者尤为相合。"刺昙阳子"云云，盖绝无根据之谈。

《南柯记》事迹大抵根据唐李公佐的《南柯太守传》而略有增饰。（陈翰《大槐宫记》与李作亦绝类。）《南柯》所说，仍是一个"情"字。论者每以为显祖此剧的目的，乃在："贵极禄位，权倾国都，达人视此，蚁聚何殊。"（李肇赞语）其实《南柯》的中心叙述乃在空虚的爱情，并不在蚁都的富贵。这在开场的一首《南柯子》便可见："玉茗新池雨，金泥小阁晴。有情歌酒莫教停，看取无情虫蚁也关情。国土阴中起，风花眼角成。契玄还有讲残经，为问东风吹梦几时醒？"且淳于生入梦也由情字而起，结束也以"情尽"为基，作者之意，益可知。故显祖此剧，事迹虽依据于《南柯太守传》，而其骨子里的意解则完全不同。显祖穷老以终，视富贵如浮云，曾不芥蒂于显爵，更何必卑视乎蚁职。

《邯郸记》本于沈既济的《枕中记》而作。卢生与吕翁遇于邯郸道上。吕翁以瓷枕与生。生枕之而卧。逆旅主人蒸黄粱米熟，生已于梦中经历富贵荣华、迁谪、围捕的得失。情调和《南柯》虽若相类，实则不同。若士自道："开元天子重贤才，开元通宝是钱财。若道文章空使得，状元曾值几文来！"则其愤懑不平，已情见乎词。

《紫箫记》和《紫钗记》同本《霍小玉传》而作。《紫箫》较为直率，《紫钗》则婉曲悱恻，若不胜情。《曲品》云："向传先生作酒色财气四犯，有所讽刺，作此以掩之，仅存半本而罢。"此实无根之谈。若士《紫钗记序》述其刊行《紫箫》之故最详。《紫箫》未出时，物议沸腾，疑其有所讽刺，他遂刊行之以明无他。"实未成之作也。"所谓"未成"，并非首尾不全，实未经仔细修炼布局之谓。《紫钗记》则布局较为进步，也更合于《霍小玉传》。惟不及李益就婚卢氏事；强易这悲剧为团圆的结束，未免有损于《小玉传》的缠绵悱恻的情绪。但像《折柳》、《阳关》诸折，却是很娇媚可爱的。

若士五剧，《还魂》自当称首。但任何一剧，也都是最晶莹的珠玉，足以使小诗人们妒忌不已的。那是最隽妙的抒情诗，最绮艳，同时又是最潇洒的歌曲。若以沈璟和他较之，诚然要低首于他之前而不敢仰视的。

二

沈璟字伯英，号宁庵，又号词隐，吴江人。万历甲戌（公元 1574 年）进士。除兵部主事，改礼部，转员外。复改吏部，降行人司正，升光禄寺丞。璟深通音律，善于南曲，所编《南九宫谱》，为作曲者的南圭。又有《南词韵选》，所选者也以合韵与否为上下。所作传奇凡十七种，总名《属玉堂传奇》。但大都为未刻之稿，故散失者极多。但璟影响极大，凡论词律者皆归之。他论文则每右本色，以朴质不失真为上品，以夸饰雕斫为下。在当时日趋绮丽的曲风中，他确是一位挽救曲运的大师。有了他的提倡，《玉玦》、《玉合》的宗风方才渐息。已走上了死路的南剧方才复有了生气。同时才人汤显祖，更以才情领导作者。当时论律者归沈，尚才者党汤，而已成风气的绮丽堆砌之曲，则反无人顾问。吕天成、王骥德二家则力持“守词隐先生之矩矱，而运以清远道人的才情”的主张。此后的传奇作家，遂皆深受此影响而有以自奋勉。孟称舜、范文若、吴炳、阮大铖诸人，并皆三致意于此。但清远并不是有意地提倡，而词隐则为狮子的大吼。学沈苦学可至，学汤则非天才不办。故词隐的跟从者一时遍于天下，而清远则在当时是孤立的。力为词隐张目者为吕天成、王骥德及沈氏诸子侄。然骥德作《曲律》，对词隐已有不满。沈自晋增订《南九宫全谱》，于词隐原作也颇有所纠正。而清远则声望日隆，其“四梦”，后来作者无不悬以为鹄。盖词隐的影响止于曲律，其“本色论”则时代已非，从者绝少。清远则在曲坛中开辟了一条展布才情，无往不宜的一条大路，正合于时代的风尚，才人的心理。直到了这个时代以后，传奇方才真正地上了正则的文坛而入于有天才的文人之手。此时，离东嘉、丹丘之时，盖已有二百余年了。在那二百年中，传奇只是在若明若昧之中，无意识地发展着，偶然地入于文人之手，也只是走着错路，未入正规。至是，词隐才示之以严律，清远才示之以隽才，而传奇的风气与格律，遂一成而不可复变，传奇的创作，遂也有了定型而不可更移。在其中，提倡最力，最有功绩者则为词隐。二百年间，作者寥寥，作品也很少，而在最后的不到百年间则作者几超出十倍，作品更为充栋汗牛，不可胜计。有意的提倡与无意识的发展，已入文人学士之手与在民间的自然生长，无途径的自由写作与已有定型成谱的写作，这其间相差是不可以道里计的。东嘉、丹丘以后，传奇便应入了后一条路上的。为了提倡的无人，与乎正则的文人的放弃责任，特别是“科举”的束缚人心，羁绊人才，使诗人们无心傍及杂学，更无论戏文，传奇发展的时针，遂拨慢了二百余年。应该在东嘉、丹邱之后便完成的传奇的黄金时代，遂迟到这个时代方才实现。

《曲品》颂词隐为曲中之圣：“沈光禄金、张世裔，王、谢家风。生长三吴歌舞之乡，沉酣胜国管弦之籍。妙解音律，花月总堪主持；

雅好词章，僧妓时招佐酒。束发入朝而忠鲠，壮年解组而孤高。卜业郊居，遁名词隐。嗟曲流之泛滥，表音韵以立防。痛词法之蓁芜，订全谱以辟路。红牙馆内，誊套数者百十章，属玉堂中，演传奇者十七种。顾盼而烟云满座，咳唾而珠玉在豪。运斤成风，乐府之匠石；游刃余地，词坛之庖丁。此道赖以中兴，吾党甘为北面。”沈德符说：“沈宁庵吏部后起，独恪守词家三尺，如庚清真文，桓欢寒山，先天诸韵，最易互用者，斤斤力持，不少假借，可称度曲申、韩。”（《顾曲杂言》）“此道赖以中兴”一语，诚是词隐的功状。然其作品却未尽满人意。王骥德云：“词隐传奇，要当以《红蕖》称首。其余诸作，出之颇易，未免庸率。然尝与余言，歉以《红蕖》为非本色。殊不其然。生平于声韵宫调，言之甚毖。顾于已作，更韵更调，每折而是，良多自恕，殆不可晓耳。”盖璟自是一位有力的提倡者，却不是一位崇高的剧曲作者。

璟的《属玉堂传奇十七种》为《红蕖》、《分钱》、《埋剑》、《十孝》、《双鱼》、《合衫》、《义侠》、《分柑》、《鸳衾》、《桃符》、《珠串》、《奇节》、《凿井》、《四异》、《结发》、《坠钗》、《博笑》。尚有《同梦记》一种，亦名《串本牡丹亭》，盖即改削汤显祖的《还魂记》者，不在这十七种之内。《同梦》今已佚，仅有残文见于沈自晋的《南词新谱》中。其中未刻者有《珠串》、《四异》、《结发》及《同梦》数种。即已刻者今也已散佚殆尽，不皆可见。（《曲录》录璟的传奇凡二十一种，《同梦记》尚不在内，误。璟所作者于《同梦记》外，盖仅有《红蕖》等十七种。其他《耆英会》、《翠屏山》、《望湖亭》三种，盖为沈自晋作。）

璟的《十孝》及《博笑》二记，其体例并非传奇。下章当述及之。《义侠记》为今所知璟传奇中最著名的一种。《义侠》叙武松的本末，情节与《水浒传》所叙者无大出入，惟增出武松妻贾氏为不同耳。《曲品》云：“《义侠》激烈悲壮，具英雄气色。但武松有妻似赘；叶子盈添出无紧要。西门庆斗杀，先生屡贻书于余云：此非盛世事，秘弗传。乃半野商君得本已梓，吴下竞演之矣。”（《曲品》）《义侠》中的贾氏的增入，作者大约以为生旦的离合悲欢，已成了一个传奇不可免的定型，故遂于无中生有，硬生生将武行者配上一个幼年订婚的贾氏吧。在曲白中，也不见得十分的本色。作者才情自浅，故虽处处用力，却只得个平正无疵而已。论清才隽语是说不上的。像景阳冈打虎，快活林打蒋门神，飞云浦杀解差，《水浒传》中已是虎虎有生气，这里颇袭用《水浒》，写得却仍未能十分出色。即《萌奸》（第十二出俗名《挑帘》）、《巧媾》（第四出，俗名《裁衣》）二出，俗人所深喜者，也未必能高出《水浒》的本文。

《红蕖记》，今未见，有残文存于《南词新谱》中。《曲品》云："《红蕖》着意著词，曲白工美。郑德璘事固奇，无端巧合，结构更宜。先生自谓字雕句镂，正供案头耳。此后一变矣。"此剧为璟早年之作，其风格与后来诸作颇有不同。王伯良颇右之，以为胜其后作。《埋剑记》有刻本。本唐人《吴保安传》。《曲品》谓："《埋剑》，郭飞卿事奇，描写交情，悲歌慷慨。此事郑虚舟采人《大节记》矣。《大节记》以吴永固为生。"《分钱记》今未见。残文亦存于《南词新谱》中。《曲品》谓："《分钱》全效《琵琶》，神色逼似。第一广文不能有妾，事情近酸。然苦境亦可玩。"《双鱼记》有刻本。叙刘符郎、邢春娘事。《曲品》谓："书生坎坷之状，令人惨恸。杂取《符节》事，《荐福碑》中，北调尤佳。"《合衫记》今未见。《曲品》谓："苦处境界大约杂摹古传奇。此乃元剧《公孙合汗衫》事。曲极简质，先生最得意作也。第不新人耳目耳。余特为先生梓行于世。"《鸳衾记》今未见。《曲录》谓闻有是事，局境颇新。妻之掠于汴也，章台柳也。含讥无所不可。吾友桐柏生有《凤》、《钗》二剧，亦取之。"桐柏生即叶宪祖。"凤"大约即指《团花凤》一剧。"钗"的一剧未知所指。《桃符记》有传本，叙刘天义、裴青鸾事，本元《碧桃花》剧。《曲品》谓："即《后庭花》剧而敷衍之者。宛有情致，时所盛传。闻旧亦有南戏，今不存。"《分柑记》，今未见。吕文谓："《分柑》，男色，为佳曲。此本谑态叠出可喜。第情境尚未彻畅。不若谱董贤更喜也。"《四异记》今未见。《今古奇观》中有《乔太守乱点鸳鸯谱》，即此故事。《曲品》谓："旧传吴下有嫂奸事。今演之快然。丑、净用苏人乡语，亦足笑也。"这一点是极可注意的，丑、净用土白，实是近代剧的一个特征。但像作者那样的将连篇土语公然用之于剧本上的，则绝无仅有。《凿井记》今未见。《曲品》谓："事奇，凑拍更好。通本曲腔名，俱用古戏名串合者。此先生长技处也。"《珠串记》今未见。《曲品》谓："崔郊狎一青衣，赋侯门如海诗，事足传。写出有情景。第其妻磨折处不脱套耳。"《奇节记》今未见。《曲品》谓："正史中忠孝事宜传。一帙分两卷。此变体也。"《结发记》今亦未见。《曲品》谓："是余所传致先生而谱之者。情景曲折，便觉一新。"《坠钗记》俗名《一种情》，有传本。《曲品》谓："兴庆事甚奇，又与贾女云华，张倩女异。先生自逊谓不能作情语。乃此情语何婉切也。"盖本于瞿佑《金凤钗记》。这是他有意和汤显祖的《还魂记》相匹敌的。然任怎样也不会追得上《还魂》的。不过璟究竟是一位极努力的作家。在璟之前，作杂剧者有多至六十余本的，如关汉卿；作传奇者则大都少则一本，如《琵琶》、《拜月》；多亦不过五种六种耳，如张凤翼的《阳春六集》，徐霖的《三元》、《绣襦》等；至若一人而著剧多至十七种者当始于璟。

三

最受沈璟的影响者，有吕天成、卜世臣二人。卜世臣字大匡，一字大荒，秀水人。(《嘉兴府志》作字蓝水）磊落不谐俗，日扃户著书。有《乐府指南卮言》、《多识编》及《山水合谱》等（见《府志》卷五十三）。所著传奇，则有《冬青》、《乞麾》二记。《冬青》写唐珏葬宋帝骨殖事。《曲品》道："携李屠宪副于中秋夕帅家优于虎丘千人石上演此，观者万人，多泣下者。"《乞麾》叙杜牧之恣情酒色事。王伯良云："其词骈藻炼琢，摹方应圆，终卷无上去叠声，直是竿头撒手，苦心哉！"(《曲品》引）此二记皆不存，仅有残文见于《南词新谱》。吕天成字勤之，号郁蓝生，别号棘津，余姚人。著《曲品》，又作《双栖》、《双阁》、《四相》、《四元》、《神剑》、《二窑》、《神女》、《金合》、《戒珠》、《三星》诸记及其他小剧，凡二三十种，今不存一种。王伯良《曲律》(卷四）尝详及其生平。伯良云："勤之童年便有声律之嗜。既为诸生，有名，兼工古文词。与余称文字交垂二十年。

每抵掌谈词，日昃不休。孙太夫人好储书，于古今戏剧，靡不购存。故勤之泛澜极博。所著传奇，始工绮丽，才藻煜然。最服膺词隐，改辙从之，稍流质易。然宫调字句平仄，兢兢毖慎，不少假借。”伯良又道：“勤之制作甚富，至摹写丽情亵语，尤称绝技。世所传《绣榻野史》、《闲情别传》，皆其少年游戏之笔。”他死时年未四十。这两个人都是沈璟的最服从的信徒。《曲律》云：“自词隐作词谱，而海内斐然向风。衣钵相承，尺尺寸寸，守其矩矱者二人，曰吾越郁蓝生，曰槜李大荒逋客。郁蓝《神剑》、《二窑》等记并其科段转折似之。而大荒《乞麾》，至终帙不用上去叠字。然其境益苦而不甘矣。”

王伯良他自己却不是那么低头于词隐的人。他也佩服词隐，但同时又未免有些微词。他是更倾倒于汤义仍的。在这一点上，他的赏鉴的能力确是很高超的。伯良名骥德，号方诸生，又号玉阳仙史，会稽人。《明文授读》称他为王守仁侄，不知何据。他尝受学于徐渭，曾校订《西厢》、《琵琶》二记，并著有《曲律》。对于戏曲的探讨，是比了沈璟更进一步的。为了他并不是怎样的要求恢复“古剧”的“本色”，所以他唯一的一部传奇，《题红记》，写得很是娇艳。与其说是受沈璟的影响，不如说是受汤显祖的。他除了在曲的音律上曾受沈璟的启示之外，其他都是不满于璟的。其实璟的影响，也只在这一方面。明末诸作家，我们可以说，直接间接，都是受着显祖的绝代才华的照耀的。伯良的《题红记》为少年时作，系改其祖炉峰的《红叶记》，为屠隆强序入梓。他自己不很满意。但又述孙如法语，谓汤显祖令遂昌日，会如法，“谬赏余《题红》不置”。则亦自负不浅。《题红》叙于祐、韩夫人红叶题诗事，今存。

就是沈氏诸子弟，对于词隐也不尽服从。沈氏诸子弟，几无不能曲者。其侄自晋、自征二人，尤为白眉。自征有《渔阳三弄》杂剧，乃是追随于徐渭《四声猿》之后的。自晋作《南词新谱》，是纠正、增订词隐的《南九宫谱》的。自晋所作的《翠屏山》、《望湖亭》、《耆英会》三记，尤露才情，迥非词隐本色一语，所能范围得住。盖也是私淑临川的作风的。自晋（1571—1646）字伯明，又字长康，号鞠通生。他在清初尚存，年已七十余岁。《南词新谱》有他丙戌（1646

年）的凡例，则至少他是活到七十六岁以上的。沈自友《鞠通生传》云：“海内词家，旗鼓相当，树帜而角者，莫若吾家词隐先生与临川汤若士先生。水火既分，相争几于怒詈。生蝉缓其间。锦囊彩笔，随词隐为东山之游，虽宗尚家风，著词斤斤尺矱，而不废绳简，兼妙神情。甘苦匠心，朱碧应度。词珠宛如露合，文冶妙于丹融。两先生亦无间言矣。”这把他的立场写得很明白。不仅他如此，明末的诸大家，殆无不是秉用沈谱，而追慕汤词的。他的《耆英会》今未见传本。《翠屏山》传唱最盛。今剧场上俗名“石十回”的，即是此戏。事本《水浒传》杨雄、石秀杀潘巧云的一则。《望湖亭》叙钱万选秀才代其表兄颜伯雅去相亲，被留结婚，因此错误，终得与高氏女成就姻缘事。此事曾有话本，名《钱秀才错占凤凰俦》。（见《醒世恒言》卷七，又见《今古奇观》）此二记皆写得很隽妙，结构也极为整炼，而曲白的互相映照生趣，莫不虎虎有生气，尤为前一时代作家们所罕见。像下面一曲：

> 雪花飞，搅得我心间碎。且走向湖边觑，步难移。这的吼地寒飙，何处把仙舟滞？只见高高簇浪堆，高高簇浪堆，又怕层层结水衣，早是白茫茫不见个山儿意。
>
> ——《望湖亭》第二十五折

写颜伯雅于大雪中立在湖边，等候迎亲的船，是很能捉得其焦急不堪的神情的。同剧《自嗟》（第十折，俗名《照镜》），尤为剧场上最能惹起哄堂大笑的一幕。

四

和汤、沈同时的戏曲作家们，几有一时屈指不尽的盛况。在万历的时代，剧场上的新曲如雨后春笋，夏夜繁星似的那么层出不穷。吕天成序《曲品》道：“予舞象时即嗜曲，弱冠好填词。每入市见传奇，必挟之归，笥渐满。初欲建一曲藏，上自前辈才人之结撰，下自腐儒教习之攒簇，悉搜共贮，作江海大观。既而谓多不胜收。彼攒簇者收之污吾箧，稍稍散失矣。”又道：“传奇侈盛，作者争衡，从无操柄而进退之者。矧今词学大明，妍媸毕照，黄钟瓦缶，不容并陈，白雪巴人，奈何混进。”在他的《曲品》中，于“不入格者摈不录”之外，传奇之数，“亦已富矣”。可见当时的盛况为如何。下文仅举比较重要的若干作家，略讲一下。其他作品不传及不甚重要者皆未之及。

陈与郊字广野，号玉阳仙史，海宁人。官太常寺少卿。著《隅园》、《蘋川》、《黄门》诸集。他自以为搢绅大夫，不屑以词曲鸣于时，乃托名高漫卿，著《诊痴符》四种。或称之为任诞轩，盖误以其轩名为著者之名。那总名为《诊痴符》的四部曲，有改他人之作者，亦有为自己创作者。一为《灵宝刀》，写林冲的始末，盖本于李开先的《宝剑记》。他自己题记于剧末道：“山东李伯华先生旧稿，重加删润，凡过曲引尾二百四支，内修者七十四支，撰者一百三十支。”实等于重作。惟情节则无变动。二为《麒麟罽》，写韩世忠、梁夫人的始末。他自己说道：“韩王小传本奇妙，奈谱曲梨园草草，因此上任诞轩中信口嘲。”则似因不满意于张四维的《双烈记》而改作者。三为《鹦鹉洲》，写韦皋、玉箫女的始末，盖亦本于无名氏的《韦皋玉环记》。四为《樱桃梦》，则系他的创作。事本《太平广记》所载《樱桃青衣》，盖为《南柯》、《邯郸》的另一转变，惟情节似更婉曲而富于诗意。这四剧写得都很有风趣，尽有很秀美的曲文，惜见之者绝少。

张四维所作，今存《双烈记》一种，尚有《章台柳》及《溪上闲情》（此种似为散曲集）则未见。四维字治卿，号五山秀才（《曲录》及《曲品》均作午山），元城人。尝和陈所闻以曲相赠答。（见《南宫词纪》）《双烈记》叙韩世忠和梁红玉事。虽为陈与郊所不满，然今见之剧场上者，却仍为四维之作，而非与郊的改本。其实《双烈》也殊明白晓畅，甚能动人。

许自昌字玄祐，吴县人。有《樗斋漫录》十二卷，《诗钞》四卷，《捧腹谈》十卷。他和陈眉公诸人交往，构梅花墅，聚书连屋。又好刻书，所刻有韩、柳文集及《太平广记》等。所作传奇有《水浒记》、

《橘浦记》、《灵犀佩》、《弄珠楼》及《报主记》等，惟《水浒记》流传最广。《水浒记》叙宋江事，皆本《水浒》，惟《惜茶》、《活捉》为添出者。只写到江州劫法场，小聚会为止，没有一般"《水浒》剧"之非写到招安不可。词曲甚婉丽，结构极完密。像《刘唐醉酒》等幕，尤精悍有生气。《橘浦记》写柳毅传书事，而添出不少的枝节。本于"众生易度人难度"的前提，而极意地抒写"负德的小人丘伯义，衔恩的几个众生"的几段情节，或作者有所感而发欤？《灵犀佩》诸作，今俱未见。郃阳人王异（字无功）也作《弄珠楼》、《灵犀佩》（尚有《百花亭》一种）二剧，不知是否改自昌之作？也许自昌此二剧是改王异的也说不定。

汤显祖的友人郑之文，也写作了《白练裙》、《旗亭记》、《芍药记》三本，今惟《旗亭记》存。之文字应民，一字豹先，南城人。官南部郎，后出为知府。他少年时，很刻薄，尝作《白练裙》以讥马湘兰，颇为时人所不满。汤显祖尝为序其《旗亭记》，实亦不甚好。

徐复祚字阳初，号暮竹，又号三家村老，常熟人，有《三家村老委谈》及《红梨记》、《宵光剑》、《梧桐雨》、《祝发记》等传奇数本。今惟《红梨记》最为流行；《宵光剑》亦见存，余皆佚。《红梨》本于元剧《诗酒红梨记》，而添入不少的枝节，写得很娇艳，是这时代所产生的最好的剧本之一，虽然其中未免有些亵秽处。他自道："论卖文，生涯拙；岂是夸多，何曾斗捷。"是此剧似亦为易米而作者。《宵光剑》写卫青事，也甚动人。

同时有《快活庵评本红梨记》一本，今亦传于世。和复祚同名的一本，虽叙同一故事，而词语全异。如果把这两剧对读起来，复祚的一本，似还嫌过于做作、尘凡。惜此很伟大的一本名著，竟不能知道其作者为谁。

高濂的《玉簪记》足和《红梨记》并肩而立，而有的地方，写得更较《红梨记》为荡魂动魄，《红梨》写闻声相思，有些不合理。《玉簪》则通体为少年儿女的热恋，或即或离，或聚或散，是那样的娇嫩若新荷出水，是那样的绮腻若蜀锦瓯绸。《玉簪》事本《张于湖误宿女贞观》（见《国色天香》、《燕居笔记》诸书）。叙述陈妙常、潘必正事。为了纠正道德上的缺憾，故濂添出“指腹为媒”的一段。其间像《琴挑》、《偷诗》、《秋江》诸折，其情境都是《西厢》、《还魂》所未经历的。濂字深甫，号瑞南，钱塘人，所作尚有《节孝记》一本。《曲品》云：“陶潜之《归去》，令伯之《陈情》，分上下帙，别是一体。”濂又编《遵生八笺》，是一部很重要的论服食养生之书，足以使我们明白明代士大夫的生活和思想的实况的一斑。

周朝俊的《红梅记》，其婉丽处不下《红梨》、《玉簪》。朝俊字夷玉，鄞县人（《曲录》作吴县，误）。《红梅》叙裴生遇贾似道妾的鬼魂，被其所救，且得美配事。其中《鬼辩》的一幕，今犹常上演于剧场。

王玉峰，松江人，作《焚香记》，叙王魁、桂英事。此为宋、元以来最流行于剧场上的故事。宋人已有戏文，元剧亦有尚仲贤的《王魁负桂英》。玉峰此戏，则站在传奇必须以团圆的原则上，添出种种的幻局，成了一本“王魁不负桂英”，正如汤显祖《紫钗记》之把结局改为李益不负小玉似的。

周履靖和许自昌一样，也是一位喜刻书的作家。他号螺冠，秀水人。所刻有《夷门广牍》及《十六名姬诗》等。传奇有《锦笺记》一本，叙梅玉和柳淑娘的恋爱。以“遗笺”为始恋；中间好事多磨，致义女为主捐躯；最后，有情人才得成为眷属。情节是并不怎么高明。

朱鼎的《玉镜台记》虽亦为写悲欢离合的剧本，却全异于一般的恋爱剧。这里是，国家的大事，占据了家庭的变故的全部。虽本关汉卿的《温太真玉镜记》，却比之原剧，面目全殊。其间《新亭对泣》、《闻鸡起舞》、《中流击楫》诸出，至今读之，犹为之感兴。《桃花扇》与此戏正是同类。惟《桃花扇》充满了凄凉悲楚，而此记则尚有阳刚锐厉之气魄，是兴国，而非亡国的气象。鼎字永怀，昆山人。

顾大典和沈璟是同辈。他字道行，吴江人。官至福建提学副使。著《海岱吟》、《闽游草》、《园居稿》、《清音阁十集》等。所作传奇，则有《青衫记》，本马致远《青衫泪》剧，叙白居易、裴兴娘事；《葛衣记》，叙任昉子西华，贫无所归事，本刘孝标《广绝交论》；《义乳编》，叙后汉李善义仆事；《风教编》，分四段，叙四则足以范世的故事；这四记总名为《清音阁四种》。今传者惟《青衫记》。白香山的《琵琶行》，不意乃生出这样的故事出来，岂是他所及料的。清代作剧者，究竟高明些，乃纷纷为白氏洗刷，竟恢复了那篇绝妙的抒情诗的本来面目。（像蒋士铨的《四弦秋》。）

叶宪祖字美度，一字相攸，号桐柏，别号六桐，又号槲园居士，亦号紫金道人，余姚人。官至工部郎中。以私议魏忠贤生祠事，削籍。他所作传奇有《双修记》、《鸾镳记》、《四艳记》及《金锁记》、《玉麟记》。《四艳记》为四篇不同的故事的集合，类似《四节记》的结构，惟皆为恋爱剧。（并见《盛明杂剧》二集）《鸾镳记》叙唐女道士鱼玄机事。《金锁记》叙窦娥事，本于关汉卿《窦娥冤》剧，而更为凄怖动人；但其结局则为团圆的。《传奇汇考》云："或云袁于令作，或云桐柏初稿，于令改定之。"《玉麟》、《双修》二记，皆未见。《双修》为纯正之佛教剧，不似屠隆诸人之仙佛杂陈。盖宪祖之作是记，也正是表示不满意于屠隆诸作的。宪祖的诸记，皆出之以镂金错彩，过于炫目的辞藻，也足以使人不感得舒服；特别是《四艳记》，四段故事，情节皆面目相似，读之尤恹恹无生气。

王稚登（1535—1612）字百谷，吴县人，为当时的老名士之一。他和张伯起、陈眉公之流，皆是以布衣而遨游于公卿间的。润笔所及，足以裕身，声望之高，有过乡宦。他所编有《吴骚集》，乃是明季许多南曲选本中最早的一部。所作传奇，有《全德记》一本，叙窦禹钧积德致多子事。冯道诗："燕山窦十郎，教子以义方，灵椿一株老，仙桂五枝芳。"指的便是禹钧。此记传本罕见。尝获读于长洲吴氏，多腐语、教训语。

这时的剧坛，几为江、浙人所包办，而浙人尤多。

金怀玉字尔音，会稽人。所作传奇凡九本：《香球记》（《舶载书目》作《新编五伦全备江状元香球记》，叙江秘事）、《宝钗记》（《舶载书目》作《宝簪记》）、《望云记》、《完福记》、《妙相记》、《摘星记》（叙霍仲孺事）、《绣被记》（纪东侯王忳事）、《八更记》（叙匡衡事）、及《桃花记》（叙崔护事）。今惟《望云记》及《妙相记》有传本。《曲品》云："《妙相》全然造出，俗称为《赛目连》，哄动乡社。"《望云》则叙狄仁杰事，而多及二张召幸，对博赌裘，怀义争道，三思遇妖诸插出，热闹可观。怀玉所作，多谐俗。《曲品》列之“下之下”，评道：“金乃稽山学究之翁，弃青衿而陶情诗酒。”深致不满。然惟其能谐俗，故当时传唱也殊盛。

沈鲸字涅川，平湖人。所作有《双珠记》、《分鞋记》、《鲛绡记》及《青琐记》四本。《曲品》云：“后二记或云非涅川作。”《双珠记》叙王楫事。楫从军受诬，其妻郭小艳鬻子全贞。后子九龄做了官，却弃职去寻亲，合家得以团圆。《分鞋记》叙程钜夫与其妻离合事。事本《辍耕录》，为汉人被掳作奴婢者最沉痛的故事的代表。如果写得好，可成斯托夫人《黑奴吁天录》的同类。可惜程钜夫太残刻，无人性，竟污损了整个的缠绵悱恻的最动人的故事。陆采有《易鞋记》，亦叙此事；不知今传的《易鞋》为陆作抑为沈作？《鲛绡记》叙魏必简及沈琼英遇合事。《青琐记》叙贾午事，亦和陆采的《怀香记》相类。怡春锦堂选其《赠香》一出。涅川所作，《曲品》称其“长于炼境”，这话是不错的。

吴世美字叔华，乌程人，所作有《惊鸿记》，叙唐明皇、杨贵妃事，其中增“梅妃争宠”事，大为生动可爱。在《长生殿》没有出现之前，这部传奇，乃是写贵妃事的最好的一本。

陈汝元字太乙，会稽人。著《金莲记》及《紫环记》二本。《金莲记》今存于世，叙苏轼事，以五戒私红莲为关节，盖是通俗的东西。车任远字远之，号柅斋，亦号蘧然子，上虞人。所作有《四梦记》及《弹铗记》。《弹铗》叙冯驩事，今佚。“四梦”以《高唐》、《邯郸》、《南柯》及《蕉鹿》的四段组成之。及汤显祖的《邯郸》、《南柯》二记出，《四梦》为之黯然失色。今亦惟《蕉鹿》一梦，尚载于《盛明杂剧》中。谢谠号海门，亦上虞人。著《四喜记》，叙宋郊、宋祁兄弟事。郊以救蚁获中状元，乃是“因果剧”的常套。中入贝州王则叛乱事，盖故以引起剧中浪澜者。单本字槎仙，会稽人。著《露绶记》及《蕉帕记》。《蕉帕记》今存，叙西施被罚为白牝狐，见龙驤有仙骨，冒胡弱妹名，与之恋爱。以芭蕉变一绿帕赠之。龙、胡的姻缘，反因此错误而终得结成。驤后为吕洞宾度去。徐元字叔回，钱塘人。著《八义记》，叙程婴、公孙杵臼事，盖本于元人《赵氏孤儿记》而改作者。杨珽字夷白，亦钱塘人。著《龙膏记》及《锦带记》。《龙膏记》今存，叙张无颇得起死药龙膏于袁大娘，以治元载女湘英疾，遂得成就姻缘，也只是一本习套的恋爱传奇。

胡文焕字德文，号全庵，钱塘人。尝刊《格致丛书》数百种，中多秘册珍函，有功于文化不浅。当是毛晋以前的一位很重要的编辑者兼出版家。他曾编《群音类选》二十六卷，为明代最大的一部戏曲选，中多今人未知未见的剧本。惜仅录曲，不载宾白（载宾白者仅有数出），是一大缺点。盖《雍熙乐府》、《词林摘艳》等书之选录北剧，不妨有曲无白；因为北剧的唱词，本出于一人之口，残留着很多的叙事歌曲的痕迹，虽无白，亦可了然。南戏则唱者不一，曲、白每分离不开；单录其曲，最易令人茫然。文焕亦能填词作曲。他自作的传奇，凡四本：《奇货记》（吕不韦事）、《犀佩记》（符世业事）、《三晋记》（赵简子事）及《余庆记》，今并不传。惟《余庆记》有九折被保存于《群音类选》，尚可窥见一斑。《曲品》于评《奇货》、《三晋》二记时，每“恨不得名笔一描写之”，盖深憾文焕之作非“名笔”也。

陆江楼，号心一山人，杭州人。著《玉钗记》，叙何文秀修行，历经苦难事，和无名氏的《观世音香山记》同为很伟大的宗教剧。郑国轩著《白蛇记》，叙刘汉卿因救蛇获厚报事。他自署浙郡逸士，盖亦浙人。又有苏汉英著《黄粱梦境记》，陆华甫著《双凤齐鸣记》，叶良表著《分金记》，其生平惜皆未详。

吕天成《曲品》所载万历时代作传奇者，更有龙膺（字朱陵，武陵人）、载子晋（字金蟾，永嘉人）、祝长生（字金粟）、顾允默、允焘（原作希雍、仲雍，误）兄弟、黄伯羽、秦鸣雷、谢廷谅、章大纶、张太和、钱直之、金无垢、程文修、吴大震等数十人。所作并佚，故今不之及。

五

最后，应一叙冯梦龙。梦龙（1574—1646）为明季文坛一怪杰。他的活动的时代，始于万历而终于清初。[据《南词新谱》、沈自晋《凡例续纪》，他于弘光乙酉（1645年）之春尚在。到了丁亥（1647年）才知道他已死。其卒年盖在乙酉冬或丙戌春夏。] 他和沈自晋同为剧场的老师宿将。但其活动的范围则较自晋广泛得多了。他编《笑府》、《情史》、《智囊》及《智囊补》；又编《喻世明言》、《警世通言》及《醒世恒言》；改作《平妖传》及《新列国志》；选辑《太霞新奏》；刊布《挂枝儿》小曲。其对于当时的影响是绝为伟大的。单就"三言"的刊行而论，明、清之际的话本的复活，差不多可说是他的提倡的结果。他的墨憨斋重订戏曲，在曲律、文辞两方面是兼行顾到的。他是那么精悍，又是那么细心的在工作着。他字犹龙，一字耳犹，吴县人。每喜用种种笔名，龙子犹一名尤所常用。他自己所作剧本，有《双雄记》和《万事足》二本。《双雄记》写丹信和刘双结义为兄弟。仙翁赠以宝剑。不幸二人皆陷于狱。其妻魏夫人（丹妻）及黄季娘（刘妻）也皆历经颠沛流离之苦。卒因龙神之救，刘生义气之感，得以"终吉"。《万事足》写陈循妻贤慧，为夫设妾生子。循登第后，并劝化同年的悍妻。两家皆安好和乐。这二剧的情节，都带些教训意味。惟词语则皆适典谐俗，不典、不鄙，恰到了"本色"的好处。明末诸家，追摹临川过甚，往往涂彩抹朱，流于纤艳。梦龙却是自信不惑的。他最爱真朴本色的美，最恨做作。沈璟才力不足，提倡本色的结果遂流于鄙野。他则从容遣辞，无不入格。这才是"青出于蓝而胜于蓝"。

所谓《墨憨斋新曲十种》，于《双雄记》、《万事足》外，有：

（一）《精忠旗》　题西陵李梅实原稿，叙岳飞、秦桧事；

（二）《楚江情》　袁于令作，叙于叔夜、穆素徽事，即《西楼记》；

（三）《女丈夫》　叙红拂妓虬髯客事，合张伯起、刘晋充、凌初成三人之作于一编；

（四）《洒雪堂》　题楚黄梅孝己原编，写贾云华病没，其魂复投入别一少女之身而与魏鹏续缔姻缘，事本李祯《剪灯余话》的《贾云华还魂记》；

（五）《酒家佣》　合陆无从（名弼，江都人，一作姑苏人）、钦虹江二作为一，叙汉末李燮避仇佣工于酒肆事；

（六）《量江记》　原为铜陵佘翘（字聿云）作，叙南唐樊若水谏后主不听，遂去投宋事；

（七）《新灌园》　改张凤翼的《灌园记》；

（八）《梦磊记》　写文景昭与刘亭亭恋爱遇合事，原为会稽史磐作。磐字叔考，作传奇至多，若《合纱》、《樱桃》、《鹣钗》、《双鸳》、《孪瓯》、《琼花》、《青蝉》、《双梅》、《檀扇》、《梵书》诸记，皆不存；

并题“墨憨斋重订”，中实吹入不少梦龙的精神。但墨憨斋所改之曲，实不止这八种；现在所见者，更有《风流梦》（改汤显祖的《牡丹亭》）、《邯郸记》（亦改汤氏作）、《人兽关》、《永团圆》（皆改李玉作）及《杀狗记》（即《六十种曲》本《杀狗记》，题龙子犹改订）五种。也许尚有他种。墨憨斋重订的剧本传遍天下，顾曲者无不重之，即原作者也很心折。梦龙是一位爱国的热情诗人。当清兵入关时，他曾刊印几种小册子，散布各处，传达抗战的消息，以期引起民众的敌忾心。（这些小册子，今所见者有二种，日本有翻刻本）唐王即位于福建时，他被任为寿宁县知县，不久便死难。沈自晋有《和子犹辞世原韵二律》（见《南词新谱》卷首），可见他确是从容自尽的。惜《辞世》的原诗未得见。

六

无名氏所著的戏曲，今存者不在少数。见于《六十种曲》中者，有《金雀》、《霞笺》、《节侠》、《飞丸》、《四贤》、《运甓》、《赠书》诸记。而《金雀》、《运甓》为尤著。《金雀记》写潘岳事，其中《乔醋》诸折，辞意若雨后山色，新翠欲滴。《运甓记》写陶侃事，所叙晋室南渡，北方沦没，诸贤同心努力以支危局诸事，极慷慨激昂之致。和朱鼎的《玉镜台记》异曲同工。

明金陵唐氏富春堂所刊无名氏诸传奇，往往富古朴之趣，本色之美，若未斫之璞，荒芜之园，别饶一种萧野的风味。富春堂所刊，以十本为一套，套以甲乙为次，则当有一百本，未知其究竟全功告成否。今所见富春堂刊无名氏传奇，有《白袍记》，叙薛仁贵事；《绨袍记》，叙范叔事；《和戎记》，叙王昭君事；《鹦鹉记》，叙苏皇后被陷害事；《草庐记》，叙三国刘备、诸葛亮事；《水浒青楼记》，叙宋江杀阎婆惜事；《金貂记》，叙尉迟敬德事；《香山记》，叙观世音修行香山事；《十义记》，叙韩朋被陷得救事；《升仙记》，叙韩湘子九度文公事；《江流记》，叙陈玄奘为父报仇事。这些剧本都是最谐俗的，故事是民间最流行的故事，曲文也是民间能懂得的本色语。其中像《白袍记》、《金貂记》、《草庐记》气魄都很阔大。《水浒青楼记》、《和戎记》也写得很深刻入情。这些剧本，未必都是这一时代的产物，可能还有“古作”在内，以其皆刊于万历间，姑并附述于此。

明金陵唐氏文林阁也刻有不少无名氏的传奇。文林阁和富春堂同为唐氏，同在一地刊刻传奇，或有些关系吧。文林阁所刻，不及富春堂之多，像《袁文正还魂记》、《观音鱼篮记》、《青袍记》、《古城记》、《胭脂记》、《双红记》、《四美记》、《云台记》等若干种，皆是别无他本的。《古城记》写张飞事，很雄莽可喜；《胭脂记》写郭华事，本是流行最广的故事；《双红记》合红线、红绡二事，串插为一；《云台记》叙汉光武得天下事。

明会稽商氏半野堂尝刻《箜篌记》一本。《曲品》云：“此乩仙笔也。彼谓自况。词亦骈美，但时有袭句。岂仙人亦读人间曲耶？或云：乃越人证圣成生作。”此当是传奇中唯一的一部“托仙”之作。

在陈眉公评本诸传奇中，有《异梦记》一本，亦为无名氏作。又闽南刻本《杏花记》，版式绝类陈眉公诸评本传奇，亦为无名氏作。又有《葵花记》、《珠衲记》、《彩楼记》、《百顺记》、《芦花记》、《双杯记》、《长城记》等，并有明刊本，或其中若干出，尝见选于流行的选本中，其作者也并皆无名氏可考。《长城记》在明万历时流行甚广，叙孟姜女寻夫事，惜仅见其中数出，未得读全曲。曲辞浑朴。也许是很古老的著作。

参考书目

一、《曲品》 明吕天成编，有《重订曲苑》本，有暖红室刊本。

二、《曲律》 明王伯良著，有明刊本，有《读曲丛刊》本，有《曲苑》本。

三、《曲录》 王国维编，有《晨风阁丛书》本，《重订曲苑》本，《王氏遗书》本。

四、《曲海总目提要》 有大东书局铅印本。

五、《六十种曲》 明阅世道人编，有原刊本，道光翻刻本。

六、富春堂所刊传奇　明金陵唐氏编刊。

七、文林阁所刊传奇　明金陵唐氏编刊。

八、世德堂所刊传奇　明金陵唐氏编刊。

九、继志斋所刊传奇　明金陵陈氏编刊。

十、《金陵琐事》 明周晖编，有明刊本，同治翻刻本。

第五十九章

南杂剧的出现

"南杂剧"的出现——与北剧的不同——杨慎的《太和记》——李开先、汪道昆、梁辰鱼、沈璟等——徐渭的《四声猿》——梅鼎祚、陈与郊、王衡、叶宪祖——王骥德、汪廷讷、车任远、徐复祚、王澹、黄方胤、茅维等

一

用北曲组成的杂剧，在元代到达了她的全盛期的顶峰。在明的初叶，周宪王尚以横绝一代的雄才，写作数十种。弘、正（弘治、正德）以还，作者虽不少，而合律者却稀。驯至嘉靖以后，入于近代期中，则"北剧"已几乎成为剧场上的"广陵散"了。演者几乎不知北剧为何物，民间的演唱者也舍北曲而之南曲与小调。作者虽写北剧，也未必为剧场而写。到了万历之间（公元 1573—1619），则北剧益为凌替。王骥德在他的《曲律》中说道："宋之词，宋之曲也，而其法元人不传。以至金、元人之北词也，而其法今复不能悉传。是

何以故哉？国家经一番变迁，则兵燹流离，性命之不保，遑习此太平娱乐事哉！”（《曲律》卷三）沈德符在他的《顾曲杂言》中，说得更为详尽：“嘉、隆间（1522—1572年），度曲知音者有松江何元朗，蓄家僮习唱，一时优人俱避舍。以所唱俱北词，尚得金、元遗风。予幼时犹见老乐工二三人，其歌童也，俱善弦索。今绝响矣！何又教女鬟数人，俱善北曲，为南教坊顿仁所赏。顿曾随武宗入京，尽传北方遗音，独步东南。暮年流落，无复知其技者，正如李龟年江南晚景。其论曲，谓南曲箫管，谓之唱调，不入弦索，不可入谱。近日沈吏部所订《南九宫谱》盛行，而《北九宫谱》反无人阅，亦无人知矣！”他又说道：“自吴人重南曲，皆祖昆山魏良辅，而北词几废。今惟金陵尚存此调。然北派亦不同，有金陵，有汴梁，有云中，而吴中以北曲擅长者，仅见张野塘一人。故寿州产也。亦与金陵小有异同处。顷甲辰年马四娘以生平不识金阊为恨。因挈其家女郎十五六人，来吴中唱《北西厢》全本。其中有巧孙者，故马氏粗婢，貌甚丑而声遏云，于北曲关捩窍妙处，备得真传，为一时独步，他姬曾不得其十一也。四娘还曲中，即病亡。诸妓星散。巧孙亦去为市妪，不理歌谱矣。今南教坊有傅寿者，字灵修，工北曲。其亲生父家传，誓不教一人。寿亦豪爽，谈笑倾坐。若寿复嫁去，北曲真同《广陵散》矣！”且这时代杂剧作者虽不少，然也与唱北曲者一样，多不甚明了北剧的结构，往往以南剧的规则施之于杂剧。其能坚守元人北剧的格律者甚少。杂剧的面目竟为之大变。在元代及明初，“杂剧”及“北剧”的两个名辞，乃是一而二，二而一者。此时则杂剧已不复是“北剧”了。其中有好几剧是纯然用南曲写成了的，例如王骥德的《离魂》、《救友》、《双鬟》、《招魂》，便是全用南曲写成的。“自尔作祖，一变剧体”（吕天成语）。更有逞意的施用着南北合套的，例如叶宪祖的《团花凤》。即应用了北曲来写剧的作者，也每多不遵守北剧的成规定律。北剧每剧定为四折或五折，此时的剧本则每每少至一折，多至七八折，这个现象在中世期的最后，王九思他们的剧本中已是如此。例如王氏的《中山狼》，便只是一折。在那时北剧便已现出崩坏之迹了。又，北剧的四折中，总是首尾叙述一件故事的；或者总合了四五剧以叙述一件故事的也有，如王实甫的《西厢记》，吴昌龄的《西游记》。却从不曾有在“四折”之中，分叙四个故事，而仍合为一个总名，有如这个时代的徐渭的《四声猿》那个样子的。即对于楔子的使用，也和元人完全不同。如汪道昆的《大雅堂杂剧》，其篇前所用的“楔子”，乃是全剧的提纲，其作用与南剧中所惯用的“副末开场”无异，却绝对不是元剧的所谓“楔子”。纯然应用了南调作杂剧者，当始于王骥德。王氏自己说：“余昔谱《男后》剧，曲用北调而白不纯用北体，为南人设也。已为《离魂》，并用南调。郁蓝生谓自尔作祖，当一变剧体。即遂有相继以南词作剧者。后为穆考功作《救友》。又于燕中作《双鬟》及《招魂》二剧，悉用南体。知北剧之不复行于今日也。”(《曲律》卷四)“为南人设”及“知北剧之不复行于今日”二语，切实的中了北剧之所以凌替及其体例规则之所以崩坏变异的主因。但杂剧虽用了南调，虽变更了体例与规则，以适应于时代，却仍无救于实际的灭亡。她已经是再也维持不住在剧场上的优越的地位的了。这时的剧场，盖已为新兴的昆剧所独占。北剧虽舍北而就南，实际上已成了与长篇大套的传奇相对待的短剧，或杂剧，而不复是与南戏相对待的北剧。北剧终于是过去的东西了。

又在歌唱上，也起了一个大变动。北剧原是四折全由一个主角歌唱的。到了这时，则受到了南戏的猛烈的影响，也放弃了这个严格的规律。在全剧中，无论什么角色都可以歌唱着。又，在题材一方面，有了一个不很细微的变动。他们拣着文人学士们所喜爱的——即他们自己所喜欢的——题材来写，人物们也大都不出于文士阶级之外，悲欢离合也只是文人们的悲欢离合，如《远山戏》、《洛水悲》、《郁轮袍》、《武陵春》、《兰亭会》、《赤壁游》、《同甲会》之类。绝少写什么包拯、李逵、尉迟恭、郑元和等民众所熟知的人物。更有一点，特别的可注意。此时是北剧既成为文士们的产物与读物，作者们便特别的注重于抒写文士阶级的情怀，每欲借着剧中人物一吐作者自己的愤懑不平的心意。《渔阳弄》、《郁轮袍》、《簪花髻》、《霸亭秋》、《脱囊颖》、《一文钱》等都是如此。杂剧至此，遂不仅仅是剧场上娱乐群众的作品而且是抒写真实的自己心情的著作了。

二

在这时期，第一个要讲的作家是杨慎。慎（1488—1559）字用修，号升庵，新都人。官翰林院修撰。谪戍云南，三十余年未得召还。卒死于流放之中。他才情𢡟茂，著述极富。其诗文皆能自名一家，无所依傍。所作杂剧有《宴清都洞天元记》一本及《太和记》六本。其散曲也殊佳。王世贞在《艺苑卮言》中评之道："杨状元慎，才情盖世。所著有《洞天元记》、《陶情乐府》、《续陶情乐府》，流脍人口，而不为当家所许。盖杨本蜀人，故多川调，不甚谐南北本腔也。"《洞天元记》今未见传本。系叙"形山道人收昆仑六贼事，所以阐明老氏之旨"（《剧说》上）。《太和记》今亦不可得见。《太和记》凡六本，每本四折，每折抒写一段故事；全记实共有二十四篇短剧，据说是按着一年二十四个节令而分排着的。然钱曾《也是园书目》著录此书，只有四卷，不知何故。吕天成的《新传奇品》，亦著录《泰和记》一种，他说："每出一事，似剧体，按岁月，选佳事。裁制新异，词调充雅，可谓满意。"则其书正与升庵《太和记》相同。然其作者则为许潮。沈泰的《盛明杂剧二集》，著录许潮的杂剧最多，凡八种，大约皆为《泰和记》中的短剧。然他于《武陵春》一剧虽标许氏之名，而首页上端则特著之道："弇州诮升庵多川调，不甚谐南北本腔。说者谓此论似出于妒。今特遴数剧以商之知音者。"而于其下的《兰亭会》一剧其作者之名下则直题升庵。似沈氏当时，尚未别白清楚《泰和记》一书，究竟是杨著或许著。焦循《剧说》："余尝憾元人曲，不及东方曼倩事，或有之而不传也。明杨升庵有割肉遗细君一折。"（卷三）又同书："近伶人所演陈仲子一折，向疑出《东郭记》，乃检之实无是也。今得杨升庵所撰《太和记》，是折乃出其中。甚矣博物之难也！"（卷四）以此说证之《也是园书目》，则升庵实有《太和记》一书可知。胡文焕《群音类选》，载《泰和记》十出，其中正有"东方朔割肉遗细君"。而《王羲之》、《刘苏州》诸出，则又同《盛明杂剧》。是《杂剧》本所载《泰和记》又实为升庵作可知。或者，《太和记》原有两本，一为许潮作，一为升庵作，其体裁又俱相同，故后人往往混之而为一。连《盛明杂剧》的编者也分别不清，故有目题许作，而评语又称杨作之矛盾发生。

李开先所著杂剧，今存《园林午梦》，盖为《一笑散》中的一种。开先初与王慎中、唐顺之等号称嘉靖八才子。然不甚争时名，独孜孜于当世所不为的词曲之业。他所藏的曲，在当时为最富，有“词山曲海”之称。但论者对于他的作品往往以“词意浮浅”讥之。盖因其一面虽不肯失文士的面目，一面却欲力求与民众相合拍，因此颇露着矛盾之态。这是读中麓作品者所都可看得出的。钱谦益的《列朝诗集》说：“伯华弱冠登朝，奉使银夏，访康德涵、王敬夫于武功、鄠、杜之间。赋诗度曲，引满称寿。二公恨相见晚也。罢归，置田产，蓄声妓，征歌度曲，为新声小令，搊弹放歌，自谓马东篱、张小山无以过也。为文一篇辄万言，诗一韵辄百首，不循格律，诙谐调笑，信手放笔。所著词多于文，文多于诗。又改定元人传奇乐府数百卷。收集市井艳词、诗禅、对类之属，多流俗琐碎，士大夫所不道者。尝谓古来才士，不得乘时枋用。非以乐事系其心，往往发狂病死。今借此以坐销岁月，暗老豪杰耳。”“借此坐销岁月”数语，意愿可悲，却可见他对于文艺并非以真诚从事，所以常多草率随意之作。

汪道昆在实际上是这时代中第一个着意于写作杂剧的人。道昆字伯玉，号南溟，歙县人。除义乌知县。历襄阳知府，福建副使，按察使。擢右佥都御史，巡抚福建，改郧阳，进右副都御史，巡抚湖广。召拜兵部侍郎。有《太函集》一百二十卷，又有《大雅堂杂剧》四种。道昆与王世贞等同时，世目之为“后五子”。虽不得预与“后七子”之列，然文名甚著。七子相继凋谢后，世贞与道昆之名乃益著。论者往往以汪、王并称。然王既不甚满人意，汪则更为后人所讥诮。沈德符说：“汪文刻意摹古，仅有合处。至碑版记事之文，时援古语，以证今事，往往扞格不畅。其病大抵与历下同。弇州晚年甚不服之。尝云：余心服江陵之功，而口不敢言，以世所曹恶也。予心诽太函之文，而口不敢言，以世所曹好也。无奈此二屈事何！是亦定论。”（《野获编》）钱谦益也说：“伯玉名成之后，肆意纵笔，沓拖潦倒，而循声者犹目之曰大家。于诗本无所解，沿袭七子末流，妄为大言欺世。”（《列朝诗集》）他的杂剧也不甚得好评。沈德符说：“北杂剧已为金、元大手擅胜场。今人不复能措手。曾见汪太函四作，为《宋玉高唐梦》、《唐明皇七夕长生殿》、《范少伯游五湖》、《陈思王遇洛神》，都非当行。”（《顾曲杂言》）以北剧的格律律之，这几剧当然不是“当行”之作。然词语亦颇尖新可喜。在故事上，在文辞上，在在都可见其为文人之剧而非民众的脚本，是案上的读本，而非场上的戏剧。说白是整饬雅洁的，曲文更是深奥富丽，多用典实。离“本色”日益远，而离文人的抒情剧则日益近了。

今所见伯玉的《大雅堂四种》是：《楚襄王阳台入梦》、《陶朱公五湖泛舟》、《张京兆戏作远山》、《陈思王悲生洛水》，与沈德符所说的四种，中有一种不同。当是沈氏记错。这四剧都只是寥寥的“一折”。故事的趣味少，而抒情的成分却很重。在格律上，这些杂剧也完全打破了北剧的严规。最可注意的是：（一）有“引子”，以“末”来开场；（二）全剧都只有一折，并不像元人北剧之至少必须四折；（三）唱曲文的，并不限定主角一人，什么人都可以唱几句。南戏的成规，在这时已完全引进到杂剧中来了。

梁辰鱼杂剧有《红线女》及《红绡》。伯龙以《浣纱记》得盛名。《红线女》叙的是唐人袁郊《甘泽谣》中所记的一个故事。当藩镇相争，天下大乱之际，人心虽怨怒，却无法奈那一班好乱的武人悍将何，于是便造作许多侠士的故事，诛奸吓强，聊以快意。《红线》的故事，便是许多侠士故事中的一篇。梁氏此剧，严守北剧规则，全剧皆以旦角主唱。此种故事，本来只能成为短篇，铺张成为四折，颇觉索然无味。同时胡汝嘉亦有《红线记》一剧，然不传。汝嘉字懋礼，号秋宇，金陵人，嘉靖己丑进士。在翰林，以言事忤政府，出为藩参。顾起元说：“先生文雅风流，不操常律。所著小说书数种。多奇艳闻，亦有闺阁之靡，人所不忍言，如《兰芽》等传者。今皆秘不传。所著《女侠韦十一娘传》记程德瑜云云，托以诟当事者也。其《红线杂剧》，大胜梁辰鱼。”（《客座赘语》）惜今未得见汝嘉的红线，不知其“大胜梁辰鱼”者果何所在。梁氏的《红绡杂剧》，今未见。其所叙的故事，则与梅鼎祚的《昆仑奴杂剧》相同，皆本于唐人的传奇。

沈璟的《属玉堂十七种传奇》中，有两种是以杂剧之体出之的，即《十孝记》与《博笑记》。《新传奇品》说：“《十孝》，有关风化，每事以三出，似剧体。此自先生创之。末段徐庶返汉，曹操被擒，大快人意。"《群音类选》所载《十孝记》，每事皆选一出，惟少说白耳。《新传奇品》又说："《博笑》，体与《十孝》类，杂取《耳谈》中事谱之，辄令人绝倒。先生游戏至此，神化极矣。"今有天启刻本。（上海有石印本）沈自晋说："《十孝记》系先词隐作，如杂剧体十段。"像《十孝》这种体裁，以略相类似的故事数篇或数十篇合为一帙，而题以一个总名者，在前一个时期及这个时期都有；而以这个时期为最盛。其作俑似当始于前期沈采的《四节记》。《四节》系以叙写四时景节的四剧，合而为一者。其每一剧实即一个杂剧。其后，小帙者如汪道昆的《大雅堂杂剧》四种，徐渭的《四声猿》四种，车任远的《四梦记》四种皆是；大帙者如杨慎的《太和记》二十四种，许潮的《泰和记》若干种，叶宪祖的《四艳记》四种，顾大典的《风教编》四种皆是。璟的《十孝》、《博笑》，盖即他们的同类。《十孝》每事三出，十事当有三十出。《群音类选》所载，尚非其全部。《十孝》者，盖指黄香、郭巨、缇萦、闵子、王祥、韩伯俞、薛包、张孝、张礼、徐庶等十人孝亲的故事而言。

顾大典的《风教编》为《四节记》体的杂剧合集。今不传。《列朝诗集》："副使家有谐赏园、清音阁，亭池佳胜。妙解音律，自按红牙度曲。今松陵多蓄声伎，其遗风也。"吕天成谓："道行俊度独超，逸才早贵，菁华缀元、白之艳，潇洒挟苏、黄之风。曲房姬侍如云，清阁宫商和雪。"又云："《风教编》一记分四段，仿《四节》，趣味不长。然取其范世。"但未知所谱究为何事。

三

给最大影响于明、清的杂剧坛者，则为徐渭。渭（1521—1593）字文清，一字文长，号青藤道士，天池山人，别署田水月。山阴人。有集三十卷。又有杂剧四种，总名为《四声猿》。胡宗宪督师浙江时，招致他入幕府，管书记。时胡氏威势严重，文武将吏莫敢仰视。文长却以一书生傲之。戴敝乌巾，衣白布浣衣，非时直闯门入，长揖就座，奋袖纵谈。幕中有急需，召之不至，夜深开戟门以待。侦者还报，徐秀才方泥饮大醉，叫呶不可至。宗宪闻之，顾称善。文长知兵好奇计。宗宪饵王、徐诸虏，用间钩至，皆与文长密议。宗宪被杀，文长惧亦被祸，乃佯狂而去。后以杀其继室，坐罪论死，系狱。张元忭力救，方得出。年七十二卒。袁宏道谓："文长放浪曲蘖，恣情山水，走齐、鲁、燕、赵之地，穷览朔漠。其所见山奔海立，河起云行，风鸣树偃，幽谷大都，人物鱼鸟，一切可惊可愕之状，一一皆达之于诗。其胸中又有一段不可磨灭之气，英雄失路，托足无门之悲，故其为诗如嗔如笑，如水鸣峡，如种出土，如寡妇之夜哭，羁人之寒起。当其放意，平畴千里，偶尔幽峭，鬼语秋坟。喜作书，笔意奔放如其诗，诚八法之散圣，字林之侠客也。间以其余旁及花草竹石，皆超逸有致。"(《瓶花斋集》) 王骥德则对于他的剧本，称扬尽至。"至吾师徐天池先生所为《四声猿》，而高华爽俊，秾丽奇伟，无所不有，称词人极则，追躅元人。"(《曲律》四）又说："徐天池先生《四声猿》，故是天地间一种奇绝文字。《木兰》之北，与《黄崇嘏》之南，尤奇中之奇。先生居与余仅隔一垣。作时，每了一剧，辄呼过斋头，朗歌一过，津津意得。余拈所警绝以复，则举大白以釂，赏为知音。中《月明度柳翠》一剧，系先生早年之笔。《木兰》、《祢衡》得之新创。而《女状元》则命余更觅一事，以足四声之数。余举杨用修所称《黄崇嘏春桃记》为对。先生遂以春桃名嘏。今好事者以《女状元》并余旧所谱《陈子高传》称为《男皇后》，并刻以传，亦一的对。特余不敢与先生匹耳。先生好谈词曲，每右本色。于《西厢》、《琵琶》皆有口授心解。独不喜《玉玦》，目为板汉。先生逝矣！邈成千古。以方古人，盖真曲子中缚不住者。则苏长公其流哉！"（同上）又说："山阴徐天池先生瑰玮浓郁，超迈绝尘。《木兰》、《崇嘏》二剧，刳肠呕心，可泣神鬼，惜不多作。"（同上）沈德符则持论与王氏正相反。他说："徐文长渭《四声猿》盛行。然以词家三尺律之，犹河、汉也。"(《顾曲杂言》) 文长之作，较为奔放则有之，然亦多陈套，王氏所谓"可泣鬼神"，自未免阿其所好。沈氏所谓"词家三尺律之"一语，却也有几分过分。假定必以元人的严格的剧本规则来律文长之作，他当然只好受"犹河、汉也"四个字的酷评了。这是四个绝不相干的"短剧”的合集。《渔阳弄》写祢衡击鼓骂曹操的事，却不从正面来写，只是很滑稽的将已在阴司定罪的曹氏与不久便要上天的祢衡，更加上一个在第五殿阎罗天子殿下的判官察幽，在阴间重复“演述那旧日骂座的光景”。《翠乡梦》故事见张邦畿《侍儿小名录》及田汝成《西湖志》。《西湖志余》称，杭州上元杂剧，有钟馗捉鬼，月明度妓，刘海戏蟾之属。是“月明度妓”之故事不仅流传甚广，抑且由来已久。大约最早的时候，僧人为妓所诱的事，只是民间流行的一幕滑稽剧；后来乃变成严肃的剧本，附上悔悟坐化之事；再后来，则有再世投胎，为友所度的事。而月明的一度，也颇具有滑稽的意味，当仍是民间滑稽剧的遗物。第二出最后一段的《收江南》一曲，许多批评者都认它为绝世的妙文。 但实像民间跳舞剧的两个演者的对唱。《湖壖杂记》谓“今俗传月明和尚度柳翠。灯月之夜，跳舞宣淫，大为不疋”。这“度柳翠”、“驮柳翠”或者便是对唱的吧。

《雌木兰》本于古《木兰诗》，但古诗并无木兰擒贼的事，只淡淡地写了几句：“将军百战死，壮士十年归。归来见天子，天子坐明堂。策勋十二转，赏赐百千强”而已。诗里也不言木兰的姓，剧中则作为姓花氏，名弧。诗中无木兰的结果，只是说“出门看火伴，火伴皆惊惶。同行十二年，不知木兰是女郎”。剧中则多了一段嫁给王郎的事。但剧中也间将诗句概括了来用。

《女状元》凡五出，叙黄崇嘏事。文长以黄为状元，实误。按《十国春秋》，崇嘏好男装，以失火系狱。邛州刺史周庠，爱其风采，欲妻以女。崇嘏乃献诗云：“幕府若容为坦腹，愿天速变作男儿。”庠惊召问，乃黄使君之女。 幼失父母，与老妪同居。庠命摄司户参军。已而乞罢归，不知所终。文长剧中所叙，则与此略异。全剧充满了喜剧的气氛，特别是第五出。作者的态度颇不严肃，更不稳重，大有以戏为戏之心肠，颇失去了艺术者对于艺术的真诚。

《歌代啸》一剧相传亦为文长所作。袁石公为序而刻之。虽卷头题着“山阴徐文长撰”，而石公的序，已先作疑词：“《歌代啸》不知谁作，大率描景十七，摛词十三，而呼照曲折，字无虚设，又一一本地风光，似欲直问王、关之鼎。说者谓出自文长。”剧前有《凡例》七则，皆为作者的口气。《凡例》之末，则署着“虎林冲和居士识”，或者便是冲和居士所作的吧？《凡例》上说：“此曲以描写谐谑为主，一切鄙谈猥事，俱可入调，故无取乎雅言。”真的，此剧嬉笑怒骂，所用者无非市井常谈，而其骨架便建立在：

> 没处泄愤的，是冬瓜走去，拿瓠子出气，
> 有心嫁祸的，是丈母牙疼，灸女婿脚跟，
> 眼迷曲直的，是张秃帽子，教李秃去戴，
> 胸横人我的，是州官放火，禁百姓点灯。

的四句当作“正名”的俗语之上。作者将每一个俗语都拍合了一个故事，又将这四个故事，以张、李二和尚为中心而一气联贯之。结构颇为有趣，但未免时有斧凿痕。勉强的凑拍，终于是不大自然的。又剧中所用的俗语，间有很生硬的，又多文气，极显然的可以见出她是出于一位好掉笔头的文人学士之手。虽然作者力欲从俗，却终于是力不从心不知不觉地又时时掉起文来。 不过本色语究竟还多。如与《四声猿》（不必说是《红线》、《昆仑奴》了）一比较，则此剧真要算是本色得多了。

梅鼎祚的《昆仑奴杂剧》本于裴铏的传奇。曲白也骈俪到底。徐渭尝为之润改一过，亦未能点铁成金。

陈与郊有《昭君出塞》、《文姬入塞》及《袁氏义犬》三剧。这三剧颇足见作者的纵横的才情。

《昭君出塞》为后人盛传汉代的故事之一。诗歌、小说及杂记诸书不说，即就戏曲而论，今存的已有了三部。一是马致远的《汉宫秋》，二是明人的传奇《和戎记》，三即与郊这部《昭君出塞》。马致远之作，以汉帝为中心人物，所以其描写完全注重在汉帝而不注重在昭君；特别是着重在昭君去后，汉帝回宫时所感到的种种凄楚的回忆。《和戎记》虽长篇大幅，却是民间流行的昭君传说。与郊此剧却与她们不很相同。第一是完全依据于最初的本子，——《西京杂记》——只是说，毛延寿索贿不遂，将昭君图像，点破了脸，因此，汉帝按图指派，便将昭君遣嫁于匈奴单于。到了拜辞时，汉皇才骇异地发现昭

君原来是那么美丽。然他不欲失信于单于，终于将昭君遣嫁了去。

与郊的《文姬入塞》，其运用题材之法也与《昭君出塞》一剧相同。文姬的故事，极为动人，然描写的人却不多。与郊似乎是有意地将她取来，作为“出塞”的一个对照。剧情完全根据于蔡琰的《悲愤诗》及《胡笳十八拍》，一点也不加以附会。《悲愤诗》原写琰的为北人所掳及她别子而归的事。像这样的事，在敌虏侵入中原之时，往往是有的。文姬却代表了那许多悲楚无告的女子们。玉阳在此剧中写文姬既悲且喜的心理是很为深刻的。她梦想着要回中原。这个梦境是要实现了。然而她心中却又多了一个说不出的苦楚。原来她在北已生了二子。生生地撇下了二子，而独自南去，真是做母亲的万不能忍受的事。然而她又有什么方法留连着呢？来使在催发，孩子们在哭着。要捉住这时的凄楚来写，真是颇为不易的。玉阳在这里，很着意，很用力，所以不惟不至于失败，且还甚为出色。

《袁氏义犬》本《南史》袁粲本传。粲在宋末为尚书令，加侍中，与萧道成、褚渊、刘彦节等同辅政。道成篡位，粲不欲事二姓，密有所图。为道成所觉，遣人斩之。粲有小儿数岁，乳母将投粲门生狄灵庆。灵庆曰：“我闻出郎君者有厚赏。今袁氏已灭，汝匿之尚谁为乎？”遂抱以首。乳母号泣呼天曰：“公昔于汝有恩，故冒难归汝。奈何欲杀郎君，以求少利！若天地鬼神有知，我见汝灭门！”此儿死后，灵庆常见儿骑大羝狗戏如平时。经年余，一狗忽走入其家，遇灵庆于庭，噬杀之。此狗即袁郎所常骑者。《宋书》粲本传，事亦略同。与郊此剧，其事与史全同，但略加烘染而已。与郊三作，在曲白两方面，都未能摆脱了时人的影响，往往过于求整，失了本色。

王衡的几部杂剧——《郁轮袍》、《真傀儡》与《葫芦先生》，颇有些感慨，不仅仅是说故事而已。王衡（1564—1607）字辰玉，太仓人。大学士锡爵之子，官翰林院编修。《郁轮袍》叙王维事。沈泰评之道：“辰玉满腔愤懑，借摩诘作题目，故能言一己所欲言，畅世人所未畅。阅此，则登科录正不必作千佛名经，焚香顶礼矣。韩持国覆部已久，何必以彼易此！”此剧全用北曲写，却长至七折，究竟也守不了北剧的严规。

《真傀儡》一剧，《盛明杂剧》作“绿野堂无名氏编”，实亦辰玉所作。剧叙宋杜衍退职闲居时，与田夫野老相周旋，自忘其为元宰身份。“做戏的半真半假，看戏的谁假谁真。”或以为系辰玉写其父锡爵罢相家居时事，或以为系写申时行事。官场像戏场，作者的主意当在于此耳。辰玉的《长安街》及《和合记》二剧，未见。《没奈何》(《葫芦先生》)一剧，也未有传本。但陈与郊的《义犬》剧中，插有《没奈何》一剧的全文，当即为辰玉所作的吧。与郊为辰玉父锡爵的门生，与辰玉甚交好，在插写《没奈何》的开始，他明明白白地说道：“新的是近日大中书令王猷之老爷，编《葫芦先生》。”正以王猷之影射王辰玉。

叶宪祖所作杂剧有《易水寒》等九种。《易水寒》叙荆轲刺秦王事。此故事在《史记·刺客列传》中已是一节很有戏剧力的文字，编之为剧，当然更动人。但也颇多附会。其第四折叙轲刺秦王。秦王逃。然终于为轲所捉住，强他一一归返诸侯侵地。他皆依允。正在这时，仙人王子晋来度轲，因他们原是仙班故友。子晋吹着笙，轲随之而去。这却是完全蛇足的故事。全部绝好的悲剧，至此遂被毁坏净尽了！我们真要为作者惋惜。宪祖喜作佛家语，在《易水寒》中，他力革这个积习，然而终于还请了个仙人王子晋出来。在《北邙说法》中，他便充分的表现出来佛家的思想。《北邙说法》的正目是：“天神礼枯骨，饿鬼鞭死尸。若知真面目，恩怨不须提。”《团花凤》《夭桃纨扇》、《碧莲绣符》、《丹桂钿合》和《素梅玉蟾》都是普通的恋爱剧。《夭桃纨扇》以下四种，便是所谓《四艳记》。《新传奇品》评之道：“选胜地，按节令，赏名花，取珍物，而分扮丽人，可谓极排场之致矣。词调优逸，姿态横生，密约幽情，宛然如见，却令老颠没法耳。”推许似稍过度。《金翠寒衣记》有《元明杂剧二十七种》本。这是叶氏最守北剧规则的一作。事本《剪灯新话·翠翠传》。《灌将军使酒骂座记》，也有《元明杂剧二十七种》本，写窦婴及灌夫都虎虎有生气。魏其、灌夫之死，原是一件很动人的悲剧。将这件材料捉入剧本中的，恐将以槲园居士为第一人，叶氏也颇用心用力地写。惟最后一折，添出“活捉田蚡”的一段事，未免有些蛇足。如此收场，一般观众，果然是满意了，然而悲剧的严肃的意味与最高的效力却完全被摧毁了。

四

王骥德作《男王后》、《离魂》、《救友》、《双鬟》、《招魂》等杂剧。传者仅有《男王后》一剧耳。据作者自己说，有好事者曾以此剧与徐渭的《女状元》合刻为一册。其故事，也正是徐渭的“辞凰得凤”的《女状元》的一个反面。彼为女扮男装，而此则男扮女装。彼为“辞凰得凤”，而此则为后得妻。事实颇为荒诞，且无多大意义，惟作者串插尚佳耳。骥德的《离魂》诸剧皆用南曲。他颇自豪，以为杂剧而用南曲乃系“自尔作古，一变剧体”。惟《男王后》则为他早年之作，故仍颇守北剧的成规。汪廷讷所著的杂剧有《广陵月》一种。此剧叙唐韦青与张才人遇合事，凡七出，亦杂剧中的篇幅较长者。事本《乐府杂录》。

车任远字柅斋，号蘧然子，上虞人，著《四梦记》。盖以绝不相干的四段故事合而为一本者。这“四梦”是《高唐》、《南柯》、《邯郸》及《蕉鹿》。今“四梦”原本未见，惟《蕉鹿梦》存耳此剧的故事是敷演《列子》中的郑人得鹿失鹿的寓言的。但叙述过于质实，反失空灵幻妙的趣味；教示过于认真，又有笨人说梦之感觉，远不如《列子》原文之隽逸可喜。

徐复祚著《一文钱》杂剧。《一文钱》的故事，出于佛经。虽亦为了悟的宗教剧，却颇有诙谐的趣味，形容悭吝的富人卢至员外，极其淋漓尽致。

王澹字澹翁，自号澹居士，会稽人，著《樱桃园》一剧。又有《双合》、《金碗》、《紫袍》、《兰佩》诸传奇，今并不传。这是一篇无多大趣味的鬼魂报恩的故事。但作者将这平淡的故事，却能点染生姿，颇饶隽语。

陈汝元字太乙，会稽人，著《红莲债》一剧。《红莲债》大似徐渭的《翠乡梦》，惟更为复杂些，其主人翁乃为世俗所熟知的苏东坡与佛印。

又有林章字初文，福清人，万历间曾在戚继光幕下。后因事下狱死。章有奇才，颇有建立功名意。而处境艰苦，欲试无从，终至被奸人所陷。他所著有《青虬记》，今惜不传。佘翘字聿云，池州人。著《量江记》传奇及《赐环记》与《锁骨菩萨》杂剧。《量江记》今有墨憨斋改本。冯梦龙序《量江记》道："所为乐府，尚有《赐环记》、《锁骨菩萨》杂剧。余恨未悉睹。"则此二剧，在冯氏之时已在若存若没之数的了。今更不可得见。黄方胤，号醒狂，金陵人，著《陌花轩杂剧》。焦循《剧说》云："《陌花轩杂剧》，凡十折，曰《倚门》，四折；《再醮》，一折；《淫僧》，一折；《偷期》，一折；《督妓》，一折；《娈童》，一折；《惧内》，一折；皆举市井敝俗，描摹出之。"此七剧今有"杂剧编"本，颇邻于鄙亵。孙源文字南公，号笨庵，无锡人。著《饿方朔》一剧，今不传。焦循《剧说》云："《饿方朔》四出，以西王母为主宰，以司马迁、卜式、李陵、李夫人等串入。悲歌慷慨之气，寓于俳谐戏幻之中，最为本色。"陆世廉字起顽，号生公，又号晚庵，长洲人。弘光时官光禄卿。入清，隐居不出。著《西台记》，叙谢皋羽恸哭之事，盖系有感而发者。惜今亦不传。

茅维字孝若，归安人，坤子，自号僧昙，著《苏园翁》、《秦庭筑》、《金门戟》、《双合欢》、《闹门神》等五剧。焦循《剧说》说："《闹门神》谓除夕夜，新门神到任，旧门神不让相争也。曲中《紫花儿序》云：'谁将俺画张纸装的五彩冷面皮，意气雄赳竖剑眉。阔口鬓髭，手擎着加冠进爵，刀斧彭排。奇哉！刚买就，遍街人惊骇，尽道俺庞儿古怪。满腹精神，倜傥胸怀。'《金蕉叶》云：'俺且眼偷瞧桃符好乖，那戴头盔将军忒呆，只你几年上都剥落了颜色，甚滋味全无退悔。'《小桃红》云：'少不得将笤帚儿刷去尘埃，把旧门神摔碎扯纸条儿满地踹，化成灰。非俺莫面情挈带，只你风光过来，威权颡龂，到今日回避也应该。'又《金门戟》一剧演的是：辟戟谏董偃事。皆本正史。"（北京图书馆所藏残本《杂剧新编》，存维四剧。）

参考书目

一、《曲品》　明吕天成编，有暖红室刊本，《重订曲苑》本。

二、《曲律》 明王伯良编，有明刻本，《读曲丛刊》本，《重订曲苑》本。

三、《曲录》 王国维编，有《晨风阁丛书》本，《重订曲苑》本，《王氏遗书》本。

四、《曲海总目提要》 有大东书局石印本。

五、《盛明杂剧初二集》 明沈泰编，有明刻本，董氏翻刻本。

六、《杂剧新编》 清邹式金编，有清初刻本。

七、《元明杂剧二十七种》 有国学图书馆石印本。

八、《古今名剧柳枝集》、《酹江集》 明孟称舜编，有崇祯刊本。

九、《群音类选》 明胡文焕编，有明刻本。

第六十章

长篇小说的进展

罗贯中以后长篇小说作者的沉寂——《水浒传》的改编——吴承恩《西游记》的出现——福建板的《四游记》——《封神传》——《三宝太监西洋记》——《杨家府》与《孙庞斗智》——邓志谟、杨尔曾等——《平妖传》的改作——伟大的《金瓶梅》——其时代与作者的推测——《金瓶梅》的影响——《隋炀艳史》与《禅真逸史》——讲史进展的途径《皇明英烈传》——熊大木、冯梦龙等

一

自罗贯中以后，长篇小说的作者似乎又中断了一时。从洪武到正德，这一百六七十年间，我们找不到一位重要的作者或著名的作品。“也许书阙有间”，我们不能得到正确的史料。但即有几位无名的作家，而其没有产生著名的作品，则为不可掩的事实。直到了嘉靖、万历时，伟大的创作，方才陆续地出来，呈现了空前的光彩。自有长篇小说以来，其盛况恐怕没有超过那个时代的。《水浒传》完成于这时，

《封神传》写作于这时,《西游记》也于这时始有了定本。尤其伟大的，则更有了空前所未有的一部“现实主义”的小说——虽然其中一部分的描写，未免过于刻画淫秽，曾招致了多数人的责难——《金瓶梅》。所谓小说界中的四大奇书，已有了三部是完成于这时的。此外，《皇明英烈传》和《三宝太监西洋记》的出现，诸种讲史的编订，也都是值得一说的。

《水浒传》的祖本，虽创作于施耐庵，编纂于罗贯中，然使其成为今样的伟大的作品的，则断要推嘉靖时代的某一位无名作家的功绩。这一位伟大的作家可惜我们现在已不能知道他的真确的姓名。有的人说是郭勋写的，但事实上似乎不会是的。(也有人说是汪道昆写的，更不可靠。)也许这位大作家曾在过郭勋的幕府中的也难说。我们以简本的《水浒传》与嘉靖时出现于世的繁本“水浒传”一加比较，我们便知道，在这两本之中，躯壳虽是，而精神则已是全然不同的了。原本或只是一具枯瘠不华的骨殖；附之以血肉，赋之以灵魂者，则为嘉靖本的《水浒传》的作者。嘉靖本《水浒》之对于原本《水浒》，不仅扩大、增饰、润改之而已，简直是给她以活泼的精神，或灵魂，而使之焕然动目，犁然有当于心，由平常的一部英雄传奇而直提置之第一流的文坛的最高座上。《水浒》而没有遇到嘉靖时代的这位改作者，则也终于是罗贯中氏的一部创作而已，终于是罗氏《三国志演义》的伯仲之间的一物而已。但既遇到了这位改作者，则其地位与重要便完全不同了。她已不复是《三国志演义》的侪辈，也不复是《说唐传》，及原本《平妖传》的侪辈。她独自高出于罗氏的诸作而另呈了一副面目，正如罗氏的《三国志演义》之高出于元刊《全相平话》的诸作一样，而其高出的程度则不仅伯仲之间而已。这位改作者，其运用国语文的程度已臻炉火纯青之候，几乎是莹然的美玉，粹然的真金，湛然的清泉，已不见一毫的渣滓，一丝的疵瑕。而其曲折深入，逼真活泼的描写，也已与最高的创作的标准相符合。第一黄金时代的诸话本作家，有时虽也可达到这个境地，然其作品总是短篇。若长至一百回，十余册的作品，他们是不敢试手的。这种长篇的大著之出现于此时，正足以见这个嘉靖时代之较第一黄金时代为尤伟大。

也正足以表现文学史上的发展规律，决不是“一代不如一代”，而有时是在向前进步的。

综观嘉靖本的《水浒传》与罗氏原本不同者约有数点。第一是，添加了一部分的“题材”进去。嘉靖本与原本其事实间架当无不同，次序也犁然如一；起于洪太尉的误走妖魔，而终于宋江、吴用、李逵的死与葬。但嘉靖本究竟也添加了一部分材料进去，那便是征辽的故事的一大段。这一大段故事是加在全伙受招安之后，擒捕方腊之前的。因为罗氏原本已将陆续聚集于梁山泊的一百单八位好汉的结果，都已安排定了，嘉靖本的作者无法再将这种前定的结果移动。所以他对于平辽的一役，便凭空添出了许多人物来，代替梁山泊诸好汉去冲锋陷阵，死于战地，梁山泊好汉们却是一个也不曾受到损害——虽然战事的激烈，未必下于征方腊。这乃是嘉靖本作者的苦心孤诣处，也是他的补插此段的显出补插的大罅隙处。第二是，扩大了原文的叙述。往往原文十字，嘉靖本的作者可以扩大而成为百字。胡应麟谓：“中间抑扬映带，回护咏叹之工，真有超出语言之外。”盖其高出于原本远甚之处，便在于这种“游词余韵，神情寄寓处”。

二

《西游记》小说，流行于今者凡数种。于《唐三藏取经诗话》之外，有杨致和作的四十一回本，万历时，余象斗曾编入他所刊行的《四游记》中。有朱鼎臣作之十卷本《唐三藏西游释厄传》，为隆、万间福建书林刘莲台所刻。有吴承恩作一百回本，即今日所通行者。近更在《永乐大典》一三一三九卷发现《西游记》的一段，“魏征梦斩泾河龙”。其中情节，大致相同，无甚出入。朱、杨似从吴本删节而来，而《永乐大典》本则当为吴本之所本，吴本之出现，实为《西游》故事里最伟大的一个成就。吴承恩字汝忠，号射阳山人，淮安人。性敏多慧，博极群书，复善谐剧。著《西游记》及《射阳存稿》等。嘉靖甲辰岁贡生。后官长兴县丞。隆庆初，归山阳。万历初卒。承恩在当时，名不出乡里，《西游记》虽风行一时，而知其出于吴氏之手者盖鲜。以《永乐大典》本与吴本较之，二本之间，相差实不可以道里计。《大典》本《西游记》，未脱民间原始传说的面目。吴氏之作则为出于文人学士之手的伟大的创作。其一枯瘠无味，其一则丰腴多趣。

其间的不同，正若嘉靖本《水浒传》之与罗氏原本。难怪吴作盛传于世，而《大典》本则掩没不传。吴氏依据《大典》本以成其骨骼，更杂以诙谐，间以刺讽，或有意地用以说说道理，谈谈玄解。于是后之解说便多。或以为作者是以此阐佛的，或以为作者是讲修炼的，或以为作者是用以讨论儒家的明心见性之学的。总之，他们是无一是处的。作者难免故弄滑稽，谈谈久已深入民间及文人的哲学中的五行的相生相克等等之说，然决不是有意地处处如此布置的。原来，这种布置，一半并非吴氏的创作而是传之已久的。吴氏之作的百回，可分为下列的四大段：

第一段　第一——第七回：叙孙悟空出生、求仙及得道、闹三界等事。

第二段　第八——第十二回：叙魏征斩龙、唐皇入冥、刘全送瓜及玄奘奉谕西行求经事。（通行本吴氏《西游记》于第八九回间插入玄奘的身世及为父母报仇事，盖系从朱鼎臣本钞补而来的。）

第三段　第十三——第九十九回：叙玄奘西行，到处遇见魔难，所遇凡八十一难，但皆由佛力佑护，及孙行者的努力，得以化险为夷，安达西天。这是全书最长的一大段。写得虽是层次井然的一难过去又一难，却难得八十一难之中，事实雷同者却不很多。此可见作者的心胸的细致与乎经营的周密。

第四段　第一百回：写玄奘及其徒孙悟空、猪悟能、沙悟净等护经回东土，皆得成真为佛事。但作者算算，前文只有八十难，于是又增"水厄"一难，以成全八十一难之数，殊足使读者有迷离惝恍之感。（按吴昌龄的《西游记杂剧》，玄奘的东归是由佛另行派人护送的，孙行者诸人皆留在西天成佛，并不与玄奘同归。）

这四大段至少可成为三部独立的书。孙行者花果山水帘洞的出生，龙宫、地府与天宫的大闹，八卦炉、五行山的厄运，乃是一部独立的英雄传奇。第二段唐太宗入冥事，在唐末便已有了像《唐太宗入冥记》一类的俗文小说了。第三段及第四段，更可以自成一部好书，与荷马的《奥德赛》(*Odyssey*)是有同样的迷人的魔力的。将这不同的四段而以玄奘西行的一条线贯串之，这是很有趣的，而且是很早的一种努力。而吴氏则为这个努力中的最后而且最高明的一位作者。连吴昌龄氏也在内。从《唐太宗入冥记》以后，叙述太宗、玄奘之事者，不知多少，而集其大成者则为吴氏此作。其后虽更有《后西游记》、《续西游记》以及《西游补》之属，然方之吴氏的所作，则似乎皆有"续貂"之感。《西游补》虽另有寄托，别饶趣味，然其文学上的成功，则实在赶不上吴氏。

与《西游记》同类的著作，这个时候也产生了好几部。万历时，余象斗曾总集之编为《四游记》一书。这部《四游记》名虽一书，其实乃是四部毫不相干的书的总集。其中的一部便是杨致和氏的四十一回本的《西游记》。其他三部则为：(一)《上洞八仙传》(一名《八仙出处东游记传》)，兰江、吴元泰作；(二)《南游记》(亦名《五显灵官大帝华光天王传》)，余象斗编；(三)《北游记》(亦名《北方真武玄天上帝出身志传》)，亦为余象斗编。合此四者，即所谓东、西、南、北《四游记》者是。当时未必是恰恰合于"四游"之数的。除了杨致和的《西游记》外，其余三书，皆未必原名即为《东游记》等等的。且除了杨致和、吴元泰二书显然为万历以前的旧本外，《南游记》及《北游记》亦当为相传已久的民间的读物。故余象斗加了一番的编订之后，只题为"编"而不题为"作"。《上洞八仙传》凡二卷，五十六回，叙八仙得道原由，而其叙述的中心则为八仙赴蟠桃会后渡海而归。八仙各有宝物，而蓝采和的玉版尤灿灿发光。龙王太子深爱之，遂摄而夺之，并将采和幽于海底。其他七仙上岸，不见采和。藉其仙术，知采和陷在龙宫。因此仇隙，遂与龙王大战。以火烧海，移山填洋，极仙家幻变的能事，大似《西游记》前数回孙行者大闹天宫。 龙王大败，请了天兵来助，也敌不了八仙的威力。后来观音东来，为他们讲和，始各和好如初。《五显灵官大帝华光天王传》(即

《南游记》）凡四卷十八回，写华光为救母而大闹天宫、地府，受尽诸般苦楚，始终不悔不服。后为孙行者之女月孛所制，几死。赖火炎王光佛救之，华光始愈，皈依佛道。这又是一部大闹三界的活剧，而其布局较《西游记》为尤伟大。华光救母与目莲救母恰恰是一个对照。然一则以佛力，一则以魔力，行动大不相同。然其精神的纯洁高尚，富于“殉教”的观念则一。如果作者的描写力也达到吴承恩的程度，则这部书的成就似当较《西游记》为尤伟大。《北方真武玄天上帝出身志传》（即《北游记》）凡四卷二十四回，亦为神灵争斗的一幕。然并不足观，远不如《南游记》的轰轰烈烈，有声有色。

《西游记》等作，原有所本，而许仲琳的《封神传》则虽亦有所本，却完全是自己的创作，自己的骨架，并无多大承袭旧文处。我们将许氏的《封神传》与元刊的《武王伐纣书》一对读，则知许氏之采用旧文的事迹处，实寥寥无几。旧作武王伐纣虽不少神怪之言，较之许氏的《封神传》来却真如小巫之见大巫。《乐毅伐齐七国春秋后集》，虽也仙魔恶斗，撼天动地，攻阵被围，鬼哭神惊，极幻怪神奇的能事，然较之《封神传》来却也令人有“自郐以下，不足观矣”之叹。总之，任什么“相斫书”，却总没有像《封神传》的那么极力形容“憝国九十有九国，馘魔亿有十万七千七百七十有九，俘人三亿万有二百三十”（《周书世俘篇》）的那次威武凄怖的战役的。武王伐纣，古来本有“血流漂杵”之说，然经了儒者的粉饰，却轻轻的以“前徒倒戈”文之。《封神传》虽有夸张过度之处，却很大胆地打破了这个传统的观念。《封神传》全书一百回，作者许仲琳，南京应天府人，号钟山逸叟，生平未详。虽间有浅陋之处，然其博学广闻，多采异语以入传，则颇使人感到他并不是一位浅陋的学者。张无咎序《平妖传》，曾及《封神传》，则许氏的生代，至迟当在万历，早则或在嘉靖、隆庆。这时，政治界对于文字的罗网似乎最稀，（虽待遇儒臣不以礼，却不大管文人的账，故淫亵之作皆可公然发卖。）故《封神传》中的叙述，颇有很大胆的地方。若哪吒的逼父，杨戬的反殷，都是旧礼教所不能容的，而许氏却言之津津。又通天教主的门下，万汇皆仙，百兽不拒，亦颇使人有仁者泽及万物之感。惟杀戮死伤过多，又过于鼓吹着定命论，却也使人处处感得栗然、凄然，不甚觉得愉快。关于姜尚的屡困不遇及与其妻马氏的交涉，似乎作者颇受有流行当时的《荐福碑》、《金印记》诸剧的影响。

《封神传》若甚似荷马的《依里亚特》(*Iiad*) 及印度大史诗《马哈勃拉太》(*Mahabrata*)，则产生于万历时代的《三宝太监西洋记》，大似荷马的《奥德赛》与印度的史诗《拉马耶那》(*Ramayana*)。《西洋记》凡一百回，罗懋登作。懋登号二南里人，生平亦不甚可知。惟所刊著之作颇多。曾为《琵琶记》作音释，又为邱濬的《投笔记》作注，他自己也写着些剧本，乃是万历间一位很好事的文人。《西洋记》叙的是，永乐中太监郑和奉使率将士下海威服南洋诸国事。此举为中国历史上的一件大事。至今锡兰岛上尚有郑和的碑文在着，南洋各地也尚都流传着三宝太监的传说。此事并没有什么神奇幻怪的影子，然一入罗氏的笔端，却成了一部较《奥德赛》为尤怪诞，视《拉马耶那》不相上下的一部叙录神奇的历险与战争之作了。不知这种神奇的故事，是罗氏的冥想的创造，还是民间本来流传着的。我们猜想，像这样夸诞可怪的故事至多只有三分是依据传说，而其余七分则完全由作者自己添上去的。作者的文笔颇多有意做作，故自弄文之处，大不似《水浒》、《西游》诸作的自然流畅，似乎他是深中着“七子”诸人的复古运动之毒害的。例如：

> 原来先前的高山大海，两次深涧樵夫，藤葛龙蛇蜂鼠，俱是王神姑撮弄来的。今番却被佛爷爷的宝贝拿住了。天师的心里才明白，懊恨一个不了。怎么一个懊恨不了？“早知道这个宝贝有这等的妙用。不枉受了他一日的闷气。”王神姑又叫道：“天师，你来救我也！”天师道：“我救你我还不得工夫哩。我欲待杀了你，可惜死无对证；我欲待捆起你，怎奈手无绳索；我欲先待中军，又怕你挣挫去了。”
>
> ——《西洋记》第四十回

这种故意舞文弄墨的地方，颇失了小说的天趣。故终不能与《水浒》、《西游》等同得人赞颂。

《杨家府演义》出现于万历间，《孙庞斗智》出现于崇祯间，也都是《封神传》、《西游记》一类的神怪小说。《孙庞斗智》的来源是很古远的。元代建安虞氏刻有《乐毅图齐七国春秋后集》；同时所刻而今已不传的《七国春秋前集》，当必为《孙庞斗智》无疑。这读了《乐毅图齐》的开场白而可知的。崇祯本的这部《孙庞斗智》，其气韵也和《乐毅图齐》极为相类，或是就元人旧本而改作的吧。

《杨家府世代忠勇通俗演义》刊于万历三十四年，首有秦淮墨客序。前半本于称为《北宋志传》的“杨家将”的故事，后半十二寡妇征西，及杨文广、杨怀玉的故事，似为作者所创作，极荒诞不经，文字也很浅率。中叙杨家诸将和狄青的冲突，青屡屡地想谋害他们。这事很可怪。俗传的《狄包杨万花楼演义》，狄青是站在杨家的一边的。这里却把狄青写成王钦若式的人物了。不知有所据否？秦淮墨客名纪振伦，字春华。此书或即其所自著的吧。

邓志谟出现于万历间，写了不少体裁诡怪的东西。他写了好几种的“争奇”。今所知者已有《山水争奇》、《风月争奇》、《梅雪争奇》、《花鸟争奇》、《童婉争奇》、《蔬果争奇》等数本；每奇凡三卷。第一卷是一篇小说，其性质极类李开先的杂剧《园林午梦》。譬如《山水争奇》便是叙述“山神”和“水神”的争胜斗口的。山神说山是如何的好，水神又说水是如何有造于人类和万物。各搬出了不少的典故来，作为证据。其第二卷、第三卷则各搜辑“山”、“水”或“蔬”、“果”的“艺文”，自诗赋以至剧曲，无不包罗在内，很有些重要的资料。他又写作了《晋代许旌阳得道擒蛟铁树记》、《唐代吕纯阳得道飞剑记》、《五代萨真人得道咒枣记》等神仙故事。今惟《铁树记》最流行。《飞剑记》亦见于《醒世恒言》。志谟字景南，饶安人，自号百拙生，亦号竹溪散人，为建安书贾余氏的塾师，故所作都由余氏为之刊行。

杨尔曾则于万历、天启间在杭州写作着小说。他字圣鲁，钱塘人，号雉衡山人，又号夷白主人。他刊行了插图的通俗书不少。像

《海内奇观》、《图绘宗彝》等，至今还在流行着。他的《东西晋演义》凡十二卷五十回，刊于万历间。《晋书》原为"薮谈"，这部演义也极雅驯，几乎无一字无来历。在讲史里是较好的一部。他的《韩湘子传》，凡三十回，刊于天启三年，却是很诞妄的，大约是出于《升仙记》而作的吧。最可笑的，是他说，韩愈前生为玉皇大帝殿前的卷帘将军，因争蟠桃，失手将琉璃盏打碎，故被贬谪到人间来。韩湘子的故事至此已尽幻变的能事。

伟大的作家冯梦龙在泰昌间改作罗贯中的《平妖传》，这是很得称誉的一部小说。他将罗氏原本二十回，扩大为四十回。自第一回《授剑术处女下山》到第十五回《胡媚儿痴心游内苑》都是新增的。在原书一至五回间，增入了三回，十八至二十回间增入了二回。如此一改，面目遂以全新。"始终结构，有原有委，备人鬼之态，兼真幻之长。"（张无咎《平妖传序》）其间的改作、增润之处，确是颇为横恣自然的。

三

《金瓶梅》的出现，可谓中国小说的发展的极峰。在文学的成就上说来，《金瓶梅》实较《水浒传》、《西游记》、《封神传》为尤伟大。《西游》、《封神》，只是中世纪的遗物，结构事实，全是中世纪的，不过思想及描写较为新颖些而已。《水浒传》也不是严格的近代的作品。其中的英雄们也多半不是近代式（也简直可以说是超人式的）。只有《金瓶梅》却彻头彻尾是一部近代期的产品。 不论其思想，其事实，以及描写方法，全都是近代的。在始终未尽超脱过古旧的中世传奇式的许多小说中，《金瓶梅》实是一部可诧异的伟大的写实小说。她不是一部传奇，实是一部名不愧实的最合于现代意义的小说。她不写神与魔的争斗，不写英雄的历险，也不写武士的出身，像《西游》、《水浒》、《封神》诸作。她写的乃是在宋、元话本里曾经略略地昙花一现过的真实的民间社会的日常的故事。宋、元话本像《错斩崔宁》、《冯玉梅团圆》尚带有不少传奇的成分在内。《金瓶梅》则将这些“传奇”成分完全驱出于书本之外。她是一部纯粹写实主义的小说。《红楼梦》的什么金呀，玉呀，和尚，道士呀，尚未能脱尽一切旧套。惟《金瓶梅》则是赤裸裸的绝对的人情描写；不夸张，也不过度的形容。像她这样的纯然以不动感情的客观描写，来写中等社会的男与女的日常生活（也许有点黑暗的，偏于性生活的）的，在我们的小说界中，也许仅有这一部而已。俗语有云：“画鬼容易画人难。”以人为常见之物，不易得真，却最易为人找到错处；鬼则为虚无缥缈的东西，任你如何写法，皆无人来质证，来找错儿。《西游》、《封神》，画鬼的作品也，故易于见长。《金瓶梅》则画人之作也，入手既难，下手却又写得如此逼真，此其所以不仅独绝于这一个时代的小说界也！可惜作者也颇囿于当时风气，以着力形容淫秽的事实，变态的心理为能事，未免有些“佛头着粪”之感。然即除净了那些性交的描写，却仍不失为一部好书。

《金瓶梅》的作者，不知其为谁。世因沈德符有“闻此为嘉靖间大名士手笔”语，遂定为王世贞所作。张竹坡作《第一奇书》批评，曾冠以《苦孝说》。顾公燮的《消夏闲记摘抄》也详记世贞撰作此书以毒害严世蕃，为父复仇事。然其实这些传说却未必是可信的。《金瓶梅词话》的欣欣子序云：“兰陵笑笑生作《金瓶梅传》，寄意于时俗，盖有谓也。”兰陵为今山东峄县，和书中之使用山东土白一点正相合。惜这个伟大作家笑笑生今已不知其为何许人。欣欣子和笑笑生为友辈，序上曾称引到丘濬、周静轩等而称他为“前代骚人”，又就其所引歌曲看来，皆可信其为万历间，而非嘉靖间之所作。《金瓶梅》一出，便为文士们所赞赏。沈氏《野获编》云：“袁中郎《觞政》以《金瓶梅》配《水浒传》为外典。予恨未得见。丙午，遇中郎京邸，问曾有全帙否？曰：第睹数卷甚奇快。…… 又三年，小修上公车，已携有其书。因与借抄挈归。吴友冯犹龙见之惊喜，怂恿书坊以重价购刻。”是此书在万历中方盛行于世。《金瓶梅》全书凡一百回。据沈德符言，其五十三至五十七回原阙，刻时所补。《金瓶梅》的内容，只是取了《水浒传》的关于武松杀嫂故事为骨子而加以烘染与放大。当时，此故事也曾见之于剧场，像沈璟的《义侠记》所演的便是，可见其流传的范围甚广。作者虽取了这个人人熟知的故事，然其描写的伎俩却高人不止一等。其结局也和《水浒传》不同。其中心人物为西门庆。像西门庆这样的人物，在当时必是一个实型。却说西门庆，清河人，本是一个破落户，后渐渐的发达，也挣得一官半职，以财势横行于乡里间。娶有一妻三妾，尚在外招花引柳。遇武大妻潘金莲，悦之。鸩其夫武大，纳她为妾。武大弟武松，为兄报仇，误杀李外傅，刺配孟州。西门庆益横恣。又私李瓶儿，亦纳她为妾，得了她不少家财。瓶儿生一子，夭死。她自己不久亦亡。而庆因淫纵过度，也死。于是家人零落。金莲被逐居在外。恰遇武松赦归，为他所杀。庆妻吴月娘有遗腹子孝哥。金兵南侵，举家逃难。月娘在一佛寺中，梦到关于她家的因果报应，遂大悟。孝哥也出家为和尚。《金瓶梅》的特长，尤在描写市井人情及平常人的心理，费语不多，而活泼如见。其行文措语，可谓雄悍横恣之至。像第三十三回：

> 敬济喝毕，金莲才待叫春梅斟酒与他，忽有吴月娘从后边来。见奶子如意儿抱着官哥儿，在房门首石台基上坐。便说道："孩子才好些，你这狗肉又抱他在风里。还不抱进去！"金莲问："是谁说话？"绣春回道："大娘来了。"敬济慌的、拿钥匙往外走不迭。众人都下来迎接月娘。月娘便问："陈姐夫在这里做什么来？"金莲道："李大姐整治些菜，请俺娘坐坐。陈姐夫寻衣服，叫他进来吃一杯。姐姐，你请坐。好甜酒儿，你吃一杯。"月娘道："我不吃。后边他大妗子和杨姑娘要家去。我又记挂着你孩子，径来看看。李大姐，你也不管，又教奶子抱他在风里坐着。前日刘婆子说他是惊寒，你不好生看他！"李瓶儿道："俺陪着姥姥吃酒，谁知贼臭肉三不知，抱他出去了。"

其他像第七回的写《杨姑娘气骂张四舅》，以及潘金莲、王婆的泼辣的口吻，应花子的帮闲随和的神情，都是化工之笔，至今尤活泼泼的浮现于我们的眼前的。《金瓶梅》有好几种不同的版本。最早的一本，可能便是北方所刻的《金瓶梅词话》，沈德符所谓"吴中悬之国门"的一本。当冠有万历丁巳（1616 年）东吴弄珠客的序和袁石公（题作廿公）之跋的。《金瓶梅词话》，当最近于原本的面目。起于《景阳冈武松打虎》，并有吴月娘被掳于清风寨，矮脚虎王英强迫成亲，却幸遇宋江，说情得释的一段事。那都是后来诸本所无的。山东土白，也较他本为独多。崇祯版而附有黄子立、刘启先、洪国良诸人所刻插图的一本《金瓶梅》，大约是在武林所刻的，却面目大异于《金瓶梅词话》。第一，每回的回目都对仗得很工整，不像《词话》之不仅不对仗，字数也有参差，像第二回的回目：

西门庆帘下遇金莲　　王婆贪贿说风情

一为八字，一为七字。崇祯版则整齐得多了。第二，崇祯版为适合于南人的阅读计，除去了不少的山东土白，以此，减少不少的原作的神态。第三，崇祯版以《西门庆热结十兄弟》开始。武松打虎事，只是淡淡的说过。今所见的各本，像张竹坡评的《第一奇书》和其他坊本皆从崇祯本出。又有《真本金瓶梅》，删去秽亵，大加增改，更失原本的真相。

《隋炀帝艳史》是紧跟在《金瓶梅》之后的。所写的不是一个破落户，却是一个放荡的皇帝的一生。组织了《海山记》、《迷楼记》、《开河记》诸文，而加以很细腻，很娇艳的描写，确是一部杰作。她影响于后来的小说很大。褚人获的《隋唐演义》，前半部便全窃之于《艳史》。《红楼梦》的描写、结构，也显然受有《艳史》的启示。《艳史》出版于崇祯间，题"齐东野人编演"，凡八卷四十回，确是一部盛水不漏的大著作。

《禅真逸史》和《禅真后史》也都出现于崇祯间。二书皆题清溪道人编，叙述很诞异不经，也多杂秽亵的描写，而教训的气味又很重。和《隋炀艳史》比较起来，未免有驽驷之感。《逸史》凡四十回，《后史》凡六十回。

四

在这时代，讲史的刊行与编订可谓极盛。福建、杭州、南京、苏州诸书肆，所刊印的小说，十之七八是讲史。自嘉靖到崇祯，几乎每部讲史都要增订、润改个几次。也有出自文人们的创作的。大都那些讲史都是由俗而雅，由说书者的讲谈而到文人学士的笔削，由杂以许多荒诞鄙野的不经的故事而到了几成为以白话文写成之的历史或纲鉴。那演化的途径是脱离“小说”而迁就、黏附“历史”。这个演化，也许可以说是倒流。讲史原是历史小说，却不料竟成了这样的“白话历史”的一个结果！

最早的一部讲史，便是《皇明英烈传》(一作《英武传》，一作《云合奇踪》)。这是郭勋作的。相传郭勋尝改订《水浒传》，刊行《三国志演义》；是一位很懂得欣赏小说的人物。勋为郭英后，袭封武定侯。后因事下狱死。据说，他之作《英烈传》，为的是要表彰郭英的功绩。后又有《真英烈传》，则有意反对之，把郭英的地位缩小得很多。《英烈传》写朱元璋得天下事，把这位流氓皇帝的“发迹变泰”的故事，烘染得很活泼。而刘基、宋濂诸人，却被写成诸葛亮似的神怪的人物。

福建书贾熊大木，在嘉靖间也刊行了不少讲史。他自称钟谷子，建阳县人。尝有不少咏史诗，插入其所编订的讲史中。所编讲史，今所知者有《全汉志传》、《唐书志传演义》、《两宋志传》及《大宋中兴通俗演义》，都是些编年式白话化的历史。在其间，《大宋中兴演义》，叙岳飞生平者，最为流行，且似也写得最好。后来托为邹元标所作的一部《精忠传》，以及于华玉的节本，都从此本出。

南京有周氏书贾，以周曰校为最著，在万历中刊行了不少讲史，常用的是周氏大业堂和周氏万卷楼之名。所刊的有《三国志演义》、《东西晋演义》、《东西汉通俗演义》等；也加以少许的增润，例如《三国志演义》中所见的许多周静轩诗，似便是由万卷楼的刊本始行加入的。

稍后，长洲周之标也刊行《残唐五代史演义》和《封神演义》。福建建安书贾余象斗及其家族，在万历到崇祯间，刊行的小说最多。关于讲史的有《列国志传》、《全汉志传》、《三国志演义》、《东西晋传》、《唐书志传》、《南北两宋志传》、《大宋中兴岳王传》、《皇明开运名世英烈传》等书，可谓洋洋大观。

周游（字仰止）的《开辟演义》，凡六卷八十回，刊行于崇祯乙亥（1635年）。大抵是增补各家讲史所未备的“上古史”的一段空白的。又有《夏商志传》的，不知为何人所作，传为钟伯敬批评，当也出现于此时，衔接于《开辟演义》和《列国志传》之间。

冯梦龙的《新列国志》一百零八回，结束了这个讲史的典雅化的运动。这是金阊叶敬池所刊本。在原本的题页上，说着冯氏尚着手于《两汉志传》的改写。惜未之见。当系不曾完工。《新列国志》完全撇开了旧本的《列国志传》而另起炉灶。梦龙杂采《左传》、《国语》、《国策》、《史记》诸书而冶为一炉，几无一事无来历。他恣意攻击着旧本《列国志传》的浅陋，把什么临潼斗宝，鞭伏展雄诸无根的故事皆一扫而空。诚然是一部典雅的“讲史”，而小说的趣味同时便也为之一扫而空。

参考书目

一、《中国小说史略》 鲁迅撰，北新书局出版。

二、《小说考证》及《续编拾遗》 蒋瑞藻撰，商务印书馆出版。

三、《小说旧闻钞》 鲁迅编，北新书局出版。

四、《日本内阁文库汉文书目》 日本印本。

五、《中国通俗小说书目》 孙楷第编，北京图书馆印行。

六、《中国文学论集》 郑振铎撰，开明书店出版。

七、《日本东京所见中国小说书目提要》 孙楷第编，北京图书馆印行。

第六十一章

拟古运动第二期

拟古运动的复活——不受羁勒者的诗人们——杨慎、薛蕙等——李攀龙、王世贞等——谢榛——“南园后五先生”——汪道昆、卢柟

一

李、何所提创的第一次的拟古运动，到了后来，气焰渐渐地衰弱了，明代的文坛又失去了中心。但第二次的拟古运动，不久复产生了，其影响更大，所波及的时间与地域也更久、更广。

这第二次的拟古运动，是以李攀龙和王世贞二人为主将的。他们也是七个人，故论者称之为“后七子”。

当李、王等后七子未出之前，作者们不受李、何拟古运动的影响，有杨慎、薛蕙、皇甫诸诗人。他们鹰扬虎视于当代，继李、何而为当代的文坛的老师。他们都各有其成就，各有其信徒。惟其影响却没有李、何那么大了。

杨慎（1488—1559）在其间是最博学多才的一位大诗人，但久谪

边远之区，故其势力也便小了。慎字用修，新都人。廷和子。七岁能文。正德辛未（1511年）举会试第二，廷试第一。授翰林修撰。嘉靖甲申（1524年）七月，两上议大礼疏，率群臣撼奉天门大哭。廷杖者再，毙而复苏。谪永昌。有《升庵集》及杂著百余种。他独立于当时的风气之外，自有其深厚的造诣。陈卧子道："用修繁蔚之中，时见新警。"他的诗，早年的，饶有六朝的风度；晚年的，渐见风骨嶙峋之态。像《江陵别内》："此际话离情，羁心忽自惊。佳期在何许？别恨转难平。"一见便知决不是李、何辈装模作态之篇什。

薛蕙（1486—1541）字君采，亳州人，正德甲戌（1514年）进士。为吏部郎中，以议大礼下诏狱。寻复职。未几，罢归。有《考功集》十卷。王世贞《艺苑卮言》称其诗"如宋人叶玉，几夺天巧；又如倩女临池，疏花独笑。"胡应麟《诗薮》于李、何一派外，少所许可，而亦称其"潇洒温醇"。像《泛舟》：

> 水口移舟入，烟中载酒行。渚花藏笑语，沙鸟乱歌声。晚棹沿流急，春衣逐吹轻。江南《采菱曲》，回首重含情。

那么轻盈自然的作风，当然会博得时人一致的好感。

华察（1497—1574）字子潜，无锡人。嘉靖丙戌（1526年）进士。历侍读学士，掌南院事。有《岩居稿》八卷。尝出使朝鲜。察诗，评者皆称其冲淡闲旷，追步陶、韦。像《秋日闲居漫兴》："高斋著书暇，云尽见诸峰，……溪深度夕鸟，地静闻疏钟"；《酌红梅下》："岩梅发红萼，独树明高林。春尽鸟唱寂，雪晴山阁阴"；《荆溪晓发》："挂席出溪口，微茫天渐明。残星带高树，春水抱孤城。野旷月初没，村深鸡乱鸣"；确都具有渊明的恬澹自然的作风。

高叔嗣（1501—1537）字子业，祥符人，嘉靖癸未（1523年）进士，累迁湖广按察使。有《苏门集》八卷。子业诗品清逸，在当时即得好评。李开先谓："苏门虽云小就，去唐却近。蔡白石、王岩潭以苏门为我朝第一。"陈卧子也道："子业沉婉隽永，多独至之言。读之，如食谏果，味不骤得。"像《偶题》："凉风昨夜起，残雨夕阳移。

坐卧身无事，茫然生远思”；《安肃县寺病居》：“野寺天晴雪，他乡日暮春。相逢一樽酒，久别满衣尘”等，都是情深意邑的。王廷陈字猶钦，黄冈人，正德丁丑（1517年）进士。授吏科给事中。以事下狱，免归。有《梦泽集》二十三卷。陈卧子道：“稚钦爽俊，故意警而调圆。”像《病后客过有赠》：“病骨旬时虚酒筵，壮心激烈嗟暮年。秋堂过客击柝后，寒渚哀鸣吹笛边。”他以早年被废，故语多愤激。

四皇甫兄弟，“俱擅菁华，吴中一时之秀，海内寡俦。”（《艺苑卮言》）长兄冲（1490—1538），字子浚，长洲人，嘉靖举人，有《华阳集》；次涍（1497—1546），字子安，嘉靖壬辰进士，累迁南刑部员外，出为浙江佥事，有《少玄集》；次汸（1498—1583），字子循，嘉靖己丑进士，累迁云南按察佥事，有《司勋集》；次濂（1508—1564），字子约，一字道隆，嘉靖甲辰进士，除工部主事，出为兴化同知，有《水部集》。四皇甫诗，皆能自立，风格俱冲逸玄旷；较之刻意拟唐者反更近于唐人。冯时可《雨航杂录》谓：“吴下能诗者朝子循（汸）而夕元美。或问其优劣。周道甫曰：子循如齐、鲁，变可至道；元美如秦、楚，强遂称王。”涍诗多清逸，汸则较为藻丽，濂尤善于哀悼之作。像涍的《治平寺》：

> 风中到香界，独往意冷然。步引花木乱，看坐洲岛连。
> 一林寄空水，满院生云烟。正此化心寂，钟声松外传。
> 自不是雕绘、模拟之作。

同时有四冯兄弟者，亦皆以能诗名。兄名惟健，字汝强，临朐人；次惟重，字汝威；次惟敏，字汝行；次惟讷，字汝言。惟敏兼善词曲；惟讷纂《古诗纪》，颇有功于学者。又松江有何良俊、良傅兄弟，也皆善于为文。良俊的《四友斋丛说》，考订经史以至词曲，很见细心研讨的工力。

又有严嵩，嘉靖时为相数十年，权威倾天下。所作《钤山堂集》，刻本甚多。因其为后人所诟病，故并其诗亦被轻视。其实，他诗的作风，雄厚渊深，饶有盛唐气息，远在七子以上。惟以其为人的鄙狠，其诗乃因之而少人注意。

二

四皇甫有才而未尝以声气号召后学；升庵力足以奔走世人，而早岁投荒，地位便远不如人。在云南，很有些人集于他的左右，然而地方太偏僻了，便影响不到两京和江南。故自李、何以后，总有数十年了，文坛上还不曾有过什么中心的主盟者。及嘉靖末，李、王二人起，而轰轰烈烈的号呼、奔走、标榜、攻讦的风气，才又复活起来。

这运动，最早始于李先芳、谢榛、吴维岳及李攀龙诸人的倡诗社。这时榛为主盟。王世贞入京，先芳引之入社。又二年，宗臣、梁有誉也入社。这时李、王声气已广，先芳又出为外吏；遂摈先芳、维岳不与，而自称为五子。后徐中行、吴国伦亦至，乃改称七子。即所谓“后七子”者是。攀龙、世贞为之魁。其持论大率同前七子，文不读《西京》以下所作，诗不读中唐人集，而独盛推李梦阳。他们所自作，古乐府往往割剥字句，剽窃古作；文则聱牙戟口，读者至不能终篇。其弊，攀龙为尤甚。攀龙死，世贞为之魁。而前后五子等名目，始纷纷标榜于世。前五子为李攀龙、徐中行、梁有誉、吴国伦、宗臣；后五子为余曰德、魏裳、汪道昆、张佳允、张九一；续五子为王道行、石星、黎民表、朱多煃、赵用贤；末五子为李维桢、屠隆、胡应麟、赵用贤等（用贤亦在“续五子”中）；广五子为卢柟、欧大任、俞允文、李先芳、吴维岳；后又广之为“四十子”，交游之士，殆尽入其罗网中。

攀龙（1514—1570）字于鳞，历城人，嘉靖甲辰进士，除刑部主事。出为顺德知府。后擢河南按察使。有《沧溟集》三十卷。攀龙才力富健，凌铄一时，诗多佳者，而古乐府却最为驽下。连王世贞也道：“然不堪与古乐府并看，则似临摹帖耳。”可谓切中其病。其散文尤生吞活剥得利害，可代表拟古运动的最坏的结果：

> 罅中穿如峡中，峡中衔如罅中。峡中之缟垂，罅中之缟倚，皆自级也。栈北得崖径丈。人仄行于穿手在决吻中，左右代相受。踵二分垂在外。足已茹则啮膝也；足已吐是以趾任身。北不至十步，崖

乃东折，得路尺许于崖剡中。人并崖南行，耳如属垣者二里。

——《太华山记》

然效之者却遍天下。隆、万间的散文，遂一时呈现出一种斑斓古怪的作风出来。世贞所作，较为平衍自然，却摹拟《史记》太过，亦时伤套袭吞剥。

世贞（1526—1590）字元美，号凤洲，又称弇州山人，太仓州人。嘉靖丁未进士，除刑部主事，出为山东副使。以父忬被杀，解官。后复起，累官至刑部尚书。有《弇州山人四部稿》一百七十四卷，《续稿》二百七卷。世贞在七子中影响最大，被攻击亦最甚。艾南英《天佣子集》尝道："后生小子，不必读书，不必作文，但架上有前后《四部稿》，每遇应酬，顷刻裁割，便可成篇。骤读之，无不浓丽鲜华，绚烂夺目。细案之，一腐套耳。"归有光亦以"庸妄臣子"讥之。然其才识自渊博难及。晚年所作，尤清真近情，不尽以赝古终其身。他的长篇乐府，像《太保歌》、《袁江流钤山冈当庐江小吏行》，都是元、白的同道，离开于鳞很远。

"七子"中，世贞最恭维宗臣。臣（1525—1560）字子相，扬州兴化人。嘉靖癸丑进士，出为福建提学副使。有《方城集》。子相诗以太白为摹拟的目标，故世贞评之道："如华山道士，语语烟霞，非人间事。"像《夜立》："秋风天外声，明月江中影。幽人把桂枝，露下衣裳冷"，也只是貌为跌宕而已。徐中行和吴国伦，其成就也很浅。中行（1517—1578）字子与，长兴人。嘉靖庚戌进士，累官江西右布政使。有《青萝馆集》。国伦字明卿，湖广兴国州人。中行同年进士。累官河南参政，有《甔甀洞稿》。他在七子中最为老寿，世贞死，他和汪伯玉、李本宁继之而狎主齐盟。刘子威、冯元成、屠纬真辈，又相与附和之，延长了"后七子"的时代，直到公安派的崛起。

谢榛和梁有誉在"七子"中是较为特立的。榛（1495—1575）字茂秦，临清人。自号四溟山人，一号脱屣道人。有《四溟集》。他论诗与于鳞不合，诗社诸人遂合力排之。榛游于秦、晋诸藩，又尝与郑若庸同为赵王上客。他眇一目，以布衣终。声气远不及世贞辈，故前后广续五子以及四十子之列，他皆不得与。然其诗则工力自深。钱谦益谓："其称诗之指要，实自茂秦发之。茂秦今体，工力深厚，句响而字稳，七子五子之流皆不及也。"有誉字公实，广州顺德人，嘉靖庚戌进士，任刑部主事，有《兰汀存稿》。有誉入社不久，即归乡，与乡人欧大任、黎民表吴旦、李时行等结为诗社，粤人号为"南园后五先生"。所作颇少摹拟之病。这五先生所作多藻丽披纷，富于南国的情调，像"窕窈《子夜》声，凄恻《江南》弄，繁音逐水流，哀响因风送"（吴旦《玉峡夜泊》）；"兹岭何绵亘，孤根下杳冥。云光荡鸟背，水气杂龙腥"（黎民表《弹子矶》）；"谭君置酒烧银烛，为我停杯吹紫玉。正逢兰佩赠佳人，何事《竹枝》奏离曲！数声枭枭斗柄低，渐雁哀损入耳啼。霜满洞庭悲落木，萤流长信恨空闺"（欧大任《夜听谭七吹笛》）；等等，都可看出一种特有的"南歌"的本色来。

"前、后、续、末、广"五子中，尚有汪道昆和卢柟二人，较可注意。道昆字伯玉，歙人。除义乌知县，累官兵部侍郎。有《太函集》一百二十卷。他和世贞互相推奉，大得世名，天下遂元美、伯玉并称。然二人实不合。世贞晚年尝云："予心诽太函之文而口不敢言，以世所曹好也。"太函于诗，成就甚浅，散文则摹古太过，也很少自然之趣。徒以其声势足以奔走世人，故亦被称为"一代文宗"。

卢柟字少楩，一字次楩，又字子木，濬人，太学生，有《蠛蠓集》。柟为少年公子，往往盛气凌人。以致系狱多年，历尽苦艰。冯梦龙《醒世恒言》中，有《卢太学诗酒傲公侯》（第二十九卷，亦见《今古奇观》）话本，即叙其事。以此冤狱，益练其才，其诗的造诣遂深邃。陈卧子道山人排荡自喜，颇有越石清刚之气。"其《狱结后书呈王龙池二府》一篇，浩莽之气逼人，殆不是宗子相之貌为大言者所能比匹。

参考书目

一、《梁园风雅》二十七卷　明赵彦复编，有明刊本。

二、《明诗选》十三卷　明陈子龙等编，有明刊本。

三、《石仓历代诗选》 明曹学佺编，所收明诗最富，惜未见全书。

四、《列朝诗集》 清钱谦益编，有原刊本，有清宣统间铅印本。

五、《明诗综》一百卷　清朱彝尊编，有原刊本。

六、《明诗纪事》 近人陈田编，有刊本。

七、《明文海》及《明文授读》 清黄宗羲编，《文海》有抄本，《授读》有刻本。

八、《明文在》一百卷　清薛熙编，有局刊本。

第六十二章

公安派与竟陵派

拟古运动的疲乏——三袁以前的反抗者——王慎中、唐顺之、茅坤及归有光——徐渭——李贽——汤显祖——“嘉定四先生”——公安派的阵容——袁宏道兄弟——黄辉、陶望龄等——所谓“竟陵派”——钟惺与谭元春——诗人阮大铖——寓言的复兴——小品文的发达——陈继儒、董其昌、张岱等——徐宏祖的游记——复社、几社及豫章社

一

前后七子所主持的拟古运动，到了万历中叶，便成了强弩之末。习久生厌，一般人也都对之起了反感。公安袁氏兄弟遂崛起而张反抗的旗帜。这面异军特出的旗子一飘扬于空中，文坛的空气便立刻变更了过来。李、何和王、李的途径是被塞绝了，他们的主张成了时人攻讦的目标，也无复更奉李于鳞《唐诗选》、王元美《四部稿》为追摹的目标者。王、李盛时，世人以读天宝以后的唐诗，和宋人的著作为

讥弹的口实，而这时，袁宗道却公然以白、苏（即白居易、苏轼）名其斋了。从王、李的吞剥、割裂、临摹古人的赝古之作，一变而到了三袁们的清新轻俊，自舒性灵的篇什，诚有如从古帝王的墓道中逃到春天的大自然的园苑中那么愉快。

在三袁未起之前，后七子的作风，便已有攻讦之者，惟其气力不大，未能给他们以致命伤耳。特别在散文一方面，因为拟古运动所造就的结果，不满人意，所以很早的便发生了反抗的运动；这第一次的反抗运动乃是由几位古文家主持之的。

嘉靖初，王慎中、唐顺之等已倡为古文，以继唐、宋以来韩、欧、曾、苏诸家之绪。慎中（1509—1559）字道思，晋江人，嘉靖五年进士。历官户部主事，河南参政 。有《遵岩集》。慎中初亦从何、李的主张，为文以秦、汉作者为法，后乃悟欧、曾作文之法，尤向往于子固。唐顺之亦变而从之。天下称之曰“王、唐”。顺之（1507—1560）字应德，号荆川，毗陵人，嘉靖八年进士。历兵部、吏部，入翰林。罢官十余年，复召用兵部，颇得信任，甚著武功。 有《荆川集》。王、唐又与赵时春、熊过、陈束、任瀚、李开先、吕高，号嘉靖八才子。第一次拟古运动，几为王、唐的古文运动所排倒。但李攀龙、王世贞起，却又复炽了拟古运动。（攀龙为慎中提学山东时所赏拔者，但论文却异其倾向。）惟在李、王的第二次拟古运动全盛的时代，古文运动也并未完全绝迹，不过号召、奔走天下士的力量却没有王、李那么伟大耳。这时古文运动的领袖为茅坤、归有光二人。

茅坤（1512—1601）字顺甫，归安人，嘉靖十七年进士。屡迁广西兵备佥事。后因事罢归。年九十卒。他受唐顺之的影响最深。顺之于唐、宋人文，自韩、柳、欧、三苏、曾、王八家外无所取。坤选《唐宋八大家文钞》即全据顺之的绪论以从事者。后人“八家”之说，盖始于此。

但于散文深有所成就者，还当推归有光。有光（1506—1571）字熙甫，昆山人。应进士不第，退居安亭江上，讲学著文二十余年，学者称曰震川先生。嘉靖四十四年始成进士，年已六十。授长兴知县。不久卒。他尝序《项思尧文集》道：“盖今世之所谓文者难言矣。未始为古人之学，而苟得一二妄庸人为之巨子，争附和之以诋排前人。韩文公云：‘李、杜文章在，光焰万丈长。不知群儿愚，那用故谤伤。蚍蜉撼大树，可笑不自量。’文章至于宋、元诸名家，其力足以追数千载之上而与之颉颃，而世直以蚍蜉撼之，可悲也！ 毋乃一二妄庸人为之巨子以倡导之与？”所谓“妄庸巨子”盖指当时有大力的文坛主将王世贞。然世贞晚年亦心服之。尝赞有光的画像道：“风行水上，涣为文章。风定波息，与水相忘。千载有公，继韩、欧阳。”盖有光的散文，澹远有致，虽平易而实丰腴；像《书斋铭》、《项脊轩记》等都是很隽美的抒情文，为“古文”里的最高的成就；荆川、遵岩皆所不及。有光颇好《太史公书》，相传他尝为之批点（此书今传于世）；但其周纳附会的评论，却和李、王诸子所论者也未见得相差很远，或未必确出于其手欤？

二

古文家虽抛弃了秦、汉的偶像，却仍搬来了第二批偶像——“唐、宋八家”等，以供他们崇拜追摹的目标；依然不曾脱离掉广大的奴性的拟古运动的范围。 不过，由艰深而渐趋平易，由做作过甚而渐趋自然，却是较近人情的一种转变耳。真实的完全摆脱了“迷古”的魔障的，确要推尊到公安派的诸作家——虽然他们是历来受到那么鄙夷的不平等的待遇。

可称为公安派的先驱者，乃是几位独往独来的大家，却不是什么古文作家们。在其间，有三个大作者是应该为我们所记住的——虽然他们也是那么久的被压伏于不公平的正统派的批评之下。

这三位大作者是徐渭、李贽与汤显祖。徐渭（1521—1593）字文长。山阴人。性狷激。尝入胡宗宪幕中。宗宪死，他归乡里。后发狂而卒。他天才超轶，诗文皆有奇气，工写花草竹石。尝自言：“吾书第一，诗次之，文次之，画又次之。”时王、李倡社，谢榛以布衣被摈。渭愤愤不平，誓不入其党。 而其所成就，也和王、李辈大异其趣。他的《徐文长集》至今传诵不衰。诗幽峭，别出途径，不屑屑于摹拟古人的作风。袁宏道谓："其所见山奔海立，沙起云行，风鸣树偃，幽谷大都，人物鱼鸟，一切可惊可愕之状，一一皆达之于诗。其胸中又有一段不可磨灭之气，英雄末路，托足无门之悲。故其为诗，如嗔，如笑，如水鸣峡，如种出土，如寡妇之夜哭，羁人之寒起。当其放意，平畴千里；偶尔幽峭，鬼语秋坟。"像"远火澹冥壁，月与江波动。寂野闻籁微，单衾觉寒重"(《夜宿沙浦》)，"竹雨松涛响道房，瓜黄李碧酒筵香。人间何物热不喘？此地苍蝇冻欲僵。一水飞光带城郭，千峰流翠上衣裳"(《新秋避暑豁然堂》)，"虎邱春茗妙烘蒸，七碗何愁不上升。青箬旧封题谷雨，紫砂新罐买宜兴"(《某伯子惠虎邱茗谢之》)，几无不是新语连绵，奇思突出。其不避俗语，俗物，无所不入诗，已开了公安派的一条大路。

李贽的遭遇，较徐渭殆尤不幸。贽之被正统派文人们所疾视，也较渭为尤甚。贽字卓吾，号宏甫，泉州晋江人。领乡荐，不再上公车。授教官。历南京刑部主事，出为姚安太守。尝入鸡足山，阅藏不出。被劾，致仕。客黄安耿子庸处。子庸死，遂至麻城龙潭湖上，祝发为僧。卓吾所著书，于上下数千年之间，别出手眼，在思想界上势力甚大。当时学者们，咸以为妖，噪而逐之。寻以妖人，逮下通州狱。狱词上，议勒还原籍。卓吾道："我年七十有六，死耳，何以归为！"遂夺薙发刃自刭，两日而死。在万历间，所著《焚书》，尝被焚二次；清室亦以卓吾所著，列于禁书中，然卒传。在文坛上，卓吾是独往独来的。他无意于为文，然其文却自具一种绝代的姿态。他不摹仿什么古人，他只说出他心之所言。行文如行云流水，行于所当行，止于所当止，这在明人散文中，已是很高的成就了。他的诗，尤有影响于公安派；什么话都敢说，不惧入俗，不怕陷诙谐。或伤其俳优作态，实则纯是一片天真。像：

> 本无家可归，原无路可走。若有路可走，还是大门口。
>
> ——《偈答梅中丞》
>
> 芍药庭开两朵，经僧阁里评论。木鱼暂且停手，风送花香有情。

——《云中僧舍芍药》

一别山房便十年，亲栽竹条已参天。旧时年少唯君在，何处看山不可怜！

——《重来山房赠马伯时》

间亦有很平庸的浅陋的篇什，但他决不用艰深，或藻丽以文饰其庸浅。

汤显祖的诗文为其“四梦”所掩，很少人注意及之，其实却是工力很深厚的。其散文，不自言有什么宗派，却是极严整、精密的文言文，在所谓“古文”中，也可占一个最高的地位；有抒情的意味很浓厚的小品，也有极端庄的大文章。李贽、徐渭间露粗犷，或显跳踉诙谐之态。惟显祖之作，却如美玉似的无瑕，如水晶似的莹洁，留不下半点渣滓。他的诗也很高隽。屠隆云：“义仍才高学博，气猛思沉，格有似凡而实奇，调有甚新而不诡，语有老苍而不乏于姿，态有纤秾而不伤其骨。”(《绛雪楼集》) 帅机谓：“义仍诸诗，聚宝熔金，譬诸瑶池之宴，无腥腐之混品；珠履之门，靡布褐之芜杂。”(《阳秋馆集》) 我们只要举一首：

罇树红无地，岩檐绿有江。蝶花低雨槛，鼯竹乱秋窗。楚沥杯谁个？吴歌榜欲双。崩腾过云影，浥浥片心降。

——《龙潭高阁》

已可知道他们的话，并不是凭空的瞎赞。显祖于王世贞颇为不敬。尝谓：“我朝文字以宋学士为宗。李梦阳至琅琊，气力强弱杂细不同，等赝文尔。”又简括献吉、于鳞、元美文赋：“标其中用事、出处，及增减汉史、唐诗字面，流传白下。”可谓反抗拟古运动的一个急先锋。

同时又有程嘉燧（字孟阳，原为休宁人，有《松圆浪淘集》)、李流芳（字长蘅，有《檀园集》)、娄坚（字子柔，有《吴歈小草》)、唐时升字叔达，有《三易斋集》) 四人，也能诗，而俱住嘉定，被称为“嘉定四先生”。其诗的作风也有异于王、李。

三

所谓公安派，盖指公安袁宗道、宏道、中道三兄弟及其他附庸者而言。宗道字伯修，万历丙戌进士，授编修，累官洗马庶子，赠礼部侍郎。有《白苏斋集》宗道并不是公安派的主将，却是他们的开倡者。他在词垣时，正王、李作风在绝叫；他独与同馆黄昭素，力排假借盗窃之失。尝有诗道："家家椟玉谁知赝，处处描龙总忌真。一从马粪《卮言》出，难洗诗家入骨尘。"其意可知。他于唐，好香山，于宋，好眉山，故自名其斋曰"白苏"；欲由赝而返真，由临描而返自然。虽所成就未必甚高，却已启导了一大派的诗人们向更真实的路上走去。

宏道字中郎，宗道弟，为公安派最重要的主持者。他为万历壬辰进士，除吴县知县。历国子博士，官至吏部员外郎。有《敝箧》、《锦帆》、《解脱》、《瓶花》、《潇碧堂》、《广陵》、《破研斋》诸集，其弟中道谓："中郎诗文，如《锦帆》、《解脱》，意在破人之执缚。才高胆大，无心于世之毁誉，聊抒其意之所欲言耳。或快爽之极，浮而不沉，情景太真，迫而不远。而出自灵窍，写于铦款，萧萧冷冷，足以荡涤尘情，消除热恼。"盖宗道还未免为白、苏所范围，宏道才开始排弃规范，空所依傍；凡所作，类皆"出自灵窍"。他最表彰徐渭与李贽。又尝刊行汤显祖的"四梦"（即柳浪馆评刊"四梦"）。其于前人，盖于狷介不群者独有默契。或病其浅俗。而清人攻讦之尤甚。朱彝尊谓："由是公安流派盛行。然白、苏各有神采，顾乃颓波自放，舍其高洁，专尚鄙俚。"然朱氏不知宏道、中道已非复白、苏可得而牢笼之者。《四库总目提要》谓："公安三袁又从而排抵之。其诗文变板重为轻巧，变粉饰为本色，致天下耳目一新，又复靡然而从之。然七子犹根于学问，三袁则惟恃聪明。学七子者不过赝古，学三袁者乃至矜其小慧，破律而坏度。名为救七子之敝，而敝又甚焉。"其实中道也已说过："一二学语者流，取中郎率易之语，效颦学步，其究为俗俚，为纤巧，为莽荡，乌焉三写，必至之弊，岂中郎之本旨哉！"中郎诗固有像朱彝尊所指斥的"无端见白发，欲哭翻成笑。自喜笑中意，一笑又一跳"一类的俳谐无聊之作，然并不多。像"细雨乍收山鸟喜，乱畦行尽草花熏”（《暮春饮郭外》）；“坐消纤雨轻阴日，间踏疏黄浅碧花”（《柳浪初正》）；“一曲池台半畹花，远山如髻隔层纱。南人作客多亲水，北地无春不苦沙”（《暮春至德胜桥水轩待月时微有风沙》）；能不说他是清丽的么？其他率真任性之作，更多不胜举。他的散文也是很活脱鲜隽的，虽不如其诗之往往纯任天真，而间有用力的斧凿痕，然已离开唐、宋八家，乃至秦、汉文不知若干里路了！他开辟了一条清隽绝伦的小品文的大道，给明、清诸大家，像张岱诸人走。这，其重要，也许较他的诗为尤甚。

中道字小修，在三袁中为季弟。万历丙辰进士，授徽州教授，累迁南礼部郎中。有《珂雪斋集》中郎有一段批评他的话：“小修诗文，独抒性灵，不拘格套。有时情与景会，顷刻千言，如水东注。其间有佳处，亦有疵处。佳处自不必言；即疵处亦多本色独造语。予则极喜其疵处。而所谓佳者，尚不能不以粉饰蹈袭为恨，以为未脱近代文人气习故也。”（《锦帆集》）最好，我们可以把这一段话移来批评整个公安派的作家们，特别中郎他自己。小修自序《珂雪斋集》道：“古人之意至而法即至焉。吾先有成法据于胸中，势必不能尽达意。达吾意而或不能尽合于古之法，合者留，不合者去，则吾之意其可达于言者有几，而吾之言其可传于世者又有几！故吾以为断然不能学也。姑抒吾意所欲言而已。”这不啻是公安派的一篇堂堂正正的宣言！

王阳明的学说，不仅在哲学上，即在明代文学上，也发生了极大的影响。从李卓吾到公安派诸作家，间接直接殆皆和阳明的学说有密切的关系。卓吾最崇拜阳明。中郎亦有诗道：

> 念珠策得定功成，绝壑松涛夜夜行。说与时贤都不省，依稀记得老阳明！
>
> ——《山中逢老僧》

明中叶以后的文坛风尚，真想不到会导源于这位大思想家的！（将更详于下文）

为公安派张目者，初则有黄辉和陶望龄等，后则转变到竟陵派的钟、谭诸人。望龄字周望，会稽人，万历己丑（1589年）进士，授编修，迁国子祭酒。有《水天阁集》及《歇庵集》。辉字昭素，一字平倩，南充人，万历己丑进士，累迁侍读学士。有《铁庵集》及《平倩逸稿》。而望龄受袁氏兄弟的影响尤深，诗文也皆足以自见。

四

竟陵派导源于公安，而变其清易为幽峭。钟伯敬尝评刻中郎全集，深致倾慕。明末清初诸正统派的批评家们也同类并举地同致攻讦，而集矢于竟陵诸家者为尤深。钱谦益道："当其创获之初，亦尝覃思苦心，寻味古人之微言奥旨，少有一知半见，掠影希光，以求绝于时俗。久之，见日益僻，胆日益粗。举古人之高文大篇，铺陈排比者，以为繁芜熟烂，胥欲扫而刊之，而惟其僻见之是师。其所谓深幽孤峭者，如木客之清吟，如幽独君之冥语，如梦而入鼠穴，如幻而之鬼国；浸淫三十余年，风移俗易，滔滔不返。余尝论近代之诗：抉擿洗削，以凄声寒魄为致，此鬼趣也；尖新割剥，以噍音促节为能，此兵象也！著见文章而国运从之，岂亦'五行志'所谓诗妖者乎？"朱彝尊更本之而断实了他们的罪状："钟、谭从而再变，枭音鴃舌，风雅荡然。泗鼎将沉，魑魅齐见！"以国运的沉沦，而归罪于公安、竟陵诸子，可谓极诬陷的能事！然千古人的耳目，又岂是几个正统派的文人们所能束缚得住的！

竟陵派的大师为钟惺与谭元春，二人皆竟陵人。倾心以附和之者则有闽人蔡复一，吴人张泽、华淑等。钟惺字伯敬，号退谷，万历庚戌（1610年）进士。授行人。累迁南礼部郎中，出为福建提学佥事，有《隐秀轩集》。他以《诗归》一选得大名，亦以此大为后人所诟病。其他坊肆所刊，冒名为他所阅定的书籍，竟多至不可计数，可见他在明末势力的巨大。他为诗喜生僻幽峭，最忌剿袭，其苦心经营之处，不免时有镵削的痕迹，实为最专心的诗人的本色。不能不说是三袁的平易浅率的进一步。谭元春字友夏，天启丁卯举人，有《岳归堂集》。

他和伯敬交最深。所作有极高隽者。然常人往往不能解，正统派作家尤讦之最力："以俚率为清真，以僻涩为幽峭。作似了不了之语，以为意表之言，不知求深而弥浅；写可解不可解之景，以为物外之象，不知求新而转陈。无字不哑，无句不谜，无一篇章不破碎断落。一言之内，意义违反，如隔燕、吴；数行之中，词旨蒙晦，莫辨阡陌。"(《列朝诗集》)反面看来，此正足为友夏的赞语。他的深邃悟会处，有时常在伯敬之上。伯敬尚务外，而他则穷愁著书，刻意求工，确是一位彻头彻尾以诗为其专业的诗人。但他的声望却没有伯敬那么大。

在这里不能不提起阮大铖一下。阮氏为人诟病已久，他的《咏怀堂诗集》，知者绝少。然集中实不乏佳作。他是一位精细的诗人，和钟、谭之幽峭，却甚不同。

五

在散文一方面，万历以来的成就，是远较嘉、隆时代及其前为伟大，且是更为高远；虽然正统派的批评家们是那么妒视这个伟大时代的成就。这伟大的散文时代，以徐渭、李贽、中郎、小修为主将，而浩浩荡荡地卷起万丈波涛，其水势的猛烈，到易代之际而尚洄漩未已。

阳明学说，打破了"迷古"的魔障，给他以"自抒己见"的勇气。同时，阳明的讲学方式，也复兴了一个很重要的文体，即自周、秦诸子以来便已消歇的"寓言"的一体。印度文学和僧侣们的讲演，本来富于寓言，很奇怪地，却在中国文坛得不到相当的反响。许多《佛本生经》里的妙譬巧喻，一部分无声息地沉沦了，一部分却变成了死板板的传奇文。寓言的本身终于未遇到复兴的机会。直到了阳明的诞生，乃以譬喻证其学说，门生弟子受其感化者不少。而寓言在嘉、隆以后，遂一时呈现了空前的光明与荣耀。和李贽成为好友的耿定向，亦为阳明的门下。尝著了一部《先进遗风》，那寥寥的两卷书中，重要而且隽永的寓言很不少。楚人江盈科的《雪涛小说》，亦有美妙的譬喻，足以证其思想的活跃。陆灼作《艾子后语》，刘元卿作

《应谐录》，都是很不寻常的东西。《艾子后语》本于传为苏轼作的《艾子》。《艾子》也是很好的一部“喻譬经”。这些明人的寓言，我们可以说，其价值是要在侯白诸人的六朝“笑谈集”以上的，因为她们不仅仅是攻击人间小缺憾的“笑谈”而已！

但“寓言”还只是旁支，伟大的散文家们在这时期实在是热闹之至。崇祯时陆云龙选辑《十六名家小品》，于徐渭、汤显祖、袁宏道、袁中道、屠隆、钟惺诸家外，别选文翔凤、陈继儒、陈仁锡、李维祯、王思任、虞淳熙、董其昌、张鼐、曹学佺、黄汝亨等十家。这十六家之选，并未足以尽当时的散文；且其品题也甚为混淆，入选者未必皆为佳隽的散文作家。陈仁锡、曹学佺本为选家。仁锡所选《古文奇赏》和学佺所选《历代诗选》都是卷帙很浩瀚，其中也很有重要资料的东西。其所自作，亦有甚为隽妙者，而学佺的诗尤为可观。学佺（1574—1647）字能始，侯官人，万历乙未进士。累迁广西右参议副使。天启中，除名为民。家居二十余年，殉节而死。同时闽人有徐熥、徐𤊹兄弟也皆能诗。熥字惟和，有《幔亭集》；𤊹字兴公，一字惟起，有《鳌峰集》及《徐氏笔精》。陈继儒、王思任、董其昌三家在其间算是最重要的。继儒（1558—1639）字仲醇，号眉公，松江华亭人。为诸生时，与董其昌齐名。年甫二十九，即取儒衣冠焚弃之，隐居昆山之阳。名日以盛。远近征请诗文者无虚日；学士大夫往见者屦常满户外。卒年八十二。继儒既老寿，著作尤多。坊肆往往冒其名以冠于所刻书端，或请托其为序，而他则求无不应者。以此，颇为通人所诟病。其实除应酬之作外，他所作短翰小词，确足以自立。以一布衣，游于公卿与市井间，以文字自食其力，此盖万历以后的一种特殊的社会状况，而继儒殆为此种卖文为活的“名士”们的代表。同时有王稚登者，字百谷，吴县人。亦为当时最有声誉的“名士”。且也和继儒同臻老寿其为市井流俗所知，仅次于继儒。

王思任字季重，山阴人，万历乙未进士，历出为地方官吏，皆不得志。稍迁刑、工二部。出为九江佥事，罢归；乱后，卒于山中。思任好诙谐，为文有奇趣，正统派的文人们遂疾之若仇。董其昌（1555—1636）字元宰，和继儒同乡里。万历十七年进士，累官至南京礼部尚书。崇祯间，加太子太保致仕，卒时八十二。其昌以善书名，画亦潇洒生动，绝出尘俗。诗文皆清隽，类其书画。

天启、崇祯间的散文作家，以刘侗、徐宏祖及张岱为最著。张岱字宗子，山阴人，有《琅嬛山馆集》。其所著《陶庵梦忆》、《西湖梦寻》诸作，殆为明末散文坛最高的成就。像《金山夜戏》、《柳敬亭说书》以及《状虎丘的夜月》、《西湖的莲灯》，皆为空前的精绝的散文；我们若闻其声，若见其形，其笔力的尖健，几透出于纸背。柳宗元柳州山水诸记，只是静物的写生；其写动的人物而翩翩若活者，宗子当入第一流。徐宏祖（1585—1641）字霞客，江阴人。他不慕仕进而好游，足迹纵横数万里，缒幽凿险，多前人所未至。所著游记，无一语向壁虚造，殆为古今来最忠实、最科学的记游之作；而文笔也清峭出俗，不求工而自工。刘侗字同人，麻城人；于奕正初名继鲁，字司直，宛平人。他们同著的《帝京景物略》也为一部奇书；叙景状物，深刻而有趣。虽然不是像《洛阳伽蓝记》似的那么一部关系国家兴亡的史记，却是很着力写作的东西；不过有时未免过于用力了，斧凿之痕，明显得使人刺目，有若见到新从高山上劈裂下来的而又被砌成园林中的假山的石块似的，怪有火气。其病恰似罗懋登的《三宝太监西洋记》的那部小说。

同时，有李日华（1565—1635）者，字君实，嘉兴人。万历壬辰进士，累官至太保少卿，有《恬致堂集》及《六砚斋杂记》等。他为明代最好的艺术批评家。其评画之作，自成为一种很轻妙的小品文；于《紫桃轩杂缀》及《画媵》诸编，可以见之。其诗亦跌宕风流，纤艳可喜，像《题画》：“黄叶满秋山，白浪迷秋浦。门前一痕沙，白鸥近可数。”

六

李、何、王、李的前后七子的倡结诗社之风，到明末而更盛；竟由诗人的结合，而趋向到带有政治性的结社。天启、崇祯之际各地的文社，随了朝政的腐败，内忧外患的交迫而俱起。太仓则有张溥、张采所倡的复社；华亭则有陈子龙、夏彝仲、徐孚远、何刚等所倡的几社；江西则有艾南英所倡的豫章社；甬上则有陈夔献所主持的讲经会；武林则有闻子将、严印持所主持的读书社；明州则有李杲堂所主持的鉴湖社；太仓又别有顾麟士所主持的应社；一时殆有数之不尽的壮观。而彼此也常意见相左，互相排击。惟于政治上的攻击，则殆一致地对准了不合理的压迫与侵略而施之。在其间，复社、几社尤为重要。复社出现较早，则和腐败的官僚相搏斗；几社诸君子则皆怵于国难的严重和受满族侵略的痛戚而奋起作救国运动的。

在文学上的趋势讲来，复社、几社和豫章社殆都是公安、竟陵二派的反动。陈子龙明目张胆的为王、李七子作护符；张溥编《汉魏六朝百三名家集》，张采选两汉文，也都是以“古学”为号召的。艾南英则痛嫉王、李，又标榜归有光等古文，以与子龙辈抗争。其实“摹仿欧、曾与摹仿王、李者，只争一头面”（黄宗羲语），于文学的前程，这种抗争是没有什么重大意义的。南英字千子，东乡人。天启四年举于乡。江西陷，南英南奔于闽；唐王授御史，寻卒。而陈子龙等也皆殉难于抗满之役。子龙字人中，又字卧子，华亭人，崇祯十年进士。迁兵科给事中。 大乱时，他受鲁王命，结太湖兵欲起事；事泄被捕，投渊死。夏允彝字彝仲，闻北都陷，谒史可法，谋兴复。南京复失，他便自杀。他的儿子完淳，生丁亡国之痛，作《大哀赋》。天才横溢，哀艳惊人。 似较庾子山的《哀江南赋》尤加沉痛。年十七，即殉国难而死。有集。徐孚远和何刚也皆殉难以死。子龙诗文皆名世，其骈体文和长短句的造诣，尤为明人所罕及。

张溥（1602—1641）字天如，太仓人，与同里张采（字受先），同学齐名。号“娄东二张”。崇祯间，在里集诸名士，倡为复社，声誉震于吴中。溥于崇祯四年举进士，改庶吉士。假归即不出。四方好事者，多奔走其门，尽名为复社。溥亦倾身结纳，颇议及朝政。因此，为大臣所恶，欲穷究之。迄溥死，而狱事未已。

参考书目

一、《列朝诗集》 清钱谦益编，有原刊本，有清宣统间铅印本。

二、《明诗综》 清朱彝尊编，有清康熙间刊本。

三、《明诗纪事》 近人陈田编，有刊本。

四、《十六名家小品》 明陆云龙编，有明崇祯间刊本。

五、《明文海》及《明文授读》 清黄宗羲编；《文海》有抄本，《授读》有刻本。

六、《明文奇赏》 四十卷明陈仁锡编，有明刊本。

七、《启祯两朝遗诗》 清陈济生编，有刊本，极罕见。

八、《尺牍新语》及《广集》 清汪淇编，有清康熙间刊本。

九、《尺牍新钞》及《结邻集》，《藏弃集》 清周在浚编，有清康熙原刊本，有清道光雷氏刊本。

十、《冰雪携》 明卫泳编，罕见；又《冰雪携补》亦少见。

十一、《明三十家诗选》 清汪端编，有刊本。

十二、《明文在》 清薛熙编，有刊本。

十三、《明诗平论二集》 明朱隗编，有明崇祯间刊本。

第六十三章

嘉隆后的散曲作家们

受昆山腔影响后的散曲——梁辰鱼——金銮——杨慎夫妇——李开先——刘效祖——冯惟敏——夏言与夏旸——《艺苑卮言》所载诸家——《南词韵选》所载诸家——王稚登与《吴骚集》——范夫人——凌濛初——陈所闻及诸金陵词人——高濂、史槃等——顾仲方、胡文焕等——赵南星——《三径闲题》——陈继儒、袁宗道等——《情籁》——沈璟及诸沈氏词人——王骥德——冯梦龙——施绍莘——俞琬纶——黄周星——王屋等——民间歌曲

一

从嘉靖到崇祯是南曲的时代。散曲到了嘉靖，已入发展、转变的饱和期，呈现着凝固的状态。南曲过分发达的结果，大部分的作家都追逐于绮靡的昆山腔之后而不能自拔。北曲的作家，几至绝无仅有。在风格与情调上，他们是那样的相同：一部《吴骚》，我们读之，很难分别得出某一篇是何人所作的。因此，在这畸形的发达的极峰，即

到了万历中叶的时候，作者们便不期然而然地发生自觉的感情的枯竭。一部分的人便想从北曲里汲取些新的题材与内容来；别部分的人便又想从民间歌谣里，得到些什么惊人的景色与情调。第一部分的许多“曲海青冰”一类的“以南翻北”之篇什，当然只是无聊的而且无灵魂的玩意儿；第二部分的《挂枝儿》、《黄莺儿》、《罗江怨》一类的民歌之拟作与改作，比较的可以使人注意，却总之，也究竟显露出作者们自身的不景气，即情思的消歇来。所以，在这一个南曲的时代，即从嘉靖到崇祯的一百二十余年间，我们看见的是清歌妙舞的悠闲的生活，我们看见的是奇巧的追逐于种种的肉感的刺激，之后，我们看见的是红灯、绿裳、宴会、登临的情景。而我们所听到的也只是满足的嬉笑，别离与失望的幽诉，因过度闲暇所生的无可奈何的叹息。至多，只是些清丽的隽妙的作品，只是些拟仿民歌而成功的篇什，只是些绮腻柔滑若锦缎的文章；却缺少了宏伟的有风骨的歌什。在弘、正之时，还有陈铎、常伦、康海的粗豪的歌声，而这时却只有吴娃低唱似的绵绵不绝的情语了。白石以至草窗、梦窗时代的宋词，有些和这时代的明曲相似。惟彼时作者们的情绪尚十分的复杂，而这时却千弦只是一声，千语只是一意，左右离不开男女的恋情。而他们的歌声又往往是那样的凡庸与陈旧！

这南曲绝叫时代的作家们也是以南方为中心的。昆山、苏州、南京、杭州与绍兴，当时作家们是十之九集中于那些地方的。他们往往也采用北歌与楚歌，却是那么宛转曲折的将她们变为吴歌。

这短短的一百二十余年，又可分为三个不同的时期。第一个时期是梁辰鱼的时代，这是昆曲的始盛，不伏“王化”者尚大有人在。第二个时期是沈璟的时期；这是南曲格律最严肃，而诗思最消歇的时代。第三个时期，比较得最可乐观，真实的诗人们确乎出现了不少；我们找不出一个足以代表他们的更大的作者来，他们都是那样的足以独立，是那样的各有风格；勉强举出几个来，或可以说是王骥德、冯梦龙、沈自晋和施绍莘的时代吧。

正如唐诗在唐末、五代并不堕落而反开辟了另一条大道的情形相同，明代散曲在那个“世纪末”的丧乱时代，也只有更显得灿烂，而并不走上堕落的途程。

二

梁辰鱼是昆山腔的一位最重要的提倡者。如果只有魏良辅而没有伯龙的出现，昆山腔也许不会有那么远大的前途的。伯龙的《江东白苎》，正像他的《浣纱记》之对于当时剧坛的影响一样，在“清曲”坛上是具有极巨伟的权威的。《江东白苎》连续篇，凡四卷，这四卷中，无论是套数或小令，都已成了后人追摹的目标。他的咏物抒情是那么，样的典雅与细腻，直类最精密的刻工，在雕斲他们的核舟或玉器。也因为过于刻画得细致，过于求雅求工，便不免丧失些流动的自然的风趣。像《白练序》套的《暮秋闺怨》的二曲：

〔醉太平〕罗袖琵琶半掩，是当年夜泊月冷江州。虚窗别馆，难消受暮云时候。娇羞，腰围宽褪不宜秋。访清镜，为谁憔瘦？海盟山咒，都随一江逝水东流。

〔白练序〕凝眸古渡头，云帆暮收。牵情处错认几人归舟。悠悠，事已休。总欲致音书，何处投？空追究，光阴似昔，故人非旧！

句句似都是曾经见过的，他是那样的熔铸古语来拼合起来的。其咏物之作，像《咏蛱蝶》的《梁州序》套：

〔梁州序〕郊原风暖，园林春霁，日午香薰兰蕙。翩翩绿草，寻芳竞拂罗衣。只见秋千初试，纨扇新开，惊得双飞起。为怜春色也，任风吹，飞过东家，知为谁！（合）花底约，休折对！奈悠扬春梦浑无际。关塞路，总迢递！（以下数曲略）

也并不能算是精工，只是善于衬托。处处是模糊影响的话，令人似明似昧，把握不到什么。总之，是乱堆典故和迷惘的情意而已。而在这寥寥的四卷里又多“拟作”、“改作”。像《杂咏效沈青门唾窗绒体》，多至十首；像《初夏题情》，为“改定陈大声原作”；《懒画眉》套又为改定沈青门作，可见其情思的不充沛。又多“代”人而写的作品，其出于自己真性情的流露者盖亦仅矣！ 一位创派的大师，已是如此的才短情浅，成就甚为薄弱，后继之者，自不易更有什么极伟大的表现了。

金銮、莫是龙皆是辰鱼同时人。《江东白苎》中有改白屿的《寄情》之作，又有一篇《莫云卿携戴腻儿过娄水作》的“二犯江儿水”。他们当都是和辰鱼有相当的友谊关系的。

金銮字在衡，号白屿，应天人。有《萧爽斋乐府》。王世贞云：“金陵金白屿銮颇是当家，为北里所贵。”周晖亦称他：“最是作家。华亭何良俊号为知音，堂云：每听在衡诵小曲一篇，令人绝倒。”（按良俊语原见《四友斋丛说》）今所见萧爽斋曲，抒情之作固多，而嘲笑讽刺之什也不少，其门庭确较梁辰鱼为宽大，且也更为真率可爱。像他的《八十自寿》的《点绛唇》套：“八十年来，三千里外关西派；浪迹江淮，留得残躯在。”开首已不是辰鱼所能梦见的了。下面写着他自己的事迹与抱负，都是直爽而明白的，并不隐藏了什么。又像《嘲王都阃送米不足》：

〔沉醉东风〕实支与官粮一斗，乃因而减半征收。既不系坐地分，有何故临仓扣？这其间须要追求。火速移文到地头，查照有无应否。

简直是在说话。又像《风情嘲戏》（四首录二）：

〔沉醉东风〕人面前瞒神下鬼，我根前口是心非。只将那冷语儿劖，常把个血心来昧，闪的人寸步难移。便要撑开船头待怎的？谁和你一篙子到底！

〔又〕鼻凹里砂糖怎餂，指甲上死肉难粘，盼不得到口，恨不的连锅啖，管什么苦辣酸咸！这般样还教不解馋，也是个天生的饿脸！

是那么样的善于运用俗语入曲，之泛泛的典雅语，实是深刻动人得多了。其咏物曲也多精切不泛者。白屿老寿，上和徐霖为友，而下也入昆腔时代，故尚充溢着弘、正时代的浑厚真率的风趣，并不曾受昆腔派的散曲作风的影响。他其实是应该属于前一代的。

莫是龙字云卿，以字行。更字廷韩，松江华亭人（《南宫词纪》作直隶苏州人）。以诸生贡入国学。有《石秀斋集》。书画皆有名。惜其散曲绝罕见。《南宫词纪》虽列其名于“纪内词人姓氏”，却未选其所作。

杨慎夫妇、李开先、刘效祖、冯惟敏、夏言诸人，都还具有很浓厚的前一代的作风。杨慎有《陶情乐府》、《续陶情乐府》及《玲珑倡和》其妻黄氏，有《杨升庵夫人词曲》。惟杨夫人曲中，杂有升庵之作不少，殆坊贾所窜入以增篇页者。升庵散曲，王世贞谓其多剽元人乐府。又谓：“杨本蜀人，故多川调，不甚谐南北本腔。”其实他的小令，很有许多高隽的，像《落梅风》：

> 病才起，春已残，绿成阴，片红不见。晚风前飞絮漫漫，晓来呵一池萍散。

那样的情调，元曲中是未必多的。惟其早岁投荒，未免郁郁，“道情”一类之作，自会无意地沾上元人的恬澹的作风。像：

> 〔清江引〕人间荣华无主管，树倒胡孙散。天吴紫凤衣，黄独青精饭，先生一身都是懒。

和“早早破尘迷”（《黄莺儿》）；“伴渊明且醉黄花，富贵浮云，身世烟霞”（《折桂令》）之类，显然是很近东篱、云庄的堂室的。

升庵在滇中时，与他相应和者有西峃简绍芳，月坞张愈光，海月王宗正及沐石冈（即沐太华）等。在他的《玲珑倡和》里，则与他酬和者有顾箬溪、张石川（名寰）、李丙、刘大昌及升庵弟惇（字叙庵）、慥（字未庵）等。这些人都只是偶然兴之所至的歌咏者，并不是什么专业的词客。

升庵夫人黄氏所作，王世贞尝举其《黄莺儿》:“积雨酿春寒，见繁花树树。残泥涂满眼登临倦。江流几湾？云山几盘？天涯极目，空肠断，寄书难。无情征雁，飞不到滇南！”而盛称之，以为“杨又别和三词，俱不能胜”。杨夫人曲，佳者固不仅此，她别有一种鲜妍的情趣，纤丽的格调，像：

〔落梅花〕楼头小，风味佳，峭寒生雨初风乍。知不知对春思念他？背立在海棠花下。

〔又〕春寒峭，春梦多，梦儿中和他两个。醒来时空床冷被窝，不见你空留下我。

升庵是不会写作那么爽隽的曲语的。

李开先（1502—1568）刻元人乔梦符、张小山小令，自称藏曲最富，有“词山曲海”之目。然所作却并不怎样重要。王世贞谓：“伯华以百阕《傍妆台》为德涵所赏。今其辞尚存，不足道也。”《傍妆台》并有王九思的次韵，皆只是一味的牢骚，像“不拘拘从人唤做老狂夫：笑将四海为杯勺，五岳作茅庐。消磨日月诗千首，啸傲烟霞酒一壶。无穷事，多病躯，得支吾处且支吾。”已成滥调，徒拾唾余，确不足重。他别有曲集，惜未见。《傍妆台》外，《南宫词纪》（卷五）有他的《咏月》、《咏雪》的“黄莺儿”二篇，也很平庸。

刘效祖字仲修，滨州人，嘉靖庚戌进士，除卫辉推官。历户部员外郎，出为陕西副使。有《短柱效颦》、《莲步新声》、《混俗陶情》、《空中语》等集。朱彝尊谓：“副使负经世略，坐计吏罢官。晚寄情词曲。所填小令，可入元人之室。”然所作流传甚罕。其《拜年》“尧民歌一个说，现成热酒饮三杯，一个说，看经吃素刚初一”，写市井风俗，浅率而真切。像《沉醉东风》：

门巷外旋栽杨柳，池塘中新浴沙鸥。半湾水绕村，几朵云生岫，爱村居景致风流。啜卢仝茗一瓯，醉翁意何须在酒。

也是造语坦率不加浓饰的。

冯惟敏最为王世贞所称许。他道："近时冯通判惟敏独为杰出，其板眼，务头，撺抢紧缓，无不曲尽，而才气亦足以发之。止用本色过多，北音太繁，为白璧微颣耳。"其所谓"本色过多"，却便是惟敏的高出处。他的《劝色目人变俗》、《剪发嘲罗山甫》、《清明南郊戏友人作》等套数，其诙谐放肆，无稍顾忌，正类钟嗣成的《丑斋自述》，盖嬉笑怒骂，无不成文章。其小令也自具一种豪爽萧疏之致，像《朝天子》的《喜客相访》：

掩柴门不开，有高贤到来，又破了山人戒。斯文一气便忘怀，笑傲烟霞外。雅意相投，诚心款待，酒瓶干还去买。你也休揣歪，俺也休小哉，终有个朋情在。

他的曲集有《击筑余音》和《海浮山堂词稿》，皆附文集后。其南曲小令，虽多情语，而亦不是粉白黛绿的姿态，像《盹妓》：

〔锁南枝〕打趣的客不起席，上眼皮欺负下眼皮。强打精神扎挣不的，怀抱着琵琶打了个前拾，唱了一曲如同睡语，那里有不散的筵席。半夜三更，路儿又跷蹊，东倒西欹，顾不的行李。昏昏沉沉，来到家中，睡里梦里，陪了个相识。睡到了天明，才认的是你。

嘲笑之作，刻划至此，自不是梁辰鱼辈浮泛之作所能做到的。

夏言（1482—1548）字公谨，贵溪人。正德丁丑进士，授行人。累迁礼部尚书，加太子太保，入参机务。后罢职，复起为吏部尚书，因河套事败，弃市。有《桂洲集》及《鸥园新曲》。在《新曲》里，不过寥寥十几套，都是咏歌鸥园的景色和他的闲适的生活的。像《端阳日白鸥园与客泛舟曲》里的：

〔金钱花〕醉回月满林塘林塘；笼灯列炬交光交光。归深院，过回廊，宾客散，漏声长。情不极，乐无央。

这一曲，已是他最好的成就了。

同时有夏旸者，字汝霖，亦贵溪人，作《葵轩词》，后附散曲甚多，其情调也是属于隐逸豪放一类的。

王世贞《艺苑卮言》尝载嘉靖间的其他散曲作者们云："予所知者，李尚宝先芳，张职方重，刘侍御时达，皆可观……张有二句云：'石桥下，水粼粼，芦花上，月纷纷。'予颇赏之。"又云："吾吴中以南曲名者，祝京兆希哲，唐解元伯虎，郑山人若庸，……陆教谕之裘散词，有一二可观。吾尝记其结语：'遮不住愁人绿草，一夜满关山。'又：'本是个英雄汉，差排做穷秀才。'语亦隽爽。其他未称是。"今李、张、刘诸氏所作，已不可得见。郑若庸、陆之裘则尚有若干流传于世。若庸以作《玉玦记》著名；《北宫词纪·词人姓氏》中有其名，却未见其词。《南宫词纪》及《吴骚集》所录他的南词也极寥寥。《梧桐树》套："忘不了共携纤手，忘不了西园秉烛游，忘不了同心带结鸳鸯扣。"语亦平庸，无甚新警处。陆之裘字箕仲，号南门，直隶太仓人。其南词也不多见。《南词韵选》有《江头金桂》曲："漫寻思几遍，终难割断这姻缘。怎说得空惹旁人笑，若负恩时是负天。"也不怎么好。

《南词韵选》所载诸家，尚有顾梦圭、秦时雍、吴嵚、曹大章、张凤翼、殷都、张文台、周秋汀、陶陶区、刘龙田等，其时代皆在梁辰鱼与沈璟间。顾梦圭字武祥，号雍里，昆山人。所作像《咏雪》的《念奴娇序》也只是铺叙雪景，无甚深意。秦时雍字尧化，号复庵，直隶亳州人，喜作诙谐语。"新词信口歌，好句同声和。问人生浮云，富贵如何？莺花队里休嘲我。名利场中且让他。"(《玉芙蓉》)这便是他的生活态度吧。吴嵚号昆麓，直隶武进人。沈词隐评其词为上上。像《寒夜》的《山坡羊》："衷情万叠，难对丫鬟道。泪暗抛，金钗独自敲，清清细数三更到。"确是很好的情词。曹大章字一呈，号含斋，直隶金坛人，他的《集贤宾》小令："人在心头歌在口，心中意，歌中人知否？春心暗透，到关情秋波欲溜。"此种意境，尚少人道及。张凤翼的散曲，不似他的剧曲那么堆砌丽语。像《桂枝香》："半天丰韵，前生缘；蓦然间冷语三分；窣地里热心一寸。"《九回肠》："一从他春丝牵挂……音书未托鱼和雁，凶吉难凭鹊与鸦，成话靶！”都是很近坦率的一流；大约还是他少年之所作的吧。殷都字无美，号斗墟，直隶嘉定人。他的《二犯桂枝香》：“只落得眉儿上锁，心儿里窝，指儿上数，口儿里哦，这段风流债，今生了得么？”也很有轻茜的风趣。张文台名恒纯，周秋汀名瑞，虞竹西名臣，陶陶区名唐，皆直隶昆山人。刘龙田不知其名（系书贾，尝刻《西厢记》？），所作存者并寥寥，且也不很重要，殆和梁辰鱼同为昆山腔的宣传者。

王世贞他自己，名虽见于《北宫词纪》的“词人姓氏”及《南词新谱》的“入谱词曲传剧总目”，然未收其只字。他对于散曲的批评，有时很中肯；所自作，一定也很可注意。惜见于《四部稿》中者不过寥寥数套，未足表现其所得。

与世贞同以诗文雄于一代的汪道昆，他也曾作散曲，《北宫词纪》尝载其《归隐》（南北合套）：“早归来遥授醉乡侯，更无端病魔迤逗”，也只是熟套腐调。

徐渭的《四声猿》流传最广，得名最盛，然其散曲却更不见一令一套的存在，这也许是我们很大的损失。王伯良《曲令》云：“吾乡徐天池先生，生平谐谑小令极多。如……《黄莺儿·嘲歪嘴妓》：‘一个海螺儿在腮边不住吹，面前说话，倒与旁人对’等曲，大为士林传诵，今未见其人也。”按今所见《嘲妓》的《黄莺儿》，凡二本，一见《南宫词纪》，题孙伯川作；一见《浮白山人杂著》（？）中，皆无伯良所引诸语，可见其必为拟曲，非文长作，（此二本所录《嘲妓》的《黄莺儿》，相同者颇多，似即同出一源。）而文长作今反不传。

三

王稚登、张琦二人在万历甲寅（四十二年，公元1614年）所编的《吴骚集》，未录沈宁庵所作只字片语；后三年，张琦、王辉复编《吴骚二集》，宁庵之作，入选者也仅《惜春》的《集贤宾》“枝头幽鸟”等二曲。可见当时的词人们和苏州沈氏，原是很隔膜的，其作风也不甚同。宁庵重本色，而百穀诸人则仍保守着梁辰鱼《江东白苎》所留下的传统的典雅的特质。盖道不同不相为谋也。(《吴骚二集》惜未见)《吴骚集》的作者们，除已见于前的诸家外，复有李复初、陆包山、王雅宜、许然明、梅禹金、王百穀、张琦及二西山人等；《吴骚二集》复有范夫人、吴载伯、钱鹤滩、凌初成、杜圻山、清河渔父、蒋琼琼、谢双、张少谷、沈宁庵、渔长、陈海樵、吴无咎、周幼海、张孺彝、景翩翩、宛瑜子、张伯瑜、揭季通等。惜余所见《吴骚二集》缺其后半，故自谢双以下，其词无从得见。凌初成在此已崭然露头角。王辉、张琦皆武林人，故所选也独详浙人。这些人大都皆未受沈璟的影响者；他的影响，要到了天启、崇祯间方始大著。

李复初未详其里居。《吴骚》录其《渔父》："恨只恨难逢易别"一阕，是很露骨的情词。陆包山名治，他所作，《吴骚》及《二集》各录一阕。像《画眉序犯二郎神》："烟暖杏花明，芳草东风燕子轻，罗袖上伤春数点啼痕"，是如何的逼肖《江东白苎》的作风。王雅宜（1494—1533）名宠，直隶苏州人。《吴骚》两集，录其曲独多。像《香遍满》："一春长病，香肌近来偏瘦生。帘外莺啼春又尽，薄情何处行"；《傍妆台》："无睡数流萤，乳鸦啼散玉屏空。舞衫清露凉金缕，层楼十二与谁同"；《步步娇》套："睡起娇无力，穷愁莫可当。听玎终风韵帘钩响，清溜溜竹荚茶烟漾，碎纷纷日映晴丝荡。混搅碎离人情况。总有良工，画不出相思模样"(《江儿水》)；在典雅派的作家中，他的许多曲，确可算得是很鲜妍很新警的，故选家是那么的喜爱她们。

许然明也未知其里居，今见《步步娇》："帘卷西风重门掩"一套，无甚可观。梅禹金以作错彩缕金的《玉合》著，他的散曲自也不会离开典雅派的门户的。但像"傍人计，随他舌剑唇枪利，怎忍得耳畔心头生是非。"(《山坡羊》套内《好姐姐》) 究竟和《玉合》之无句不俪，无语不典者有别。大约散曲的作用，多半供用于妓院、歌宴之间，其辞句总不能十二分的太费解的。

王稚登（1535—1612）列名于《吴骚集》的编者们，而自作也登入不少。实际上此集本或系张琦所编而借重其名的吧。他所作也是典雅派的正统弟子的面目。像《醉扶归》："相思欲见浑难见，果然是别时容易见时难"；《步步娇》套："自别，逢时遇节，冷淡了风花雪月，奈愁肠万结"；《月云高》："别情无限，新愁怎消遣！没奈何分恩爱，忍教人轻拆散"；等等，都是实际上的歌宴上的应用曲子吧。张琦，武林人。所作仅见《八不就》一套："海棠开，燕子初来。都只为一点春心，番成做两下两下愁怀"，并没有什么新鲜的情调。二酉山人不知其名（或作冯二酉），其曲像《斗宝蟾》："两字鸳鸯惹心头，梦里多少牵缠"；《普天乐》："对西风愁清夜，灯儿影半壁明灭"，也都是典雅派的作风。

《二集》里的范夫人，为这时代女作家中的最重要者之一，和杨夫人殆是双璧。夫人为吴郡范长白妻，姓徐，名淑媛，著有《纬络吟》她的《寒夜书愁》（《仙吕·桂枝香》套）："听檐铃逗风，恍一似旧日笙歌雅调，更添我回肠萦绕。转眼总虚飘，池馆人归后，朱门气寂寥……耽沉病倩谁相告？着冷暖有谁相劳？空自旅魂销，泣尽灯前泪，家园已棘蒿！"如泣如诉，殆是《吴骚》中最凄凉之一曲。蒋琼琼亦为当时女流作家之一，所作《桂枝香》的《四时思》及《晓思》、《夜思》的六令，很有好句。玩其辞意，当为一妓女；语多拘谨而本色，或为自抒本怀之作而非代笔的吧。

> 澄湖如镜，浓桃如锦；心惊俗客相邀，故倚绣帏称病。一心心待君，一心心待君。为君高韵，风流清俊。得随君半日桃花下，强如过一生。
>
> ——《春思》

钱鹤滩名福，所作《春闺》的《步步娇》："万里关山音书断，阻隔南来雁"，见于《吴骚》。杜圻山，吴人。吴载伯及清河渔父等皆未知其里居。载伯《冬思》（《普天乐》）："前生缘，今生契；遭磨折，成抛弃。"（《吴骚》并载其《春思》、《夏思》、《秋思》及《思情》等套。）圻山的《春思》（《驻云飞》）："减尽朱颜，无奈相思"，和清河渔父的《步香词》二阕，其作风都显然可看出是典雅派的。

凌初成（名濛初，吴兴人）。编《南音三籁》，将南词分为三等而品第之，又崇尚本色，弃去浮辞，都是显然的受有沈璟的《南词韵选》的影响的。其《夜窗对话》的《新水令》南北合套，曲写情怀，颇非浮泛之作。张琦谓："余于白下，始识初成，见其眉宇恬快，自负情多。复出著辑种种，颇有谑浪人寰，吞吐一世之概。"（《二集》）像"你为我把巧机关脱着身，你为我把亲骨肉摒的离"云云，确有他所崇尚的《挂枝儿》、《山坡羊》等民曲的风趣。

张伯瑜、张少谷、吴无咎、周幼海、张孺彝、宛瑜子诸人所作，我们虽因《吴骚二集》的残缺而未得见，然嗣刊之《彩笔情辞》、《吴骚合编》、《词林逸响》、《太霞新奏》中亦皆选录他们之作，殆皆从《吴骚》转录。他们的作风也都是属于典雅派的。

陈海樵的散曲，见于《南宫词纪》者较多；《吴骚二集》（卷三）所载仅《夜思》："黄昏后，鼓一更"一套（见目录）。海樵，名霍（见徐渭《自订畸谱》及王氏《曲律》）浙江人。其作风，也是拘拘于典雅派的。像《春怨》（《桂枝香》）："半庭残雨，一帘飞絮，去年燕子重来，今日那人何处。"

四

金陵陈所闻编的《北宫词纪》刊行于万历甲辰（即三十二年，公元 1604 年），《南宫词纪》刊行于万历乙巳（即三十三年）；较《吴骚集》的出现还早十年。所闻在《南宫词纪·凡例》上说道："凡曲忌陈腐，尤忌深晦；忌率易，尤忌率涩。下里之歌，殊不驯雅。文士争奇炫博，益非当行。大都词欲藻，意欲纤，用事欲典，丰腴绵密，流丽清圆；令歌者不噎于喉，听者大快于耳，斯为上乘。"这种见解便是典雅派的正式宣言！所谓"下里之歌"，真不知被埋没了多少！惟他所选，不仅以"思情"为限；有游览，有宴赏，有祝贺，有寄答，有旅怀，有隐逸，有嘲笑，故趣味也比较的复杂；"有豪爽者，有隽逸者，有凄惋者，有诙谐者"。

在这两部南、北宫《词纪》里，除开前人所作者外，当代词家之作，殆全以所闻他自已的友朋们为中心。易言之，可以说是所闻及其他金陵词人们的总集。非金陵人所作，亦有选入者；然多半亦为所闻辈的友朋或大名家们。

周晖的《金陵琐事》叙述金陵词人之事最详。于陈铎、徐霖、金銮诸大家外；别载陈全、马俊、史痴、罗子修、盛鸾、邢一凤、郑仕、胡懋礼、杜大成、王逢原、沈越、盛敏耕、高志学、段炳、张四维、黄方胤诸人（《续琐事》亦载数人）。其时代有在弘、正间者；其作品，南、北宫《词纪》及他书所未载者亦多。南、北宫《词纪》所载金陵词人们更有在此以外者，殆皆所闻同时的交游。像倪民悦、李登、黄祖儒、黄戍儒、孙起都、皮光淳以及中山王孙徐惟敬等，都是和所闻相酬和的。休宁汪廷讷那时也住在南京，他以财雄一时，俨然有和徐惟敬同为他们的东道主之概。

马俊、史痴诸人之作，惜不得见。“陈全秀才有《乐府》一卷行于世，无词家大学问，但工于嘲骂而已。”（周晖语）《北宫词纪》虽载其名于词人姓氏，然未录其所作。偶见万历板陈眉公编（即胡文焕编）的《游览粹编》（卷六），却发现他的嘲骂式的小令好几首，颇为快意！但他所作，实在有些刻划过度，不避龌龊。像咏“秃子”的《雁儿落》：“头发遍周遭，远看像个尿胞，如芋苗经霜打，比冬瓜雪未消。有些儿腥臊，又惹的苍蝇闹鏖糟，只落得不梳头闲到老。”

邢一凤字伯羽，号雉山，官太常。“所填南北词，最新妥，入弦索”。像《燕山重九》：“几回搔短发，晚风柔，破帽多情却恋头。”实在也不过是稳妥而已，无甚新意也。胡懋礼名汝嘉，所作像《夏日闲情》（《高阳台》套）：“出谷莺啼，穿帘燕舞”，也多套语，未足见其有异于时人。盛敏耕字伯年，号壶林，为盛鸾子。鸾有《贻拙堂乐府》，惜一篇不传。敏耕友于陈所闻，其曲像《陈荩卿卜筑莫愁湖》：“小小蜗庐，半亩春蔬千顷雨，潇潇蓬户，万竿修竹一床书”云云，亦只是办得平稳无疵。朱兰嵎云：“盛仲交（鸾字）以倚马之才，寄傲诗酒；而长公亦复豪俊如此。惜皆沦落，不偶于时。”高志学（《南宫词纪·词人姓氏》作承学），号石楼，“秀才，工小令”。常与李登相唱和。杜大成号山狂，为陈所闻友人；有《九日同陈荩卿南郑眺远》一曲，见《北宫词纪》。张四维号午山，秀才，有《溪上闲情》；而《北宫词纪》所载，则仅《秋游莫愁湖因过陈荩卿看菊》一曲耳。黄方胤的杂剧，今存者不少，惟其《陌花轩小词》则今未见。

倪民悦号公甫，亦秣陵人，官县尹。有《合欢》的《新水令》一套，见《北宫词纪》。李登号如真，应天上元人。他的曲有《题涧松晚翠》等，见《南宫词纪》。

黄祖儒、戌儒二人，疑为兄弟辈。祖儒号叔初，戌儒号参凤。叔初所作，南、北宫《词纪》所载甚多，而无特长；参凤之作，《南宫》所载虽仅寥寥数篇，而像《嘲蚊虫》的《黄莺儿》："我恰才睡醒，他百般做声，口儿到处胭脂赠"，在咏物曲中却是上乘之作。

皮光淳号元素，应天人。他的《溪上卧病》(《步步娇》套)，把很少人顾问而应该写得有点新意的东西，却给糟蹋了。孙起都号幼如，亦为应天人。所作《代妓》四首(《金落索》)只是摭拾浮辞以成之的东西。

中山王的后裔徐惟敬，号惺予。有很大的园林在南京，所以常成为文士们宴集之所。他也会写些散曲，有《秋怀》的《二郎神》套，见《南宫词纪》。汪廷讷虽是安徽人，也有很幽静的花园在秣陵；他似是一位多财善贾的人。故周晖颇攻击之(见《金陵琐事》)。然陈所闻则和他关系甚深。他所作散曲，《南宫词纪》所录，皆泛泛应酬之作；其见于《环翠堂集》者，也都不是从真性情里流露出来者。《南词》所载徽州词人，尚有程中权(名可中)、王十岳(名寅)二人，殆亦系廷讷同时人。十岳有《访汪伯玉归隐》的《黄莺儿》一阕；他和汪道昆当有相当的友谊。

陈所闻他自己似是一位最健笔的作曲者。据周晖所言，汪廷讷的剧本，几皆系攘窃他之所作者；而南、北宫《词纪》里，他自己之作所载也独多。他写了不少"即兴"的歌曲，应酬的令套，那些，当然不容易写得出色。他尝作《述怀》(《解三醒》套)："对西风把行藏自省，叹年来百事无成。萧条一室如悬磬……《蓼莪》篇玩来悲哽，寂寞了萱室椿庭"；幸而有贤妻，甘贫食苦，伴他病躯；而"年过半百，兰梦无征”。他家庭是那样的清寒与孤寂。而他的生活便“只落得床头浊酒，笔底新声”。将剧稿售给了富翁之事，在他或者会这么办。他受梁辰鱼、郑若庸诸典雅派作家的影响过深，故类多浮辞绮语，罕见精悍之作。

这一班金陵词人们，其作风大体也都是这样的。他们流连于游宴，沉酣于诗酒，倾倒于恋情的遭遇，这样便是一生。所谓“不得志于朝廷”的一生，便是这样的消磨过去。一时强有力者，也便乐为他们的东道主。故虽穷，而文酒之宴，却似无虚日。最盛大的一会，为齐王孙国华所主持，至有二百文人，四十名妓，同时集于回光寺。万历初元的词坛，便是在这样的环境之中孵育而成的。

《南宫词纪》载高瑞南之作最多。瑞南名濂，号深甫，浙江杭州人，即有名的《玉簪记》的作者。他所作曲，为典雅派最高的成就，莹而不流于滑，绮腻而不入于板。以他较梁辰鱼，他似尤高出梁氏一着。像《代妓谢双送别》：“此夜人黯黯，离愁心上忍。寒鸡残月，似妒我衾裯缘分。三唱声沉影一痕，报晓窗鹊传初信”（《二郎神》）；《断弦愁》：“窗前花褪双头朵，枕边线脱连珠颗。又早扇掩西风泣素罗……早受用些梦魂寂寞，斗心兵戟与戈；愁营怨阵几时和，恨杀是冤家误我，赚得人那里去开科”（《十样锦》）；《四时怨别》：“心牵挂，满前春色落谁家？我的病也因他，愁也因他；病和愁都在斜阳下”（《金落索》）；都是很新鲜的。

作《锦笺记》的周履靖，号螺冠，又号梅墟，也有好几阕散曲，见于《南宫词纪》。像《咏风》：“隔帘时见柳丝摇，临轩乍递歌声到”（《驻马听》）；《带雨鸣柯》：“岩花摇落东风冷，顷刻山光暝蒙，鸠藏树鸣，远岫峮嶙，黮黮云遮映，濛豫甘霤倾，为采薪荷笠登山岭”（《步步娇》套）；都是写得很新妍可爱的。

史叔考之作，《南宫词纪》里也载得很多。叔考名槃，为徐文长的门人，作剧曲十余种。又有散曲集《齿雪余香》，惜皆不传。即见存者观之，那么清隽俊逸的歌曲，确是这个庸腐的时代的珍品。像《旅思》：“敲冰进舫，正瑶天忽漫飞雪。两岸荻芦，风打梢折，见渔火乍明灭，在江心也，万顷波涛平贴，暗敲篷时听风叶败。寒已冽，香到梅花船未歇。欲向那酒家沽酒，指尖儿瓶冷难挈”(《小措大》)；《醉罗歌》:“难道难道丢开罢！提起提起泪如麻。欲诉相思抱琵琶，手软弹不下！一腔恩爱，秋潮卷沙，百年夫妇，春风落花，耳边厢枉说尽了从话！他人难靠，我见已差，虎狼也狠不过这冤家！”都是能够另出新意，以自救出于尘凡的熟套里的。

顾仲方的散曲，《南宫词纪》里只选《咏芙蓉》一套；他的《笔花楼新声》也不过八套。所作多凡庸，无甚新的情境。惟《新声》所附插图，出于仲方自笔，颇可珍贵。仲方名正谊，直隶松江人。和陈眉公、王百穀皆有交谊。工于画，甚有声于当时。

胡文焕号全庵，浙江钱塘人，编刻《格致丛书》，甚有名。他的散曲，《南宫词纪》只有一阕；他处更渺不可得。惟《游览粹编》所录独多：题为《警悟》(《清江引》)的凡十二首，题为《道情》(《浪淘沙》)的亦十二首；《南纪》的《秋思》(《驻云飞》)，“玉露金风，一枕凄凉”还不在其中。这些“警悟”，都是“归田乐府”的同类。但像：

> 钟送黄昏鸡报晓，世事何时了！春来草再生，万古人空老。好笑他忙处多，闲处少。
>
> ——《警悟》

那么直接的教训意味的歌词，在散曲中却还不多。他殆是曲中的王梵志一流人物。

在南、北宫《词纪》里的词人们，尚有王仲山(名问，直隶无锡人)、范晶山、朱长卿(名世徵，昆山人)、茅平仲(名溱，镇江人)、汤三江(江阴人)、孙百川(名楼)、费胜之(名廷臣)、苏子文、王玉阳、晏振之、武陵仙史(应天人)、赵南星、孙子真(名湛，新都人)等。王玉阳即王骥德，所录《十二红》(《纪情》)一套，亦见《太霞新奏》。苏子文的《集常谈》的《黄莺儿》五曲，乃是《南纪》中最重要的资料之一，姑举其一篇：

> 现世报，活倒包，过了桥儿就拆桥。人牢物也牢，心高命不高。

> 汤浇雪，火燎毛；穷似煎，饿似炒。

其余诸家，都不怎么重要。可以不必详讲。但这时代尚有几个散曲作家，有曲集流传于世者，却不能不于此一提及。

赵南星（1550—1627）字梦白，号清都散客，高邑人。万历甲戌进士，除汝宁推官，累迁吏部尚书。以忤魏忠贤谪戍代州。有《赵忠毅集》及《芳茹园乐府》。（《北宫词纪》只载其曲一套）高攀龙谓："侪鹤先生为小词，多寓忧世之怀。酒酣令人歌而和之，慷慨徘徊，不能自已。"《列朝诗集》谓："乡里后进，依附门下，已而奔趋权利，相背负。酒后耳热，戟手唾骂，更为长歌、小词、廋语、吴歌、《打枣竿》之类以戏侮之。"在《芳茹园乐府》里，确多慷慨雄豪之作，像《点绛唇》套的《慰张巩昌罢官》："你休怨乌台错品题，也休道老黄门不察端的；从来谗口乱真实，辜负了誓丹心半世清名美。也只因逢着卷舌一点官星退。他只道是猫儿都吃腥，是鸦儿一样黑。已做到五马诸侯位，那里有不散的筵席！"（《油葫芦》）但也有最泼辣精悍的情歌，在别的曲集里决难遇到的，像《锁南枝半插罗江怨》：

> 非容易，休当耍！合性命相连怎肘拉，这冤家委实该牵挂。除非是全不贪花，要不贪花，谁更如他；既相逢怎肯干休罢。不瞧他，眼怕睁开；不抓他，手就顽麻。见了他欢欢喜喜无边话；一回家埋怨苍天：怎么来生在烟花！料么他无损英雄价。

其他像《银纽丝》五首，《锁南枝》二首，《折桂令》（《永平赏军作》）二首，《一口气》二首，《山坡羊》四首，《玉胞肚》五首，《喜连声》六首，《劈破玉》一首，哪一首不是精神虎虎，爽脆异常。这样的单刀直入的情词，真要愧死梁伯龙辈的忸怩作态，浮泛不切的恋歌了。如他那么善用《银纽丝》、《劈破玉》、《山坡羊》的俗曲者，冯梦龙的《挂枝儿》外，殆未见其匹。然而三百余年来，除陈所闻登录他的一套外，选家几曾留意到他！在典雅派的霉腐气息的压迫之下，如他这种的永久常新的活泼泼的东西，自是不易脱颖而出的。

朱应辰的《淮海新声》，明、清选家，似亦不曾见到过。应辰字拱之，一字振之，累举不第，贡入太学。有《逍遥馆集》。其曲亦豪爽放荡，似冯惟敏诸人之所作。像《啄木儿》："那巢由可笑，他把天下将来当甚么"，其气魄不为不伟大。

圻山山人的《三径闲题》，刊于万历戊寅（六年，即公元1578年），首有王百穀序。此书很可怪，于自作的《黄莺儿》的《咏花》一百三首，《杂咏》二十九首，又《闲居》一套，《游春》，《题风花雪月》，《题虎丘》等作外，别于下卷附刻张伯子、梁伯子"新词"数套，又附刻"前人名词"，如唐六如、祝枝山、王尚书、陈翰林之所作若干套。他自称勾吴圻山山人。百穀序云："太医杜夫子，善能诗，有隽才。家擅园池之胜，香草美箭，灿然成蹊。君对之翛然乐也。莫不倚而为曲。细而禽虫花竹，大而寒暑四时，风云月露之变幻，芳辰乐事之流连，一觞一咏，积之青箱，于是盖盈卷矣。"此杜圻山，自即《吴骚二集》的杜圻山无疑。然《吴骚》所录《驻云飞》一曲，又不见于是书，则圻山之曲，佚者当亦不少。这书所录唐六如、王尚书等之作，也多未见于他选者，颇可珍视。

陈继儒有《清明曲》，见于《宝颜堂秘笈》，仅寥寥数页，且仅《清明曲》一套耳，不能成一帙也。此曲殊平庸，无可注意。

袁宗道也善于词曲，然所作罕见。其弟小修的《珂雪斋随笔》尝载他的《一枝花带折桂令》的《自寿》曲："秋风高挂洞庭帆，夏雨深耕石浦田，春窗饱吃南平饭，笑冬烘归忒晚，明朝已是三三。"其作还是邻于前期的豪放。

骑蝶轩"秘选"《情籁》，首有陈眉公序，当亦万历间所刊。其中所选张苇如、伍灌夫、余壬公、姚小涞、扶摇五人的散曲，确都是他选所未入录的"秘"物。然其作风却全都是很凡庸的。

五

沈璟开创了另一派的作风：他反对陈腐，他要抛却貌为绮丽而中实无所有的陈调；他推崇本色，要以真诚的面目与读者相见，而不想用浓妆巧扮的人工来掩饰凡庸。然而他是失败的。典雅派的势力实在太大了。连他自己也不期然而然地卷入他们的狂涛之中。凌初成也在狂叫着“本色”，然而他也同样的失败了。原因是：剧曲的本色，尚易为世人所了解，所以沈氏于此还得到若干的成功；而于散曲求本色，则实在太难了。能达到民歌中的《挂枝儿》、《银纽丝》的程度，已是不易；（沈璟的能力实在够不上追摹民歌）而《挂枝儿》、《银纽丝》却正是典雅派之欲以万钧之力排斥之于曲坛之外的东西。沈氏既没有赵南星、冯梦龙那么大胆，他便只好停止在中途了。“画虎不成反类犬”，他的散曲便成了十分浅凡的东西。然而沈氏多才，宁庵辟地于此，一大串的沈氏词人们便都也随之而定居于此，其成就尽有高过宁庵若干倍以上者。

宁庵的散曲集，有《情痴寱语》，《词隐新词》，及《曲海青冰》。《青冰》全是翻北为南之作，吃力不讨好，和李日华翻《西厢》同样的失败。其自作之曲，情词最多，亦间有很茜秀者，像《偎情》（《四时花》套）：“当初戏语说别离，道伊口是心非。谁料浓欢犹未几，恁下得霎时抛弃！千央万浼，但只愿休忘前誓。我虽瘦矣，再拚得为伊憔悴。”（《集贤宾》）

宁庵的仲弟瓒，字子勺，号定庵，从弟珂，字祥止，号巢逸，也皆能作曲。子勺的曲子，见于《太霞新奏》者不少。他亦喜翻北词，足见其情思的枯涩。巢逸词仅见《南词新谱》，倒颇有些本色的倾向。

宁庵诸从子，天才皆远出他之上，所成就也更高。像自晋、自徵、自继，都是很高明的词人。自继字君善，别号碍影生；自徵字君庸；自晋字伯明，一字长康，号西来，别号鞠通生。自晋、自徵，于剧曲造诣甚深。香月居主人云：“词隐先生为词家开山祖。伯明其犹子。其诸弟则平、君善、君庸，俱以词擅长，信王、谢家无子弟也。”而伯明尤为白眉。他编《南词新谱》，保存了不少明末的文献。他的散曲，有《赌墅余音》、《黍离续奏》、《越溪吟》、《不殊堂近稿》等。今见传者仅《黍离续奏》、《不殊堂近稿》及《越溪新咏》三集。《续奏》为甲申以后作，《新咏》为丁亥以后作，皆他晚年之作也。而他的作风也以晚年所作为最苍老凄凉，豪劲有力；若庖丁之解牛，迎刃而解，不求工而自工。在曲子里，像这样的感乱伤离的情调，最为罕有。像《再乱出城暮奔石里问渡》：

〔渔家傲〕昨日个斗雪梅花遍野芳。恰才的酒泛瑶樽，歌翻艳腔，夜月暗香幽栖径。蓦逢尘飏，疾忙走身脱危城，又惊喧烽起战场，怎知他燕雀嬉游叹处堂！〔剔银灯〕回头看，风鹤尽影响。泥踏步，任把脚踪儿安放，急打点带着一家忙趋向。急窜逃，再免一番儿摧丧。昏黄，花月尽惨，草莽处潜迹，只索在路旁。（下略）

而甲申三月作的《字字啼春色》套（见《新谱》）尤为悲愤至极：

〔啭调泣榴红〕雄都万年金与汤，更何难未雨苞桑。奈养军千日都抛向，说甚输攻墨守无伤。……〔双梧秋夜雨〕酬恩事已荒，报国身何往！死矣襄城，血溅还争葬。（下略）

充分的表现当时士大夫身丁家难的态度。君庸、君善的所作，皆见《南词新谱》及《太霞新奏》。他们的作风，都是以隽语来保存了“本色”的。所作虽不多，而都是上乘的篇什，像君善的《自题祝发小像》：“慢延俄，有口浑如锁。猛端相，曾经认哥。两头蛇，撮空因果，三脚驴，撒谜禅，那穷窑几阵风吹堕。缠腿帐派谁担荷，看掂播，依然晕涡。休待要瞒人，打破沙锅。”（《太师引》）那样泼辣辣的以真正的口语自抒所怀，是同时所罕见的。则平未知其名，词多见《太霞新奏》。

第三代的沈氏子弟，会作曲的也不少。如自晋子永隆（字治佐），君善子永启（字方思，号旋轮），词隐孙绣裳（字长文，一字素先），词隐侄孙永馨（字建芳，别号篆水），又从孙宪（字禄天，号西豹），自晋侄永瑞（字云襄），又同辈永令（字一指，一字文人）。第四代的自晋侄孙辛楙（号龙媒），世楙（字旃美，号初授），也都善于作曲（皆见《南词新谱》）。又有沈昌（号圣勷），沈非病（有《流楚集》），当也都是他们的一派。而其本邑同宗沈君谟（号苏门，作传奇《丹晶坠》等，散曲集名《青楼怨》）及沈雄（号偶僧，作《古今词话》）也都是作曲的能手。

不仅子弟为然，即词隐季女静专（字曼君，著《适适草》），巢逸孙女蕙端（字幽芳，适顾来屏），也都是很不坏的女流曲家。而蕙端婿顾来屏，作《耕烟集》，隽什也不少。来屏还作传奇几种。他本为卜大荒甥，故于曲学也颇有渊源。

但可怪的是，沈家诸子弟，对于词隐的调律，个个人都不敢违背；然对于他的崇尚“本色”的作风，却没有一个能够彻底服从的。典雅派的力量压迫得他们不得不向着更雄伟的一个呼声：“守词隐先生之矩镬，而运以清远道人之才情”走去。故词隐的影响只是曲律一方面，其作风的跟从者却很少，特别在散曲上。

吴江人善作曲而见收于《新谱》者有高鸿（字云公，号玄斋），尤本钦（号伯谐，著《琼花馆传奇》），顾伯起（字元喜，大典侄孙），吴亨（字士还），梅正妍（号暎蟾）等。松江近于苏州，受其影响是当然的，故当时松江曲家也甚多。见收于《南词新谱》者有张次璧（名积润），宋子建（名存标，别号蒹葭秋士），宋尚木（名徵璧，别号歇浦村农），宋辕文（名徵舆，别号佩月主人），陈大樽（即子龙，字卧子）等。大樽散曲最罕见，《新谱》所载《咏柳》套的《琥珀猫儿坠》一曲：

> 奈成轻薄，又逐晓云回，尽日空濛吹絮未？一江摇曳化萍飞。相疑：尚是春深，暗惊秋意。

也还是不坏的典雅派之作品。

卜大荒之作，见于《太霞新奏》者不少。大荒和吕天成二人殆是最信从词隐之说的。香月居主人云：“大荒奉词隐先生衣钵甚谨，往往绌词就律，故琢句每多生涩之病。”为了翻北为南的风气开于词隐，故大荒也多此类公开的剽窃之作，较他所创作的更不足道。

六

明末曲家，自以王骥德、冯梦龙、凌濛初为三大家，沈家自晋、自徵亦杰出群辈。然能脱出窠臼，自畅所怀，高视阔步，不主故常者，却要推异军苍头突起的施绍莘。

王骥德貌似服从词隐，实则他却为复归“典雅”运动的最有力的主持者。他的《方诸馆乐府》虽不传，然所作见于《新谱》、《新奏》者尚可辑成一帙。自晋和梦龙（即香月居主人？），都绝口赞颂他。其实，他于熟谙曲律外，也只能办到“绮丽”二字，并没有什么了不起的成就。像《寄中都赵姬》套：

> 〔小桃红〕转头来，春光瞥；屈指处，秋风歇。从教捱到芙蓉节，多应咒破丁香舌。情知难过梅花劫，悔当初轻散轻别。

也少新警之语。惟他“思情”以外之作，像《酬魏郡穆仲裕内史》一类的东西，却颇有些高旷的意境，少相因相袭之病。像这套：“白眼看青天，悠悠更谁同调相怜”，起得便很疏放；“西园好风似剪，初调笑红牙锦笺，当场肝胆投一片”以后，也都还惆怅雄壮。他是最崇拜临川的，为才力所限，故所成就仅止于此。（临川散曲，片字只语不传，最为憾事！）

冯梦龙之服膺词隐训条，较伯良为真挚。他尝订正词隐的《南九宫谱》，多增古作，是为他崇尚本色之证。（此谱惜不传）而由爱好《挂枝儿》一类的民歌上，也可以知道他是一位不甚为庸腐的“典雅”之作所沉醉的人。他的《挂枝儿》，流传最盛。这本是拟作或改作，大类“以南翻北”的把戏。然为了此类民歌的内容过于新妍，略经点缀，便成绝妙好辞。王伯良《曲律》云：“小曲《挂枝儿》即《打枣竿》，是北人长技。”然梦龙传布之于南，而南人却也无不为之心荡神醉者。刘效祖已拟过《挂枝儿》，然不甚有影响。“冯生《挂枝儿》”刊布，其影响始大。其中像《喷嚏》：

对妆台忽然间打个喷嚏，想是有情哥思量我寄信儿。难道他思量我刚刚一次！自从别了你，日日泪珠垂。似我这等把你思量也，想你的喷嚏常如雨。

据说这一首乃是梦龙自己的创作。词隐一生鼓吹“本色”，其实他何尝梦见此种真实的绝妙好辞。他向元曲中讨生活，而梦龙则向活人的歌辞里求模范，其结果遂以大殊。梦龙的散曲别有《宛转歌》一集，亦多真率异常的情语，像《有怀》(《集贤宾》套)：

相思一日十二时，那一刻不相思！问往事，相问谁可似？演将来有千段情词。任你伶牙俐齿，说不透我胸中一二。衫泪渍，从别后，到今不次！

而小令尤多佳什，像《江儿水·留客》：

郎莫开船者，西风又大了些。不如依旧还侬舍。郎要东西和侬说，郎身若冷侬身热。且消受今朝这一夜。明日风和，便去也侬心安贴。

又像《玉胞肚·赠书》：

频频书寄，止不过叙寒温别无甚奇。你便一日间千遍邮来，我心中也不嫌聒絮。书啊，你原非要紧的东西，为甚你一日迟来我便泪垂！

《挂枝儿》的风趣，刻骨铭心，拂拭不去。《太霞新奏》评梦龙作，云：“子犹诸曲，绝无文彩；然有一字过人，曰：真。”这确是一言破的。

施绍莘字子野，号峰泖浪仙，华亭人。有《花影集》《南词新谱》录松江人之作甚多，独不及子野只字；《太霞新奏》诸书也未见他的曲子一篇。他在当时可谓是“不入时流眼”的一位特立独行之士了。而他的曲子也便是那么样的潇洒超脱，别有境地，和时人之浓艳及粗率的不同。他的性格，是孤独的文人的典型。他耽于幻想，习惯了孤僻的生活。而过于闲暇的公子哥儿的环境，屡试不酬的一段磊落不平之气，更迫他走上自我欣悦的一条路上去。“峰泖浪仙行吟山谷，盘礴烟水，如槁木，如寒灰，我丧其我，不知我为何等我也。一日，刺杖水涯，拨苔花，数游鱼，藻开萍破，见耳目口鼻，浮浮然在水面焉。因自念言：此是我耶？抑是影耶？影肖我耶？我肖影耶？我之为我，亦幻甚矣！”（《花影集》自序）这还不逼像冯小青、那克西斯（Narcissus）的顾影自怜么？这样的性格，便到处表现于他的曲子里。若《送春》、《感梅》、《佞花》、《惜花》诸曲，殆无不是刘希夷《白头吟》，《红楼梦》林黛玉《葬花词》的同类。

> 愿轻轻雨洒，愿轻轻雨洒，洗妆抹黛，萧然标韵风尘外。愿微微风摆，愿微微风摆，韵脸笑微开，波俏世无赛。愿疏疏月瞰，愿疏疏月瞰，清影逗香阶，永伴佳人拜。
>
> ——《佞花·锁南枝》套
>
> 把酒祝花神，愿先生粗不贫，酒钱犹可支花信。新茶正新，醇醪正醇，藤花竹笋刚肥嫩。绮筵成，飞笺召客，珠履破花痕。
>
> ——《花生日祝花·黄莺儿》套

他也有极自然高迈的篇什，像《吟雪》：“寒酸味，煨芋魁，烘棉被，天明一觉呵呵睡。人间尚有鹑衣碎，几处绳床赤脚眠，于中不要丰年瑞。”“一杯麦饭粗欢喜，人间尚有瓶无米，几处诗人得句时，贫家何限凄凉泪。”（皆《节节高》）像《黄莺儿》：“晚晴脱帽科头处，枣花儿渐疏，茭簪儿渐粗，尝新蚕豆犹微苦。杖间扶，看顽童好事，带雨刻桃符。”极新警香俊的辞句。像“讨得个风回门自关，雾湿弦初劣，火歇衣刚燥”（《夜雨词·新水令》套），像“淡睃睃秋水和眉皱，把俺骨髓春风熏透”（《江儿水》），像“牵丝意绪多，落瓣衣裳换，晚妆出来全带软”，“芳心未明还半卷”（俱《清江引》），我们可以说那样的风趣，是“时人”所不易了解的。明曲中，田园的风趣最少，而子野曲中则独多。这也是使他风格与众特异的一点。陈眉公说："子野才太俊，情太痴，胆太大，手太辣，肠太柔，心太巧，舌太纤，抓搔痛痒，描写笑啼，太逼真，太曲折。"或正足以抓搔着子野的痛痒处。

同时俞琬纶、袁于令、徐石麒、黄周星、张瘦郎、王屋等，也有曲子流传。惟都不甚重要。琬纶字君宣，长洲人，万历癸丑进士，官衢州西安知县，有《自娱集》。他的散曲，知音者每讥其出调落韵，惟也尝加以改作，盖取其内容也。（见《太霞新奏》）袁于令散曲，极罕见。《太霞新奏》尝载他的《代周生泣别阿蝉》一套，亦多庸语，并不怎么清秀。徐石麒（1578—1645）号坦庵，有《坦庵六种》，其散曲也是邻近典雅派的。黄周星（1611—1680）字九烟，上元人，有散曲集，附于他的别集之后，其作风和时人并无殊异。张瘦郎字野青，石阳人，有《步雪初声》，冯梦龙为之序。楚人能曲者少，故冯序有"楚人素不辨冰青，得此开山，尤为可幸"。瘦郎的曲子，时习甚深，是伯龙的肖子的一流。王屋字孝峙，嘉善人，作《蘖弦斋词笺》，后附《黄莺儿》八十余首，却是马致远、张小山，冯惟敏的一派、惟曲语却并不轻新有力耳。

七

民间歌曲，在明代生产了不少；也像今日的小唱本似的，坊肆间常常有单本出售。这些唱本，今日所见，最古者为成化间金台鲁氏所刊的《四季五更驻云飞》、《题西厢记咏十二月赛驻云飞》、《太平时赛赛驻云飞》及《新编寡妇烈女诗曲》等，几全以小令为主体。《盛世新声》、《雍熙乐府》诸书，无名氏所作令套，其中也多来自民间的东西。惟自中叶以后，民曲流行更多，而搜集之者却反少见。不知埋没了多少绝妙好辞！惟坊肆中所刊戏曲选本，间也附有流行歌曲若干首，当都是当时市井里传唱最盛的。词人们也有拟仿此类歌曲的作风者。在这些坊刊剧选里。所选载的民间歌曲，种类并不怎么多，大都是聚集同调的曲子若干首以成一"选"的，正和《驻云飞》的单刊本情形相同。这可见民间的唱调，虽带地方性与时代性，却最趋向于单一化。民间唱熟了那些调子，便老是爱唱他们，并不乐有新曲。在其中，有所谓《劈破玉歌》的，有所谓《罗江怨》的，还有所谓《耍孩儿歌》、《急催玉》、《闹五更》、《哭皇天》等，在万历左右都最为风行。沈德符说："嘉、隆间乃兴《闹五更》、《寄生草》、《罗江怨》、《哭皇天》……之属，不过写淫媟情态，略具抑扬而已。"此外更流行着《黄莺儿》、《挂枝儿》等等的小曲。这些小曲调，为了未曾招得文人雅士们的青睐，至多只是被民众们随口而出的歌唱着，或为妓女们采用来娱俗客，故尚能保持着她们的新妍与活气，反要比较梁伯龙、沈伯英、张伯起、王百谷他们的令套，更为美好自然。凌濛初说："今之时行曲，求一语如唱本《山坡羊》、《刮地风》、《打枣竿》、《吴歌》等中一妙句，所必无也。"是当时的人已把"民曲"估计得比文人曲更高的了。

今所见的《劈破玉歌》，以咏唱诸传奇的故事为大宗，大略颇像明初流行的咏《西厢记》故事的百首《小桃红》。姑举一例：

> (《荆钗记》) 王十朋一去求科举，占鳌头，中状元，写寄书回。孙汝权换写书中意，继母贪财宝，姑娘强作媒。逼得我投江，逼得我投江。乖，绣鞋儿留与你。
>
> ——《玉谷调簧》

但也有很好的情歌值得我们的赞许的，像下面见于《词林一枝》的一首：

> 为冤家泪珠儿落了千千万，穿一串寄与我的心肝。穿他恰是纷纷乱。哭也由他哭，穿时穿不成。泪眼儿枯干，泪眼儿枯干。乖！你心下还不忖！（又一句）
>
> ——《哭》

《罗江怨》被加上"楚歌"的一个形容词，大约是始创于楚地的吧。其中大抵皆为情歌，皆为女儿们诉说相思的调子，当是很流行于妓院里的：

纱窗外，月儿圆，洗手焚香祷告天。对天发下红誓愿，红誓愿：一不为自己身单，二不为少吃无穿，三来不为家不办；为只为好人心肝，阻隔在万水千山，千山万水，难得难得见！望苍天早赐顺风，把冤家吹到跟前，那时方显神明神明现。

《急催玉》今所知的，也都是圆莹得像雨后新荷叶上的水点似的情歌，差不多没有一首不是鲜鲜妍妍的，像在新荷的绿叶的绝细茸毛上打着滚的：

青山在，绿水在，冤家不在；风常来，雨常来，情书不来；灾不害，病不害，相思常害。春去愁不去，花开闷未开！倚定着门儿，手托着腮儿，我想我的人儿。泪珠儿汪汪滴，满了东洋海，满了东洋海！

吴歌在南方最流行；最早的见于选本的，也许便是《浮白山人杂著》所辑的那一集吧。(《浣纱记》、《玉簪记》中都有吴歌。) 后来，《万锦清音》也照抄上去。那些歌，几乎没有一首不是最真挚的情词。在《浮白杂著》里也载有《嘲妓》的《黄莺儿》数十首。

参考书目

一、《南词韵选》十九卷　明沈璟编，有明万历刊本。

二、《北宫词纪》六卷　明陈所闻编，有明万历刊本。

三、《南宫词纪》六卷　明陈所闻编，有明万历刊本。

四、《吴骚集》四卷　明王稚登、张琦编，有明万历刊本。

五、《吴骚二集》四卷　明张琦、王辉编，有明万历刊本。

六、《吴骚合编》四卷　明张琦等编，有明崇祯刊本。

七、《南音三籁》四卷　明凌濛初编，有明刊本。又袁氏增补本，多清初补板。

八、《词林逸响》四卷　明许宇编，有明刊本。

九、《太霞新奏》十四卷　明香月居主人编，有明刊本，有石印本。

十、《彩笔情词》十二卷　明张栩编，有明刊本；后又改名为《青楼韵语广集》。

十一、《吴歈萃雅》四卷　明周之标编，有明万历间刊本。

十二、《怡春锦》六卷　明冲和居士编，有明末刊本。又《缠头百练二集》，即此书续编。

十三、《南词新谱》十九卷　明沈自晋编，有清初刊本。

十四、《情籁》四卷　明骑蝶轩秘选，有明刊本。

十五、《曲律》　明王骥德编，有明刊本，有《重订曲苑》本。

十六、《金陵琐事》　明周晖著，有万历间刊本，有同治间刊本。

十七、《浮白山人杂著》　不知共有若干种。有明刊本；今所见者，不出十种。浮白山人疑即冯梦龙。

十八、《散曲丛刊》　任讷编，中华书局出版。

十九、《读曲丛刊》　董康编，有刊本。

二十、《尧山堂外纪》一百卷　明蒋一葵编，有明万历刊本。

二十一、《艺苑卮言》　明王世贞编，有明刊本；《欣赏编》所收的《曲藻》，即从此书录出。

第六十四章

阮大铖与李玉

昆剧的黄金时代——剧作家空前的努力——两个不同的时期——阮大铖——孟称舜——袁于令、吴炳——范文若、沈嵊——孙仁儒——姚子翼等——马湘兰——以苏州为中心的戏曲的活动——李玉——朱氏兄弟——毕万侯、张大复、陈二白等——尤侗——吴伟业——丘园——周坦纶、稚廉父子——嵇永仁等——浙中的剧作家——李渔与范希哲

一

从天启、崇祯，到康熙的前半叶，乃是昆剧的全盛时代。徐渭时，昆山腔方才崭然露头角；汤显祖时，昆山腔还只流行于太湖流域。但到了这个时代，昆山腔方才由地方戏渐渐地升格而成为“国腔”。资格较老的弋阳腔、海盐腔、余姚腔等或已被废弃不用，或反退处于地方戏之列；眼看着昆山腔飞黄腾达的由苏、松而展布到南北二京，由民间而登上了帝室。许多贵家富室，几乎都各有一部伶工。

阮大铖为《燕子笺》至以吴绫作乌丝栏写呈帝览。不过昆山腔虽发达已极，作者们却还大多数是苏、浙一带的才士，尤其在明、清之间，剧坛几全为苏州、会稽、杭州那几个地方的才士们所包办。这正像元杂剧初期之由大都人包办了的情形相同。

这时，戏曲的作风却是完全受了汤显祖的影响的。而对于曲律，则个个作家都比汤氏精明。原始期戏文的“本色”的作风，固无人问鼎，即梁伯龙、郑虚舟辈的骈俪板涩的标准，也久已为人所唾弃。这一百年来的作家们，几无不是徘徊于雅俗之间的。王伯良的“守词隐先生之矩镬，而运以清远道人之才情”的一个口号，几成为一种预言。虽然作者们的才情有深浅，描写力有高下，而其趋向却是一致的。有的作家们，甚至连若士剧的布局、人物，乃至一曲折、一波涛，也加以追摹拟仿。这当然，又成了一种赝品，又入了一层魔障。惟大体说来，有才情的智士究竟要比笨伯们多些，无害其为昆山腔的一个黄金时代。

这时期的作家们，其作剧的勇气的锐利，也大有类于元剧初期的关汉卿们。当沈璟、汤显祖时代，作剧五大本者已为难得，璟一人而作十七剧，已算具有空前的宏伟的著作力了。然而在这时代，竟有好几个作家，乃以毕生之力写作二十剧，三十剧的。莎士比亚一生写了三十七剧的事，在我们文学史上是很少有其匹敌的。而这时李玉、朱素臣诸人，则竟亦有此种伟绩！阮大铖、吴炳们的作剧，是为了自己的娱乐，是偶然兴至的写作。而后半期的李玉、丘园、朱氏兄弟们的作剧，则似不是单纯的为自我表现的创作。昆剧过度发展的结果，需要更多的新剧本。而当易代之际，文士们落魄失志者又甚多。为迎合或供给各剧团的需要而写作着多量的剧本，这当是李、朱们努力作剧的一个解释吧。关汉卿们的作剧夥多，也正是为了这同样的理由。

二

这一百余年间的黄金时代，天然的可划分为两期：第一期是阮大铖的时代。这是达官贵人，以戏曲为公余时的娱乐，公子哥儿，以传奇为闲暇时的消遣的一个时代。作剧者不是为了夸耀才情，便是为了抒写性灵；仅供家伶的演唱，不顾市井的观听。然而“春色满园关不住”，市井间的剧团，却也往往乞其余沥以炫众。第二期是李玉、朱氏兄弟们的时代。这是寒儒穷士，出卖其著作的劳力，以供给各地剧团的需要的一个时代。作剧者于抒写性灵，夸耀才华之外，还不得不迎合市民们的心理，撰作他们的喜爱的东西，像公案戏一流的曲本。

第一期的作家们，有阮大铖、孟称舜、袁于令、吴炳、范文若、沈嵊、孙仁儒、姚子翼、张旭初等，其剧作多有流传于今者。

阮大铖在明、清之交，尝成为学士大夫们所唾弃的人物。他的《咏怀堂诗集》，较之严嵩的《钤山堂集》命运尤恶。然其所著《燕子笺》诸剧本，却为人传诵不衰。《桃花扇》里《征歌》一出，充分地表现出学士大夫们对于他的意见。他字集之，号圆海，又号百子山樵，怀宁人。崇祯初，以魏忠贤党故，被斥。后官至兵部尚书。清兵入江南时，大铖不知所终。他所作剧，凡八本：《燕子笺》、《春灯谜》、《双金榜》、《牟尼合》、《桃花笑》、《井中盟》、《狮子赚》及《忠孝环》。其中，《桃花笑》至《忠孝环》四剧，未见传本，《燕子笺》则流传独盛。此剧写：霍都梁与妓华行云相恋，将其画像交铺装裱。及其取回时，不料却因貌似，误取了少女郦飞云的画像。以此因缘，又因燕子衔去诗笺的巧遇，都梁遂也恋上了飞云。中间虽有鲜于佶的假冒都梁，叠起波澜，然佳人才子却终于团圆。剧情曲折殊甚，而显然可见其为崇慕临川《牡丹亭》的结果。以画像为媒介，实即由《还魂》“拾画”、“叫画”脱胎而来。铸辞布局，尤多暗拟明仿之处。《春灯谜》一名《十错认》，布局曲折更甚，有意做作，更多无谓的波澜。写：宇文彦元宵观灯，遇韦节度女改妆为男，也去观灯，彼此因猜打灯谜，遂以相识。及夜阑归去，宇文却误入韦氏舟中，韦女也误入宇文舟中。以此为始，错杂更多。一旦误会俱释，宇文与韦女也便成了夫妇。《双金榜》叙皇甫敦遭受盗珠通海的不白之冤，却终得昭雪事。《牟尼合》叙萧思远因家传达摩牟尼珠而得逢凶化吉，合家团圆事。

大铖诸剧，结构每嫌过于做作。文辞固亦不时闪露才情，而酸腐之气也往往扑鼻而来。我们读了他的剧本，每常感到一种压迫：过度的雕镂的人工，迫得我们感到不大舒适；一位有过多的闲暇的才子，往往会这样的弄巧成拙的。

孟称舜也是一步一趋地追逐于临川之后的；然他的所作，却比阮大铖要疏荡而近于自然些。称舜字子若，一字子塞，又作子适，会稽人。(《明诗综》作乌程人，误。)在启、祯间，他是一位最致力于戏剧的人。他尝编《古今杂剧》五十余种；晋叔《百种曲》后，刊布元剧者，当以此集为最富。《古今杂剧》分《柳枝》、《酹江》二集，盖以作风的秀丽与雄健为区别。其自作之《桃花人面》、《英雄成败》、《花前一笑》、《眼儿媚》诸剧也附于后。其传奇则有《二胥记》、《二乔记》、《赤伏符》、《鸳鸯冢娇红记》、《鹦鹉墓贞文记》五种。今惟《二胥》、《娇红》、《贞文》三记存。《二胥》写伍子胥亡楚，申包胥复楚事，而以包胥及其妻钟离的悲欢离合为全戏关键。《娇红记》写申生、娇娘事。本于元人宋梅洞的小说《娇红记》而作。此事谱为剧本者元、明间最多，今尚存刘东生一剧。称舜此作，绮丽还在东生剧之上。《贞文记》叙沈佺、张玉娘事。佺与玉娘已定婚，而事中变。二人乃俱殉情而死。"枫林一片伤心处，芳草凄凄鹦鹉墓。……我情似海和谁诉，彩笔谱成肠断句。不堪唱向女贞祠，枫叶翻飞红泪雨。"全剧叙事抒情乃亦如秋天枫林似的凄艳。惟以佺为善才，玉娘为玉女谪降人间，则不免和《娇红记》之以申生、娇娘为金童、玉女下凡者，同一无聊。

袁于令于明末清初，得名最盛。他的《西楼记》传奇，也几传唱无虚日，直压倒《燕子》、《春灯》，更无论《娇红》诸曲了。于令本名晋，又名韫玉，字令昭，一字凫公，号箨庵，又号幔亭仙史。明诸生。所作曲，已有声于时。尝居苏州因果巷，以一妓女事，除名。清兵南下，苏绅托他作降表进呈。叙功，官荆州太守。十年不见升迁。《顾丹五笔记》尝记其一事：一上司谓于令道："闻君署中有三声：弈棋声，唱曲声，骰子声。"袁曰："闻大人署中亦有三声：天平声，算盘声，板子声。"上司大怒，奏免其职。他年逾七旬，尚强为少年态。康熙十三年，过会稽，忽染异病，不食二十余日，卒。他为叶宪祖的门人，和冯梦龙友好。梦龙尝改其《西楼记》为《楚江情》。他所作传奇尝汇为《剑啸阁五种》。那五种是：《西楼记》、《金锁记》、《珍珠衫》、《鹔鹴裘》、《玉符记》。此外又有《长生乐》一种，见《顾丹五笔记》；《战荆轲》、《合浦珠》二种，见《千古丽情》曲名；《双莺传》杂剧，见《盛明杂剧》。今仅《西楼记》及《长生乐》二本尚存。《西楼》写：于鹃（叔夜）及妓穆素徽事。鹃即于令的自况。其“中第一名”云云，则姑作满笔，以求快意；当为被褫青衿后的所作。故于挑拨离间的奸人们深致愤恨，终且使之死于侠士之手。原本《西楼记》末，附有《西楼剑啸》一折，也全是于令他自己豪情的自白。《长生乐》写刘晨、阮肇天台遇女仙事，当作于《剑啸五种》后。《金锁记》叙窦娥事，惟改其结果为团圆。《珍珠衫》叙蒋兴哥事，当本于《蒋兴哥重会珍珠衫》的话本（见《古今小说》及《今古奇观》)。《鹔鹴裘》叙司马相如、卓文君事。此数本皆有散出见于诸选本中。惟《玉符记》不知所写何事。(《金锁记》或以为叶宪祖作。)

吴炳字石渠，宜兴人。永历时，官至东阁大学士。武冈陷，为孔有德所执，不食死。有《粲花斋五种曲》：《画中人》、《疗妒羹》、《绿牡丹》、《西园记》、《情邮记》，今并存。石渠在明末，和阮大铖齐名，《西园》的传唱，也不下于《燕子笺》；而其追摹临川的一笑一颦也相同。惟石渠诸作，较为疏朗可观，不像圆海之专欲以“关目”的离奇取胜耳。

《画中人》叙赵颜得仙画，呼画中人真真名百日，仙女便翩然从画中出来，与他同居，生子。后复携子上画，画里却多了一个孩子。此段事虽非创作，然石渠之采用它，显然也是受有临川《还魂记》的影响的。《疗妒羹》叙冯小青事。《小青传》出，作曲者都认为绝好题材，竞加采取；然盛传者惟石渠此剧。其中《题曲》等出，是那样的致倾倒于《牡丹亭》！《绿牡丹》叙因沈重学士为女择婿，而引起佳人才子遇合事，大似圆海《燕子》，而情节较近情理。《西园记》最得盛名，也最像《还魂记》，张继华和赵玉英的“人鬼交亲”，还不是柳生、杜娘的相同的故事么？惟他终与王玉真结合，则有些像沈璟的

《堕钗记》的情节。《情邮记》叙刘士元题诗邮亭，有王家二女，后先至，各和其诗；以此因缘，遂得成佳偶。石渠五剧，全皆以恋爱为主题，“只有情丝抽不尽”，这五剧自不能穷其情境。其作风又是玲珑剔透之至，不加浮饰，自然美好。是得临川的真实的衣钵而非徒为貌似的。

沈嵊字孚中，又字会吉，钱塘人。“作填词，夺元人席。好纵酒，日走马苏、白两堤。鬌如戟，衿未青，不屑意也。”（陆次云《沈孚中传》）清兵南下，嵊因伪传战耗，为其里人所击毙，并烧其著书。所存者独《息宰河》、《绾春园》传奇二种；又有《宰戍记》，闻亦有刊本。但我所见惟《绾春园》耳。（《曲录》作《幻春园》，误。）《绾春园》叙元末杨珏与崔倩云、阮蒨筠二女郎的错合姻缘事。一错到底，直到最后方才将那迷离而紧张的结子松解开去。造语铸辞，尤隽永可喜，几至不蹈袭前人只字！

范文若初名景文，字香令，一字更生，号荀鸭，又自称吴侬，云间人。著《博山堂传奇》若干种。《南词新谱》所载者有《梦花酣》、《鸳鸯棒》、《花筵赚》、《勘皮靴》、《金明池》、《花眉旦》、《雌雄旦》、《欢喜冤家》、《生死夫妻》等九本。尚有《闹樊楼》、《金凤钗》、《晚香亭》、《绿衣人》等记数种，沈自晋编《新谱》时即已仅见目录，不知其书何在。自晋云：“因忆乙酉春，予承子犹委托，而从弟君善实怂恿焉；知云间荀鸭多佳词，访其两公子于金阊旅舍。以倾盖交，得出其尊人遗稿相示。”是文若盖卒于乙酉（公元 1645 年）以前。《曲录》以他为清人，大误。文若所作，受临川的影响也极深。他和吴炳、孟称舜同为临川派的最伟大的剧作家。其绮腻流丽的作风，或嫌过分细致，然而却没有阮大铖那么做作。乃是才情的自然流露，雅俗共赏的黄金时代剧本之最高成就。惜有刻本者仅《花筵赚》、《鸳鸯棒》、《梦花酣》三本，今尚可得见；其他未刻诸作皆已荡为云烟，仅留若干残曲，供我们作为凭吊之资耳。《花筵赚》演温峤恋上了刘若妍，以玉镜台为聘，托名娶之，而后来却受若妍的捉弄事。此事关汉卿已有《玉镜台》剧；朱鼎的《玉镜台记》也写得不坏，惟离开本题，多述家国大事。荀鸭此剧，则复归到汉卿的原辙，纯写一位年华已老的温太真骗婚的故事，是彻头彻尾的一部喜剧。《鸳鸯棒》写薛季衡不认糟糠之妻，反把她——钱媚珠——推落江边。后她被搭救，和季衡再上花筵，而以鸳鸯棒责其负心事。这事和《金玉奴棒打薄情郎》话本（见《古今小说》及《今古奇观》）全同，惟易剧中人的姓名耳。《梦花酣》所叙，亦为寻常的一件恋爱故事。

孙仁儒的《东郭》、《醉乡》二记在一般的幻想离奇的恋爱剧中，独弹出一种别调。像《东郭记》那样的讽刺剧，在我们整个的戏曲史上本来便少见。《醉乡记》虽比较的近俗，其设境却也不凡。这二记可以充分地表现不第书生们的愤慨。《东郭记》组织《孟子》里的故事，极见工夫，连题目也全用《孟子》原文。“莫怪吾家孟老，也知遍国皆公，些儿不脱利名中，尽是乞墦登垄。……而今不贵首阳风，尝把齐人尊捧。”不免借古人的酒杯，来浇自己的块垒。而嬉笑怒骂，便也都成文章。《醉乡记》叙乌有先生与无是公女焉娘的姻缘遇合事：一场颠播与荣华，全在醉乡中度过。铜相公、白才子虽着先鞭，而乌有生也终得荣显。然最后一曲：“盈怀慨愤真千种，谁识麟和凤，送不去韩穷，做得成江梦。一会价苏长公满肚皮垒块涌。”却又明明点出作者的牢骚来。仁儒里居未详，自号峨眉子，又号白云楼主人。其《东郭记》作于万历四十六年，《醉乡记》作于崇祯三年。王克家序《醉乡记》云：“吾友孙仁儒，才未逢知。”则仁儒似是终困于一衿的。

同时别有白雪斋主人者，作《白雪斋新乐府五种》:《明月环》，《诗赋盟》、《灵犀带》、《郁轮袍》、《金钿合》。此五作的情调和《东郭》、《醉乡》截然不同。此白雪斋主，自绝非彼白云楼主也。明刊本《吴骚合编》，也题白雪斋编刊，而编《吴骚》者为武林人张旭初（字楚叔），则此白雪斋主人似即为张旭初氏。就《新乐府五种》之亦刊之武林，插图版式，也大略相同的一点上证来，《新乐府》之亦是张氏所作，实大有可能。这五种，除《郁轮袍》叙王维事外，他皆为恋爱剧，题材大类叶宪祖的《四艳记》，而较多插科打诨，因此便显得不若《四艳》那么板笨。

姚子翼字襄侯，秀水人，作《遍地锦》、《上林春》、《白玉堂》、《祥麟现》四传奇，今惟《遍地锦》及《上林春》存。《上林春》叙武后催花上林事，而中心人物则为安金鉴、金藏兄弟。《遍地锦》写赵襄改扮女装得与刘娴娴等结为姻眷事。子翼文章浑朴，颇与时流之竞尚绮丽者不同。或已透露出转变风尚的消息来欤？

同时作剧者还有王翃、李素甫、朱寄林、许炎南、邹玉卿、吴千顷、蒋麟徵、谢廷谅、汤子垂、吴玉虹、朱九经、叶良表、顾来屏、沈君谟、沈永乔、杨景夏、马佶人、刘方等。王翃（《曲录》作翊，非。）字介人，嘉兴人，有《秋怀堂集》。所作传奇《红情言》、《博浪沙》、《词苑春秋》、《榴巾怨》四种。李素甫字位行，吴江人，有《稻花初》、《卖愁村》、《元宵闹》等五种曲，今惟《元宵闹》存。（一作朱佐朝著）此剧叙《水浒传》中“火烧翠云楼”的一段事。朱寄林名英（又字树声），上海人，有《醉扬州》、《闹扬州》、《倒鸳鸯》三剧，今并不存。许炎南字有丁，海盐人，有《软蓝桥》、《情不断》二剧，今亦不存。邹玉卿字昆圃，长洲人，有《双螭璧》、《青钢啸》二本。《双螭璧》本于元曲《老生儿》，《青钢啸》叙马超与曹操事，并有抄本见存。吴千顷，名溢，吴江人，有《双遇蕉》一本。蒋麟征字瑞书，一作字西宿，乌程人，有《白玉楼》一本。谢廷谅字九索，湖广人，有《纨扇记》一本。汤子垂，名里不详，有《续精忠》（一作《小英雄》）一本，叙岳雷、岳电事。吴玉虹，名里不详，有《翻精忠》一本，叙岳飞事，而翻其结局；今剧场上所传的《交印》、《刺字》诸出，即出其中。顾来屏名必泰，昆山人，为卜大荒甥，有《摘金圆》一本。沈君谟号苏门，吴江人，有《丹晶坠》、《一合相》、《风流配》、《玉交梨》、《绣风鸳》等五本。沈永乔字友声，吴江人，自晋侄，有《丽鸟媒》一本。杨景夏，名弘，别号脉望子，青浦人，有《认毡笠》一本，当系本于《宋金郎团圆破毡笠》（见《警世通言》及《今古奇观》）。他们所作，今皆未得见，虽间有数出见存于选本，或几段残曲见存于《南词新谱》等曲谱里，而本来面目，却未易为我们所知。

马佶人字吉甫，又字更生，号撷芳主人，吴县人。所作有《梅花楼》、《荷花荡》、《十锦塘》三本，今惟《荷花荡》及《十锦塘》存。《新传奇品》称其词“如五陵年少，白眼调人”。《荷花荡》叙李素与少女贞娘相恋事，其间西席变东床，几死淫僧手诸事，并是“传奇”中的熟套，惟辞藻却颇缤纷耳。刘方字晋充，长洲人，有《罗衫合》、《天马媒》、《小桃源》三本。又墨憨斋《改本女丈夫上卷》题："长洲张伯起、刘晋充二稿"，则晋充更有谱红拂事的一曲，惜今已不知其名。今惟《天马媒》存。叙黄损藉"玉马坠"之力，得和妓女薛琼琼团圆事。《醒世恒言》有《黄秀才徼灵玉马坠》一篇，当即晋充此剧所本。

朱九经，字里无考，有《崖山烈》一本，写南宋亡国的故事；把陆秀夫、文天祥乃至贾似道等都写得很好，而末以《祭祠》为结，呈着悲壮凄凉之暗示，和《翻精忠》等之强拗悲剧为团圆者大不同。传奇写家国大事而充满了无可奈何的悲痛，当以此剧和《桃花扇》为最。

叶良表也未知其里字，有《分金记》一本，见存。叙管、鲍分金，小白图霸事，大都本于故传，惟加入姜一娘的节孝事，却为传奇中所应有的文章。

清啸生的《喜逢春》和澹慧居士的《凤求凰》，皆有明末刊本。《喜逢春》写魏忠贤事，当作于崇祯间。《凤求凰》写司马相如、卓文君事。题材虽陈旧，文采却新妍，在许多相如、文君剧里，这一本是很可取的。

徐石麒所作传奇有《珊瑚鞭》、《九奇缘》、《胭脂虎》、《辟寒钗》四本，今仅见《珊瑚鞭》一本。黄周星的一本传奇：《人天乐》，传本也极罕。

女流剧作家，在这时最罕见。马湘兰的《三生传》，殆为独一之作。湘兰字守真，小字玄儿，又字月娇，金陵人，妓女。尝与王百穀相善。卒于万历间。当属于前一时代中，姑附于此。《三生传》合《王魁负桂英》及双卿事于一帙，惜不传，有残曲见于《南词新谱》。

三

第二个时期，从明末到康熙三十年左右，乃是昆剧的全盛时代。元剧由关汉卿到郑德辉，是盛极而衰；明传奇从梁辰鱼到汤显祖，再从汤显祖到李玉、朱氏兄弟，却是源微而流长，一步步都有极显著的进步，由陈二白、李渔诸人而后，才开始呈现了衰征。

在这时期，北京及其他区域，皆以昆剧为正统的戏曲，伶人们也以出生于苏州一带者为最多。为伶人们作新剧的戏曲家们，因此也便以苏州一带的文人学士们为盛。戏曲中每多流行着苏白的插科打诨。在这些苏州的戏曲家中，最有声者为李玉、薛旦、叶时章、朱佐朝、朱㿥、毕万侯、张大复、朱云从、陈二白诸人。

李玉字玄玉，号苏门啸侣。吴县人。《新传奇品》评其词如“康衢走马，操纵自如”。《剧说》谓：“玉系申相国家人，为申公子所抑，不得应试。”但吴伟业《北词广正谱序》则云：“李子元玉，好奇学古士也。其才足以上下千载，其学足以囊括艺林。而连厄于有司。晚几得之，仍中副车。甲申以后，绝意仕进。以十郎之才调，效耆卿之填词。所著传奇数十种，即当场之歌呼笑骂，以寓显微阐幽之旨。”是玉并不是没有赴考过的。为申公子所抑之说，自当是无稽的传言。所作传奇，《新传奇品》著录三十二种，《曲录》著录三十三本，《剧说》著录二十九本，当以《剧说》为最可靠。像《剧说》所不著录的《秦楼月》，便实为朱素臣所作，而非玉的著作。又说《精忠谱》，一说系玉与朱㿥、毕万侯合撰的；《一品爵》系玉与朱佐朝合撰的。故玉所自作，当不会超过三十种。今存者仅三之一。以“一、人、永、占”四种为最有名，且也传唱最盛。“一”为《一捧雪》，叙莫怀古以藏玉杯得祸，赖义仆代死，孝子雪冤，方才一家复聚事。“人”为《人兽关》，叙桂薪受施济厚恩，不想报答，后见家人变狗，才憬然大悟事（事本《警世通言》第二十五卷《桂员外途穷忏悔》）。“永”即《永团圆》，叙蔡文英、江兰芳已缔婚约，为亲所逼，讼于官，太守乃断：准予团圆事。“占”即《占花魁》，叙秦钟与莘瑶琴事（事本《醒世恒言》第五卷《卖油郎独占花魁》）。此外尚有《眉山秀》，叙苏东坡、苏小妹事；《太平钱》，叙种瓜张老以太平钱聘韦氏女事（事本《太平广记》，宋人词话有《种瓜张老》一本；《古今小说》所收《张古老种瓜娶文女》当即此作的改名）；《麒麟阁》，叙秦琼、程咬金诸人事；《风云会》，叙赵匡胤得天下事（？）；《万里缘》（缘一作圆），叙孝子黄向坚万里寻亲事；《千忠会》大概便是《千忠录》，叙建文逊国，程敬济随同周游各地事。这几本都不如“一、人、永、占”四种的易得，或仅有伶工传抄本。然皆律稳曲工，足为昆剧最成功的作品。吴梅谓：“《一》、《人》、《永》、《占》，直可追步奉常。且《眉山秀》剧，雅丽工炼，尤非明季诸子所可及。”其实像《麒麟阁》、《千忠会》等规模尤为宏伟，声律尤为雄壮；其叙英雄穷途之哭，家国倾亡之恸，胥令人撼心动魄，永不可忘。以视昆剧始祖梁辰鱼的《浣纱记》，则《浣纱》之叙吴、越兴亡，诚未免邻于儿戏。玄玉的《千忠会》，才是真实的以万斛亡国之泪写之的；非身于亡国之痛而才如玄玉者谁能作此！故以此剧归在他的名下，是最恰当的。其中像《惨睹》、《代死》、《搜山》、《打车》诸折，哪一折不是血泪交流的至性文章。且引《惨睹》的一段：

> （小生上，生挑担各色蒲团上）徒弟走吓。（生）（大师请。）
>
> 〔倾盃玉芙蓉〕（合）收拾起大地山河一担装，四大皆空相。历尽了渺渺程途，漠漠平林，垒垒高山，滚滚长江。但见那寒云惨雾和愁织，受不尽苦雨凄风带怨长！这雄壮，看江山无恙，谁识我一瓢一笠到襄阳！

《麒麟阁》写秦琼的落魄，也足以引人掬一把同情之泪。玄玉的传奇，论曲文是那么流利，那么漂亮，却又不是不通俗的；论结构，则往往于平平淡淡之中，见出他的精致周密，乃至奇巧骨突处来。确是这时代最伟大的一位代表的戏曲家。

薛旦字既扬，一字季英，号讱然子，吴郡人。所作《书生愿》、《战荆轲》、《芦中人》等十种，无一存者，仅《醉月缘》有残曲见于《南词新谱》。又《昭君梦》见于《杂剧新编》，则为杂剧，非传奇也。叶时章字稚斐，又字英章，吴县人。《新传奇品》著录其传奇八本，又称其词如“渔阳三弄，意气纵横”。今存者惟《英雄概》一本。又《逊国疑》(《曲录》云：“即《铁冠图》”）如果也是叙述建文事，则和李玉的《千忠会》(《千种录》) 极为相同，颇有混淆的可能。八本外，更有《后西厢》，相传系时章先成八折，余由朱云从续成。然今亦未见。《英雄概》，叙李存孝打虎及扫平黄巢事，中以李存信的嫉贤妒能，进谗夺女为波澜，极尽波翻浪涌的能事。《五代残唐》写存孝事最为悲壮，关汉卿也有《邓夫人哭存孝》，亦为最可痛的悲剧。此虽以团圆结局，其写存孝之含冤负屈，也足以令人发指。

四

朱佐朝和朱素臣名望没有李玉大。他们的著作，知道的人也很少，且往往为他人所攘夺（像素臣的《秦楼月》便是久被归在李玉的名下的）。佐朝的《党人碑》、《乾坤啸》、《渔家乐》，素臣的《十五贯》，都是剧场上常演的名剧，然而有谁知道是他们写作的呢？他们也都是吴县人。生平不详，仅知佐朝字良卿，素臣名巂，号苼庵。素臣尝和吴绮、李玉等友好。《曲海总目提要》云：“闻明季时有兄弟二人，皆擅才思。其一作《未央天》，其一作《瑞霓罗》。《瑞霓罗》用包拯以铜割诛豪恶事，而《未央天》则用闻朗以钉板恤冤。拯黑面，朗金面，两相对照。”（卷十八，《未央天》条）按《瑞霓罗》为佐朝作，《未央天》为素臣作。是二人乃兄弟也。佐朝所作，《新传奇品》著录二十五本，《剧说》著录三十三本，（仅举二十九本名目，云“有四本未详。”)《曲录》著录三十本。当以《剧说》为较可靠。今存者有《乾坤啸》、《艳云亭》、《渔家乐》、《血影石》、《元宵闹》、《吉庆图》(一名《南瓜传》)、《御雪豹》、《锦云裘》、《轩辕镜》、《朝阳凤》、《五代荣》、《牡丹图》、《石麟镜》、《璎珞会》等十四种，而《党人碑》、《虎囊弹》二种（此二种，《新传奇品》以为丘园作）则偶有数出存于《曲谱》中。又《四奇观》系佐朝与素臣等四人合作的。余皆散佚无遗。但即在此十数种里，佐朝的戏剧家的天才，已充分地表白出来。他并不夸丽斗富，他并不张皇铺叙，只是在天然本色之中，显出他的异常超越的戏曲力。今所见的十四本，差不多没有一本不是结构紧密的。《乾坤啸》写宋大将乌廷庆为奸妃韦合霍所陷害，赖包拯勘问得实而被释。此事似曾见到一部弹词也写及之。虽是民间最流行的故事型，被佐朝写来，却成了不平常的名剧。《艳云亭》写宋时才子洪绘和萧惜芬的悲欢离合事。其中以王钦若为播弄风波的奸人；情节极奇幻，却并没有什么依傍。《渔家乐》是他最有名的一剧，写汉代清河王与渔家女邬飞霞的离合事。梁冀专权，清河王被迫而逃。冀遣校尉追之。王避入渔舟。追兵误射杀邬姓渔翁。因此，王得脱。而邬女飞霞则以匿王故，和他发生恋爱。后飞霞代马融女入冀宅，用神针刺杀冀。终为清河王妃。这里，写渔家的生活是极可爱的，像《渔钱》、《端阳》、《藏舟》都是常见于剧场上的。《刺梁》的气象也极壮烈。《血影石》写一妇人为守贞而被杀。血溅石上，现出她的影子，洗后仍不脱去。《五代荣》写徐晞事；《元宵闹》即上文归于李素甫的一本，不知究为谁作；《朝阳凤》一作朱素臣撰；《牡丹图》写郑虎臣及贾似道与其子事；《轩辕镜》叙檀道济、王同二家夫妇的悲欢离合事。余数剧也皆类此。《党人碑》气魄极雄壮，写宋徽宗时，蔡京立"党人碑"，谢琼仙乘醉打碑仆地，被捕。幸为侠士傅人龙所救。今所见《打碑》、《酒楼》数出，极激昂动人。《虎囊弹》写鲁智深事，今仅见《山门》一出，已惊其宏伟。将来也许有机会可读到全剧吧。

素臣作剧凡十九种。今存者有《秦楼月》、《聚宝盆》、《十五贯》、《朝阳凤》、《翡翠园》、《未央天》、《文星现》七种。《未央天》的故事，今尚见于皮黄戏中，叙闻朗断米新图冤狱事。《秦楼月》题"苼庵传奇第十五种"，刊刻极精，可见诸剧当时皆有刊本。今所见者除《秦楼月》外，却皆为伶工的传抄本。《秦楼月》写吕贯和陈素素的离合事。吕贯中秋游虎丘，见到妓女陈素素在贞娘墓上所题的诗，大为倾倒。刘岳在苏州编花榜，却没有素素在内。贯大为不平，责备了岳一顿。岳因此见到陈素素，也设法使她和贯相见。二人遂成就了恋爱。但山贼胥大奸等却借名拐了素素，入岱山为寇去。她不屈，几次欲自杀，寇不敢迫。这里，吕生因素素失踪，到处寻访不见。远到京师，也都毫无踪影。他因之而病。病中赴试，却于无意中，中了状元。这时，山寇已讨平，素素为刘岳等所救出。他回到苏州，二人便正式结了婚。此剧排场串插，极为隽妙，辞华也若春天的花草似的，尽态极妍，一望无际。像："〔针线箱〕：一天愁偏萦着方寸，千古恨独撮在逡巡。凝眸盼断惊鸿信，几忘了白日黄昏。嗳，老天，老天！似这等多磨多折三生分，早难道添热添亲，只是这一夜恩！"其刻骨镂肤的情语是未必逊于汤奉常的。《十五贯》一名《双熊梦》，为素臣剧中最流行的一本。写熊友兰、熊友蕙二人，友好甚笃，而家境极窘。友兰在外行商，友蕙在家读书，忽得奇祸。邻家有养媳何氏，其夫一日食饼，忽毙。此饼盖友蕙购得，中藏鼠药，欲以杀鼠者，乃为鼠衔入邻家。邻翁有钞十五贯及钗环等物，交何氏收藏，一旦忽也不见。此钞及环也皆为鼠衔入穴中，而以一环衔到友蕙室内。友蕙以为天赐，持以易米。乃因此被诬为因奸杀夫。后赖况太守私访得实，始昭雪了他们的冤情。《聚宝盆》叙明初沈万三家有聚宝盆，入物即满，他因行善而得之，又因此盆而生出许多波折事。《朝阳凤》叙海瑞为官清介，以忤张居正，几得横祸事。《翡翠园》叙舒德溥被诬为盗，所居被人占为翡翠园，后其子芬状元及第，始得伸枉为直事。《文星现》叙唐伯虎、沈玉田等四人事。

朱氏兄弟所作，剧情虽多通俗，其描写却能深入浅出，雅俗并皆可解。其对话尤明白浅显，颇多插科打诨处，故伶工们保存他们的作品也特别多。

毕万侯字晋卿，一作名魏，字万后，吴县人，自号姑苏第二狂。《新传奇品》评其词如"白璧南金，精彩耀目"。所作凡六种，今存《竹叶舟》、《三报恩》二本。《竹叶舟》的情节和元剧的《陈季卿误上竹叶舟》完全相同，惟易其主人翁为石崇耳。《三报恩》写鲜于同老年及第，报恩于其主师蒯通时祖孙三代事，此事本于《警世通言》的《老门生三世报恩》话本（亦见《今古奇观》），冯梦龙为之作序。万侯所作，风格近于孙仁儒，多愤激语，盖也是八股文重压底下的不得志之士也。

张大复（1554—1630）字星期，一字心其，号寒山子，苏州人

（1554—1630）。《新传奇品》称其词如“去病用兵，暗合兵法”。所作凡二十三种，今存者有《醉菩提》、《吉祥兆》、《金刚凤》、《钓鱼船》、《海潮音》、《读书声》、《紫琼瑶》、《喜重重》、《如是观》等。《醉菩提》叙宋僧济颠事，本于《东窗事犯》的疯僧及明代《济颠传》小说而作，其《当酒》、《打坐》诸折，今犹常见于剧场上。《吉祥兆》叙长孙益与尹贞贞由天上谪降人间；长孙氏和奸臣贾国祚发生仇隙，因此生出许多波澜；益改装为女，代贞贞去和番；贞贞改装为男，又代益去应试。后复中途相遇，男女仍复原来面目。《金刚凤》叙钱镠的出身与成名。镠娶了猛女铁金刚，又娶了杭州刺史李彦雄女凤娘。金刚女闻镠再娶凤娘，大怒，兴兵下山问罪。被凤娘一席话，劝她入城。对镜自照，猛觉其丑，乃伏剑自杀。而镠则继李氏而主持浙事。《钓鱼船》叙刘全进瓜事，本于唐太宗入冥的故事而作（似本《西游记》），惟将刘全改为吕全耳。《海潮音》叙观音修行得道事，和《香山记》（富春堂本）大略相同。《读书声》叙宋儒好读书，贫困无依。后娶了船户戴老大女润儿。因病，被老大弃于海岛。他却因此得了一注大财，复和润儿团圆。事本《警世通言》二十二卷《宋小官团圆破毡笠》（亦见《今古奇观》），而颇加烘染。《紫琼瑶》叙燕脆以行善得尹喜降生为子，名琼瑶。脆奉命勤王，为贼所逼，遇琼瑶突至，杀贼救父。《喜重重》当即心其所作的《重重喜》，叙唐长孙贵因虔事斗姥，致立功，擢为太师事。《如是观》一名《翻精忠》，与吴玉虹的一本同，不知究为谁作，今所存者仅数折，全本未见。又有《双福寿》、《快活三》二本，也俱有传本。

朱云从字际飞，吴县人。所作凡十二本，今惟《儿孙福》残存半本。他若《赤须龙》、《人中虎》、《别有天》等均已不传。陈二白字于令，长洲人。所作，《新传奇品》仅著录三本：《彩衣欢》今不传；《双官诰》及《称人心》则皆尚流传于世。《称人心》一名《诗扇缘》，叙徐景韩先后娶洛兰藻、魏星波二女事；《双官诰》亦为多妻的喜剧，今剧场上尚盛行此同名的皮黄戏。又江都人郑小白，作《金瓶梅传奇》一本，今也传于世，内容却远没有《金瓶梅》小说那么横恣精悍了。

盛际时、史集之、陈子玉、王续古诸人，也皆为吴县人，惟作剧却皆不过数本。际时字昌期，作《人中龙》、《胭脂雪》等四本，今存二本。《人中龙》叙李德裕被宦官仇士良所害，却为侠士刘郫所救；郫并杀了士良，以除天下大害。《胭脂雪》叙白皂隶于公门中广行方便，生子白简，贵为廉访使事。史集之字友益，溧阳人（一作吴县人），作《清风寨》、《五羊皮》二本。陈子玉字希甫，作《三合笑》等三本。王续古字香裔，作《非非想》、《黄金台》二本，今仅存《非非想》一种。

尤侗在同时诸吴人作剧者里声誉最为广大。李玉、薛旦、朱氏兄弟等皆穷愁终老。侗则晚年忽遭际清室皇帝，由寒儒而擢为文学侍从之臣。他字同人，一字展成，号西堂，长洲人。和朱素臣辈为友。（素臣《秦楼月》有他的题词）沦落不第，乃作《钧天乐传奇》、《李白登科记》（《清平调》）、《读离骚》诸杂剧，以寓其牢骚不平之意。《钧天乐》叙沈白（字子虚）高才不偶，歌哭无端。乃遇试官何图，中式者尽为贾斯文、程不识、魏无知之流。白反被放。其未婚妻魏寒簧又死。流寇大起，其好友杨云夫妇亦亡。他伏阙上书，言天下事，乃被乱棒打出。遂过霸王庙大哭，焚其所著文。然上天却爱才，命试，中第，授为巡按天下监察御史，雷打何图，并雪恨于贾斯文等。报命后，授紫虚殿学士。不得意于人间，乃得伸素志于天上，侗心可谓痛矣。此作或当在鼎革后。然他终于得志，授翰林院检讨。这也是他始料所不及的。失之于东隅者，乃收之于桑榆。

苏州附近的戏曲家在这时也诞生不少。吴伟业出现于太仓；丘园产生于常熟；周坦纶、稚廉父子杰出于华亭；嵇永仁突现于无锡；黄兆森挺生于上海；吴绮创始于江都；皆负一时重望，足为苏州诸剧家张目，招号。

吴伟业（1609—1671）字骏公，明末已有重名。清初，被逼出山，仕为国子祭酒，心抑抑不欢。所作传奇《秣陵春》（一名《双影记》），当系作于明末，故饶有明末的离奇怪诞的传奇的作风。徐适有玉杯，被借于人。少女黄展娘乃于杯影中见一清俊少年。适得一古镜，镜中乃亦有一少女影。这空想的相思，乃先完成于仙婚，而后始成真婚。情节是过于可怪。然其流丽可喜的曲文，却能把这缺点掩饰过去，正像读《牡丹亭》者之不复致讶于丽娘的复活一样。伟业和李玉是好友，受玉的影响当不会少的。

丘园字屿雪，作传奇八本。其《虎囊弹》、《党人碑》二种，一说为朱佐朝所作；《一合相》，据《南词新谱》，系沈君谟作，则实属园所著者仅五种耳。《新传奇品》别有《御袍恩》一本，实即《百福带》的别名，今存。又《幻缘箱》一本，叙方瑞生与刘婉容、陈月娥等姻缘事，今也存。周坦纶字果庵，所著传奇凡十四本，今仅存《玉鸳鸯》一本。此剧叙仙宫中箫史、秦弄玉下凡，仍为夫妇，男为谢珍，女为文小姐。中经种种幻变，女扮男装，娶了二妻，终乃和她丈夫团圆事。这种情节，在这时代的小说、传奇里都是很流行的。坦纶子稚廉，字冰持，号可笑人，有《容居堂三种曲》，今并存。《珊瑚玦》叙卜青和祁氏的悲欢离合事。“秀才之苦苦无加，黄柏黄连之下”，作者写自身的体验，故入骨三分。《双忠庙》写廉国宝和舒真俱为刘瑾所害，廉女改装为男，太监生须以抚育之；舒子改装为女，忠仆王保也生乳以养育他。及瑾势败，乃以真面目出现，聘为夫妇。《元宝媒》写一乞丐行义事，他救人而反被陷，终于得伸其直。所救一女刘淑珠，后为武宗妃。大似胎脱于正德的“游龙戏凤”的故事。这三本的曲辞，都是通俗而又文雅的。

嵇永仁字留山，号抱犊山农，入范承谟幕，随游浙、闽。承谟为耿精忠所杀，永仁也随死狱中。所作传奇二本：《扬州梦》写杜牧之事；《双报应》写钱可贵卖妇得重圆事，大类《寻亲记》。

黄兆森字石牧，有《忠孝福》一本，写殷旭为御史，不避奸邪，后巡边陷贼，其子冒险去寻他的遗骸事。他还写杂剧《四才子》，其情调却与此大不相同了。

吴绮字园次，和朱素臣等友善。入清，官湖州府知府。他尝奉敕填词，流入宫掖，人都目为江都才子。所作传奇三本：《啸秋风》、《绣平原》、《忠愍记》，今并不见传本。

五

浙人在明末，原和吴人同为曲学的领导者。惟明、清之交，浙人为曲者却远不及吴人之盛。《新传奇品》作于高奕手，然所著录，于他自己外，仅一李渔为钱塘人耳。高奕字晋音，会稽人，所著传奇《春秋笔》、《聚兽牌》等十四本，今只字不传。

李渔字笠翁，本兰溪人，寓居钱塘，遂为钱塘人。《曲海总目提要》云："渔本宦家书史，幼时聪慧，能撰歌词小说，游荡江湖，人以俳优目之。"《笠翁十种曲》及全集等作，传遍天下，至今未衰。然通人往往讥之，目为浅薄。他之作风，诚未免时有流荡子出言不择的恶趣，但也间有可取处，不可一概视为"张打油"之作而抹杀之。《新传奇品》评其词为"桃源啸傲，别存天地"，最得其真。他和时人殆皆不是同流。虽和朱素臣等为友，然他的作风却截然与朱、李诸人不同。他有有意求胜人的性情，其传奇的布局往往出奇装巧，非人所及，而也时伤于做作；其文辞每流于谐俗，而也时有善言。他是有疵病的作家，每易给读者们以不愉快的感觉。最奇怪的是，他作曲虽多，其曲流传虽极广，却很少见之于剧场。或剧场久受士大夫们的薰陶，故对于这位不羁的"才人"也不怎么恭维吧。笠翁剧有"前八种、后八种"（见原刻《十种曲》序）之目，然今所盛传者则为《十种曲》。那十种是：《奈何天》、《比目鱼》、《蜃中楼》、《美人香》、《风筝误》、《慎鸾交》、《凰求凤》、《巧团圆》、《玉搔头》及《意中缘》。此外坊间更有《笠翁续刻五种》、《新传奇三种》等皆为张冠李戴者。《曲录》别有《万年欢》一本，盖即《玉搔头》的异名而误列者。（《新传奇品》著录笠翁作，凡九本。）《奈何天》叙阙素封富而貌丑，娶三妻皆改道装，入净室，不与同居。素封乃焚借券，输十万金于边。封尚义君。而三官亦奏闻上帝，易其形骸。终得与三妻谐老。《比目鱼》叙谭楚玉与女伶刘藐姑相恋，为其母所阻，将藐姑另嫁他人。她伪允之。恰在江边演《荆钗记》，饰钱玉莲投江，乃真实的自投于江。楚玉亦投江自杀以殉。但为平浪侯所救，居水府，变比目鱼。后出水，乃复人形，得团圆。《蜃中楼》叙洞庭女、东海女同在东海蜃楼眺望，乃与张羽、柳毅订盟。洞庭女被父命嫁泾河小龙，她誓死不从。羽代毅传书。他自己也以锅煮海，胁龙王。东海龙王不得已，也以女嫁之。此盖合元剧《张生煮海》、《柳毅传书》事而为一者。《美人香》（即《怜香伴》）叙石坚妻崔云笺与少女曹语花相遇于尼庵，相怜爱，各赋《美人香》诗，相约为来生夫妇。云笺归，要夫向曹府议亲。为其父有容所拒。后石坚易名范石，登第，代有容使琉球。有容乃以女妻之，却不知其为石生。后事闻于朝，乃两封赠之。《风筝误》叙韩世勋拾得一风筝，上有少女詹淑娟的题诗。世勋和之。后此风筝为詹爱娟所得。她乃冒姊淑娟名，召世勋相见。他见女郎之丑，乃大骇遁去。后詹父强为主婚，将淑娟嫁给他。 他不得已而许之。结婚之夕，乃知并非所见之丑女。此女同时亦嫁戚友先。 会亲时相见，一切事方始了然。《慎鸾交》叙秀才华秀、侯隽定花榜，和妓女王又嫱、邓惠娟饮于虎丘，以诗定交，约十年后娶。秀意志坚定，侯则不久便有所惑。历经波折，二女才各归其夫。《凰求凤》叙少年吕曜与妓女许仙俦善。仙俦出资为聘良家女曹淑婉，而自愿为侧室。别有少女乔梦兰者，亦慕曜，与诗约婚，定期入赘。仙俦知之，至期，乃以轿迎曜，冒梦兰名，而实与曹氏结婚。有殷媪者，代定计，令曜伪作危病。后经调解，三女遂同心，共构一第以居曜，名其堂曰求凤。《巧团圆》叙姚继幼失二亲，入嗣于姚器汝。他商于松江，有尹小楼者欲卖身为人父，继见而心动，即买之为父。流贼起，父子分散。会仙桃镇卖女，盛女于布囊中，继乃买得一老妪，奉之为母。不料即小楼妻。又买得一少女，却即其聘妻。后遇小楼，过其家，宛如曾住过的。 原来继实为小楼子而失散者。《玉搔头》叙明武宗微行大同，托名威武将军，幸小家女刘倩，以玉搔头为信。中途失去，为范钦女所得。后经波折，武宗乃并纳二女为妃。盛传民间之“游龙戏凤”的故事，盖即此剧前半段写者。《意中缘》写杭州有女子杨云友、林天素者能伪作董其昌、陈继儒书画。以此生出许多波澜。后乃嫁给其昌及继儒。

《笠翁十种》，最少做作最近自然者当推《比目鱼》。像《投江》的一折，简直辨不出是戏中戏，还是真实的放在目前的事，真情喷薄，没有不为之感动的。至若《凰求凤》、《巧团圆》等，过于求巧求新，便不免堕入恶道。

笠翁对于自己的戏曲是颇为自负的。“可惜元人个个都亡了；若使至今还寿考，过予定不题凡鸟。”（《慎鸾交》）他是那么努力地在寻找题材：“无事年来操不律。考古商今，到处搜奇迹。”（《比目鱼》）然而立刻也显出滑稽的作曲者的面目了：“年少填词填到老，好看词多耐看词偏少。只为笔端尘未扫，于今始梦江花浇。”（《慎鸾交》）“浪播传奇八种，赚来一派虚名。闲时自阅自批评，愧杀无盐对镜。既辱知者谬赏，敢因丑尽藏形。再为悦己效娉婷，似觉后来差胜！”（《巧团圆》）这是一种什么样的态度呢？简直像告白：以前的都不好，这一本才是最妙的杰构。忠实的艺术家的态度，似不是那样的滑稽的乞怜相的。在《闲情偶寄》里，笠翁有许多对于戏曲的意见，颇可注意。他颇以阐忠说孝为传奇的目的，但同时，他自己的笔端却也不大清白，正像他的《十二楼》一样。

误被坊贾们冒刻笠翁名以传世的戏曲，尚有八种，实皆范希哲作。（据《千古丽情》曲名）希哲不知其生平，亦钱塘人。为笠翁的友人。初印本的《八种曲》的题页上，尝写着“湖上李笠翁先生阅定”字样。希哲喜化名，几乎每种曲都别署一个笔名。《万全记》（即《富贵仙》）署四愿居士作，《双锤记》（即《合欢锤》）署看松主人作，《十醋记》（即《满床笏》）署西湖素岷主人作，《偷甲记》（即《雁翎甲》）署秋堂和尚作，《鱼篮记》（即《双错卺》）署鱼篮道人作。（以上五种，后印本题页，伪称笠翁《续刻五种》。）《四元记》（即《小莱子》）署燕客退拙子作，《补天记》（即《小江东》）署小斋主人作，《双瑞记》（即《中庸解》）署不解解人作。（以上三种，后印坊本伪称《笠翁新传奇三种》。）这八种曲的作风和笠翁的所作大不相同。像《十醋》、《偷甲》诸记，今亦尚被传唱。《万全记》叙卜帙尚公主，生男子三人：得富、得贵、得仙，盖为蔡邕、杨修、祢衡所托生。后平蛮，成大功。《双锤记》叙陈大力助张良击始皇帝于博浪沙，误中副车，逸去，投双锤于海中，乃浮而不沉，为琉球国女主姊妹二人所得，招以为婿。助以猕猴兵，靖国难。《十醋记》以龚敬为主人翁，杂以李白、郭子仪事。敬无子，妻师氏亦妒，故有“十醋”之目。后乃完满解决。《偷甲记》本于《水浒传》时迁偷甲，徐宁上山事。希哲云：“《雁翎》旧谱新辞”，则似此事旧亦有传奇，惜不传。《鱼篮记》叙则天时，遣宫女尹若兰冒为太监，周历天下，访求美男事；事本《载花船》小说。《四元记》叙宋再玉与王安石女方云恋爱事。《补天记》为《单刀会》的翻案，写关羽赴会，鲁肃呕血而亡，曹操历受诸苦事。其以伏后为吕后的投胎，盖也本于司马仲相断狱的传说。《双瑞记》叙周处除三害，娶时、吉二女事。处有恶名，二女以丑著。然至婚夕，乃知二女实为绝代美人，而处也已去邪归正，从陆云学。在这八种里，《双瑞》和《十醋》都是很动人的喜剧。惟像《万全》、《补天》却有些故意做作，未免弄巧成拙。

参考书目

一、《新传奇品》　清高奕编，有暖红室刊本，有《重订曲苑》本。（附《曲品》后）

二、《曲录》　王国维编，有《晨风阁丛书》本，《王忠悫公遗书》本。

三、《暖红室汇刻传奇》　刘世珩编，近刻本。

四、《玉夏斋传奇十种》　有明末刊本，罕见。（西谛藏）

五、《南词新谱》　沈自晋编，有清顺治间刊本，罕见。（西谛藏）

六、《重订曲苑》　有石印本。

七、《闲情偶寄》　李渔编，有清康熙间原刊本，有《笠翁全集》本。

八、《缀白裘》　清钱德苍编，原刊本绝罕见。有坊刊本，有石印本。

九、《集成曲谱》　王季烈等编，商务印书馆出版。

十、《曲海总目提要》　有大东书局铅印本。日本西京帝国大学所藏《传奇汇考》，多此本所未收的材料。

十一、《今乐考证》　清姚燮编，原稿本，未刊。实王氏《曲录》未出以前最重要的一种关于戏曲的专著。其中有一部分材料，也足以补正《曲录》。（鄞县马氏藏）

十二、《小说考证》，又《续编》等　近人蒋瑞藻编，中多考证戏曲的材料。

十三、《曲录校补》　任讷编，见《国闻周报》。

十四、《奢摩他室曲丛》　吴梅编，商务印书馆出版。惜仅出二集，三集以下因抗日战争而中止刊行。